U0107056

中国当代文学
研究与批评书系

有我之境

张燕玲　著

作家出版社

张燕玲

现任《南方文坛》杂志主编，编审，中国作家协会理论批评委员会委员，中国文艺评论家协会理事。主要从事文艺评论、散文创作与编辑工作。在《人民文学》《文艺报》《人民日报》《光明日报》《作家》《十月》《散文选刊》《美文》《侨报》（美国）等国内外报刊发表文论及散文百余万字，一批散文作品入选 20 余种中国年度选、优秀散文选和《大学语文》读本，并被译成韩文在韩国出版。出版论著《批评的本色》《玛拉沁夫论》《感觉与立论》《广西当代文艺理论家丛书·张燕玲卷》4 部，散文集《此岸，彼岸》《静默世界》《广西当代作家丛书·张燕玲卷》3 部；主编有《南方批评书系》《南方论丛》《鸢尾花图文书丛》《我的批评观》《南方艺术视角》等近 30 部。作品曾两次获中国女性文学奖、广西文艺创作铜鼓奖，以及全国少数民族文学研究优秀成果奖，独秀文学奖等；系广西有突出贡献科技人员，享受国务院特殊津贴专家，全国文化名家暨"四个一批"人才。

出版说明

当代中国的文学史，是当代中国社会史的重要组成部分。当代中国文学的发展从来都是与文学批评紧密相连的。自中国改革开放以来的 30 年间，中国作家们创造了一个具有中国特色的社会主义文学的新历史辉煌，这中间文学批评发挥了应有的特殊作用。

文学批评的繁荣与批评的质量，既受时代和社会环境的影响，又取决于批评家队伍的集体力量和批评家个人的独特思想与水平。在当代文学批评家队伍里，有一批非常优秀的、能真诚和负责任地表达自己观点，并能让作家和读者信服与敬佩的批评大家，他们的独立思想与独立人格，形成了他们的批评风格，取得了相当的研究成果，是我们当代文学史的宝贵财富。在文学批评中，遵循文学批评的自身特点和规律，既是这门学科的内在需要，又是繁荣文学和促进文学朝着正确的方向发展的关键所在。郭沫若先生说过："文艺是发明的事业，批评是发现的事业。文艺是在无之中创造，批评是在砂中寻出金。"

今年是中华人民共和国建国六十周年，值此，为了回顾和总结中国当代文学批评家的理论研究与批评的历程，以及他们为中国当代文学所作的贡献，也为了进一步推动我国的文学事业，我社特别组织编辑出版了这套"中国当代文学研究与批评书系"，选择了有代表性的当代十余位评论家的作品，这些集子都是他们在自己文学研究与批评作品中挑选出来的。无疑，这套规模相当的文学研究与批评丛书，不仅仅是这些批评家自己的成果，也代表了当今文坛批评界的最高水准，同时它又以不同的个人风格闪烁着这些批评家们独立的睿智光芒。相信本丛书的出版，既是中国当代文学史的一个里程碑，更是广大作家和文学爱好者的一次精神盛宴，也是从事当代文学研究者必不可少的参考资料。

由于时间紧迫，本丛书难免挂一漏万，在此，我只能向那些被遗漏的优秀批评家和读者朋友深表遗憾，并致衷心的感谢。

作家出版社社长　何建明

2009 年 1 月 1 日

目录

第一辑

第二辑

第三辑

第四辑

第一辑

寻找文学的立足点

2010 年有两个文本令我震动与反思。一个是青年批评家梁鸿发表在《人民文学》（2010 年第 9 期）的长篇非虚构文本《梁庄》（单行本《中国在梁庄》，江苏人民出版社，2010 年 11 月版）；另一个是青年作家李洱发表在《作家》（2010 年第 13 期）的《关于赵勇教授〈顾彬不读中国当代小说吗？〉一文的回应与说明》。这两个文本都是"越界"写作，评论家梁鸿创作的叙事长篇，作家李洱挥就的机锋闪烁的驳论文章，而且两者都成为本年度备受业内关注的重要文本。

梁鸿的《梁庄》以纪实的方式直面农村的现状，写出了她所观察和理解的"故乡"河南穰县梁庄——她出生并成长了 20 年的地方，她既是一个归乡的"游子"，也是一个体察者与思考者。阅读《梁庄》，令人既感动又沉痛，梁鸿展现在我们面前的是一幅幅当前乡村的场景，那些人物、故事与命运是如此真实痛切，又如此触目惊心，残酷得让人们不得不正视。我们感受到作者内心的疼痛与煎熬，她的目光、她的体悟与忧思、她的文学立足点。是的，当下的书写（创作与批评）太多故作，满足于小我与象牙之塔，从而忽略写作者的立足点，忽略当下现实，忽略写作者与人心与现实的对接。然而，生活在当下，却不关心我们的时代，或说不了解我们的时代，这不能不说是个误区与盲点。作为青年学者和批评家，梁鸿敏锐地意识到这种误区，"我对自己的工作充满了怀疑，我怀疑这种虚构的生活，与现实、与大地、与心灵没有任何关系。"（梁鸿《从梁庄出发》，以下引文同此）她困惑自己每年都返回的故乡，只有她住下来半年之久才发现自己熟视无睹的故乡，居然潜埋着如此多的或温情或冷酷的血淋淋的真相，她因这一困惑而书写，并以自己的书写见证这个时代。

评论家梁鸿这次"越界"的写作，除了对自己的虚构生活不满外，也许还来源于以下两种不满：首先是对当前文学作品的不满，尤其是对乡村写作的不满，不满他们对现实的悬空，不满作品与现实与人心的无法对接。不满之中，评论家梁鸿摒弃了温情脉脉与概念化的东西，直面那片土地及在那里生活的人们，直接拿起笔，写出她所认识的"真实"，做出了一个非虚构的文学实践，创作出如评论家李云雷所言"一个在我们惯常的文学标准之外的《梁庄》"，一个本该出现在作家笔端的叙述。

其次则是对自身评论工作的不满，文学评论与社会现实之间是一种更加"间接"的关系，长期陷于符号与知识的生产，与社会现实隔膜度更深。而《梁庄》的写作方式使梁鸿摆脱了羁绊，直接面对具体的现实，突破了"从文学到文学"的批评文本的内在循环；同时这在文体上也是一次探索与创新，梁鸿所做的半年的田野考察是社会学与人类学的工作，但与之不同的是，她所做的并不是照相式的分析与记录，而是深深地投入了她的情感与自我，这也不同于一般意义上的"报告文学"或"纪实文学"，她所关注的不是某一社会现象或社会问题，而是对农村（"故乡"）整体状况的考察，因而在这部书中，作者结合了社会调查、口述实录、访谈等不同的体裁，并以开放式的结构使作者与乡村与人物与读者沟通，展现了一个中国村庄的全貌，及其乡土中国的征候和中国式的悲哀，并以其质朴、真切打动了我们的心。梁鸿坦言，在写作过程中，她进行了很多理论准备：人类学、社会学，包括国外政治学。但在写的过程中，面对脚下的土地和那片土地上的人们，"真的用不上。我没有办法也没有能力用理念建构一个乡村生活，最后只能放弃理论。""我呈现的只是一种困惑，对乡村生活的叙述，如果能把他们的乡村生命叙述出来，我就很满意了。"梁鸿完成了她的初衷，完成了"从梁庄出发，你却可以清晰地看到中国的形象"。

在这个意义上，评论家梁鸿走出了当代知识分子或说批评家以知识、概念、"思想"作茧自缚的精神状态，也是对只读知识性东西而忽略生活常识、忽略当下原创的经典主义者的一个警醒，这样的写作姿态在一定程度上为当代知识分子灌注了一种生气和力量。这种力量还来自贯穿其中的公共知识分子的批判精神，比如乡亲对乡亲、乡亲对村干的直言不讳，尤其她父亲对村干的批评，这都需要相当大的勇气。这也体现了梁鸿对"良医"精神与"良相"精神的一种努力与张扬。面对当下生活，我们既需要有技术（学术）能力与专业精神的"良医"，也需要有关注现实与担当精神的"良相"。鲁迅是这二者高度结合的范式。"不为良相，便为良医"，是中国大多数文人的理想。具体到文学，提升文学的表现力，坚守文学的专业精神，便有了"良医"的能力；而又能关注现实，忧国忧民，勇于担当，便有良相的情怀与精神。也许，这是对以审美功能为主的文学过高的期许，但是我们并不是要求所有的文学作品都拥有这两者功能，在我们的文学标准具有文学性的前提下，在一种有机的、稳定、多元、包容、开放的文学评价标准体系中，我们是否应该拥有更多富有理想的勇于关注现实的文学作品？我们是否不应该忘却我们这一脉文学传统？这本是我们自己的看家本领。

也许这便是我们的一个立足点，是文学表现中有价值的路径之一，富有启示意义。普鲁斯特说："一部作品并非出自日常生活中的那个'我'的产品。而是出自一个更深刻的'我'。"尽管，梁鸿返乡的情调有点浓，叙述也还相对粗糙。但《梁庄》是日常的梁鸿，潜入生活了 20 年的故乡深处，再回到文学后，更深刻的"我"所创造的。这个日常与深刻的结合，便是现实与理想的相会，是写作者立足点与表现力的相生相应。

另一个文本是青年作家李洱发在《作家》2010 年第 13 期的《关于赵勇教授〈顾彬不读中国当代小说吗？〉一文的回应与说明》，本文也许也来自李洱的不满，面对持续一年多之久，由"顾彬论"而引发的热论，李洱忍不住想告诉国人真相，告诉我们他所了解的顾彬。李洱的这篇文章不仅明晰思辨、诚恳绵实，而且庄严畅扬。我以为有了李洱这篇文章，再去论说"顾彬论"显得多么可笑与无意义。

问题在于，全媒时代的文学批评，作家何为？批评家何为？学界何为？我们什么时候才不会因为一个不怎么读中国现阶段小说的汉学家说我们的文学是垃圾，就真把我们的小说当成垃圾了，或者来回不停论证，或者来回自己与自己争论？什么时候我们才能葆有文学的自信心与判断力？一如李洱所言："如果一个作家不能对自己的创作保持足够的清醒，那它确实很容易跟在汉学家的屁股后面走。"（《阎连科的声母》）

另一问题还在于：为什么这样有力量的转折点不是出自我们这些批评家的笔下，而是来自小说家李洱的笔锋？批评家何为？当然李洱是中国新生代作家中富于理性自觉的翘楚。他曾在我服务的《南方文坛》发过《阎连科的声母》（2007 年第 5 期）并获得当年度优秀论文奖。此文以人本与文本融会的角度，描述了阎连科及其创作，敏感精辟，鲜活生动，独出己见；同时他以汉语拼音的声母结构使论文具有了独特别致的文体风格，一时成为佳话。

作家的批评实践表明：作家特有的艺术敏感、思维方式会使文本时时进入一般理论批评难以到达的地方，奇思妙想时时会直抵批评对象的本质精神；此外还表明：批评本来就不是批评家的专利，也为小说家中的批评家、批评家中的小说家留下了注脚。有此理性自觉的新生代作家还有毕飞宇、邱华栋、红柯等，包括一批批评家中的散文家，诸如南帆、李敬泽等，以及梁鸿这样的越界写作者。其实，这是中国文学的现代传统，我们的现代文学大家不就是学者与作家集于一身的吗？

这两个文本还启发我们思考：在当下的文化语境中，我们能否理解自己、能否理解"故乡"、能否理解这个世界？能否在复杂的现实葆有理想？还有，什么是文学的真实？我们需要怎样的文学？我们如何寻找自己的文学立足点？

是的，什么是文学的真实？对于生活在一个虚构时代的我们，尤为重要。今天的文学是需要新的社会的想象力，而真正的文学必然有与历史和社会现实搏斗的过程，这样才能接近文学的真实本身，哪怕是另外一种乌托邦，也许这就是所谓现实与理想的文学关系了。今天，文学在思想文化领域与社会整体中的重要性日益降低，读者也越来越少。我想，一是快餐文化的流行，低俗化与娱乐化泛滥，浮躁之下读者大量流失与疏于选择，他们多处于被动接受与浅阅读当中，高品位的选择力不断下降；另一方面，不少有实力的作家在浮躁与功利中失却了专业精神，或被影视牵着鼻子走，或去做商品代言人，从而忽视文学原创精神与有难度的创作，粗制滥造以及不断重复自己，丧失了直面世界的追求与能力，轻视了文学与历史和社会现实搏斗的过程，忽略了学养而少了学者型作家或作家型学者的博识，甚至丢失了中国文学传统中人物、故事、细节、结构乃至思想等看家本领，文学因而无法唤起读者的共鸣，及至"文学真实"都成为了问题。于是，读者便退而次之变为对"真实"的渴求，"非虚构"作品热便成了时代的一个特点。因为我们置身于一个"虚构"的世界——在一个信息爆炸的全媒时代的文学中，我们赖以形成对世界与自我印象的信息，大多来自于媒体，来自于间接的经验，比如关于顾彬的论争，少有人探究其人其事的真相而陷入以讹传讹的口水仗；比如对乡村对故乡远坐于书斋的牧歌式误读，或想当然书写农民工走向城市的迁移；比如少有人从作品的文本出发，客观肯定足下本土文化传统与世界性的融合，等等。我们的生活与自我意识在很大程度上是"虚构"的，面对间接生活我们是没有痛感、没有血肉、没有体温的；面对市场我们如此弱视，如此轻信，如此缺乏专业精神，缺乏文学自信心与判断力，如此缺乏自省与自我叩问：该坚持时自己是否坚持？等等。

那么，坚持专业精神，重新探寻文学的真实，重新在理想与现实间找寻自己的文学立足点，便成了今天的必然。

原载《光明日报》2010.12.9

有
我
之
境

建构日益丰富阔达的文学批评格局

——近年文学批评的一种观察

近五年来创作丰收、批评繁荣的文学格局，进一步彰显了王国维"凡一代有一代之文学"之说。同理，一代之文学，与文学的变革同生共长的批评，当然也有一代之文学批评家，他们创造出一个空前丰富而阔达的文学批评格局：青年批评人才辈出，文笔日益纯青的中老年批评家，依然以其高品格的专业精神支撑时代的批评格局，特别是海外汉学家空前活跃，他们不断以新的研究汇入中国文学的批评队伍，极大地丰富和推进了当下的文学批评。

五年中，推出批评新人，引领批评风尚，其中最著名的当数中国现代文学馆客座研究员制，每年吸纳十位左右"70后""80后"批评家为客座研究员，历时六年六届。尤为可贵的是这一机制不是以此作为职称或荣誉，而是把客座研究员推入当下繁盛而多样化写作的文学格局里，助力他们进行一个个具体的文学批评工作，如研读或研讨某部新著、考察文学现象、论述或论坛文学热点、出版系列批评专辑等等一个个实践性颇强的批评活动，既出著述，又出人才，在文坛影响甚大。

而文论报刊有一种潜在的文学领衔的职责，为文学史的良种库提供文学良种，为当代文坛提供审美而鲜活的文学现场，催生一代又一代的作家与批评家，为文学生态和社会文化生态做出有效的建设，文论报刊的这种阵地意识便是对文学与时代的担当。因此大家也都以推人才、出佳作为本位，为阵地意识和文学自觉。在这个意义上，《文艺报》的确引领了文学批评新风，又如《小说评论》坚持多年的《文坛纵横》批评名家专栏；《当代作家评论》今年还新开《当代文学批评家研究》栏目，以此向批评大家致敬；《创作与评论》的《新锐批评家》，《大家》的《新青年》开启同代批评家评同代作家作品的先河；具体到我工作的《南方文坛》，则是从 1998 年起，以《今日批评家》为头条栏目，一期一人，至今已推介了 108 名彼时新进的青年批评家，遍及中国文学版图，可谓浩浩荡荡，生气勃勃，是他们激活了《南方文坛》的创造力和影响力。

近五年，多媒体与全球化深刻影响与丰富壮大了文学批评格局，中国文学与海外与世界的对话空前活跃。就在几天前第 24 届北京国际图书博览会上，莫言名为"以故事沟通着世界"的专场，一个人对话 30 国的汉学家。如此热烈的场面，"对话"的常态化，思想、理论与方法必然会融通、会互为补充，文学对话在相互尊重的平等立场上，取长补短，求同存异，使文学成果的共享成为近年深化改革开放的一个重要文学现象。在此背景下，优秀的汉学家及其研究也日益被关注。《南方文坛》借力苏州大学的海外汉学研究中心开了三年《译介与研究》栏目，推出了李欧梵、夏志清与夏济安、王德威、高利克以及新一代汉学家罗鹏、白睿文、李素等对中国文学热忱而专业的翻译推介，以及相关的最新研究，颇受关注。

特别值得关注的，还有海外中国现代文学史研究。"重写文学史"一直就是当代中国文学学科一个常提常新的问题，近三十年数以千计的文学史著作就是明证，而当年夏志清的《中国现代小说史》，对此是起到推波助澜作用的。近年，汉学家与中国现代文学史的书写影响日增，著作甚丰。2016 年邓腾克主编的《哥伦比亚中国现代文学指南》（简称"哥伦比亚版"）、张英进主编的《中国现代文学指南》（简称"指南版"）、罗鹏和白安卓主编的《牛津中国现代文学手册》（简称"牛津版"），2017 年王德威主编的《新编中国现代文学史》（简称"哈佛版"），四种中国现代文学史在两年内相继问世，如此密集和体量均创中国文学史之最，其影响与争论将有不可估量的可能性。

尤其集合美欧、亚洲，大陆、台港 143 位学者作家，以 161 篇文章构成的独特的"哈佛版"现代文学史，皇皇巨著，新说高论迭出。作为推崇大中华文学并为之贡献一生的正直学者，王德威教授对"华语语系文学"的概念进行完整的表述，把大陆内地文学，以及台湾香港、南洋华侨、海外华人的创作都整合到中国现代文学的范畴，也许这本文学史的一些论述可能会引起争议，但王德威教授具有内在理论的统一性和包容性，他做了我们内地学界努力多年却没有做到的了不起的文学整合，他以新的理论构架、新的诠释方式给我们带来明确的启发。因此，"哈佛版"在提供研究中国文学新的思考维度的同时，拓展了华语创作与研究的文化场域，对当下中国的文学、文学研究和文学史具有无限的启发意义。

《南方文坛》2017年第5期集中首发"哈佛版""牛津版"长篇导论，并约请与发表陈思和、丁帆、陈晓明、季进等文学史研究专家的评论，我想，"百花齐放，百家争鸣"永远是我们的文艺方针，正常的理性的学术交锋是文学批评的生命。内地和海外话语系统不一样，对于同一种文学史现象可能会产生不同的理解，对汉学家的研究进行对话、讨论、商榷，甚至批评的声音，都是正常的，这意味着信任与融合。《南方文坛》如此富有文学史意义的学术呈现，就是以专业的努力，以期形成海内外学界的文学对话、讨论、商榷，甚至批评。

比如对"华语语系文学"概念，陈思和就提议："有些人与其纠缠不清于这个概念的复杂含义，还不如站在这个现实世界的立场上思考一下，如果这部《新编中国现代文学史》以重磅炸弹的形式译成中文在海峡两岸出版，人们看到的是台湾文学香港文学海外文学都自然而然归属在'中国现代文学'的旗帜之下，这比大陆内地学者写一百部文学史还要有震撼力。有些人自然可以从意识形态的立场去挑剔这部文学史，但总不能去挑剔一部整合两岸统一的文学史吧。"

丁帆也充分肯定哈佛版，他还认为"王德威先生是一个十分推崇大中华文学的倡导者，在他的血脉里流淌着的是对中华文化的热爱"，他"是一个秉持着客观公允态度，并且有着中华情结的历史叙述者，为再造中国文学而贡献一生"的"正直学者"。季进说海外"四种文学史中，最特别、最丰富、最有趣的当数王德威的《新编中国现代文学史》"。陈晓明也认为《新编中国现代文学史》至少在四个方面极大可能地打开了阐释空间：中国文学的现代源起、文体的多样化、文心的彰显表现、在世界中的规划布局。他认为当下"谁能有王德威那样对文学保持这样的初心？谁能有他这样为中华文化立于世界之林而勇于担当呢？"

江山代有才人出，今日之中国，能拥有如此众多葆有文学初心的批评家尤其汉学家，说明中国文学的格局日益丰富阔达，这是我们时代的文学之幸，当然也是中国文学的文化自信。

《文艺报》2017.9.18（有删节）

文学批评三人行

　　与新世纪十年对文学批评此起彼伏的质疑不同，近年文学批评颇获赞誉，并显示出从内向外生长的新气象，其勃勃生机主要来自"70后"（1970年以后生人）青年批评家群体的成长成熟，其中时常被人提及的是"80后"杨庆祥、金理、黄平的"三人谈"，三位青年才俊分别就职于中国人民大学、复旦大学与华东师范大学，不是同根生，却是同时长；虽各有师承，却相携同行。三人常常共同署名著文，或对话，或论述，或同会讨论，让我等老生疑似回到八十年代文人相重、文学批评多对"双打"的黄金时代。于是，在业内，"'80后'三人谈"便成为文学批评界一件标志性的文学事件，其意义也许会日久弥深，眼前三人合集《以文学为志业——"80后学人"三人谈》，便不止于纪念和佳话了。

　　"以文学为志业"，不仅仅是明志，也是《三人谈》栏目首期话题，更是三人相生相应的底色和出发点。如果说在习博期间，庆祥与黄平就在导师人大程光炜教授带领下重返八十年代的文学现场，实实在在地重读八十年代的文学文本和文学事件是同门同道的缘分；那么，2009年在常熟范小青研讨会上，庆祥与金理同居一室，两位作为《南方文坛》2008年第5、6期"今日批评家"的彻夜长谈并相约同行，便是会心后的文学自觉了。这是一种既对自己文学研究事业怀着天职般的虔敬，视之为个人的生命意义与生活价值；更让人欣喜的是他们还富有平常心，他们不止一次与我谈到：高校青年教师生活清苦，要自己过好它，但能从事自己喜爱与理想的谋生职业已经是幸福了。关于职业与天职的关系，他们有着清醒的理性自觉。

　　最早见诸报刊的三人谈，是《"80后"写作与"中国梦"（上下）》，发于《上海文学》2011年第6、7期。同年8月，在《南方文坛》与中国现代文学馆、上海作协联合举办的第二届"今日批评家"论坛期间，我与三人达成共识：《南方文坛》2012年开辟《三人谈》专栏，三人轮流主持。第 1 期开栏词杨庆祥如是解说：

> 张燕玲老师找到金理、黄平和我，希望我们能以对话的形式在《南方文坛》开一个"80后学者三人谈"专栏，发表对于当下中国文学和文学史的一些意见，张老师的意思，年轻学者，不能老做学生和听众，该发言了。至于我们想以"学人"自称，不敢戴"学者"之帽，张老师笑道：谦逊很好，但有"80后"做前缀，再说这既是肯定也是期待。经过仔细地商量，我们特别认同"80后"定语，首先当然是一种身份和代际的区隔，我们三人都生于1980年代，有着这个"代际"特有的一些观念和经验并自然投射到我们的研究中；其次更重要的是，我觉得这种区隔同时也是一个将个体"历史化"的行为，个体只有把自己置于某一历史位置才更能理解自我和历史，因此，这种命名实际上是为后面的系列对话确定一个观察的角度和思考的定点。

于是，三位 80 后学人的文学对话就从自我的阅读经验、文学趣味、知识型构谈起，追问在当下语境中以"文学为志业"的人生蕴藉和担当使命。在此基础上，对话由近及远，分别论述了"新世纪历史写作"、"八十年代文学""社会主义文学"以及"现代文学传统""未来文学备忘录"等系列话题。因为 80 后的特殊身份，他们还专门论述了"80后写作与当下中国"的种种话题，从历史与现实的角度全面剖析了 80 后写作的历史和趋向。《三人谈》不追求统一的批评标准，相反，它在尽可能的限度上展示了一代人面对共同话题时不同的价值观念和思想立场。在这个思路里，对话在当下与过去、批评与历史研究、个体经验和普遍知识之间找到了一些交接点，打开了问题，并引起文坛学界的广泛关注，在不同场合，我听到不少的赞誉。两年下来，《三人谈》被视作"80后"批评家登上文坛的标志性事件。

第一次见到安徽才子杨庆祥是 2007 年年底，我们在桂林广西师大出版社图书藏品厅举办年度优秀论文颁奖会。在满室高及屋顶的书卷中，还博士在读的庆祥谦逊平实，一副小鬼当家的模样。作为获奖者却反客为主，相助会务，一马当先，稳健干练，真是个勤恳可信赖的小伙子。要命的是，我从此六七年间便不断"剥削"庆祥，《南方文坛》活动会务、纪要、网络事务、栏目主持等等，他总是爽快应答，并按时按质按量完成，耗费了他不少智慧和时间。如今年代，如此尚德青年，难能可贵。

当然，他为文出色，曾获"娇子·未来大家"《人民文学》年度青年批评家等多种奖项。这首先得益于他导师光炜教父般的引导和关爱，光炜兄还把这种爱心传染给我，以至于 2006 年至今，《南方文坛》和我便不断得益于他们"重返八十年代"及近年"九十年代"的系列研究，他的团队坚实地支持了我，其中庆祥和黄平便是突出者。庆祥的系列文章对八十年代以来的一些作家、作品、期刊、思潮、事件包括"偶像"进行反思与追问，并举一反三，以此探究八十年代以来形成的意识形态和学术体制（包括复杂的文化权力和文化资本），努力厘清作家作品与时代、社会的复杂关系，实现了他的批评"去魅"功能。近年更是活跃于文学现场，以有效的文学批评备受关注，我多次听到他在会上不畏权威的发言，独立内敛而不失锋芒，显示出前诗人的风骨。曾狂热写诗并获过"80 后诗歌十年成就奖"的庆祥，会常常以诗人之心和诗歌之维写作与研讨，比如他获过的"南方最佳诗评人奖"，比如他关于欧阳江河的长诗《凤凰》的评论，就以多重维度间形成的矛盾张力揭示了长诗新的内涵，以强有力的难度进入强有力的作品文本，并构成有效对话，显示了庆祥出色的诗心思力，他独有的干练有力而冷静稳健的文风，以及独特纯正的审美原则和历史洞察力。

他的成名作《路遥的自我意识和写作姿态——兼及 1985 年前后"文学场"的历史分析》（《南方文坛》2007 年第 6 期），以第二名的高票获得了本刊"2007 年度优秀论文奖"。有论者曾著文说，庆祥和上海一著名批评家同票，"在僵持中，著名批评家李敬泽说：庆祥此文深得我心。最终，杨庆祥成为该奖项历年来最年轻的获奖者"。以讹传讹了，庆祥是当时获奖最年轻者，但持续了 13 年的《南方文坛》年度奖，一直由编辑部初选若干篇目，提交评委独立审读终评并写出简短评语，以邮寄（包括电邮）投票方式评出 6 篇获奖论文，并以得票多少排序。同票，取年轻作者。评委敬泽兄在投庆祥文章票时，的确有"深得我心"之真言，高票的庆祥不存在僵持之说。同票事件，是指 2010 年度评奖时，庆祥师妹杨晓帆与著名评论家同票，编辑部取年轻的晓帆。这也是本刊催生新一代批评家成长的旨归。于是，"庆祥有了第一次坐飞机的机会"（程光炜在 2013 年 5 月"80 后批评家研讨会"上如是说），我也幸运多了个得力助手。

2010 年阳光灿烂的初夏，因参加《现代中文学刊》的学术会议，在虹桥机场见到前来接机的黄平，一声愉悦的轻呼和一脸的天真，我的疲劳顿消，没料到为《南方文坛》主持过两年新时期文学《作家访谈》专栏、写就一手雄辩文章的黄平，竟是如此阳光少年，而且接人待物，既有身为东北汉子的自然爽朗，也有南方人的细致周详。难怪陈子善先生不仅请他做兼职编辑，还要为他介绍女朋友。在本刊 2011 年第 3 期"今日批评家·黄平"专辑中，华东师大的倪文尖以书信的方式评述与褒奖后学黄平，亦师亦友，算是学界佳话。

起点于八十年代以来的文学与文化现象的研究，黄平比较集中于八十年代文学、当代文学批评、"80 后"文学与青年亚文化等领域的研究。他分别获得《当代作家评论》《南方文坛》年度奖的《"人"与"鬼"的纠葛——〈废都〉与八十年代"人的文学"》《从"劳动"到"奋斗"——"励志型"读法、改革文学与〈平凡的世界〉》《"大时代"与"小时代"——韩寒、郭敬明与"80 后"写作》等佳文，令我们感受到他进行着一种通过"形势分析"抵达"历史分析"的尝试，他认为有效的批评，是以文学分析方式真切阐释"中国故事"。从路遥、贾平凹，到韩寒、郭敬明；从《今天》，到王朔、王小波、六六，乃至网络文学，他在做着重新建立"文学"与"历史"关联可能性的努力，尤其是打通自己的"专业"与自己"生活"的可能性，包括与自己生活的时代与上海进行深度的学术对话，例如他的《〈蜗居〉、新人与中国梦》，以及新近发在《南方文坛》的《个体化与共同体危机——以 80 后作家上海想象为中心》《巨象在上海：甫跃辉论》便显示了他这种独特的重返历史现场的方式，并寓同情理解于审度中。这种深入时代与生活的学术姿态，也许与黄平丝丝入扣的文本细读有关，与他声情并茂的滔滔雄辩有关，与他课堂上爆棚的人气有关，或许还与他热爱生活有关，与他身上的人间烟火和厨艺有关，也许也许……"小小少年"不仅有了真正的学人功力，还有高于同龄人的生活能力，令人欢喜。我素来认为精学问、能工作、会生活、有才情是人生高妙之境，尤其对于知识女性，而辽宁青年黄平却也能抵达，实属不易。

如果说庆祥的通达令我亲切，黄平的朗健给人阳光的话，金理的沉实则让人心静。印象最深的是 2010 年 11 月我们同行越南，颁完年度奖后评委与获奖者且行且聊，会心之下，颇为开心。而两位年轻的获奖者——在读博士金理与杨晓帆，金童玉女，虽一静一动，却也谦谦然，颇为养眼。也有豪迈的评委大家对金理时而的静默和拘谨有所质疑。分别不久，便收到金理的来信，方知金理心中之痛。两月前，他刚痛失父亲。他痛自己对父亲突发重症一无所知，"等我赶到病床前，陪了不到十分钟，我父亲就推进重症监护病房，自此父子分别……父亲 17 岁的时候离开上海去江西插队，最后就是我和母亲扶着他的灵柩回沪，辛苦一生就这样走了，天地不仁"；他痛自己求学的时间太长，父亲退休还没返沪，自己"至今还没工作，连孝敬父亲的机会都没有"；他痛自己一点准备都没有，不幸临身，"才发现没有任何经验可以抵御这种伤痛，真的一无可恃"。他感谢《南方文坛》"给了我机会和生活世界恢复基本的关联，能态度积极一点带着母亲走出阴影"。长叹中，我立即电告那有些误解的大家，金理是因家有大事而略显缄默。两年后，有幸见到金妈妈和他的新娘，已是蔼蔼然充满爱心暖意的日常生活，欣然中，便以为寻到金理明亮双眼深处的光源，找到他沉静笃实文字的根须了。

三人中，出道最早的是金理；大三时，他的处女作《繁复的表意空间》，就经老师张新颖推荐发在《上海文学》2002 年第 12 期。之后，主笔《文汇报》中短篇小说评议专栏《期刊连线》，在《小说评论》开《小说的面影》专栏等。我一直欣赏金理以小处为切口，并渐次撕开扩大的入笔方式。对于性灵笔慧并潜心研习的金理，新颖君曾向我描述过"老师与学生共处而长成"的感受，令我感动并羡慕金理有福，前有才情兼备的张新颖师，后有一代大家陈思和师相携，难怪金理能在闹中自静，沉潜研习。也是新颖兄推荐并主笔，2008 年第 6 期《南方文坛》做了"今日批评家·金理"专辑，近十年，金理以不断的文章获"第六届华语文学传媒大奖·2007 年度最具潜力新人"提名。获《当代作家评论》《南方文坛》年度优秀论文奖。去年，还在《人民文学》《南方文坛》的年度青年峰会上，独获"2012 年度青年批评家"。我草拟的授奖词如下：

　　金理以丰富的学养、通达雅正的文风以及文史互证的研
究方法，翘楚于"80 后"批评家群落。2012 年度，他对现代

文脉的接续，对当代文学的时代冲突和精神困顿，对"80后"写作的变局，都有深度的思考和洞见。他精细条理的人文阐释，学术感觉敏锐，论述清通畅达；他以专注的目光、个性的发现、独立的专业精神，显示了青年批评家开阔明晰的学术视野与独特沉实的学术潜力。

近年，再见金理，沉静依然，却时有歌声低低传来。是的，到复旦历史系做博士后研究，追求沟通文史哲、现代与当下，行文有出处的严谨金理，走过了冬日，虽还慢条斯理，却已踏歌而行了，真好！

全媒时代，批评何为？浮躁喧嚣中，三人相携，竟不同程度地找到了自己的"问题意识"，共同追求着一种具有历史性与文学性的批评；而且，深入文学现场，都入选中国现代文学馆客座研究员，三人同曲共鸣，彼此欣赏，当下文坛，真的是难得几回闻。便想，正是春风得意时，三才俊是否对褒奖有足够的警觉？是否对漂浮的欲望和诱惑有足够的守持？是否对名利的加减与进退有足够的明察？是否对"志业"有足够的沉静和耐心？古人说"辨材须待七年期"，人与树的成长亦然，成长是一辈子的事情。想起庆祥《三人谈·发栏词》的自白：

> 我们和前辈一样，都不过是"历史的中间物"，或者说不过是一座"桥"，来路茫茫，去路滔滔。对我们来说，文学既是起源也是终结：它是我们赖以理解时代、历史和自我最合适的支撑点，最终也是我们个体生命得以展开丰富的形式。

如此看来，我的忧虑只能算共勉了，因为他们有"历史中间物"的理性自觉，便会在文学之路清醒而坚实行走。记下这些文字，不仅是不辜负三位才俊的信任，也是一种以他们为师为友的学习机会，一种对三人行的致敬和祝福。

甲午马年·春分
原载《文艺报》2014.4.16

批评的难度

曾经影响过中国当代文学批评的《金蔷薇》，除了赋予我们一种全新的感性的批评文体和方式之外，康·巴乌斯托夫斯基还谦逊地表达了批评的功能："如果我能够使读者对作家劳动的绝妙的实质得到些微的概念，即便是一点也好，我便以为我算完成了对文学的义务了。"然而，无论是从巴乌斯托夫斯基所述的传奇事件角度还是从与创作过程相似的譬喻意义而言，当下我们的创作和批评恐怕已少有像沙梅那样怀着一腔坚忍的爱与理想去寻觅、积攒、打造自己的文学的"金蔷薇"了，尤其是文学批评。

因为批评变得困难起来了，或者说，批评在许多批评家那里没有了难度。

批评难度的降低或消失的原因很多，除了市场化和媒体炒作的催化、发表没有了门槛、批评与创作成了制造等因素外，现在的批评家常常丧失了进行有难度批评的能力，难以面对批评对象说出自己的阅读感受，发出自己的真实的声音，张扬自己的专业立场和批评精神。于是，对批评的批评形成了一种强大的声音，"批评缺席""批评堕落""酷评""炒作"此起彼伏。我也承认这种批评的真实度，但身在其中，我更欣喜地看到批评家中的"沙梅"，看到不同以往的变化景象。过去批评家大多从客观和外部寻找文学和批评的问题，而 2006 年度许多文学评论家则表现出色，他们从深切的阅读体验出发，对 2006 年文化的泡沫化及正在发生的文学生活践行着评论家的专业立场和批评精神。2006年是文学的多事之年，但也是文学批评家们纷纷站出来发声的一年。这一年里，像雷达、李敬泽、谢有顺以及郜元宝、邵燕君、李建军等在2006 年都及时地从文学内部去理解并寻找原因，各自提出不少发人深省的看法，发出非常有专业精神的声音。比如雷达对当前文学征候的问诊，郜元宝对学界泡沫化的批评，李敬泽阐发小说不死的三大理由，谢有顺呼唤小说的灵魂叙事，洪治纲对先锋文学精神内核的阐析，李静因钟情木心而对当代华美丰赡美学缺失的批评，邵燕君的期刊点评团队对文学作品的月月直言，朱大可新锐的文化批评，等等，都引起了广泛的关注和争论。

这正是批评家对难度的自我挑战，因为他们明白回到文学批评本身才是真正的文学批评。文学批评就是对于"文学"的"批评"，文学最基本的元素就是作家、作品，没有对于作家、作品的关注，没有以"同情之理解"与批评对象对话，批评也就无从谈起，这也是"文学"之所以为"文学"的价值根基。是的，批评也是一种对话，是一种批评之心与文本之心的交流。文章与做人一样，并非只有对错之分，我们不能自我独断，要以"同情之理解"不断发现评论对象的好，用心与之对话，换个角度，自我的界限便扩大，便能最大限度理解对象。而且，对话能超越自我和世事，同时也使有限的自我心灵分享世界的无限。其实，每个心灵都有阔大的可能。

因此，作为评论者，首先必须与文本对话。当代文学每个阶段都有一些为同时代作品，尤其青年作家的作品挑灯夜读的优秀评论家，如冯牧之后的李陀、李陀之后的李敬泽等。也许他们都没有影响巨大的新理论，但他们对作品的热忱和对青年人的不吝，影响了一代青年文学。我敬重这些以及一切从细节从个案入手的批评家，也为此，我一直敬佩北大当代最新作品点评论坛的工作，邵燕君带领研究生逐期点评主流文学名刊最新文学作品，这件事对当下的中国文学非常有意义，从文本阅读开始，从基础做起，颇具难度却坚实而纯粹。现在好作品太少，而发表量又空前地大，因为发表的门槛降低了，写作难度近于消失。大浪淘沙式的阅读苦不堪言，阅读遭遇前所未有的困难。在这个意义上，从文本出发的冯牧、李陀、李敬泽以及北大的师生们犹如沙梅，同样怀着一腔坚忍的爱与理想去寻觅、积攒、打造着文学的"金蔷薇"，弥足珍贵。

批评的难度还在于，批评家在与文本对话的同时，已很难埋头做踏实的研究工作，已难有把作品读透而发表批评文字的批评家了。因为，今天中国的批评家与作家关系大多很近，我也常常体会到在友情和文本之间行走的尴尬和疲惫。当然，渺小的我不可能脱俗，但我愈来愈强烈地希望自己的每一篇评论都能说出自己真实的想法，并经得起读者的质疑。我们明白这一立场坚守的难度，但批评家要批评的毕竟是写作者的文字而非他本人。如果批评家与写作者距离太近，不免掺进个人感情因素而影响评论的尺度，影响到批评的本意。只有把自己深切的艺术感觉放在批评的首位，我们才能犹如水流的方向一样执着，从而尽可能摆脱身上的俗念，避开非文学因素，如水行山谷，绕过弯道，直奔大川，做到真正的无为而无不为。这才是有生命力的批评，也是一种与自我对话的难度。

这种难度在于从文本出发，又忠实于文本的细读和基本的学理，不依赖于公众舆论和个人的私情。如今，不少的批评家受到自己趣味、私情或恩怨的蒙蔽，不认真地去研读文本，便四处发表自己的宏论、赞语或"直言"，甚至"恶搞"，四处质疑别人的创造性劳动，无疑，这严重伤害了批评应有的尊严和声誉。我们也不否认批评家们站在文学的第一现场对文本进行阐释和判断时，常常会出现不同的声音，出现这样和那样的差异。这种丰富的差异性，不仅表明了一部作品存在的多重意义，同时也折射了批评者各自的解读方法和解读能力。这种审美的差异性，在我的编辑生涯和一些评奖活动中，尤其显见。同一部作品，只要真的阅读了，就极少能相互影响的，个人的评价真可谓智者见智、仁者见仁，甚至泾渭分明。不明就里的外界，常常会发出"黑箱操作"之类的妄语。一方面，这大多是一些媒体为语出惊人而想当然了；另一方面，也为批评家提出对审美能力、专业立场和批评精神更高更新的要求，即批评家在用心去与批评对象对话的同时，也要直面自我，尊重自我，与自我对话，才可能保有自己的立场。

是的，立场比学识更重要。因为，一个批评家的思想、勇气、智慧甚至人格魅力，只有紧系于他的艺术立场之上，方能给人以真正的启发。这也是批评的主体性和超越性，而且这种主体性是建立在对文学尊重和深入认知的基础上的，这种相对恒定的艺术立场，意味着批评家的诚实。这种对批评专业和批评对象的忠诚，在文学批评大规模地丧失立场的当下，在我们一天天变得言不由衷起来甚至习惯了这种言不由衷的当下，日益重要。

正如韦勒克和沃伦在著名的《文学理论》中所指出的，文学批评应该是文学不可缺少的一部分，它直接关系着时代文学的发展状况。所以，当一个批评家从事批评工作的时候，他所需要遵循的首要原则是文学的原则——作为人类心灵世界的产物，文学绝对有自己独立的原则和评价标准。

在独立的原则和评价标准下，对阅读的思想和表达，标志着各自的专业精神和专业品格。我们在以同情之理解与批评对象对话时，能否发出作为阅读者和批评者自己的真实的声音，能否以坚忍的爱与理想造就自己的"金蔷薇"，这是今天批评的难度。

《文艺报》2007.6.19

孩子的，也是成人的

——兼议儿童文学创作的难度

　　湛蓝的天空，洁白的云朵，院子里大树环绕，摇曳的秋千架上是8岁男孩布鲁诺的欢笑，这是盛夏的乡村，也似乎是理想的乐园，却也是各种惨无人道的屠杀和人体实验的罪恶发生地。

　　出身于德国军人世家的布鲁诺，随着父亲工作调动，从柏林迁往波兰纳粹集中营（大人告诉他：不远处有穿条纹衣服的人的地方是农场）。除了荡秋千外，经常独自待在斗室里的小布鲁诺自然孤独、忧伤无比，儿童固有的好奇心和探险精神使他不顾大人们的警告，偷偷要去发掘男孩子的新世界，最终在"农场"铁丝网边邂逅同样8岁的穿布条纹衣服的犹太小男孩希姆尔，并成了好朋友。布鲁诺每天都冒险来与新朋友见面，或带吃的或隔着铁丝网下棋踢球游戏，虽然每次都因希姆尔被铁丝网内哨声的召唤离去而匆匆结束，但两人的友谊给了这两个不同原因却同样孤独的孩子极大的欢乐和抚慰，直至布鲁诺母亲发现了集中营的罪恶，决意要带他远去。布鲁诺却害怕再也见不到新朋友了，绝望中，他听到希姆尔在"农场"里继母亲姐姐"失踪"之后，父亲又"失踪"三天了，他决定要帮助希姆尔找回突然"失踪"的父亲之后再走。稚气的布鲁诺穿上希姆尔带来的条纹衣服，他从铁丝网下挖出的浅洞爬进了集中营。无情的命运与小男孩布鲁诺开了个天大的玩笑，在他母亲呼唤他离去的喊叫声中，在风雨如晦的暴雨声中，纳粹分子又将大批犹太人赶进毒气室，天真的布鲁诺和希姆尔手牵着手行进在队列中，一无所知走向了死亡，至死都以为这是他俩的游戏。这一对未泯童心的温情、悲情想象的点睛之笔——两个孩子不知不觉中走向了死亡陷阱，他们紧握在一起的温暖小手并未能挣脱死亡的魔爪。这令人难以承受之轻的结尾，顿时把故事推到了一个撼人心魄的新高度，其叙述的穿透力，开拓着阔大的内力，令人重新审视战争的悲剧性，审视那些杀戮和令人难以直视的鲜血。这是隐忍的力量，也是作者超强的沉静叙说能力的有力体现。

"战争"远在天边而又近在咫尺。孩子的故事，更是成人的故事。

《穿条纹衣服的男孩》，这是我近日偶然看到的影片。这个温情讲述的悲情友谊的故事，令我许多天都走不出那个童心四溢的温情与悲情激烈反差的想象，走不出战争那些残酷屠杀和令人难以直面的灾难，走不出许多相关的以儿童视域审视战争，尤其二战的作品，诸如早些年的《美丽人生》，近年《追风筝的人》《芒果街上的小屋》《朗读者》《无家可归的中学生》……他们悲凉地——在眼前掠过，如影相随，郁结于胸。我不得不承认，这部根据爱尔兰作家约翰·伯恩的同名小说改编的电影，与上述系列透过孩子视角叙述战争的作品一样，是一部令人动心动容的优秀之作，它纯正、沉静的儿童本位叙事，它惊天动地的惨烈，它博大的悲悯情怀，既是孩子的，也是成人的。

《长袜子皮皮》的作者林德格伦认为"童心与童真"是儿童文学的核心，无论长幼，超越年龄，其中童心童真显现的智慧、灵性和精神气质，便是儿童文学的经典品格与现代精神。一如《穿条纹衣服的男孩》，约翰·伯恩对"儿童"的深切理解，使作者得以以"童年"视点沉静地洞察战争对弱势群体——儿童的最为残忍的戕害。故事以复线叙述，一边是两个天真烂漫的男孩世界，虽然潜隐于文本深处的叙述者是成人，但作者始终守住忠实于儿童本性的写作底线，绝无我们常见的"成人腔"，而是真切可触、笑容可掬的童心童真；一边是明明白白的残酷的成人世界。两者相生相应相反相成，在那异常的孩子气的反观下，更凸显成人世界或说现实的残酷——纳粹残害犹太人的同时，也无意杀害了自己的孩子，作者在童心未泯的想象中，试图以童心抗拒杀戮，消除战争，体现了博大而悲悯的人道主义情怀。这部优秀的儿童文学作品，两个纯真、懵懂的小男孩无猜的情谊无疑是最温暖最令人感动的意象。在这个悲情友谊的故事中，还隐含着布鲁诺对友谊、忠诚、同情、自由、正义等等精神成长关键词的认识，他与他母亲的择善而生，其中显现的智慧、灵性和精神气质，显示了儿童文学的经典品格与现代精神，它超越着年龄与地域，在世界范围内获得认同。可见，好的儿童文学作品既是孩子的，也是成人的；它的艺术品质，不仅具有阅读快感，更有阅读记忆，而且这份记忆会影响读者许久许久，乃至一辈子。

想起十几年前读曹文轩的《草房子》，桑桑成长的疼痛，曾引领着无数成年人回望各自的来路与童年的记忆，那唯美的雅实的生动至今还能若隐若现地令人感知。可见，有"童心与童真"的儿童文学，也属于成人。而有"童心与童真"的成人文学，同样也属于儿童。都说高三的春节前后是最难熬的，考期要到未到的，弄得一个个孩子、家长焦虑万状。去年彼时，我女儿也被逼得了无生趣，直嚷嚷："妈妈，给本课外书救命啊！我快受不了啦。"我随手递去韩少功的《山南水北》。她居然带到学校，课间不时读上几则，一个人咯咯笑个不停。夜深回家，还挑些段落给我们朗读，说要去八溪峒，"扑进画框"里，看"韩爹"，听"遍地应答"。全家不时为这本遍地应答的亲历者的书会心大笑，一时，焦虑远去。韩少功听说后，笑道："我以后多写这种少儿文学！"可见，童心未泯、灵魂真切的优秀的成人文学，也是孩子的，它超越年龄。

然而，具有这样的"童心童真"的经典性作品，在今天还是稀少了些，尤其我国儿童文学的书写在心态和气质上先天不足，与国外的同类作品存在相当大的差距。我们有太多的伪"童心童真"、反自然天真或"成人腔"，弯下腰与孩子说话，或教孩子捏着嗓子说话成了常态。我们缺少林德格伦、约翰·伯恩式的对儿童的尊重和自然平视，缺少他们纯正、沉静的儿童本位叙述，这也算是我们儿童文学创作与批评的难度之一吧。

理论期刊发展的难度

——以《南方文坛》为例

经历 1990 年代中后期市场大潮冲击的中国文艺理论与批评期刊，经过近十年的锤炼，已经日臻成熟，相对形成了自己的个性，有影响力的期刊日益扩大，有影响但由于转型不成功而回落的，也慢慢从冰冻期走向回暖，可以说 21 世纪初叶，中国文论期刊进入了小阳春式的回暖期。然而，在近年全球化经济大潮的席卷风暴中，在影视、网络、市民报纸盛行的挤压下，文艺日益走向边缘，文艺创作难度越来越大，与文艺血肉相连的文艺期刊又开始了新一轮的自我淘汰，尤其在前一轮大浪淘沙中所剩无几的文艺理论与批评期刊，步履维艰、难度更大。作为广西唯一的省级文艺理论与批评期刊，《南方文坛》虽然在第一轮的市场化中获得新生，在中国文论期刊中走出了一条自己的路子，然而面对网络时代强势媒体的介入，文论期刊如何进行自身的建设，寻找到自己的学术生长点，得以可持续性的发展，新一轮的守望，艰难重重，危机依旧。如何挑战难度，在新的文化格局中获得新发展，成了《南方文坛》面临的最大难度。

作为文艺理论与批评的杂志，它学术的高品位特性使它不可能像文学期刊，更不可能像大众文化期刊那样拥有众多读者。"阳春白雪，和者盖寡"，其发行量小的困境与生俱来。其次，文论期刊与中国学术期刊一样，都是计划经济的产物，中央到各省（区）都拥有一大批同类期刊，尤其是大学学报。于是，低水平重复出版，缺乏自我淘汰机制，特别是缺乏社会强制淘汰机制的真正介入，难以实现学术期刊结构的优化。1990 年代，市场化的巨鞭第一次抽打中国的文论期刊，《南方文坛》于 1996 年在中国同类期刊中率先改版，从期刊内容到期刊形态进行了彻底革新，走"以刊养刊"的道路，即在刻苦经营创品牌中获得生存。生存下来的《南方文坛》又面临了世纪之交市场化对期刊的第二轮淘汰，当时中国各行各业正为加入"WTO"而加速市场化的步伐。《南方文坛》的第二次选择是以品牌资源与广西师大出版社合作办刊，并于2000年签约，实现了"以业养刊"。于是，《南方文坛》便在六年中在两个空间（自治区文联和出版社）获得了更多发展的可能性，我们可以以自己的行业品牌资源（品牌与强大的作者资源）为以出版精良的人文学科图书闻名的广西师大出版社提供支持，他们也以强大的经济实体和规范的经营坚实地支持《南方文坛》。尽管，合作六年尚未实现最大值，但是这条"以业养刊，以书养刊"的路子毕竟使《南方文坛》在前沿批评的高位上获得持续平稳的发展；这种强强联合，实现双赢的合作之路，是良性的发展。签约时，引起了广泛关注，不仅学者、评论家与作家钱中文、南帆、陈晓明、王彬彬、王宁、王干、苏童、毕飞宇、吴俊、费振中、董之林、吴炫、邵建等出席，新闻出版署及广西主管部门的领导也来了。媒体称其意义不仅止于合作双方，也不仅止于对中国文艺批评的建设，而且为中国文艺体制的革新提供了一种参照系。学者贺绍俊是如此评论这六年合作的：使《南方文坛》在"出版社良好运作的机制下，保证了刊物实现自己的编辑主张和编辑方向"，使之"不仅在办一份具有特色的评论刊物，而且也是在为当代文学史创造一个新的'关键词'——南方文坛"。（《〈南方文坛〉：为当代文学创造新的关键词》，见《光明日报》2006.6.9）《南方文坛》改版以来一直站在文学批评的前沿，"团结和吸引了全国一批实力派批评家，成为我国文学评论界的权威性阵地"。（陈建功《文艺报》，2006.6.15）

可以说，《南方文坛》是近十年中国文坛一些重要文学活动的策划者、参与者和见证者。曾在《文艺报》开设的《先擒王——我看头条小说》，1998年至今，开设《中国当代文学研究会专栏·文坛评述》栏目，持续了三届的"年度中华文学人物"，历时八届的《南方文坛》年度优秀论文奖已被专家认为"是中国文学批评的一项重要奖项"（陈思和语录），历时七届的与《人民文学》杂志联合举办的"中国青年作家批评家论坛"，在文坛声誉日隆。此外，杂志社与出版社书刊互动。策划出版图书，其中在学术界初具影响的有《南方批评书系》和《南方论丛》等。《南方文坛》改版十年来的文章转载率一直位于中国语言文字、文学艺术类期刊的前十名，被中国新闻出版总署评为"中国期刊方阵、双效期刊"，第四、第五、第六届"广西十佳社科期刊"，为"全国中文核心期刊"，获广西人事厅颁发的文联系统集体二等功，2007年主编出版的《南方批评书系·无边的挑战》荣获第四届鲁迅文学奖。为《中文社会科学引文索引》（CSSCI）来源期刊，《中国期刊网》全文收录期刊、《中国学术期刊（光盘版）》全文收录期刊、《中国学术期刊综合评价数据库》来源期刊、《中国核心期刊（遴选）数据库》全文收录期刊、《中文科技期刊数据库》收录期刊。

如果说《南方文坛》在市场化挑战中，第一轮以改版来"以刊养刊"获得生存，第二轮以与广西师大出版社合作来"以业养刊，以书养刊"，并使品牌在高位上获得不断发展，那么，在今天商业与网络共谋的时代，《南方文坛》如何进行有难度的可持续性发展呢？我们必须挑战以下几个难度。第一，更为明确原有的纯正的办刊理念。文论期刊是文艺性、学术性、专业性的阵地，文艺的宣传作用、市场化的效果效应要有所注意，但主要是靠报刊媒体、平面媒体承担的。当然刊物也是媒体，报刊媒体和期刊媒体的性质是不同的。我觉得目前在大家越来越不关心文艺批评，阅读更注重消费与娱乐时，文论期刊的责任就更应该把阅读与批评变得更庄严、更专业。

第二，更为努力地致力于独特的高品位的学术形象和批评形象的建设，继续敏锐关注当下文艺及文化现象，倡导率真、精辟而富有良知才情的"绿色批评"，推介新人新作。如重点经营经典栏目，《今日批评家》要一如既往地催生中国更年轻的新一代批评家的成长与成熟；继续提升品牌栏目，如《当代前沿》《批评论坛》《个人锋芒》《现象解读》《对话笔记》《打捞历史》等栏目，继续以一种学术的或者文艺批评的方式介入中国文坛，继续以此作为本刊的学术生长点，从而达到建设的目的。

第三，更为坚持文论期刊的专业精神。办刊人要有一个高尚的学术情怀和艺术良知，才能把一个刊物、一个栏目办好。文论期刊的主编编辑趣味是极其重要的因素。一个文论刊物有一个集中的趣味，容易造成一种文学史事实，所以编辑的趣味有一种潜在的文艺领衔的职责，甚至是文艺史经典化的运作。我们看到文论期刊可能会成为未来的文艺史在形成期的良种库，因此，提倡编辑专业化是相当必要。再说，刊物是文艺批评生产的一个重要载体和平台，只有文论期刊不断地推动文艺批评，文艺批评才能够保持纯粹的学术性和批评精神。正如著名评论家施战军指出的："文论期刊的生存建设是一个最根本的问题。其中也包括思想建设和办刊宗旨的建设，也就是我们所说的学术建设，这里面也关系到人，如能不能不断地推出新的批评家，对于当代文学发展、当代文化建设能起多大作用，能有多大的意义，甚至能不能对这个社会的文化生态起到一个文学批评期刊的作用。从学术角度讲，我们的理论就是一种评论，就是对社会发出自己的声音。我们的刊物就是一个载体，怎么样发声音，发什么声音，效果是什么，这是整个社会文化生态的一部分。"

第四，更为坚定地面对新一轮的艰难守望。我们无法回避多元化文艺消费、创作与批评的环境，尚处于嬗变的我国文艺创作，文艺受众接受方式与价值取向消沉，致使文艺审美品位处在多重矛盾交错状态，文论期刊的引导作用更为明显和艰巨。这种多元化状态影响文论期刊发展还会有相当长一段时间。但从生存上看，期刊目前的状态已是输血功能和造血功能两种功能并进；但要获得新的发展，新一轮的守望更为艰难。主要体现在四个方面：一是要坚守。期刊的衰退，不是我们的文艺观有问题，也不是编辑有问题，而是期刊逐渐丧失了主流的地位，受到了大众传媒、网络的强势冲击，面对这些我们很无奈，但在无奈的同时我们也要正视，这是文艺发展的必然结果。虽然这种坚守会比任何时候都艰难，但是我们要甘于寂寞。二是要不甘于寂寞。应该在办刊理念和思想上尽可能地发挥杂志的影响和引领功能。三是要从甘于寂寞和不甘于寂寞中建构杂志的人文情怀和批评精神。四是要勇于接受市场化的挑战。因为国家发展的市场化步伐是不可能停留甚至放慢的，纯文艺及其理论批评要扶持，但也是择优扶持，谁也逃脱不了市场化的冲击，谁都必须以自己的方式进入市场。我想，我们文论期刊只能以自己的优长，具体到《南方文坛》只能一边在主管部门的扶持下健康发展，一边以业养刊、以书养刊谋求更高更强的新发展了，以我们可能发展的方式与此同步。当然创造这种可能，难度很大很大。

有我之境

26

散文与杂文创作的难度

——关于第四届鲁迅文学奖答记者问

问：张老师好！很荣幸能邀请到您接受专访。作为第四届鲁迅文学奖散文杂文类的评委，您刚刚评奖归来，我想就散文、杂文体裁在当代的作品形式中是不是处于一种尴尬的地位这一问题采访您，比如以鲁迅名义命名的杂文奖，反倒在这次评选中空缺，这是作品的内容问题，还是作品的体裁问题？或许还有更深层的原因？

答：谢谢您的盛情！我原是第四届鲁迅文学奖"文学理论与评论"组的评委，因我主编的"南方批评书系"中陈晓明的《无边的挑战》（后获此奖项）、吴俊的《文学的变局》两部著作入围（各门类入围作品约在 20 部），因此，遵照评奖有关条例，我被回避到"散文杂文"组了。关于当下的散文杂文，我以为并未都处于尴尬的地位，比如散文。相反近十年中国出现散文热，相对其他文体 1990 年代以来被称为"散文时代"尤其可见。作家队伍泛化、文体泛化，而且随着媒体报章副刊的兴旺，发表的园地以及关心散文的人也很多，众人七嘴八舌，不过真正的佳作不多。

"散文时代"散文的泛化，文坛学界颇有争议。我以为，只要真的为心灵所写，面对世界真我相见、奇思妙想、灵动深切，文体和语言皆可开放。在中国，散文是文体遗产最为丰富的文体，要创新难度颇大。但它自由的特性、与世界对话的直接性，很为别的文体作家所钟情，而且不乏精品力作。比如此次获散文奖的小说家韩少功、评论家南帆，前两届散文奖的学者余秋雨、小说家李存葆，小说散文两副笔的贾平凹，他们都在散文界蔚为大家了。连以文学评论为主业的我也写了不少散文，而且还有所期待：才情思力。同时，从业文学批评也要求我们对各门类创作都要有所了解，在大量的阅读中（包括散文阅读），难免心驰神往。比如此次与我同时被回避到散文组的批评家李敬泽，也写得一手好散文，他在《南方周末》的专栏深得文心。其实，散文写作是与人的情怀学养胸襟功力相生相应的。另一方面，散文的泛化、市场化及网络的普及，发表门槛的降低，使散文创作、理论与批评也变得越来越困难，它们在散文作家、评论家，尤其泛滥于媒体网络的写作者笔下没有了难度，散文难度的降低或消失的原因很多，还可另外行文。

说到第四届鲁迅文学奖，送上来的 175 部散文 8 部杂文集，初评为终评委推荐了 20 部作品，其中有一部杂文集；再加上经三名终评委提名，全组评委投票半数以上通过入围的《山南水北》，共 21 部。经过大家认真审读、民主讨论，大家讨论真的很坦诚，你知道我的直性子，肯定是要说出自己真实阅读意见的，当然，尊重并对结果负责也是一个评委最起码的职业操守。结果散文最后评出了 4 部：韩少功的《山南水北》、南帆的《辛亥年的枪声》、刘家科的《乡村记忆》、裘山山的《遥远的记忆》。杂文空缺。

很遗憾，最见鲁迅水平、思想和创造力的杂文空缺。这种遗憾，我能猜想对于你这样钟情于杂文的读者来说，一定如鲠在喉吧？这也是你提问的原因吧？其实，我个人对杂文心存敬意，期待值也很高，杂文集总共才选送了 8 本，初评后只剩 1 本，大家争议也大，之所以在等额选举票数未过三分之二而致空缺，就是不少评委认为它们达不到大家心目中杂文的艺术水准，因而，宁可留空一部给杂文（每个门类最多可评出 5 部），既表达了评委对杂文的敬意，也是一种期待。11 位评委尤其杂文家甲乙（吴志实）先生更是痛惜。我们不能否认，曾经获此奖的杂文家邵燕祥、何满子、鄢烈山，活跃于杂文界的魏明伦、黄一龙、舒展、冯英子、宋志坚、金陵客、王乾荣、刘洪波、张心阳等，文心笔锋依然，思力逼人，力作迭出。还有一批雄踞各地、实力不俗的杂文家也在默默耕耘，关注现实尤其弱势群体的生存艰难与精神存在，针砭时弊，见思想见性情。但好文章太少，不少杂文，还是拘于一事一议的记叙，格局小无大碍，但叙述缺乏精神穿透力，而思想、胸襟、情怀和精神更少见。相对于各文体，杂文在热闹的文坛还是声音微弱，除了与当下整个文化语境有关，我以为散文杂文的难度，其中关键之一在于作者对散文杂文的要素和品质缺乏深长的理解和表现，尤其以思想性见长的杂文更为严重，难度几近消失。散文杂文不似小说，不仅要"阅心"更要"阅世"，要在精神上与现实对应，在文本上真我相见。如今现实的生动、繁复和尖锐在文中几近消失，真心性真智性真思想也难看到。尤其杂文，鲁迅"乐则大笑，悲则大叫，愤则大骂"，他从"白心""素心"发出直接的判断与回应。而今天，我们常常连真诚都难葆有，更不用说发自原初的"白心""素心"了，在器小行径以及鸡零狗碎无所不在的现世中，鲁迅倡导的"社会批判和文明批判"不仅鲜有，即使反省文化自身的传统、批判精神的发挥，从而获得新的文化自觉的真文人也为数不多。当然，我们不可能具备鲁迅强烈的不妥协的奋身孤注的批判精神，但潜在的立场和担当精神却是一个真文人或曰君子应该具备的。

其实现在没有任何一个奖项是没有非议的，我们也没有必要过高地去估量这个奖或者那个奖，但是，在难以估标时它毕竟是一个标识。在尊重结果的前提下，我个人除了对杂文的遗憾外，我也期待着与本届擦肩而过的周晓枫、筱敏的散文获奖。这是两位富有才情，颇具文体自觉、理性自觉，令这个时代骄傲的散文家。为了回答你的问题，我翻开自己的阅读笔记，里面记录着我对她们的细读和敬意，这要另外行文了。

问：文学作为我们民族文化中的精髓，在载道的功利时代都曾经辉煌、蓬勃过，一旦回归到审美的本位，反倒呈式微状态，这是不是正常的？

答：首先，我不认为当下的文学呈式微状态，如今太多的人哀叹文学边缘化了。我以为，今天回到审美的文学是回到正常。载道时代的过热拔高和夸大了文学的功能，大到关涉政权，小到以写作改变命运，前者是妄言，后者是功利，都缺乏对文学的虔敬，其实是不正常的。文学在于"立心"，从而"立人""立国"，能有此文化自觉的人毕竟有限。

问：文学在我们当代人的生活状态中究竟是大众的事，还是小众的事？是走向市场的路子宽，还是走向灵魂、走向人性的路子更宽？

答：大众和小众的问题，更多的是审美多样化和大众文化需求多样性的体现。"走向灵魂、走向人性"是文学的特性，它使文学得以生生不息。今天的市场化对文学是双刃剑，它为文学打开市场时，也以无形的手让功利者迎合，甚至不择手段炒作以扩大市场，从而使文学变质。市场化的本质是商品化，商品被消费的过程也就是它走向消亡的过程，真正的作家是不会迁就市场而改变自己的，他们永远会按照自己的心灵意愿写作，真正的作家也会对商品社会世道人心保持着一种可贵的警觉，坚守一份"白心""素心"，也为此，我们的文学精神才可能薪火相传。

《中国散文》2007.12

有
我
之
境

当下文学创作的难度

杜波斯和柏格森经过了那次难忘的谈话后，在他著名的《日记》中写下著名的一句话："人的确是一个场所，仅仅是一个场所，精神之流从那里经过和穿越。"我觉得今天这里就是这么一个场所。感谢上海交大，感谢文学，让精神之流经过和穿越我们彼此的心灵。能否互相感通，由相识抵达相知，我没信心但我诚心诚意！我明白我只是一条精神通道而已，借着这个讲堂把自己感知的文学精神向你们倾诉，然后通过你们的感知与提问对话，再回流给我，也因此，今天是个相生相应相互感知与对话交流的场所，我期待精神之流在我们之间经过与穿越。

我今天想与各位老师、同学讨论三个问题：一、当下的文学境况；二、当下的文学创作中非虚构叙述的难度，以散文为例；三、当下的文学创作中虚构叙述的难度，以长篇小说为例。

一、当下的文学境况

首先，在全球化语境下，媒体、网络的兴盛所带来的文学的大众化与民主化，使传统的文学写作面临难度。

由于网络的生产方式具有全民参与的特征，在短短十年时间里，无论是按字数还是按篇目计算，网络原创文学作品已经远远超过当代文学60年在纸质媒体发表作品的总和。网络海量的点击率，以及发表的无门槛或低门槛、包容性和开放性等特征，使文学艺术行动正在前所未有地公众化甚至娱乐化，"恶搞"之风盛行。媒体副刊发达、互联网的迅速普及本质上改变了纸质媒体时代表达的方式，使得个人的公共表达不再困难，任何人都可以借助这个平台对公众发表自己的观点。网络刊物、网络论坛、博客、手机短信等，随时随地都可以闪烁星星点点的文学光芒，而并不需要等杂志和图书编辑来决定作品的命运。依靠网络上的点击率，一位写作者就有可能成为万众追捧的明星写手，而并不需要等待主流机构或传统方式的认可。文学已不再有发表的"门槛"，口水之作几乎泛滥成灾。

互联网上，一个作家的失败的表达方式，是无数网民在跟帖中的肆意嘲笑和辱骂。任何一个普通网民，无论他是否懂文学，都有权利和能力，当场对作品评说论道，而且这些批评是即时的、粗暴的、肆无忌惮的，大多无所谓"学理的"和"建设性"可言。所以，落荒而逃往往成为主流作家的明智选择。于是，专业、职业直至权威受到了挑战和漠视，文学创作和批评在互联网上成了大众的日常生活，而相互的挑逗与激发甚至使之成为一场娱乐化的狂欢，网络文化向精英文化的挑战前所未有的强大。作家队伍泛化，文体泛化，"狂欢化写作"狂欢到作者的眼睛和手都不够用了，也跟不上了。这固然有助于文学的大众化和民主化，也不能简单否定网络文学，但同时也必须认识到它对文学审美本体的消解与建设同在的特性，这是一把双刃剑。

文化全球化，以及中国社会、经济、文化所发生的深刻变化，是网络文学产生和迅猛发展的时代背景。尽管网络文学在发展中出现过这样那样的问题，但它所形成的巨大的社会影响力已经无法回避。于是，由中国作家出版集团和中文在线主办，《长篇小说选刊》及一起看小说网承办的"网络文学十年盘点"，集中了《人民文学》《中国作家》《长篇小说选刊》《十月》《中国校园文学》《作家》《中篇小说选刊》《南方文坛》《中华文学选刊》《北京文学》《青年文学》《大家》《山花》《西湖》等20余家文学名刊的资深编辑参与审读和评点。活动自 2008 年 10 月 28 日启动，计划 2009 年 4 月末结束，时间长达半年。在这期间，各家期刊的文学编辑以传统文学的审美标准，对网民经海选推荐上来的 100 部长篇小说进行认真审阅，最后阶段评委补充提名 12 部作品进入盘点名单，也就是说，评委们总共对 112 部网络长篇小说进行了审读，并撰写了 110 篇评论文章。可以说，这次盘点是对网络文学十年发展的一次整体性检阅，搭建了文学期刊与网络作家及网络阅读者相互交流的信息平台，也说明优秀的网络文学最终走向真正意义的文学，还需要主流媒体的遴选和考量；还说明优秀的网络文学，不会被埋没，最终还是会在大浪淘沙中行进到文学的彼岸。这也给人人都以为自己是作家、是天才的网络世界的虚幻，一种清醒与理性。

显然，网络文学与传统文学之间存在着较大的差异性。今天的网络文学还处在"实验期"，远远不够成熟，因此，有论者断言："当代中国文学的新路，极有可能出现在'网络文学'与'传统文学'的互补与融合之后。"（马季：《十年网络文学：集体经验与民间智慧》，见《南方文坛》2009.3）当然，网络成名而后纸质盛名，并因此而使自己的创作之路越走越宽者不乏其人，如安妮宝贝、慕容雪村等便是范例。

因而，传统作家要对这个世界发出自己的声音便变得更为艰难了，创作遭遇前所未有的困难。只有不放弃难度，正视网络文学与传统文学的差异性，真正回归文学传统，寻找各自的生长点，寻找属于足下土地的并深掘入本土腹地的中国写作，才有可能不被同质化，才有可能不至于严重通俗化。

其次，全球化也使中国作家已经在与外国作家同台竞技了。欧美畅销小说几乎与原版同步在中国推出，并很快有了市场效应。如，帕慕克的《我的名字叫红》，胡赛尼的《追风筝的人》《灿烂千阳》以及《芒果街上的小屋》《风之影》《船讯》《穿条纹衣服的男孩》等，因此，我国小说家不仅要和同时代的国内同行竞争，还要和世界范围的小说家竞争，这种竞争在近年实实在在。

因此，文学创作，无论何种文体，尤其长篇小说，没有难度的写作，使之出现粗制滥造的现象。这是当下文学创作境况的主要特征。

二、当下的文学创作中非虚构叙述的难度

当下的文学创作中非虚构叙述，主要指散文、杂文、纪实性文学类（包括报告文学、回忆录等）。

萨特曾对非虚构文学有过一个"不久将来成为文学最重要的形式"的预言。几十年过去，虽未实现，但谁都毋庸置疑世界范围内的非虚构文本发展的速度惊人，尤其在中国。主要原因有二：一是，非虚构文本满足了人们在变动不居的空前的社会变革与转型面前，了解世界、了解自身的迫切需要；二是，多元化的文化环境所带来的信息革命，使过去作为隐私、机要的人物与事件，今天进入公共空间并自由传播。因此，非虚构文本大行其道。

以散文为例。

散文的非虚构性，主要是指散文文体承载内容的非虚构性，并以此与虚构的小说区别开来。散文和小说一样要讲究艺术真实。艺术真实的来源虽然都是生活，散文写的是曾有的事实，小说写的是可能但未必已经发生过的事实，它书写的更多的是人的可能性；散文和小说都需要作家展开丰富的想象力，但散文是再现性的记忆的复制，而非天马行空的想象，散文家的玄想也只是一种"象骨生肉"（钱钟书先生评《左传》语）式的揣摩，以补足生活的场景。如果散文允许作家作若干虚构，那么，它仍然有一条底线不能越雷池半步，这就是在散文中作为叙事人的作者是不能虚构的。

散文是经验事实、体验事实、感性、知性的文学载体，它拒斥像小说那样隐去直接的经验事实和体验事实，以白日梦的形态作艺术呈现。小说中的叙事人，不论是隐作者还是显作者，都是可以虚构的，而散文则是作家人格智慧的艺术体现，叙事人都是作家其人，绝不容虚构，散文允许再现性的想象，但不能容忍虚构自我，这条底线绝不能突破。但小说和散文，尤其是与叙事散文（回忆录、纪传散文）之间仍有不少共通之处。

相对其他文体，中国出现散文热，以至于 1990 年代以来被称为"散文时代"，而且随着媒体报章副刊的兴旺、网络的便捷，发表的园地以及关心散文的人也很多，众人七嘴八舌，文章遍地开花，作家队伍泛化，文体泛化，不过令人尴尬的是真正的佳作不多。

这种尴尬状态，在新近一届鲁迅文学奖的散文杂文评奖过程中，一一可见。入围的 21 部散文杂文集中，结果散文评出了 4 部：韩少功的《山南水北》、南帆的《辛亥年的枪声》、刘家科的《乡村记忆》、裘山山的《遥远的记忆》。杂文空缺。

很遗憾，最见鲁迅水平、思想和创造力的杂文空缺。不少评委认为候选杂文达不到大家心目中杂文的艺术水准，因而评出四部散文，宁可留空一部给杂文（每个门类最多可评出 5 部），既表达了评委对杂文的敬意，也是一种期待。杂文颓败，除了作者个人水准外，当下整个文化语境也是一个重要因素。优秀杂文的诞生，是有较大难度的创作，散文亦然。

难度之一，作者对散文杂文的要素和品质必须有深长的理解和高超的表现力，这对以思想性批判性见长的杂文尤为重要。而当下大多数作者不仅对何为散文缺乏深度理解，许多人不知道散文是一面"照妖镜"，最能显现作者文学能力的高低；不知道散文是文体遗产中最为丰富的文体，要创新难度颇大；不知道散文写作对人的情怀学养胸襟功力要求很高。于是，"写不了小说或评论，我可以写散文嘛"，"人人可以写散文"之类言语常常充斥耳边，长此以往，散文杂文创作的难度自然消失。

难度之二，全面提升非虚构文学作家的内在素质，使他们在"学问家凸现，思想家淡出"的年代仍然立于当代思想的潮头，保持独立思考与批判立场，尤其具备中国视野的同时，具备世界眼光。因为，非虚构作家的素质的高度决定其思想高度，而思想高度又决定着文本内涵的高度。散文杂文逼人的思想力，是在追问事物的过程中步步呈现的。在这个意义上，散文家不一定是思想家，而杂文家却必须是思想家，必须面对世相、时代和社会甚至体制发出心声，如此春秋笔法，一如先秦诸子百家，那是中国思想与散文的黄金时代；一如宋明理学，一如鲁迅在上世纪二三十年代，那份直面现实的"赤子之心"发出的直接判断与回应，那种"社会批判和文明批判"的震人心肺的批判声音，几成绝响。杂文何其之难。

难度之三，在于提高运思用事能力，即对艺术性追求应成为文体自觉。散文讲究运思用事，好的散文应该是指向实事、明白晓畅的。运思用事能力的低下，还在于创作时对于笔下事物虚实把握的能力不足，缺乏艺术审美的虚实观。中国艺术的虚实观，是在老庄哲学的影响下，所谓的以虚代实，虚实结合；所谓的"化景物为情思"。反之，一味空洞抒情与全然仿真写实，远离散文品质。散文的苍白贫血，大多是因为以虚为虚而致使的虚无；散文的呆滞木讷，则是以实为实，因而笔下景物与事件就是缺乏生气，难以动人；唯有以实为虚，化实为虚，才有无穷的意味和幽远的境界，犹如韩少功、南帆们。

南帆的散文写作即是有难度的写作，因而显得蔚为大气和雅实。这与他的批评家的学养息息相关，使他不仅具备理性自觉和文体自觉，还讲究叙事的虚实之道，计白当黑。中国散文的传统多为主情，而南帆一反这个传统，尽可能地把审美情感收敛，把审美情感与智性审视结合，有细节有情怀有智性，还有情趣，因而有厚度和温度。《辛亥年的枪声》里的主打历史散文，是以他的福建老乡——辛亥人物系列为书写对象，用学理与心性感知历史。例如他写戊戌六君子之一的林旭，思力逼人："其实，我看不见历史在哪里，我只看见一个个福州乡亲神气活现，快意人生。有些时候，机遇找了上来，无意地成全了他们，另一些时候，他们舍命抹杀，历史却默不作声地绕开了。多少人参得透玄机。"把林旭，把何为历史、何为英雄、何为偶然必然，轻笔一提，便厚重丰实、清清楚楚。又如对林觉民（广州起义、黄花岗七十二烈士之一）的解读，颇具个人性。南帆认为林觉民不负天下，却负了一人即他的爱妻陈意映，书写着林觉民长笑而去的身影，南帆问道："他挥挥手将陈意映抛在彼岸——他有这个权利吗？"南帆知道，这是历史上不会愈合的伤口。因而，他常常在假设和追问中，表达自己的疑难和不安。而他的另一类写当下生活的散文，则是通过即景会心，对日常生活及其生活真相的叙述和审视，精妙的细节，绵细真切，简约灵动。比如《那一张床空了——悼外婆》《消失的巷子》《教子无方》《校园人物》等等。

刘家科、裘山山的书写则是叙事较为用心的白描，甚至是看到什么写什么，朴素动人，颇具孙犁之风。他们是在铺陈之上的审美，在写实的基础上虚化，也唯有以实为虚，化实为虚，才有无穷的意味和幽远的境界。

而至今为止，对散文文体疆界、对散文运思用事能力的可能性进行了最大探索，并卓有成效的是韩少功。他再次以《山南水北》显示其出色的才情思力，以及更为狂野与自觉的文体意识。与《马桥词典》和《暗示》一样，《山南水北》的文体界限非常模糊，可以当作小说来读，也可以当作故事来看，也可以当作散文来品尝。他对中国的文体遗产，了然于胸却勇于挑战，探索语言可能抵达的最远处。从《马桥词典》之后，我就以为韩少功是中国为数不多的知识丰富、才能全面并令这个时代骄傲的文学大家，他的生活态度和姿态及其写作，走在时代、文学与作家的前沿，代表着这个时代所达到的高度。他三十年的写作本身就是中国新时期文学最生动的注解。他的理论和创作的意义远比我们认识到的还要重要。他以行动与社会与写作息息关联，并以此开拓了散文的文体边界，在这个意义上《山南水北》是一部行动散文。

读完《山南水北》这部记录山野自然与底层生活的心灵报告，我们知道：没有小题材，只有小眼光；知道何为散文杂文，何为运思用事的能力，何为虚实相生，计白当黑。是的，以阔大的人类视野，方能回望细致打量周遭；无限地贴近身边事，方能委曲生风，心宇浩大。（参见拙

文《海南文学的三个关键词》）

土耳其作家帕慕克 2006 年获诺贝尔文学奖，瑞典皇家学院授奖词如是说："在追求他故乡忧郁的灵魂时，发现了文明之间的冲突和交错的新象征。"当我们每年以数千部长篇小说面世，那么，又有谁能把中国的忧郁描绘出来呢？在许多人放弃难度写作的今天，我们期待着始终进行有难度创作的韩少功。

这也许是当下文学创作最大的难度。

三、当下文学创作中虚构叙述的难度

德国接受美学康斯坦茨学派的重要代表沃尔夫冈·伊瑟尔转向文学人类学研究后有个著名的论断，他认为："自我的呈现与超越是人的基本需要，而文学虚构正是人类呈现并超越自身的一种方式，这是文学何以存在、人类何以需要阅读文学的深刻根源。"提出好的文学，应当在想象与虚构中越界。而今，我们或拘于事实或难以想象，虚构能力或说原创力与精神叙述能力严重下降，这主要体现在当下的文学创作中的虚构叙述，包括诗歌、小说、戏剧等。以长篇小说为例，较其他虚构文本而言，今天的长篇小说创作面临尴尬，没有难度的写作尤其泛滥成灾。

第一，发表的低门槛甚至无门槛，致使出现写长篇小说的一窝蜂现象。这与网络文学一样是把双刃剑。

一方面，由于网络的生产方式具有全民参与的特征，于是，成千上万的长篇小说在网络上走红，当然真正好的稀少。而传统意义的长篇小说，每年出版大概超过 1200 部，一天能出 3 部，而事实上，只有不到一半的长篇小说能进入市场流通；另外一半，说好听点叫自娱自乐，说不好听就是"造纸"后迅速变成了废品。长篇小说题材和数量不少，品质好的却是少数，半部作品现象普遍。参加过近期三届茅盾文学奖读书班（即初评），也就是说读了近十余年中国有代表性的传统意义的长篇小说，那真是个既有欣然愉悦，更有苦不堪言的阅读经历，颇多感慨和体会。

另一方面，近年出现一窝蜂写长篇小说的现象，还来源于作家的主观愿望。一个作家从事多年写作后，希望有部有分量、厚重的作品或说有"几块砖头"摆在那儿，尤其中年作家，我们都能理解。因此，一线重要作家的中短篇小说越来越少，许多人奔长篇小说去了。而大多写长篇小说的作家又缺乏有难度写作的能力，一个意念刚冒头就哗哗开写，"信笔由缰"，写到哪儿是哪儿，注水现象、半部作品现象颇为流行。面对材料，如何寻找自己对生活的独特发现，如何选取表现的独特角度，如何结构，如何挖掘个人艺术潜力，如何开拓叙述和汉语新的可能性等等，几乎很少人做充分的案头准备与思考，尤其准备几年以上的更为稀少。这是创作是否诚实的道德问题。长篇小说创作是个复杂的创作工程，急功近利与轻率下笔都与成功无缘，也因此，长篇小说创作和出版在当前面临尴尬境遇，写作愈加艰难。中短篇小说质量高于长篇小说，几成共识。

第二，现实题材的小说写作变得越发困难。

在一定意义上，这个难度有一些天然的因素，因为正在进行的生活是远没有沉淀没有定见的现实，依靠作者自己的发现与把握，必然有一定的难度与风险性。如果一旦表现和把握出现偏差，那么对作品就是巨大的损伤。而在信息发达的当下，人人处在似是而非的包围中，真相蜂拥而至，面对转型社会复杂而丰盛的生活经验，许多作家应接不暇，更难以概括，以致出现长篇小说普遍写实和仿真的现象，大多作品看到什么是什么便写什么，缺乏有难度的文学性的表现。哪怕《秦腔》这样具有影响力的作品，也因其仿真而引发诟病，幸而贾平凹有高超的白描功夫，尤其把细节描绘得精彩纷呈。也就是说，作家概括当下生活越发困难，既缺乏把握能力，又缺乏想象力，"太实了"的作品比比皆是，令人阅读痛苦。于是，呼唤"原创性与想象力"成了当下的一个共识，2008年《收获》联合多家名刊举办"春申原创奖"，便是一举。也因此，我们看到1990年代以来的长篇小说创作中，获得巨大声誉的几乎全是历史题材的小说。《白鹿原》《长恨歌》《尘埃落定》《古船》《张居正》《额尔古纳河右岸》，甚至《暗算》等等。他们描写了一个个经过积淀和发酵的现实，这个现实已经达成了共识，所以整体上使读者容易接受与认同。

第三，长篇小说艺术形式被大众媒介同化的现象。

今天的长篇小说在虚构的形式上，在文本结构上，无可避免地受到了大众传媒尤其电子传媒的影响。例如过去我们传统的线性叙述中，故事开头一路奔结尾而去，现在的文本很零碎，枝蔓四伸，犹如我们用鼠标百度搜索，一个关键词所有相关词条涌来。例如林白的长篇小说《致一九七五》等，就体现了这种花开多枝的文本结构。这种放射性结构，既丰富了长篇小说的结构艺术，又在一定程度上损伤了长篇小说的内在逻辑与节奏。此外，这种同化还体现在为影视而创作的长篇小说中，或者受影视影响的不自觉上，不少长篇小说充斥大量的对话、场景细节回放、故事戏剧性加剧、为故事而故事，而忽略长篇小说对人物的丰满、细节的精彩、文本的架构、叙述的节奏乃至小说的悬念等小说性的追求，忽略个体在历史进程中无法把握自我命运的背后，所表征的人类的普遍生存的困境。很大程度上，商业化倾向减损了作品的文学品质与艺术力量。

第四，全球化背景下的本土化叙事成为文学探索的一个热点，尤其传统深厚的乡土文学呈现新的更为丰富的表现。

这一变化推及整个文学创作中，包括诗歌、散文、中短篇小说。而从叙述学而言，作家们认为小说虚构需要调整，越是全球化，地方性叙事的意义越是突出。如近年关于中国经验、中国化等理念的提出。立足本土经验，是面向全球化境遇的一种文化姿态。从马尔克斯，到今天的大江健三郎、帕慕克和胡赛尼等，中国作家重新探索：新的文化语境中地方性叙事到底有哪些新的空间、哪些新的可能性？于是，我们自身的文学资源与传统也就越发显得珍贵，《红楼梦》《金瓶梅》《水浒传》等经典被重新从书架上取出来，重新摆在了作家们的案头。于是，出现新乡土写作。许多进城了的作家，如阎连科便发出"回家吧，那里有你需要的一切"。阎连科的娄耙山，莫言的山东高密，贾平凹的商州清风街，周大新的湖光山色，毕飞宇的平原王庄，红柯的哈纳斯，等等，一股股浓郁的原乡况味，开始弥漫中国文学的天空。第七届茅盾文学奖入围的24部长篇中，新乡土叙述占了近半数。然而，像所有发展中国家的特性一样，作家们面对当下中国前所未有的城市化现象，也出现了表现与概括的困难。进城打工而难以融入的"快城快客"，留在乡村最后背影的老人妇孺，土地的野生化，乡村精神的荒芜化，等等，这是中国忧郁的灵魂，近十年长篇小说的乡土中国的形象越来越多却难以整合，更难以表现。"2008上海双年展"便以此作为主题，所谓"快城快客"，几乎调动了所有的艺术形式，展出的依然还是一些思想内涵偏浅的一己之见，无济于事的呼吁，以及碎裂的乡村形象。费孝通的《乡土中国》与《乡土重建》，在今天更富有现实意义了，作家开始重新思考和寻找自己的创作资源，包括精神支撑与写作资源。

因此，在人人被同化的危机中，要自由言说、自由表达自己对这个世界的真实感受，写出自己新的发现和新的表现形式，保持个性，拒绝同化，这是颇具难度的。要在警觉中才可能独出品质，在对当下社会与生活中进行灵魂挖掘，不放弃难度，并进行有难度的创作，成了当下文学创作中的一大难度。

2008.9.16 在上海交通大学中文系的讲座（初稿）

《边疆文学·文艺评论》2009.8（修订稿）

有
我
之
境

论玛拉沁夫

一、中国草原文学的开拓者

> 我们内蒙古作家，还想共同努力，在祖国多民族的文学园
> 地上，创造一个草原流派。让我们每个人保持自己的风格的同
> 时，在我们内蒙古作家的作品中共同散发一股浓郁的草原气息。
>
> ——玛拉沁夫《谈创作的准备》

每个地方的生活存在都是独特的，文化背景与世态心理也是独特的，是艺术作品地方色彩的重要构成源泉。大作家的作品每每和他的故土地域不可分，哈代怎么离得开威塞克斯小镇？福克纳在约克纳帕塔法县的杰弗生镇"创造出一个自己的天地"，果戈理的第聂伯河流域的小俄罗斯的美；鲁迅的绍兴，老舍的北京，沈从文的湘西，孙犁的白洋淀……还有不少"少小离家"，根扎他乡的，只要他写活这个地域里的人与事，同样会闪烁出迷人的地方色彩。高更、梵·高这两个精神境界极高的艺术家，他们的作品就已经与那块他们流浪而至的土地不可分了。南太平洋塔希蒂岛为高更彩笔下的土著妇女抹上了一层咖啡色，赋予其碧海青天、椰林蔽日的热带风光。而法国南部阿尔的火热气候，不但损害了梵·高的身体，也熏出了梵·高画布上令人炫目的明亮色彩。

是的，"作家的起点就在脚下"（胡风），只要你扎根于此，与之同呼吸共命运，深掘出这块土地的文化背景与世态心理，就一定能冲进艺术的风景线。这对于民族作家尤有意味。"民族的，世界的"这个老题目，在某种意义上，便是与这地方色彩相通的。

我将要进入的便是这么一个充盈着浓郁的民族特色和地方色彩的艺术世界，那一摞厚厚的书页，只要翻开，就会感到草原的浓烈气息迎面扑来；一页页读去，就仿佛置身于草原上特有的牛毛味、牛粪味和夜风

传来的秋草气息、奶茶浓香、马头琴声以及魅人的蒙古长调中；一个个崇尚正义、追求自由、勇敢、剽悍、善良、朗健的蒙古族人跳出书页，令你为之感动迷恋，为他们各自的命运长久地追索，进而不禁去探寻这艺术世界的创造者的艺术轨迹，去探寻中国第一个有着无限艺术张力的草原文学世界……

那实在是一个迷人的世界。

草原一望无际，缓缓起伏着伸向天边。那里的天空深邃而低垂，那里的大地一遍遍吟唱"敕勒歌"，那里的刚烈汉子金戈铁骑、高举美酒、迎着阳光过日子。辽阔、雄浑、苍劲的风光，是无垠无邪的愿望，这里驰骋着人类一个独具异彩的民族——蒙古族。

本书的论主，就来自这个英勇剽悍的民族；他，就是从这片绿色的风情中走出，映着成吉思汗弯弓劲射的英姿走向汉文化的草原之子。

六十二年前，当他"呱呱"落地之时，"玛拉沁夫"（蒙语，即牧人之子）成了他的名字，它负载着一对贫苦牧民的殷殷期望——希望他成为真正的牧民之子，成为茫茫草原的一只雄鹰。

六十二年后的今天，他的父母完全可以释怀了，而我们在感谢这两位老人养育了一位出色的蒙古族艺术家的同时，无一不感念文坛巨擘们诸如茅盾、老舍、丁玲等当年对他的奖掖和关心。前辈的热忱赢得了包括玛拉沁夫在内的后人的长久怀念；而他们的识力更为包括我们在内的世人称道。

玛拉沁夫没有辜负前辈的瞩望，他果然成了新中国培养的第一代著名作家。他建树了多方面的文学业绩：当代蒙古族第一部长篇小说《茫茫的草原》（上部）获内蒙古自治区成立十周年文艺评奖的文学一等奖；《活佛的故事》获 1980 年全国短篇小说优秀作品奖；他创作了五部电影剧本，其中改编于他的处女作《科尔沁草原上的人们》的电影《草原上的人们》获中央文化部 1953 年故事片奖，《祖国啊，母亲》获 1977—1980 年全国少数民族文学创作一等奖；至今他已创作百余篇短篇小说和散文，其中多篇散文入选大、中学范本，他的短篇小说和散文结集出版的有《春的喜歌》《花的草原》《远方集》《玛拉沁夫小说选》《玛拉沁夫小说散文选》《玛拉沁夫近作选》《茶花集》，等等。同时，他还率先提出了"没有中国少数民族的文学不能成为真正意义上的中国文学"，以及他的《关于少数民族的文学创作与研究》等，为建立中国少数民族文学理论体系和少数民族作家群体作出了杰出的贡献。他还曾多次作为中国代表团成员出国访问，也曾以艺术团负责人身份赴非洲访问。他的作品被译成英、法、日、俄、德、罗、朝鲜、世界语等十余种文字传到国外，有的国家中还有专门研究他创作的学者。

可以说，玛拉沁夫是我国第一个反映蒙古族人民生活，并在国内引起反响的蒙古族作家。从脍炙人口数十年的《敖包相会》（电影《草原上的人们》插曲，玛拉沁夫作词）到影响一代人的《草原英雄小姐妹》，从当年历经磨难的草原史诗《茫茫的草原》再到新时期的《活佛的故事》，他的作品开创并奠定了蒙古族文学的大草原风格，不仅在我国少数民族文学中占有突出的地位，对中国当代文学也作出了突出的贡献，那就是他开拓了中国的草原文学（尤其是草原小说）的创作之路，他是披荆斩棘的拓荒者。

总之，面对茫茫草原，玛拉沁夫献上一颗热蓬蓬流泪流血的心。他从草原文化走向汉文化并在两者的交汇点上用作品创造了一个鲜活的草原世界，那是一个"有我之境"的草原，它联系着蒙古族人的过去和现在，表现了草原艰苦而鲜活的生活，始终洋溢着浓郁的民族特色和地方色彩，他是以一颗赤子之心体验、理解、表现着流动自己母血的大草原，创造出浑厚雄阔的中国草原史诗。这一切构成了他作品的"草原风格"，于是，他在广大读者的心目中，留下了一个卓然不群的蒙古族作家的形象。他不愧于老舍先生"文坛千里马，慷慨创奇文"的鼓励，不愧于"玛拉沁夫"的名字。他是真正的草原之子。

披荆斩棘的拓荒者

一提到草原文学，我们很容易沉醉神迷于辽阔广漠、白杨悲风般的俄苏文学之中。屠格涅夫的《白净草原》、契诃夫的《草原》、普希金的《上尉的女儿》、托尔斯泰的《哥萨克》、肖洛霍夫的《静静的顿河》……这是一份深厚质朴辽远的文学传统，这些作品长河式的草原风格，不仅滚动着作家对草原对民族动情于衷的热爱、对历史和文化的深长理解和表现，更熏冶出一代又一代独领风骚的草原作品和草原作家。于是，这便有了优秀的俄罗斯文学传统；便有了承继和弘扬传统的诸如艾特玛托夫那样表现草原生活的当代劲旅，他的《永别了，古利萨雷》《查密莉雅》等等，就吟唱着犹如草原般舒徐悠扬的旋律，欢快处如万马奔腾，哀婉时则为白杨悲风。他善于对广阔、粗犷的自然风光的描绘，感情尤为深厚感人，他作品中那散文诗式的抒情格调和鲜明的民族色彩，具有对历史和人生的意义进行顽强探索的追求者的气度。他作品悠扬的旋律、力的美感、深厚的情感正表现出俄苏草原文学传统的深广影响和永恒魅力。

人类的文化，便是如此在代代相传和光大中走向文明和辉煌的。

而早涉社会早涉文坛的玛拉沁夫，在内蒙古解放时还不满20岁，他在以难以想象的刻苦克服了原来只懂蒙文不懂汉语的缺陷后，强烈地产生了一个执着的愿望，即要让更多的人了解和认识自己的蒙古族同胞。然而，怎样反映内蒙古草原？这成为了年轻的玛拉沁夫很长一段时间的最大苦恼。

可以说，在玛拉沁夫之前，中国没有草原小说。曾有的蒙古族尹湛纳希的《青史演义》《一层楼》《泣红亭》是蒙古族具有民主主义思想的贵族文学，还不是蒙古族人民的文学。于是，玛拉沁夫把自己最早的文学学习的视野倾注于俄罗斯的草原文学。然而俄罗斯的草原和民族与我们的草原和民族不同，那如何走他们的桥梁到蒙古族的草原呢？

玛拉沁夫最终成功了，那是他在刻苦学习和借鉴外国文学和汉文化的同时，深扎自己民族文化的土壤，以强烈的感情体验、理解和表现着本民族人民的生活和精神风貌，完成了一个作家从学习借鉴到创造独立自主文学世界的过程，从而奠定了自己在中国当代文学的地位。

荣格的"原型"理论告诉我们，人类祖先的经验不断重复，在种族的心灵上形成了具有一座思维模式与感情模式的"原始意象"，它们存在于人的"集体无意识"之中，并且世代承袭。这种集体无意识的"原始意象"在个人行为中起着动力作用，而作为蒙古族个体的作家玛拉沁夫在创作中自然要受到民族心理的制约，尤其是这种制约又是来自于作家自觉的清醒的遵循，因而，扎根于足下生活的玛拉沁夫就不可能不忠实于足下的草原风情、足下的蒙古族气派，从而创造了一系列的独具色彩的中国草原小说。

解放初期的中国文坛，已活跃着许多各具风采的文学流派，诸如白洋淀派、山药蛋派、岭南派、秦川派等，中国草原小说的创立，无疑为中国当代文学添写了一笔华彩。

内蒙古的解放，开启了内蒙古草原历史上前所未有的一个新世界，牧民们已不再是这片土地的奴隶，而成为了主人，真正意义上获得了这块他们安身立命的地方。那么，他们经过了怎样殊死的艰难的斗争历程？获得新生后他们又是怎样与旧制度决裂的？怎样保护和建设自己新的家园？这是内蒙古草原一个根本性的变革时代。玛拉沁夫是这股时代激流的参与者和搏浪者。他首先推出的是《科尔沁草原的人们》，它非常具体而生动地反映和歌颂了内蒙古人民的现实生活与斗争，他们保卫着丰美的祖国大草原，保卫着健壮的牧群，创造着美好的幸福生活。谁要来破坏这种得之不易的新生活，只有碰得头破血流。这实在是当时内蒙古草原现实的一个缩影。于是，《科尔沁草原的人们》成为了我国当代少数民族文学上的第一篇优秀的短篇小说，并在当时产生了巨大的影响。玛拉沁夫也为少数民族作家如何在吸取民间文学艺术养料的基础上，又不受固有的民间文学模式束缚而闯出了一条新路。这篇小说也就成为了中国草原文学的拓荒之作，它率先将我们整个少数民族文学创作带进了一个新的层次，达到了一个新的高度，由此，确立了玛拉沁夫在我国当代文学上的历史性地位与作用，只是，这四十多年的当代中国文学忽略了这篇小说及其作者对中国当代文学史、中国少数民族文学史所立下的不可抹去的一笔。

接着，玛拉沁夫又信心百倍地推出了短篇小说集《春的喜歌》和《花的草原》等一系列草原小说，那是一组内蒙古草原人民青春的颂歌和花的诗歌。尤其是《花的草原》已少了《春的喜歌》中平铺直叙、就事论事的稚嫩，而把小说的画面和形象带进了较高的艺术意境了，这充分显示出玛拉沁夫不断进步的艺术才华和匠心。尤其是《花的草原》《歌声》《琴声》《路》《迷路》都精短优美，那简直就是一首诗，一首歌，那悠扬悦耳的音乐幻觉和色彩明丽的画面似乎让你感到拥有了整个草原世界。这份浓郁的抒情性，热腾腾地领着读者饱览了一番草原风情；草美、花美、歌美、人更美，那生动的形象、浓浓的民族风情、鲜活的民族语言，就以铺天盖地的艺术魅力宣告中国草原小说的形成！

与此同时，玛拉沁夫还写了一批反映草原生活与风情的散文、报告文学，其中《最鲜艳的花朵——记草原英雄小姐妹龙梅和玉荣》，轰动一时，并节选入小学课本，这篇在中国报告文学史上占有一席之地的作品，不仅被改编为电影《草原英雄小姐妹》，而且影响了一代人的精神成长。正如作者所说"我的作品题材比较广泛，但主要笔墨都用在描绘草原生活上，草原永远是我心中的诗"。(《茫茫的草原》1992 年版"文学小传")

尤其长篇小说《在茫茫的草原上》(上部)的发表，之后推出的《青青大草滩》《活佛的故事》等系列草原哲理小说就标志着中国草原小说的成熟。可见，是玛拉沁夫开创了中国草原文学的先河。

同时，与玛拉沁夫相呼应，并以此形成中国草原文学流派和群体的，是一群相当有活力和创造力的蒙古族作家，此流派在五十年代形成、六十年代发展的过程中，除了拓荒者和奠基人玛拉沁夫外，还有写了《布谷鸟又叫了》《时代的性格》《马车夫》的敖德斯尔、长篇小说《红路》的作者扎拉嘎胡，还有朋斯克等都以自己充满艺术生命力的创作显示了中国草原小说独具的艺术魅力。

难能可贵的是，对草原生活的表现不仅是草原小说表现出在国内令人瞩目的成就，早在五十年代，电影艺术就以浓浓的草原风情、厚实的生活魅力进入了蒙古族文学领域。首先是根据玛拉沁夫小说《科尔沁草原的人们》改编的电影剧本《草原上的人们》成功地搬上银幕，之后有云照光的《鄂尔多斯风暴》、玛拉沁夫与珠岚琪琪柯合作的《草原晨曲》都获得了成功，以及之后的《草原英雄小姐妹》等等。而且，这所有反映蒙古族人民历史、牧民生活、工业战线等等的电影文学剧本，都出自蒙古族作家之手，这是一个令国内其他少数民族作家叹为观止的骄傲。而新时期，内蒙古的影视艺术也仍然保持着领先的势头，率先放映的便是玛拉沁夫的电影《祖国啊，母亲！》，其他草原影视作品还有影片《母亲河》《成吉思汗》(这是一部很有分量和艺术魅力的优秀影片)，电视剧《十安疤》《驼峰山》等等，此外还值得一提的是民间艺人琶杰编唱出三千多行的蒙古族英雄史诗《英雄格斯尔可汗》：这些名载史册的优秀作品，显示出与中国草原小说一脉相通的艺术魅力和艺术追求，它们共同构成了中国草原文学的景观。

这些蒙古族艺术家非常成功地在借鉴其他民族优秀文化前提下，用母体民族的本位眼光审视本民族的历史和文化，用民族的情感体验感悟民族活生生的现实生活，用民族的审美心理、表现手法、文学语言和艺术风格塑造人物，渲染环境，描绘人物的内心图景，从生活视角、审美理想、心理素质和艺术风格多方面形成了独具风采的中国草原文学流派，并与中国许多各呈特色的文学艺术流派一道汇入中华文化的艺术长河之中。

中国的文化就是这么一种包括各民族文化在内的复合文化。而唯有置身于中华民族大家庭的文化交流之中，少数民族文学才能得以发展与繁荣，任何少数民族文学的特性才可能得以保存与发扬，任何民族文学才可能以自身的不断发展、不断丰富、不断成熟的民族特性而赢得全国乃至世界意义。

无疑，玛拉沁夫对于中国草原文学的形成、发展、交流，作出了拓荒者和建设者的贡献。他在中国当代文学史上的这一贡献，虽然远远地被人们忽略了（这实在是我们文学批评家的悲哀），然而，随着历史的洗礼，随着玛拉沁夫的作品及其对少数民族文艺理论的建设所产生的具有历史性的影响，他必将得到人们的重新认识和相应的肯定。

"迷上了肖洛霍夫"

在对中国草原文学的探索之前，玛拉沁夫经过了一段非常有意味的学习和借鉴过程，才得以探索并进入自己独立自主的文学世界。这对玛拉沁夫、对中国草原文学流派的认识都有不可忽视的意义。那就是，他"迷上了肖洛霍夫"。

玛拉沁夫倾慕过惠特曼的《大路之歌》，浸染过贝多芬、肖斯塔科维奇、恰恰图良的音乐，他神往于莎士比亚和郭沫若的戏。而小说家的职责是要表现人，表现人的精神，于是在杰克·伦敦的粗犷乃至冒险的精神中，巴乌斯托夫斯基和屠格涅夫的山野、河川、草原湖泊的风情，以及巴尔扎克笔下的众生世相中，他获得了湿润感。然而相对说来，还是苏联的当代文学大师肖洛霍夫对于玛拉沁夫的影响较为彰著。

玛拉沁夫说过，在他开始进行创作的时候，遗憾的是我国没有写草原生活的先师可鉴，于是就"迷上了肖洛霍夫"，特别是肖洛霍夫那对哥萨克生活的富有草原气息的描绘，给了他很大的启发和影响。

尽管俄罗斯民族有许多表现草原生活的华章，也有着永不涸竭的艺术感染力。如普希金《上尉的女儿》《普加乔夫起义史》、托尔斯泰的《哥萨克》，还有果戈理笔下第聂伯河流域广袤无垠的草原，以及后起的艾特玛托夫优美的吉尔斯草原……然而，玛拉沁夫却更多地在肖洛霍夫身上获得共鸣和契合点。虽然肖洛霍夫的深厚博大远不是玛拉沁夫所能比拟的，但是他们真情讴歌哺育他们的精神原乡——草原，以及描绘本民族的历史命运却是共同的。

这两位作家之所以如此热爱那片生他养他的大草原，首先在于，他们都是从火热的现实斗争中走上文坛并攀上高峰的，肖洛霍夫生于1905年，他的人生命运所遇到的正是俄国社会革命的激流汹涌澎湃的时代。当国内战争在顿河沿岸铺天盖地燃烧起来时，肖洛霍夫还是个孩子，在年仅十五岁时，他也成了"红小鬼"。后生的玛拉沁夫正是有着与肖洛霍夫惊人相似的生活经历。革命与战争成了他们最初的学校，在磨炼他们意志的同时，也砥砺了他们的艺术才能。他们都是在工作中开始了他们的艺术学习的，他们的第一个短篇小说都是情节、人物尚简单的描写草原人民的作品，各自显示出年少出众的艺术禀赋。从此起步，又都是在本国德高望重的前辈名家关心帮助下成长起来的。由于与时代同呼与家乡人民共命运，他们熟知人民的生活及其风俗习惯，他们热爱那块土地及其人民，他们忠实地反映着草原一个个时期人民的历史命运，表现草原人民主人公的精神，表现草原人民那富有自然魅力的人的精神，表现那块土地浓烈的乡土与草原气息、迷人的风情。这样的契合点已足以令玛拉沁夫惊喜和骄傲了，于是他创造出他那属于蒙古族人民的"草原史诗"的《茫茫的草原》，正如当年肖洛霍夫的《静静的顿河》成为当之无愧的哥萨克社会历史的一面镜子一样，玛拉沁夫在神迷肖洛霍夫之中，获得了创造性的动力与成功。他有了自己的绝不等同于肖洛霍夫的草原世界。对《静静的顿河》和《茫茫的草原》稍作分析即可清晰可见。

虽然它们都勾勒了一个无产阶级带领劳动人民为了彻底争得自己的历史地位，同各种反动势力进行最残酷搏斗的草原世界，这种新世界对旧制度和旧传统的决战，无疑对同样古朴的草原是一场巨大的社会变动，其影响力必定冲击每个角落。他们的笔触深入到了每个阶层，乃至每个家庭内部的矛盾冲突都表现出这场斗争的激烈、严酷和复杂性。然而《静静的顿河》的历史长度要大于《茫茫的草原》。肖洛霍夫不仅仅写这场社会变革，而是立足于"哥萨克是些什么人？顿河军屯州又是怎么回事？"哥萨克走过的是怎样的历史道路，让读者"更深刻地理解较长历史跨度间的各个阶段的内在联系，从而更准确地把握各个社会的现实动向和心态的历史逻辑"（孙美玲《顿河哥萨克的一代诗史》）。于是洋洋四部，既成为了顿河哥萨克的一代诗史，又显示出俄罗斯文学辽阔、广漠、长河式的文学传统。尤其主人公格里高力的复杂性，其内心世界的丰厚足以令世界一切作家钦佩。社会的尖锐矛盾和冲突，时代的各种因素，都投影在格里高力身上了，他曲折的生活道路深刻地体现了哥萨克走向革命的苦难历程。相形之下，《茫茫的草原》就嫌单薄了。它主要是反映蒙古人民在四十年代的革命中的命运，尽管也广阔，可毕竟还不算一幅比较辽远的历史长卷。铁木尔也复杂，但他也只是走向革命的蒙古族青年的典型，其身上的亮色照耀蒙古族人民获解放的欢欣，而格里高力那浓浓的悲剧色彩一定是至今仍影响着人们对哥萨克的认识和理解。再者，莱波尔玛尽管也有着阿克西妮亚的叛逆精神，都有着对真诚爱情的热烈追求，只是各人的表现方式、命运轨迹很不相同，但她俩都有着典型的大草原性格，都是扎根于本土的敢说敢做、敢爱敢恨，活生生、火辣辣的动人形象。

其次，尽管两人叙述各有个性且有高低之分，但他们表现思想的氛围都是草原。肖洛霍夫为我们展示的是一个独特、丰富、多样的画面，凡是顿河流域的一切声响、草原的一丝变化、荡漾于其间的所有自然气息，他都有色有声地描绘出来。而玛拉沁夫则简约些，他常是以概括的笔力去表现内蒙古的自然风光，同样散发出芬芳的草原气息，只是不如肖洛霍夫绵细精彩、丰富多变。另外，肖洛霍夫深明叙述的穿透力与艺术的虚实之道，他笔下的草原如顿河的流水一样，流动着人物的命运，其自然景色的变化与人物心灵的变化和谐一致，融为一体，并映照出社会的变动，作者描绘时，表现出极大的冷静，他把自己的倾向性深深地隐入景物、人物和故事脉络之中，自然而然地流露出来。而玛拉沁夫那份豪爽、乐观和活泼的性灵就决定了他的抒情性格，决定了他不同于肖洛霍夫的表现。《茫茫的草原》中的自然景物虽然也负载着人物的命运，但它却常常是人物的一种心境，是一种情节，它融入了作者浓郁的感情色彩，推动着故事的发展，揭示出人物的品性色彩，给人以直观、清明和感动。在这个意义上，其艺术空间就远不如肖洛霍夫辽阔深厚了，肖洛霍夫的丹青妙手为读者留下极大的思索空间，这也是《静静的顿河》有着永久不涸竭的艺术感染力的原因之一。也许，这也是世界大师之所以为大师之所在了。尽管艺术有高低之分，但深受肖洛霍夫影响的玛拉沁夫，毕竟也是深扎在自己民族的土壤中尽情抒写草原人民的新生活，于是他的"有我之境"的草原，既深刻地表现出了民族的过去和现在，又富有浓郁的民族情调，其清新、流畅和优美永远属于内蒙古人民。而今天人们对于蒙古族的生动了解，恐怕多是来自玛拉沁夫的作品。

一个作家在学习借鉴中获得湿润感，并因此润化出属于自己及其民族的华章，这不也正是一条可贵的创作经验吗？而且，这也契合和印证了鲁迅的"不管三七二十一，拿来"然后"占有""挑选"，分门别类，给予不同处理的原则，以及"我们不但是文艺上的遗产的保存者，而且也是开拓者和建设者"的精神。

二、《茫茫的草原》

> 长篇小说《茫茫的草原》（上、下）我是把它当作一首诗来创作的，也权作一首诗来奉献给您！
> ——玛拉沁夫《茫茫的草原》"文学小传"

也许，正是大草原赋予的民族"母血"对玛拉沁夫的天然感应，在经历了一段不短不长却艰辛的工作、学习和创作旅程后，他把自己心中那个最具真正意味的"母体"——察哈尔草原捧出来了，那就是1957年出版、1962年又修改再版的《茫茫的草原》（上部）。而《茫茫的草原》下部几经坎坷，直至20余年后于1988年才在几易其稿后出版，这部长达60万字的长篇小说，既是玛拉沁夫的代表作，也是中国草原文学的扛鼎之作。

蒙古族的一代史诗

《茫茫的草原》可以当之无愧地被称为解放战争年代内蒙古社会历史的一面镜子。固然，通过文学形式描述内蒙古生活的远不止玛拉沁夫一人，而且也并非始于玛拉沁夫，然而唯有玛拉沁夫通过二十世纪四十年代的社会巨变，最广泛、最深刻、最有诗意也最感人地表现了蒙古族草原人民的历史命运。作者通过一系列艺术形象向国人和世界揭示了内蒙古人民整整一个时代的生活世界。

一个优秀的作家，必然是一个民族的作家。然而他只有强化了他的民族气质，才能以鲜明的个性向人类显示他的存在。当我们的身心浸润在《茫茫的草原》那充满着生命光色的浓烈氛围时，就无法不感受到一个同民族命运共振的灵魂的澎湃激情，感受到作家骨子里的东西及由此产生的一系列心态、情感及外化到文学中的准则。于是，《茫茫的草原》便鲜活起来了。在这里，作者一方面塑造了一种"净土"，这方净土引诱着我们，这是一种在黑暗痛苦的年代中也依然美好的人情风情，它是由蒙古族的发源地大草原构成的。草原的旖旎风光，以及草原牧民的那种粗犷深厚、善良勇敢、能歌善舞与自由散漫，原汁原味！绝非繁文缛节的汉文化圈内人所有，那是草原清净而凉爽的空气、湛蓝辽阔的天地赋予这游牧民族特有的品性与生活方式，也许这正是蒙古族人之所以强悍博大之所在。玛拉沁夫经过哲学的思考（一种魂系故土又超越故土的热情和冷静），认识了人与自然的辩证关系。他在茫茫的大草原里，找到了蒙古族人与社会的归宿。于是，他又着重写了另一方面，即寻求出路的社会风暴。小说开首便写道：

> 一千九百四十六年的春天，察哈尔草原的人们生活在多雾的日子里。每天早晨，浓雾湮没了山野、河川和道路；草原清净而凉爽的空气，变得就像马群踏过的泉水一样，又混浊又肮脏！人们困惑地、焦急地期待着晴朗的夏天！

他们在茫茫草原上经过贫穷和压迫的苦痛，从迷惘走向反抗，为自己的阶级和民族的解放而进行了顽强的探索和斗争。这种人物的命运在民族解放斗争中起伏跌宕的变化发展，深刻表现了民族文化与水深浪阔的大时代的冲突融合，使作品具有了史诗般的审美价值。于是，这种强劲的社会风暴与作品展示的纯净优美的草原风貌就构成了玛拉沁夫作品中浓郁而鲜明的民族情调和地方特色，形成了蒙古族文学大草原的风味。那是一个荡漾着马蹄嗒嗒声、浓浓奶香和古歌亮阔的诱人世界，那是玛拉沁夫深扎在草原与天地之间，用浓厚强烈的自我感情色彩和真实的血肉浇铸的恢宏激荡、深沉悠远、蓬勃有力的大草原风格。

这既是一种民族气质，也是优秀的蒙古族人血液中涌动的"母血"。

真正的蒙古族人

玛拉沁夫并非察哈尔人，为写此作，他曾带职到察哈尔生活了两年。小说所描写的时代背景虽是 1945 年以后的察哈尔，然而，它所描写的历史事件和人物，都是带有普遍意义的。日本刚投降，整个内蒙古草原处于沸腾状态，一种传统的民族自立自强的要求冲击着所有蒙古族人的心扉。"在一部分人身上燃烧着炽热的'民族热'，他们强烈地幻想着民族'独立'，少数人甚至幻想建立自己的'国家'，但怎样才能获得民族独立和彻底解放，对大多数人说来是不明确的。"（孟和博彦《动荡的草原，光辉的道路》）于是作者写出了在茫茫的大草原上寻找出路的所有蒙古族人，他们与作者一样，同样涌动着遍及周身并渗入骨髓的民族母血，作者以满腔热忱描写这些与他血肉相连的、他所爱慕的民族，就像一个儿子去爱抚亲爱的母亲一样。于是，《茫茫的草原》便鲜鲜活活地挺立着一群有着粗犷深厚的性格和善良勇敢的品质，而又各具个性的蒙古族人。他们有着为民族的解放随时可以抛洒的热血，他们的挣扎与斗争，渗透着作者的一腔赤子热诚。无论写草原写骏马写歌舞写牧民写骑兵师，都倾注了他的一份真爱，执着而强烈，这份民族感觉真真切切，就如其笔下人物一样活脱凝重。这便是真正的蒙古族人的情怀。无论是作者还是其笔下所有的蒙古族人，都是真正的蒙古族人。

铁木尔，是作者浓墨重彩塑造的人物形象。这个民族英雄，是草原上的雄鹰。刚出场时他并不是完美无缺的，他是带着周身的草原气息，带着他心灵的创伤，对生活的思考，甚至精神的枷锁，走向革命队伍的。他纯朴、勇敢、正直，是个性格开朗的蒙古族青年。他曾经有过牧歌式的生活理想，如同所有草原上的小伙子一样，都在憧憬着自己成为一个勇敢剽悍的猎人：

> 不管风里雨里，不管炎天寒夜，一个人一年到头背着一支土枪、几袋火药和一把快刀，出没于深山草丛之中，与狡猾的狐狸周转，与凶恶的野狼搏斗，与勇猛的老虎交锋……多打几只野物多喝几壶酒，少打几只野物少抽几袋烟。猎人的生活是多么自由而有趣啊！

然而严峻的现实打破了他的理想，他被抓去当劳工。后来有幸在八路军中喂一段时间的马，懂得了一些平等民主的粗浅的革命道理。然而朴素而狭隘的民族意识，只因为"八路军里没有蒙古人"，他就抱着"复兴民族"的理想，在一个多雾的日子跑回家乡。这种纯朴、地道的民族情绪，正是1945年后遍及草原的蒙古人的心态，是真正的蒙古族一个时代的心理状态，本土本色，具有典型意义，令人信服。然而草原在这何去何从的年代，"依然昏昏土土"。迎接铁木尔的是什么呢？

"盼哪，盼哪！盼望着回到家乡来；今天回来了，可巧遇上了这样大雾天气，我多想站在这座小山口，看看家乡广阔的草原，呼吸一下家乡新鲜的空气啊……"这富有象征意义的浓雾不仅迷糊了铁木尔重识家乡的双眼，而且还击碎了他那颗渴望与心爱的人斯琴团圆的心——斯琴被贡郭尔扎冷霸占了。他经历了人间的屈辱和创伤，望着贡郭尔那在草原上罕见的砖瓦房，还有散落在湖边林间的低矮发黑、千孔百洞的牧民的蒙古包，"家乡变了，变得越发黑白分明了"，"没有光辉，没有温暖"。作者以强烈的主观色彩，表现了察哈尔草原的黑暗，作者笔下的一片片自然风景就是一种心境，那是一种命运遭受折磨的蒙古人的苦难。

夜风又刮起来了，雪花从树上一大片一大片地倾撒下来，纷纷乱乱，月光更加冷却了，迷迷蒙蒙！

铁木尔"就像一只无家可归的夜鹰啊！"他有仇，他有恨，他"觉得自己的民族遭受的苦难太深重了"，"为了蒙古人"，他像许多苦大仇深的蒙古人一样走进了革命队伍，同整个蒙古草原的广大同胞一起开始寻求解放的出路。显然，这时的铁木尔还不是一个自觉的革命斗士，他接着犯下的一系列可爱可悲的错误，都典型地反映了产生于一定历史条件下的所谓"民族热"对于蒙古族青年人的思想影响。是苏荣给他指出："为了蒙古民族，重要的是为哪些蒙古人，为什么样的蒙古民族"，一步步引导他逐渐解开了狭隘的民族主义情结，成为草原上真正的雄鹰，精神上的成长使他备受尊敬。作品的成功之处，正是在于作者真实地描写和揭示了铁木尔走过的道路，正是无数的蒙古族干部所走过的共同道路，为此，铁木尔的形象，具有深广的社会内涵和历史意义。

因此说，《茫茫的草原》之所以有突出的民族性，就在于作者较好地把握住了草原文化长期孕育出的心理状态、价值观念和审美情趣，并一一体现于铁木尔们的身上，让读者感受到人物那一股子真正的草原劲儿。这也是文学作品民族性的根本所在。

铁木尔及其伙伴们，都有着蒙古人勇敢、正直、勤劳的品性，他们世世代代受到民族传统思想的熏陶，老佛爷至上，王爷统治，加上国内战争的激烈，以及蒙古族人走向革命求解放的复杂艰苦的历程与其发展趋势的影响，蒙古人的生活如海浪汹涌澎湃。面对这复杂的世界，年轻的玛拉沁夫冷静而热烈地观察分析和收集了前人从未遇到的极为复杂丰富的生活和精神现象，并且把这特定历史时期中，蒙古族人绝大多数对生活的坚定追求和对民族解放的向往，都真切表现于作品之中，这庞大的社会关系和复杂微妙的心灵世界便是当时发生在大草原的社会风云的真实写照。于是，那活动其间的蒙古族人，一个个散发着本土本色的大草原原生态，这一群活生生的、光彩夺目的人物：铁木尔，还有"既有牧民妇女勤劳传统，又有沙漠人民的刻苦能力，既有一个政治工作人员的涵养和原则性，又有一个知识分子的热情和幻想"的女政委苏荣，热情善良的莱波尔玛，温柔软弱的斯琴，粗犷豪爽的洛卜桑师长，以及貌似精明实则愚蠢贪婪的瓦其尔，尤其反面人物贡郭尔，等等，他们每个人都有自己的笑声，都有自己的叹息，都有自己的追求，每个人走路和回头的姿态都各自不同，每个人都按自己特有的方式去爱去恨，哪怕爱情的光辉和爱情的不幸，甚至丑恶（如贡郭尔）也因人而异。颇有性格，各具特色。玛拉沁夫从饱经沧桑的牧民们的迫切问题出发，写出一个个有血有肉的人物形象，把他们一颗颗执着的热度不同的心，如实展现在我们面前，使人们看见了动荡时代中大草原每一瞬间的变化，看见蒙古族人方方面面的典型，种种坎坷而独特的生命，感受着真正的蒙古人的精神。

这种表现人物的多样性、深刻性和生动性，便使得这部小说成为反映蒙古族人民求解放的伟大史诗。玛拉沁夫也就为中国少数民族文学画廊提供了独特的人物形象系列，这些人物身上都表现了蒙古人的魅力，他们是真正的蒙古族人。

草原风情

"我们有时也不善于风物描写，作品显得单、干、浅。一幅历史的画卷，特别是长篇小说，它不是单一地写一个故事就算完了，它要动用一切技巧，动用一切艺术手段来使所描绘的历史画卷在广度与深度上铺开。"（玛拉沁夫《谈创作的准备》）在《茫茫的草原》中，玛拉沁夫正是调动了他多样的表现手段，写足了草原上的景物和风土人情，充分揭示出了草原史诗之所以宏伟博大的根本所在，给人一种浓郁而鲜明的民族情调和地方特色的感觉。

玛拉沁夫这部草原史诗的风情美，首先体现在作品中自然美的地方特征。辽阔的大草原，放牧的牛羊群，奔驰的骏马，魅人的马头琴，翻腾的沙丘，镜子般的湖水，变幻无穷的雾雪，无边无际遮天盖地的大森林以及草原上特有的牛毛味、牛粪味和夜风传来的秋草味、奶茶香。读着玛拉沁夫笔下这独特的自然风光，会感受到浓郁的草原气息。察哈尔草原以其独特的气候和地理环境使其自然美具有鲜明的地域特色，这些风景是从察哈尔大草原获取的真正的风景。

然而，在作品中，玛拉沁夫极少着意于纯粹的自然描写，他笔下的草原风光更多是融入主观感情色彩，这时的风情美大多体现为物人契合的两种形态：一种是人的自然化，另一种是自然的人化。

"人的自然化"的主要契合点是生命所共有的性爱。对于性爱的描写几乎成了玛拉沁夫这部作品的重要组成部分，作者既非出于一种道德的动机（即以此来说明一种道德原则），更非由于一般兴趣，而是为了表现保留在草原人民身上的自然本性及其真诚美好的心灵。那份坦率和自然绝非汉文化圈内所能自然拥有的。作者表现出这样的观点：情爱是生命的本能。一切诚实的婚姻都是顺乎这种本能的婚姻，而虚伪的婚姻则是与爱情相悖的。因此，作者总是将婚姻同情爱的关系作为区别人性诚实与虚伪的标志。作品中沙克蒂尔和莱波尔玛这不具备婚姻形式的却顺乎情爱的婚姻，极其热烈、真挚、深沉，表现了诚实的人性。而悖于情爱的婚姻，虽然具有婚姻形式，如贡郭尔扎冷强迫斯琴的婚姻，还有旺丹和卡洛，都表现出人性的强暴、虚伪与丑恶。

莱波尔玛，可以说是作者这种观点的具体体现，这是一个相当美好而动人的形象，作为一个贫苦的年轻寡妇，她生活相当艰难悲惨，破旧的蒙古包里，艰辛地养育着几个孩子，终日操劳。是的，她丰满的乳房曾经"和许多的男人的胸脯贴靠过"，然而，当她跟一个年轻人沙克蒂尔相爱后，从此，整个身心都沉浸在与他的爱情中，她很清楚自己悲剧的处境是无法与巴彦的儿子沙克蒂尔结婚，但她仍很和善地跟沙克蒂尔的父亲强加给他的妻子南斯日玛一道照料着他。在这个意义上，她高于《静静的顿河》的阿克西妮亚，这其中的苦楚和无私、赤诚令人同情与钦佩，唯此她的那颗女性的人道之心相当动人。对朋友，她则肝胆相照，不惜一切相助，甚至为了反抗国民党匪军糟蹋而献出了自己的小儿子。这个从来视儿女高于一切的母亲悲恸欲绝，她对铁木尔说："我心里记得清清楚楚，是谁摔死了我的儿子，……又伤了沙克蒂尔……"她把对爱人对儿子的爱化为了对国民党的仇恨，投身到革命队伍中来了。这么一个真诚面对人生、火辣辣的女性，着实让人心动。尤其在小说下部她与威震四方的"草原雄鹰"洛卜桑师长不和谐的婚姻，以及勇敢离婚——这在其他民族是不可想象的——再次回到自己爱人的怀抱，这进一步刻画出她人性的真诚。她的善良、热情、勤劳、率真和倔强，给读者留下极其深刻的印象。她身上体现的人性自然美，正说明作者对人物的把握、刻画的能力，以及对理想人格的追求的执着和真切。

此外，铁木尔与斯琴的爱情，虽坎坷曲折，但斯琴终于脱离了扎冷的魔掌，与铁木尔结合了。这不仅意味着斯琴这个被侮辱受损害的草原女儿获得自身的解放，走上革命道路，最终在草原烽火中成为出色的英雄女儿，而且还昭示着真正的情爱终是战胜人为的丑恶的性爱的。还有可敬的洛卜桑师长的结婚和离婚、瓦其尔老头的晚婚、斯琴让笃日玛与父亲的结合等等情节，绝无汉族常见的任何繁文缛节，而是顺应自然，顺应情理，干净利落，坦率真诚，没有丝毫矫揉造作，令人叹为观止，感动不已。这在汉文化圈内是不可思议的，这实在是草原文化背景下形成的独具魅力的伦理与风情，其中的热情、爽朗、豪放、自然闪烁着人性的诚实美的光辉。这份风情不仅体现了草原人民的自然美，而且有着深广的社会意义。那一份份灼人的情爱构成了作品中广阔的社会生活图景，代表着广大牧民迫切希望自身解放和民族解放的要求。这"人的自然化"同样显示了大草原的风格。

再者，这草原美的风情还体现在"自然的人化"上。自古以来，人类与大自然的关系最为密切，许多作家都以描写自然来表现思想，玛拉沁夫表达思想的氛围是草原。玛拉沁夫描绘的草原是一种以极浓极强烈的自我感情色彩和真实的血肉浇铸的雄劲的草原，那里的景物、风俗、宗教都反映着草原文化的独特魅力，它们是蒙古族人与自然的又一个契合点。

自然景物，在《茫茫的草原》中是一种心境，有时，甚至还是情节，这"有我之境"的草原，渗透了景中人物的心境，又使人物随着大自然的变幻进入诗的意境，并推动着情节的发展。这种景物描写与叙事抒情结合而从中呈现出来的情调和韵致，让人领略到豪壮旷达、朴素醇厚，而又热烈执着、生生不已的北方情调。如作品开首对雾的描写，这雾偶合于铁木尔归来之时，这偶然中不就昭示出迎接铁木尔的将是雾一般昏昏土土的严酷现实的必然吗？又如：

> 天暖了。向阳山坡的积雪融化成千百条混浊的溪流，弯弯曲曲地向大草甸子流去，从远看来就像无数条黑蛇在爬行。这些溪流在山下很自然地互相汇合、吞并，最后合并成了两条小河，一东一西，各流各的。
>
> 从此草原上出现了两条河流。
>
> ……
>
> 天底下，有造福于人民的河流，也有给人民带来灾难的河流。
>
> ……
>
> 白天潺潺流水声，虽然使人仿佛闻到了春的气息，但是一早一晚还很冷，昨天的雪水，早晨又冻成冰了。

这人格化了的河流寓意深刻，隐喻出当时草原出路的茫然和斗争的艰苦性。其节奏却是大幅度的。而到上部的结尾，作者对未来的新生活寄托着强烈的希望，那中间更体现出丰沛、粗犷的北方情怀：

> 这时，黎明的光，征服着夜的黑暗，草原的壮阔，无边的身影，渐渐显现出来。
>
> 啊！壮阔、无边的草原，你那千万条凹凸不平的山岭、沟

坡，是伟大的力的源流！即使在严寒的冰雪天，它们也穿过冻裂的地层，向这里的人吐放滚滚的热流！是它，滋养着这里的人民；是它，陶冶着这里的人民。自古至今，我们的人民——草原儿女，曾经蒙受过多少灾难，然而他们依然生存下来了。严寒，只不过是在他们那粗糙的手背上，留下几条冻伤的痕迹，但是没有能够把他们的生命窒息；荒火，只不过是烧毁这里的几根枯草，但是第二年青草长得更茂盛，花卉开得更鲜艳！

这概括笔力下的描写景物，这强大的生命力，这刚健、奔放、清新的语言，不正表现蒙古族人豪放的胸怀和同样旺盛顽强的生命力？玛拉沁夫笔下的自然风光描写较为概括，抒情色彩极浓，显示出一种自然的人格美，它们无所不在地渗透于作者笔下的一景一物和人们的日常生活的每一个细节之中。

蒙古族古朴的风俗是一个以自然的人化为其特征的宗教的文化。这首先表现在蒙古族人对老佛爷的信服上。小说开始描写的"刚盖老太太"，围绕蒙古包行走一百圈的祈祷，她早已发过"心誓"，每天分晨、午、晚三次这么走，一直到死为止，那份虔诚让人心痛。蒙古族人尤其老太太们由于对神的敬畏，已经习惯于凡事祈祷，哪怕夜间听到几声猫头鹰的叫声，"她们恐惧地把双手合掌在胸前，自言自语：'多么不吉祥的声音哪！'"而狼，在牧民心中更是不可触犯的东西，佛教徒们称它为天狗，对它不能呼其名，遇到它不得去触犯它，要像绵羊般驯服地跪下去，给它磕头求饶。这种种禁忌可见宗教意识的深入人心。还有虔诚的笃日玛、银须飘逸的巴拉珠大夫等，他们都是典型的佛教徒，即使察哈尔草原最大的牧主瓦其尔在经历了社会和生活的大风暴后，也走向五台山，出家当喇嘛，以此为自己最好的归宿。他们把自己的命运维系于"老佛爷"的身上。草原上佛教的影响是根深蒂固的，它不同程度地影响着这个民族的心理。

其次，蒙古族社会性民间娱乐也颇具古朴的文化色彩。这个马背民族的许多活动都以马为主，即使歌唱也大半与马有关，马似乎成了民族的象征。卷一之六中，献马吟诵的《赞马歌》相当壮美、宏阔，那些新奇的比喻、夸张多赋予马以"神"的力量，还有卷二之七中"那达慕"

大会的长者赛马、摔跤比赛等，极富感染力。欢呼着的草原是歌的草原，草原民族的歌舞娱乐是最纵情的，"仿佛老佛爷把音乐天才们统统分配到草原来了！"这歌、这马、这人、这草原、这牛羊与老佛爷也汇成一体了，成了欢乐的海洋。这实在是人生情感的朴素与环境的牧歌性的相谐，这种对自然与人关系的描绘闪烁出迷人的光彩。泰戈尔不是说过"所有民族都有义务将自己民族的东西展示在世人面前"吗？还有诗人高村光太郎也说过："提高美的民族，就是提高人类灵魂和生命的民族。"于是拥有这美的风情的美的民族，就有了《茫茫的草原》这美的"草原史诗"了。

历经劫难重续下篇

1987 年 9 月，饱经了生活沧桑，又在新时期反思探索之后，玛拉沁夫终于完成了《茫茫的草原》下部，并于 1988 年由人民文学出版社出版了。

极其不易。早在 1959 年作者就已完成的下部初稿，在"文革"中，全部遗失了。而今"恢复丢失的旧稿，比写一部新作还难！我苦熬了一个春天，终于写完了全书。……我乞求读者原谅：这笔债我拖了这么多年，而且今天奉还得也不是多么漂亮、利落。但我还是希望你，尊敬的读者，会喜欢我的这部小说"（出自《茫茫的草原》下部之《后记》）。如此真诚，读者一定会顿感珍惜，一路读去，同样有着雄劲的大草原风格，仍然是一部有着史诗价值，并富有民族情调和地方特色的好小说，而且表现手法更为丰富多变，传达出时代的新气象和作家的新景象。

下部的故事框架基本是发展和完善上部铺陈的四条线索，一条是表现共产党对内蒙古人民革命事业坚强领导的线索。在下部，党的想象主要体现在苏荣和周进夫妇、洛卜桑、官布等人物形象上，体现在解放内蒙古这场宏大、尖锐、复杂的斗争中，体现在这群始终站在前列的党的英勇形象，无论是狱中斗争，还是民族统一战线，还是团结牧民、消灭反动派，作品比上部更强化了党的领导，描述充分又细致，其中较为丰满鲜活的是洛卜桑师长的形象。

另一条是牧民们为自己阶级民族的解放而奋斗的线索，即铁木尔等牧民的生活和斗争。假如说上部，牧民们只是跨出了新生活的第一步，而下部都已百炼成钢，都按照各自的生活轨迹和人物逻辑，成为丰满的各具个性的形象。表现尤为出色的是斯琴、沙克蒂尔，而莱波尔玛的形象则更为丰盈动人了。他们的成长有力地勾勒出蒙古人勇敢坚强、刚烈执着的精神气质，以及蒙古族人民生活的过去、现在乃至未来。

那么以瓦其尔、达木汀、齐木德等为代表的民族上层的动态为第三条线索，在经过社会风暴的大浪淘沙下，个人都泾渭分明了。达木汀、齐木德成为我党的团结和统战对象，他们也从怀疑的旁观等待走向了拥护和参与革命；吝啬鬼瓦其尔自以为聪明反被聪明害，企图走中间道路，则落了个家破人亡，心力交瘁，灰灰然中走向五台山，可见作者对中间道路的否定，认为是条死胡同。第四条线索即以贡郭尔和国民党特务为代表的反动势力，在下部他们得以充分的表现。然而，蒙古族人民的翻身解放便是他们最后归宿的最好注释，即使逃到了北京的民族败类贡郭尔（下部对他的刻画极为深刻细致和传神），也一定会受到人民的惩办。

下部就在这四条错综交织的线索中，展开了内蒙古人民命运中两条道路斗争最为尖锐剧烈的全部复杂的生活图景，黎明前夜，反动势力狗急跳墙地垂死挣扎，其中的复杂和严酷的斗争冲击了草原每一个角落，与上部相比，下部的斗争更为广泛，更为深刻，其社会内涵也更为深广，它以其深厚的历史意义和丰盈的艺术力量进一步完善了这部草原史诗。也唯此，使我们对作者原有的认识和理解进一步得以清晰和深化：玛拉沁夫实在是一个灵气丰沛，却不依恃灵气，而是在与客观世界不断地相接相触中，保持着和充盈着灵气的作家。

上部成书的五十年代后期，创作关于革命年代人民求解放的长篇小说成为一种时尚，并获得了广泛的社会效应，然而作家大多由于负荷着过于沉重的革命责任感，而使作品多止于对革命斗争场面和过程、对人物的英雄业绩的叙述，而忽略了对人物血肉相连的真实刻画，人物缺乏个性，缺乏人情人性或说远离人间，不可亲不可信。《茫茫的草原》不同于那些"应时之作"，它散发着人间生活气息，一个个人物有血有肉有个性而又不失英雄本色，一副生活本色派。

下部成书于七八十年代，虽是文学复兴与探索时期，而写革命战争生活的作品大多还原地踏步，较少探索性。不少作品都是对"爱国主义""英雄主义"和提高部队战斗力"三大前提"的"服务型"理解和阐释，有的甚至还在沿袭"十七年"小说的作者全能全知，以及故事讲完"战斗全部胜利结束了"这么一种简单化的描写模式。可贵的是,《茫茫的草原》下部却主要在把上部四条情节线索中串联着的一个个人物关系和人物命运进一步地挖掘和表现,并借以反映滚滚向前的历史进程,以及人物身上闪烁的民族精神和人性光辉。作者身心也完全融入这片沸腾的大草原中了,是的,草原解放了,然而,这仅仅是旧生活的结束,新的生活之路还好长好长……斯琴牺牲了,铁木尔怎样生活?贡郭尔在这场宏大的战争中肉体虽没被消灭,而他的灵魂及其反动事业已经灭亡,他逃亡北京后又将有什么命运发生?瓦其尔出走五台山当喇嘛后,沙克蒂尔、莱波尔玛将怎样选择生活?……"作品结束了,别的什么都没有结束……"(出自《茫茫的草原》下部之《后记》)。这样的结尾使作品富有张力,其中的暗示性和隐喻性,也使作家、作品与读者之间之外有了一个宽阔辽远的艺术空间,人物的命运便形成了时间上的延伸:昔日——当前——未来:读者的心灵则在空间上无限扩展,遐思邈邈,可见作者的灵笔慧心。他从生活走来,仍然贴近生活,真实、深刻、优美地表现着生活,较少受时代左右,在时代的大浪潮中保持自己心灵的自由,这便有了自己的个性,既灵性飞动又凝重意长,颇见艺术功力。

　　下部也仍然流动着上部那种豪壮旷达、朴素醇厚而又热烈执着、生生不息的草原情调,渗透到骨子里了,抹也抹不掉。玛拉沁夫的语言审美意识实在强烈,令人心动神迷之时不禁心生敬意。在小说中,作者对事件的叙述、景物的描写、人物的对话,其语言都是十分生动鲜活的,这归功于作者对草原文化的开掘和掌握,这块生他养他的草原,把蒙古人的神韵深深融入作者的骨髓里了。于是,打开小说,草原以它本身粗犷、舒缓的节奏和旋律,以它的广阔多样,展示出充满大地气息、生动绮丽的生活画卷。人物、故事,作者、蒙古族人精神、草原文化,几达浑然一体的程度。玛拉沁夫不愧是杰出的蒙古族作家。小说下部开首,作者潜心描绘草原的冬雪,远看:

　　　　到处是平平的,白白的,几乎他辨不出哪里是山,哪里是沟,好像大地一块又大又厚的羊毛毡。

　　接着又是几场冰雪、风暴,草原封冻了,作者写河,写马:

冰雪的势力是强大的。敖拉马河坚固地封冻着。从外表看来，它正失去河流的特色，与大地一样，也是披着雪衣，只有熟悉这一代地形的老马，来到它的岸上，才习惯地踌躇不安起来。当它们走在它的冰面上时，每一步都是试探地、提心吊胆地运动，偶尔听见哪怕是最微小一点冰的破裂声，也要立刻惊慌失措地后退，用它那挂着铁掌的前蹄，在冰上惊恐地嗒嗒乱捣，直到发现冰层并没有破裂或者流动时，才渐渐冷静下来。夏季，这条深浅莫测的河，叫它们吃过的苦头已经够多了。

从前，草原上流传这样一支歌：

下雪了，天冷了，

蓝色的湖结冻了，

黄色的河结冻了，

草原上没有流动的水了。

草原上，果真没有"流动的水"了吗？

这雪，这河，这歌，这颇具灵性的马，这草原独有的冬季，读后，很难抹去印象。而这自然景观，却浸透了黑暗年代农牧民对光明对春天的焦虑。"当然天气变冷时，冰层还会加厚的。但这段时间很快就会过去。""河水在坚厚的冰面下面流着……"大约两千字，大量铺陈描述了这严冬和春的信息，情景交融，真切妥帖，不仅形象地交代了故事发生的背景，而且为全书奠定了优美的抒情格调。

此外，小说的对话也是出色而颇具个性的。如卷三之五中，斯琴与莱波尔玛的对话，不算长，却把莱波尔玛的热烈、酸楚、苦痛、母性和善良，淋漓尽致表现出来了，颇见语言天赋和功力。总之，下部的情调与上部统一，时隔二十几年，可见作者年轻的艺术之心。

当然，下部也有些遗憾。不知是缘于作者对苏荣这个人物的钟爱，还是着意于对"文革"时期文学作品中"女英雄""无情"的反拨，小说里，上级派到骑兵师的周进政委竟然是苏荣的丈夫，而且对他俩情况熟悉的组织，却对他们点滴不漏风声。周进在狱中与铁木尔的对话中，也表现出对苏荣的生疏和勉强的亲切，尤其在卷四之五中他们的团聚，也未能表现出令人动心的情绪，要知道玛拉沁夫是写感情戏的高手，上部、中短篇小说及其散文都证明了这一点。在此，作者似乎勉强了周进，更勉强了苏荣，因为即使没有这层夫妻关系，小说早已把苏荣的人情味人性美描绘得浓浓的了，这是一个有血有肉的女中豪杰，一个散发着魅人女人味的真正的女人。因此，新增的这层关系并无助于对人物的刻画，甚至令人有画蛇添足之感，或者说，作者全知全能的视角不自觉中凌然于故事之上，没有顺应人物性格和故事逻辑的发展，在一定程度上损害了人物，也给人一种被给予的外在痕迹。也许，岁月就是把无情的利剑，它在磨炼了作家意志的同时，也多少损伤了玛拉沁夫原有的丰沛的才情。

在论争中更放异彩

玛拉沁夫的代表作《茫茫的草原》（上部）从 1957 年春第一版（原名为《在茫茫的草原上》）到 1962 年修改本重版，短短几年，关于小说有过较大的争论，大多数论文都发在《草原》上。为此，内蒙古作家协会从 1959 年 6 月起曾举行过多次热烈而严肃的讨论会，讨论会观点基本上代表了当时全国报刊的讨论会文章，争论的焦点主要有以下三个问题：

首先，是对党的领导的表现问题，尤其对洪涛这个形象。否定派认为：《在茫茫的草原上》党几乎没起作用，而是铁木尔代替了党的领导；为什么正面人物不如反面人物写得细致、生动；作为打前站的先遣党员的洪涛不真实，根本不像党的领导干部，他不仅工作没做好，而且挑拨同志关系，"简直品质上大成问题"。作品没写出一个完整的党的形象，有严重错误。而相反意见则认为：作品中洪涛还是做了些对党极有利的工作，建立了军队，给国民党匪徒以有力的打击，扩大了党的影响，尤其卷二苏荣、洛卜桑的出场，更充分体现了党的意志，纠正了洪涛的错误，贯彻了团结民族上层的政策，因而不能说这部作品在描写党问题上完全失败。从作品中牧民跟谁走的问题，可以看得明明白白，读完作品，可以得出正确结论：内蒙古人民在党的领导下正向新生活迈进；而不会由于反面人物写得细致得出另一个结论来。两者的争论中，有一点却是一致的，即都认为作品对党的领导描写有些薄弱，洪涛作为蒙古人的启蒙党员不适合，不是典型环境的典型人物。

其次，关于民族主义情绪。否定派认为，作者有较严重的狭隘民族主义情绪。其一，表现在作品只写两位汉族干部，处于被批判地位的洪涛和有一股小资产阶级知识分子气味的欧阳，作品流露出"他不是自己人"的狭隘民族主义情绪，而且他们都是党首先派进去的汉族党员，后来还是蒙古族党员帮助他们，这样，就找不到蒙古族人民觉醒的根了。其二，表现在作品夸大了铁木尔这个民族主义者的作用，他像一匹草原上的烈马，想怎么干就怎么干。其三，蒙汉团结气氛渲染得很不够。有的人认为，作家是用民族主义来代替党的领导。论争的另一方则认为：我们不能责难"作者为什么把汉族党员写得这么坏？这样提问题不好的，应提的是为什么要把洪涛写得这么坏？安排这样一个人物对作品的主题思想有无好处。""作品强调了铁木尔的作用，但不能说这是宣传民族主义情绪。对于铁木尔离开集体去单干，作者有力批判了，至于铁木尔被捕则更是对他这种行为进一步的指责。作品有对铁木尔批判不够之处，但在关键性的问题上是没有错误的，怎能武断地说作家是用民族主义来代替党的领导呢？"而且，铁木尔确实是当时求解放而又尚未彻底觉悟的进步蒙古人的代表。

再次，关于爱情描写。不少的人认为这些描写与主题无关。"为写爱情而写爱情"，"有严重的自然主义倾向"。责备作者把男女关系写得乱七八糟；尤其莱波尔玛只是一味追求肉欲，斯琴没一点反抗精神，"作者在侮辱女性"；作品"没出现一对像样的爱情"。有的甚至说，作者本人是欣赏这些风流韵事的——这就不仅否定了作品的爱情描写，而且进一步涉及作家的人格了。而反对派则认为，上述说法是不妥当的甚至是不够负责任的。他们认为莱波尔玛这个人物是成功的、美丽而动人的。我们应该掀开表面的东西，看她的本质。作品重点写她的孤苦的生活，她对沙克蒂尔的热烈而深沉的爱，以及她那善良而倔强的性格。她与沙克蒂尔的同居，是有较为深厚的爱情基础的，并非庸俗勾当，这只不过是那个给人以重压的封建制度下的无可奈何。如她对待国民党匪徒调戏她的态度，那种英勇的反抗就充分表明了她并不是所谓的放荡不羁的女人，而敌人杀死她小儿子的事件，更是促使她走向斗争道路的契机。至于斯琴，这是一个被侮辱被损害了的形象，她的怀孕并不等于她甘心当贡郭尔的小老婆，旧制度下，蒙古族妇女往往都是世世代代的奴隶，又受宗教思想支配，故她所受的压迫是极其深重的。尽管如此，她也有反抗性的一面，只不过是由弱到强，尤其她能与铁木尔结合，更是意味着她自身的解放。当她得知她心爱的铁木尔被捕，她对铁木尔的爱情也就化成力量，毫不犹豫地放火烧毁了住着敌人的三座蒙古包，这既是斯琴觉醒的火焰，也是斯琴复仇的火焰。斯琴和莱波尔玛都是蒙古族妇女的典型，她们代表着广大牧民迫切希望解放的要求。这些爱情描写有着更为深广的社会意义，而且作者的态度相当严肃而明确，怎能说作者是为写爱情而写爱情，与主题无关？这既不是什么"抱欣赏的态度"，也没有什么"严重的自然主义倾向"。

第二次大的争论，或说已成为批判了，是全国"反右倾"和"反对现代修正主义思潮"的运动中。"这部长篇小说就作为具有人性论、阶级调和修正主义倾向的作品受到批判，时间长达一年多！当时，我抱着极其真诚的态度，听取各方面的意见，并按当时自己所能接受的程度，在1962年把上部重改了一遍，次年在韦君宜、王笠耘等同志的鼎力支持下，以精美的装帧重印出版"（出自《茫茫的草原》下部之《后记》），并更名为《茫茫的草原》。

这种铺天盖地式的论争乃至批判，对年仅不到30岁的玛拉沁夫是一个极大的考验。而年轻的玛拉沁夫却表现出与之年龄不很相称的成熟和真诚，这实在得归功于我们在第二章中所描述的那种创作前方方面面的充分坚实的艺术准备，包括承受各种外在压力的精神强度。而且，这也说明了玛拉沁夫的创作态度是严肃认真的、谦虚和真诚的。一方面他没有自骄，而是诚恳听取意见，并通过自己的艺术审美能力辨识意见，接受自己所能接受的，并对作品有了一些修改。另一方面他又表现出一个艺术家应有的人格力量和自信心，不人云亦云，丢失自我的主体意识，好的中肯的意见他采纳了，而对无限上纲上线的则保持沉默，那已是一种难能可贵的气度了，事隔多年后的今天，他对笔者说："当时我什么也不说，我有一个非常朴素的想法——因为我从生活中来。文学作品中故事自有自己的情节线，人物性格线，绝不能扭曲它们。"尤其是对人们对他的爱情描写的非议、责难，尤其一些攻击，这是他最难以接受的，作家认为，他是在写真的生活，活生生的人——草原蒙古同胞，而且也不是对生活的照搬仿真，而是挖掘和表现他们身上洋溢的美好的情感和人性的光辉。这本来在当时就是一种较为出色的爱情描写，然而，遗憾的是，它不仅没得到应有的肯定和高度评价，还被狭隘地扭曲和庸俗化了。这大约该是那个时代的局限了。

令今人可敬的仍然是这过程中，玛拉沁夫表现出来的一个真正作家的风度。

修改本得到了热情的肯定，当时的评论文章大致肯定了以下几点：第一，彻底删去了洪涛这个人物，而让原来在卷二才出现的骑兵师女政委苏荣代替了他的位置，并且把党的领导力量描写为一个内蒙古自治运动联合会工作组（其中还增写了张彪等几个汉族干部），大大加强了党的领导。第二，突出了人物的阶级性，并适当地增加了蒙汉民族团结的描写，尤其把铁木尔的思想境界提高了一大步。第三，减少了一些爱情细节描写。另外，还增加了一些民族风俗习惯的描写，等等。

《茫茫的草原》获得了一时的赞赏，"但好景不长"，1965 年文艺整风时又被打成"大毒草"，在"文革"中更被扣上"煽动民族分裂"的"叛国文学"的罪名，受到无理的批判，直到粉碎"四人帮"以后它才得以彻底平反，重见阳光（周作秋《玛拉沁夫小传》），这时，《茫茫的草原》一版再版，获得了海内外读者的极大欢迎。

这就是结论。

三、多重意义上的文学贡献

　　笔者：您认为考察一个作家的贡献，主要依据什么？
　　玛拉沁夫：首先是他的文艺观，同时，看他为本国文学画廊输送了几幅肖像画。

——1992 年·北京

假如把 1946 年，玛拉沁夫写的歌词《保卫热河》（谱曲后，曾为广大群众所传唱）算作他创作生涯的开始。那么，玛拉沁夫已经在文学艺术的园地里辛勤地耕耘了四十七个春秋了。他发表过歌词、话剧、歌剧、电影剧本、长篇小说、中短篇小说、散文、文论、报告文学等不同样式的文学作品，以文学意义上的多重贡献在国内外产生了广泛的影响。而且，他的作品都是以草原人民为主要题材的。就如大多数读者提到玛拉沁夫的名字时，总是立即会想到他笔下的大草原风格，玛拉沁夫与草原，草原与玛拉沁夫，几乎成了一组同义词。

从整部中国少数民族文学史的角度来看玛拉沁夫，我们会感到他与自己分外地熟悉和亲切。他的创作，正是从中国各民族大合唱中奔涌而来的，从它的亮烈宏阔的声量中，从它澎湃奔放的激情中，我们感知到了蒙古民族的风采和神韵；感知到玛拉沁夫那独特的富有个性的声音。是的，他的创作沿着自己所开拓的航道，自由自在地流淌着，在那种似乎是与各民族文学共有的神韵和风采中，又闪烁着自己晶莹的光泽。玛拉沁夫确实是以自己具有独创风格的篇章，表现了草原人民深刻而美好的生活和精神风貌，描述了自己对于社会人生的种种体验，抒写了自己对草原、对大千世界的情感与智性哲思。他正是以自己火热的情怀、深邃的见解和杰出的审美才能，使自己的作品卓立于中国少数民族文学乃至整个中国当代文学之中的。尤其他率先提出的"没有中国少数民族的文学不能成为真正意义上的中国文学"，为确立中国少数民族文学在中国当代文学史的地位填充下第一块基石，而且为建立中国少数民族文学理论体系和少数民族作家群体付出了大半辈子的身体力行的可敬可贵的努力。

因而在中国少数民族文学中，玛拉沁夫获得了在热情、性格与思想方面、多才多艺与学术方面的开拓者、建设者和成功者的形象。

总之，他在多重意义上的文学成就的取得，不仅显示了他出众的文学才华，也显示了他在创作实践中业已形成的严谨的文艺思想，总结他创作积累的经验和文学观，不仅有助于我们对他的进一步了解，而且可以认识他对中国少数民族文学史的贡献，并为其他作家以借鉴（尤其是民族作家）。再说，文学家从来就各有自己一套认识生活、表现生活的独到思想和方式。

中国少数民族文学理论的建设者

只要我们翻开近半个世纪出版的各种版本的《中国文学史》，很容易发现，它们都无一例外地忽视了中国少数民族文学的存在及其在中国文学史上的贡献。这除了历史文化以及社会、民族的种种客观因素外，中国少数民族文学自身就缺乏深度的研究、应有的评价，更缺少全面的深刻系统的研究和表述。至今尚未能形成和建立一个严密完整的少数民族文学理论的体系，这不仅是中国当代文学史研究者的一大缺陷，更是少数民族文学创作理论工作者的遗憾和悲哀。

其实，在文学领域里各少数民族处于相同或相似的地位，面临着诸多相似或相同的课题。而且，少数民族文学在文学创作总规律的制约下，具有一定的特殊性，尤其是与我国主体民族——汉族文学创作相比，有其鲜明的个性。少数民族文学理论家白崇人在他的《〈民族文学创作论〉自序》中这样表述："将一般的文学创作理论与我国少数民族文学创作的个性，总结、归纳并在此基础上构建少数民族文学创作，具有个性价值和独特意义的理论体系，对于发展、繁荣我国少数民族文学创作是必不可少的。少数民族文学创作理论的建树，必将丰富文学创作理论的内容，也会成为汉族文学创作及其理论的参照系。"白崇人先生这种富有建设性的见解，在一定程度上，是对比他更早致力于民族文学理论的玛拉沁夫关于民族文学的理论的丰富和张扬。

玛拉沁夫是一位既立足于本民族文化，又遵循和选择着适合自己的一般的文学创作规律的当代中国作家和世界著名的蒙古族作家。是他首先向中国当代文学史发难，为确立我国少数民族文学地位和开创我国少数民族文学理论最早作出杰出的贡献。他的文学创作与理论探索走过相当艰辛而漫长的道路。

1954 年，尽管玛拉沁夫只有 24 岁，但已经是一个得到了全国认可的著名的"兄弟民族作家"（当时，"少数民族文学"的概念尚未提出和确立）。当时的民族作家多从事民间文学创作，因而，我国五十年代初期的报刊上出现的多是"兄弟民族的民间文学""少数民族的民间文学"的提法。乃至 1956 年、1957 年在《民间文学》上发表的作品中有一半以上是少数民族的民间文学作品。年轻的"兄弟民族作家"玛拉沁夫执笔给当时的中国文艺界领导茅盾、周扬、丁玲写了一封信，提出：中国的历史是各民族创造的，中国的文学是各民族的文学，没有中国少数民族的文学不能成为真正意义上的中国文学。这是中国少数民族作家向中国文学史的第一次发难。它不仅代表了各兄弟民族作家的心声，而且它成了开创中国少数民族文学理论的第一个壮举。信，得到了这些文学前辈的相当高的重视和注意，他们把它转交给当时中国作家协会的负责人之一的刘白羽，而且，三人还决定让周扬给玛拉沁夫复信，充分肯定了这一提法，并把两者的信发表于当时的《作家通信》中。并由此促成 1955 年 4 月中国作家协会召开的首届兄弟民族文学座谈会。这次会议由老舍先生主持。这是少数民族文学史上第一个具有划时代意义的会议。这个会议，中国当代文学史上第一代的少数民族作家都来了——那是一长串令各少数民族人民骄傲的闪光的名字。会议上，老舍先生让每个"兄弟民族作家"介绍各民族的文学的情况，自然，玛拉沁夫又再次表述了自己那封信的观点，并引起与会者的热烈讨论（这个过程，玛拉沁夫曾向笔者作过翔实的介绍，还可参见其散文《"没有春天，咱们会去创造！"》）。此后的几年中，中国作家协会和各方面的各种机关报告中都提到了"兄弟民族文学"的概念并予以极大的关心和重视，而且开始列入中国作家协会工作的正常轨道上来了。如 1956 年老舍先生在中国作家协会第二次理事会（扩大）会议上作的《关于兄弟民族文学工作的报告》（《文艺报》1956 年第 5—6 期）就发出了"发展兄弟民族文学"的号召。1958 年 7 月 17 日，中央宣传部召开的座谈会上确定了"编写少数民族文学史或文学概况的任务"。1960 年召开的中国作家协会第三次理事会（扩大）会议上，老舍先生又作了《关于少数民族文学工作的报告》，开始正式使用了"少数民族文学"这个玛拉沁夫多次向老舍提出并讨论的概念——我们知道，"文革"以前尤其五十年代中后期，玛拉沁夫与老舍有着较为亲密的师生和朋友关系。与此同时，参加首届少数民族作家座谈会的第一代少数民族作家的第一批代表作相继发表，其中成绩突出者并令世人瞩目者就有玛拉沁夫。中国少数民族文学得以开始有了自己的理论概念和作家群体，并形成了自己第一次文学创作高潮，这无疑得归功于老舍等文学巨子的大力倡导和支持，其中更有玛拉沁夫不可抹去的贡献。

中国当代少数民族文学史上的第二个具有划时代意义的时刻是"文革"结束之际，玛拉沁夫又给中央宣传部写了一封信，再次呼吁领导对全国几十个少数民族的文学予以关心、帮助和管理。此信得到了中宣部领导、诗人贺敬之的重视，并于 1978 年给玛拉沁夫回了信，信中表述了三条意见：玛拉沁夫的意见很好；建议中国作家协会召开少数民族作家会议；中国作协能否为少数民族文学做些实事如办刊物等。于是，中国作家协会于 1980 年 5 月 1 日召开了少数民族作家会议的预备会（葛洛主持），并于 1980 年 7 月 1 日正式召开了中国第二届少数民族文学讨论会，而且由此而引发出中国少数民族文学自五十年代中后期的第一个高潮后的复苏，此复苏迅速发展成了中国少数民族文学创作与理论研究的第二个高潮：党和国家有了一系列的发展少数民族文学事业的具体而有力的措施和行动；涌现了一大批有生活积累、有创作才华和热爱文学事业的少数民族中青年作家；也开始有了真正切入少数民族文学的理论研究。

这两次具有划时代意义的文学高潮的形成，玛拉沁夫都起了先锋的作用，尤其第二次高潮中，他成了突出的中坚力量。中国作家协会也就在这第二届少数民族文学讨论会之后，把玛拉沁夫从内蒙古调到中国作家协会创办《民族文学》期刊，并当选为此后成立的中国少数民族文学学会会长。从此，玛拉沁夫为建立中国少数民族文学的理论、作家群体进行了繁重而艰苦的工作，压力大，误解也多。用他的话来说是"耗费了我一生中一半的时间和精力"，"常常是在夹缝中挣扎奋斗"。但草原的秉性给了他朗健、乐观和自强的性格，他说，他还要奋斗下去。

任何一个理论体系的建立，都要经历过一个长期的、艰苦的执着探索过程，对于从零出发的中国少数民族文学尤其如此。而发动起广大民族文学工作者共同起来去创造既遵循一般的文学创作规律，又有中国自己特色的并结合中国各民族情况的理论体系，这是玛拉沁夫作为中国少数民族文学理论建设者的第一个业绩和贡献。

玛拉沁夫在具体实践上着手进行的是，与广大少数民族文学工作者们共同寻找一种有效的理论构架，把它与我国少数民族文学创作的个性结合起来，由此建立自己的"具有个性价值和独特意义的理论体系"。在这巨大的理论工程体系中，玛拉沁夫翻阅了大量的书籍——民族学、社会学、哲学、宗教学……认真地研究各民族文学的历史和现状，几乎走遍了中国大部分少数民族地区，与各兄弟民族的文学工作者交友交心，并结合自己的创作实践，终于在研究和实践中，玛拉沁夫对少数民族文学的概念及其界定提出了自己的学说。

他认为，对少数民族文学的领域有纵横两个方面的理解：从纵的方面，包括民间文学、古代书面文学、当代作家文学；从横的方面，包括作者的族别、生活题材、语言文字等因素。在《中国新文艺大系·少数民族文学》分集导言中，玛拉沁夫是这样表述的："作者的少数民族族属、作品的少数民族生活内容、作品使用的少数民族语言文字这三条，是界定少数民族文学范围的基本因素；但这三个因素并不是完全并列的，其中作者的少数民族族属应是前提，也就是说，以作者的少数民族族属作为前提，再加上民族生活和民族语言文字这两者或是这两者之一，即为少数民族文学。"这一理论提出，尽管也存在着异议，但从它的提出至今，一直为国内所沿用着。此外，他在强调作品民族特色时尤为注重时代精神、文化内涵和本民族特点。他认为，好的少数民族作品应是在本土文化土壤生长的（但它不是翻版，不是复制品），既超越时代又是对时代思索的结晶，他的文学作品就是对这些理论的实践。总之，玛拉沁夫以自己独特的理论探索和创作实践，而成为了中国少数民族文学理论的建设者。

具体的理论概念的提出，是与理论家本人的艺术观相辅相成的。为此，我们有必要简单考察一下在玛拉沁夫的文学创作及文艺理论中，所表现出的几个独特的文艺观。

首先，他非常重视并强调作家的文学准备。关于文学创作的准备问题，他认为："作为整个创作的准备工作，大体可分为三个方面，即生活的准备、思想的准备和艺术的准备。"（《谈创作准备》）而生活准备，从前面我们的论述中就可知道他是一个扎根足下生活的作家，这与他在文研所的老师丁玲对他要深入自己熟悉的本土的生活和文化之中，同时一边创作的教诲有着较深的姻缘关系。他认为："参加革命斗争，深入人民生活，并在斗争与生活中，锻炼自己，改造自己，培养自己对革命、对人民、对新生活的热烈感情，这是最重要、最根本的创作准备。"（《文学杂谈》1964 年）至于思想准备，他一直认为要在生活和学习中形成自己的世界观，犹如杰克·伦敦强调的"按住生活的脉搏，而生活赋予他自己的'人生哲学'，他将借助于生活的哲学来评价、衡量和说明世界"（杰克·伦敦《论作家的人生哲学》）。由于如此，他便对一切来自外部的理论有自己的选择能力和思想准备。他说："党的方针政策可以帮助作家认识生活，成为打开纷杂社会生活现象大门的钥匙。但它不能取代艺术的再创造。文学创作如果不是从人物的心灵、精神世界，乃至命运等方面进行开掘，而从概念出发，图解政策，图解社会问题，或者写政策与社会问题的存在和发展的过程，必然造成作品的庞杂和冗长。"（玛拉沁夫《短篇小说杂谈》1982 年）而艺术准备主要有以下几点：一是要读书。读书要多，读书要宽，读书要活。通过读书，借鉴，来充实自己，丰富自己，开阔我们的艺术视野，打开我们的艺术思路，提高我们的写作技巧和创作水平。二是要抓基本功训练。这主要是语言的积累、语言的训练等，他认为好的文学语言"指的是对不同的人物、情节、环境、气氛等用比较生动、鲜明、准确的语言进行描绘与表达"。"三、要积累。没有丰富的生活积累，就没有创作的基础。没有不断的新生活积累，就没有不断的新创作。四是要培养艺术想象力。从某种意义上讲，没有想象便没有创作。五、要有自己的独特风格。每个杰出的作家，都是带着自己的色彩，自己的气质，自己的生活面，甚至是带着自己的一大群人物，走进文坛大门的。经过长期的艺术实践与磨炼，就形成他自己独特的艺术风格。在文学上，作家的独特风格极为重要。……我们内蒙古作家，还想共同努力，在祖国多民族的文学园地上，创造一个草原流派。让我们每个人保持自己风格的同时，在我们内蒙古作家的作品中共同散发一股浓郁的草原气息。六、要善于深化主题。"（玛拉沁夫《谈创作的准备》1979 年）

其次，玛拉沁夫非常强调作品的艺术性，或者说他十分注重追求作品的优美性。早在他的创作初期，当时大多数民族作家和汉族作家还陷入图解政治做传声筒时，他虽然也重视作品的时代气息，然而他更追求作品的优美性，在他现实主义的创作主线中却始终流动着抒情的浪漫主义气息，有较强的主观色彩。他说："文学作品写人，就是写人的感情，要大胆地写情，细致地写情，写出人物的各种感情来，以情感人，以情动人，以情引人，并通过人物与人物之间的感情交流，构成矛盾冲突，激化矛盾冲突和解决矛盾冲突。"（玛拉沁夫《人物·感情·创新》）因而，他的作品都较注重人物的感情，并以之来揭示人物的命运，而相对轻视小说的故事性。而对作品艺术价值的悉心追求，主要是通过具体的章法或手段来达到。他对短篇小说有如下主张：（一）角度要准确，剪裁要得当。（二）要有严密的结构，精巧的构思。（三）要注意对细节、语言的比较与选择。（四）要充分加强短篇小说的浓缩度。而在小说的整体精神上，则强调其内涵，即保持自己一贯的"自在而清丽"的艺术风格的同时，又追求作品的耐人寻味，即"隽永"，这就形成了他作品哲理性的追求，这一文艺观则体现在他对散文化的哲理小说和诗化的哲理散文的创作追求中。可见，玛拉沁夫重视作品优美的艺术性，并非是追求文体的新奇上，而是在注意文体原有的章法上，强调作品内涵的丰实和优美。因而，他的作品大多文体简明。

最后，玛拉沁夫相当重视文学的学习与创新的问题。他认为学习对一个作家是永无止境的。而且绝不拘泥于学习的对象之中，而是"拿来"，而后"占有""挑选"，分门别类，给予不同处理，并在此基础上，立足本土文化、生活，去开拓和建设自己的独立自主的文学世界，而且对这个世界又在不断地学习、不断地创新。他主张："我们在文艺创作中，必须提倡探求精神。探求新意，探求新艺术表现形式、手法和题材领域的未开垦的处女地。……我们中国作家、艺术家是有志气的，有才华的，让我们真正创出自己的新来！既要开阔眼界，借鉴外国好的东西，又要走自己的路，创自己的新。重点在于自己创新，要树立顽强的坚忍不拔的创新精神，这是我们每个从事创作的同志应具有的品质。"（玛拉沁夫《人物·感情·创新》）

从上述玛拉沁夫文艺思想的主要观点看，那都是一些颇有见地的主张，而且大多数是他从自己多年的创作实践和文艺发展的实际提出来的，尤其是对少数民族文学理论的建设性主张。把这些主张综合起来，可以构成作家自成体系的一种文艺观，其内容思想和特点是：在肯定文艺的民族性、现实性的基础上，强调作家本身的思想学习、生活与艺术实践，以及创新精神，尤其是创作准备；强调遵循文艺创作规律，强调作家的社会责任感和作品的时代精神，强调文艺流派的多样化及其地方特色；主张张扬民族文学的特点和个性的同时，承认各民族的互融相汇；主张表现理想的现实性以及人物复杂的情感的抒情性，即坚持现实主义创作方法的同时，强调浪漫主义精神、强调文学语言的生动准确，等等。这一系列的强调和主张表明，玛拉沁夫在文学艺术创作的各个基本问题上，都作出了自己独特的选择和论述，并以自己的创作实践作了印证。这是他作为少数民族文学、文学理论建设者的理论素质和理论基础的具体表现。

为中国少数民族文学理论寻找到了文学地位和理论构架，已是玛拉沁夫的两大贡献。然而，要真正使之付诸少数民族的文学实践和系统化，还必须推而广之和深入研究，并培养具有民族风格的独立的理论和创作人才。八十年代以后的玛拉沁夫就是把最大的精力和心思花在这一建设工作上了。这主要体现为他和《民族文学》对民族文学新人的关心、扶助和推出——这其中有无数感人的事迹，那都是优秀编辑的良知和对民族文学的强烈责任感使然。还有他作为中国作家协会书记处常务书记、中国少数民族文学学会会长所做的大量而具体的推进民族文学发展的工作。此外，他还写过一批作品评论，其中大多数是少数民族作家作品集的序言，这些文章都在不同程度和不同角度上体现了玛拉沁夫的民族文学理论和上述文艺观。

这些评论和序言，主要见于漓江出版社即将付梓的玛拉沁夫自选散文《茶花集》第四辑中。这些文章文风都较为活脱潇洒，既有理性的评析，更有感性的体验。例如他对传记文学的品评，就表现出玛拉沁夫不俗的见解。他提出传记文学应该是把小说、民间文学、传记作品三者的特性相融，忠实于历史而又超越历史；他反对传记文学停留就事论事、就事写事的层次上。他温言批评了《陶克涛胡》一书的这种毛病（《融精雅、自然、真实于一炉——〈陶克涛胡〉序》）。他尤为赞赏传记文学《尹湛纳希传》，认为作者将尹湛纳希的生活经历、感情经历和创作经历融为一体，把尹湛纳希作为一个活生生的人物从各个侧面进行描绘、避免了某些传记近乎是作家作品的综合评述的呆板模式（《迥看射雕处——〈尹湛纳希传〉序》）。而对于民族作家的小说散文的评论，则更显示出玛拉沁夫对民族作家和民族文学理论的建设性热忱。首先，他肯定这些民族文学作品浓郁的民族特色，肯定这些民族作家都能立足本土本民族：李传峰立足土家族故土，杨世光专注于描写纳西族风情，李全喜倾心于哲里木人情，他还尤其赞赏扎西达娃等藏族小说家为"中国文坛吹来一股雪域高原的强悍雄风"（《强悍雄风——〈当代藏族短篇小说选〉序》），等等。如果说主张立足脚下的民族生活的现实主义精神，是他文学理论的出发点，而强调民族文学的民族文化意蕴便是他的民族文学理论的主体精神。如在《强化艺术辐射力——〈科尔沁小说散文选〉序》中，他就提出强化民族艺术的辐射力的主要手段就是要挖掘和张扬本土的民族文化。具体到科尔沁，他认为诗与歌就是科尔沁草原的主要民族文化特色：

> 科尔沁草原没有人不会唱歌，没有人不会使用蒙古语言中属于诗的那一部分优美与激情。没有诗与歌，就没有科尔沁草原，没有科尔沁草原世界亦将失去许多优美、动情的诗与歌。

因此，他提出科尔沁的小说散文一定要"保持和发扬科尔沁草原素有的文化优势"。在此基础上，玛拉沁夫还强调民族作家要有一种开放的心灵和自主的主体意识，绝不能拘泥于狭隘的民族主义和短狭的文学视野。如《写不完的成吉思汗——电视连续剧〈成吉思汗〉序》就高度赞扬剧作者是以一种自己对成吉思汗的新的认识来创作剧本的，这"是探讨也是创造"。这种活脱开放的民族文艺观，在《描绘一个清新的天地——〈海涛小说选〉序》就表现得更为充分了。仫佬族青年作家海涛东渡日本了，可他仍在回望故土，书写本土本民族生活。玛拉沁夫在欣慰之余，提出这样一种富于创造性的开放艺术观："是的，我深信一个作家离开自己所熟悉的生活土壤很难生存；但是一个作家也可以不断拓展新的生活领域，变不熟悉为熟悉。"他期望海涛热爱日本那方土地，熟悉那里的生活，不妨"把笔墨向中国——日本两方沃土上挥洒，从而在创作上有新的开拓"。

还值得一提的是，玛拉沁夫这些文章都没有一般评论的呆滞和说教面孔，它们都写得相当随意、自然，犹如他的散文，不乏漂亮文章。其中文字最出色的数他的《意会——读张承志的〈辉煌的波马〉》（《民族文学》1987.9），极富才情，作者全身心地加入和自我体验式地意会张承志作品的文学世界，并以同样流利的散文诗的笔墨评析。读之，也是一种享受。

此外，玛拉沁夫这些推荐民族青年作家的评论，颇有学者风度，他不"捧杀"或"棒杀"。他总是在充分肯定评论对象的创作个性的同时，实事求是地指出他们各自的弱点和有待强化的地方，并以此共勉。如《陶克涛胡》有浅尝于"就事论事"笔墨未能泼开之遗憾，藏族小说家们的短篇弱于其长篇巨制，海涛小说的文字功夫还不够扎实，杨世光的散文表现方法还嫌单调……玛拉沁夫本着实事求是的传统学风，既率真指误，又不失仁厚之心。在《如霞似锦——〈神奇的玉龙山〉序》中他在指出该书作者的弱点后，这样写道：

> 写散文，要有几套笔墨，依据不同的描写对象，变换不同的笔墨，让作品永远保持清新的艺术魅力。杨世光同志，让我们以此共勉。

这既体现了一个文友的仁厚率真之心，又烛照出一个前辈学者之温良风度。这才是真正意义上的文艺批评，这也是我们文艺批评工作者应该恪守的文风。

是的，真正的批评是一种不为金钱不为权势不为私念所干扰的声音，是良知才学所引发的正气。

总之，玛拉沁夫有一个开放而率真的艺术心灵，有坚定而不盲从、系统而开放的文艺观。因此，便有了他几十年坚实的艺术追求，在任何文艺纷争中始终保持自己独有的思索生活和艺术的方式。这是一个作家可贵的人格力量。

从《科尔沁草原的人们》谈起

尽管《茫茫的草原》是玛拉沁夫的代表作，尽管《茫茫的草原》奠定了蒙古族文学的大草原风格，尽管玛拉沁夫创作的短篇小说数量在中国不算突出，然而他却以短篇小说作家自居。这种刻骨铭心的印记，也许正是来自于他的第一部作品，短篇小说《科尔沁草原的人们》，是它开启了他毕生为文的坎坷的作家生涯，是它开创了中国草原小说的先河；也许还来自于被茅盾乃至读者推崇的短篇小说集《花的草原》，是它全面地把玛拉沁夫推到了中国少数民族作家的前沿，而成为了新中国培养的第一代作家中的佼佼者，而且也是这部草原风情的系列小说以其"自在而清丽"和浓郁的草原民族气息，推动了中国草原文学流派的形成；也许还来自于他创作生涯中继《茫茫的草原》之后的又一个里程碑，即 1980 年获全国短篇小说优秀作品奖的《活佛的故事》，它克服了茅盾指出的《春的喜歌》《花的草原》两个短篇小说集的作品"欠隽永"的遗憾，是有意识地进行了含蓄蕴藉的哲理小说创作的成功之作，这部富有抒情性的哲理小说不仅是中国草原文学的杰作，而且是中国当代小说史的精品；也许还在于 1985 年写出获得文艺界好评，充盈着优美情感爱心的中篇小说《爱，在夏夜中燃烧》（这部仅有两万多字的中篇，表现手法与他的短篇小说相似，而且它是八十年代一组同主题小说的一篇）这四段历程，在作者的一生创作中，都有着不可忽视的带着契机的意义，而这三部作品，又都是具有思想艺术价值和充分体现作者风格的优秀小说，再者，这三篇作品身后还屹立着作者几十个短篇小说，而且一一生辉，各具特色，又都不同程度地显示出作者的创作个性和艺术追求。玛拉沁夫便与短篇小说结下了深缘。

玛拉沁夫的几十个短篇小说，基本都是根扎自己的故土——那片生他养他令他魂牵的内蒙古草原，他说："我的作品题材比较广泛，但主要笔墨都用在描绘草原生活上。草原，永远是我心中的诗。"于是，着浓浓的诗情，玛拉沁夫以富有诗意的散文笔调，抒写出自己对那迷人土地的热爱，从题材、主题、语言乃至结构都着上民族的特色和草原的气息，而从中升腾出来的对人生对人性的哲学思索令人回味，总之，玛拉沁夫的短篇小说都是一些颇有章法和追求的优美作品，是它们构成了中国草原小说的主体部分。

还是先从《科尔沁草原的人们》谈起吧。

《科尔沁草原的人们》是玛拉沁夫的第一篇作品，或说处女作。它的创作、发表过程却是一个颇具情趣和意味的偶然故事：

> 一九五一年春，我参加工作组到科尔沁草原去工作，当时，科尔沁草原上发生了一个事件：一位蒙古族妇女只身空拳英勇地与越狱潜逃的反革命分子搏斗，最后在群众的帮助下终于追捕回那个反革命分子。故事十分生动。
>
> 在我动身去科尔沁草原之前，内蒙古党委一位负责同志问我对那个材料是否感兴趣？还启发我说，如果有兴趣的话，是可以写一写的。
>
> 作品写成后，我不知道它算不算是小说，我读给一些同志听，向他们请教。……与我一起工作的安柯钦夫同志叫我把稿子寄给《人民文学》去碰一碰。起初，我不敢，后来在他的再三鼓励下，怀着试一试的心情，寄了出去。不久，小说就发表出来了。我至今还清楚地记得作为文学青年第一次看到自己的作品变成铅字出现在全国性刊物上的那种难以描述的激动，兴奋而又有些不安的心情。
>
> ——玛拉沁夫《答〈萌芽〉编辑问》

可见一个文学青年，只要做生活的有心人，发挥自己的优势，敢说敢做，一定会有所作为的。玛拉沁夫具备了这种素质，因此他必然地在这个偶然的机会中找到与自己相吻合的题材和人物，因而成功了，而且这个成功的起点实在不低，足以令所有尚在探索追求中的文学青年羡慕和有所启示。

当然更有价值的还是小说本身的思想和艺术魅力，以及对中国草原小说的开拓意义。1951年举国迎接新生活，到处是喜洋洋的景象，新生活，新人物，万象更新。年仅21岁的玛拉沁夫一方面本着一个共产党员的责任心，把那位党委领导的话记在心上——五六十年代的共产党人，一向把领导的话视为组织的话——那种高度的责任感，令人叹然；一方面作为一个忠诚的草原之子，一个心眼儿要把草原人民的新风貌告诉给兄弟民族的同胞们。于是，他写了一对极其可敬可爱的时代新人，让人看到了蒙古族青年成长的风姿，他的描绘喷发出了自己家乡草原特有的清香，给当时以颂歌为主题的文坛注入了一阵沁人心脾的清新。这位突然间从大草原冒出来的内蒙古青年给中国文坛带来了欢欣，在当时全国文艺界产生了轰动效应。《人民日报》《内蒙古日报》《人民文学》《新观察》等报纸和刊物陆续发表了关于这篇小说的评论文章，而且文学前辈臧克家、张天民等都写评论文章向全国读者推荐，可以说这个起点是辉煌的。

　　小说的开头是抒情的富有民族特色的草原风情，萨仁高娃在夕阳将没之时，骑着大红马，领着她心爱的小猎狗"嘎鲁"，赶着牛群在草原上的一座沙丘上等待心上人桑布，然而正如悄悄来临的乌云一样（草原的秋雨季要来了），萨仁高娃却遇到了一个越狱潜逃犯——伪骑兵"降队"副大队长宝鲁。她与那个时代所有英雄儿女一样与敌人展开了英勇不屈的战斗，而约会迟到的桑布也与她同样表现出了一个共青团员所具有的高尚品质。新一代牧民，热爱祖国，热爱新生活，更热爱草原，为了保卫这美丽的草原，他们谱写了一曲动人的草原情歌，这是一种新中国人民更是草原人民高贵的主人翁意识，玛拉沁夫在这对青年身上捕捉到了时代的光影，也捕捉到了他们与自己相通的心灵。他真切地把这一切抒发出来，因而，他笔下的人物既具有强烈的时代色彩又灵性飞扬。在九十年代初期的今天，读之，仍感到他们的可亲可敬，而没有成为那个时代许多只是图解政治，虽获得一时成功却被时间筛掉的应景之作。这实在是玛拉沁夫的骄傲！是的，他有文学天赋，《科尔沁草原的人们》第一次暗示出作者作为民族作家的无比潜力。

　　1951年的中国。

　　21岁的已有三年党龄的蒙古族共产党人。

　　中国当代文学的第一号刊物《人民文学》的头条小说。

浓浓的草原风情。

我国少数民族当代文学史上第一篇优秀的短篇小说。

只要我们把这些信息稍微组合一下，就可发现奇迹和起初的存在，就可以发现玛拉沁夫能成为新中国第一代杰出的少数民族作家的必然。

是的，他是草原之子。他爱草原，他熟知草原。他及其作品也犹如草原般抒情豪放：萨仁高娃等恋人的心，急急的，而刚才还是夕阳下翻金浪的草原，一时竟在西北风之下，变成奔腾的海洋，"空中密布着乌云，好似一张青牛皮盖在头。人们都知道：'草原的秋雨将要来临了'"；遇到敌人了，萨仁高娃唯有一个念头："蒙古有名成语（实际是谚语，作者之误）：'放走豺狼的人，是草原的罪人。'……决不能轻易地放走他"，接着是紧张激烈的战斗，猎狗嘎鲁的勇猛敏捷，发出震天动地的呼啸和爆炸声的熊熊烈火（"这是秋八月干枯了的苇塘啊"），大红马像疯狼般穿过五六丈的火海，科尔沁草原的人们"像战士们围攻一座城镇似的，每个人——不管是老人还是妇女，都向那火海冲过去……"这一切的一切，都是草原特有的"大块文章"，风格奔放粗犷，节奏急促，语言素朴，而且在这幅雄劲的草原风景图中温温柔柔有个烟荷包和一封简洁的情书，还有胜利后那对恋人的拥抱。这份情、这种神韵实在令人神往！玛拉沁夫赋予草原、赋予新一代的牧民以情以智，他注意了大自然的社会的时空变化，既表现了草原的动态，还表现了内蒙古人民发展变化的生活和精神风貌。英国作家哈代笔下的一阵风可以是"一级大的悲苦的灵魂之叹息，与宇宙同阔，与历史同久"。而玛拉沁夫表达他对草原新生活新人物的赞美之情的氛围，便是这草原了，并且成了他一辈子文学创作的题材领域。

没有一个成熟的作家没有自己独特的题材领域。

在选取题材角度及作品的思想性上，作者获得了极大的成功。尤其作为我国少数民族当代文学史上第一篇优秀的短篇小说，它的成功不仅为作者奠定了他在中国少数民族文学史的地位，为后来的草原小说披荆斩棘，而且也唤起了无数个兄弟民族作家扎根本土写出各自民族华章的勇气，并首先闯出了一条新路。解放初期，各少数民族也曾涌现出各自的作家作品，但那大多是借助各民族的民间传说、神话故事、民歌等框架的再创作，如何在吸取民间文学艺术养料的基础上又不受固有的民间文艺框架的束缚，并能反映出本民族的生活精神风貌和风俗民情，玛拉沁夫的确是在民族作家中首开其道，他的《科尔沁草原的人们》就具有这种披荆斩棘的拓荒意义，是它将我国整个少数民族文学创作引入作家创作的行列，而开始摆脱民族作家是民间艺人的同义词之误区，而进入了一个新的层次，达到了一个新的高度，这正是玛拉沁夫在我国当代文学确立的历史性地位与作用。

尽管，《科尔沁草原的人们》在当时获得了极大的成功，而且在中国草原小说、中国少数民族文学史上具有开拓性的历史意义，然而，当时的玛拉沁夫毕竟是个文学青年，此作还是他"不知道它算不算小说"的处女作，而且"我原来是学习写戏的"（玛拉沁夫语），因而，这篇小说除了无论从思想性还是艺术性上都无法遮掩的稚嫩外，还表现出较为显明的戏剧性，它较重故事性而轻人物刻画，小说结构也过于简单了。"我们读完这个短篇的时候，对于这两位青年的身世，以及在这个作品出现的其他人物的生活，有一种知道得再多一些的渴望。"（臧克家《可喜的收获》）为了满足广大读者的要求，也为了自己有了成功的第一篇，"可第二篇作品怎么办？"作者清醒地牢记自己的成功之源——草原，他又回到了生活中，到察哈尔草原生活了两年，并努力学习，终于在草原又润化出一篇篇同样散出了草原风格并显示作家人格也更为丰实的短篇小说。正如关鸿在《创作力断想》中所言："作家的根子深深扎在土壤里，扎在自己的题材领域里。作家属于自己的表现对象，他也在表现对象中找到了自己。作家表现的也就是'我'的题材，'我'的人物。"

这时期的短篇小说，主要见于 1955 年出版的《春的喜歌》、1962年出版的《花的草原》大约二十几篇。作者深深扎在草原上了，写出了这些蒙古族人民翻身做主以及各民族团结的曲曲颂歌，其中人物体现的精神美、作品浓郁的民族特色和地方色彩、"自在而清丽"的艺术风格，都标志着作者创作前期颂歌型为主的时代内容，以及业已走向成熟的创作轨迹。

"攀登文学高峰"

八十年代，玛拉沁夫已年满五十。这个年纪，对于一个作家来说，正值风华正茂之年。虽然这时，他已离开草原到北京主持《民族文学》工作，后又到中国作协，工作极繁忙。然而八十年代的中国文学有一个

有我之境

催人奋进的活泼泼的氛围，中国人心灵起了一个很大的变动，文学要反映这种种心态，于是各种艺术探索风起云涌，无数的艺术流派和艺术家都在竞妍争辉。这是几十年从未出现过的特殊景观，是继"五四"文学革命以来我国文学最大的一次变革。自然，其中良莠参差。

在这样的时代和文艺的总体态势中的玛拉沁夫，一方面为培养文学新人悉心操劳，一方面继续向着艺术高峰探索攀登。他给自己书写了"向每一天挑战"的条幅。他说："攀登文学高峰……不正是需要有'向每一天挑战'这种精神吗？"这时他的创作实绩是可喜的。除了完成《茫茫的草原》下部，写了一批颇具魅力的散文，还创作了《青青大草滩》《活佛的故事》《荒漠》《审戏》《大地》等十来个短篇小说和中篇《爱，在夏夜里燃烧》。这些作品都显示出作者的生活视野更开阔了，艺术上也更加成熟。尤其《活佛的故事》和《爱，在夏夜中燃烧》，都标志着作者又登上了新的艺术高峰。

《活佛的故事》仅七千来字，"在这么一个小小的框子里要表现一个天真无邪的儿童被人奉承为'神'，而他自己又从一个天真的儿童一点点转化为'神'，最终他又由'神'转化为世间的人。"（玛拉沁夫《短篇小说杂谈》）

这样短的篇幅却表现出了一个人如此变化复杂的命运，其中丰厚的民族文化内涵和时代氛围，映照出一个民族宗教精神的发展变化，表现出生的艰难与神秘，人的自然性和社会性，从而显示出深刻的社会内涵。作者是用精巧的构思表现这复杂而深刻的思想内容的。他选取了写玛拉哈眼睛的四次变化这么一个细节，以此为视角，真切地完成了对人物一生的勾勒，传神地表达出人物人性的消失、神性的铸成以及人性的回归。更有意味的是，作者也许缘于与主人公同样的民族"母血"，他以一种蒙古族佛性和汉文化交汇而成的气质去表述自己对于草原同胞的热爱、理解和审视：与小伙伴无瑕的稚真的友谊，"我"对变成"神"的伙伴那种无形的神性的震慑（而绝非他的母亲等民族同胞崇拜者的虔诚和狂热）和痛苦，人神异界，后会无期，以及最后"我"同母亲对人性复归的玛拉哈的不同态度（这一笔写得很有分寸感也很有深度）。这一切都表明作者是作为一个本民族的先觉，以忧郁而深沉的目光对故土的同胞、历史、生存、宗教文化进行观照和再度感受，这是一种觉醒的民族内在心态理解和反省着本民族收获的一种新鲜而深刻的观照。这样一种观照眼光的取得，十分有价值。

　　首先，作者身为同族又融汇了汉族文化，由此他所得出的经验便超出族类，而上升为人类文化共有的经验；其次，这种眼光往往能使作者超越自我狭隘的民族立场，在一定的距离之外，获得一份更加自觉清醒的认识：

> 嗨！人世间，原本是没有神的。人们出于愚昧，寻求寄托，便创造出一个神来……人们创造神，是对被创造成为神的那个人的戏弄；而被创造成神的那个人，也摆出神的架势，戏弄那些把他创造为神的人们。千百年来我们就是在这种互相戏弄中度过的。那些年代，对于我们，对于历史，都属荒诞无稽。好在历史终归是由人民来写的，那些荒诞无稽的年代，已经过去了。

　　终以人性出现的已变成大夫的玛拉哈的这段议论，更是一种对本民族历史、文化、生存状态的深刻反省，由于这是他本人曲折复杂的经历的总结，它既显示出主人公同样具有的先觉意识和反思色彩，也是上述的作者对本民族性格的张扬，对本民族精神的自省和深刻观照的集中体现，而且，它未尝不是对经过造神运动的中国那种荒唐年代的反动！因为"明鉴可以照形，古事可以知今"，在历史这面镜子面前，任何现实都会现出更清晰的面貌。到此，我们不得不钦服于作品深广的社会内涵和浓郁的思辨色彩了。

　　它很精短，却通过对一位活佛的命运的描述，形象地阐明了"人世间，原本是没有神的"这一朴素的哲学。这种对历史时代、文化和人生的透彻就是主人公也是作家本人生命深处流出来的哲学。活佛玛拉哈卒章的这段议论，简直就是一段作家的现身演讲词，正如美国文学批评家布斯对小说中作家的出色议论所说的："他们最出色的讲演所产生的经验广度，却是任何其他艺术手法都无法提供的。"它不仅与全文故事浑然一体，点化了这篇小说的灵魂，更使这篇小说浸溢出丰厚的哲理意味，它与全文始终不断的浓浓的草原芳香、素朴而抒情的语言、精巧的构思、严谨细密的结构一道，保持了作家一贯的风格，"自在而清丽"且深厚"隽永"，使之成为中国当代文学的一部精品，而荣获 1980 年全国优秀短篇小说奖。同时，它在草原题材的开拓与开掘上，独辟蹊径，达到了新的境界与新的深度，这不仅标志着中国草原小说的成熟，更为草原小说的创作者提供了一个启示和借鉴，于是，我们便有了这样的结论：经过苦难后的玛拉沁夫焕发了艺术青春，在追求自己的艺术技法更加圆熟的过程中，奋力拼搏，又登上了一个新的艺术高峰。

八十年代的繁荣下，许多人在哀叹"人心不古了"，一些拜金主义、贪婪、自私和纷争令许多人都在探寻：什么是人类的本性。中国文化的根在哪里？这时，文坛上的"寻根文学"多少也负起了这么一种自觉意识。尤其 1985 年的"寻根"作品，大多写洪荒时代民族最古老的社会生活，写我们祖先的生命和顽强意识，文字透出一派苍凉和粗犷，使人感到天地刚分开时的瘴气，还如雾一般翻滚，东方太阳还未照到这个混沌的世界。作品的题材和人物都"土"极了。然而在后来的两年中，许多人却走向极端，其作品成了一堆低庸的民族猎奇的文化准垃圾。

玛拉沁夫也在思考和寻找现代失落的美的人性。然而，他不趋时不像有的人为赶时髦而失去自我。玛拉沁夫有自己的艺术世界，他在扎根于蒙古民族文化中写出草原人民善良淳朴的民风，《大地》《荒漠》的主人都是那方土地真正的主人，他们热爱并保护着足下的文化遗产，不为金钱名利所诱，显示出真诚美好的人性。这类富有警世和劝善求真的思想在中篇小说《爱，在夏夜里燃烧》中得以最充分的表现，优美动人。

1960 年饥饿的冬天，中国处于灾难之中。然而灾难痛苦之中却有一个远离尘埃的地方，大青山北部鹰嘴崖的烈士峰上的烈士村，两户蒙古族，一户汉族，大家相亲相爱，丰衣足食。然而，从关内逃荒而来的彩霞一家三口（丈夫王春山、女儿桃桃）的到来，使这个世外桃源也分担了桃源之外的生活艰难。于是，有了玛拉沁夫笔下这个"并非世外桃源的故事"（王蒙语）。蒙古族猎人旺楚克真诚地把家交给他收留下的彩霞（为了丈夫女儿，她要嫁自己），而决不越雷池半步，尽管他从未领受过爱和恨，尽管这个充盈着自然色彩的人物面对着非要献出自己的彩霞。经过一段彼此感知的过程，彩霞的热情终于使旺楚克身上的人性得以复苏和完善，他终于懂得了"爱"的意义，明白了人的七情六欲的真正含义。然而却不幸中了他蒙古族谚语："容易得到的东西容易失却。"这时，他发现了彩霞的丈夫王春山仍然活着！尴尬的局面里的人极其尴尬。关于这类在困难时期藏起男人、带着儿女嫁人求生的小说不少，如牛正寰的《风雪茫茫》、张一弓的《犯人李铜钟》、张贤亮的《邢老汉和狗的故事》、郑彦英的《太阳》等等，这一个个畸形的婚姻，都成了一出出震人心魄的悲剧。是的，这样悲剧的出现，烈士村的人们完全有理由谴责彩霞的"欺诈"，并驱赶她的一家。然而什么都没有发生，烈士村只是"又一次受到震动"，因为旺楚克与彩霞、王春山的故事正似当年巴拉丹与玉兰婶、郭宝林的经历，历史出现了惊人的重复。他们这才知道"山底下发生的饥荒"，他们纯朴良善的心没有怨更没有责骂，而是给了彩霞一家更为无微不至的照顾爱护，他们认为这是做人的本分，原谅那比他们更为不幸的人，是他们做人的原则。巴拉丹与郭宝林两家的故事就是明证。多么淳厚自然的人性呀，真、善、美在这短短的篇幅里得到了充分的表现。

小说的另一条情节线即巴拉丹、玉兰婶、郭宝林三者之间的关系，也写得极为优美动人，入情入理，恰到好处。既写出在特殊情况下形成的复杂关系，又写出处理这些关系时，人物心灵的纯洁和道德情操的高尚。作者对人性的赞美、对民族团结的歌唱体现了作者所张扬的人道主义和和谐团结的具体内涵，使之在同类题材作品中独树一帜。尤其作者把造成人物命运的时代背景推到后景，使读者既能感受到强烈的时代气息，但又并不使故事和人物命运完全受到时代的左右。这就使作品区别于当时那些把这个时间加上这个时间发生的事件，等于时代精神的肤浅作品；同时也区别于另一类一味抹去时代背景，让人看不出故事的年代、地点，甚至从人物精神中也感觉不到什么时代的一些昙花一现的时作。为此，作品获得了较大的超越和成功。作者用艺术家的眼睛寻找到了烈士村永恒的精神——这是一种超越时代而人类固有的永远的精神，同时也是当时的中国所呼唤的人的精神，具有警世意味。除此，作品精巧的结构，令人拍案叫绝的心理描写（此文对两个男女主人公的心理刻画既细致又很有人情味、活泼泼的），引人入胜的故事性，浓郁的抒情色彩，民族团结的赞歌（作者立意于人性上，"本质地写出不同民族性格差异以及同一民族的个性差异"，故使作品已超越于地域性，超越于他过去"民族团结"的立意了），使人感受到作者原有的艺术个性的魅力，同时也触摸到作者不断探索突破自我的进步，令人耳目一新，并成了作者这一时期的另一个艺术高峰。为此，王蒙、阎纲、金一、高深、吴重阳作了一个关于"《爱，在夏夜里燃烧》五人谈"，引起了一定的影响。然而，1985、1986 年，浮躁的中国文坛，先锋派一旗高过一旗，《爱，在夏夜里燃烧》被湮没于这种失控的时代里。今天重读，仍感到它不死的艺术魅力，笔者相信它也一定能经受历史的洗礼，并适时重发艺术光彩，从而赢得更广泛的读者。

节选《大草原——玛拉沁夫论》，民族出版社 1994 年 1 月版
《新中国成立 60 周年少数民族文学作品选·理论卷》，
作家出版社 2010 年 10 月版

第
一
辑

有担当的文艺批评才是真的批评

文艺批评史证明，文艺批评是一个古老的存在，并且在漫长的历史演变之中不断地与各种文艺观念相生相应。不论是贾宝玉、阿Q还是于连、安娜·卡列尼娜，不论是崔莺莺还是哈姆雷特，这些文艺形象之所以被称为典型，是文艺批评阐释着他们在历史潮流中的意义。因此创作与批评，便一直被喻为"车之两轮，鸟之双翼"。

今天在全媒时代的文艺生产中，各种文艺批评仍然占据了不少报刊的版面，但是，人们已很难察觉到思想的冲击，察觉到激浊扬清的力量，察觉到独具慧眼的洞见。文艺批评的退却、边缘化乃至缺席引起了普遍的焦虑。文艺批评是否发挥了有所担当的社会教化功能与审美功能？在这个时代的思想前沿上，文艺批评是否还在场？

这个追问首先是问：文艺批评能否在浩如烟海的文艺作品中发现经典，构建文艺史，并为文艺理论的各种命题提供素材。其次还问：文艺批评能否以它的发现、创见和想象主动与这个时代最敏锐的思想者及其文艺作品构成有力的对话关系？并推动各类文艺的繁荣和发展。或者说，面对繁复多变的时代，文艺批评怎样以有效的方式，发出明晰有力的富有建设性的自己的声音？从而对这个时代有所担当。这种担当既是对社会和时代的责任，也是对个人专业精神的坚守。

检巡当下的文艺，有太多对消费时代的妥协，太多对当下现实的忽略，忽略作者与人心与现实的对接。因为在这个信息爆炸的全媒时代中，我们形成的对世界对自我的认知，大多来自于媒体，来自于间接的经验，也就说我们生活在一个"虚构"的世界里，我们生活在当下，却不关心我们的时代，不了解我们的时代，这不能不说是个误区与盲点。文艺批评更为突出，因为评论与社会现实之间是一种更加"间接"的关系，"从作品到作品"的批评文本的内在循环，很容易长期陷于符号与知识的生产，批评家与社会现实隔膜更深。于是，面对间接生活我们常常没有痛感、没有血肉、没有体温；面对市场我们容易弱视与轻信，也容易缺乏自信心与判断力，更缺乏担当。

所幸的是，面对繁复多变的文艺现象，清醒的有担当的批评家已经在自我叩问：该坚持时自己是否坚持？我们如此执着追求变化，是否思考过哪些东西是"不变"的？我想，不变的是对文艺本身的认定，是对专业精神的坚持。

比如，市场化这把双刃剑与大众传媒共谋时，可以使文艺拥有巨大的影响力，但我们不可以为迎合市场化而"三俗"，丧失文艺直面世界的追求与能力，甚至丢失中国文艺传统，如艺术门类专业基本功的训练，文学传统的人物、故事、细节乃至思想性等看家本领，无论时代怎么变化，文艺的教化功能与审美功能是不变的。

又比如文艺批评，当"媒体批评"津津乐道地夸耀发行量、票房、收视率和文艺家在富豪榜上的排名之际，批评家仍然要有勇气谈论"美学风格"，或者谈论这部作品为当代文艺贡献了什么？谈论这部作品给时代给历史带来了什么？而这样的谈论必须建立在"言为心声"的专业操守之上。考察文艺批评是否称职，就在于是否"言为心声"。由于种种功利、误解或威吓，不少批评家不再忠于自己的艺术观感。讲真话，成了今天有难度的文艺批评，成为批评家是否有艺术良知与担当精神的一个标识。

又比如，面对当下这么多青春文学作家办的文学杂志，或说杂志书，以及这么多新兴的文艺样式，这么多新兴的文化企业，他们的生产方式和审美情趣与我们的文艺传统有所不同，新的力量带着对社会新的理解加入文艺事业，这是好事。文艺批评应在学习中发现新质，并发出自己有效的声音。无论艺术样式如何变化，只要是文艺，那必定万变不离其宗，文艺的社会教化功能与审美功能始终不变，无论哪种文艺门类，都有追求理想、追求穿透世道人心的艺术力量。今天我们既需要有艺术能力与专业精神的"良医"，也需要关注现实、有担当精神的"良相"。鲁迅便是这二者高度结合的范式。这是今天现实与理想的文艺关系。

因此，只要"言为心声"，只要有"良医"的艺术能力、"良相"忧国忧民的情怀与担当精神，文艺批评便能参与社会历史的建构，便能对文艺有个人的担当。

有担当的文艺批评才是真的批评。唯此，批评的快乐才可能甩开了各种诱惑与毁誉的漩涡，抵达宠辱不惊的彼岸。这是一个批评家与文艺之间的海誓山盟，我们唯有沉静地坚守与坚持。

这种担当对于广西文艺评论家而言还包括对广西文艺家与文艺作品的关注与推介。广西一代一代的文艺批评家就是以此为己任，他们不仅通文艺家之意，开受众之心，并担当着广西一个个时代的文艺潮流乃至文艺发展的引领推动作用。在文艺消费时代的今天，我以为，强化广西文艺批评的引领功能，倡导文艺批评的担当精神，重视广西文艺评论人才，并把文艺评论人才与话语空间有效地整合到他们的工作平台之中，是当下广西文艺批评发展的瓶颈。相对于创作，广西的文艺评论有长期被忽视的现象，这在一定程度上阻碍了广西文艺的发展。

我以为主管部门应对文艺评论家给予更多的理解、尊重与支持，尤其对热爱文艺事业、埋头专业的评论家。只有宽松开放的文艺土壤，广西文艺"百花齐放，百家争鸣"的良好局面才成为可能，广西文艺才可能出现杂花生树的文艺景观。为此，建议一，设立广西文艺批评基金，健全人才发展机制。建议二，建议广西文艺签约扩大到文艺批评家，广西文艺家签约已经 14 届，至今尚未纳入批评家。

文艺批评之树是灰色的，给些阳光雨露，批评之树才可能青翠，文艺事业就可能蔚然成林。

《文学报》2012.10.25

第二辑

历史缝隙间的家国情怀

——读赵本夫的长篇新著《天漏邑》

赵本夫在我心目中是一个有独特审美追求、有思想和语言重量的作家，从《卖驴》《绝唱》《天下无贼》等优秀中短篇，再到《地母》三部曲(《黑蚂蚁蓝眼睛》《天地月亮地》《无土时代》)，以及今年的《天漏邑》，一部部宏阔如歌的文学写作，昭示了作者赵本夫彪悍的小说书写、深切的家国情怀，以及透彻犀利的批判现实主义精神。他常常于历史缝隙间见奇崛，于民间民俗中现传奇，于凡间俗世成就不凡。《天漏邑》便是以双线交叉的叙述，虚构了一个传说中历朝囚犯的流放地——天漏村的历史与现实，成就了一段直面灵魂与生死的民族伟大抗战史，以自己对历史与现实的挖掘与发现，创造了一个灵异而坚硬的现代性寓言。这个寓言关乎天与地，家与国，世道、天道与人道，寄托与抒发了作者忧国忧民的家国情怀，以及深切的时代之忧，颇具思想穿透力与丰富的寓言性。

审美的独特性，源于赵本夫对民间文化的笔记钩沉。赵本夫特别善于把游离于历史之外的、已经遗失于四方乡野，以及时间黑洞之中的事、物与人挖掘出来，比如黄河古道、黄河决堤处、草儿洼、天漏处，以及刀客、浪人、盗贼、妓女、土匪等边缘人，对这些生活在夹缝中的人，及其他们失落在历史缝隙间那些自在而野气横生的故事。赵本夫剑走偏锋，赋予他们当下的意义，既重新勘探历史缝隙里的幽明，又重新发现世界，也重新认知我们的现实，重新审美。比如《地母》三部曲，对土地与人类生存的意义进行了独特的解读，无论是黄河决堤对沿岸大地及其民众的天灾人害，还是草儿洼的浪人们灾害当头的互助互爱，以及开始重建家园的人性裂变与劣顽自私，还是现代化进程中的《无土时代》，都倾注了赵本夫对土地信仰般的深厚感情，既有对野史主人公诸如女寨主柴姑的豪侠潇洒以及宽厚包容的赞美，更有对人性幽暗以及现实的批判；而到了《天漏邑》，赵本夫就紧紧抓住天漏处，以此切入谜一般的天漏村，既依循远古遗民部落和流放天谴之地的传说，又以此虚构了一个无论时代更迭、世事风云，依然有着自己生存逻辑、乡村伦理的净土乐园，既与世无争，又怀抱家国情怀，与外辱誓死作战，反法西斯英勇善战，正气浩然。这里也许无关时代更替，却关乎百姓日常，关乎古风伦常，关乎家仇国恨。那份世界藏污纳垢和生机勃勃，地母般包容的生命的力量，更是一如天漏处，也是一种信仰。是的，天也会漏的，即使女娲补过，她还是要留点空隙，透风漏气，电闪雷鸣，劝诫人类，人们不应违背自然规律、不要做昧良心的事情，包括战争，包括侵略者，也包括阳光与天漏，白昼与暗夜，分离与邂逅，争斗与和合，忠诚与背叛。因为"天下雷行，物与无妄"，天上炸雷（击人、击物的话），没有虚妄，更不会无缘无故！历史何尝不也是这样，只是英雄与败类乃至万事万物长年失落在地母大地深处，失落在历史缝隙间，作者以笔直指人心，以史明鉴，历史与艺术在此地的双重视野，颇具深意。

　　于是，赵本夫对乡野万物饱含敬畏心，他的笔锋既有敬畏，更带着灵异和野气，凡是世间古风、民俗、风情、人性本能、男女关系，山林迷莽、野地苍茫，甚至一些稗史野闻、奇人趣事，都是他作品最为生气勃勃、灵异飞扬的部分，常有精彩之笔，令人突然有所了悟；反之，凡是他引经据典，进行考古学研究的地方，就是文本有所游离与枯燥乏味之处。当然，这也许正是作者自证其精神源流之处，比如张炜的《你在高原》。我还是更喜欢他作品中这种野性飞扬的生气盎然，平实之间的异峰崛起，尤其乡间饶有情趣的鲜活故事，令人既忍俊不禁，又心怀敬畏，包括乡村淳朴的传统伦理和美好的人性本然，即使来此考察的大学历史系教授祢五常给上千万，人们也不愿献出天漏邑的"乒册"影印出版。村民对舒鸠国都城传说守护的庄重感，天漏村的自成方圆的独特包容性，如对"断袖"、妓女和土匪，对为生存的鸡鸣狗盗，以及对叛徒千张子的包容和人道，那种凡间藏污纳垢的自在生命、敬畏天道的虔诚原罪，以及直面生死的勇气，凡此种种天漏村的自有逻辑和伦理世道，在感动祢五常及其弟子的同时，同样也感动作为读者的我们。祢五常明白那既是天漏村民，也是凡间的我们，有天道、人道和世道，人间才会喜怒哀乐，生生不息。于是，天漏村既是作者发掘历史缝隙的空间的迷城，也是时间的迷城，更是时代、命运与人性的迷城，颇具自省意识和寓言性。

本书另一个突出之处，即是作品成功塑造了一群令人难忘的鲜活的人物形象，使一个天漏村的小世界，创造出大时代、大悲凉与大庄重。这个小世界所有的人物都有各自的尊严，哪怕身份十分卑微，哪怕日常偶尔鸡鸣狗盗，比如妓女七女的有情有义，比如彭城百姓直面侵略者的英勇，当看到千张子每暗杀一个日寇，便有10个老人、10个壮年、10个20个少年，一拨拨地迎面顶着日寇报复的枪眼，浩然长空。这里始终没有一句简单的口号与说教，有的是一个民族的正气勇武，前赴后继，英勇悲壮，立于天地间的抗日的民族形象，包括一（邑）山上60年才出现的金戈铁马，厮杀声声，这远古的保家卫国的血性呼唤，正气凛然，令人肃然起敬，颇具仪式感，颇为庄严。

其中最为饱满的形象应是宋源与千张子，他俩的关系，始终是性格的必然。因为千张子从小就是非常敬佩、崇拜，甚至是爱宋源的，宋源对他既瞧不起，认为他没有血性，又不能不佩服他的机警。千张子第一次找七女是要证明给宋源看，他也会行丈夫之事。这对惺惺相惜的英雄搭档，既是兄弟、知己又是对手。千张子从英雄变节而再英雄的人生历程，不能不说是对文学传统的叛徒形象的一种丰富；千张子叛变的污点，功过是非纠结成麻，尤其千张子怕疼变节以求解脱继而复仇的人性裂变，呈现了历史与人物的复杂性。如果说赵本夫刻画千张子是写出了好人的坏，那日本人木村去勒死老同学檀县长帮其早解脱，以及土匪出身的警备司令侯本太帮民众解围，冒险安葬檀县长，便是写出了坏人的好。我认为赵本夫对好人的坏和坏人的好，是有独特洞察和体验的，所以他能把人性写得幽明闪烁、饱满真切，颇为独特。

还值得一提的是，小说双线结构的另一条现实书写的两位史学大家，一是历经百年历史而敬畏修隐的柳先生，再者为现世北京学者祢五常，两位学者不同年代的考察，相生相应，儒道精神也相映成趣，既形象传达了作者"小隐隐于野，中隐隐于市，大隐隐于朝"的智性哲思，以及直面现实的家国情怀，还表现了作者不止于对天漏村历史的书写和现实喟叹，而更着眼于对现实的细致描述与批判。尤其作品的主要人物，无论英雄、隐者，还是学生、敌人，都有着各自的现实归途，我们看着他们如何扑面而来，也看着他们一一谢幕。在这个意义上，赵本夫的写作对八十年代"新历史小说"就有新的超越。

应该说在这个喧嚣荒诞的时代背景中，直面当下现实、当下中国乡土的困境。作家怎样面对时代，理解现实，想象历史，我想，赵本夫以自己的创作方法和世界观，给出了一个独特的解答。

《中国艺术报》2017.7.28

以修身来修文　以修文来修身

——关于李修文的《山河袈裟》

《山河袈裟》是一部哽咽之著，一部令作者读者心生哽咽之感的散文随笔集。"哽咽之感"作为书中的关键词，它每每出现在作者李修文与那些萍水相逢身陷困境人们面对面时，是他被这些苦难中的人性温暖与重量感动时的情感状态与写作状态，哽咽得一句一顿，简朴琐碎却饱含深情，沉郁顿挫却谦卑郑重，显示出深切动人的叙事力量；同时，这何尝不也是读者我们的阅读体验，因为作者描述的就是我们的生存与精神状态，字里行间的人物其实就是我们，以及我们的兄弟姐妹。

哽咽之感，其实源自李修文十年的沉潜与漂泊，源自他身心投入地以修身来修文，当然也以修文来修身。

一方面以困顿修身。全书33篇文章，是李修文在普通人困顿的人生里拷问自我，他拷问人间，拷问人性，以此实现自我救赎，包括自我修炼。是作者十年旅途左冲右突的心灵写真与忏悔录，以自省为袈裟为修身。这种自省，在精致利己主义者遍地的今天，既弥足珍贵，也很容易引发共鸣，我们何尝不也是与李修文一样一次次从荒漠逃到荒岛(《鞑靼荒漠》)，以求精神的再造。

李修文较好地处理了山河与袈裟、形而下与形而上的关系。他以内省的目光去发现与表现那些失败人生的微光，一个个失魂落魄的人如何没有倒下，是黑暗中的火光，烛照了他们在"一场人世，终究值得一过"的一点信念，因为有过点点滴滴的反抗，便有哭有泪也有笑有歌唱，当然这歌唱像《郎对花，姐对花》那位风尘中唱黄梅小调的刚烈的母亲，像《鞑靼荒漠》荒岛的15岁孤独男孩的半夜歌喉，像《火烧海棠树》那位绝望地唱了15年戏的失孤寡妇，等等，这每一种歌唱都是唱自己的绝望与希望。一如作者说他是写给自己看的，唱给自己听的。他关切的是这些朝死而活的落魄者的绝路逢生，逢生不是现实生路，而是其中的命定的福分和机缘：穷街陋巷里，清洁工认了母子，发廊女认了姐妹，装卸工认了兄弟，等等，这是一首首《失败之诗》。修文写道："让日子蒙上光亮，让玫瑰死而复生的，恰恰不是点翰林，不是打金枝，它不过是我们日复一日在苦挨的羸弱、无聊和庸碌。正是它们，组成了一场等待，在如此等待里驻足，才反而配得起谈论那两个字：指望。"于是，那份与国民劣根性同在的人性情义，成了令人哽咽的指望；即使欲哭无泪，也有了心灵的一点欢欣，再卑微的人物也有了尊严，一如病房的岳老师与七岁小病号。重病中的岳老师对于彼岸的未来，早已无能为力，但陷于人生黑暗里一个教师的潜能却让她生活在此岸，使被折磨得满头白发的她，于无用处却有了作为。当她把病房当作课堂为病童讲学以后，"某种奇异的喜悦降临了她，终年苍白的脸容上竟然现出了一丝红晕"。作者遇见了许多未知的人生，包括自己的哽咽，直面人生，为自己当下负责，这份自省的修为令人唏嘘。而临别时，一直背不出下句的病男孩，居然哽咽吼出"长安陌上无穷树，唯有垂杨管别离"。作为同病房陪护的作者，"当我看见微光映照下的她，难以自禁地，身体里再度涌起了剧烈的哽咽之感：无论如何，这一场人世，终究值得一过"。因为岳老师短暂的发光发热，这生的意义把《长安陌上无穷树》的希望之绝望、绝望之希望的情境推向了坚忍向上，择善而生的极致，这何尝不是篇令人哽咽之作。

李修文用了十年的心灵史的碎片，反观一切生活的人与事，并通过自我反省体察，终于拥有了自己的精神封地：做人作文的"山河"。于此，他与这个时代建立了独特而有效的对话关系，并在关注个体的同时为自己同代人找回历史，找回作为一个文人的现在与未来。为自己录下所见所闻所思，以修身来修文，以修文来修身，从而完成自我的精神再造。

因此，《山河袈裟》的另一方面，是作者李修文在精神再造的"山河"中修文，他说"山河人间就是写作本身"。全书共33篇作品，都是他独特的文学视角与独特的表达，这当然来自修文独特的目光与白描功夫，以及对中国文人传统的张扬，来自他"干净而有重量"的文字。我们随意翻开任何一篇都会读到作者语不惊人死不休的句子，这些句子来自于作者对人物世事的同情之理解与理解之同情，于是，满纸有学养有出处。写小周却起笔于那个令张爱玲绝望的胡兰成的小周（《小周与小周》），写通仁义的老猴却与水浒英雄宋公明互文，弗拉门戈之于卡门，包括民间戏曲，如此种种；其叙事的文字语感则接续传承着文人的叙事传统，颇具民国文风。《义结金兰记》通篇三国水浒英雄般的契若金兰，众人眼中的傻子心地善良，救了受伤的猴王"宋公明"之后，居然在人间演绎了一场震动方圆百里的人猴情缘，虽没有备下乌牛白马，也没有焚香结拜，滴血认亲，但猴王宋公明却以一生证明了自己的天地情义。傻子家遇难，它及时雨般解救；傻子家断粮，宋公明自搭猴班挣钱养家，打家劫舍是为傻子家送吃穿用戴；甚至傻子死后，它充当义父抚养傻子的女儿；直至病入膏肓，也要爬上那辆永远的绿皮车，与义女及众乡亲永别，以便到远处有尊严地死去。漫长的岁月里，猴王宋公明以忠义才智、剑心侠骨而感天动地，"同心之言，其臭如兰"，作者以情义之笔，记下了这曲独特的人猴义结金兰的好汉歌，"一似山河入梦，一似世间所有的美德上都载满了桃花。"

唯此，作为孤儿的傻子女儿才有人生值得一过的欢欣，才有李敬泽所言："侠士宝剑秋风，在孤绝处、荒寒处、穷愁困厄处见大悲喜和大庄重，见出让生活值得过的电光石火。"如此终结全书，也见出《山河袈裟》的大气磅礴，见出33篇文字的活力与重量。

还值得一提的是，曾以《滴泪痣》《捆绑上天堂》等多部小说成名的小说家李修文，常常把自己的看家本领小说细节散文化，比如是谁火烧了海棠树，"恐怕只有我一个人知道真相。真相是这样的——后半夜一个瘦弱的中年男子，打虚空里来，打茫茫雾气里来，一手拎着蛋炒饭，一手拎着锃亮的斧子，走进了医院。""他先是站着哭，再去蹲在墙角哭，又回到窗前哭，如此反反复复，直到泪水打湿了他手中的斧子，但这被泪水打湿的斧子并不能让他上天入地，反而让他看见了更深的无能：即使阴阳相隔，他的斧子也砍不去厄运、崩溃和近在眼前的满身绷带，他唯一能砍去的，无非是那棵院子里的海棠树。"此刻，精确的细节描述中，与作者同处理解之同情中的读者君，能做的无非也就是与虚空的男子共谋。同时，我们也深深被作者这些有血肉有痛感有情义的文字感动，一句一顿，既简朴专注又饱含深情，既犀利透彻又撕心裂肺，还儒雅庄重，颇具重量与美感。

是的，作者在修炼汉字之美中，显见人心的山河与地久天长，修文里修身。作者这份深切的目光，不仅关注世间普通人的日常，更专注于那些萍水相逢的窘境里人们的可亲可敬，并于此发现美善。于是，起承转合，字里行间，气韵生动，神采飞扬。文字紧密瓷实，思想情感密度颇大。比如写人间至情的母与子，《一个母亲》每天奔波于竹篮打水一场空的母亲，只为那个已不识自己的儿子有一天又认出自己是他母亲，她每天都靠这微茫的希望支撑着，令人哀伤而感动；而写父子情的《每次醒来，你都不在》，那个落魄恓惶的老路，则一次次在墙上涂抹对儿子的思念。用笔的情由作者对墙上这句涂鸦而兴起，从蹲墙发现老路，及其老路日夜截然不同的双面人，一动一静的两种性格，一波三折的，层次节奏明晰，万千回转中戛然而止，谜底凸显：我们看到这个千变万化惶惶然的汉子，内心却有如此令人哽咽的深情。文章意境深沉，韵律婉转。凡此种种。

当然，全书也不乏诗意飞扬的散文写作，如西班牙的弗拉门戈的舞者，她超越自我的狂野与哀愁，令人着迷。还有写西北花儿、黄梅小调、唱戏唱曲，既专业深入，又刚柔相济；既时时诗词歌赋，又处处入情入心；既可诵可歌，又抑扬顿挫；既撕心裂肺，又荡气回肠。还有思想随笔，纵横古今中外，先贤哲人，从秦汉三国到瞿秋白，从西绪弗斯，到莎乐美、阿赫玛托娃、里尔克、布罗茨基，等等，李修文在一篇一篇的文字里，一一为失败者歌唱，因为"真正的失败者，明暗难辨，阴阳不分，巴比伦好似长生殿"，哽咽之时，能言谁之败？！明知其不可为，偏要为之，这份激扬而低回的文字，依稀贯穿着作者血脉里的楚人风骨。《荆州怨曲》明明临死不屈，义薄云天，何怨之有？！

我以为，在语言粗鄙化流行的当下文坛，李修文这33篇作品，每一篇都经得起推敲，都能拨动读者心弦，这些苍凉而热烈、丰赡而俊美，既千回百转，又沉郁顿挫的文字，在体现汉语言之美的同时，更张扬了传统的文人气质与美学风格。这可谓近年散文创作的新收获，也是一部具有文学史意义的散文佳著。

最后想说一句，李修文对于修身与修文，二者都做得漂亮。为此，我们看到作者坦诚郑重而弥足珍贵的文学态度。

身体的荒诞史　人心的后悔录

——读东西的长篇新作《后悔录》

这是一个关于身体一直都无法成长的故事，无奈痛悔，荒诞奇崛；这是一部穿越身体直问本心的小说，迷失破败，绝望希望。

无法成长的身体主人公是小人物（东西总是写小人物）曾广贤，这个将成为当代中国小说人物画廊的"后悔者"形象，富有个性。他尽管除了毛发卷曲外，四肢发达，无病无痛，然而却从生理、物理到心理都无法成长为真正的男人，因为他一生都没能经历一次真正的性生活，无论是在中国"禁欲"的二十世纪六七十年代，还是欲望"放浪"的九十年代。30 年里曾广贤一直梦想得到性，甚至因为无知和恐惧，错过了向他大胆表白的少女；但异常活跃的人性欲望，还是让他蒙上眼睛进入他仰慕的女人的房间，什么都没干却被诬告成了强奸犯，狱中十年，隔着铁窗获得了爱情，却在他的性追逐和荒诞的生活变迁中，物是人非，阴差阳错。曾广贤在一错再错的生活痛悔中，痛悔未能完成一个男人身体的成长过程，性成熟毕竟是每一个人的必由之路，是成年礼。作家东西处心积虑地让曾广贤的许多可能的性行为，无一例外地变得不可能；东西让读者通过这个个案——在中国特殊年代一个普通人的故事，看到我们中国人 30 年"性"经验的追逐、30 年身体的荒诞史、30 年的情感方式；我们不断"后悔"地生活在荒诞中，这便是我们生活的本相。

这种荒诞性不仅是作家东西奇崛的艺术个性，更是我们时代的生活本质。表面上，曾广贤的家破人亡、被诬入狱、挚友赵敬东自杀等等悲剧，都是他身体的幼稚——"多嘴"和"性饥渴"造成的；实际上，这种幼稚却是特殊年代历史的压力造成的，是那个谈性色变的异化社会造成的，因而曾广贤的身体是被荒诞命运扭曲得变形的身体。东西以他一贯的自嘲式的冷幽默，一面不断让我们为小人物曾广贤、于百家、小池们的荒诞生活哑然失笑，一面又令我们笑不出声、疼痛悲凉。是呵，余华告诉我们当没有物质保障时，《活着》便是中国人的生存状态，余华冷酷无情；今天东西则告诉我们吃饱之后，中国人的精神问题——后悔症，东西疼痛同情。作为二十世纪九十年代以来最出色的青年小说家之一，东西在《后悔录》中不屈不挠地直问本心，在历史、政治与人性的错综关系中对中国人复杂的精神生活做出了有力的分析和表现，在严峻的难度下推进着精神叙事。

这种精神探索在于他对人心的追问。中国人日常几无忏悔，只有后悔。忏悔在西方追问的是事情的起因，也就是说一开始我就错了，是原罪。后悔是东方人的特殊心理，追问的是后果，也就是当结局与预想相对乃至相反时，才会后悔。我们不是经常把"如果"挂在嘴边，经常做后悔的事情吗？后悔无处不在。东西说"后悔包含了无奈，甚至耍赖，也跟'忏悔'的部分内涵重复，是一种更复杂的情感"。谁没有过后悔的事情呢？想想，"后悔"竟可以说是我们中国大多数人生命中的一种心理常态。于是，敬佩写出了阿Q"精神胜利法"的鲁迅，羡慕写活了"局外人"的加缪、写绝了"老男人"心态的纳博科夫，东西写出了自己心目中的"后悔者"。东西一直把写人的内心秘密和普遍心理作为他多年来的艺术追求，而"后悔"正好符合这两个条件，他说"它躲在我心里的底层，不时跳出来刺激我，于是，我就把它放大，做足，再加上我的生活背景"。于是，东西盯着他的目标曾广贤，在他精心结构的七章中，从"禁欲"时代对本心扭曲的后悔，到"友谊"的初恋痛悔、后悔"冲动"下被诬的强奸罪，"忠贞"与"身体"中爱情的错位，"放浪"时代即使无爱，而东西的曾广贤还依然真诚，直至第七章"如果"中倒霉的他还不停地真切追悔。他到底有多"悔"？"悔"得肠子都绿了，"悔"到他的植物人父亲都流出两行本心的清泪，可东西还不屈不挠向人物、故事内核递进，层层追问，直问到尽头。一如他惯常的写作，从来把自己的《目光愈拉愈长》逼近小人物们破败的《没有语言的生活》和灵魂，并且《猜到尽头》。《后悔录》的尽头便是中国人30年的"性"经验的追逐，中国人30年身体的荒诞史，人心的后悔录；尽头处曾广贤用钱买按摩女听他说"悔"，企望能彻底解脱，然而"后悔"已是他的命运；一生的后悔，尽头还是悔不该有一颗知悔的心，因为回头未必是岸：知悔只是一种善一种仁一种义罢了。而孟子早告诉我们"本心本具仁义礼智"，东西最终追问的是本心，我们的原初之心、本来之心。

一如康德所说的"善的意志"。曾广贤们何以后悔不断、烦恼不断呢？这是由于他们一直在变异的事相上打转，沉迷于世俗的欲望，事相使他迷失了这个本心。东西始终以他无穷无尽的幽默和荒诞、以他的反讽和含泪叙述强化、显现这个本来之心，曾广贤在最后一章"如果"中（这也是全书的关键词）的哭诉，不仅使在饱经风霜中变成植物人的父亲醒了，也为我们呈现出一种迷失与破败之后的澄明之境，一种对生命的痛感、对生活的同情心，一种于绝望中的希望，这是一抹人间的暖意。东西不仅是一个尖锐的小说家，还是一个饱含同情心的人；东西的写作并未悬空，东西在人间。

为此，东西出色地完成了他在《后悔录》的精神叙事，这样的精神叙事始终贯穿于他近日出版的四卷《东西作品集》；为此，刚刚落下帷幕的《人民文学》和《南方文坛》联合主办的"第四届青年作家批评家论坛"推选出东西为"2005年度青年作家"，我们的评语是：东西是二十世纪九十年代以来最出色的青年小说家之一，他的写作体现出独特而成熟的艺术才能。他在本年度发表的长篇小说《后悔录》是一部不屈不挠地直问本心的作品，它在历史、政治与人性的错综关系中对中国人复杂的精神生活做出了有力的分析和表现，它在严峻的难度下推进精神叙事，证明了东西对中国小说面临的根本疑难的敏感和克服疑难的雄心和能力，也证明了年轻一代小说家的写作所可能达到的超越性境界，《后悔录》由此堪称本年度最为突出的长篇小说代表作之一。

《文艺报》2005.12.13

所有的念想都因了农历

　　一直在作品中怀抱"寻找安详""吉祥如意"念想的郭文斌，终于在他的新著长篇《农历》（上海文艺出版社2010年10月版）中，安放了他的念想。因为在郭文斌看来，对于现代人，尤其是对那些整天处于致命焦虑的芸芸众生来说，以安详作为生命的方向，才是每天疲于奔命的人们尽快摆脱焦虑的救赎之路。于是，虚构了他的理想国——安详欢喜的上庄。初读以为这是一部献给孩子的农事诗，掩卷之余才知道：最应阅读的是我们，因为它只是借助儿童视角来呈示人性的本质与救赎，这是一部关于固守与出走、矛盾与救赎的书。

　　首先，固守与出走是郭文斌面对现代社会的基本态度。一如阿贝尔·雅卡尔所言："要是我们执意往经济主义道路走，准保回到野蛮的状态，就像A.赫胥黎在《人之杰》或奥维尔在《1984》中所描写的那样，对这样的人类，我们应当学会说'不'。"因为"评判一个社会是否成功的唯一标准应该是否做到不排斥，让每个成员感到他是受欢迎的，因为人人都需要他。……依照这个标准，那么经济主义指导下的社会无疑是失败的。他们在技术上的成功是以极端的不人道为代价换来的，这足以推翻他们传统社会结构的基石。"（阿尔贝·雅卡尔《我控诉霸道的经济》）是的，人类快节奏地向前赶路，慌乱得连路两边的风景都来不及看，更少有人留意他们遗忘与流失了什么，少有人在现代虚华生活中，理会他们曾经过过的与自然拥有密切关系的生活，曾经有过的在一个个天然节气与节日中翻过的一页页农历，忘却了这些曾经支撑着他们安身立命的传统社会的基石。我不知道郭文斌是否是在一个不能回老家过大年的年夜里，念想曾经有过的所有农历里的节日，念想远去的欢喜，在这份心灵的守望中，开始写《农历》，但是我注意到，在那个"就像新婚之夜没有进洞房"的日子里，当他带着他的有关大年的文字在键盘上行走时，"我没想到，它会把我的伤心打翻，把我的泪水带出来"（《农历·望》)。他要通过对乡村伦理与农耕文明的美善描绘，出走经济社会并说出他的"不"，他要固守他念想中的乡土文明，固守传统社会结构的基石。

于是，上庄在郭文斌笔下是牧歌式的田园，最动人的牧童便是六月了。六月是主人公，是一个嘀咕大问题"'想'老管不住的人"，他是童真、童心与经典化的民间传统的化身，也是本书的灵魂。郭文斌以纯正、沉静的儿童本位叙事，以孩子的眼睛看万物见心灵，以孩子的本真描述世界的美与善。因此在天真烂漫、聪明早慧的六月和他的姐姐五月眼里，万物有灵，天地有心，人心美善，他们与慈爱的母亲，尤其他们的开蒙老师——被村里称为"大先生"的父亲，演绎并串联了一村人的十五个农历节日。背负乡间文明与乡村伦理大任的他们与乡邻们，互助互爱，人人受欢迎，个个生活和美安详，该下地时适宜下地，该祭拜时虔敬祭拜，该过节时欢喜过节，一如六月探寻的"火是木的解放""水是脸的解放，也就是净的解放，也就是美的解放"，一种身心真正"解放"了的日子。而六月自在的情状与生活，天真烂漫，聪敏自然，妙趣横生，放慢了脚步的乡间生活，飞扬着一种精神的光芒与祥和的气氛，人物为此有了翅膀，飞进读者尤其孩子的心里。郭文斌的弦外余音是他守望的安详大地、修成正果的人心与丰厚的民间传统，并使之扎根读者，欢喜人心。为了守望这份安详，理想人物六月修身养性，快乐成长。端午采艾草时，"五月六月从未有过地感觉到'大家'的美好"，而且每个人的美好，是一山的人都在采吉祥如意。"五月就把目光开成一束花，送给六月"，而过年了"老天下雪花，五月六月剪窗花。二人手里各是一把小剪刀，按照爹给他们的花样剪。当剪刀在三色纸上嚓嚓嚓地剪过时，六月突然觉得，年是一朵花，已经在他和五月的手上开放了。"这快乐潜入元宵的灯花、潜入干节的打干枝、潜入小满侄儿的生育诗、潜入清明老得不像样子的荒草、潜入中元目连救母的戏文、潜入七巧的牛郎织女、潜入中秋养在碗里的月亮之鱼、潜入重阳的十全十美、潜入腊八冬至水的上善、潜入大年的分年守夜以及改弟的家……随处结祥云，人人皆欢喜。这快乐充满了如流水般和谐自然的韵律，它令我们明白安详是本书真正的主人公，明白六月一个个的欢喜中隐含着对友谊、忠孝、感恩、同情、自由、公正、劳动等等精神成长关键词的认识，他与五月对民间经典的学习与背诵，显现的聪慧灵性与精神气质，一如黑柳彻子《窗边的小豆豆》（我读的是最早的汉译本《窗边的小姑娘》）、在那山的那边海的那边的那群《蓝精灵》、善于追问的麦兜，当下的《美丽人生》、胡赛尼《追风筝的人》、约翰·伯恩《穿条纹衣服的男孩》等等，都在儿童视角的深处，始终以温暖呈示人性的善与恶，呈示人性的本质与救赎，既显示了儿童文学的经典品格，也显示了现实与理想的文学关系，它会超越着年龄与地域，并能在更大范围内获得认同。这样的阅读不仅快乐，还留下深切的记忆，而且这份记忆会影响读者许久许久。

这种固守与出走是审美的个性的，也是独具魅力的。从现实出走，回到故乡，以六月过元宵为切口，切入了烂漫与念想，回归了本真与幸福。这种幸福散发着地气，弥漫着大年的喜乐。从《大年》《吉祥如意》到《点灯时分》《寻找安详》，乡土一直就是支撑郭文斌创作的根器，而中华文明一直也是扩大他内心世界的精神源泉，悲悯情怀则提升着他作品的精神向度，为此《农历》以乡村十五个传统节日设目，从元宵开始，到"上九"结束，正好是一个四季的循环。作者是以"小说节日史"的方式呈现中国文化的根基和潜流，以此拯救和重建乡土中国的传统文明，他不希望我们在倒脏水时把婴儿也倒掉。我明白了郭文斌近似着魔的热情正是来自这份对经典化民间传统的钟情。在他唯美的散发书卷气的散文化文字里，上庄的年节、西北节日风俗、民间文艺与方言俚语"进入眼帘它是花朵，进入心灵它是根"，显现了作者西北文化生生不息的血脉。同时，复调的大量运用，不时使现实与历史、现实与戏文、现实与梦境交相辉映，相生相应，产生一种互文的效果。慢慢翻阅书页，别样的情绪渐渐涌动，温情而沉静，在六月开蒙的天真烂漫、快乐闲适与温柔敦厚中，自我便幻化出一方心灵的牧歌田园，在此出走现代社会，在此回归本真固守好的传统。郭文斌不仅给了我们一个绵长的念想，同时也唤醒了我们的审美感受力。

其次，矛盾与救赎是郭文斌对正在裂变的乡土文明重建的忧思与努力。面对现代化进程的脚步与乡土文明行将瓦解的矛盾，郭文斌痛心不已，他急于为远去的农耕文明唱挽歌，因而文以载道，因而小小的六月负荷重重，也为此郭文斌故意隐去现代生活与现代文明，隐去时代背景，而六月与五月也年龄模糊，读者只能从"坐车五月要买票，六月不用买票"去判断，如此之下一米左右的六月却可在"上九"做了乡间只有德高望重者的仪程官，并表现出少儿罕见的文胆与口才，令人生疑也生敬意。同时，没有学校生活（只有"大年"里提过爹"让他们每年给小乔老师磕头"），也就没有现代教育的甘与苦。没有苦恼，没有矛盾（有小口角，或是心理闪过些许小气，还没出口，就被仁义过滤了），全村人全年都随着"农历"（这是乡土文明的象征）、依照传统过着一个个节日，大家都生活在"安详"与"欢喜"之中，就是连一无所有，无心过年睡大觉的改弟爹也被六月们的爱与喜感动，而起身糊过年灯笼了。上庄的人们都无条件地快乐着，因为"如果一个人心中全是欢喜，真的全是欢喜，他就不会没饭吃没衣穿，他走到哪儿哪儿就是吉地，他任何时候出行就是吉时，任何人见到他都会心生欢喜"。在悲凉遍地、困境重重的当下乡村，此曲只应天上有了。常回乡村老家的郭文斌，不可能无视现实存在，如此营造安详和欢喜便有了乌托邦的意味，或说童话的质地与理想的信念。当然，隐去矛盾的阅读，是愉悦美善的；但掩卷之余矛盾却直击心扉，悲哀不期而至：《农历》的欢喜世界，早已渐行渐远了；描绘安详，是为了救赎；那么沉醉"欢喜"，是否意味着对乡村忧思的忘却与逃避？

也许，作者正是这样让我们在书的世界里暂时远离尘埃，远离经济时代的恐慌，回归传统节日里的欢喜，回归农历，"天然"与"安详"地养植德行与快乐，在民间化的经典与传统中自我救赎，尤其还孩子们一个自在快乐的童年，人人都像六月那样自由自在地成长。

在这个意义上，孩子需要六月，成人社会需要这种关怀与审美。

王跃文长篇新著二题

人生不应随色而变

——王跃文《苍黄》的现实主义精神

读完长篇小说《苍黄》，内心是无法逃避的难受，为官场的病态与人性的疯狂。作者王跃文继续以鲜明的批判精神直面当下官场现实，继续描述着人性的真实与悲凉、疯狂与卑微乃至绝望与希望。在《苍黄》中，王跃文对历史和现实的把握与再现更加清醒更加透彻了，这部保持其一贯叙事水准的小说，在题材上似乎比《国画》更重要，他通过最具代表性的官场——一个县级官场的故事来直面现实和总结历史，驾驭自如地涉及政治争斗、官场帮派、文化流氓、经济纠缠、矿难上访、农村聚赌等各个方面，写尽了一个县城官场的生态和机制，写透了一个县委书记的蜕变与一把手的跋扈政治，写活了中国政治血脉里的裙带与党戚关系，尤其可贵的是其笔端那无可逃避的压抑、扭曲和悲凉中，以"怕"为人性底线的人生理想始终成为人物的价值天平。也因此小说对历史的认知达到了一定的深度和高度，这种深度和高度是建立在工具理性基础上的传统现实主义所无法达到的，这是现代人性与传统审美烛照的结果，也充分展示了王跃文实践现实主义思想的广阔性。

这种实践是作者在追求现实意义的基础上，注重小说叙述新的可能性，尤其是精神内涵丰富性的扩充。这份扩充体现在王跃文笔下是"黑厚"的官场中，既有疯狂也有恐惧；既有县委书记刘星明跋扈的为所欲为，也有有理想、良知未泯、以"怕"字为底线的党办主任李济运、宣传部长朱芝、县长明阳等人；既有在黑幕即黑的芸芸官人，也有不甘随色而变或无奈或抗争的悲剧人物，如县物价局局长舒泽光、与县委书记同名不同命的乡党委书记"刘差配"刘星明等，尤其宣传部长朱芝。朱芝这位年轻热情干练的女部长，面对《中国法制日报》驻省记者站站长成鄂渝吞金的"鳄鱼大嘴"，在忍无可忍的情形下，她不仅不随色而变，反而团结部属同心协力揭露这条"成鳄鱼"，颇具正义感。而她与主人公李济运的关系却是全书温暖的亮色。朱芝与李济运从惺惺相惜到暗生情愫，从都"怕"到无奈，从有所抗争到有所逃避，尤其对流氓记者成鄂渝的抵制，没料到这位在乌柚县开天价横行霸道、时常要挟朱芝的"名记者"居然要来当市宣传部长，成了她的上级。朱芝"惊得脸色发白"，软弱中她求助于李济运了："哥，我不敢往前走了。"这份官场中的男女私情一直有礼有节，发展到此，水到渠成成了志同道合与同病相怜。这是颇具人性光辉与诗性的一笔，也是苍黄中的绿意。对两人的关系的描述，小说文字干净没有落入情色俗套，也没有道德的简单化评判，而是既以同情之心理解这份情缘，又很有节制地没让他们继续暧昧而止于友情。没有随色而变、对生活有所敬畏而又无奈的他们，丰富着小说的现实意义又飞扬起一抹浪漫精神。为此，我们记住了朱芝，也记住了其他几位没有随色而变、在不同程度上有所担当的官员，如县长阳明。还有新任县委书记、李济运的老同学熊雄，他的韬光养晦，他的明远调暗保护李济运以及让市里抓贺飞龙等都是一种官场规则下的有所担当与不随色而变的挣扎，这抹人性的暖色，蕴含的不正是现实中的理想精神吗？

　　人生不随色而变，是因为"怕"。"怕"字的禅意与现实性贯穿全书，这幅挂在李济运客厅并时时警醒着他的画，名字叫《怕》。王跃文说"为什么常有不幸的人为惨剧发生？就是有些人心里太没有怕了。怕也可以称作敬畏。我们活着，一定要有所敬畏。"是的，官场苍黄，官场的芸芸众生想不随之苍黄，必须有所怕，有所敬畏。所谓敬天法人，这份接近宗教的人间理想情怀，遭遇灰色的官场，苍凉自然不期而至，一如"刘差配"刘星明楼顶那一跃，人生的幻灭和悲凉跃然纸上。同时，王跃文对人生不倦的追问之笔也切入了人性那份疯狂、冰冷而真实的深处，"李济运突然流了眼泪……想来心酸，刘星明怎么今天就跳楼了呢？他真不该死啊！贺飞龙被抓了，实在是个好消息"，这一悲一喜使"怕"字有了因果，使小说有了担当，有了道义，也有了温暖，并推动着小说趋于内涵丰富的浑融状态。这里没有简单的道德评判，在灰色地带中，一种既有惨淡人生、淋漓鲜血，又有良善人生、温情悲悯的交相辉映，使各个显像含而不露又揪紧人心。这还不够，紧接着是小说的结句：“今天仿佛四处有人在悄悄说话。”王跃文用于无声处听惊雷的低语暗示着暴风雨的即将到来，他真切而平静地告诉读者官场的戏剧与规则照样还在继续，然而官场的疯狂与恐惧中，毕竟还有有理想、有良知未泯、有“怕”字为底线的李济运、朱芝、明阳、熊雄等人，还有鲜活富于个性并以各自方式誓死护卫丈夫的陈美、宋香云等等，在随色而变的生存环境中，他们便成了匍匐众生中隐约可见的挺立的身影。至此，小说直指宦海浮沉中芸芸众生的内心与人性纠结与人生理想，它告诉我们人生真的不应随色而变，这是王跃文心中不灭的人生态度与理想，也是人的精神、人的理想。唯此，人类才可能安然生活在“人间”，人生才可能有所归属并能于绝望中仍怀有希望。这种鲜明的现实主义精神，不仅使《苍黄》比《国画》多了些人生暖意，同时也超越了时下所有官场小说而独具魅力。

是的，真正的现实主义是理想主义者对现实的关注精神，是从人道主义的角度对现实的表现、质疑和批判。书写人生的困难并非目的，而在于表现人在困难中的尊严，在灰色的绝望中对绿意的怀想和渴望，王跃文让人物在“怕”与不怕间、在种种灰色官场现象的“因”与根间，一一体现的深刻而病态的官场现实、历史的认识价值与始终不变的人生理想，使我们获得了丰富的生活认知和强烈情感共鸣，由此凸显的现实主义精神颇具文学力量。

重返初心

——王跃文的《爱历元年》

长久以来，王跃文成了中国文坛“官场小说”的代名词，“官场”小说似乎是王跃文的看家本领，从《国画》到《大清相国》再到《苍黄》，笔下的人物日夜在政治的刀光剑影中厮杀，在现实生活的尖锐突变里浮沉，在权谋的虚实深潭内挣扎。他的小说素来好看，粉丝广大。其实，这种持久文学吸引力并不仅仅来源于中国人的政治热情，更来源于王跃文书写人性的穿透力：有深度的人物、风生水起的故事、扎实尖锐的细节、虚实俊逸的文思……与其说王跃文的小说是对政治生活的描述，不如说是对人性的书写以及官场里变异的人性的批判。只有把人性内核打开，挖掘到那片或柔软或坚硬的旷野，才能达到王跃文作品入木三分的情境及其直抵人心和世界本质的笔力。因此，在这个意义上，单从"官场小说"上解读王跃文有隔靴搔痒之嫌。

所幸，王跃文时隔5年推出新作《爱历元年》(湖南文艺出版社2014年8月出版)，为我们提供了更深入解读他文学创作的新文本。新著几乎褪尽"官场小说"的外衣，一反过往官场的疯狂，以平静款款的笔致为我们呈现了一部诚实的情爱之书、命运之书和人性之书。人到中年的王跃文把笔触指向知识分子的中年危机，以一对夫妻曲折的生活情感之路来观照近30年来中国社会与时代的大变迁，挖掘人性的异想、暗流与幽微、真实与谎言、挣扎与涅槃、理解与包容，相生相应中揭示了爱是家庭核心，人类重返初心才是生活的真谛。

主人公孙离是县高中的语文老师，他以才情征服了美丽同事喜子。沐浴着玫瑰色的光影，珍惜着身边的姑娘，孙离满怀对未来的憧憬与热情，带着开天辟地创造新世界的勇气，创造了他们自己的爱情日历，把彼此心意相许的那年设为"爱历元年"。然而，生活态度和教育背景的差异，在两个人逐渐渗透的生活中发酵成无法弥合的裂缝，牵着手在漫长的河堤上走向婚姻，争吵却代替甜蜜的嬉闹，成为生活的主题。

喜子努力考取了上海的研究生，想要逃离小县城的不堪，孙离则在家带孩子孙亦赤，与世无争，只想成为一个普通的人。两脉情感轨迹渐行渐远，喜子博士毕业到了苍市师范大学工作，举家迁居苍市。命运改变，两人重逢，却已初心不再，爱历纪元也成了陈年往事，生活只剩下烦躁与默然，爱意远去，暗潮汹涌。

孙离成了畅销推理小说家，沉迷于兰花般的报社社长李樵，图书馆馆长喜子爱上年轻有才的手下谢湘安，与天下的出轨家庭一样，夫妻双双隐瞒着彼此的不忠，在各自热烈的艳遇中沦陷，细细体味从没在夫妻间有过的另番柔软，只有在某些时刻，"爱历元年"成为心中突然闪现的念想，两人才会回忆起彼此曾经如此炽热的承诺。"这些年来，他们谁也没有再提过那个属于他们夫妻俩的纪年。"

现实生活中有太多的迷失，难以回到初心，绝望地希望。有关中年危机的悲观绝望，却在作家"理解之同情"的笔致下，人性自然地生长盛开中，渐次走向暖意和希望。苍市前的日常生活，王跃文状写得细致灵动、真切动人，他给点点滴滴生活的皱纹撒下细细碎碎的"面包屑"。从第13节到第32节，夫妻彼此情感各自沉沦，使生活偏离了初心；此后，我们顺着王跃文笔下的"面包屑"，终于找到重返初心的回归之路。这是孙离、喜子的精神成长史，他们一步步建立在王跃文对日常生活精细灵动的描述之上。希望于绝望，绝望于希望。

永远就像最初相爱的那一天，是天下所有恋人的梦想，但生活的茂密曲折让永葆初心成为缥缈的海市蜃楼，唯此，人们才前赴后继，上下求索；唯此，爱情生活才成为文学永远的母题。

在王跃文笔下，他选择让这种愿景在九死一生后实现。这种生活的实现，不仅在于孙离和喜子在孩子问题上终得以弥合：侄儿山子寄宿家中，让两人缺失的共同育儿的经历得以实现；得知亲子错抱乌龙的打击，却因此为亲生儿子郭立凡换肾成功；叛逆养子孙亦赤经过旅途也终于珍视家庭。他们对平凡生活的回归，还在于周遭人生：朋友马波的家庭闹剧与尼姑妙觉看破红尘的大情怀使他们深受触动，又在邻居小英被儿子江陀子无意拆迁致死的惨烈中，感知到世事的无常和平凡生活的可贵。李樵专注于工作，谢湘安回到父母期望的熊芸身旁，孙离爸爸彻悟，弟弟孙却大病后趋于淡泊……

在小说中，王跃文为笔下人物在生活与精神困境、时代与社会变迁中找到了精神的出路，那就是与人为善，回归日常，重返初心。尤其寄托作者情怀的是主人公孙离，这个人物身上有《苍黄》中李济运的良知甚至失眠，却多了李济运没有的淳朴自然与散淡。面对家庭危机与情感的困境，他出走之后回归、背叛之后救赎，在王跃文笔下有了新的人性善意和升华，作品因之比《苍黄》《大清相国》《国画》多了些人间烟火和人性暖意。唯此，我们得以再次抚摸到王跃文心中那不灭的人生态度与人文情怀，再次感受到王跃文艺术功力的坚实和创作境界的再度升华。

大雪之中，孙离和喜子依偎着，回到"爱历元年"，王跃文也生动地完成了一个重返初心的故事。无疑，描述日常生活、寻求大时代精神危机出路的《爱历元年》对2014年中国长篇小说创作颇具创造意义，因为文学史应该是一部精神史，而精神史必须建立在对日常生活的描述之上。

草根生活的寓言化

——朱山坡《风暴预警期》

朱山坡的小说我读过不少，每读一部便体会到他的艺术野心，《风暴预警期》也是一部颇具艺术追求的用心之作。在此，朱山坡把当下当世的草根生活再次寓言化了，并以三个艺术层面去实现他的艺术追求：第一，继续为当代草根人物立传。第二，继续写实主义与理想主义融合之路。第三，继续以小人物写大历史。

《风暴预警期》以蛋镇——既是水上人家的疍家，也是鸡蛋大的小镇（朱山坡邮票大的故事发生地）时代缩影——老兵荣耀荣光的一生为具象，生动展现了蛋镇百姓在风暴来临前预警期的焦虑的混乱与紧张、颓败与新生，可以说这是一则关于当下社会与民众生存和精神困境的寓言。具体体现在如下三方面，可以说蛋镇在风暴预警期的生活状态是其生存的一个缩影，荣耀负载作者许多人生理想。荣耀是一个老兵，开始读时觉得这是个非常卑琐的一个人，渐次却看到这是一个有前史的老兵，比如说他在民国时期年轻的时候为追求镇里面最漂亮的女孩，叫胡琴的，就与东家约定，必须去当兵，要赚够100块大洋才可以娶胡琴。于是，他就进入了李宗仁的部队，返乡再出征时又到了张灵甫的队伍，并参加过孟良崮战役（赵中国的出现令我们看到他的前史）。而今，在蛋镇的身份是通下水道的，尤其通风暴来了以后的下水道，这样一个卑微简单的人物，居然领养了五个孩子，还不包括没养活的，他们分别是荣春天，荣夏天，荣秋天，荣冬天，还包括一个女孩（"我"），这个女孩的名字在一个不经意的地方仅仅出现过一次，叫润季，实际上所有的人物都存放着朱山坡的美学理想，就是所谓的象征主义的具象化。这些失去母亲，并以一生的努力在生存中寻找母亲的五个孩子，他们应该说是在蛋镇里最底层的，也是最挣扎的群体。春天是一个退伍军人，曾经参加过八十年代的对越自卫反击战；夏天则多些精神性，他与段诗人承载着作者的一些诗意的表达；武警战士秋天则在执着给中央军委写信的臆想中，为其执行马加灼死刑而几近崩溃（当然，不是那个马加爵，其中写到马母的虚笔，很不错）；冬天饲养人形青蛙；而女儿"我"润季，则是整个小说的引线人，包括她养的那只猫琪琪，她与海葵的纠葛，她的怀孕，猫的怀孕。五个孩子都在生存于精神困境中自我冲突着，他们一生都在逃离蛋镇与寻找自己的母亲，包括一次次的逃离，与一次次的无法逃离，一次次被镇上的人们口传、被送进临近的精神病院。但是他们始终个个我行我素，个个坚持自我生存的方式，一如听电影的小莫，如此等等，我深深体会到里头其实有作者的良苦用心。

可以说，这五个孩子代表了蛋镇四季的常态，作者把他们放到了预警期里，整个蛋镇的慌乱、紧张、焦虑和危机四伏，一年一度。而风暴真正来了，荣耀却死了，这时候突然间我们发现荣耀就是一个被漠视的英雄（生活不是常常在人死后才发现别人的好的吗？极具反讽意义），是的，一直很卑微猥琐的荣耀有了一生从未有过的尊严，镇上所有的人突然觉得都要为荣耀办一场蛋镇最荣耀的葬礼。而一直无法无天的这五个孩子第一次对养父肃然起敬，第一次——想到荣耀的"好"。他们本来想把他在医院就地随便处理就算了，当春天掀开父亲的盖尸布时，突然看到他从未见识过的养父的表情，荣耀似乎回到了他当兵浴血奋战的年轻时代，回到当李宗仁兵时的冷峻以及骄傲。那是孩子们从未见识过的，突然间一切就肃然起敬了。于是，这五个经常怒骂打架、从不团结的兄弟姐妹，终于有了第一次从未有过的默契，他们抬尸回家，为父服丧，在风暴来临之夜。读到这里才真正打动了我，我突然理解了作者的心思，他的追寻。他在为荣耀（包括五兄妹）立传的同时，在所有写实的叙事里头倾注了他的理想情怀。荣耀这个卑微的、被人嘲笑的人物——故事的主人公——曾追随李宗仁、张灵甫在孟良崮战场浴血奋战，期间不乏勇义与害怕；曾誓死娶胡琴，被俘虏后返乡没有留下当共军……人生不同阶段的错位导致了他一生卑微的命运。这是他的前史，而当下他居然是不离不弃的，任劳任怨的，一心一意地收留了都是有残疾的这五个弃婴，没养活的不计。那真的是一个男人当成三个女人来用，这种担当，还包括对赵中国的收留，对海葵的情意甚至被其摔到压死，更包括他担负了整个蛋镇通下水道的工作。作者寓言般地写蛋镇的肮脏，于是，所有的人就盼着这一年一度的风暴洗刷干净所有藏污纳垢的蛋镇，冲洗一次洁净一次，再肮脏，再洁净。而肮脏与冲洗，冲洗与洁净之间，年复一年，直至今天人们才发现，这个冲洗人或者说粉刷现世的人就是荣耀，他是所有肮脏和洁净之间，包括精神和生存之间的桥梁和象征。荣耀死了以后，桥梁断了，于是整个蛋镇变得从未有过地肮脏，所有的下水道全部堵塞，所有的汽车变成了废铁。冲洗肮脏的人死了，洁净还会来吗？非常具有寓言性，就是当下社会生活的常态，笔锋尖锐。而这里牵扯着荣耀的还有两个人物，金牙医和银兽医，这代表了当下欲望化社会里的常人，他们不是坏人，一个是正常的牙医，一个是金钱和物质化的代表。传说，金牙医的父亲从南洋带回许多的金牙，当然最后我们知道那全是假牙，其实根本不是纯金的，但是就成了全镇最大的财富。兽医实际上代表了小镇里情色的部分，银和淫，包括他对润季的侵害，这也颇具象征意义。

由此，我们看到朱山坡的写实主义和理想主义的融合，其实所有的写实细致生动，充满质地，甚至一地鸡毛，但是它所有的内核并不在卑琐和肮脏的现世，而在于荣耀这样为蛋镇清洁的一种理想的状态中。朱山坡是在以小人物写大历史。在《懦夫传》里，朱山坡已经有这样的追求，他在故事里不断地植入一些大的历史人物，诸如蒋介石、新桂系之类，这里也是一样的。不管是荣耀还是赵中国，他们都在李宗仁、张灵甫那里浴血奋战过，还参与过对越自卫反击战等，历史人物身后就是丰富的文化与社会意义，包括冲突和矛盾。在这个小说里我们可以看到荣耀之所以一生有伤，包括赵中国为什么坐在轮椅上，这与他们的前史、与他背后的人物息息相关。实际上这个大人物和小人物有一种互相印证的作用，他这种写法我认为在《懦夫传》还有些生硬，到了这里我觉得就起到了一个比较自然的、水到渠成的作用，或者叫做事半功倍的作用。以小人物写大历史的方法，我觉得也给朱山坡的小说添加了丰富的艺术张力。

整体上这所有的追求和描述，以及人物的气息，令我再次感觉到我此前对广西文学描述的"野气横生的南方写作"，感受到广西的气韵，尤其现实与历史人物，包括桂系。我觉得这可能是广西作家的一个进步，过去我们广西作家喜欢把自己朋友、熟人植入自己的故事，而现在我们把眼光拉长了，伸向我们广西自己的历史人物，使他们像所有现世的小人物从历史深处走出来，使现实与历史融合。我认为在这点上，可能是一种进步。总之，通过一个通俗的故事进行时间上、空间上历史化的努力，切入口很小很小，就一个鸡蛋般的小镇，一个荣耀带着五个养子，并把自己和他们养大的故事。切口非常小，但是慢慢的，内里就渐次撕开，扩大，再扩大，可以说颇具艺术张力。

这是我阅读的印象，读后感都写在书上了，来不及整理。此外，我还感受到朱山坡的这个小说，前半部分有些紧张感，与他以往的小说一样，这种紧张感、压迫感常常让人喘不过气来——当然，我心目中好的小说可以是在撒野之后的节制——特别是前半部分，用力有一些过猛。令我欣赏的是，很多人写小说到后半部分是垮的，但是朱山坡写荣耀的死非常棒，令人动心动容。朱山坡中短篇写得不错，《风暴预警期》似乎有种把数篇短篇拼贴成长篇之嫌，这也许算一种个性，但长篇小说是结构的艺术，要想赢得更多读者的认可，恐怕他还要多多考究求索。

还想说一点，我一直认为无论是虚构还是非虚构，叙述必须精准。这点上希望能引起朱山坡注意，比如一开首，"蛋镇像一个女人，每年至少有一次'经期'"。人家就会说不够精准了，如果一个女人一年只有一次经期那可能要看医生了。当然，我明白他的意思，一年一度肯定有一次风暴来临，而蛋镇每年也都要被冲刷一次，如今蛋镇已经肮脏到不行了，蛋镇到了自身都要呼唤风暴的时候了，这个社会也是一样，我明白小说的寓意与现实批判性。但是，我还是期待他在这点上对自己有更高的要求，每一个细节都尽可能精准。此外还有多处可商榷的小细节，我都已做了标签，私下请教朱山坡。

《广西文学》2016 年第 12 期

（2016 年 10 月 12 日在朱山坡长篇小说《风暴预警期》

推介会上的发言）

书写苦难中的人性温暖与重量

——孙向学的长篇新著《落尘》

深圳作家孙向学的长篇新著《落尘》（花城出版社 2017 年 1 月版），故事简洁，叙述也有些传统老实；但小说却生动塑造了一位饱满的令人难忘的人物形象：桂西北农民二傻，而且二傻不傻。

小说落笔迷蒙苍茫的桂西北乡村，在时代的一次次巨变中，一代代坚忍乐生的乡民如遍地野草般蓬勃生长，世间的许多苦难，是无法预知与描述的，但人的精神可以超越一切，一如二傻。二傻年幼时父亲被毙，娘出走，吃百家饭长大的他又遭逢聋哑妻子春杏难产而死，他艰辛顽强地独自养大女儿，虽笨拙地走过了一个个人生的拐角，但卑微的二傻却以自己的实诚和个性，把一个尘埃草芥般的生命活出了一种执着而平实、悲凉而欢欣的一生，他的一生是千千万万二傻的一生。孙向学为二傻立传，何尝不是为中国南方的农民立传，并以此建构自己的现代乡土中国的南方文学版图，显示了作者关注当下现实的文学自觉，并以有情有义的写作，显示自己坦诚郑重的文学态度和艺术野心。

孙向学以 30 年不懈的文学追求，以其四部长篇小说、一批中短篇发表于《中国作家》《小说选刊》《十月》《花城》《山花》《广州文艺》等成就了自己的文学版图，并多次获得多项广东省文学奖。我关注这位生于南宁、长于广西凌云、工作在深圳的作家多年，读着他在文学之旅渐行渐远、越写越好的作品，真为他的文学态度、文学进步与文学自觉而感动。这种自觉在于他的文学学习与艺术野心，他也曾学习许多文学大家虚构历史，演绎历史，如"河东河西"系列第一部写自梳女的《仙儿堂》，到渐渐触及中国当下现实的《沧桑》《落尘》。其实，在今天专注于当下中国现实的写作，是有难度的写作。因为已经很少有作家能洞悉当下庞大繁复的中国经验了，尤其乡土中国传统的农耕文明早已发生巨大变化，如何讲好当下的乡土中国的故事，已经成为写作的难度。孙向学越来越执着自己足下的土地与熟悉的生活，越来越自觉以关注乡间苦难的平民立场，去直面时代的生存困境与精神困境，把个人命运与国家的命运紧紧联系在一起，这份家国情怀颇具时代担当和人文担当。

直面现实的勇气，大多来自他的文学原乡：泗城及其往事，深圳及其奋斗史，这是孙向学作品两大系列。令人注目的是他史诗体长卷"河东河西"系列，大有"三十年河东三十年河西"之喟叹。孙向学试着以知识者写作的探照灯，照亮那些世界不为人所注意的角落，不为人注目的边缘人，无论城乡。从多少有些陌生感的自梳女的《仙儿堂》，到大手笔书写深圳前史的《沧桑》，及其农民孤儿王老憨的命运；再回到以小见大的《落尘》，满怀悲悯为农民孤儿二傻立传。《落尘》属孙向学作品的桂西北系列，此系作品多起源于他的泗城青少年时代，笔触也从个体经验出发，植根于悠远辽阔的少儿及青年记忆。泗城，即盛产毛尖茶的广西百色凌云县城，好茶当然生于山林迷莽、野气横生处，这与他后来生活 20 年的新兴大都市深圳，截然不同。如此个性的文学地理，给了日益烦于水泥森林的孙向学，越来越强烈的回望意识，萦绕并重新演绎泗城十几年无拘无束、入水穿林的青春记忆，以及那山那人那狗的生存状态便蜂拥而至。

于是，便以桂西北农民二傻的故事，来为桂西北那些如尘埃如野草生长的命运，那些野地里生野地里长的南方二傻们立传，为千千万万像二傻那样位卑如草芥般却不敢忘情忘义的农民立传。我们看到这个木讷而执着、讲感情讲道义讲诚信的农民二傻，居然为了李叔的搭救举荐，拼了命也要在困难时期把县委食堂弄得香口热菜、妥妥帖帖的；同样为了李叔的信任，守修水利的工具居然被遗忘在山里三年，几成野人；此前，他的父亲生产队长二傻爹，在大饥荒时为了丧葬饿死的二傻婆，大年初二领着二傻到远村借粮而几近饿晕；此后，又为了救活全村人的性命，践行一定给全村找粮的许诺，无奈偷盗公社的战备粮。二傻爹的有情有义，令人想起《白鹿原》白嘉轩为全村借粮的仁义。而二傻爹被枪毙，时为公社书记的李叔既为行法，又苦于心痛饥民，而故意不追究同犯；过后，全村义无反顾抚养二傻成人，有难同当；包括乡邻们相互的关照，尤其春杏及其爹爹不动声色对二傻的照顾。其实，这份诚信情义一直就是中国的乡村伦理与生存逻辑，友情、爱情、亲情，以及对弱者的同情，乃至悲悯之情；道义、正义，样样不缺，这正是传统乡土中国的乡村伦理。

而二傻们，一个个穷困惶然却不潦倒的农民汉子，内心却有卑微而令人感动的无私与坚忍，二傻不傻，尽管他也有其不堪，但他择善而生，因为他们靠着微茫的希望支撑着，这希望大多时是李叔，有时是暗恋的张华，以及春杏，更多时是女儿，那是二傻一个个令人心酸又心暖的人生指望，这些失败人生的微光，正是黑暗里的微光，照亮了他一个个失魂落魄的时刻，也为此他才没有倒下，也才有人生值得一过的农民的坚忍。再卑微的人物也有了脸面与微薄的尊严，这便是现代乡土中国的现实和农民，即使深陷窘境欲哭无泪，也会向苦中求生，在哭中微笑，寻求心灵的一点点欢欣，就像二傻卖了家里唯一值钱的马，给即将高考的女儿忆娘买安利保健品；大年三十顶着寒风卖红薯，只为给女儿置一顿有肉的年饭，即使大部分红薯被打白条，也为手中得了 20 元钱而欢喜；诸如卖烟叶、买鸡仔猪苗等等一地毛茸茸的生活，颇有质感，显现了作者的平民立场和悲悯情怀。

为此，孙向学对笔下的人物充满理解的同情与同情的理解。他立于每个人的立场与角度叙述，于是，每个人的难处与行为都给出足够的铺垫与理由，并充分地理解。比如懂事的忆娘、通情达理的官太太林广播、解二傻困难却打白条的副乡长，等等，尤其从基层步步上升的官员李叔，既非贪官，也非高大上，而是一个在工作和生活方面相当正常的官员形象。孙向学的独特在于写出李叔的不平常，包括他的顺风顺水与有情有义；而二傻与李叔也形成意味深长的互文性关系，并推动故事的发展。当李叔与他近时，二傻便绝处逢生，人生便充实喜乐；远时便呆傻守拙，也是人物个性最为出彩之时。从小二傻树上远眺翘首盼望李叔下乡到村，到吃百家饭长大后的青年伙夫，水库守望，修造铁路，再苦再累都不给李叔丢脸，以李叔为信仰成为二傻的人生指南，到中老年因妻死而独当养育女儿之责，把李叔藏于心里。遇贵人以改变命运，以期盼目光越拉越长为人生要义，这便是中国农民的基本命运，无奈无语，颇具寓意与批判性。

二傻不傻，大的命运节点，多是在微小处脱颖而出的，尤其结尾，本打算晚年投奔城里女儿的二傻，却为了给过去暗恋的知青、今日之亲家张华面子（否则难以面对面生活），答应年前离开，而且一定要坐火车回村。这个细节，可谓孙向学神来之笔。因为火车是二十多年前修铁路时，李叔答应给他们坐的，二傻为了面子，在村里也吹过大牛了，而火车始终是个虚无的希望，二傻的实诚始终抓不住它。一个人要活得有尊严，要死得有尊严，都不是那么容易的事。但二傻以自己的质朴做到了，活着为情义而活，死也为了追上自己一点点的卑微的希望。尽管悲凉，却也是精彩的细节：下车尿尿的二傻，不顾一切地扑向已经开动的列车，并不知会为此送命。二傻这情急与傻笨之举，也说明了修铁路的他的确没坐过火车。于是，就有了张华难以言表、痛彻心扉的大哭，有了李叔再一次迟到的过问。生活的强大，就是如此在艺术作品中表现的；有血肉有痛感有情义的文字，令人有彻骨之寒。于是，苦难中的人性温暖与重量，不期而至。

虽然，作者在后记自己解说小说，不免有画蛇添足之嫌，致使如此精彩结尾的艺术张力匆匆收束，但孙向学却以他少有的沉静简约，收敛着自己的深情，使整部小说如大地平缓的河流，徐徐地讲述二傻的、何尝不是我们自己的故事。于是，这个较为丰满的南方农民的形象，一如南中国遍地的野生植物，散发出蓬蓬勃勃的活力，并成为一种个性的表达，而各种个性的表达便汇成了一个时代不息的文学溪流。

第二辑

117

沟通雅俗写作的路径

——读朱东的《沧海之约》

当我们在忧患亚太南海局势之时，一部硬气好看，既充满浩然长风，又宏阔如歌的长篇小说《沧海之约》面世了。作者朱东以阔达的小说视野和深切的家国情怀，以亚盟博览会为契机，形象描述了邻邦多国暗流汹涌又和平共处的愿景，特工、反潜、谍战、国力较量、人性幽明、情感纠结，家国情怀、纪实品格、东方禅意，融雅于俗中，生动地讲述了一个中国精神的"广西故事"。作者努力打通雅俗文学间的樊篱，为当下长篇小说的现实主义创作，提供了一种新的可能性。

小说的现实性一直是小说创作不可回避的命题。《沧海之约》总体上是以传统的向心性写实为主，直面现实，又不时尝试"寓言化"的外在策略，以此超越既有的写实主义框架，这份独特的叙述野心，既显示了作者家国情怀与复杂人性同工，雅正入心与通俗入世共生的艺术追求，使得这个关于东盟的故事既波澜壮阔又诗意盎然。亚盟时报社社长陈江峰与李云波和林珊，B国特工程超与阮月娥的两条情感线，不仅勾勒出主人公的坎坷命运，更透视出中国与东盟邻国间刀光剑影又唇齿相依的友邦关系，透视出国家和社会众多现实问题，包括腐败的疼痛，关乎当下中国与世界尤其与东盟邻国的社会结构，并以此关乎家与国、个人与时代、世道与人心的底线。寄托与抒发了作者忧国忧民的家国情怀，以及深切的时代之忧，颇具思想穿透力。

朱东有较好还原生活的能力与开放的小说态度。曾经扎根多个行业基层的生活历练，以及经年博览群书的修为，使作品在建构小说现实世界时，既有绵密的日常生活描述，又多有藏锋，机趣两见；不时表明着作者对于现实及人性的理解与态度，包括英雄主义与现实担当。尤其把东盟间的谍战和情感剧，植根于中国古诗词文化传统，儒释道的人生理念化入不同人物的人生，陈江峰与程超从斗智斗勇到惺惺相惜，两人从以各自国家利益高于一切的同志，到不伤主权和平共处的同道，委实经历了暗流汹涌下你死我活的刀光剑影，以及一松一竹真朋友的境界。于是，陈江峰、林珊、程超等人的人性明暗与幽微，以及瞬间的裂变，使人物形象既鲜活丰富复杂，又颇具深度。融雅于俗，让读者享受到阅读趣味，又无形接受传统人文的熏陶，使小说有较强的可读性，显示了作者自由开放的小说态度。这份开放，还在于开阔的小说视野。故事纵横交织了当下生活与国际生活的许多方面，作者甚至宁可冒削弱作品文学性的风险，也要把发生在中国与东盟多国边境现实生活的新闻事件间接编织到文本之中，虽然穿插过多的议政与论证，使小说局限于对现实的印证，而缺少重构的艺术魅力，但事件里苏淑娜、梁友生与孙力在家国生死博弈中，忠诚与背叛，信念与虚无，崇高与堕落，瞬间与永恒，一一显示了一代国安人不同的灵魂质量。既体现小说的纪实品格，也体现了作者英雄般深切的家国情怀，以及难得的小说视野与结构能力。

　　这份自由开放的小说态度，还在于作者沟通了雅俗文学的路径，为现实主义小说传统增添新的可能性。作者以套盒般的结构，用大故事套出小故事，用对生活的写实牵出悬念迭出的谍战，拼贴出一幅独特的异彩纷呈而引人入胜的东盟浮世绘。看不见战线如天上人间般跌宕起伏，波澜壮阔，它与人物庸常琐碎的日常生活形成两个维度，两者相生相应，既有狂飙激荡的传奇，又朴素平实；尤其颇具新鲜度的间谍战，悬念此起彼伏，令人不忍释卷，过瘾好看。在俗世过瘾之中，每章的引子导语，以文眼格言般既点题又诗意，浓笔重墨的渲染，将读者一步步带入悬念迭出的东盟邻国错综复杂的关系中，贴近生活与传统文化，营造出沧海桑田的现实和宏阔如歌的诗性。因为作者写阳谋写阴谋，写精写怪，文心最终还是落到国与家，落到人情人性，落在人物的灵魂上，小说便有了深切的现实担当，有了活力与深度，令人愉悦而震撼。

　　这份传统文化不仅体现在家国情怀上，还体现在人物精神困境突围时的东方禅意里，《沧海之约》里东方禅意与时代风云相生，显示了作者不凡的修为。陈江峰与林珊父亲之间，易经、中医、民间秘术，可谓儒释道兼济，包括身心与病痛，以及广西客家草药和民俗等等，这些以广西风物，尤其肉身为对象的描述，相当迷人。心灵的甘苦，当然发乎于身体。关怀肉身，实则关怀人性、人心，乃至人文。可见，关注受苦肉身的朱东，在阳刚俊朗外表下有着如何悲悯、敏感和柔软的心性。治病的表象内里，是为人物的情感甚至时代的苦闷寻找突破的路径，在尘土中修行的柔肠侠骨里，充满着象征意义与寓言性。可以说，小说这份东方禅意与前述的传统诗词运用，既增添了小说视野的深度和宽度，又使叙事别有机趣情致，使小说实现了故事的雅俗共赏，为当代小说回归传统提供了新的写作经验。

于是，小说《沧海之约》就有了独特的现实担当与艺术张力。

《人民日报》2016.12.16

般若，般若

2008 年夏天，在一次专业苦读中，正为遭遇太多节奏快、语言粗糙的长篇小说郁闷时，却惊喜地读到一部语感敏锐、优雅执着，思绪在上海香港双城和缓重叠流动，而故事主人公——两对夫妇的人生也在这两地时空上交错，在巨变时代中煎熬、奋争、飘零乃至幻灭的小说。整个故事在对时代与人性的反思和拷问中，矛盾寂寥，一地沧桑，充满着悲剧色彩和宿命感。我记住了这部长篇：吴正的《长夜半生》。

于是，我读了吴正大部分作品，掩卷之余印在脑海的是四个语词：双城，女性，意象，般若。

"双城情结"的书写，是吴正作品被称为当下中国"双城记"之所在，这种小人物在大时代的飘零异变，这种视上海香港既是故乡又是异乡的漂泊者的悲怆，也正是吴正对中国当代文学的独特贡献。

上海，是吴正前半生的记忆，这种切实的影响一生的经历，有快乐的童年、美好的青春或残酷的青春，20 年后回到上海已经物是人非，而定居静心下来的寻找更是面目全非，城市的外观，曾经的弄堂，记忆的人心。吴正找不到他的"上海"了，而现代的香港又是别人的城市，双城的生活不仅使吴正深切地感受到两个地域空间之间的反差，以及异质文化的反差，甚至感受到时间的倒流和空间的逆转，时代的变迁和变异感强烈地冲击着吴正，这份强烈而独特的感受，也使他的"海派"书写有异于别的"海派"，因为他是在两个自己生活的城市中行走体会，相互观照找寻，蓦然回首，他已失去了故乡，双城既是故乡又是异乡。漂泊者的悲怆一如他的诗歌《雨晨听肖邦》："无规可循／无柱可倚／无巢可栖／无乡可归／更无时代可属"，于是，上海的记忆与香港的有关记忆重组了他笔下的双城，一种深刻的历史换位使他对渐行渐远的上海文化唱起了挽歌，"立誓在此，绝情也在此"，只有"隐没在现代雨空的／凄蒙……"沧桑凄切，笔下人物矛盾迷惘，很深很浓的历史况味跃然纸上，并使吴正的叙述有了独特的艺术魅力。

女性。吴正的挽歌，为上海，为现代社会的功利，更多是为他笔下人格分裂的女性。那些在大时代挣扎的小人物，在异变过程中的煎熬，大多体现在两性战争中，尤其是男性的忧郁症患者和女性人格障碍患者之间，令我们窥视到人性的某些阴暗面，以及对人类生存本质的思考。吴正把两性战争推向了一种极致，惨烈、残忍，乃至沉沦，极具悲剧性，无论《深渊》里的莉云与文宇，还是《长夜半生》的湛玉与兆正、雨萍与"我"，《刺背蝎的女人》的姚娜与育航、"强疤"、郭正义等等。她们与吴正近年笔下的女性多是被异化为欲望的利器、冷酷的杀手，此间少了《上海人》时期笔端对女性的"同情的理解"，男性视角对欲女的单一批判，成了他后期小说一个重要的内容，而且作者并不掩饰他的鄙视，她们时而被隐去名字被称为"薛女""范女"等等。其实，在中国的土壤，无论哪类女性，社会制度与文化的历史震动，早已深化到性格的内在分裂，因此，四分五裂的中国女性的灵魂，既无力对抗人类愚昧，也无力对抗现代男权社会，鲁迅先生早说过这是一个铁屋子，这是中国女性的文化境遇及其命运，因而充满苦难与悲剧。这也是吴正笔下那些追求自由追求欲望并自私残忍的女性，无法逃脱悲剧命运的所在。吴正忽略了以女性的经验洞察历史，忽略了追问女性生存的价值与意义，忽略了对笔下人物多些客观多些同情的理解，一如他给予笔下那些男性的理解和关怀，乃至追求健康情感的力量与人性温暖。

作为女性读者，我期待着吴正下一部新作能弥补女性人物塑造上留下的这个空白，或许可以在两性战争中互换或交叉两性视角，或许会扩大小说的容量与艺术张力。

意象，吴正善用意象。也许源于他的诗人出身，意象在他的诗歌里，是他的情感和智性哲思的载体，是隐喻，是寓言。意象在他的小说里则是一种通道、视角与寓意，是情感的辐射力和生活的象征性。如《长夜半生》立交桥的意象，寓意着分别在上海香港的两对男女同时同步同行的人生，交叉重叠却不能互相沟通，似乎很近却冷漠隔离，小说锋芒直指现代人性的深处。《后窗》的后晒台，少年站在后晒台"望那扇扇装饰着花点布帘的后窗"，看一扇扇后窗里面的一个个人生，小说瞬间被打开，并辐射四方。此外，《后窗》从某个角度上也是成长小说，某个后窗里的范母女，催生了后晒台上少年性意识的早熟，催生了少年人生与精神的成长，后窗颇具象征意义。还有《刺背蝎的女人》中人物身上文的蝴蝶、眼镜蛇、赤火红蝎等等意象隐喻着一条邪恶险峻的人生通道。还有《肾》里的蜘蛛、《胎记》里的胎记。作者很有想法，每一部小说都在意象的隐喻和象征中，使人物藏在故事之下，藏在文字深处，并展现出时代和人性的多重性，小说也变得意味深长，精美简练，充满了诗性。一如他的诗歌写了那么多的水，泪水、雨水、泉水、溪水、湖水、海水等等，水的意念很强，真是上善若水，令人心动。还有《深渊》里的狼眼、噩梦，这种寓意深渊般的现实与梦幻交错的痛感，特别是男性的忧郁症患者与女性人格障碍患者间悲剧性的互动，惨烈至极，乃至坠落。面对这样的他要摆脱的生活，吴正企望般若。

诗集《异度惊醒》三卷：云舒，云卷，般若。表明着作者在云卷云舒的心理状态下，正缓缓进入一种般若的境界。如果说"双城""女性"是吴正小说的内容，意象是表现手法，那么般若，便是作品的境界，作者的情怀，颇具宗教意味。般若是佛语，即智慧之意，般若智慧不是普通的智慧，是道体上根本的智慧。如此禅意何尝不也是一种意象？苦难与内心的合谋，悲怆与超脱的相应，决定了吴正的书写专注开掘人物内心的煎熬、挣扎与绝望，那种濒临绝境和死亡突降的惨烈，奠定了他文本的沉重与低郁的叙述基调；而诗人的气质，促使他以敏感的文字，对现世对物质主义和现代社会的思考表现出忧伤与批判，并借以宗教超越自我。吴正以独特的心理体验书写着现代男性的心经，并借此追求心魂，使小说在开拓人性与人生上，颇具境界与深度。

然而，浊世之下，般若之境，对于敏感而幽怨的生命，只是高悬于前路的明灯。因为忧愤而矛盾的吴正不可能超越自我生存的时代，也不可能漠视他天天行走的物质双城，他只好边奔波边默念心经：般若，般若。它们形而上，也是形而下。

明心见性，吴正走在我们前面。

张冲的困境：杨争光的互文

　　17岁的少年张冲，背负着难以负荷的"望子成龙"之重，从灵光飞扬的男孩在铁房子般难以突围的教育困境中沦落为少年犯，杨争光以互文性的叙述在《少年张冲六章》(《人民文学》2010年第3期，作家出版社2010年3月版)里为我们讲述了一种中国少年成长的生命轨迹。

　　作为一个有英雄情怀的孩子，张冲很有生命力，聪明，有情义，并葆有自己的原则，比如面对苗苗、孙丽雯；而作为一个异质化的孩子，他有主见却叛逆，反感于"听话和服从"，他告诉班主任李勤勤说"不让做的偏要做"，他只想从生长的既定土壤中脱胎而去。于是，他在生活的夹缝和教育体制的桎梏中挣扎，直至成为问题少年。张冲的悲剧不仅仅是"一个"孩子的问题，而是所有中国孩子都在面对的问题。而这个问题，还不是一个简单的社会问题，"我想写的是我们共同的困境。"杨争光如是说。在张冲的故事中，制度有制度的困境，父母有父母的困境，老师也有老师的困境，每个人都在困境的铁房子中生活，谁也逃不出，甚至谁也不愿和不敢逃出。那么，敢于逃出的张冲必然长不大，必然陷入困境——我们共同的困境。

　　互文，作为一种修辞手法，在此杨争光把它发展成了一种结构形式并以此讲述张冲的故事。小说六章"参互成文，含而见文"。六章六件事，看似各说其事，实则是互相呼应，互相阐发，互相补充，说的都是张冲的故事。第一章《他爸他妈》，第二章《两个老师》，第三章《几个同学》，第四章《姨父一家》，第五章《课文》，第六章《他》，前五章都是张冲身边最亲近的人，由他们讲述张冲的故事，最后一章才是作者的视角。杨争光互文性地结构着张冲的故事，六章六个视角讲述了六遍。同样的情节，在不同的章节里以不同的面目重现，相生相应。而且这种互文不仅是章与章之间，还贯穿在章节内部。如第二章《两个老师》一雅一俗的互文，既反映了教师队伍的复杂性，又相映成趣，异曲同工。

有雅名字的小学代课教师上官英文，却是一位粗俗的、常以惩罚为乐的乡村教师；而有个通俗名字的初中教师李勤勤，却是一位县城里清高善良的敬业雅正的教师。前者为暴力男教师，体罚惨烈，过度行使"教师"的权力；后者是美善女教师，对学生关爱有加，包括她退休教师的父亲关于"善待学习不好学生"的教诲。二者两两相照，互为对应，互为补充。而在他们背后的教师包括校长，尽管本着教书育人的终极目标，却都是在应试教育的怪圈困境中，自觉与不自觉地扼杀着孩子们的个性与创造性，在互文间他们成了中国教育的化身。尤其语文课堂，只能一种答案，对个体表达与创造性思维的否定的种种描述和反讽，令人忍俊不禁中，更多的是发人深省：在如此单一标准下，张冲这样异质化的孩子终难规范，他的反叛之路只会越走越远。而学校与社会与老师的教育方式，张冲父母望子成龙的焦虑，在一定程度上不也是我们在孩子教育方面所面临的吗？那么，鲁迅先生的"我们现在怎样做父亲"，以及如何掀开铁房子"救救孩子"便富于现实意义了。

这种章节内部的互文性最为典型的是《课文》一章，这也是全书意蕴丰富、内力阔大的一章。作者按照一个普通中国孩子受教育的时间顺序选了33篇语文课文，相对这33篇课文，一是张冲的相关作业或日记（尽管有的日记有欠少儿本位叙述，有成人化之嫌。比如张冲的"自我总结"），二是张冲父亲意想不到的解读，三是老师遵循教学大纲的教学，四者四个角度的解读使四种意义互相交错、互相渗透、互相补充。互文性的叙述，使我们从众人解读课文的角度看到一个孩子戏剧性的成长过程，以及我们教育的缺失。同时，一篇篇作秀般的课文与作者活泼泼的方言口语相形，也令我们看到被公式化后的现代汉语的呆滞虚伪，并为此忧虑。互文性叙述在这一章颇具艺术魅力。

我们在杨争光互文性的笔锋下，看到一枚原本汁液饱满的青果—天天坠落的过程，而杨争光就像《罗生门》里那个最后说出真相的杂工，他告诉我们导致青果过早落地的，是树根枝叶，更是土壤空气，它们全部难逃其责。这便是张冲的困境，也是我们的困境；这是杨争光的反思与追问，也是他的信念与情怀。当然，树根、枝叶、土壤、空气是生存的根本，而社会、学校、家长和同学等也自有其合理性，其间是否有更理想的生长空间？这是阅读这部作品后催人深思的。

短篇小说的临门一脚

　　我不懂足球，却有多次独自半夜起身追看世界杯之类的糗事，让自己平庸的生活沾点喜气，攒点活力，似懂非懂地跟着激动不已，尤其期待酷哥们的临门一脚，张力无限。因为，进球的就是英雄；而更多是看到准备临门一脚时球却突然被截的大呼小叫，虽然临场没有国足，但球赛瞬间的临门一脚还是激发起我的快乐。毕亮的短篇小说集《在深圳》近日入选 2013 年"21 世纪文学之星丛书"，为他高兴的同时，便把没读过的作品一篇篇读下来，仿佛观看了一场场足球赛事。因为在毕亮对文学"深圳"的书写中，我不仅感受到他对打工者"在深圳"的困惑、焦虑、希望和绝望的深切理解与悲悯，还每每感受到他叙述时临门一脚的艺术张力。张力来自他写出来的部分和隐藏的部分，尤其后者，常常用充满隐喻和暗示的有心无心的一两句对话，或某个似是而非的细节，一如临门一脚，小说顿时别有洞天，意味深长。而我特别看重短篇小说创作那临门的一脚，它不仅是神来之笔揭示了故事，令人震动，还使小说因另有细节而富有意义。

失败者的悲情与尊严

　　"在深圳"或说文学的"深圳"，应该是毕亮对当下文学的一个独特贡献，因为"在深圳"几乎成了 1990 年代以来南下打工者"淘金梦"的代名词，它精当地概括了人物的深圳之所在：在深圳的物质状态，在深圳的精神状态。《在深圳》22 个短篇几乎包含了毕亮最有代表性的"城中村"和"失败者"系列，作品满含深情地书写了一个个"在深圳"的故事：那些追寻"为人生翻盘的机会"来自全国各地的各色打工者，他们没能朝他们预想的方向前行的日子，以及他们难以纯粹性成长的精神生活，对亲情和个人尊严的强烈渴望，他们的困惑、焦虑、希望和绝望。尤其那些为生存困境的铤而走险而烂掉了的生活：在阳光下行走却为了生存或摆脱生存困境，无奈选择黑夜的谋生行当，偷盗、抢劫、贩毒、凶杀、卖淫等等，他们是被生活一点一点击垮的失败者。《在深圳》在整体上表现了一种对弱势人群或说小人物的命运无法割舍的情感，充满着同情的理解、悲情与悲悯。《城中村》为妻子换肾、女儿去胎记走投无路而盗窃的男人，在深圳害了《职业病》——死去却不明真相和权益的马红旗们，被誉为成功塑造了"民工版孔乙己"形象的《外乡父子》，《消失》了生活梦想与激情的房东中年男人等等，他们虽各有缺陷，但他们如此努力良善、克己节俭、孝顺爱家，却一一陷入生存困境。"因为以物质为追求的时代，总是将人的精神压迫得如此不堪，尤其是遇到突发事件的时候，每个人都会感受到某种窘境。"于是，他们对于现实和精神困境，便有了一个从抗争，到无奈、妥协及沉默或默认的过程。这便是普通人的深圳所在：追梦的绝望与希望同生，在希望中绝望，在绝望中希望，一如《消失》新来求租的青年男女之于中年男人，他们便是他的过去；而他的今天，也许便是他们的明天；因而落魄的中年男子在离去前，却将自己的家电送给了年轻人，留下一抹温情、希望与尊严。于是，小人物对理想的追逐和对亲情的渴望，及其理想在时代波折面前无情消散的悲剧命运，幽幽暗暗，怪味横生，直指打工者的深圳内核，奋争而无常，惨烈而悲凉。毕亮以个人的视角，探究了以打工群体为切入点的深圳所在和时代真实。

失败者也有尊严，情感与家庭便成了疗伤的栖息地，他们执着于对情感归宿的迷茫及其深切探询。中年打工者拼来生活好转却夫妇不能同甘，面临家庭生活的颓败；青年打工者又无力成家，或是婚姻磨合期的诸种问题和情感危机，如情感疲乏、外遇、失业、疾病，还有因无力抚养而被人流的孩子等等，《那个孩子是男还是女》《大案》《血腥玛丽》等作品中，处于婚姻三年之痒的青年夫妇面临困境，常常为基本的生存问题苦恼、矛盾、挣扎，内部的心理冲突使磨合期变得难以承受，身心疲惫，早已无从应对日常的琐碎和一地鸡毛。家长里短鸡毛蒜皮一日日磨损着热恋的幸福感，而那些个被人流的"还没长出来的孩子"更是毒针般扎刺着年轻脆弱的心灵，使之"涌起一阵酸楚和疼痛"。"过去他们是两朵棉花，挨到一起能相互温暖；现在他们却成了两只刺猬，碰到一起就会刺伤对方。"《我们还有爱情吗》？"爱情能当饭吃？"在饿肚子面前，爱情竟如此无力。但是，更多的年轻大学生，还有不甘，一如蒙嘉丽对马望的期待："我们应该挣扎一下，不那么轻易就放弃，屈从现实"才可能《百年好合》。这些初到社会的稚嫩心灵与粗粝世事磨合的成长故事，不仅暗示着人物内心世界与外部世界的冲突，还暗示着这个时代底层的精神去向、文化反思和生存困境，这是关于个人，也关于社会的困境，当然也带着毕亮对人性的美好怀念，对失败者的同情之理解，以及对人命运的脆弱性的悲悯。冷冷暖暖，影影绰绰，他的"城中村"系列、"失败者"系列就这样汇入了深圳以及大时代的社会和历史，也唯此，它就不仅仅属于个人，属于深圳，也属于我们这个时代。于是，生命悲情与人性之花，在深圳、在人类心灵静静开放。

艺术上的临门一脚

短篇小说的精彩，大多来自于故事高潮迭起的临门一脚，它的意义在于此刻的另有细节。毕亮临门的一脚大多在于平静之下的波澜，以及波澜推出的大潮。他总是淡淡地讲述着"城中村"生存挣扎的故事，不渲染悲情色彩，却以无比平静的真切、人物对个人生存和尊严的渴望一点一点地打动着我们，再以一个隐藏在这一切背后的最具戏剧性的核心细节作结，戛然而止，有力地暗示了一个更为丰富的文学世界，内力扩大，绵延不尽。短篇集首篇《恒河》，以讲述性的语言和平静笔触把现实生活讲述成一个传说，"剩女"孔心燕，在无数相亲中，终于与马修对上了眼，似乎一切都静静地朝着婚姻轨道行驶，马修多次前往探望她那因与银行抢劫犯枪战致瘫的前特警队长父亲，突然，没由头地马修玩消失了。淡淡的叙事一直缓缓推进着故事，而结尾一如临近了球门，孔心燕再面对并追问马修"到底为什么？"时，马修说："你比我更清楚，我一直等着你的实话。"临门一脚，这关键的一笔，暗示了故事中的故事，原来瘫痪在床的孔父，并非孔心燕介绍的英雄，恰恰是被枪击致瘫的抢匪。这是孔心燕在一次次真话遭弃后说谎的因果。因为真话不断碰壁，只得求助于谎言，偏偏新男友马修是个向往恒河、有宗教情结的虔诚真性男子，于是谎言遭遇到真诚，剩女只能再剩。女性的无奈，世事的无常无情，而隐喻着人性理想的恒河一直是主人公可望而不可即的符号，似乎成了故事若隐若现的背景音乐，令人触摸到真相与谎言，世俗与净地，红尘与禅意，虚实互文，相生相融却天地相隔。毕亮书写了这么一个被命运追逐而击垮的女性，无论真话还是谎言，在无常无奈的世事里，孔心燕的生活因父亲的铤而走险变得复杂多变，也必然一世沧桑。

孔心燕的过往，孔父那曾经震动全市的银行抢劫案等等是作品隐藏冰山之下的巨大沉默，小说平静叙述的是孔心燕与母亲每天对瘫痪父亲细致的照看，虽有无奈却没有嫌厌，隐隐的沉闷紧张气氛中，是全家共患难互担忧尽义务的亲情，与马修追求在恒河修心的虔诚却相映成趣，为小说奠定了淡淡温情的基调。简简约约中，突然结尾主人公轻轻的两句对话呈现出人性与人生的复杂、脆弱乃至惨烈，还有温情与尊严，也留给我们以不尽的震动和想象。

毕亮追求着美国作家卡佛简约的小说气质，22篇小说基本秉承这种简约之风，显示着外部叙述平静、内里紧张激荡的现实质感。小说文字节省，笔端隐忍，始终令真相隐藏在情感背后，这样的情感空间必然是阔大，临门一脚，是否进球，却遮蔽不让观众看见，于是张力扩大，余味绵长。而另一个隐藏的故事却若明若暗地出现了。

他临门一脚后的另一个故事，如《铁风筝》中，寡妇杨沫的新恋人马迟，也许就是击毙杨沫那为给失明儿子治病而抢银行的丈夫的特警。《在深圳》那位一再出轨，回家看到有人一直蒙头睡在其床上，竟有了与闹离婚妻子所谓道德扯平的理由，而在妻子鄙视下心安离家的宿醉的陌生人，竟然是个一言未发而悲怆号哭的年轻女子，如问她有几多伤愁，必将是一江春水向东流，毕亮为我们留下了另一个故事的无数可能性。《大雾》深锁了三天的深圳揭示了两对男女迷雾般亦真亦幻的情感与婚姻真相，而开启另一个故事的钥匙是那枚衬衫宝蓝色扣子。《外乡父子》被生活一点点击垮的故事后面，还隐藏着外乡人母亲的故事："母亲是越南人！她是个毒贩，给越南警察打死了，是个狙击手干的。"《消失》中美好的梦想与生活在现实面前消失之后，却留下了神秘无处不在的"那股怪味"，隐隐地散发出一股颓败的气息和寒意。《纸蝉》中一直打哆嗦，始终未能将纸蝉折叠成孩子儿时满意形状的父亲，在儿子追问母亲死因后的悄悄离去，孩子的身世和母亲的死又形成了另一故事的新结等等。这些无疑体现了他独特的艺术追求，其实在他创作初期便隐隐有了这样的文学自觉，如他的"官当镇系列"中的《继续温暖》，结尾就以眼瞎的"爷不是用眼睛看人，是用耳朵看人"，爷爷对孙子马达为安慰他把爹娘的声音学得神像之事"什么都晓得"。这个留守爷孙相互温暖相互照亮的 2008 年故事，获得许多赞誉。而这份简约文风中的临门一脚，这种小切口大空间，戏剧性隐藏深处的艺术张力，在前述他近年的"城中村"系列、"失败者"系列渐渐成了他的自觉追求，也是他短篇小说写作过程的一个独特的精心构思和出彩之笔。

短篇小说创作的难度

与其他文体相比，短篇小说一直是高难度的写作，在短小的篇幅下完美讲述一个故事或塑造人物，并有临门一脚的高潮迭起，这对语言、文字、结构等技艺要求很高，尤其在短篇小说遭遇写作低谷的当下，年轻的毕亮就以自己出色而独特的创作寻找到自己的艺术通道，实属不易。要知道，不少作家穷尽一生，还在似是而非中。当然，要使这条通道伸向远方，也许毕亮还要战胜已有的自我，把自己"在深圳"的目光深入更广大的所在，尤其警觉作品间的似曾相识。

的确毕亮的单篇都有相当的文体自觉与文学自信，但结集的 22 个短篇数次给人似曾相识的感觉，在一定程度上存在着相互重复与自我重复的现象。如其故事流程与心思的纠结点基本相像，皆是寻求改变命运和生活梦想的外来打工者的深圳之所在，皆表现了现实中的他们在精神上从抗争，到无奈、妥协及沉默或默认的过程，结局虽各不同，但无一不是在深圳的外乡人的悲剧。而故事与命运节点大多在于人物的各式失败，情感婚姻危机大多来自无力抚养孩子而做人流，或欺骗或出轨等等，犯罪则是因失业或疾病等生存所迫的铤而走险，如抢银行、盗劫、贩毒、凶杀、卖淫，等等。生活场景甚至句子重复的是出租屋，城中村农民房，二手家具店，坏了长久没修的马桶；"室内潮湿，蟑螂、蜈蚣、臭虫和不知名的竹节虫就会从墙角旮旯爬出来。"黑蝙蝠乱飞。电视屏幕，女播音员说着某个城中村发生了凶杀案，或银行抢劫案、或小型爆炸案。"夜晚，不间断地会听到夫妻间的争吵声、歇斯底里的哭声、幼童尖锐的叫声"等等，令人感受到他整体创作的临门一脚还是欠了点儿火候。

是的，我们深切体味到了毕亮对失败者命运与尊严无法割舍的情感和力透纸背的表现，感叹他表现文学的"深圳"这一独特的社会现象的文学贡献，同时，我们更期待他作品的气质和文学品质上有更俊逸更多样也更有力量的追求，不止于单篇作品的另有细节的临门一脚，而是他个人创作的神来之笔。

《文艺报》2013.10.16

第二辑

奔跑着成长：邓湘子《像风一样奔跑》

端午节，菊朵挎上蓝布包探望外婆，第一次独自踏上渺无人烟的湘西南山野。菊朵害怕山魅鬼怪，菊朵害怕穿过一片巨大古老的榉树林。"害怕得不敢大口喘气，暗淡的树林里仿佛有许多可怕的眼睛在偷偷地盯着自己。菊朵快步奔跑起来，从后面吹来的风都追不上她……菊朵一口气跑过了榉树林，全身都汗津津的。"

暑假回家时，菊朵再面对这片原始榉林是与弟弟赛跑而过的。"菊朵追着弟弟，大步地奔跑起来，跑过了榉树浓密枝叶遮蔽的那段阴凉的山路，跑进了一片开阔的阳光里。"

阳光下，菊朵长大了，在前后的奔跑之间。

这之间是菊朵到枫树坪探望外婆的故事，一个足以影响她一生的人生片段，却烛照一个时代。故事结构精巧，娓娓叙说着菊朵偶然的经历：独闯山林（过界）、巧逢外婆生病、神树被伐、村庄灰色的忧伤、酸梨坳黑色的恐惧、耘夫与同年娘的猝死等等令其忧郁、恐惧和迷惑的事件，并在亲历中有所顿悟，童年的稚嫩开始减退，生理、心理、个性等等也开始飞跃性地化蛹，开始影响她未来为蝶的成长与质变。成长之惑之痛便凸显了小说的成长主题，人物的主体性也得以生成。

成长是青少年文学常写常新的话题。而成长于二十世纪六七十年代的少年，更有着当下少年所没有的生存困难与时代苦难。那么，如何面对和表现少年苦难？邓湘子是以孩子的眼睛呈现残酷，以孩子的视角审视那个时代的荒诞，并写出荒诞中不灭的童心和成长。作者以温润沉静的笔墨，深入村庄的万物，深入村庄的伦理，深入人物的内心感知，尤其着力展现那个年代单纯互助的乡村伦理，以人间关爱淡化时代的苦难。寡居的外婆在端午时节病倒了，菊朵到来之前，都是福阿婆、芹香一家等乡邻以及当时的集体生产队照顾的。那种不是亲人胜似亲人的关爱，平凡到家家户户，日常于全村昼夜。故事处处以诗意的笔触展现人间真情真爱对苦难阴影的驱散，既照亮了菊朵们成长的天空，又让成长中的孩子们学会关爱。尽管菊朵也与大人们一样对"青年突击队"砍伐神树感到迷惑和愤怒，对耘夫兄妹怜悯和同情，对同年娘被埋和耘夫的死痛苦和恐惧，对弥漫村庄上空的鬼魅之气惶惑和惊恐，但是成长者菊朵的这些内心挣扎和诸多人生迷惑，一一暗示着人物的精神成长。故事的背后，是人类面对苦难时沉甸甸的爱心和乡村古老的风俗，颇具地域风情和文学质地，颇具人文情怀和诗性。

也许菊朵们的惶惑仍旧是惶惑，但菊朵在短短两月间闯入红枫坪彼时的困难和惶惑，并以童心直面了春荒不接的遍地饥饿、阶级斗争，乃至生与死等人生苦难，并有所感知、有所收获，这便是精神的成长，奔跑着的精神成长。因为精神的苦难才是苦难的本质。任何一个成长者，都会遭遇成长之惑之痛。菊朵们正是循着苦难与困惑、快乐与惊喜，追问，觉悟和成长的。那是我们六十年代生人的童年。

童年所散发的力量与光芒，还来自作者以少年儿童为本位的叙述视角。故事没有为了遮盖成人气息刻意蹲下身，也没有矫揉造作的"孩子气"和"娃娃腔"。而是以纯净、温润、沉静的本位语言，对自己1974年少儿时代记忆进行深情的描述，满纸浓郁的乡村气息和童真里，奔跑着一群性格鲜明的乡村孩子，他们善良、单纯、快乐，又个个不同。菊朵的倔强，芹香的早熟，秋明的嫉妒，天亮的调皮，纯玉的机灵，耘夫的聪明和忧郁等等。

还值得一提的是故事里弥漫着湘西南山地万物花开的馥郁、神秘与妖娆之气，楚地乡风令人神往，也令我想到广西的王勇英，想起她笔下少年生活的桂东南丘陵地带的万物花开与无常的巫气。只是邓湘子笔触更为秾丽、忧郁和神秘。"青年突击队"在"破四旧"砸了祠堂后，又砍了村头的神树红枫，先是一团大蛇从树冠坠落并奇怪死去，然后是树断而不倒，天外飞来群群巨蝶，以及遮天蔽日飞成巨型陀螺的红蜻蜓幻化为红枫树影，而全村的狗因舔食了枫树汁液，一夜之间全部死去，全村笼罩在令人窒息的恐惧和焦虑之中。菊朵"吓得大气都不敢出一口，双腿打战，心里充满了神秘的恐惧"。害怕神树怪罪的全村老少人人手持三炷香，个个往脸上抹黑锅灰。没有了大枫树，"红枫坪的孩子们觉得，自己的村庄一下子变得陌生了，心里也慌乱了"。惊疑中，"红枫坪沉陷在一片巨大而古怪的寂静里"，尤其耘夫暴死，菊朵和小伙伴们陷入了巨大的恐惧与浓浓的忧伤中。"夜色里弥漫着恐怖不安的神秘气氛"，家家户户都在门前点燃一堆稻草为耘夫送葬和辟邪，"草火闪烁的光，照亮女人们眼里的泪，照亮孩子们惊恐的眼睛"，直至公社来村里放电影并解释枫树汁的甜香导致蝴蝶乱飞、红蜻蜓密集的现象。然而，菊朵、芹香还是不解："要真是那样，怎么会有翅膀像蒲扇一样大的蝴蝶？蜻蜓怎么飞成了大枫树的样子？"疑惑之中，孩子们开始了自己的思索和追问。这层层渲染的忧郁氛围，活灵活现的湘西南风情画，生活的细节流丽自然，细得淡然瓷实，细得神秘浓烈。而其力透纸背的是作者直指时代的笔触，颇具艺术和精神力量。村庄的生存困难、生死恐惧与忧郁皆来自"文革"时代；冒犯并砍下神树的反常物象，归咎于时代的无知无畏；耘夫的暴死，来自于知识分子惨遭迫害的特殊年代和物质贫困等等。当然，故事如果能对那个时代多些形象化的交代，如果对耘夫、纯玉兄妹多些细致深入的表现，比如对他们受难父母的简单交代以及思念，比如耘夫忧郁沉默外表下的内心痛苦和挣扎、纯玉作为城市女孩落难后的清洁本性等等，如果对这些成长内部空间多些用力，也许能启发今天的少年读者对过去的认知，增强文本的历史感，不仅可增强故事的精神力度，也许还会获得更大范围青少年读者的青睐。

　　读着邓湘子的新作，我的耳边久久回响着菊朵们奔跑的风声。这风声既属于孩子，也属于成人。

《文艺报》2013.4.8

《文学界》2013 年第 4 期

静虚的声音

——关于吴玄的小说

在浮躁不安的时代，文学始终守护着心灵，心灵隐藏在身体的内部，是一个不容易抵达的隐秘幽深的地带，只有那些有内在诉求的人，才能穿越喧嚣听见文学的声音。于是，文学抵达了它的本义——"心声"。

没想到读《吴玄中篇小说选》及其长篇小说《陌生人》，竟会牵动我们的情感，打动我们的心灵。我听到了一个静虚之音——喧哗时代下一个清静的声音，那是一个身在闹市、心远当下、以道风禅意的"初心"对芸芸众生的悲喜感同身受发出的心声；一个想自己所想、做自己想做、生活在别处却气定神闲的人。我没料到吴玄这么一个满嘴胡话、无遮无拦，喜欢热闹的人，不仅写出《西地》《发廊》《陌生人》这么原生态的生活流程，写出《谁的身体》《虚构的时代》对网络世界与现实世界如此彻底的解构，还写出《玄白》《门外少年》等如此清净悠远的文字，如此静虚玄妙的故事。

《玄白》里棋局黑白世界的征战刀光剑影，人物也热热闹闹、忙忙碌碌，却人人气定神闲、虚空灵动，无论老庄式的刘白，还是神秘的棋癫子，颇具名士风骨。如果说《门外少年》领了汪曾祺的冲淡悠远之气，《玄白》则是迷人的中国经验的本土化叙述，无论内涵承载的浓重的传统文化的精神，还是静虚玄妙意境里的人物与故事，以及虚实相应、古韵依稀的叙述，令人如闻江南丝竹，绵远悠长。

为此，我们感受到了一颗虚空灵动的心灵，那是百炼成钢后，还"保留着看事物的新鲜的第一眼"（尼采），或说"初心"，这颗心灵使他得以几近图案化甚至游戏化，对时尚生活和日常生活以及日常生活的时尚化目击本源，仿真描述，刻画淋漓，几近原生态，而且清醒清静，很难见到像《虚构的时代》和《谁的身体》那样，能把虚构世界与现实世界分得这么清清楚楚的小说，也很难看到对这个世界的荒谬和虚无的终极解释，有这么淡然而深刻的，这种淡然除极少数疑似丑角有些许恶毒外，如《陌生人》的杜圆圆、《同居》的柳岸等。吴玄一如老僧洞若观火，于不动声色中挖掘出一个个人性与现实的黑洞。叙述的淡定超然，冷漠近乎绝望，却入骨三分。无论面对单位的不公（《陌生人》），面对春心不断的父亲、悲情而乐生的母亲（《西地》），面对渴望温情的爱人（《虚构的时代》《陌生人》等），面对无助的妹妹（《发廊》《陌生人》），面对生病的女儿（《像我一样没用》），甚至面对自我（《像我一样没用》《陌生人》等），主人公的淡然仿佛《局外人》，既无所求，也无所予，荒谬虚无一如浮华躁动的时代，作者静观并描摹出世道人心。他说"越是喧嚣，越是安静嘛"（《虚构的时代》）。

吴玄便是在这样在日常生活中，不动声色地表现着人世人性的状态和生命的要义。比如，在我们的生活中，陌生感是随时随处可感可见的。常常面对亲人、妻子丈夫，哪怕自己。而在这种"陌生"的常态下，人性常常呈现出它的离奇和诡异。吴玄笔下的《陌生人》何开来就是这种"陌生"常态下的典型符号。"陌生"这一常态由于隐得比较深，常会被自身所忽略。陌生化的人性分裂体现在了生活中的各个角落和细节里。吴玄在小说序言说："陌生人，也是冷漠绝望的，开始可能就是多余人，然后是局外人，这个社会确实是不能容忍的，这个世界确实是荒谬的，不过，如果仅仅到此为止，还不算是陌生人，陌生人是对自我感到陌生的那种人。"由主人公何开来推及一个家庭，由一个家庭推及一个时代。何开来从愤世嫉俗到玩世不恭，直至行尸走肉的过程，也是他从社会家庭的"多余人"或"局外人"，最终成为了所有人包括他自己的"陌生人"。何开来逃离所有的人伦，逃离为儿、为父、为夫、为兄、为职员的伦常。一个对自己都感到陌生、无所皈依、在世间没有支点的人必然虚空。这样的人与产生这样人的时代必然也是个虚空的时代，潜伏于这样时代的深处，吴玄以一颗虚空灵动的心，去承接、感受现实时代，静静地发出自己的声音，并描绘出这个时代的图景，是这个时代中国经验的现代叙述。复旦学子刘涛说，吴玄以一个人物为我们的时代画了像。

"虚一而静。"也许正是历尽人世喧嚣，感悉世俗欲望之后的归途，

136

归于"初心""赤子之心"及至鲁迅先生的"白心",并以此"新鲜的第一眼"看待事物、表现事物,于动中表静。在这个意义上,吴玄其人其文,不正是这个时代与文学关系一个生动的注解吗?

《文艺报》2008.11.20

失血的村庄

——读李约热的《巡逻记》

　　入围"华语文学传媒大奖·2005 年最具潜力新人奖"的李约热是广西近年闯入文坛的一匹黑马，他被连连转载的《戈达尔活在我们中间》（《广西文学》2004.1）、《李壮回家》（《上海文学》2004.6）、《涂满油漆的村庄》（《作家》2005.5），到《巡逻记》（《广西文学》2006.5—6），完成了一个从以隐喻虚拟自己精神世界的聪明的写作者，到渗透着自己现实经验与生命体验思考的尖锐而朴素的精神叙事者。这条成长之路，凸显在李约热对那些留在土地上的父老乡亲的人生的深切关注之中。

　　读《巡逻记》，最初会以为作者只是在叙述一个"警校里唯一写诗"，毕业刚回到家乡工作的警察"我"，在"只生长赌徒不生长粮食"的现代乡村里诗心失落的故事；以为作者在继续新一代农家弟子"李壮"们关于理想破灭关于精神家园的主题。然而，随着"我"阻止那些每天聚赌的"黑压压人群"成为赌徒的失败，随着暴戾的"赌博少年英雄"覃亮，以及覃亮身后那群"不读书的十三四岁的少年"野生化故事的展开，随着最后维系着"我"诗心的以勤劳著称的"我"的父母，也成了赌输完了所有家当的赌徒，一个比任何极度的物质贫瘠都更摧人心肝的怆然图景，赤裸在我们面前：这是一个失血的村庄。在城市现代化的快速崛起之中，许多被透支的乡村不仅因土地的荒原化和野生化，而丧失了元气；而且，为摆脱贫困而生的投机赌博、失学和暴力正日益加重着乡村的生存和精神危机，而这些在危机中的老弱病残和问题少年正像有毒的蘑菇无根地留守在我们这个农业大国广袤的乡村土地上，他们便是今天乡村最后的背影；如果回避和缺乏警醒，他们还将是乡村枯萎的明天。故事的内核怆然疼痛，沉重苍凉。

　　这是一个平凡而尖锐的故事。故事来自俗世，来自还沾着泥土、一身农家本色的李约热的生活体验，平凡到中国大多数乡村都伸手可触，却真切地包含着这么多尖锐的生存和精神危机。是的，在农村哺育了城市现代化，城市将反哺农村的历史变迁中，已解决了温饱的农民在义无反顾地奔向致富之路的同时，缺乏乡村文化和精神依托的他们，很容易就被那些建在沙滩一夜暴富的神话诱惑着，赌博便是其中的毒蘑菇。赌博是让黄志、覃亮等个别人摆脱贫困，但在整个乡村制造了更大更新的贫困，而且制造比贫困更可怕的精神堕落。这种毒蘑菇不仅毒害留守在土地上的老弱病残，而且毒害着无数因父母外出打工而缺失家教的失学的少儿，他们在荒芜的乡村里过早呈现弱肉强食的本性，这群被社会遗忘的"危险少年"已经成为今天的"乡村孤儿"，还将是中国乡村未来的隐患和疼痛，覃亮们便是。近日读到的黄志新的《坏爸爸》，小说描述的那些被人领着、甚至被狠毒地弄成残疾、带到城里乞讨的乡下孩子，这个沦为农村一些人赚黑心钱的工具的群体，也是时代的乡村孤儿，更是现代乡村另一种可怕的荒芜、残暴和苦难。他们和覃亮们都是今天建设新农村不可回避的一个深层次的矛盾，他们是时代的孤儿；今天社会的进步，不应该以牺牲他们为代价。面对着"那群十三四岁的少年""明晃晃的刀子"，"我只好放开覃亮，躲到一边"。"我忍着疼痛，压低声音，说'没事'。"叙述平静、节制而流畅，可我们分明读到李约热含泪的隐藏着的痛哭。

　　是的，李约热笔下的宜江整个村庄都像蘑菇，一朵因赌博因暴力而有毒的蘑菇，善用隐喻的李约热以此描述他深切关注的正在凋敝的乡村；覃亮也是一个隐喻，他代表的"那群不读书的十三四岁的少年"是李约热的疼痛，更是现代乡村的疼痛。当然，隐喻之中，李约热终于把握住了真正诉诸自己情感的表述，他用心的是朴素而精致的细节、粗粝而见血见肉的叙事。哺育他的村庄不再是仅仅以"涂满油漆"来隐喻和象征，而是"巡逻"和家乡实实在在的人生、真真切切的个人体验，那份穿透着他的关切他的疼痛乃至绝望的叙述，怆然逼出画面。不觉想起诗人王小妮去年在《安放》里对今天乡村生存和精神危机的深切忧虑。是的，失血的村庄早就难以安放我们父老乡亲的身躯与灵魂了，难以关怀和教养那群时代的孤儿了，今天乡村如此深重的生存与精神危机，以及人在苦难中的尊严，是我们"新乡土叙事"可以回避的吗？

139

无法埋葬的孤独

——读皮埃尔·佩居的《孤独的女孩》

这是一个关于孤独的故事，春节假期读后，感伤就不断地侵蚀着我，挥之不去，我只有坐下来说说这部独获 2003 年度法国"国际广播图书奖"的小说《孤独的女孩》。

孤独的女孩是 10 岁私生女爱娃，一个下着大雨的初冬下午，放学后的爱娃又没有等来母亲特莱丝，雨越下越大，天越来越黑，不知所措的爱娃在陌生的街道上狂奔，横撞到书商沃拉的前轮下，爱娃经过了一个获命、致残并死去的身心挣扎而又孤寂无声的过程。作者以诗人之笔，雅致而尖锐地从人性最隐秘的地方，解释着三位主人公在这过程中无声而独特的生不如死的无奈和孤独，那处处直逼人心的悲凉让我们看到：现代人在精神上病得很重，重病之一便是孤独，在这个利己主义横行的世界上，没有人可依靠，无论是爱娃、特莱丝还是帮助她们的沃拉。

这是三个孤独的典型。着墨最多的沃拉是一个自闭的人，他的孤独是逃避主义下的自我沉迷。没有兄弟姐妹，也没有爱人的沃拉自小就失去了父母，"肌肉的泛滥（他体重 110 公斤），记忆的过剩，摆在任何地方都无所谓的躯体的荒谬，造成他的孤寂。是一种悲凉的孤寂，在遥远的童年就埋下了不幸和苦恼。"无论是中小学，还是大学时代，人们看到的沃拉都是被同学伤害的肥胖男生，没人知道他每天吃什么、住哪里；却知道他每天埋在书本里，对课本倒背如流。无依无靠、被盲目伤害和书的世界构成了他生命的主体部分。一方面他平庸地生活着，开着请人打理的"存在书店"，聊以支撑自己最简单的生存，为存在而存在；另一方面，他却有着不平凡的记忆力，他除了与店员、进货时说最省俭的几句话外，他的生活就是读书，他熟知书店里的每一本书，包括新进的图书（他会在第一时间通宵达旦阅读），仿佛一部活字典。就这样，他孤独生活在自己建造的书海迷宫里以逃避世俗社会。然而，车祸发生了，尽管不是他的责任，善良的沃拉却无法平静，他上演了一出人性自我分裂与苦痛的悲剧，他被缺乏母爱之心的特莱丝推到已不会说话、坐在轮椅上的爱娃身边，凄苦枯萎着的爱娃唤醒了他天性中的父爱，他给了爱娃并不多却是她最奢侈最温情的关怀，这是爱娃生前仅有的人生最美好的记忆。爱娃的死像一把钥匙，又一次开启了沃拉无数次关于黑夜与死亡的记忆。孤独的沃拉闭上了那只平日看世界一无所见的盲视之眼，而另一只深埋心里和书海的明亮之眼，随之也遁入了黑暗，书籍也无法把他拉回到庸常。于是，双眼逃避、自我分裂的沃拉怎么也无法埋葬他的孤独，他选择跳入崖谷，以忘却他赖以存在的书籍。消失。消失后的沃拉，却把他的孤独留给了我们，我们在人群中寻找沃拉，却发现我们自己也有沃拉一样的无助、无言和无奈，世界处处都有沃拉的影子。我想这是作者佩居的力量，或者说是文学的力量。

爱娃的母亲特莱丝是一个典型的空心人形象，她的孤独同样是逃避并且自我迷失。她不知道自己女儿的父亲是谁，不知自己呆滞的目光抵达前面什么地方，不知自己孤寂的永无安歇的身心漂泊何处，她带着凡人俗子的弱点，从火车站、地铁站、公交车站、街道、商场、男人，甚至一个城市又一个城市茫然走过，抓住一切可抓住的陌生人倾诉，她"干涩的声音／毫无起伏，毫无意义／像风吹在干草上"，无所谓听众也无所谓应和，唯有倾诉。灵魂的无所着落导致她对自身、对女儿以及外部世界的一无所见，她生活在荒漠中，甚至不知道自己是谁。这分明是艾略特诗笔下那些"脑壳中装满了稻草"的空心人，那些迷失在一片片城市高楼的荒原里的现代空心人。于是她就像一个幽灵穿行在沃拉和爱娃之间。她是个幽灵，而且她这类空心女性的生存本身就是一个幽灵。一方面，她是个性化的，她逃避一切责任，有孩子却常常把她遗忘，哪怕孩子挣扎在死亡线上，有生命却处于僵死状态；另一方面，她也代表了一种总是生活在别处，无所事事，悲观虚无的空心人孤独的悲剧命运。这种精神悲剧是现代人的悲剧，哪怕主人是母亲。当然，作者并不止于揭示母亲也并不都是"不冻的港湾"，他不是在"审母"，佩居更在意于揭示作为母亲的空心人的悲剧，而且他对特莱丝们充满了同情和悲悯，他用温湿的笔致关爱笔下的女性，他让她感慨"生命十分漫长"。特莱丝虽生犹死，那份孤独同样无法埋葬，那是一种命运，我们帮不了她们。

在此生存下的爱娃无疑是孤独的，这种孤独装满了悲苦凄凉。给了她生命的母亲，却没有给予她最基本的关爱呵护；而给了她一抹温暖的沃拉，却是间接致她伤残并最终死亡的人。当我们读到这位从来没有父爱、母爱也不多、朋友更少的孤独女孩，坐在轮椅上"变成一个小修女、没有声音、没有快乐、没有童年的孩子"，感伤和悲哀不期而至。如果说这是人类生命的无助之痛，那么她母亲生命的荒芜以及沃拉生命的迷失便是人类的精神之痛了，这种现代人的精神病态葬送了爱娃、沃拉、特莱丝们，为什么？同病相怜的现代人又如何拯救我们自己？佩居曾在他收于本书的另一部作品《生育诗章》中说：是写作本身把他"引向描写难以找到词语表达的痛苦的边缘的"。佩居以作家身份告诉我们这个令人痛苦感伤的故事；同时，又以法国的国际哲学学院教授的职业身份引领我们对故事寻味、对人生追问。是的，佩居让他的人物在痛苦的边缘进行心灵挣扎，那是一种在热爱与冷漠之间、在母性与麻木之间、在纯洁与复杂之间、在孤寂与喧嚣之间充满内心冲突的挣扎，那种挣扎下绵延着无处不在的无助的孤独，穿透着故事，解剖着心灵，直逼着人性的本质，人物和故事获得了丰富的内涵，而且佩居的叙述精雅深透，散文化的笔调有着音乐般的畅达和节奏感。由此《孤独的女孩》也获得了一种不平凡的文学品质和力量，也许这是它在法国获得众多读者的主要原因吧。

感谢法国外交部在中法文化年为中国的读者推荐这部优秀文学作品，尤其佩居成功塑造的三个解剖着现代人生活和心灵的标本式的人物，对文学人物已离我们远去的中国当下文坛，无疑是一种范式。感谢译者黄天源教授，他不仅在中国最早翻译出版了罗兰·巴特的《符号学原理》，这次又在保持原作风格中以流畅生动、富于才情的译文把法国作家佩居介绍给我们。这对目前翻译界时常叩问的"翻译什么"和"如何翻译"，无疑又是一个良好的范式。

有着如此丰富价值的《孤独的女孩》，在孤独像瘟疫般弥漫世界每个角落的今天，它定会叩响天下所有敏感善良之心，因为文学从来没有国界。

注：《孤独的女孩》，（法）皮埃尔·佩居著，黄天源译，漓江出版社2005年1月版

《文汇读书周报》2005.4.15，《文艺报》2005.4.30

天堂的守望者

　　那是一个执着的梦，他渴盼已久的大雪终于以纯白消灭了他眼中的一切尘色，世界白茫茫的一片，真干净。突然，远处滚来一团红，低头细看，竟是一个穿着一身红的小女孩。他感动极了，正待抱起这纯洁温暖的真的生命，骤然，醒了，一切都悄无声息隐去了踪迹。很残酷，这南中国从来就没有下大雪的可能。然而，他还是年复一年，日复一日，守望着这梦的尽头，他意念中的天堂——那是真善美的所在。明知这天堂永不可求，却永远憧憬，苦苦守望。痛苦，幸福，美丽，矛盾，而不可解。这，正是诗的本质。这个执着的梦人，就是广西著名的青年诗人——黄堃。

　　是的，黄堃是一个诗人，一个很诚实地思考生命、人与自然的文人。由于诚实地面对人生，由于正直地拷问人间天堂，黄堃激情无比，黄堃忧郁无比。那是一种对现代人心灵的逼视、对变革时代生命的感悟中诗人灵魂震颤的忧郁，一种对民族对人生始终怀揣蓬蓬勃勃炽情的赤子之心。然而在"城市用钞票点亮的灯光中"（《远离天堂》，见《三月三》1992.2），在"人类互相厮杀"声中，"变革时代中的人们失落了包括真诚在内的许许多多。于是，一种诗人与社会与现代物化的隔膜，造就了诗人的忧郁，尽管历尽坎坷，仍坚执不绝地向往和憧憬圣洁的情感，他不愿心灵羁留在纷扰的尘世。于是，一个诗人意念中真善美的境界——天堂，诞生了"（见拙作《忧郁者的风度》，《三月三》1992.2）。

　　然而，作为现实生活的个体，人有时无法逃脱磨难，无法逃脱尘世的污浊。人类"远离天堂"，是否更近地狱？于是，"地狱"的感觉就会霎时紧紧追逐你，而智者之所以为智者，正是于此"地狱"的概念在解脱与幻化他，因为"地狱"不仅给智者的痛苦赋予了意义，而且这磨难之苦地狱之火还会使智者升腾，使他能高高地俯瞰包括自己在内的世人的陈规陋习。诗人黄堃的思想轨迹划过的正是这么一条智者之路，他从混沌的现实中挣扎出来，在地狱之火与天堂之光的锻造中，挥动着自己一支反叛的诗笔。他的组诗《远离天堂》便忧郁地喊出人类远离天堂的主题，这阴郁的无望的声音，其中包含着一种关于人类历史和人生本质的现代意识，它暗示的是被厄运或欲望紧紧追赶着的人类的普遍命运及其真善美的神话（天堂）的破碎和幻灭。诗人灵魂流泪——他的诗歌和散文中就记载着无数次这样的对现代生活无望无奈的痛苦的泪水，那是一种向往难以达到的美的充满热情的战栗。激情而忧郁，忧郁而激情，这忧郁美是美的深刻觉悟，是一种诗意的忧郁。正如爱伦·坡所说的忧郁美来自正在疯狂地寻求明澈的源泉的渴望；它是一种心理深层的潜意识中对于现世中的痛苦和悲凉消逝在空无的一瞬间的超验的感悟。于是，诗人在忧郁的感悟中，在感悟的反叛中悲凉而有力地与命运与世俗随时对抗，直面并承担起人生的全部苦难，而且顽强地树起自己理想的旗帜——苦苦守望"天堂"。于是，其显示出来的意气昂扬和自觉悲凉便形成了只属于黄埜自己的忧郁美了。

这位忧国忧民的诗人，在作品中常常以个体去面对浩大的历史，历史的皇都、历史的伟人、历史的壮民族，而魂牵的却是令他骄傲的有着堂堂人格"最少出汉奸"的故土，和一个个站立着的不屈的精神，从而，"诗人获得了一种渺小的个体在恢宏中的解脱和升腾，同时一种后代对于伟大历史承继中的自尊自重自强充盈了诗人的心灵，直至延伸到中国的后代——儿童……至此，个体的情感又获得了宏大与崇高。这种丰富的忧国忧民和崇高感正是我们时代所呼唤的，这种独战众人（包括历史）的激昂意气（不是直露的激情横流的），闪烁着19世纪拜伦式的英雄主义，这是理想者的境界"（见拙作《忧郁者的风度》）。这样一种有秩序、有信仰的古典主义精神（真正的诗人从来就是如此现实而浪漫的），借着诗人的赤子之心和批判精神的冲突而跃然于黄埜的诗集《远方》的部分诗篇、《爱情探戈》"中国盐"一辑、诗《1986年冬·北京》以及他的部分散文中。

于是，黄埜的诗文一次次使人看到他对人类（尤其文化人）生存境况中媚俗心态的深入剖析，读着你绝不可能轻松，你难以逃脱他的灵性与智性与理性凝成的忧郁。无论是人的污秽、文化痼疾、人性劣根，在他笔下都化成为一种悲愤的极致。于是，他的调侃，和近似刻薄的讥讽（他的诗文总是抒情与反讽相融合的），便是他对人类"远离天堂"境况的悲愤，更是他对"天堂"的热切渴望，明知永不可求，却永远憧憬，苦苦守望，这不正是对真善美热烈坚执的别样的一种追求吗？一身傲骨，几分阳刚，这种无望的守望，其中既蕴含着人生的荒诞，也蕴含着人的伟大。在无望的现代生活中，顽强地树起自己光辉的旗帜，于生活中寻觅一种美的属于人的本质的东西：真善美——天堂，这个境界是人类从来的所属、所望、所求，这古老的信念在生活的不断破损中却从来屹立着，于是，诗人便在这苦苦的无望的守望中获得一定程度上的世界性了。这是诗的真质。

于是，我们看到了诗人心上高悬着他期望人性复归的明镜。这个明镜在诗人的心上与上述缺陷的现实相对立的是纯洁的儿童世界和女儿国。这是黄堃意念中天堂的主要载体。

这兴许得追溯到黄堃的孩童时期。

因为生活，3 岁的他便离开了城市；又因为比生活更多一点的东西，10 岁的他便在几年里，以柔弱的肩膀在负荷生活的同时，背着书包，独自一人惊恐地行走在苍茫的方圆几十里的无人踪迹的密林里。那其中的痛楚和脆弱的无数印记早已钉入诗人的骨子里了；同时大森林强大、辽远、忠诚和冷漠的品性也随着林涛声植入诗人的骨子里了。我也曾到过林海高处，看脚下的林带，听不断涌来的风涛声。正当我为树林与人的亲近、树林对人的漠视而流泪时，才发现我已走出了领路的老林人的视线，成年人的我当时居然惊恐地呼叫起来了。也为此，我似乎能感触到一些诗人的敏感、忧郁和早慧，感触到诗人能直面现实的勇气和骨气，以及诗人对温暖的渴求和失望。

于是，从八十年代中后期，尚未为人父的黄堃便有了许多《写给女儿》的诗和散文。他认为小女孩是真善美的化身。于是，诗人以一种似是而非的父亲的口吻（太凝重了）向"女儿"（她们取名为"眠鸽""拙雨"——有时她又成了儿子）述说自己的童年和自己现世的忧郁。这种似是而非的父亲眼光（太冷静了）穿透儿时的记忆，唤醒那些业已沉埋于时间深处的闪烁不定的无意识的诗行，一件件地跳跃而内在地讲述着岁月的一个个片断。在这里，我读出了一点温暖、迷醉和苍凉。而今时代，重返神圣已变得不可能了。于是，那份苍凉和忧郁便扑面而来了。犹如本文开首描述的梦境，这种千呼万唤的歌吟直至 1993 年。黄堃终于如梦了。他有了女儿。他这时的歌吟不再似是而非了，那是一种纯粹的父亲的语言，尽管还是以他惯有的冥想为主调。但这种冥想已自然地融入了对女儿具体言行的叙述之中了，少了原来写给"眠鸽""拙雨"的诗文的俯仰之姿、客观冷静之气了，那份家人的絮语使他这时的诗文弥漫着亲厚、自然和仁智，也更有童趣和生命意味了。从容和温馨中静宁下去，降到心底的一个从来未启动过的角落，于是，生命之花勃放了，至情之气蔓延了，很感人也很动人，毕竟血浓于水。于是，我们说，黄堃的寻找女儿正契合于他寻找天堂的潜意识。面对女儿，他总是以一些关于人生的温暖而冷峻的话题来叙说一个走出早岁童年后所体会到的人世沧桑，体会到孩儿时代珍贵的纯洁。是的，人走过童年"可以早早告别单纯，但应永远保持纯洁"（《有个女孩叫书羽》），这便是过来人的所有祈求，这便是黄堃对他意念天堂的最基本的要求。

这样的祈求不仅出现在诗人对孩童们的怜爱和祝福上，更多是化在诗人对纯净少女的歌咏上。真正的男子汉，其实内心有时极脆弱，"他必须在灵魂上寻找人群，每时，每刻，等待、祈祷着温情来临"（《今夜无雨》），"男人永远是女性的孩子……梦断之处总在他深爱的女人怀里"（《怀念丛林》），诗人崇拜和信仰着孩子和少女以及心地善良的尔雅宁静的女子，她们的纯净是一种具有绝对意义的美，永恒的美。于是，他的诗行里流动了他对她们近似宗教般的感觉，这种在一定程度上源于童年时对温暖的渴求，就常使他在温情的纯粹中静宁下来。静宁自己，也静宁她们。生命于寒冷的季节中相互温暖，远离天堂的现实在暂时的宁静中走向了天堂。这类题材的诗，写得最为动人的是《致桑》（见诗集《远方》），组诗的柔情与疼爱，飘忽而逝的情绪和幻想的芬芳散发出迷人的人间暖意。这组诗还写得很精练。这大约来自于诗人对"桑"有着一种异乎寻常的激情，于是，他把激情注入素朴的诗行中，使之一点一点地流出来，温暖着读者，也温暖着诗人自己，更重要的是温暖了诗的主人公"桑"。

实际上，黄堃此时已朦朦胧胧记不起许多儿时和关于少女们的故事了，偶尔还不免文人的浪子游戏，留下的只是诗行里一派儿时的纯净、少女的温柔、生命沉淀下的苍劲思想和对现实的忧郁，故事最终敌不过满纸不经意的抒写，几分凝重，几分骨气，几分温柔，那血那肉那骨头那灵魂，在这心与不经意之间，痛苦，幸福，美丽，矛盾而不可解。这就是诗人的本质所在？或说是天性使然，灵气使然？然而，人生无常，这无常的生命中人是无法排解孤独的，尤其是黄垩这么一个直面人生、钟情理想的真诚诗人。女儿和女性可以慰藉一时，却不可能从根本上理解诗人的忧郁和激情，不可能彻底化解和温暖痛苦。是的，诗人这份忧郁和清醒生活本身是不可能慰藉的，因而他把灵魂交给了诗行——女儿国与现实交错反差映出真善美与假恶丑的对照。他以诗的方式思想和关注这一切。于是，他的诗也像他的人一样彻底了。

至此，我们看到了黄垩总希望他的作品更精粹些，无论从语言和主题和结构，直面现实（那是做人最宝贵的意志了），一直寻求一个完善的诗人人格和天堂的现实。然而，诗人人格可以不断完善，天堂却永不可求，而这又是人类旷古不泯的理想境界所在。于是，在意气昂扬和自觉悲凉中，诗人柔情似水而又刚气可见，这便是黄垩的态度和笔法。

于是，现实主义主调与浪漫主义色彩的结合，如石的凝重与如画的细腻，理性的开掘与诉诸感官的魅力，使他的诗文总是透出几分骨气几丝柔情，抒情与讽刺的双重的情绪就构成了整体的凝重，那是一种思想的凝缩。

这种凝重还在于诗人独特的语言。他无论是反刍个人日常人生中拥有的孤寂和细致的温情，还是对壮民族对人类远离天堂的生存境况的忧思，还是对病态文化人（包括自己）的解剖，他都尽可能用超然的语调叙述，从从容容的，而你却能于诗中感到一种内在的雄辩力量，这种雄辩的语气是通过强烈的节奏式控制并加强语言的重音而造成的。于是，这种高密度的复义性的语言，就随着诗人的视线和心智角度的变化从容而强烈地使其诗歌从多面上熠熠生辉，这就增加了语言内涵的丰富性，从而形成了黄垩的抒情风格了。

还值得一提的是，作为诗人的黄垩还有一批融合温情、人生智慧的凝重散文，而且非常有诗意。其散文多是写身边事情、一己性情，却没有许多此类散文的徘徊孤赏的风致，而是与他的诗一样流溢着凝重透明的智慧灵光和生命本色，有骨有肉，这又是一份深切的人间情怀。其中尤以《流水》《城市落日间》《芦苇》《寻找海岛》《秋风桂花》《女孩和梨》

《有个女孩叫书羽》等等最为动人。那份优美的深厚、从容、宁静正说明了一种感觉，一位诗人对于文字的敏感远胜于散文家，而写不好散文的诗人，一定不是一位出色的诗人。

终于，这位广西最著名的年轻诗人以自己对天堂的守望在全国拥有了自己的诗名——这是诗神的公正。因为黄堃从不为自己画符贴标，这在浮躁功利媚俗的当今文坛尤为可贵可敬。一身傲骨和非常诗情使年轻的黄堃拥有了一个真正诗人的尘世的收获：

1981 年 19 岁处女作发表于花城出版社。

1983 年 21 岁毕业于广西民族学院中文系。

1984 年小说《夜声》在《广州文艺》配以评论、作者简介推出后反响颇大，收到海内外来信一百多封。

1985 年 23 岁加入中国作家协会广西分会。同年出版诗集《远方》，获广西首届青年文学奖"青年作家奖"。并成为第二届全国青年作家会议最年轻的代表之一。

1990 年 28 岁是自治区人民政府颁发的广西文艺最高奖——"铜鼓奖"最年轻的获奖者。

1992 年 30 岁的黄堃当选为广西壮族自治区政协最年轻的委员之一。

1993 年诗集《爱情探戈》作为八桂作家丛书之一，于漓江出版社出版。

对于黄堃诗歌创作的评论，曾在全国 20 多家广播电台展播，在一些报刊登载。

……

天堂遥远。或许，20 世纪是商界辉煌的世纪？ 1993 年黄堃下海了，成为一个文化广告公司的经理。然而，他并未放弃他作为《广西文学》诗歌编辑的工作，而且真诚依旧。看见他编稿那认真劲儿，我曾忍不住打诨，而他却装聋。不久他却有散文出来。"在今天钞票如此横行的岁月里，仍有那么些人，在悲怆地写着自己的苦与乐，写着对永无到达之缘的理想境界的憧憬"，他是把自己的真诚化入了这份工作之中。这绝非"敬业"二字所能概括的，这实在是他那浓得化不开的诗人人格的品性所致。而且经理黄堃还着手出版自己的散文集，我觉得，这绝不会等同于许多下海文人出选集的纪念——一串深深浅浅的脚印，免得日后忘了来路。因为，黄堃经理今年还不断有诗有文发表于报刊，这毕竟不易，经理黄堃还是诗人黄堃！

天堂是有人守望的，尽管守望者已不纯情，更不心怀幻想。

所幸的是，童年、大森林已把一种诚实的涛声注于黄堃的血管了。

他站在水中守望。

他会一直站下去的。

《民族文学》1994.8

第二辑

山之阿　水之湄

　　读蓝怀昌的散文，我听到了一种自然的声音。

　　自然是公正的，它时刻给人类以触发和暗示，但并非任何人都能听到自然的声音，都能领悟到自然的暗示。蓝怀昌不仅听到领悟到而且抒发出来了。在他近百篇寄情山川草木的散文里，真的性灵、善的德行和美的抒情映照着他屡屡深入的世俗生活，于是，他富于生气的眼神，便有了一种纵深感，穿越时空，过滤着他的往昔。终于，他的山之阿、水之湄纯纯净净，鲜鲜活活，它们用自然的声音超度着作者，也感动着读者。

　　近年，蓝怀昌把自己调整得很好，他比任何时候都更喜欢自己的笔。整整一年，他埋头于长篇小说《大北海》的创作中，偶尔抬头时，却是一触即发地为某报副刊开了个《可爱的广西》专栏，每周两篇，抒写广西名胜古迹。于是，呼啦啦的近百篇山水文章便铺成了一条自然之路。探入这些浪漫而凝重的文字，我发现他的笔与自然与世界间有一种迷人的关系。那就是主宰他的笔的是爱——蓝怀昌一直坚持的博爱。他说："我总觉得一个作家能体验到生活中的爱，你将成功一半。爱是伟大的。恋人之爱、夫妻之爱、母子之爱、兄弟之爱、朋友之爱，你对山之爱、对水之爱……总之，爱是生活中的主旋律。"（《我们希望的天空》）可见，从本质上蓝怀昌是一个对生活充满了热情的诗人。于是，在他的审美与创作过程中，往往克制不住地赞美、激愤、追问乃至祈祷，一时，他的大多数文章便热气腾腾，一如明慧朗健的他本人。

　　这份激情的始点是广西几十处名胜古迹，蓝怀昌居然可以每立一处，文笔就新开一花，情思的纵横就各有感人之处。

　　山川悠远，何草不黄？在山之阿、水之湄中，他追寻自然的声音，更追寻生活于每一处山水之中包括自己在内的人类的生存状态和人们所崇尚的精神素质。《鹅谢》的杨媪在清丽的靖西山水中，以自己的善良以及"对生命有一种执着的爱护"而成为了千年的传说，于是，"这里壮族布洛陀的后裔，便有一种文化积淀把他们的灵魂洗得很是洁净"，便有人生的善恶和自然留下的一块净地——鹅泉。这的确是善的德行、美的抒情了。可是"并不是每一颗善良的心，都能获得善良的回报，甚至下大善之种却收获大笋的苦果"，再说真正的善良也从不祈求回报。那么"人到底是什么东西"？作者从旅行中寻觅诗意，并在诗意的流泻中开始了对美的保留和追问。至此，我们感知到蓝怀昌已经走出一般游记的观光抒情了。其实，他的性灵深处立着峻气，他不仅直面现实，还直面自己，直面美。《鹅谢》就满是对自己对世事的审视。而他的《走过火海》在"过火海"的民俗观光中，却是对民族对人自身精神意志的热切追问。《远山·近山》则是在隆安龙虎山的葱茏与猴群的灵性中，反省自己的往昔，反省自己在某个特定年代的失重行为。那份自己寻找自己的解剖，并非痛心疾首的呼喊，但你仍能触摸到他的真性情，触摸到他的满心爱意的底处沉淀着一角忧郁——对卑琐人生的鄙视和否定，对自我瞬间的怯弱和庸常的愧疚和否定。这在《走过火海》中尤为显明。这需要灵醒，更需要真诚和勇气。这是一条无穷的自我完善之路。无疑，这份峻气使他的山水散文都着上了睿智的沉思的色彩，那豪迈之中的平静，是隽永的艺术魅力，是智者文化人格的一种体现，更是散文的境界所在。

　　蓝怀昌大多数的山水文章无疑都是统一于这样美的山水、美的诗情和一种贯串始终的个人思辨的声音中。他习惯从形而下的山水自然、世俗生活升华到形而上的哲思妙悟。正是这种精神追求所展示的真性情，透彻出了智者的人格和散文的境界。的确，散文要有自己的境界，必须要确立自己的个人立场，如此才有可能摆脱时代主流话语，说出自己的语词，才谈得上真正的自我，才有真正地呈现自己的人格力量的可能。而作者的人格力量对散文作品的意境是有重要影响的，人格力量决定着作品境界的大小、品位的高低。蓝怀昌正是努力于自己的话语，说出自己的心声，从而显示出自己的人格魅力。

　　与此同时，他大部分篇什的激情都落到对自己家乡对自己瑶民族神母的爱情上。神母是他的精神源头，故乡大瑶山更是他的家园——精神的家园。于是，近百篇的山水文章，就有近百处广西的名胜古迹，可每书一处，文笔的终点大多习惯于对家乡的记忆，及至童年、少年、青年的人、事、物之中，几笔、一行乃至半篇。那是作家走出大瑶山前的记忆。记忆生机勃勃，纯净朴实，至性至情。《棉花寨的铁匠爷们》当年给作家开蒙的居然是一部民族史，厚重而简朴，然而满纸观念出新，它既是一种对血脉的礼赞，更是对血脉兴旺、生生不息精神的礼赞，对民族乃至人类生存、发展和求知创造观念的礼赞！行文一反蓝怀昌惯常的豪迈激情，而平和从容，舒张有致，余味绵长。这里有重量有光辉，自然这是他散文中的上品。

　　蓝怀昌对家乡的人、事、物乃至神话传说的追索，并非一般意义上的思乡。他习惯于在感念他行至的异乡的山水人事之时，自然牵出故乡，他试图以这种方式阐释故乡人民生存状态与所崇尚的精神素质，并从中寻找自我，寻找家园。他要回家，真正意义上的回家。这种根的意识（家园意识）也许正是他对现实的反弹。他怀抱希望理想，"难得苍野一纯情"啊，只要人类赠予自然以真情，自然也必定与人类相谐相应，于是，"鹅谢"！这是希望，是家园，也是一个童话。可是热爱生活的蓝怀昌又有新的感叹："童话怎能面对今天的世故呢？""我们必须面对现实，创造自我，创造世界。"于是，童话和现实，这近乎两极的形式就这样冲突和融合于他的山之阿、水之湄中。这极富现代意味的思辨，便以他惯有的热烈、血性、诗情形成了蓝怀昌自己一定的美学规范和生命的内在需求了。我最终也感知到蓝怀昌苦心孤诣表现的是自己的文化心灵和文化人格了。

　　这种形而上的思辨在蓝怀昌的山水文章里，也许就是一种自然的声音。

152

风情人情两相宜

——读凌渡散文

　　散文难得的是境界。

　　凌渡出版了的《故乡的坡歌》和《南方的风》两本散文集，以及在《散文选刊》《散文》月刊、《民族文学》等报刊发表的散文力作中，就自有他的境界，那就是在具体的艺术过程中，凌渡始终执着于民族风情的韵致美和人性的温馨美的描绘和追求，在万千世事中，他愈来愈注重寻找民族生活与其历史的碰撞，并在这种碰撞里，真切地抒发作家自己崇高的人格色彩。于是，风光与人情相谐，历史与现实交织，就形成了凌渡散文气清意醇的境界，极大地增强了凌渡散文生活美的深度和艺术美的力度，也使凌渡成为广西散文创作中收获最丰的作家。

　　凌渡也许是属于平和多思型的人。他有着他那代人在几度沧桑后的平衡、练达，但这并未意味他缺乏真诚，反之，他拥有一颗质朴率真的爱心。看他的孝亲之情，怀乡之思；看他30余年的编辑生涯中，对散文作者的起步、进步的点点滴滴的关注、帮助——如今许多已有所成就的广西散文作家就无不感激于他那片殷殷爱心。再看他写各民族女子的诚挚、酣热，写民族风情的愉悦、婉丽，写边关英雄的豪迈与忧思……我们皆可一一感受到凌渡一颗赤子之心的真纯和温热。于是，有人评说"他充满抒情诗人的气质"（林非《充满色彩的篇章》）。这便是凌渡的自我世界，他的长处、他的局限便也在其中了。

　　最能显现他这一特点的是《故乡的坡歌》，这也是凌渡散文影响较大的集子。此集收入了作家32篇散文，其文字质朴，笔姿活泼，情溢于墨。笔触所及，或民族风习，或山光野色，或家乡纪事，或边关风云，或老区革命史，或广西建设的新变化……大多篇什不仅调子和谐，而且都染上了一层浓郁的抒情色彩和地方气息。你看《故乡的坡歌》中："歌声，品评声，赞叹声和欢笑声，令人心爽神迷，使我们仿佛走进春天的一片醉人的山林里：凋谢了的花树，又姹紫嫣红地开放了；久闭嗓子的鸟儿，又在绿林深处鸣啭了；悄无声响的小溪，又欢快地淙淙流动了……"那份如醉如痴的喜悦，是人们在新生的歌节中的由衷表现，其鲜活之力令人不觉欣然与共。"初交歌"声刚落，"姑娘们的脸'唰'地红了，哧哧笑着，不约而同摘下竹帽，'得'的一声撑开布伞，都躲进伞底下去了，霎时，只见布伞，不见了人，于是歌场上又扬起一浪又一浪愉快的笑声"。这富有情趣的有声有色的叙述，清畅雅健，而"一坡坡男女歌伴们用歌互相道别"时，"一时间，歌声恍如扯不断的游丝，袅袅娜娜飘荡在故乡的条条小道上"。其不绝如缕的歌声是作者黏附于故乡坡歌的情思。这三幅各具特色的风情画是作者将自己炽热的赤子之心、细腻的诗人之情，注入笔下，并从其中一言一行、一景一物的变化中传达出事物的韵致来。因此，读来鲜丽有趣，真切可亲。这种对生活对民族的爱情，一旦化为对母亲的系念时，便成了至情之文，《火龙》中，对母亲用"火龙"焖粽子的既充满地方民族特色、又极富生活情趣的往事的追忆，虽质朴无华，而字里行间流露着作者对母亲深沉真挚的爱恋和赞美之情，其亲思邈邈，催人泪下。翻开《故乡的坡歌》，无处不是作家对乡俗乡风乡情细致传神的描写，无处不渗透着作家思想、智慧与情愫，无处不点染出故土在变革的时代中人的新风采。那牵动万众人心的壮家歌圩；那自由抒发着心中的情爱和理想的侗乡芦笙盛会、斗牛盛会；那充满神秘色彩的苗岭拉鼓节的传说，"坐妹"的风俗习惯；那敬猎枪的瑶族及其婚嫁的火枪仪仗队，都一一着上了前进着的各民族的时代色彩。那种若隐若现的现实与历史相撞相融，使一幅幅民族风情画更加清新可感。

　　《故乡的坡歌》是凌渡献给广西各族人民尤其是壮族人民的颂歌，那一幅幅充满激情的民族风情画中，寄托着作家对故土的热爱。"尽管山里还贫穷，还落后，但它毕竟是母亲"，于是，"我只有爱，没有嫉恨，当然也没有冷峻的眼光。"（凌渡《走出山里——我的散文写作》）因此，此时作家追求的是各民族的风情美，他爱用诗情去拥抱人物风情，读来恬然愉悦，暖风扑人，很少沉重感。因而散文甜味多了些，而少了辣味。有的篇章只停留在渗透感情的景物刻画上，少了在景物中寄寓更深的思想，有的还不免落入了传统散文"物—情—理"的创作模式中。尽管如此，《故乡的坡歌》还是以其宜人的风情美与人情美而获得较高的赞誉。自然也为作家自己设置了圈套。

　　然而，凌渡毕竟是一个真诚而多思的人，毕竟是一个有为民族的希望和进步忧思的富有历史感和责任感的作家，他把"跳出习惯的思考，冲破因循，不断否定，不断选择，不断创造"，"敢于直面严峻的人生"，"袒露心灵"，"用新的一种文化精神，把民族的思考逐步导向深刻"，（凌渡《走出山里——我的散文写作》）作为自己努力追求与探索的目标。作家要走出《故乡的坡歌》，他在实践着。这是一种自省后的觉悟。于是便有了1988年出版的《南方的风》，以及近年发表于各种报刊的散文。这时的凌渡开始更深入地思考如何表现民族或地域性题材的问题。他还写风情人情，却偏重于直面人生，并于平常物、普通人中挖掘诗意；既追求民族风情的韵致美和人性的温馨美，也追求反思本民族的生存状态和文化状态的大家风范，这时他的散文还带有地域色彩，但已不仅仅以地域色彩取胜了。散文中也少了些早期的热情，多了几分冷静、几分忧思。作家的思想感情的抒发，也不那么直露而是约而有节了。此时凌渡的散文无论思想性还是艺术性都要比《故乡的坡歌》层次要高，更为成熟，其笔下的风情与人情的韵界更为清悠深远了。

　　你看《里湖，不是湖》，同是写对歌，《里湖，不是湖》已不再停留于原有的对情满意浓、熙攘鼎沸的歌圩场面的描绘和赞美，从已不再全是甜美（"有时带点压抑，带点忧伤哀怨"）的歌声中，从白裤瑶人对"写也"神的崇拜中，从那颗满是伤痕、瘤结的山漆树中，从那"把牛全部砍光也在所不惜"的"砍牛"葬礼中，我触到了作者那沉甸甸的忧思了。尽管作者笔下那一个个风情片段相当优美，且宛转并生，而这却是为了映照白裤瑶民族"甜酸苦辣"的厚重的生存状态和文化状态。作者要从这浓厚的民族文化（这完整的因袭的世俗风习，本身就是一种文化）中去寻找和反思这个民族的心态。于是，风情之美以史的鸟瞰相映衬，以人的反思为内容，由风情见心态，民俗的演进就成为民族心灵历程的缩影。作家自我加入式地谱写了这民族的心史，他的人格色彩便也在这民族的世态与历史的延续和撞击中显现了。在这里作者虽然还是写地域性题材，然而作者已不再自我束缚于其中了，而是自觉地把单个描写对象置于民族乃至人类精神文化中反思，以自己的思考表现出了一个独特的深厚的艺术世界。还值得一提的是，《里湖，不是湖》的语言风格——凌渡素来追求富有个性色彩和美的散文语言，他的文学语言大多是精致隽永的。也许是缘于作者的深思熟虑，此文的文思相当流畅，全文气韵醇厚，文笔明洁条畅，文字也干净省俭，绝无《故乡的坡歌》中不少篇章（如《我从月里来》等）诸多的闲文。作家在这里是优游从容，不着忙迫之态，实在为游记佳作，很见素养和艺术功力。难怪此文被选入广东旅游出版社的《中国游记年选》（1988年）。作者像这样有丰厚与凝重的内涵、有鲜丽灵动的艺术形式的散文力作，近年还有不少，如《红水河之歌》《草地》《听潮》《地角》《天圃》《石山坡上的小街》《雾·月》等等。

这时，凌渡的散文更富于诗情画意了。这种意境主要得助于他写景的文鲜字活。他常常敏感于一些鲜活的物象或景物，而又不仅仅止于景物或物象。作者追求的是物以外的"韵味"。物象或景物总是有限的，而"韵味"却可以使人进一步去体会和想象，作无限的延伸，如《草地》就留下许多空白，不作过分的写实，去让人们面对这片雨后的草地、面对那诗化了的姑娘，去领悟其中的神韵风采。我们知道，这洋溢着"生命的绿色"的"牧鸡女"，实在是作者美的寄托。这是一个相当有情趣的现象。凌渡散文富有诗情画意，而那一幅幅犹如中国写意画的图景中，又常常点染着一个或一群富有青春活力、纯真、美丽的女子，且仅仅是曲笔点染，"舍形悦影"（司空图）不求全面品评，结果却总能剪裁出一幅幅温馨充满活力和人情的图画。有时，作者不禁要"走进（出）这画面里"，自然，读者也会随之进入这风情人情相谐的境界中。再看《山上，有歌》那幅耕耘图，在这南疆边关是极平常的，然而在作者笔下却能飞出歌、飞出美，那份战争中的和平和温馨的人情，令人动情不已。还值一提的是，《南方的风》中那一组题为"社会和自然启示录"的千字散文。凌渡有一双善于寻找、善于发现的眼睛。他能于平常物、普通人中发掘出新意和情韵，以自己独特的艺术感觉来观照人生、时代、社会与自然万物，从中捕捉温馨的人性美，歌颂变革中的时代与变革时代的人。作者无论是对慈母的不忘、对童心的系念，还是对自然美色的留恋、对平凡生活的思考，都使我们看到改革开放中普通人新生活的风姿。如《石山坡上的小街》，作者便是以素朴的口语，叙说着算不上街的小街上浓浓的人物风情、浓浓的生活气息。小街上的人们虽然普普通通，却是"刚刚建筑完大化水电站"来建岩滩水电站的建设者。在他们身上我们不仅看到一幅时代气息很浓的生活风采画，还看到八十年代人的品格。这种志趣两见的散文还有不少。如《花前月下》《画眉市》《听潮》《扁桃树》等等，这类文章都写得玲珑剔透、诗情画意，很有人情味。

我们说过，凌渡是一个为民族的希望和进步忧思的富有历史感和责任感的作家。面对落后的故土、面对着飞速发展的新时代，他感到了自己的民族与时代的反差、自己的国家与世界科技进程的差距。他反思着，反思是清醒的标志。这位对民族有着一颗赤子之心的壮族作家把自己对历史的反思沉入心底，在良知、爱心和社会责任感的驱使下，早已过了不惑之年的他却走完了红水河！他要去考察民族的历史、现状，他要揭示民族的生存状态、文化精神及其远景希望，他要以表现社会的发展、民族的进步为己任。他真的不断地以自己的作品去展示了整个红水河流域的变迁，写出了一个民族如何改造河山。这既反映出我国水电建设的发展，也概括了一个民族伟大的历史进程。这时的凌渡的确不再是在《故乡的坡歌》中对红水河风情单纯赞美的凌渡了。你看《南乡的风·红水河印象记》系列，便是硕果。其中的深沉雄伟、激情澎湃，那种对民族崛起的抒写确实可以以刘白羽散文中对祖国对光明歌颂时的豪放、壮美、深厚相比拟了。此外，凌渡的《南乡的风·边境线上的纪事》系列，同样也体现出作家对国家和民族命运的关心。凌渡曾多次冒着危险到南疆边防前线采访，在作家群中，也许唯他走遍了广西边境所有的重点阵地、岗卡哨所，也唯有他写了那么多的散文完整地表现出中越战争前前后后的军民生活历程。这绝非一般作家所能。在崇高而又平凡的边关生活中感悟战争与和平的相依相融和对立统一，感悟边关军民的奉献之情及其喜怒哀乐。尤其《南方的风》中的边关英雄曲，它少了《故乡的坡歌》中那种重于英雄事迹的叙述和赞美，而是把笔触伸入边民和官兵的心灵深处，于几近单调的军人生活中写出多彩多姿，于紧张的危机四伏的边民生活中写出安宁与和谐，于近年边民相互间的往来引出种种沉思，其中不乏悲壮豪情，也不乏优美宁静。这一切的一切，作者是深沉、从容、真切地抒写极富感情又较为沉着，达到了艺术上的追求与社会责任感的统一。《百里边山行》《南陲随记——防城边境行脚》、《雾·月》等等便是那样凝重而活脱的。是的，凌渡是立足于广西，然而他的思考已经超越了广西。我们从他对改造红水河建设者的赞美中、对民族世态心态的反思中、对边关军民的歌颂中、对平凡生活和自然的人情味十足的感悟中，感受到了凌渡的世界是厚重博大而鲜活灵动的，无论其人其文。

的确，凌渡在不断否定自己中，已开始了新的收获、新的追求。

凌渡这 30 余年的编辑生涯中，对扶植青年作者、对广西散文发展作出了贡献。而他自己十几载的散文创作不仅给散文林中奉献出一批优美作品，而且还为广西散文创作提供了很好的经验：一是散文作家应该袒露心灵，抒写真情；一是不拘于地域性题材，既写出风情之美，更要写出人情之美，写出现实与历史交织的深厚。散文要有美的境界。凌渡的散文创作之所以硕果甚丰，我想主要是源于此吧？尽管有时他还不免摆脱不了"物—情—理"模式的束缚，对题材的开拓还欠开阔。但是，瑕不掩瑜。

有
我
之
境

与时代同行

——《国运——南方记事》札记

　　《国运——南方记事》这部纪实文学，全景式地追寻和描述了广东自清末民初以来遇到的发展机遇和挫折，及其成为中国改革开放前沿阵地的历史必然。以广东观照全国，以当代视域挖掘、描述和反思百年历史。在描述历史中，发现历史；在历史的重构中，反思历史；在艺术沉思中，让历史走向未来；尤其以纪实的笔触伸向历史深处，关注历史场景中人的命运，以及历史与心灵与时代的冲突和融合，始终伴生着时代进步的印迹。为此，浩浩荡荡的全景式描述不仅为读者提供了一部与时代同行的撼人心魄的长篇纪实文学，更为史学研究提供了颇具档案性的重要文本。

　　与时代同行的吕雷、赵洪嗅觉敏感，笔锋尖锐，他们张扬了合作《大江沉重》时的灼热、悲壮与沉实，尽其所能，追求真实性的深刻和主题的丰富。全书以大量的采访为依据，以重点人物为经，以社会重大事件和各种人物的生存状态为纬。我们难以想象作者是以怎样的创作心态、怎样的干预生活的责任感与使命感，吃大苦、熬心志，完成采访与案头准备的，查阅了多少历史文献，走访了多少城市和乡村，访谈了多少各个层面的人物，真正体现了"行走文学"的行动性，作者是行到了历史的深处，走到普通人所不能至，无论是挖掘私人记忆的自述，还是追寻历史人物、历史事件的现场和文档，我们都能触摸到作者所付出的艰辛和心血，触摸到书写者强烈的文学责任感，触摸到他们与时代结伴而行的坚实脚印。从清末民初那些不畏艰险勇于实践勇于创新的先驱人物，从邓小平三次南方谈话的划时代时刻，到"文革"后打开改革开放大门的习仲勋，到筚路蓝缕的任仲夷，再到世纪末林若的"造林"，到谢非狠抓科技教育开人文风气的"美在家庭活动"，修建美术馆、文学中心，力保《南方周末》，"生态移民"，等等，再到近30年广东发展大小事件甚至是市井轶事，再到"时间就是金钱，效率就是生命""星期六工程师""珠三角模式"等等时代标志，作者以雄阔而细致的笔触对这些人与事件交错的描述，使我们看到了广东人勇于开放、开拓、包容和敢为天下先的秉性，看到了广东工业化、城市化与生态绿化的同生共长、相生相应，看到广东从物质和精神，经济与人居与世界接轨、与时代同行的光荣与梦想，看到改革开放在"珠三角"肇始的历史必然，同时也看到当代中国的社会变革的必然，看到"改革开放是决定当代中国命运的关键抉择"的命题，颇具现实意义和历史深度。

九十年代以来，优秀的纪实文学作品早已超越"报告＋文学"转为侧重厚度与力度的表达，超越现象描述转为侧重深层背景的解剖，超越描述历史转为侧重发现与反思历史。《国运——南方记事》正是在对历史记忆叙述的可能性中，侧重挖掘更丰富的题材资源和深层背景，努力开拓广阔的人文空间，他们不止于占有史料，表现历史，同时发现历史。许多鲜为人知的史料，许多重要历史时刻的补白与表现，都极具档案性、现实意义和认识价值：如如何打开对外开放大门的最初过程，特区发展的最原初的物质资源和精神资源及其代价，尤其第一桶金的获取；叶剑英在广东土改的蒙冤受屈；对霍英东的历史还原，尤其抗美援朝时他在伶仃洋经典航线的贡献；邓小平三次南方谈话细枝末节的生动描述；1994 年中央的分税制，以及卢瑞华与朱镕基的算账；"厉有为风波"，以及如何从纷杂走向有序等等史料的新挖掘。而且为了真实地记录历史，给历史一个客观的评价，吕雷和赵洪没有忽视反对的声音，他们深入其中追寻历史事件并予以重构，客观表现其中的得失、前进的沉重代价以及今天面临的问题与挑战，无论是在改革开放初期还是后来决定中国改革开放命运的关键时刻都有不少反对改革开放的声音和潮流，激烈如关于罗湖的开发、特区发展与现行体制的冲突、开放与垄断行业部门的矛盾直指尖锋，等等。惊涛骇浪，河汉无垠却沧桑无语。这一份份对历史的发现与反思，浩然和透彻。无疑，这是我们国家和民族历史的组成部分。吕雷和赵洪不仅需要勤奋刻苦，需要智慧，更需要勇气和胆识，还需要思想和艺术的深度与力度。回望历史更面向未来，读者由此了解我们的时代、了解自己的国家、了解世界，从而更好地了解自己。

还值得一提的是，《国运——南方记事》在理性追求中注重感性色彩的挥洒，题材大、格局雄张、叙议兼长的"国家叙述"中，却充满文学感染力的细节描绘。如第三章谢非化装成农民，去侦察村民一村村串联海吃人民公社公共食堂大锅饭的细节；如"四清"时，毗邻香港的虎门公社竟敢冒天下之大不韪，敢为天下先，以集体名义"用稻草到香港换化肥"事件；一次次群体性逃港事件，等等。惊心动魄，精彩纷呈。同时，作为一部推崇群体英雄形象的纪实文学，其个体人物如谢非、袁庚、梁广大、女梁湘、厉有为乃至谷牧、邓小平的形象也生动鲜活。作者随着人物命运起伏和历史场景变换，以细节穿透人物心灵，以细节显现历史脉络，使我们对这段关系到每个中国人命运的历史的触摸，对人性复杂性的认识，更为立体更具质感。

尽管史料厚实而纷繁，作者因难以割舍，难以精心结构而使全书密度太大并稍显庞杂，有些章节叙述水准稍欠均衡，但追寻着作者前瞻性的敏锐目光，以及笔尖流淌着的激情与精神，不觉念起作者一再吟诵的"风起于青萍之末时总是无人知晓，等到大风起兮雷霆万钧之时，大千世界才蓦然回首"。今天，令我们蓦然回首的便是吕雷、赵洪，便是广东。在这个意义上，《国运——南方记事》是部好作品。

《羊城晚报》2009.3.7

写什么与怎么写同样重要

在写作越来越多元化的今天，自九十年代以来关于"怎么写比写什么更重要"的持续不断的争论，已以"怎么写"的"技术至上"占上风，并成了诗歌界的时尚，许多诗人陷于"技术至上"的误区，而忽略诗歌作为一种文学形式和作为诗人的精神担当，忽略我们究竟写什么的深度思考。追求诗艺是诗质高下的重要标志，但"技术至上"常常是以诗歌的叙事性、个人化、口语化来反抒情、反公共性和反意象化，进而走向极端、褊狭和简单化。于是，诗歌界从"文革"时代的"主题先行""题材决定论"，走向另一极端"怎么写比写什么更重要"，忽略主题与题材，成为这个时代诗歌的误区。

其实，如此极端化的文学现象，并不止于诗歌界，遍及近十年整个文学创作与批评。文学岂止是"怎样写"的问题，它也甚有关乎"写什么"。回望我们的文学传统，尤其中国的诗歌传统从《诗经》到屈原、杜甫、白居易，直到"五四"和"四五"，就一直绵延着强烈的现实品格、浓郁的政治情怀和深切的历史意识；即使放眼西方，我们不是也曾向往过像雪莱、拜伦、索尔仁尼琴那样去思想写作，在立心立人中，使自己的诗歌拥有真性情、真思想、真精神？这些经典作家在其时写下的为时代而歌的绝响，超越时代，超越民族，为世界留下不朽的诗篇与诗歌精神。只是近十余年，许多诗人忽视了这份传统，并以放弃这种精神担当为时尚。在这样的背景下，诗人梁平几年前提出的"诗人要重新找回社会责任的担当"，便显得颇具意义。他以自己数十年的创作实绩和主编《星星》诗刊的诗歌行动，来实践他的新现实主义的诗歌主张，并成为新世纪诗坛多元化写作中的一脉。

从梁平早期的《拒绝温柔》《梁平诗选》，尤其到了《巴与蜀：两个二重奏》《诗意什邡》《江津》，再到如今抒写中国 30 年改革进程洋洋3500 余行的《三十年河东》，梁平一直以诗人的视角解读自己足下的土地，解读生活、历史和城市，并以长卷式展示其宏大的历史眼光和社会关注。虽然在如何赋予历史事件以诗意上，有图解和颂歌模式之嫌，但其诗风激情飞扬，淋漓浩大，仍然诗意丰沛，动人动心。诗人努力融会我国长篇叙事诗（诸如《孔雀东南飞》）的现实主义的叙事传统，又张扬现代主义以时代情绪的抒情贯穿全诗，既显示了他"回归现实"的诗人情怀，以及对社会与自然忠诚的写作精神，又在一定程度上，显示了他对中国现代叙事诗诗艺追求的自觉，也显示了新现实主义诗歌精神担当的现代品格和时代情绪。

作为《星星》的主编，梁平更是把诗意融入日常工作和生活中，让诗歌变成行动，为中国诗歌多元化的写作现场提供了《星星》这样一个广阔高峰、充满艺术活力的诗歌平台。如近年与新浪网、南方都市报社联合举办"中国21世纪甲申诗歌风暴"，与《诗选刊》《诗歌月刊》合办"中国年度诗歌奖"，举办"中国首届罗江诗歌节"，并创建"诗歌博物馆"，2008年5月16日呼吁为汶川大地震死难者下半旗致哀的行动，尤其他身体力行从创作与理论上提出：中国诗歌需要再次"转体"，呼吁诗歌回到土地上来，重新找回对社会责任的担当，等等。无疑，如此实实在在的诗歌行动会真真切切打动爱诗的人们。

正如鲁迅先生所言"无穷的远方，无数的人们，都和我有关"，新现实主义诗人们关于"诗歌必须回归现实"的倡导，便显出现实意义和历史价值了。因为我们的诗歌传统和呼唤人文精神和现实关怀的今天，我们既需要超现实主义，也需要新现实主义。一个时代需要一个时代的表白，如果在注意了"写什么"的同时，又讲究"怎么写"，那么，这个时代的表白，才可能是新的富有意义的表白。可见，"写什么"与"怎么写"同样重要。

《文艺报》2009.4.23

个人性的岭南叙事

　　并不遥远的往事，不过上溯三四十年。钟广明以七个"古仔"（故事），讲述了"文革"中"老三届"一代人苦涩的少年时光、扭曲的青春史，作者对生命的痛感、对人性的质疑、对历史创痛的关注和对遗忘的拒绝，以及对岭南文化的张扬，为我们提供了一个可贵的个人性的"民间文本"。

　　《情殇》的个人性来自个体对一代人青春未竟的伤逝。"文革"兴起、废除高考、大串联、上山下乡直至改革开放恢复高考、回城、下岗等等，"老三届"一代人如此共有的岁月，在《情殇》的四个短篇、三个中篇中隐退为背景，作者给我们讲述的是麻雀被歼灭、仙鹤以充饥、少年受侮辱、爱情遭践踏、生命当草菅种种人性的幽暗残暴和命运的神秘莫测，作者试图以一个少年活生生的记忆，一个人经久不忘的强烈的生活经验，唤起每个"老三届"、每个乡镇少年独有的生活经验和精神疼痛，揭开一个时代的精神秘密。《梦魇》讲述了少年纯净而痛切的友情，"黑五类"少年阿桂阿棉兄弟在父母身亡后，不堪忍受迫害，在荔枝园自杀的惨烈。我们听过不少类似的少年悲怆，他们犹如一树的青果，在时代的凄风苦雨中忽然就落地了，毫无反抗能力，一任践踏。作者追忆他们夭折的生命，如何不伤逝？无奈，哀切，悲愤，却生死相照，这便是友谊和生活的质地了。写实感很强的《命运》讲述了"老三届"中，那些在疯狂时代中青春盲动的造反派的命运悲剧，浮躁凌厉与柔肠侠骨中，不仅映现了作者对生活的质疑，更多的还有对同代人的理解、对生活的同情心，那抹赋予生理"无根"的同代人以精神之"根"的温情，闪烁着理想主义的光辉。而同名中篇《情殇》叙述了主人公曾因揭发自己两位老师的性爱，致老师一死一伤的悲惨命运，而自己终身受困的故事。是的，冒犯过伤害过别人，要活下去，必须忏悔必须自我反省，这是人性之真；必须对历史去蔽，如此非人性的生活绝不可再现，钟广明的追问和反省不比我们深刻，却比我们痛切，不是亲身所感，又怎能如此真切触动我们的心？历史是一面镜子，钟广明直面"文革"这段历史，以一种不屈不挠的追寻和不泯不灭的记忆实录了"老三届"的"个人生命史"，正是这种历史叙述，映现了他在这段历史镜像上自己的身影、自己的思考，民族个体的反思正是为了民族走向人性的文明和进步。尽管钟广明的这种个人性叙述，有简单化痕迹，主题意识明显，却以提出那个时代个人的精神问题，而使当代中国文学对历史叙述多了一种可能性。殇者，未成年逝也。"老三届"有太多早逝的青春、早逝的爱情、早逝的生命，钟广明在此为自己未能自然成熟的青春伤逝，钟广明为一代人的生命创痛伤逝。

《情殇》的个人性还来自钟广明的岭南叙事。开卷的鬼故事仿佛"讲古"再现，把我们大大小小的读者引到榕树下，团团围住钟广明，吃着花果陈皮听他讲"古仔"，这是岭南民间最为家常最为动人的一幕。钟广明以浓郁的岭南风情，让我领略了别样的情怀。叙述语感的口语化、故事考究的起承转合和岭南风物乡土，既张扬了岭南"讲古"的文化元素，也使娓娓的叙事真实温暖。富于个性的岭南叙事，无疑使今天本土化写作多了一种艺术可能性。尽管，"讲古"这种娱乐方式和文化传统已经淡出岭南人的生活，但我却感受到作者以根性中的心灵、情感和语言，吸取着那逐渐远逝的文化传统，感受到他把岭南民间文化融入文学叙事的努力，感受到他身后的文化构成有民间传说、神仙鬼怪、年节习俗、拜神法事、岭南方言、熟语和歌谣等非正统文化的东西，它们活泼泼生长在作者个人奇特的想象和描述中，他那些惨烈的故事，就发生在一幅幅岭南社会鲜活的市井风情画卷中，令人酸楚。比如《猎鹤记》的芦苇塘和沙洲、《梦魇》的荔枝园、《鬼屋》的菜园、《命运》的鱼粉晒场等等，生长着浓郁的岭南风物，也演绎着艰难世事；还有骑楼、上漆的楼梯、如厕草木灰、桃木饼模、楼层间的吊板等等，都是特有的岭南生活特征；还有阿忠、阿桂、阿棉、明仔、杰仔、来狗、大番薯等岭南人特有的人名；方言、倒装句和岭南市井坊间的日常口语的大量使用。犹如岭南地域都有各自最土著的"西关"路一样，这些叙事令岭南人心领神会，并独具特色。它接通了岭南人的个人生活，接通了我们身后的土壤，接通了我们的根。根上自然生长的，当然能成为风物。

根性的乡土叙事

四川作家在乡土文学创作上所达到的卓越成就和表现出深厚的创作潜力，有目共睹。他们执着地书写着巴山蜀水，一直是中国百年文学的景观，这是四川最活跃最强劲的文脉。20世纪以来，四川乡土文学就为中国现代文学史贡献了一批很有影响力的作品，比如李劼人的川西平原"大河小说"、沙汀的川西北乡镇的世情小说、艾芜的边地风情小说等等，他们笔下独特的乡土文化，民风民俗、日常生活、思想观念等四川本乡本土的独特文化形态，成就了中国现代的乡土文学。五十年代后，又有高缨的《达吉和她的父亲》、克非的《春潮急》、化石的《潘家堡子》等，直到八十年代，四川作家都一直领乡土文学风气之先，涌现了《许茂和他的女儿们》等一批作品。九十年代以来，四川又活跃着一支以阿来、李一清、意西泽仁、傅恒、罗伟章、贺享雍等为代表的乡土小说创作队伍，尽管他们写作视野、文化期待、文学成就、艺术贡献上都逊色于沙汀、艾芜、李劼人们，但新一代的四川乡土写作者承续传统，开拓创新，其作品有着浓郁而鲜明的巴蜀地域文化特色，并已经得到广泛的认可和关注。

其中，作为乡村"八大员"出身并历经20年业余创作的贺享雍，他远没有阿来们的艺术成熟，他还有从基层成长起来的作家的通病，如因知识学养、艺术技巧等方面的先天不足，所带来的叙事简单化和叙述欠节制等，但他创作特别勤奋艰苦，少有旁骛且创作高产，笔下几乎都是他熟悉的乡土以及他的乡土悲情。继《苍凉后土》后的《怪圈》《遭遇尴尬》《土地神》系列都是以他个人乡土经验成就川东北乡土政治文化生活的浮世绘，它以简单的叙事策略兼以反讽表达了作者对当下中国乡村社会生活的某种理解、洞察和悲悯，颇具根性与探索性。他没有图解政策的叙述模式，而是活泼泼地描述他的村民乡土；而作为川东北乡土的书写者，贺享雍虔诚地在自己的文学创造中，表达着他对这个生养他的乡村世界的感知，其中最有质感的是他笔下的村官，它与传统乡土小说作品的两极对抗，如我们常见的是对农村暴富阶层肆虐、乡镇干部腐化的揭露和对绝大部分农民苦难生活的描写，揭示两种势力的对立和对抗。贺享雍化这种两极对抗为有质疑的认同。因而，此时的他不仅是"三农"问题的叙事者，更是草根世界存在与人心的探索者；他虔诚勤勉，面对新世纪社会转型期的嬗变，从自己村干出身的生活经验出发，体味乡亲与乡村干部日常缕缕的世俗烟火，生动地状写农民的一个个细微生活场景，那份深切的关注透露的是他对现世农民生存的焦虑：在乡村人治、乡绅政治与现代文明夹缝中挣扎的乡村干部，如何才可能避免"中国式生存"的内耗，如何才不陷入产生乡村腐败的怪圈？或者说如何才能健全农村法制和乡村监督机制？在此讨生活的乡亲如何才有真正富足的可能？又是谁在社会转型中成为我们这个农业大国广袤的乡村土地上最后的背影？

　　继《苍凉后土》后，贺享雍试图写出农村的真实状况，试图"直面惨淡的人生，正视淋漓的鲜血"，他继续写乡村的愚昧信仰、奇特风俗、闭塞心态，写村、乡一级的"末等官"，在《怪圈》《遭遇尴尬》《土地神》等系列乡土作品里，他着力探究的就是围绕在我们四周的那种令人迷恋也让人窒息的千年农耕文明留下的特别的怪圈式的氛围。他笔下所记述的仍旧是农村、农民，他也不同程度地塑造了一系列农民新形象，但是，读者从中感受到的却绝不会局限于农村、农民，他笔力最有质地的是乡村干部形象。

　　贺享雍没有陷入乡村政治的博弈，也没把笔力过多伸向支配乡村政治运转的秘而不宣的潜规则，而是把自己满腔的理解和深切的体恤倾注于这些当年与自己同命运的人们，他让人物群像在他们的生活情境中发自本性地喜怒哀乐，让人物自乐甚至自我放逐。《土地神》的村官牛二、《怪圈》的龙祥云都是从外面世界回乡的有作为的村干部，他们也承受过生活的不公却忠实执行上级指示，一心要为乡亲办事，也一心渴盼望政治的进步；他们勤勉活络又听天由命，忍辱负重又私欲丛生；干起事来有魄力，也有政绩，却为自己谋最大功利。他们虽是土生土长，有着克己奉公的高尚，也有着讲权威不讲法律的悲哀，他们在双重的人格冲突和矛盾中步步堕落以及滑向腐败。如此乡干部应该说遍布当下中国的乡村，贺享雍在此试图以反讽的笔致勾勒牛二这类的无赖村官形象，借以构成对乡村政治图景的反讽。可惜作者的犹豫与生涩，未能抵达反讽的力量，过多的道德诠释，消解了反讽的效果。如果说，这是中国式典型的变坏的乡村干部，那么贺享雍的独特是进一步向读者描述蚕食村干部原本优秀品质的土壤和深层原因，即"当一个干部变坏了的时候，一味说这个干部放松了世界观改造是不够的，老百姓自己也要负很大责任"。如乡民们的"清官"意识和宗族观念以及盲目崇拜、失去自主、缺少批评的精神，放弃监督权力反而任龙祥云"约法三章"等等。也许，这里有贺享雍曾长期作为基层干部的经历，而使他的乡村叙事既生动结实又充满同情、善意与认同，缺少了拉开认知距离后的审视目光。但作者还是在一定程度上揭示和质疑了当代中国最基层政治的生态环境，令我们触摸到艰难行进在乡土中最普通的乡村干部们的甘苦和劣根，从而直面生存在他们的背景中那些更普通的农民的困难和卑微。

是的，贺享雍要走出对乡村简单的摹写，还需要对四川本乡本土的独特文化形态的理解与描述，还需要更多的学习，使自己在理性上具有长篇小说的文体自觉，好的长篇小说与粗简急切无缘，也许这样他能真正成就自己的乡土四川文学。这并不是贺享雍的问题，而是当下新乡土叙述中普遍面临的问题。当然贺享雍叙事虽简单化，但也算是一个渗透着自己的现实经验与思考的尖锐而朴素的叙事者。他的叙事中，一股生活浊流与情感热流伴着泥土的芬芳融浑一气地扑面而来，尤其那份对乡土荒原化和野生化的深切忧虑，对正在堕落以及滑向腐败的乡村人事的审视和焦虑，使他在一定程度上成就了自己颇艰巨却是根性的叙述，这种根性的写作使我们感知到他的血液流动，感知到他的心脉，感知到贺享雍正生长在他的小说里。为此，贺享雍以自己的根性叙述丰富了四川乡土文学这一文脉。

历史的现实与飞翔的大地

——关于廖德全的历史散文

飞翔，人类的梦想。在文艺作品里，欧洲人的飞翔是长在与鸟相同部位的一对翅膀，美国人却须穿上那件红色披风或蜘蛛服。而我们中国人轻轻地脚着一片云彩，如履大地却天马行空，这是何等的飘逸、浪漫与雄奇。读廖德全的历史散文，就给我这种天马行空的飞翔感。除了双眼明亮外，廖德全其貌不扬，一部《廖德全文集》前后水平也不整齐，但他状写历史却心雄万夫，现实与历史同行，世道与人心互问，上天入地而笔锋犀利，有一种在河汉无垠、沧桑无语的历史中神游的飞翔感。

这是自由自在、随心所欲，"乘物以游心"的散文境界。

这境界就立于他对苏轼、刘邦、张飞、曹操乃至珍珠城、客家人等人事的人性化阅读，立于他对历史疑难的不懈追问，立于他对历史悲剧的现实反思。他在阅读、追问与反思中，把笔直指世道人心，仿佛历史就是现在，就是生命的当前境遇。我们由此理解到他的志士低回与壮士起舞，感受到他的热忱和坚执。在历史散文大行其道的当今，我们看到太多对历史典籍的复述或随意戏说，太多关于王朝更迭、权力争斗，太多关于知识分子的忠诚、气节、人格与反抗等等的叙述描写。廖德全一反流行的宏大叙述，他以一个地方官员（或许称"儒生"更确切）的非常经历练就的锐利目光和生命体验，把历史与传统引向现代，引向人性深处，以现代意识进行文化与人性的双重观照，从中获取个性化的感悟，并以平等姿态与历史对话，从而实现与历史人物的对话、与读者的对话。以史为鉴，如砥如砺，自由自在。

一直以来，我以为苏轼是历史上唯一穷尽生命与中国文化可能性的伟人，我曾眉州黄州杭州惠州儋州一路寻访他的仙踪，热忱与悲凉常常两相碰撞，击得我泪流满面，无言以对。因此，我是带着挑剔的眼光看廖德全笔下的东坡的。我读了不止两次，还是被他感动了。这个他，既是东坡居士也是德全先生。因为呈现我眼前的是"苦雨终风""解晴"后量移合浦的东坡，这"不系之舟""心似已灰之木"，却放眼大海，书《万里瞻天》。这是人类巅峰人物的寻常体验呵，廖德全飞翔着他的想象力，以细节激情演绎着苏轼这沛然豪气和精神伟力，于凄凉处现勃勃生机，笔尖直刺漫长历史里的小人政治和鸡零狗碎，追问苏轼的奇冤大屈谁之过。这种直指世道人心和社会弊端的追问，在《得意高祖唱大风》中，廖德全智勇双修，他追问得天下后高呼"猛士安在？"的刘邦，是你杀尽"猛士"，猛士安在？追问《曹操之"忧"》"为何之忧？忧什么？会忧什么？能忧什么？"追问《张飞之死》为何而死？《客从何来》的客家人是谁之客？《远逝的珍珠城》因精神太监而"廉名何在？"追问是对历史的补充，考证自己的发现，因为考古是为了问今。我感受到作者那份深长的忧思和生命的冲动，感受到作者对历史和生活真相的探询、对现世的关怀以及人性的警觉。这份追问历史和现实的浩然和透彻，对于一个官员需要智慧，更需要勇气。我想，处于权力中心永远在刀尖上跳舞，扮演老生小生花旦诸般角色，诚如钱穆先生所云之"不器"者，行走在纷扰喧嚣的现实白天与悠远历史对话的安静夜晚之间，他的心灵旅程要比一般人长得多、丰富得多，为此，他笔端的怫郁不平和闻鸡起舞才可以抵消嘈杂惊险，获得安静宁和以缓解内心的一抹迷茫。

这种迷茫除了与处境语境心境相关外，还有一点与散文作者相关，即如何面对浩瀚如海的历史典籍，把历史收在笔下，把读自然、读诗书、读历史融会，又不受历史所累，从而葆有自己的人性的阅读，获得自己的发现和阐析，发出自己的声音，使思想的张力延伸到文本之外。有论者指出"历史的力量，对于散文作者来说，恰恰是以非历史的方式达到的；它不为了寻求历史的正解，而是为了接通历史中秘密的心灵通道"。作为客家人族属的个体，作者早已上千次追问《客从何来》？他上下求索，挖掘沉潜于民间的历史传奇和历史背影，努力去接通历史中秘密的心灵通道，寻客家人的根，找客家人的魂，问自我的家园，他以满心的热忱为一路逃亡一路创造一路辉煌一路歌唱也一路悲凉的客家人低回讴歌。他不仅寻根：客从何来？更是追问：谁之客？这是坚执的、悲壮而富于尊严的声音。可惜在无所解答的无奈中，过于钟情自己族属的作者陷入世俗，在第七章不仅大列客家英才，而且为失去原乡"却拥有了整个世界"而骄傲，这多少是对寻根的反动，也是对已接通的秘密通道的阻塞，坚执如一会更具文心风骨也更有力量。但文章步步解疑而视角独特，空间阔大而时间邈远，尤其有血有肉有感情有脾气，气势雄张，仍不失为一篇感人动心的佳作。而最具文势的还推《曹操之"忧"》，还推其中与曹氏与酒文化相伴而行的酣畅淋漓、深度宽度与胸襟飞扬，廖德全在此是过足了酒瘾文瘾了，他把汉语的文势诗性挥洒到一个令人神驰的自在境界了，大约此文是喝好时分的创造吧。

除了格局雄张的历史散文，廖德全还有另外一种文字，这便是作者对现实生活所生发的感触。这些文字大多短小灵动，素朴真切，会心的细节会心的情感，闪烁着智性的光泽和情趣的温暖，尤其杂文。其文字刀锋不改，意蕴深微、文笔犀利，虽然有些篇章或时文，缺失深掘或被时所困，造成水平不一的遗憾，但《廖德全文集》无疑显示了作者飞扬的才情和现代品格。

是的，没有翅膀的廖德全在飞翔，那是在他的理想王国里。大地上，他挥一挥衣袖，只带走一片美丽的云彩。

第二辑

公元 1999

——怀念张钧

1999 年 8 月，接到《文艺争鸣》郭铁成主编从长春打来的电话，一是想知道我去长春开会的航班号，二是想让我婉言劝阻东北师范大学的副教授、青年批评家张钧与会，而且说这是他们会议主办者，尤其是张钧的导师戚廷贵先生对我的委托。因为张钧的身体已经吃不消了，他的肺癌随时都有可能让他倒下。医生说，他能活到今天，已是奇迹。大家都希望奇迹更奇，都希望他能多活些日子，再多活些日子，周围的人都瞒着他。而浑然不知的张钧，这些天他一直要求与会，一直在打听我抵达长春的具体时间，说要去接我，全然不理会大家的劝阻。轻轻搁下电话，我慌乱不已……

张钧是 1999 年 4 月发现患肺癌的。无奈中，他放下手中的课题：中国当代小说创作中的个人化写作。他为这个研究，阅读了 600 多篇（部）作品及大量理论文章，作了几十万字的访谈提纲，并做了令中国文坛瞩目的访谈——走遍大江南北，专访了 28 位新生代代表作家，并整理完成了近 50 万字的访谈录和 20 万字的论文，历时三年，直至积劳病发。他还计划出三部书稿：一是他与新生代作家的对话录，二是他编的新生代作家的小说理论集，三是他自己写的研究论著。此外，他还有一批诗歌小说与理论文章以及一部长篇小说。他无奈地搁下他的艰苦治学，到了北京动手术，回来后，他兴奋异常地告诉我们，北京的医生说不是肺癌，长春的医生是误诊。然而，顽强的张钧怎能知道，北京医生打开他的腹腔后发现，医学早无回天之术，他还活着已是奇迹。医生们唯一能做的便是再缝合腹腔，告诉他"没事了"，希望奇迹延续。而当时唯一知道实情的是他的爱妻王村径女士。这是何等凄美的欺骗！

慌乱中，我给北京的敬泽兄打电话，他听了我语无伦次的叙说也傻了：是我们一拨文友为他联系的医院，说排除癌症之后，我们和他还到饭店庆祝了一番呢。怎么会是这样呢？

是的，谁又会料到一个如此执着于理想追求、一个受尽了生活磨难的顽强生命还得面对死神的挑战？我竭力止住自己的颤抖，给张钧去了个电话，告诉他我去到长春还有点私事，请他千万不用去机场接我，我会去看他的。因为，前一天他来过电话，知道我的具体行程，也知道他的刘继明访谈我已签发。

第二天晚上，张钧来了，他无论如何都不让我去看他，说很近，他要走走。我不放心又问他妻子，王村径说他行。在东北师范大学宾馆我第一次见到他：高高的个子，很瘦，一身疲惫，却乐观。我实在没有勇气正视他，生怕管不住自己的泪水，我一再找各种理由让他第二天别来会场。他并不搭理我的话题，只是说着自己的写作计划，还要给我们杂志稿子；说着1998年他多年后回故乡广西的情形，说见了东西和鬼子，可惜那时我去了欧洲没见着；说着他30岁以前的坎坷，尤其年幼时在柳州全家成了反革命，十几岁便开始流亡东北；说着这次会议要来的同行。他很平静，但每个话题都是三言两语，因为我总是轻轻打断他，生怕他累了，生怕他伤感。最后，他终于同意不来开会了。虽然他低着头说，我还是感到他的无奈和失落，我无言以对。早早地我送他回去了，生怕他轻飘飘的身子倒下，生怕自己会忍不住说：如果你很想来开会，就来吧。

虽然完成了大家的重托，可是，直觉告诉我应该让张钧来，因为他很想来，因为有这么多他认识的师长、同行朋友，更因为文学是他的生命。然而，大家都认为他不来是对的。可是，他低着头说"那就不去吧"的情形一直让我不安。这种不安直至年底。

1999年年底，世界众声喧哗，人们或在讨论是否是世纪末年，或是谋划如何过个百年元年，尤其商家更以此为商机以多闹腾些银两。张钧的故乡广西也乘时召开"文代会"，文人们欢聚之时更免不了争位排名，而这一切与一生飘零、早已失去故乡的广西籍文人张钧无关了，因为在遥远的东北，张钧耗尽了生命，静静地离去，时为公元1999年12月22日。

张钧的文学生涯起点是诗歌，后来多为文学评论，而他一生流浪不断一生理想不断，显示了他诗人的天性。我突然明白里尔克为什么会说诗人都是些没有故乡的人了。便想，张钧早已把他朴素而艰苦的文学追求播种到中国的大江南北了，何处不故乡？

　　一年后，陈思和先生把张钧生前托付手稿又在几个出版社间辗转未果的事告诉我，我又把张钧的故事告诉了广西师大出版社的社长肖启明、总编何林夏，感叹之余，他们同意把张钧的新生代作家访谈录纳入我在该社主编的《南方批评书系》中出版。终于，故乡的上空为张钧飘浮了几朵美丽的云彩，他一定能看到。

　　毕竟，张钧为新世纪的中国文坛留下了一种永远的文学精神。出版他的访谈，是为了他这份二十世纪九十年代文学批评的生命追求与艺术良知，是为了一切像他那样的真正的文学殉道者，是为了一切关爱文学的读者，还为了我难以忘怀的 1999 年他不能与会的失落。

《羊城晚报》2002.7.11

有
我
之
境

一棵精神之树

世界本没有相同的树木，却有相似的树。

2004年夏，弥留之际的文学评论家程文超先生，要把《欲望的重新叙述——20世纪中国文学叙事与文艺精神》这部他最后日子里与学生一起完成的书稿托付给我，"希望成为《南方批评书系》之一"。他以生命探寻一种融叙事学分析与诗学体验于一体的有效路径，直接清理欲望叙述与当下文化的难题。2004年秋，49岁的文超离去了，这部遗著也成为一种生命的见证，见证他的学术精神，见证他的师者精神，见证中国文学评论家的精神。

也许是一种巧合。我主编的《南方批评书系》第一辑始于另一位同是评论家的文学殉道者——东北师范大学青年学者张钧及其《小说的立场——新生代作家访谈录》。20世纪末，张钧为了完成本书，作了令中国文坛瞩目的访谈——走遍大江南北，走访了28位著名的新生代作家，历时三年，直至积劳癌症病发，于1999年12月22日不幸逝世，年仅41岁。而这本具有当代文学学术性和档案性的访谈录在出版未果后，陈思和教授托付给我，并由广西师范大学出版社在张钧逝世两周年时出版了。《羊城晚报》以"一个人，一本书，一种精神"为通栏标题，倾诉了一组文学同人的纪念。各大媒体也说：张钧为21世纪中国文坛留下了一种永远的文学精神，他是一棵精神之树。

其实并非巧合。2001年年底，程文超与中国文坛30余位实力派评论家到北海赴《南方文坛》之约。大家说到即将面世的张钧遗著，正处于病情有所稳定的文超望着无极的蓝天碧水对我笑呵呵："我不会这么快麻烦你的！"想到那几年，他几次的瞬间犹疑和苦痛，他在电话里说：他想不治了。于是，有了2000年年底我在广东肇庆开会要赶去他家的探望，陈思和兄、陈晓明兄说也要同行；有了四人轻拥，无语凝噎的一刻。那一刻，文超是那样真实，那样勇敢，面对朋友一切敞开地勇敢。

因为只一会儿，他的爱妻回来了，文超又换上一副淡定朗健的笑脸，他能给久荷折磨的家人的只有笑容了。一时，我竟无法面对坚忍的形销骨立的文超的笑脸。我知道这副超人的笑脸是因为有一种精神长在文超的心灵深处，使他得以超越十二年四次治癌大手术、大剂量化疗的超人历程，以对文学执实的虔敬和生命的每一分抗争为文为师为人。他与张钧一样都是真正的文学殉道者。

一棵树生长十二年会有多粗壮？一个人十二年如一日与癌症抗争，却同样斯文有传，学者有师，以百余篇论文、八部学术专著为干，以无数亲友的情缘为叶，以33位他带出的硕士、博士为果，程文超用生命植下了一棵精神之树。与张钧一样，树上都生长着一种文学和人类赖以生存的精神。

精神之树长绿。

《作品》2006 年第 10 期，
《追忆文超》花城出版社 2005 年 10 月版

以画面穿透情感

——关于《鸢尾花图文书丛》

  《鸢尾花图文书丛》是一眼眼心泉，专注的读者将在这里追寻到源源不竭的关于美的润泽和启迪，这绝不止于美术，不止于文学，而是整个美学的乃至人文精神上的润泽和启迪。

  《鸢尾花》是凡·高的作品，虽然它远不如《向日葵》著名。然而，触摸着凡·高为艺术的生命，凝视着他《向日葵》般疯狂的作品，我更心仪于几乎算是凡·高另类作品的《鸢尾花》。你看，画面中单子叶上生长着的蓝色兰花，有着凡·高作品中少见的素淡优雅，优雅中还生长着忧郁、生长着伤感。我不知道凡·高是在阿尔哪片雨林的透光处发现这丛鸢尾花，并刺痛他的心灵深处的。兴许，这才是凡·高艺术的内核？犹如他那幅令人疼痛的《凡·高在阿尔的卧室》，那张阿尔的永远安放着两只枕头的床，它同样昭示着凡·高永远未能实现的渴望，高更已经远离凡·高、远离阿尔，阿尔记录了凡·高的精神所在，同时也留下他永远无法抚平的忧伤。令人疼痛的阿尔的床，令人伤感的《鸢尾花》。人们总说是阿尔灿烂的阳光成就了凡·高的疯狂，其实人们忽略了凡·高的忧郁，这忧郁要了凡·高的生命，再说悲剧从来都更逼近美的本质。这才是凡·高的阿尔？阿尔的凡·高？

  从这里出发，我感受到来自美术来自文学来自艺术更来自生命的共同的精神通道，我一直想实现这种精神穿越，正好我的朋友、美术出版家苏旅希望我给他写一个美文美画的读本。我被迷住了，便有了一种渴望和感受。然而，我知道我无力完成，我对美术知之有限；但是，我可以去寻找它，然后间接完成它。这种感觉像大鸟飞翔般抓住了我的视线，我意识到这份写作必须是一次自由的飞翔，不受画种画面画理的限制，作者可以任意选取一幅（座）对自己有过影响的绘画、雕塑（含建筑）、摄影作品为题，展开想象的双翅，纵情飞翔，美画美文，以画启文，以文生境。可以纵深论画，也可以以画生发、旁征博引、抒新叙旧，以画面穿透情感，文采所至旨在探寻人类至纯至美之境。几滴水也可以发展成大瀑布。于是，我在著名作家中寻找到多才多艺多情多思的刘索拉、铁凝、赵丽宏。

铁凝是一个何等聪明的冰雪女性，她的《遥远的完美》本身就是一个完美的美文美画的读本，她对艺术的形象意象态象的顿悟，她对画家画史画理的透彻，她文字的灵动睿智，文风的从容沉毅，除却她的天资，什么是家学，这便是了。而作为作家、音乐家的刘索拉则给我们奉献了丰美的现在进行时的《语·音·画》，索拉以极大的热情呕心沥血地采写着她的艺术家朋友，这是一个从画面到文字都令人舒展飞翔的美的读本，文字里流动着文化精神的自由自在，独立的、个性的、自由的魂灵四处飞扬，这是一种真正的放松，这种放松是中国知识女性罕见的精神状态，难能可贵，读之犹有阮籍"响逸而调远"之感，令人着迷。赵丽宏先生的《翔舞在灵魂的星空》则是给了读者一个儒雅的书斋里的读本，优雅精致的文字，敏察慎思的文风，如墨香阵阵袭来。尽管三人风格各异，但它们都是可以养眼养心的好书。我心悦诚服于他们那层出不穷的美的发现和表现，感动于他们通过画面和自己的故事穿透的那份深切的人道主义情感，以及他们文字共同的真挚透彻和骨子里的浪漫主义，他们不同程度地表现出对人文精神追求的自觉，那是知识分子的根。

有了这些羽翅，这难道不是一次艺术的飞翔吗？难道不是一次纯美的飞翔吗？在商业时代，这近乎天籁。

有
我
之
境

178

第三辑

女性写作：冲突与和解

在评审首届萧红文学奖时偶遇叶弥的小说，欢喜中便找读她的系列作品，我发现她的小说有别样的气质和高妙的品质，实在高出不少当红女作家，尤其她的短篇小说。她擅长书写游走在日常伦理边界，有着一根筋决绝性格的普通人，书写他们与现实的尖锐冲突并见证人性的复杂。这些坚硬如水的人物背后，是一种时代无法克服的社会性伤痛。叙述沉静款款，故事内核尖锐，小说气质却俊逸独特。于是，我便在多次会议呼吁"叶弥是位被低估了的作家"，"读叶弥，有背对月光，却光影清凉，一地忧伤之感，并难以释怀"。近日读到她的《亲人》，认为其是她《成长如蜕》后又一出色之作。

如果说《成长如蜕》以父与子为视角；《亲人》（《作家》2013.1）说的则是母与女的故事。私生女何湘在 16 岁时，实在忍受不了母亲强迫她每天到亲生父亲家吃晚饭的屈辱，终于在她父亲一家也无法忍受如此尴尬而蒸发后的大年夜，一声不吭地离家出走了，并与母亲失联 8 年。一天，在街上偶遇人们围观一位坐地哭喊妈妈的女孩，触景生情："何湘到了家，把车子停到车库，熄火，关门，背了包进门。脱鞋时一低头，脸上掉下一滴水珠，沉甸甸的，里面像是包含着什么惊人的元素。一摸，竟是一手的眼泪。何湘想，哦，我是有妈妈的，只是八年不曾相见了。"于是，何湘走向寻母之旅。寻亲之前及过程，矛盾百出，内里紧张，作者沉静款款地展示了何湘无爱的伤疤，一种拒绝亲情、爱情与友情的冷漠孤独的人生；旅程之后，尤其与小二的偶然一夜情，以及寺院老尼的出现，矛盾平息，伤疤愈合，何湘坚硬冰冷的内心一步步回暖，温暖到心底最柔软之处，此时她也找回了爱的能力。"可不是，世界就是一张纸，轻轻一捅就破了。在破裂的地方她看到了真相，这真相就是爱。"而人人都有可能寻找到亲人，因为"爱，就是找一个亲人，性，也是为了找一个亲人"。在别人的眼光里，何湘找到与出家了的母亲兰坚和解的钥匙，自然也找到了直面这个世界的方式，同时也找回了自我。老尼说："兰坚和我说过的，你就是为了在老陈家里吃了六年晚饭，才记恨她。你不想想，老陈一家子，让你吃了六年晚饭啊，你是多大的福气啊？"她忽然惊诧，竟可以这么想的？原来小二的思维与这女人是一样的，世上确有两种截然不同的思维，一种思维不断地得到，一种思维不停地失去。"我一直以为伤害我最深的是我妈，因为她，我体会不到爱。"

八个月后，她被推入产房，什么都好，护士对她柔声曼语，医生对她抚慰有加，同病房的产妇们给她送了鲜花，她的同事们在产房门外等待她，他们都像她的亲人一样。而她呢，这个单身母亲的嘴角和眼睛里堆满笑容。医生刚才问她，孩子出来以后，她要说的第一句话是：谢谢孩子呗，谢谢孩子来投胎。

一如长篇小说《成长如蜕》的"弟弟"顺应了时代，顺应了世俗生活，结束流浪，脱壳重生般回到了父亲希望他走的人生道路，回到了"正常的"生活轨道。何湘也换了一种角度，人生便有了亲人和爱心。作为读者的我们也与作者叶弥、主人公何湘一道，在历经悲凉之后，抚摸各自的疼痛，也去寻找各自的亲人，完成了一次自我救赎。故事简约，内在的节奏感却很强，渐次深入并拓展张力，既凸显其丰富的内核，发人深省，充满宿命感，又内蕴着决绝尖锐的悲凉和慈悲。

而叶弥另一短篇《香炉山》(《收获》2010 年 2 期) 也堪称精品，女主人公夜游香炉山，本来是"一个享受愉悦的机会"，却因不久前一桩凶杀案而令她心里充满了对未知旅途的戒备和慌乱，让她不能静下心来欣赏过往的村落。心灵的旅程使她的内心世界不断产生裂变，信任的缺失让她在山脚下迷路，哪怕千辛万苦如愿登上了香炉山，也看不到神灯。苏给她的一路一夜的信任，她与何湘一样心灵回暖，重新找回无所畏惧的自我。这个探寻女性幽微心理的小说，与《亲人》一样都是关乎女性心理和自我救赎的寓言故事。当然，叶弥的叙述是上乘的，她总是把自己安置在静处远处低处。目光细致，文字才沉静。静静的温温的却充满轻盈、灵性和诗意，如飞舞的彩练。感觉如丝如绒，细微如绒毛般有质感；却又丝丝抽出，拉长，舞动着飘向远处，简洁又意味绵长；尤其她深谙文学的虚实之道，一如《亲人》结尾车祸时的灵魂出窍，似虚似实，人物对话的双关意蕴，有计白当黑之功用，简约却内核扩大，偶然故事的背后，常常是发人深省的必然。这神来之笔既揭示了故事，令人震动，还使小说因另有细节而富有意义。

表现笔下女性个体与外部社会环境的强烈对峙，并在左冲右突后，逐渐与这个社会的和解互动，有了直面生存实际的勇气与生活态度，成为当下女性写作中不可忽视的文学现象。尽管叶弥的文学写作更为深广，也不独以女性的个体性经验写作为特点，但《亲人》《香炉山》在某种意义上却揭示了当下女性文学这种文学现象的内在根源，女性的自闭并非仅仅是个体的，也是集体无意识的，更是时代的精神征候。无论男女，换一种角度，便可以找到另一种人生和人性光辉，从而直面人生，或回归生活本身。1990年代以来的女性文学在文学上突显女性的性别，以一种女性的独特的个体性经验解构着男权社会，如今历经世事的她们也一如叶弥般解构着过往狭窄自闭的个体性经验，走出个人世界，改变消极的避世态度，并与笔下女性经过命运百转千回而回归正常人生，并实现了治愈性的心灵疗伤与自我拯救。

于是，当下女性写作已经走出一个人的战争了，因为"一个人的战争意味着一个巴掌自己拍自己，一面墙自己挡自己，一朵花自己毁灭自己。一个人的战争意味着一个女人自己嫁给自己"。女巫林白们已经双脚着地，走进人间。这份与生活的互动与和解，不是败退的妥协，而是更高层面上的直面人生。

林白与海男，都是颇具艺术天性并特立独行的女作家，她们的女性精神困境和苦难的小说系列，持续地提供着对于女性历史与个人的经验思考，作为中国当代女性文学个人化写作的代表，她们的作品不仅具有先锋意义，而且为读者提供持续而长久的对女性文学的阐析。近年，她们笔下的女性在一个人左冲右突的战争中，开始与生活的周遭有了不同程度的和解互动，感伤、自闭与伤痛的身心，走上了有阳光暖意的治愈性的心灵疗伤与自我拯救之路。林白从《一个人的战争》《玻璃虫》《万物花开》到《妇女闲聊录》《致一九七五》再到《北去来辞》，终于出现了史道良这样一位传统而俊朗的男主人公，一个不同她以往笔下那些漂亮俊友的猥琐、无责任心的男性形象，一个催生女主人公海红精神成长成熟的智慧型的男性人物形象。海红为了寻找生活的意义而走出个人时空，在她厘清自身与史道良的相依关系后，也看清了自己的梦想与疑难、可能与局限，回归了生活，也找到了精神故乡，或说是精神回归后的自我救赎。于是，聪慧的林白便有了中年以后明亮温暖的平凡生活，作品也多了幽微的人性裂变和丰富的生活细节，重返日常与自我救赎使林白的创作变得内蕴饱满、深长弥坚。《北去来辞》也一扫林白曾经不食人间烟火的"伤感、矫情、自恋与轻逸的自己"，从容地走进生活，融汇了以往所有个人与创作的经验，与笔下人物表现出她最大限度的和解互动、同情之理解。

而"高原玫瑰"海男，在她的短篇小说新作《背叛》(《滇池》2013.6）中也表达了与《北去来辞》一样的对男性之"同情的理解"。这个故事也有着寓言色彩，不仅在于深掘了女性婚恋中常见的自我陶醉、遭遇背叛、逃离与报复的女性挣扎，更在于挣扎过程中对男女各自潜伏的"异化"、暗流的人性幽微的发现、理解与反思。刚接受男友订婚戒指的女主人公，却发现男友在与另外女子约会；在自我疗伤的温泉，偶遇每年皆来温泉"寻求孤独"的另一男子，跟踪而来的男子的女友揭开生活的真相，并及时阻断即将的艳遇和暧昧。女主人公豁然开朗："我明白男人为何要背叛女人了：因为男人渴望孤独时，女人走了上来。"海男已经不止于对男性的拷问，更多是对两性各自的人性幽微、裂变的瞬间精确的描述，并充满女性悲情和自省，显示小说宽度的同时，也因她的笔触探寻到人性更隐秘的深处，并透过现象直抵了世界与人性的本质，揭示了人性的深度。这种冲突后的和解互动，不是与世俗的妥协，而是一种对人性更透彻的表现与批判。完成了治愈性的心灵疗伤与自我救赎后，女主人公又可以从容回归到日常生活了。

其实，不能面对生存实际的女性，她的灵魂世界也难以圆满，自我救赎更是妄谈。很多女作家，永远不能处理"后半生"如：萧红、张爱玲、伍尔夫等。

文学天才萧红的文字和感情生活也是一个反差的存在，她短暂的一生颠沛流离，不时遭遇食不果腹的彻骨荒凉，而她的文学世界却满心温暖，她对文学的执着追求、纯粹的文学精神与孤绝的文学品质，无遗为我们留下一笔文学财富。

她的人生是矛盾与分裂的。一如她的名字"萧"与"红"，灿烂与凋零相生相应。她终生渴望爱与自由，也终生在男权文化中受难与自我放逐。即使在最落魄时，她热烈的心也总是扑向不那么适宜她的爱，甚至在新爱中生旧爱的孩子，命运奇崛，爱与自由总是在她抵达时，又无情地远去。她说:"我一生最大的痛苦和不幸,都是因为我是一个女人。"她一生所承受的不幸、屈辱和痛苦,一是来自她的"爱人":与她一样处于进步文化阵营、并一起追赶新文化运动大潮过来的"他们"。一是中国的文化土壤所致,因为社会制度与文化的历史震动,已深化到性格的内在分裂,萧红既渴望传统的家园,又追求自由精神,抗争专制,就必然在夹缝中生长。因此,四分五裂的中国女性的灵魂,无力对抗人类的愚昧与铁桶般的男权社会,因而充满悲剧与苦难。"我想飞,但是我同时感受到我会掉下来的。"萧红从女性的个体经验出发,追问女性生存的价值与意义,作品感人至深的是女性的文化处境及其悲剧命运。心里有痛感的人,才能写出好的文字。

同是旷世才女,滚滚红尘中的张爱玲生活安逸,却也无法面对生存实际,一个胡兰成便毁灭了她灵动深长的情感世界,也造就了她惨淡的后半生。读着她笔致妖娆而阴冷,气局狭小尖锐,寒意沁骨的文学世界,一种怀旧家庭的人生悲凉,不期而至。而生活惨烈的萧红,笔致却素朴天成,气局宏大奇崛,文学世界温暖深切,纯粹执着,那是一种紧贴大地,关于百姓生与死的大悲凉。当然,她们都无法面对人生的矛盾与冲突,也就无法完成个人的自我救赎。

女性文学的杰出代表伍尔夫又是另一出人生悲剧,她也在世俗的人间与个人追求中无数次迟疑和冲突,实在无法忍受生存实际,于是,伍尔夫选择了自己的灵魂,最终还是离家远去。她注视着虚空,在某一个黄昏,走向那条叫欧塞河,上衣口袋里装满鹅卵石,抱了必死决心,沉入波光激滟的河流。开始另一个国度继续她精神世界的思索,这是电影《时时刻刻》中妮可演绎伍尔夫对尘世冲突的最后决绝,黛色的晚霞留给我一种知识女性无奈无望的悲凉,至今犹在。

便想起叶弥的《亲人》《香炉山》,如果萧红、张爱玲、伍尔夫们换一个角度看自己的人生,一直是失去的同时,是否也一直得到了什么?也许便可化惨淡人生于日常生活?当然,人间也少了一曲曲文学绝唱。

少了面对生存实际冲突的能力,也容易少了揭示人心及其人类异想的能力,是否就是中国女性文学与2013年诺贝尔文学奖获得者门罗的人生与文学智慧的一个重要差距?也许这也是当下女性写作一个值得探讨的课题。

因为在当下世界各地的现代化进程中,女性和文化都被用来指称

有
我
之
境

184

现代化的程度，那么，与世界多元文化碰撞最为活跃的全媒时代，女性书写的发展必然受到各种女性主义文化思潮更深刻的冲击和影响，由此也体现出当下女性书写在某种意义上的独特性。当然，女性因其性别的"宿命"而更加边缘、更加敏感、更加易碎的特殊情境，更渴望获得并展示自身的话语权力，既完成女性的自我救赎，又留下更多的为抗争多重压迫所作的挣扎和努力，为人类发现更多女性命运何以如此，人生何以如此的人生与审美经验。也唯此，文学之旅才路漫漫兮。

《滇池》2014 年第 10 期

第三辑

虚实之间

——以梁鸿的《神圣家族》为例

当年，萨特曾预言非虚构文学"不久将来成为文学最重要的形式"。的确，几十年过去了，世界范围内的非虚构文学发展速度惊人，且不论去年诺贝尔文学奖颁给纪实作家阿列克谢耶维奇，就中国读者而言，近年对非虚构文学的追捧有增无减，乃至"小说新闻化"的现象不断出现，而且，影响颇大的"新闻化小说"还往往出自名家之手，如社会问题全集中几天，把农民生存困难累加在一个人的命运之中，有时比时政报道的新闻性还强。令人不禁对非虚构与虚构的边界多了疑惑与追问，厘清相关问题便成为当下文学的必然。

不可否认，当下中国经验的复杂性远远超出我们日常经验的范围，甚至很多匪夷所思的事件会倒逼作家反省自己的想象力。然而这都不足以构成模糊"现实"与"虚构"、"文学"与"新闻"之间基本界限的理由。这关涉到写作者对这个社会现象的研究与进行文学虚构的能力，所有的形式在于表情达性，在于形式与思想结合的融洽；在于是否"走向灵魂、走向人性"，这是文学的特性，也是与以真实时效为生命的新闻的根本区别。因此，"走向灵魂、走向人性"的非虚构文学不是新闻，以虚构为生命的小说就更不是新闻。

近日，读到一个虚构生活的故事，出自90后王苏辛的小说《白夜照相馆》。城市大量的新移民在深夜潜入照相馆，以做旧照片虚构和伪造过去，并自己相信它，以便重启人生。年轻一代作家在告诉我们，生活已经进入一个虚构的时代，满目的似是而非。于是，对虚假的厌倦，作家对社会转型期纷繁问题的表现显得无力，甚至出现作品里情感与细节的虚假硬伤；于是，作家读者转向对非虚构文学的追捧，正如批评家李敬泽说非虚构"是把有些在这个时代困扰着我们的问题放到了台面上：即文学如何坚持它对'真实'的承诺？"；于是，一种由"我"为视点的有关现实热点问题的书写，试图思考"我"与"现实"、"我"与"时代"的关系的一批作品应运而生。其中，梁鸿灵魂的历练之作：《中国在梁庄》（2010 年）、《出梁庄记》（2013 年）、《神圣家族》（2015 年）成为当下中国非虚构文学的代表之作。

批评家梁鸿自觉地以文学创作的形式参与到实证批评的建构中，让文学与自己的生活，与我们的时代、社会现实与精神困境进行有效的互动，再次显示了梁鸿个人的文学自觉，以及文学的担当精神。她以《中国在梁庄》《出梁庄记》的真我相见为当下中国的非虚构文学创出新天地，如今又在《神圣家族》添以灵动的语感、虚构与荒诞，把非虚构文学的文体边界打开了，并进一步使之走向了开阔，为当下写作，尤其是非虚构文学提供了更多的新的可能性和参照系。

《神圣家族》依然以梁鸿真实的故乡建设为背景，依然如虚构"梁庄"般虚构"吴镇"名称，并加入虚构，乃至荒诞，把乡村生存与文学想象介于虚实相间，犹如鲁迅之"乌镇"。既有非虚构的文本形态和写实精神，更有虚构的精准和飞扬。梁鸿从容地在现实／虚构、过去／未来、全知／未知中自由切换，她掠过乡村繁复的表象，执着于世界深处的或幽暗或澄明的秘密，并以反转的方式一一呈现，写出"吴镇"一个个精准而鲜活的细节与"家族"人物。

第一位是树上的懵懂少年阿清，他犹如"一朵发光的云在吴镇上空移动"，在树上他用望远镜照亮了村子所有的秘密，比如圣徒德泉、通奸村长、信教通神的阿花奶奶等原形。这位梁鸿家乡的真实少年，人人眼中的傻孩子，却是梁鸿眼中的聪明仔。而当阿清开蒙并成人时，却羞于承认他少年的聪慧。正常人本质的平庸，是梁鸿于生活深处发现的人性秘密，也是梁鸿的情节反转。而《圣徒德泉》"其实就是我们镇上的一个流浪汉"。当然里面的事件是作者经过渲染甚至虚构反转而来的。梁鸿说"他确实能够呈现一个人内部的精神形态，那种荒诞虚无的，却又带有某种向上的、某种理想的一种状态。他好像是被社会抛弃了，虽然他好像没有一个真正的清晰的精神形态，但他是千百万个人中的一个人"。是的，生活何处不流浪游走着德泉式的人物？他（她）们与德泉一样，也许不具备正常的现代人形态，但他们在梁鸿笔下反转并有了勃勃生机和现代意味，似乎不正常的德泉们，便有了正常的人性，更有了文学的独特魅力。

于是，这种人性魅力到了女青年小喜，是以《到第二条河去游泳》为自杀方式的，这条镇后面刚修好的"南水北调"的大河，却成为当地人突围精神困境的一个出口，成为许多人向往的死亡之河，即非自然的"第二条河"，颇具反讽意义。更具反转意义的还在于，小喜投河后顺水漂流时，更多的死亡者像鱼群一样游过来，她死去的小姨，以及认识与不认识的，他们就在河里或交流，或痛说世事，把阳间的纠纷带到阴间，比如那对年轻恋人。小喜只想安静地去死，于是，她努力使自己漂快点，远离人群。叙事时缓时湍地随着小喜漂着，沉静如练，柔软顺畅，我们一直都不知小喜已死，忽然奇迹来了，小喜的小姨笑嘻嘻说"你已到阴间"。我们才意识到作者的虚构之美，是小喜的灵魂在"游泳"，"连死都这么寡淡，那就死吧"，当人连生与死都无味时，世界也就失去了意义。我感受到梁鸿的感动，这种感动是在心灵上懂得她笔下人物不可避免的命运而产生的，因为她知道她的乡亲不可避免要走向这条非自然的死亡之河。对人间世相的哀痛，哀痛世间不如意的事才使人感动最深。着上梁鸿个人的体温与心跳的写作，走向灵魂，走向人性，它诗意地飞扬着梁鸿真实的感觉、感情和美的意识。

这种不同于以往写实的飞扬，还来自梁鸿倾注村野的叙事，既沉静淡然又深情款款，描述精准又撒野般地上天入地，显示了梁鸿独特的艺术创造力和审美意识。这份天马行空，源于不拘于非虚构纪实性的语言、灵活的结构、灵动而耐心的叙事，野气横生，活力四射。当然，这种野气是北方的，比我们南方更野更爽朗也更大气，连死都从容。包括流浪汉德泉，也居然圣徒一般；开蒙晚的阿清反倒聪明，上学工作后便成了平庸的人；与刘亮程为通向乡亲的《凿空》不同，《许家亮盖屋》先抗议上访，后挖洞为屋，早已反转为真心欢喜，却遭遇社会误解，荒诞而忧伤；《明亮的忧伤》既是明亮自我迷失的忧伤，也是发小海红的忧伤。还有乡村明星罗建设、八卦嫂杨秀珍等等，几乎每个人物都有闪光点，都写得精准而活力四射。这便是想象力的胜利，也是虚构的文学力量了。因为无论虚构还是非虚构，都必须以精准为前提。

同时，这种审美意识的深处还着上梁鸿的悲剧意识，但它又是明亮的野性的，它忧伤地藏在作者的笔尖，并使之充满活力的虚构有了小说的元素，但又有别于小说叙事规则和形式感，它依然是写实的态度、非虚构的样式。是的，好的非虚构文学，必然有小说式的虚构。比如《杨凤喜》就已经有了小说的模样。

非虚构并非是字字真实，而应以作者写作态度是否真诚为原则，其中有非虚构之虚、虚构之实。比如梁鸿把家乡化名"梁庄""吴镇"，便是非虚构之虚笔，小说式的非虚构。其实作品的真切，来自写作者的主观态度是否虚假，是否真诚。近日，鲁迅文学院的一次论坛上，在作家石一枫眼里，非虚构艺术要求似乎更高，他说："小说不一定说明一些真实的问题，但要真实地说明一些问题。非虚构则要真实地说明一些真实的问题。"一如《夹边沟记事》（杨显惠）、《上课记》（王小妮）、《拆楼记》（乔叶）、《女工记》（郑小琼）等非虚构文本，都是借由活生生的个人经验，而真切地触摸到当下中国社会的热点问题。

其实，今天的非虚构何尝不是对中国散文传统中笔记文脉的传承和接续？古代散文《庄子》《春秋左氏传》、笔记《酉阳杂俎》《西京杂记》《世说新语》等的天马行空，野气横生，显示了我们纪实传统的虚构手法何其丰富？！何止是虚构"梁庄""吴镇"名称而已？我们从梁鸿真切的叙述中分明看到，梁庄，包括《神圣家族》的吴镇既是梁鸿的家乡，何尝不是我们的家乡？它早已在梁鸿具有原创性的充满"在场感"的非虚构创造中，展示了其独特的社会转型期的文化普遍性。于是，梁庄到吴镇便"象骨生肉"，泥土深处既荒凉苍茫，更野气横生，蓬蓬勃勃。吴镇上空的一朵云，不仅真实地表现了当下中国乡村的飘忽不定，更真切而诗意地表现了乡亲灵魂与信仰的枯与荣。梁鸿以自己真诚的写作态度，再次成就了当下的非虚构写作，并使之进一步走向开阔。

原载《人民日报》2016.6.21

片面的深刻

——阎真长篇小说《因为女人》的性别悲剧

这是一个50年不遇的寒冬，又读着阎真的《因为女人》，犹如掉进冰洞，身心挣扎却寒冷难耐无处逃遁。这种挣扎如同阎真《沧浪之水》写知识分子沦落的挣扎，也相似于他《曾在天涯》里失却性别尊严的男性悲剧的挣扎，有所不同的是，在此，阎真宣告女性挣扎的无效，深刻却令人绝望。这部关于女人幸福的长篇小说，细致真切直抵世道人心，冷酷犀利直至剥皮削骨，仿真写实直透心凉齿寒。掩卷难释，心痛，性别的疼痛，身为女性，身为有女初长成的母亲；深刻，片面的深刻，精细而强大的叙述魅力，却未能遮蔽其男性的视角和偏颇。阎真在此以柳依依们的女性悲剧告诫女同胞们，在欲望化的当下，"有了男人自由表达欲望的权利，女人就丧失了爱的权利"。愈是自由解放的时代，女性就愈不自由解放，尤其还承受性别和年龄的挤压，知识女性要寻求生活幸福基本无路可走。阎真还果断地否定波伏娃的女性观，斩钉截铁论断这种性别悲剧，是"因为女人"。

这种性别悲剧的声音在今天显得残酷，而且男权。尤其，在以身心为女性寻找出路的波伏娃诞辰百年之际，女性的自我解放是否要回到起点？男性的欲望化必然是女性的悲剧？女性自由的定义与男性的自由差异何在？知识女性的困境是否就是绝境？不可能平等的男女是否还有寻求和谐的可能性？一如女主人公柳依依在小说最后的追问："还有没有一条路让女人走呢？"

小说开头，阎真将波伏娃和自己对女性的认识列为两段，在引用了波伏娃的观点"女人并不是生就的""决定女性气质的是整个文明"后，他提出自己的看法："女性的气质和心理首先是一个生理性事实，然后才是一个文明的存在。""性别就是文化。"由此我们明白，阎真为什么让他笔下的女性在男女冲突问题上、在个人幸福上、在社会生活上永陷困境，万劫不复。首先因为她们是女人，而且，是青春不再、被年龄所困、还被知识所有的女人。

阎真以精细的叙述功夫讲述了校园女生柳依依，如何从一个纯情女性在十几年间成为怨妇的故事。故事从年轻漂亮女生的平凡人生展开，点点滴滴，真真切切，文字极具画面感，细节丰富准确。他婉转细腻地讲述着女性的悲哀，女性青春与身体的悲哀，知识女性难以遭遇知识男性的悲哀。小说揭示出悲哀主要首先来自性别和年龄，来自欲望化的实用社会。情感的实用性导致情感世界坍塌与收缩，情感不以自身为目的，必定狰狞阴森。

于是，作为一个女人，柳依依的性别决定了她所必须扮演的社会角色和她不得不接受的生活方式，一旦柳依依像同学苗小慧那样陷入男人、金钱和欲望的残酷围剿，寻求某种自由和自我价值，便不可避免地被现实撞得头破血流。甚至，在情人秦一星精细微妙的不厌其烦的教唆下——反复不断的相亲讨论，一如通俗歌曲《找个好人家嫁了吧》的写实版（精确的再现令人忽略了其重复啰唆之嫌）。柳依依无奈"下嫁"了。然而婚后，尤其有了钱后，素来卑琐局促的丈夫宋旭升，便有了自由表达欲望的权力和机会，加上他对柳依依曾经经历的耿耿于怀，他一改讨好形象开始了报复，照例以男人的背叛和欺骗来宣示自己男性的主权，这个世界并没有变，也不会变。他恢复了丈夫的镇定——世界仍处在男人的控制之下。之后的变故和轮回，交织着柳依依绝望的痛楚与对此打击的全力抵抗，故事充满张力，也颇具悲剧性。她得悉了自己一直被丈夫宋旭升摆布，投下希望的种子寻获的还是荒芜和背叛；她终于知道在这个男性主宰的世界，她的实际价值是微乎其微的；她同时知道了女人若不稳实地扮演性别界定赋予她的从属、弱小尤其不可出错的角色，她便是一个不折不扣的僭越者；她知道这个二元对立下的男权社会将给性别僭越者（如与她同样迷失于"二奶"陷阱的小慧和阿雨，尤其婚后还与秦一星的藕断丝连）以怎样的痛击，她们无一例外成为怨妇。在中国的传统世俗里，浪子可以回头，浪女却难以回头，是社会拒绝她回头。"女人已经付了几千年，还要无穷无尽付下去"，柳依依的妈妈一再告诫"所有的后果都是女人来承担啊"，在当下男权社会与欲望化的语境中，公共领域私人化、私人领域公共化，女性无一例外成了最大的受害者，几乎"所有的后果都是女人来承担"。在夏伟凯、秦一星乃至猥琐的宋旭升志满意得之时，柳依依、苗小慧、阿雨们只能在暗处独舔伤痕，承受委屈，从属被动，绝望希望。

更为悲凉更让柳依依揪心的是，女儿琴琴将来的命运。既然女性的悲剧是宿命，琴琴又怎么躲得过去呢？她唯一呼唤的是："琴琴啊，你千万不要长大！"她为此抑郁沉默，她更觉出天下父母的可怜，"生了个女儿就更可怜"，她满心凄凉，力量不再。

这是不断反抗女性宿命的柳依依、苗小慧、阿雨们的宿命，曾经的飞扬和骄傲到迷失和平庸的不甘到生命尊严的失却，柳依依只剩哀怨："反抗又有什么意义？在这个欲望的世界上，一个女人，如果她也欲望化过，而且已经不再年轻漂亮，她又有什么理由、什么权利要求男人爱她，疼她，忠于她？"欲望的时代是一个悲剧性的时代，她们在人道的旗帜下只能默默地承受着不人道的命运。女性十几年的风华和沧桑，男性的欲望和自私，在阎真对人物心理和情感的细腻捕捉与反复濡染下，我们仿佛读到了各自的痛楚，仿佛读到各自欲说还休的心结。日常细节的仿真，微妙情感的捕捉，近乎冷酷残忍的真实性追求，犀利老辣的男性视角，阎真以透彻而强大的写实主义叙事魅力催开了一朵绝美的罂粟花。

罂粟，深度的美丽，却容易迷失。因为作者深刻表现的只是柳依依这一类知识女性的生存困境，而看不到柳依依或更多女性对个人抉择的坦然面对，更看不到她们内心的力量，看不到她们在不同年龄不同生活层面的魅力。知识女性的生存状态绝不仅仅就是身心耽于梦想的柳依依们，也未必真如柳依依那般溺于情感又缺乏对所作所为的坦然，作者对女人的识见是否有些执拗而褊狭？不是还有稳实而幸福的吴安安、伊帆们吗？吴安安因相貌平凡，"没资本折腾，找了个男朋友也没资本折腾"，日子却过得最顺心。伊帆研究生毕业留校与被柳依依否决的郭博士也过得不错。同样是知识女性，她们的女性自我认知并没有把男性当作潜在对手，她们身上比柳依依们多了张爱玲所指的"妇人性"，她们比柳依依们多了个人价值和伦理道德上的生命尊严。这样的有尊严的平凡者是大多数，而有"资本"的折腾者毕竟是少数。致命的是"资本"在阎真的笔下是貌与钱，却少了为人的尊严，尤其女人的尊严，那只能是欲望化的标准。作者不自觉中竟一时迷失于自己否定的物欲，罂粟花香般的迷失。

可见，小说的性别悲剧在于那些同样欲望化、想与男性追求同样"自由"又缺乏勘察自身的知识女性。在法国波伏娃发出女人应当"跟父亲一样担负起夫妻间的物质和伦理责任"，应当有"自由的成年生活"而不仅仅承担母亲的功能。尽管几十年非议不断，但她做到了她想成为的人——一个自由独立的女人。"我想要的是生活的一切"。犹如她妹妹对她的描述"一个人一方面可以做菜，另一方面还是一个自由的人"。作者似乎对一个创造了自己命运的女人还缺乏理解，他没有看到波伏娃走在自由之路上的坦然，因为在中国几千年男权的肥沃土壤难以成长这样的自由之花。为此，他执拗地深潜女性世界怜惜着忧患着知识女性的困境，这在男权社会已显得深刻而真实，也深得文学力量。尽管他是以男性视角精细刻画了一类女性困境，而且这种女性困境建立在社会欲望化和男性视角基础上，他关注更多的是现实中女性的性别与年龄被否定的意义，而忽视了她们正面的受肯定的意义，因此具有一种片面的深刻；而日常的女性建立在对人的生活的充分尊重、对时代欲望化反抗、自我创造和内心力量的基础上，它所呈现的意义是各具开放性和肯定性的，因而更具生命的尊严和丰富性。

悲剧的本质是两种片面真理的冲突，女性的悲剧在两性冲突中的社会建构和生理事实，而阎真却偏执地认为首先是生理事实。尽管阎真向波伏娃的宣战一厢情愿且具片面性，但片面的深刻总要比肤浅的全面有力量。尽管片面，但他的思想值得我们思考：女性的自我认知是否必要两性对立？女性的自由和幸福是否必须以束缚男性为前提？女性的悲剧究竟是男权的霸道还是女人的宿命？女性自由与男性自由的定义是否不同？"还有没有一条路让女人走呢？"《因为女人》在显示巨大叙述魅力的同时，也把这个命题交给了我们。

穿心而过，女性的疼痛

——读潘向黎的长篇小说《穿心莲》

拆开邮件跳入眼帘的书名，误以为是那株清热解毒、凉血消肿的草本中药穿心莲，对于华佗、李时珍们尝遍百草，引为中药，赋予美名，我一直以为那是神力。而潘向黎素来典雅，常以传统审美经验书写现代都市故事，且熨帖优雅，而以中药隐喻当是雅致的向黎所为，记得叶广芩就有如此雅兴文事。但开卷读来，方知她写的是莲子被抽心的疼痛，而且是她少有的绵密和凌厉。这里一反向黎君《轻触微温》《白水青菜》般的中和隐忍、冲淡优雅，叙述竟然炽热丰沛，热切凄婉皆凌厉有声。在《穿心莲》（人民文学出版社 2010 年 4 月版）里，向黎君给我们讲述了一个凄美犹如"肉中的肉，骨中的骨，血中的血"的都市爱情故事，她还塑造了一位热烈而坚忍、独立而宽厚并活出卓尔不群女人味的女性形象——深蓝，这里冰冷与热切相容，坚忍与柔软同在，绝望与希望共生。向黎君这个华丽的转身，居然融会了深度硬度宽度和温度。

从小缺失父爱对婚姻漠然的深蓝，一直有着对生活对人生静静追寻的从容淡雅，她孜孜不倦为她热爱的文学探索、尝试、变化着各种文体，并以之换取"一间自己的房子"，在精神和经济上日益获得独立和安全的深蓝，不期然中与出版人漆玄青相爱了，千般痴心、万种风情，却还在引而不发间就灰飞烟灭了——漆玄青在突如其来的变故后一夜蒸发了。被抽心了的莲子，没有了生长的生机，被辜负的伤痛令深蓝万念俱灰。在与漆玄青扔下的独生女小雨（这个鲜活的颇具生命力的女孩呈现了人性之美）相互抚慰疗伤中，深蓝还陪伴并送别了深深伤害她与母亲的父亲。在情感世界中暴戾的父亲、顾己而无辜的哥哥、同性恋的前男友薄荷、似是完美却不堪一击的漆玄青等等，以及工作友情中的男人世界，都给了深蓝深深的失望与伤害，而她却以女人的娴静之味、淑然之气与坚忍之性，质疑与追问着两性世界的不平，拯救与完善着自己的精神和灵魂。难能可贵的还在于这个有文化背景的爱情故事，也是潘向黎最炽热最柔情的小说：深蓝以心侍奉并原谅了弥留之际的父亲、宽容善待着薄荷的同性恋、细心关爱与感激着同舟共济的小雨、痴情盼望逃离责任的漆玄青等等，她在此对男人对孩子显示了巨大的耐心与理解，两人爱情的难以结合，骨子里的爱与痛，生活中的情调与雅趣，经济上的独立与境界，工作时的努力与鼓励等等都是在讲述什么是爱、什么是信，一种心心相容、两两会心的境界，一种质疑中不疑的信仰，尤其充满激情与温柔与透彻地去讲述男女间的爱，爱情本身，以及爱情背后许多人的人生，许多人生中的女人与女人的信。我以为，这是潘向黎第一部长篇小说的主旨。

这种令人耳目一新的颇具深度宽度与温度的叙述，淋漓尽致地体现并丰富着潘向黎创作的个性。在《穿心莲》里，捕捉着潘向黎的敏感和心思，尤其从文字的来路，从人事悠久的来历，我们仍然能一如既往地触摸到潘向黎叙述的魅力与传统的审美经验。对人事对汉语锤炼的考究功夫，寻章问句通篇层出，传统诗词歌赋意境丛生，它们一一丰富着故事与人物。无论深蓝写游戏般的《情书》，在《天使》专栏的都市通俗故事，还是旅行给别人看的小岛写真、疗伤的西湖游、十字绣，乃至日常家居、着衣饮食，以及呵护小雨的点点滴滴，都是在现实俗世的热切与伤悲中尽显古韵典雅，现世与历史相映，一唱三叹，委曲生风，令人感知着这些细节文字的出处与潘向黎的丰盈与独特，进而寻找被我们忘却已久的文化襁褓，寻找我们自己的生处与来路。在遍地夹生的欧化叙述与模仿中，潘向黎俗中唯美的典雅文风与传统考究的审美经验，独树一帜，弥足珍贵。

当然这是他者的世界，并非自我的表述。但是，我们在《穿心莲》更丰沛更具个性的艺术世界里触摸到潘向黎的精神世界，毕竟小说刻画融入自身性格。在这里，潘向黎以敏锐鲜活的感觉，捕捉着都市知识分子恋恋不愿兑尽昔日优雅的一些生活碎片，铺成了可视可触的印象，并以此表现自己，自己的淡雅外表下的炽热与寂寞、透彻与忧虑，她执着地与万物的地心，与周遭的人心，相遇相向，演化了关于生活、男人与女人，尤其男人的抽身逃离，被辜负了的女性时时刻刻的行走；关于精神、生命与意义的警醒与疑难；关于在这片痛苦的茫茫人海里，质疑与追问，有意或无意，瘦骨或锋刃，温暖或寒冰。在这里，那份似曾相识的清澈的哀伤，彻骨的无力，然后是自我疗伤与救赎的过程，属于每个女人；那种在梦醒时分透着心凉，满脸是泪，心痛不已，可还是在质疑中不疑和期盼，满心绿荫生长，在绝望中希望，属于天下梦想不断的女人。于是，我们渐渐地一步一步抵达了潘向黎真切而丰盈的世界，绝望与希望搅拌的女性的疼痛，穿心而过。

　　人生中的女人，时时刻刻行走的女人，哪怕经济与精神独立的女人，哪怕以"一间自己的房子"照耀天下女人的伍尔夫，也难免这种女性灵肉疼痛的宿命，绝尘而去。一如深蓝在爱情的被辜负与丧父之痛中，独自在西湖面对苏小小墓的精神疗伤与救赎。是啊，沉睡西湖畔的奇女子苏小小，看透世情却还终究是一个女性，还是期盼着她资助进京赶考的鲍仁能成功后来此相见，以证明她没有看错人，自己没有被辜负，爱情依然有信："我的心迹又有谁知？"有才有德有情的苏小小绝望了："梅花虽傲骨，怎敢敌春寒？"虽然，含恨逝去的苏小小在墓里听到了迟到的滑州刺史鲍仁哭得声息全无的痛悔，可又有谁能证明这个结局不是一个辜负人的人或者男人设置的？生活中醒着的潘向黎让在西湖边疗伤的深蓝质疑男权世界，追问责任面前抽身逃离的男人世界。然而，爱与恨的千古愁，来易来去难去，古往今来钟情的女子，又有谁不相信爱情的存在呢？有谁能逃脱万劫不复的命运？这是女性的宿命，女性永远的疼痛。透彻世情绝处的潘向黎，也到底是一个女性，她仍然让她笔下那位抛弃爱人与爱女、顾自逃离困境的漆玄青，也有鲍仁似的回归。

　　故事的收束，张力扩大；绝望希望，是说不尽的悲凉。尽管"路过春天又路过夏天"，尽管深蓝早已不再明月回首往事，可她在书店瞥见不期而遇的漆玄青，还是惊呆了，"他走了，我还站着。我在等——胃汁和胆汁，血液和泪水，曾经的欢笑、眩晕和心跳，许多声音和画面，我们来不及出生的一大堆孩子……一时间都在我体内翻腾起来，要等着一切沉淀。"颇具隐喻的梨花适时地再度绽放，倾其所有。是啊，春花秋月了不了，雕栏玉砌犹在，朱颜也未改，因为血泪只在生活的表层，地表深处是"血沁的美玉"，是翻滚着的人类爱情，尽管这东流的一江春水是一个"埋葬和生长的地方，无人知晓，无人抵达"，可是女性们不甘的心，成了一年一年长出生机的梨花，哗啦啦地长……哪怕人生是一场大任性的花开花落，也要顾自开个尽兴，"纵情绽放一次"。再看

"欢迎你回来"的结句，不管"回来的"究竟是什么，生命的元气依然生生不息，爱的心灵也永远不会死亡，因为相信爱情的存在是女性的理想，也是人类存在的意义所在，但是不会愈合的爱的伤口永远在隐隐淌血……

于是，女性的疼痛，穿心而过。至此，握笔的潘向黎微笑如初。

《文学报》2010.7.8

第三辑

隐秘盛开的西街

——评《朗霞的西街》

"小说直入八十年代的精神通道,两个平行而相交的故事和真伪诗人的命运,充满了八十年代的理想情怀,个性飞扬、奋不顾身,尤其是故事独特的浪漫主义色彩里,洋溢着一种当下罕见的奇妙的理想主义、辽远的历史回声和清冽的小说气质,令人神往。"去年春天,在给郁达夫小说奖推荐蒋韵的《行走的年代》时,我如是说。

是的,无论是《栎树的囚徒》《我的内陆》,还是之后的《隐秘盛开》《行走的年代》,以及今天的《朗霞的西街》都是蒋韵内心对过去时代一次又一次独特而《完美的旅行》,文字耐心地发掘陈旧岁月深处的隐秘,并一一接续和转换为她的生命悲情,以及她对生命轻重的忧思,直抵世道人心,建构了一个只属于蒋韵的独特的精神世界。沉静优雅,却个性飞扬;诗意绵密,却高远奇崛;女性的决绝和诗性在此隐秘地盛开,一点一点散发出奇异、忧伤而浪漫的理想主义气韵,余味绵长。

《朗霞的西街》继续了蒋韵恬淡而清冽的笔致,为我们描述了几位个体的、有着浓烈的自我生命能力的女性形象及其命运,她们戏剧性的命运、浓烈固执的情感、执着纠结的内心冲突,体现了她们对生命重与轻的承受力,宁静优柔却决绝坚忍。主人公马兰花十七八岁那年嫁给国军连长陈宝印,两年后随升至营长的丈夫住进西街并生下女儿朗霞。而陈宝印因捡到"放下武器,回家团圆"的传单心存希望,又思妻女心切,临时离开逃亡台湾的船只回家,在对新时代"镇反"及系列运动的观望与失望中,只身隐藏后院八年,被邻居锦梅揭发判了死刑,爱妻马兰花受此牵连也死在狱中。五十年后,老年朗霞带着女儿归来,一切早已物是人非。故事忧伤惨烈,而马兰花宁静乐天的生活表象下,那种生死与之的果敢精神却活在我们心中了。

马兰花是以生命之轻承受生命之重的,她简单轻巧,只为爱而活;

她沉重坚忍，也只为爱而奋不顾身，决绝而灼热。因为支撑她的是地窖里注定透支她一生的男人，那个说过"兰花，这辈子，我要让你不管什么时候想起来，都不后悔嫁给了我"的男人，世事也真的就"让马兰花，心甘情愿为这个男人，去赴汤蹈火"，乃至她以一种虔敬温婉谢绝了最适宜她再婚的赵彼得医生（那顿极其动人的晚餐，在赢得读者的心时，当然也赢得了赵医生一生超越男女的情义，以及他的同样果敢的车站相送和十数年对朗霞的秘密支助），并使她在那个充满异己感的世界有尊严地活下去，那是她的宿命。因为，爱情尤其她的不被现实容纳的爱情必定要在生活的尘土和时代风暴里打折扣，但面对灾难、面对生命之重时，马兰花居然有着独特的生命态度，她一面与生死与共的老保姆冷暖相依，共同养育和温暖着年幼的朗霞和家庭生活，在她乐天、灵巧与安详的感性之下，是无奈悲凉的热血沸腾和果敢担当的另一面，如此不宁的岁月，她居然以生命之轻调停妥帖，知人知世，捐前院，开侧门，谢绝赵医生却只能选择信任锦梅，她已别无选择。果然出事，地窖下八年的秘密实在是太过长久，随着朗霞的长大，世事变得沉重。这便是简单的爱情和复杂的人性，我们也许会感叹一个被判死刑的男人对女人一生的掠夺，但如果一个对此视若无畏的女人看中了他，他真的就有福消受如此旷世决绝的感情。如此诗意，散发着魅人的女性气质。

锦梅，也是为了保护她隐秘的不伦的爱情，一夜未眠之下竟也决绝地揭开另一个不属于她的秘密，一个连西街都无法承受的惊天秘密——马兰花在家后院地窖藏着她的国军营长丈夫。揭秘的同时，这个美好女孩也在道义上童真失落，失落的还有朗霞家那些让她踏实和温暖的"朴素却悠长的食物香气""温暖而单纯的冬夜"……这个人物扭曲、纠结的戏剧冲突以及人性的复杂性，与马兰花一样成为隐秘之下果敢的生命抉择的女性形象。

如果说她俩为了爱情，以直率的生命态度，雪藏或揭发秘密，她们的生或死，跃动着凄美而热血沸腾的人性与时代局限性，她们身上既寄予了蒋韵的博爱精神，那种对女性给予的深切同情与理解的爱意，流动着人类文明精神高度的生命力，又显示了蒋韵的恬淡而浓烈、清冽而迷人的叙述功力。平和散淡，日常稔熟，尤其冬日里西北人家炕上的针线、炉火边的煨食，犹如写意国画，意境细腻沉静，语言鲜活个性，洋溢着浓郁的人间烟火气息，喜感暖意顿生。真的见心见情，个性飞扬。

读着，不禁莞尔，会心会意，这种恬淡是学不来的。而且整个故事文字控制得十分妥帖，准确，富有张力。笔力均匀、恬淡、自信，将寻常事化入字里行间，而隐秘的深处，却盛开着要说和没说出来的秘密，一切只是冰山一角，富有张力。在此，恬淡是一种推动力，推动读者追寻那个令人品味的隐秘，隐秘深处还有蒋韵寄予西街寄予朗霞的生命悲情。

朗霞的崩溃来自冲击她宝贝生活的秘密，那是她生命中不能承受之轻与重。为此，她怨恨一切，包括向她隐瞒真相的宠爱她的母亲，温室的她哪见过暖色之外的寒冷和生活的杂质甚至烟火气息。当小朗霞要自己上后院茅厕"活泼地"，遭遇雪藏八年之"鬼"便成了必然。随着"鬼"父亲被公审处死，母亲入狱，娇娇女朗霞一夜之间成为了孤儿并不再开口，流落他乡。所幸，保姆奶奶的爱，是她成长的甘露；那位曾感念她母亲情义的赵医生十数年的秘密支助，成为她黑暗生命中长久的灵光，日益激活了朗霞死水微澜的艰难生活，并最终温暖了她冰冷决绝的内心，使她有了择善而生的理由，精神得以成长，并回到尘土烟火的人间。故事结尾，年老的朗霞以一生的坎坷和感恩回到西街，献花于赵彼得墓前并为女儿解开家族的秘密，苍凉而温暖。

西街老屋院里枯死了的榆树也仿佛知道朗霞归来："又活了"，风物有灵，一枯一荣，隐秘中事事自有其法则。"那棵老榆树，她的故交……用它死而复生的深情厚谊，召唤她。也许，不是它，是——母亲"。老榆树下，她哭了。回到了西街的朗霞，再也回不到过去，但在流动的生命里她明白并理解了她死去的父母，她爱他们，在创伤的内心，在内心的隐秘处……

在此，蒋韵的叙述形成了一个外松内紧的情结，丝丝相扣，严密绵实，却内力扩大，绵延不尽。因为女孩朗霞稚嫩心灵与粗粝世事磨合的成长故事，就这样汇入了西街以及大时代的社会和历史，也唯此，它就不仅仅属于朗霞个人。于是，生命悲情与人性之花在西街隐秘盛开，漫香四方……

在漫游中狂想

——林白的《致一九七五》

二〇〇五年八月，林白踏上了回故乡之路，北京到广西北流，三千公里；而北流方圆也就五十公里，邮票大的地方，林白却上天入地、天马行空地漫游，在漫游中带着我们抵达北流，回到一九七五。

于是，《致一九七五》便有了漫游的气质，如同一九七五的革命时代，少女李飘扬的漫游。这种灵魂的游走，无限地扩展着林白的精神疆域，她的小说场。场中，日常灵动，人物鲜活；叙述迷人，结构出奇；灵魂飞扬，狂想遍地。

这是林白式的狂想，一个人的狂想。个人化的想象，始终是林白创作的一大特征，而近年，她的想象似乎更为自由自在了。从《万物花开》脑子长瘤的大头的拼接细节，到《妇女闲聊录》的口述实录，再到个人想象山花烂漫的《致一九七五》。在此，回忆＋狂想的叙述方式，使 1970 年代南流江两岸的生活庸常，在林白的回忆中获得了生命与灵魂，林白与笔下人物共同成长，天上人间。她说"没有狂想的生活不值一过"。于是，这些狂想与现实在作品中几乎势均力敌，让人时常分不清那些文字究竟是扎根在地里，还是飞翔在天上。她一边挖掘着最日常的生活体验，一边讲述有关革命时代里一个少女的内心狂想。气味，触觉，歌唱，舞蹈；诗词，语录，信件，通讯；学工学农，插队参军，招工调干，回城高考，等等。林白打开每个人通向过去和成长的可能性记忆，而且，还令这种可能性着上魅人的魔力——在回忆中狂想，让她笔下的万物既根扎现实，又接通天地，魔幻而超现实而进入后革命时代。如那头老是跳栏、关不住、长不大、热爱自由的猪，这头名为"刁德一"的又黑又瘦的小猪，仿佛全身的细胞都是灵性、激情与叛逆，作为主人公李飘扬的贴身保镖，天天伴随着"我"走夜路，那一个个绝妙狂想的惊心动魄的场景，令人叹为观止。这"一只有着诗人和壮士双重灵魂"

特立独行的猪，映照的正是表面规矩老实、灵魂不羁的"我"，一如潜意识里"我想成为安凤美"。而"不听话的孩子"和"落后知青"安凤美，她有悖于传统和伦理，却做了她想做的人，她的青春年华是开出花的，她与她的公鸡"二炮"调皮地穿行在灌木丛蕉林地水冲村和水尾村之间，"她既懒散又英勇，她的花开在路上"，开在吹牛的武功和剑刃上，开在那条去幽会的路桥上。安凤美中年的凄凉，是她为年少时反伦理的享乐主义付出的惨重代价，林白又一次让我们看到这个二元对立下的男权社会对女性僭越者怎样的痛击，安凤美无一例外成了怨妇。

关于猪精"小刁"和安凤美以及超现实的狂想，其实是特殊年代革命语境成长中，青春迷茫的一个平衡点。这种革命时代中庸常生活的感受，是李飘扬、安凤美、吕觉悟们，林白以及生长在革命年代的我们，无知而无畏、虚荣而激情、迷茫而自由、狂想甚而破坏，这是一代人的精神成长史。他们散点的精神生命，在林白有温度湿度宽度的生活细节中，充满活力，他们与林白一道有血有肉有筋有骨活到故事结束，活到我们会心会意，掩卷难释。终于，我们读到一部始终饱满的长篇小说，这在当下长篇小说"半部杰作"的普遍现象中是一个奇迹，林白的狂想直泻而下，扎实妖娆。

还值得一提的是，善于实验的林白在狂想中，再次挑战着我们对长篇小说惯常的阅读惰性，她试图颠覆宗白华、敏泽、李泽厚告诉我们的东方艺术的总体特征——"线的艺术"。对传统小说的线性叙述，林白说她不喜欢，"小说写作的道路有多种，我不喜欢那种单线条的叙述方式，从起点到终点，有高潮有结局，讲个故事给大家听。我的写法是像一滴水融进去那样，靠细节把它丰富起来"。一九七五年，主人公李飘扬作为知青下乡了。于是，这滴水便润化了林白的一九七五，也成了结构本部长篇的支点。上部写一九七五年之前主人公的童年和少女"时光"，是以二五年沿着故乡街道的漫游为线索，写东门口、沙街、龙桥街等等，一路的记忆一路的狂想，自然而然就铺成了上部；下部则写此后"在六感那边"的知青生活，并分上、下卷，上卷"人人都要到农村去"描述革命时代青年人的盲从性，而下卷"人人都学一技之长"则是青年人为尽快结束知青生活离开农村而学技术的求生本能，中间还插入一个别章"农事与时事"。于是，我们发现貌似无序并引起争议的结构，其实是林白精心设计的一份小说主旨示意图：上部的"散文化"的感性描述正是下部知青生活的前奏，其中的同学和儿伴在下部知青生活里大都延伸得以更为充分的精神成长，它们是作者二五年回故乡之路个人记忆的一部分，与下部分共同构成南流江一九七五年前后的生活记录，它们之间互为独立又互为关联。可见，林白没有故弄玄虚，她试图以自己的"别具一格"的小说形式传达个人记忆尽可能大的艺术空间，她的艺术探索是有理有据的，而且讲究分寸。于是，《致一九七五》便成为林白迄今探索性最强的一部作品，也成了近年长篇小说形式奇特的一个文本。这份狂想，灵动丰饶，布局用心，行文风格皆与以往不同，上下部故事情节虽气质不同，但其中浓郁的岭南风俗风物风情却贯穿始终，点点滴滴，丝丝入扣，野马尘埃，狂想灵动。令我动心动容到合上最后一页，即跑去买了一大袋炒田螺，一个人，像李飘扬似的吸得满脸幸福。当晚，又为她书里的海吃柚子皮而剖了个柚子，并脱水泡好，第二天豆豉辣椒鸡肉末红焖，一扫光！也才止住此书馋起的涎水，这是林白叙述的魔力，它们与她"别具一格"的形式革新一样重要。

这种穿越精神的叙述，虽然还是个人化，却不是林白过去文本（如《一个人的战争》）中女性那种幽深、隐秘的个人内心生活，而是走向渗透着他人生活的众多的个人生活。林白从个人的生命出发，去观照广阔的外部世界，走向广阔的人心。她一边是写实主义叙事，挖掘最日常的生活体验，细节的仿真精微鲜活，真切动人；一边是超现实的个人狂想，猪精"刁德一"、公鸡"二炮"以及汪洋大盗、红白飞马、亚热带丛林、庄稼山野等等，画面锦绣妖娆，细节准确生动，妙语警句俯拾即是，显示了透彻而强大的叙述魅力。

第一次出门到梦想中的玉林，"玉林的碗竟然是漏的，我们一边笑，汤水一边继续往下滴，觉悟把手指头堵在小孔上，它就不滴了，一挪手，它又滴了"，令人忍俊不禁。而每个章节多以狂想为题目，又由短句结段，仅此一句，整个细节就四方张开，伸向远方。描述高考前夜母亲做的胎盘汤，"使我感到那真是一碗微烫的鸡汤 // 宛如鸡汤"，那份饥饿年代无奈的美味和有温度的母爱，扑面而来。故事以"萝卜在地底下生长着 // 发出簌簌之声"为结，余音还在。

而让人一而再再而三地经受着美善和文心冲击的，竟然是插在下部上下卷之间的别章。

别章的"农事与时事"，在恬淡悠然中，是接近土地和五谷的生活，是感性和理性的狂想。开首，对水冲村日常的白描宛如民谣，宛如一首首南方民间叙事诗。时事，"出大事了！毛主席死了！不得了！"之后，是 13 个由国计到民生的问题和问号，简洁有力，宏阔精微。而农事，"禾田都是没有见过世面的"，而万物家禽一种种、一茬茬，都呼啦啦地在林白的视觉听力声线味蕾感知中按捺不住地发芽变绿金黄，遍地应答，相生相长，喜气洋洋，蓬蓬勃勃。这是林白最为生机无限、瑰丽而迷人的小说；明丽宽阔，灵动丰饶，精微愉悦。真正的"鹤舞白沙，我心飞翔"。别章似乎可有可无，却关联着在六感的知青生活；别章狂想遍地却隽永而深邃，充满诗性。

如此遍地应答的悦读，令我想起韩少功的《山南水北》，尽管《山南水北》更自然从容，但《致一九七五》的漫游狂想，一样散发着自然界与人类的精神气韵，一样融合了感性描写和理性思辨，一样抵达世道人心，一样为今天长篇小说的创作提供许多新的艺术元素。这两部亲历者的书，令我们在这个精神焦虑困顿的时代，依稀看到了一条家园的路。

《文艺报》2008.5.6

似水如月见素心

当我读到水月《挥手之后还会再见吗·十年》所言：我的写作慰藉情感，我写给自己，也写给读者。便从心理认同她对自我写作的定义，即来自本心。要知道，许多时候，作家自道并非其所以然。可见水月的人与文相生相应，而且其文大多写于工作之余，发于报纸专栏；她笔下的微尘与世间情感，也必然生于寻常生活及其人伦与情爱，加上水月充满岭南文韵的女性的笔调，清新洁净，平实散淡，又沉静款款，读着时常感到微风弥漫过来，风过处浸润着似水如月的清明与温情，让人与作者同素心共明月。真的是好风如水，好水如风。

便明白，水月居然可以工十年之久坚持在《澳门日报》写《美丽街》栏目，因为她言说着澳门的八面来风，描述澳门的人间百态，写的是澳门的人间精神，一文一得，既世情淡泊，又能如人间烟火气息般穿街而过，循入澳门市井小巷，自然妥帖，素朴洗练，却美丽隽永，因而可以"美丽"十余年；便明白，水月的散文虽浅显，但是源于自己对日常生活的洞见与发现，带着自己的体温心性，在澳门多元的日常生活的点滴中，建构一个只属于自己的独特的精神世界，并成为澳门本土长出的不容忽视的美丽的言说者。于是，在寻常生活中发现与追寻生命的意义，讨论殖民文化的冲突，言说着生命的欢欣与忧伤，叩问女性生存的矛盾与不平，以率真展露人心并直抵本质。她一页一页书写满怀爱心的寻常的偶然，在偶然中淡泊世情，颇具风骨却怀抱素心。这也是她的人生态度："人生中有些事情来得太早，另一些又太晚，在逆向人生中感悟生命，认为人生的经纬线跟地球一样，绕了很多圈，还是紧密相连的。"比如年幼失孤、母亲独自抚养全家五口、弟弟青年早逝，几经凄风冷雨，世事洞明之余，水月竟然还素心如雪，淡然处世，因为"生命的终极意义问题是无解的"，"把这个问题悬置起来，尽量不想或少想它。这样，在已知的限度内，我们反而能更好地安排人生"，见仁见智，她在日常生活的追寻中，重构着一个自己的精神家园，并且充满宿命感以及女性的爱心和悲情，她说"创作最重要的元素，必然是爱"，这也是她作品的底色。

于是，这个家园是散文集《忘情书》，是那些已经远去了的人与物与事在文字里的复活，是《挥手之后还会再见吗》的追问，是溢满了对早逝的父亲和弟弟、离世不久的母亲的爱的言说，以及一个女孩成长的记忆，身边事周遭人，它们深入了她的血液。尤其她对母亲深切的描述与感恩，令我们看到一位深沉静宁、隐忍上善的母亲形象；而对年轻弟弟的早逝，则是满心的疼痛与爱意。这些至亲至情至性，令作者柔肠千回百转的文字，一定也会感动无数的澳门人，而且她的言说哀而不伤，热切而理性，内敛而节制，她以最大可能性的沉静，款款地言说着寻常人伦。比如与行将离世还躺在病床上的弟弟讨论关于《父亲的遗憾》，作为遗腹子的弟弟，与脑海里只留下模糊父亲形象的作者，对于父爱的缺失，真的是"像寒天饮冰水，冷暖自知"，善解人意的姐姐明白弟弟放不下幼小的孩子，怕他们也少了父亲的爱，"没能看着孩子长大，是父亲的遗憾"，弟弟想知道孩子的感受。于是姐弟俩静静地讨论父亲有无对孩子成长的意义，把随时都可能来造访的死神关在病房之外，这超越生死的至情一幕令人动心动容。水月许多篇什都有如此细腻沉静的意境，颇具白描功夫。水月就这样沉静而感性地在她文字里追赶家人，笑看日月星辰，追寻生命之源里命运与玄机的同时，也平和地面对了自我，面对了生活的所有给予。因为《生活是这样》的，作为《不掉眼泪的女儿》，她充满宿命感的表达便如此自如，自然淡泊，仿佛一部源于本心的私人日记。

日记，当然要忠于自己。一如她钟爱的台湾作家三毛。为此，她不惜笔墨挥洒五六篇章对三毛的解读，既憧憬自己能像三毛那样忠于本心，如愿听从远方的呼唤，不畏劳顿艰险，以身心独行远方；也希望自己学着三毛"纯粹以一颗女人心来看世界，体会身边的人与事，发出一点赞叹，一点感悟，一点悲悯"。尤其她以《如果爱》系列文字讨论男权社会中女性的寻常日子的不平、冲突乃至和解，她赞美如三毛般物质与精神独立的女性，尽管这个社会极少人相信一个女子能有独当一面的能力，水月由衷为此鸣不平，她不女权但充满女性精神，颇具现代性。她要如精神独立的三毛一样写私人日记，记录一些个人的小事，以充满真情的文字，在平凡中感动人；自然也如三毛一样"我的文章挑不出一些一般人认为有深度的人性矛盾的地方，也许好的文学对人性的描写比较深刻，但是，我长大后不喜欢说谎，记录的东西都是真实的，而我真实的生活里，接触的都是爱"。这既是三毛的自叙，也是作者自内向外地对三毛文学创作观的实践，得与失也在此间了，毕竟，散文不仅仅限于真我相见，它还需要更强大的穿透世道人心的力量，并以此感动人，一如司马迁眼中的文学："明天人分际，通古今之义，文章尔雅，训词深厚，恩施甚美。"水月素心之下，是否还可努力通往大方大气？

如果说，寻常是水月散文的关键词，爱便是水月小说的关键词。水月获"第二届澳门中篇小说征稿活动"获奖作品的《回首》同样是一首三毛式的爱的颂歌。生活在单亲家庭的女生单单，有个颇具象征意义的名字，姓单，名单。小说开首展现的是一幅爱意满满的母女温馨生活图景，一场车祸横空而降，身世的罗生门就此开启。随着悲剧的深入，往日甜蜜的外表被层层剥去，一点一点凹凸出不堪回首的身世命运，以及人性的幽微与裂变。水月在讲述一个寻找父母以及家园的故事中，她的空间剧场是 1980 年代末大陆人梦想的空间。故事虽然有着通俗小说悬念迭起的元素、罗生门般的诡异，但其笔触深入到人生以及命运的无常，也探寻到人性更隐秘的深处，尤其塑造了一个隐忍内敛、坚强上善的母亲形象。母亲阿梅、阿菊，生母单玉玲当年从广东偷渡到澳门，遭受了无数的屈辱和生活无奈的幽暗，一个因偷渡大潮而失联的大陆家乡，一个从不知父亲存在的血脉牵挂，从寻找父亲，到回不去的家园；从寻亲之前及过程，到母亲苏醒真相大白……作者徐徐地展示了单单满心的爱意从失落到重拾的过程，在闺蜜小青、母亲的初恋情人袁晨曦、老板甄立文的爱心援助下，内心步步回暖并找回了爱的能力，进而更加珍惜养母的无私奉献。单单在历经人生变数的悲凉之后，自然也找到了直面这个世界的方式，同时也找回了自我，完成了一次自我救赎。故事简约，线性结构叙述虽简单，却颇具内在的节奏感，层次分明，可读性强，既充满宿命感，又内蕴着女性的悲凉和慈悲。

作者擅长书写坚硬如水的女性形象，如阿梅、阿菊等，她们勤勉善良，不顾一切寻求为人生翻盘的机会，甚至为生存困境铤而走险；阿梅更是因筹钱为母亲治病，甚至为偷渡澳门而献身并为此负罪一生不嫁。在她们身上，屈辱与尊严，乡愁与乡情，隐忍与强大，善良与抗争，奋争与无常，惨烈与悲凉，相生相应。虽然也有不少如单玉玲一样被生活一点一点击垮的失败者，但在她难产逝世前，居然还念着把自己的"澳门临时登记逗留登记"交给没有登记上的阿梅，而受益的阿梅也以抚养单单予以回报，这份情谊，不仅仅源于同乡间初留澳门时孤苦的同病相怜，更在于单玉玲善良如水的个性，也在于贯穿故事的爱的潜流，以及小说整体一种对弱势人群或说小人物的命运无法割舍的情感，充满着同情的理解、悲情与悲悯。水月的小说虽然是小叙事，却令我们抚摸到无处不在的博大无私的母爱，以及对父爱的渴求，也唯此，小说在一定程度上透过现象直抵了世界与人性的本质，揭示了人性的深度。

　　还值得一提的是，水月还有着可贵的文体自觉，她明白散文是独白的艺术，是自述，必须真我相见，容不得虚构。而小说是叙述，必须深谙虚实之道。她明白高妙的小说应该在生活况味和小说意味上多些诗性，可以有些虚幻性的非现实的元素，以令小说多些俊逸气质。作者在叙述上并行设置了阿菊灵魂出窍的叙事，似虚似实，人物对话的双关意蕴，有计白当黑之功用。正当我们要质疑阿菊一直在阿梅病房游荡旁白，却迟迟不现身揭开真相之时，结尾处医院护工们的对话，才令我们得知阿菊的凄惨：刚刚离世却无处安魂。在澳门见过世面的阿菊，回乡后面临更尴尬的命运，出走后的心永远都会留在远方，受不了生活被欺负的阿菊又回到澳门，一如今天进城打工的人们难以再回乡村一般，阿菊在原乡广东与新乡澳门间徘徊，没有了家园。看似偶然遭遇的阿菊的故事背后，却有发人深省的必然。阿菊的灵魂游走，不仅推进了故事，使人物内心世界外化，也使我们更了解人物细微的内心世界，还使小说因另有细节而富有意义，深切揭示了独在异乡少小离家的异客们漂泊的异化空间，他们叶落却难以归根的恓惶，悲凉不期而至，令人震动，因为这是一代移民澳门人的坎坷命运，包括不可知的未来。所幸，阿菊的儿子终于可以踏进澳门为母亲收殓了，"阿菊姐，你一路走好。"小说结句是医院护工同事的一声轻呼，水月最后还是以爱心为小说也为澳门移民的未来赋予了人性的宽度和温度。

　　宽度和温度还来自水月沉静款款的叙述，清静舒缓，素朴轻快，平实散淡，呈现一派岭南的文风神韵。语言看起来表面，其实却深藏着一个作家的态度与内心的修炼，一个具有质朴、稳定、准确内心的人，也一定有一副同样的语言。水月的语言，面目清晰，宁静而情真意切，淡泊而生气勃勃，平实而美丽隽永，扑面而来的是一种似水如月的气息，有凉意，却清辉普照。

一时想起刚去世不久的诗人陈超的一句诗："有一道阴影，就伴随一道光芒……不容易的人生像河床荒凉又发热的沙土路／在上帝的疏忽里也有上帝的慈祥"，单单寻找父亲之路便是那河床的沙土路，还不如不回头寻望，真相之后，单单明白了养母阿梅的母爱如山，那真的是人性的光芒，也是上帝的慈悲。明白了人间的邪恶与仁爱，单单在女性的成长和苦难中，实现了治愈性的心灵疗伤与自我拯救，虽然从未谋面的父亲是不堪回首的往事，而远方的原乡也是不可知之的存在，毕竟她的周遭都是关爱她的人们。

水月的散文集《忘情书》（澳门日报出版社 2006 年 4 月版）是为了不能忘情，《挥手之后还会再见吗》（作家出版社 2014 年 8 月版）是希望再见，小说《回首》（澳门日报出版社 2011 年 12 月版）却是不堪回首，她希望寻常生活充满爱意与温暖，这是生活原初的愿望，一如业余写作，为了慰藉自己与读者的情感，发自内心地言说，水月在写作中也以自我完成了一个重返初心的故事。同为女性，便对水月多出些许期待，希望她继续以爱为素心，对写作依然纯粹如初，为我们从容探索更多女性的精神成长，在人间寻常生活中追问更多命运何以如此、人生何以如此的人生与审美经验。

《文艺报》2015.1.9

李欣伦的《重绘劳动者的身影》

感谢《文讯》，感谢中国现代文学馆让我有机缘在台北与李欣伦相遇，我以为这是一种缘分。我一直喜欢其文章出众的才情，刚才相见颇为惊艳——我没料到李欣伦竟然与我一样同为女性，难怪有如此温润的文字！我及我就职的《南方文坛》一直钟情富有才情和批评锋芒的批评文字，也以关注青年作家、批评家为己任。

李欣伦以随笔的笔调，以学问带文学、以文学带学问的细读方式，解读和辨析了杨青矗与吴亿伟、郑顺聪两代作家对劳动者的不同书写，并与之形成了有效对话。文章视角新颖，从文本的"物件"切入，即小切口进入大世界；论述细致，平和通达；批评文字寓同情理解于体贴自然中，显示了论者出色的感受力与判断力。我以为这是一篇有温度和深度的用心之作。

温度，首先来自论者用心灵与评论对象对话。我知道，李欣伦一直的学术研究与写作关怀多以受苦肉身为对象。而心灵的甘苦，当然发乎于身体。关怀肉身，实则关怀人性、人心，乃至人文。大陆也有一位学者费振钟（他的文学评论在八九十年代的大陆颇具影响），费振钟也与李欣伦一样出生于中医世家，近十年身处南京的他主要以散文随笔创作为主，他常常以平和冲淡的文字致力于医案的研究（这也是我一开始便误以为李欣伦为男性才俊之故），他认为中医不仅是国粹，也代表中国人的生命观及价值观。可见，关注受苦肉身的李欣伦有着如何悲悯、敏感和柔软的心性，也唯此她才可能温柔敦厚、感性敏锐，充满理解地解读甚至与评论对象对话。其次，评论对象（两部文本）也是在重整自身成长史和家族记忆中深情回眸自己的血脉或者文脉，充满温情乃至娱乐趣味（下工以后的娱乐），重绘了一种乐生的劳动者身影（包括作家自身）。我说的乐生，正是他们笔下那些重负之下，努力工作、乐于工作的亲人劳动者们，择善而生的普通劳动者的生活，其实更接近生活的本相，在座的我们不也就是这样生活的吗？

吴亿伟《努力工作：我的家族劳动纪事》、郑顺聪《家工厂》都是以鲜活的细节、纪录片式的真诚、扎实的写实精神自述了自己父辈以及自己少儿成长和工作记忆，尝试还原这些渐行渐远的工作记忆，一般人可能忽略的劳动者及其家庭的日常微不足道的事情，并赋予它丰润的故事性。比如吴亿伟笔下的母亲与阿姨的女工生活，自己卖卫生纸的宣传车；郑顺聪作为工厂时代的孩子以工厂散落的物件为玩具，还有放学之后（下工之后）的家庭手工、工厂物件的家庭摆设等等。李欣伦从中读出二者是在以"物件"拼贴父母的劳动纪事（大陆文学近年也有不少写物件，如传统农具的消失来记录时代与社会变迁的），及其乐生的、不同于杨青矗时代充满血泪的劳动者形象，并从中追寻各自成长的生命之源，也就是各自的故土和家园。面对故园和家族，写作自然充满同情理解，自然带着疼痛和体温，即所谓有温度的写作。

而论文的深度就在于，温度的写作使文本介于得与失之间的怀旧中。得，在于对故园的追忆，这是作者的心愿之作（作家对自己生命节点的必然选择）；失，因而缺乏对根源的责难和追问。李欣伦指出，即使有责难，也是曲笔。吴亿伟和郑顺聪既不同于杨青矗的批判，也不同于执着农案的吴音宁对经济起飞工厂林立之恶的控诉，吴郑是同情理解，用李欣伦的说法是"体解"（体谅理解），是对劳资关系（如对父亲老板的同情理解）的另一种书写。这种比对，颇具深度。

同时，以个人视角追述记忆。李教授指出这是一代人的集体记忆，而且是一代人追梦的进取奋斗的故事，她的结论：两本散文集书写的台湾一个时代一个个劳动个体的日常点点滴滴，种出了一株茂盛的家族树，或者说是家族史的另一种书写，并弥补了台湾农工史的缺页。

由此，便想请教李教授：因我未能读完两部作品：一、两部作品是否有一种更深层次的感恩？不仅对父母的养育恩和奋斗辛酸史，儿女心有的戚戚焉，是否还有对劳动者的感恩？因为社会的进步，根本动力在于劳动者；没有他们，一切无从谈起。李教授是否还可挖掘作品对劳动者真挚的关怀与感恩？二、是否有多重身份上的多重审视？由于作者的多重身份（劳动者之子、少年劳动者、作家等），其中是否有交叉纠结的视角去思考劳动、时代、生存、尊严、生命，尤其劳资关系，包括思考自己不知道的故事——父母的故事？以此追问、想象、体认乃至审视和反思？大陆七十年代也有这样的"家工厂"，也有少年劳动者记忆的书写，包括今天与之相像的"打工文学"也都不止于呈现，更多对现代性的反思等等，这样也许论文会更具深度与丰厚？！以此就教于李教授。

在"2013年两岸青年文学会议"上的发言 2013.10.26 台北

有
我
之
境

文心如月

——关于黄蓓佳的长篇新著

　　黄蓓佳新近长篇《所有的》《家人们》，不仅相承着她儿童文学创作清隽温馨的风格，还呈现与之不同的文学新质，体现了作者的文学自觉。新著中一个个中国式家庭的故事，是作者关于家庭关于幸福关于人性的探索。叙述平实而浪漫，坚忍而优雅，细致而真切，直抵世道人心。在此我们触摸到当代中国各阶层尤其知识分子的生活真相，感受到故事所依托的社会关系、价值取向与人性复杂，尤其中国女性争取独立与幸福的挣扎、隐忍与坚忍。无论是人生"所有的"欢欣与痛楚，还是"家人们"各不同的悲喜剧，讲述着爱情与家庭、背叛与救赎，充满着激情、温柔与透彻，更充满着深切的同情、理解与自省。有三个印象，令我感受颇深。

　　一是对历史的反思与自省。小说对身不由己的革命年代的叙述，展现一代知识分子沦落的挣扎。"文革"中，马老师、罗家园、乔六月等无数人，为赎回肉身的自由而出卖他人，他们相互映衬着，在时代的涡轮下构成一组受难与施难的群像。一如罗想农听说乔六月也曾出卖过杨云所感叹的："那个年代，不能不那么做，不是单纯的勇敢和软弱的问题，也不是生与死的问题"，所以每个人都是自己历史的承担者与书写者，都是时代的牺牲品。因而罗家园、乔六月凄婉的晚年是在诚恳地赎回沦陷的灵魂，包括乔六月羞于见杨云。背叛与赎罪，每个人都是受害者也都是罪人，包括精神清洁的杨云，虽没在政治上失节，却也因家庭生活上的不断出走而使家庭支离破碎，伤害了无辜的家人，包括对二儿子罗卫星的偏爱，一如《所有的》李素清偏爱艾好（都是有性格缺陷的少年天才）。黄蓓佳以同情之笔描述了这代知识分子从现实获罪、对现实赎罪的过程，写出他们作为现实罪人与心灵罪人的冲突挣扎的灵魂史。唯此，《家人们》对历史的直面与反思自省，比《所有的》深切尖锐。

二是独立的女性意识。小说塑造了杨云、乔麦子以及艾晚那样于静处活出卓尔不群的女性形象，她们身上冰冷与热切相容，坚忍与柔弱同在，偏执与宽容相长，绝望与希望共生。虽然不同时代不同文化的婚恋观各有差异，但人们对美好爱情和婚姻的期盼却是共同的，小说中所有的女性都怀着各自的憧憬。美少女杨云的命运便是革命年代的一个个错位中演绎的人生变奏。当她还在农校大量阅读苏俄文学，并初尝与乔六月初恋的美好，就被命运之神关闭了爱情之门，怀上单位领导罗家园的孩子，梦幻少女杨云悲恸欲绝，不仅厌恶丈夫罗家园，甚至波及无辜的长子罗想农，以致他一辈子都得不到母爱。杨云的决绝来自她自身的爱情困境（黄蓓佳小说的人物都陷于爱情困境），一次次从婚姻出走，坚守无望，拼命工作，成为人人欢迎的兽医，期望不断走向蜕变和完整，成为杨云的自救途径——心灵自救，因为"爱，是不能忘记的"。尽管，在个人不属于自己的年代，时代造成了无数的家庭悲剧，杨云则将它置换成男女两性的对立与抗争，不仅为了护卫心中的爱，护卫个性独立，还为罗家园出卖乔六月，而护卫自己精神的清洁，可谓琴心剑胆，颇具品格。杨云"一辈子都在抵制并抗拒他，把身子背过去做出决绝的姿态，但是到了最后"，她还是接回罗家园并照顾送终，责任之后，依旧是死也不愿合葬，再次表达了她的决绝。于是，人生的荒诞性与宿命性的相会，反衬出知识女性的宿命及其无奈与挣扎。

黄蓓佳孜孜探索的是人性在大时代所蕴含的复杂性与丰富性。越是优秀的女性，越是在大变动时，心境越是复杂丰富：表面平静，内心汹涌。杨云如此，乔麦子亦然。麦子是一位对文明有透彻理解并极具精神质地的知识女性，她一直把自己迁在远处和静处，执着于事业与爱情，并自我疗伤。理智清明，坚忍决绝，20 年坚守所爱，终是悲而喜极，得知自己怀上爱人罗想农的孩子后，当即远走瑞士，人生复位到静好。一如《所有的》艾晚怀上陈清风的孩子，便从加拿大回国生养。同为女学者，知识女性的自立自爱、智慧清洁超越了她们的前辈杨云、李素清们，这不仅在于时代对人性宽容的进步，还在于女性独立自主的进步，尤其这种独立精神的反叛意识有机地融入中国历史大背景中，突出了知识女性在变动时代的宿命与抗争。她们在黄蓓佳坚忍而优雅的日常书写中，展现了女性生命的存在方式、自我价值与自觉意识，散发出女性的尊严与光彩，颇具文学品格。

三是"同情之理解"。这缘于黄蓓佳浪漫的心性，缘于她一以贯之的率真与诗性，缘于儿童文学关爱品质的延续。她的小说充满"同情之理解"，一种对人性积极的理解，理解自己也理解他人的良好心智，尽管有时不免一厢情愿，但她依旧上善若水。因而，她的故事很少邪恶之徒，刀光剑影的复仇，人物也都择善而生。一如简·奥斯汀故事里的美好良善。哪怕对《所有的》张根本、李艳华夫妇，《家人们》的王六指（作者没让这个流氓受刑，而是遭报应地偏瘫病死医院）等，包括对罗家园的怜悯。而同情之笔最为动人的当属男主人公罗想农，儒雅，知性，责任，尤其忍辱负重，执着与坚贞，这些令女人"如归"的优秀品质却受到现实负重、家庭伦理与内心自律的严重冲击，罗想农的情感与家庭一败涂地，既救赎不了妻子李娟，又愧对恋人乔麦子，更苦了自己，他的个性与责任伦理决定了他的悲剧，令我们想起巴金《家》中的传统负重、孑然独行的大哥觉新，哀其不争，敬其坚忍。黄蓓佳对罗想农给予了最充分的"同情之理解"。

读黄蓓佳的小说，真有文心如月、清朗又悲凉之感。

静水深流

——范小青的短篇小说

　　面对碧波万顷的海面或湖泊，我常常会想到静水下的那片未知世界，不知水底世界有多深。或许它还真是一片碧绿静水，或许更多的是一个劲流狂澜的涌动世界。读范小青笔下素淡的江南小城、吴越乡村，平和的街巷阡陌中的寻常人物，便能感受到她笔尖下这种静水深流的万象，作者隔岸观火却世事洞明，她以口语化的吴侬软语、机智内敛的叙事不断开掘着那些家常而琐碎、温润而细致的姑苏风物，范小青不经意间让她那些令人会意会心的人物，于平淡无奇中不断表现着生命的平常与无常、人性的深度与宽度。于是，司空见惯的生活表象，宁静鲜活的民情世态，直抵世道人心，令人掩卷难释。一如范小青的柔肠侠骨，一如自然现象的静水深流。

　　短篇小说集《像鸟一样飞来飞去》映现的正是范小青这份日益自觉的美学追求，以及不断成熟的静水深流般的艺术魅力。因了古老苏州人文传统的滋养，二十多年的小说创作，范小青一直把自己的艺术之根扎在生她养她的吴越文化中，以女性特有的视角，从日常生活细节入手，从苏州市民的生存和精神状况，到今天乡镇变迁中人性的复杂性，范小青忠实于自己的生活经验，并以出色的想象力和精巧构思表现了一批人物灵魂与身份分别置身于城市和乡村临界点的普通市民，并以此书写自己的《城乡简史》。在这部简史里，早在八十年代的《瑞云》就以好婆对瑞云的教养、瑞云对翁美华和陈光的影响，准确细微地描画了城市对乡村的诱惑、掠夺和改造，以及叶落归根的人性。到了现代都市繁荣的新世纪，农民工出入城市《像鸟一样飞来飞去》，一本城里人的账本却引领王才（《城乡简史》）一家走向城市、走向由卑微却诚实勤勉的劳动带来的自乐自足的新生活，"就是因为账本上的那四个字'香熏精油'，王才想，贼日的，我枉做了半辈子的人，连什么叫'香熏精油'都不知道，我要到城里去看一看'香熏精油'。"这平凡却是不到城里非好汉的坚执，什么事都可能发生呵，对此我们还有什么可怀疑的呢？果然，王才、王小才们生活和观念遭遇着巨大的冲击和变化。这里没有常见的对农民的嘲讽和讥笑，而是真切妥帖地描述着他们最卑微的生活追求和生活满足，他们对生活的敬畏，对人间温情的向往，对周遭的关切。一如《回家的路》，到城里开小型搬家公司的吉秀水和他的助手佟柱，在勤勉诚恳工作，拼命养家糊口之余，却不时牵挂着城里雇主出走的智障儿子彭冬，并祝福所有寻找回家之路的人们，故事平凡却温暖明亮。是的，尽管这些人物灵魂与身份分别置身于城市和乡村的临界点上，哪怕他们从言行举止到生活方式都努力做城里人，哪怕成为城里人几十年，晚年的刘老伯（《这鸟，像人一样说话》）还会讲回谁也听不懂的似"鸟语"的乡音。是的，这份乡土中国的个性化书写，正体现了作者对中国农民和乡土中国的深切理解。哪怕他们的乡土性交融、妥协于城市的现代化，但他们的根始终顽强地扎在生养他们的乡土中，长在姑苏文化醇厚的传统中，他们择善而生，对世事宽容，对人类关爱，表现出普通生命的宽度和温度，也使文本直抵人道主义和人文关怀，融会了作者对笔下人物的理解、善意、忠诚和热爱。当然最深的爱里，是看不见浪花的。范小青把自己对人物最深的爱赋予她笔下的女性。从八十年代的瑞云（《瑞云》），到九十年代的汤好婆（《鹰扬巷》），杨雪花、李小娟（《失踪》），新世纪的余畹町（《爱情彩票》）们，无论出身贵贱、地位高低，她们没有失去自我，都做好自己，尤其宠辱不惊，淡定自如，上善若水。汤好婆、余畹町在静静回望流年往事时，举手投足是何等从容高贵、气度非凡，大相无形间是静水深流的魅力，有这等风范的还有陈白渔（《李书常先生雅正》）。当然日常更多的是喜乐如常的小人物，如身陷官道的《科长》《钱科钱局》卑微而无奈，在会心的细节和会意的人物中，柔韧致密的范小青告诉我们，这便是我们的日常生活。我们太忽略了日常，忽略了细节，忽略了他人甚至亲人，犹如杨雪花和李小娟的丈夫，只有妻子失踪才发现自己的熟视无睹，犹如《想念菊官》《六福楼》《鹰扬巷》里每个生命里永远不灭的记忆，哪怕极为平凡却如抽刀断水水更流。于是，在范小青知性描述的这平和的日常生活中，我们看到了城市的日常其实就是由平凡的少量城市人与大量的异乡人构成的，在处处"啊呀呀""是的呀"的吴侬软语中，我们不仅感受到姑苏风物淡淡的水汽，更感受到普通人日常的独特性，这种日常性的本质就是人的本色和本性，由此我们可知，日常生活也有着自己的丰厚和宏大。这便是《城乡简史》的横断面，城与乡便是由如此的日常构成的。

于是，范小青以她风和日丽的韧性、风调雨顺的恬然，穿越着我们的日常，穿越着我们得以生存的时空和精神世界，静水深流，空山鸣响，这是范小青小说的智慧，更是范小青小说的力量所在。

《文艺报》2008.1.3

有
我
之
境

女性的精神牧场

——梅卓的中短篇小说集《麝香之爱》

在梅卓唯美灵异、忧伤悲悯的《麝香之爱》中，她以自己的藏地的审美方式放养了一个高远苍茫的精神牧场，梅卓在此不仅用精微敏感、仁慈上善的笔触放牧了一个个独具个性的藏族女性形象，凸现了藏族女性的生存状况尤其是爱情悲喜；而且还自由自在地放逐自己，一任才情飞扬，一任泪河深流。诗人梅卓以藏民族日常生活背后深刻的宗教背景，以古人所创造的诗歌的隐喻，完成了她小说在多重话语霸权下女性的心灵叙述和社会批判，这种叙述与批判沉静内敛、仁爱宽恕、悲悯坚忍，犹如佛心禅意，又如藏宝麝香，浓郁弥久。

生物学说麝香是一种外激素，外激素是动物腺体中分泌出来的，能在同种动物之间传递信息的化合物，麝香在平时是麝鹿相互辨认、增加交往、免于与情敌遭遇的信息源，在繁殖期间更是有强烈的吸引异性的作用。因而，麝香对人的心理和生理系统有着极其显著的影响，它强烈的开窍醒神作用可以使香气具有一种特殊的灵动感和"动情感"，而且香味浓郁，经久不散，一如梅卓和她的女主人公向往的爱情，心心相印，天长地久。由此我们感知到，藏宝麝香在此不仅是高级香料和最名贵的中药材，善用隐喻的梅卓是以此实在的形态，隐喻自己的精神牧场以及其中的爱情之道。正如《易经》所说："形而上者为之道，形而下者谓之器……"精神牧场是创造形态的"道"，麝香本身便是梅卓的"器"了。梅卓通过创造自己的女性的精神牧场，使我们真切感受到她的精神世界、情感方式和对现实认知的麝香之爱。

《麝香之爱》的 16 部中短篇小说，或书写都市爱情，或回望民族根系，或描述女性经验，"寻根与未来，英雄与凡人，传奇与现实"（梅卓"第十届庄重文文学奖"获奖词）始终贯穿其中，她总能用优雅感伤的叙述走进历史深处，将生死轮回的历史循环带入当下生活，映照藏地先辈壮怀激烈的英雄传奇，尤其藏地女性超越生死的爱情向往。在隐喻和通感中，"使悠久的藏文化传统自然而然地融入当下，融入时尚，融入城市生活，从而实现城市写作、女性写作和民族叙事的话语转换"，再次从汉语主导文化，从君君臣臣、父父子子，从夫高于妻、男高于女的多重话语霸权中，实现个性化的女性写作，颇具诗性和神性。

于是，活在她笔下的藏地女性，在多重话语霸权下尽管忧伤不断，却美丽奇谲。尤其如下三类：一是中产阶级女性，包括藏族贵族及其后裔，如《珊瑚在岁月里奔跑》里的珠玛、秀吉玛以及妩姆、色姆、兰措，《魔咒》里的达娃卓玛，《麝香》里的吉美，《秘密花蔓》里的卓玛等等这些几乎引领了她大部分小说的女主人公，她们更多着上作者独特的女性想象和立场；二是富于现代性的女性，如《佳姆萨朵黛》中的息尔、《珊瑚在岁月里奔跑》中的茜若、《蛋白质女孩和渥伦斯基》中的琼果等，时尚的她们有如吉卜赛人式的自由奔放，不拘一格；三是神秘的通灵人，如《珊瑚在岁月里奔跑》中的阿依琼琼、《麝香》中的灵人等，神秘灵异，充满佛心禅意、超凡脱俗，令人敬畏。在更多着上作者身份立场的前者，在个人经验和出色想象相融的女性故事中，无论她们是活在民族苍茫的历史深处，还是旧梦依稀的当下；无论是《珊瑚在岁月里奔跑》中几代贵族女性的圣洁仁慈、坚忍执着与神性和灵性，还是旧梦幻灭后的达娃卓玛，在无奈中承受、负责和超越，以神性"撒诉"生活的《魔咒》，哪怕无的无所谓与无所谓的无；无论是矛盾的佳姆萨朵黛和华果，还是绝望凄美的吉美，幸福的"境况是不能长久的"，终究要回到她所不知的甘多有妻儿的残酷中，冰清玉洁的吉美微笑着将自己八年的守望，变成"一条血的河流"，这条绝望的死亡之河，凄美冷艳，散发出经久不散的《麝香》，令甘多震撼。如此的坚执如一，如此无望的忧伤，却充满着麝香般浓郁的生活的韵味、命运的玄机和精神的尊严。尽管，她们是一朵朵盛开的忧郁之花，唯美感伤、敏感自尊、心灵眼慧，她们吸烟喝酒、新奇反叛却憧憬美好爱情。爱情却不断幻灭，这时的她们一如"拉姆侧脸藏起忧伤时，耳环便会发出一声叹息"，《欢愉》的故事并不欢愉，惨烈偏执的女性青春自然是成长之痛。在沧桑之后，麝鹿般敏感的她们，爱的眼窝里噙满了深深的泪水，尽管看到爱比荒野更荒芜，她们依然昂起头，爱的信念一如《秘密花蔓》深藏在佛像背后，"秘密地生长，四处环绕，脉络清晰，结出无数神秘的骨朵，绽放出芬芳的香气"，长在一颗颗谦卑灵善的心底里，大放光芒。《秘密花蔓》如哀如诉，如歌如蔓，沧桑悲凉却上善若水。还在绸缎般年华的卓玛，就受到传统与父亲的轻视，作为独生女因不是男孩而不能继承父亲的唐卡画艺，遵父命与物欲化了的当年的师兄成家后，身心俱伤。沉迷于吃喝玩乐的"丈夫"，从吃妻子软饭到盗窃妻子巨幅唐卡，一任堕落。梅卓大部分小说采用调和色，人物性格和价值观也相近。在此，她的叙述使用了少见的对比色，两两相对的人物。女性的命运无常无助，却宽厚坚忍，令人心痛；而物欲化的人物霸道无耻，卑劣无能。同类的还有《唐卡》，桑杰才让、德吉卓玛对传统的敬畏与护卫，那些"时光也拿不走的宝物"唐卡，在他们的心中神圣无比，而他们的导师张教授和同事多杰本，研究唐卡和文物却监守自盗。在这些物欲化人物的人性与道德缺失中，展示了作者对于存在的判断力和道德勇气，以及对惨淡人生的直面精神。这种直面，并非凌厉孤奋的尖锐，而是梅卓悲悯式的内敛，我们从中看到男性社会与多重话语霸权对女性的牵制，甚至看到有所缺失的女性本身，一如皇帝的新衣。虽然她热爱笔下女性，对女性的期待深长而真切，无论厚道良善、高贵优雅，还是阴暗虚荣、软弱乃至心理障碍等等，梅卓的笔尖都直抵这些女性特有的缺失弱点，并时有自嘲，也依然期待。这是在真正意义上强调女性的平等。尽管作为一个麝鹿般敏感的女人，她看万物都能看出女人味儿来，否则她的那些藏地风物，何以如此感性鲜活、神秘鬼魅，麝香弥久。

　　是什么支撑了如此独特的书写？如果我们说以女性的方式与视角去理解世界感受生活，并表达个人内心经验，还不足以阐析梅卓的创作和写作支撑；如果我们像贝蒂·弗里丹在《女性的奥秘》所号召的发问："我是谁？我想从生活中得到什么？"我们以此追问梅卓的写作，那么是什么东西在支撑她的才情和不倦的写作呢？由于不同于西方的文化背景、思想传承以及社会性别话语系统，中国语境的现实决定对女性主义的解读只可能置于中国本土的语言生成中。而鉴于梅卓醇厚的藏文化精神背景，以及她不懈地追忆与弘扬的文化自觉，要观照她的写作真相，必然要进入藏民族的文化传统与现实的中国语境，尤其藏地文化的性别教养传统。她笔下美好的与不那么美好的女性，不也都是在藏地的佛心禅意和独自守持中，完成了各自对自身生命原地和精神的皈依？她们更多地承载了现代女性在世俗红尘的沉溺与精神超越的抉择中的困惑与迷茫，尘世的家园已难以安置下我们的一切，心灵的牧场在哪里？达娃卓玛和吉美们，不就是在寺院魔咒、麝香情境与现实锻造中达到心灵的解脱的吗？《麝香》主线与副线的交相辉映，一如佛理的空与实。不管是女人，还是男人，梅卓真正关切的是藏民族乃至我们民族的精神，关切我们精神上的病症。虽然，她自我确证的民族身份与大一统的国家意识形态相对疏离，她的民族想象也更多带有个人的印记，但是，我们在她对本民族文化的生命体验、创造性想象和个性言说中，触摸到的不仅是梅卓的叙事耐心，感受更多的是她以精神穿越与追寻历史和存在的幽微、生存创痛和精神困顿，感受到人性被现实存在所奴役的沉重，以及人物面对沉重时的选择，及其生活的种种期待和包容。敏锐、感伤而宽厚。

就这样，梅卓不动声色、沉静仁慈地在她的牧场用心制作了一场场精神盛宴，犹如作为诗人的她，穿越心灵的一次次歌唱:《激情之宴:飞越城市车流》《失语之宴:想起约会》《暂聚之宴:比它更珍贵的》《冬雪之宴:梦中青唐》《甘露之宴:清明》《香气之宴:我等的车就要开了》《黑色之宴:你呀，带着夜明珠来访》《命运之宴:光荣》等等，这些悠远伤感、颇具藏地风情的叙事诗，不仅赋予她富有跳跃和张力的短章的小说结构，它们还与她的小说一样，都成为她永远的麝香之爱。

赴着这场场精神盛宴，作为时时为她作品心痛的忠实读者，我闲坐在这个唯美的牧场，女性的思绪悠悠淡出牧场的边缘，飞越雪域戈壁，走进寺院经卷，穿行街巷藏包，如梅卓看云卷云舒，看夕阳西下，还看尘世里皇帝的新衣。

麝香远远袭来……

《文艺争鸣》2008.2

你永远无法走出你

　　徜徉在中国文学历史与现实中的女性世界，可以看到中国知识女性在各个不同历史时期的生存状态。回顾她们寻求解放的艰苦历程，既可以感悟到千百万中国妇女和女作家们的胸襟、胆识和情操，也可感悟到中国文学女性世界自有的品格和风骨。然而，我同时还深深感受到她们为此付出的巨大代价，感受到她们在创巨痛深的幻灭感中长久地踯躅彷徨着，无法走出这无边无际而又重负重重的世界，无法走出自我。正如赵玫在《太阳峡谷》中所说——你永远无法走出你！

　　这是一个残酷而又深刻的结论。这里，有历史的丰富内涵，也有美学上的迷人的魅力。

　　文学艺术中的知识女性，是属于最先意识到自己的价值及其处境和命运的女性，也是最先能够面对世界表达和申述自己的女性。她们已洞悉作为女性的生命律动，明确本性的追求是什么却又把它匿于以维持某种秩序之后，具体环境的漠视，加之知识女性发自内心的自尊和对社会生活的透彻，于是，企图去实现什么却又无法实现，这就形成了她们生命意识中的深刻矛盾。具体体现于她们身上，早已不是娜拉式的觉醒，而是娜拉出走之后的孤立无援以及新的拖累与牵制，是她们遭受生活与事业的双重挤压难以成为双重圆满的人而产生的迷惘和困惑。因此，其矛盾面更大、更深刻。"你永远无法走出你。"她们意识到了，然而为了生命意识的真诚召唤，她们依然追求，可结果依然是，你无法走出你。

　　早年，冰心与庐隐等一批富有才情的女作家，就曾执意以女性的品格去探讨社会人生。不同的是，冰心是以其爱的哲学作为拯救人生的药方，她要用爱去征服憎，用爱唤起人性来使世界和谐，使一切趋于平和。尽管我感动于她的女性的人道——"世界上的母亲和母亲都是好朋友，世界上的儿子和儿子也都是好朋友。"然而，这毕竟是一朵空幻而脆弱的爱的花朵，最终还是被现实的洪涛巨浪所击碎。这位令人景仰的

"花房"中人再也无法挽回那既倒的感情狂澜，于是冰心那迷人的敏感丰盈的神韵便不再复振了。而更为坚忍的庐隐，尽管她有对社会的透彻见解，"视世界事无一当意，世间无一人惬心"，尽管她做人作文爽直自然，然而露沙的恋爱悲剧（即庐隐与郭梦良爱情悲剧之影）就是知识女性与社会与命运抗争的失败。这位敢于对人生进行焦灼而苦闷的叩问，敢于对当时社会制度表示憎恨的才华横溢的女作家，最终也无法走出自己。

如果说"五四"时期的女作家的视界过多地面向女性的自身与自我世界，而忽视了外在世界即更为宏阔的社会生活的其他层面，那么新时期的女作家则是同时拥有"两个世界"的作家。从她们的女性系列篇中可以看出，她们的文学视界的核心是女性的最终解放，即在中国妇女获得政治经济根本解放的前提下，追求一种更合理的生存状态与更完美的人性实现。她们在观照社会生活的同时，观照人包括女性本身的精神世界、灵魂世界。可以说，这是远远高于"五四"女作家的文学视界的。

然而，要谋求妇女的真正的解放，不能只靠伸张曾遭受不合理压制的个人欲望或争取某些男人享有的权利，而需要更新整个的世界和全部的社会关系。这是一个相当艰巨和渺茫的任务。因此，尽管新时期的知识女性早已超越了"五四"时期娜拉式的觉醒，而走向个性独立，然而她们还是不免在追求理想的途中遭遇失望，试图开拓未来却又常常蹒跚于过去的重负之下。张洁《方舟》中的女性，就理性地知道自身的生命律动在鸣奏着什么，也试图去实现可就是实现不了，柳泉最后只能归结到"不幸生为女人"。张辛欣《在同一地平线》的女主人公似乎能够摆脱某种羁绊了，可代价却是惨重的，最终她只能疲惫地撤回家庭，而且忏悔的悲哀紧缠着她，女性的生命原色又回到她的肉体与心灵。其实，这种迷惘和痛苦，在当代女作家身上是较为普遍存在的。于是，她们敏感于性别的称谓。戴厚英曾说："我首先是作为一个人、一个作家而写作的，其次才是女性、女作家。"还有张洁，乃至龙应台等等都曾严正声明过。可是，这声明的本身却正说明作家强烈的女性意识，尤其她们笔下女陛世界的困惑。生命注定了她们比任何人（尤其男人）都要活得更艰难。这些实在是女性的痛苦，也是理想者的痛苦。

提到舒婷的《致橡树》，许多人都说那是爱情的颂歌，是诗人对美好爱情的礼赞等等。可是，我在默读时却感到了心的战栗，那实在是一份美丽的忧伤。那开首吟唱的一句句假设句，不就使那一句句展示着人类未来理想爱情的景象，蕴含着是与不是、可实现与不能实现的双重可能性吗？这耐人寻味的艺术空间包容着诗人女性心灵的叹息，那是对理想的叹息。对舒婷这种理想者的痛苦，我在参加《新中国文学四十年》的编写中如是说了。这份苦痛绝非舒婷仅有，它乃是女作家们对历史变迁的敏感，是她们对外部世界和自己内部世界的深刻体验。她们对理想高层次的追求，使过于明白的心灵备感困惑。智者的灵魂是最痛苦的灵魂，也是最真实的灵魂。读到林白近几年的小说，总能触到一种灼痛，尽管我还保存着她几年前送给我的那本《诗刊》，保存着她那份几乎可以立在南方三月的每一片新绿上舞蹈的清丽和轻盈，然而，我更敬重她现在文学世界中的这份孤独和唯美、撕扯和苦痛。"我思故我在"，直面人生，直面自我，追求梦想，她无法不疲倦，不艰难，不伤痛。你还是无法走出你，林白。

　　批评家的才能与见解是见诸他的如何选择和完成选择。当我在纸上写下这个题目后，我明白我成不了批评家。因为我也困惑，也常常感受到这种走不出的困惑。也许正是这份明白使我做出这种选择。有位同仁说不喜欢赵玫的评论，而我却以为那是漂亮的，那种感受型的女性风格，具有女性的力度和柔美。尤其她的人物印象记，写谁肖谁，我们往往可以从她自我加入式的评述中，感受到她在梦幻的同时真诚而无畏地面对着真实。正由于她的美与真，她所加入的文学流向是和她的生命流向同步的。因此对女性生命的最深处，她有这么一个一针见血的命题："你永远无法走出你。"于是，这个结论便刻在我的心上了。

　　因了执着的理想追求而走向心的迷惘与孤寂，因了生命的原色而导致自我的困惑，这本身就不乏悲剧的色彩。而中国文学的女性世界却常常是在这些并不和谐的双重音符上不断向前构筑的，一代一代展示着她们在不同历史时期面对社会沉思和寻找精神寄托的艰难、选择的迷惘和对女性人格美的呼唤。只是，在尚未更新整个世界和全部的社会关系之前，她们只有不懈地追求，奋力地抗争，无尽地困惑……

　　这既是一种悲哀和苍凉，也是一种美丽和伟大。

血水赤婴

从友人手里接过一本《农妇随笔选》（湖南文艺出版社）便下乡去了。不想，这本书竟让我钟爱万分，居然破了我好书一径读完为快的习惯，而整整读了两个月——我实在不愿于白天的喧闹中去惊动这本至真至性的书籍。

于是，我选择每天临睡前的几十分钟，靠在床上，连同乡下的春夜，更深气凉，风声不断，斜雨入门，青翠含窗，一同走进农妇耕耘的心田里。这方寸之地虽遍及世界各地，而且都是极欧化的环境，却在农妇（本名孙淡宁）对农村生活的真切向往中，散发出浓郁的中华泥土的气息，朴拙、清新、灵动、空旷。于是，一种很清纯的感觉使我心胸如洗、积垢尽除，清清爽爽地就跟着农妇去种瓜种豆、去看景看人了，直至深深睡去——那是我从未有过的好觉。清晨醒来便觉得长了些精神了，可心极了。

选本的文章都很短，大都是农妇谈她生活中的琐事，和她对人与事的观感体悟，然而，农妇却写得娓娓动人、坦坦荡荡、纯纯粹粹，处处示人以本色，处处散发着浓厚的人情味，处处挺立着一身傲骨一味率真。什么叫赤子之心？什么是人的本色？在人性已普遍扭曲异化的今天，农妇正是一种现身说法，她以自己淡泊名利却又刚正不阿的为人和平实自然的为文，让人感悟到世上最可贵的是人的性灵和童心，她真真切切地张扬着一份自家本色。难能朴素难能可贵。难能受到青年人的爱戴。

是的，母亲血水里出生的赤婴，总归要用他的啼哭来呐喊生命，呐喊新生的。这鸿蒙初辟的人的本色谁人不珍视？

大约，这便是在欧美各地，有中文书的地方，就有农妇的书的主要缘故吧。

农妇，曾有着她那代人的坎坷和丰富。抗战末期，大学毕业立即从军投入抗日作战的行列。那颗热烘烘的赤子之心连同腰部的枪伤都深深地影响了她的一生。从此，这位湘女在海外奋斗近四十年，却从未低下一颗中国人的头颅。这份深沉的民族情感已成为了她人和文的经络了。哪怕是在吃食不可心时，也是因为"这不是自己的故乡"，而偶尔有条件自制家乡小菜，一家便欢喜异常"尝到了故乡风味"。是的，她参透了人情世故，然而，却没有许多中老年人的世故、精明和机巧。她淡泊宁静却又刚气可见。她可以"晨间和扫落叶老人喝咖啡，同天下午和国家元首饮酒"，她可以拒绝高层人物的豪华款待，却乐于坐在陋巷里与老乞丐或流浪青年喝米酒欢谈。她的生活中挤满了青年人（有追求有成就的青年人），无论她在哪里——欧洲、美洲，还是香港、台湾。她称这些青年为"人家的孩子""愣小子""傻小子"（称自己儿子为"痢痢头儿子"）。她于善良自强的青年是慈母严师，如《布拉格小子》《孩子，珍重》《可怜你们这一代》等等；于势利虚伪浅薄的青年则在厌恶之下提出《一点建议》或无情鞭挞，如《迷惘症》《寒山，拾得，老报人》等一一可见；她偏爱《农家子》，以为"风雨霜雪摧不毁的大自然生机，培养了他们的气质和人格"；她是性情中人，眼里容不下一粒沙子，尤其恨透一切虚假的《面具》，乃至花瓶一时没有鲜花，"宁可插一把草叶"，她绝不要绒质绢绸等假花。就是这样一些生活琐事、异域风情、伟大人物、街巷杂闻，农妇无不入文，她是以自己的真性灵去体味去发现去点化出生活的真谛，可谓大俗致雅。在农妇笔下那被现代社会压抑的生存大苦闷，外化在山水人物之中，艺术的真精神便沛然于文字间了。她这种将人事与自然融为一体、天人物我混沌为一的性情散文，鲜活着她热爱生活、热爱故土，甚至热爱理解与忧患生命的凸凹和无可奈何。那是一颗流浪漂泊着的既深扎脚下土地而又深沉眷恋故土的赤子之心。

难怪刘海粟大师送她这么一副对联：笔底人间烟火，纸上四海风云。

作为香港新闻界的资深记者、海外知名的国际问题专家和散文作家，农妇常以个人身份访问欧美各国（而近十年又定居美国）。可敬可贵的是她始终以一颗仁智平等之心与人交往。于是，她笔下的人物都写得相当亲切温暖可人，她点化的是他们作为普通人的普通心。于是，她笔下的人无论平凡还是伟大，都显示出博雅深思、生活情趣和生命本色，而且每一篇小东西都有一种精神暗示。她诱导人们如何回归人性的纯真状态，如何返璞归真，成为一个有责任心的自由的人。

于是，她这个"疯"劲很足的人，一有机会就想"疯"。"跟我一起'发疯'的人，有老家伙，也有小伙子，都能'疯'得很投入，因为我们懂得享受'发疯'的乐趣"，"只要不伤害他人，你尽管'发疯'"。痛痛快快喝酒、唱歌、跳舞、旅游、说幻梦、做无规则游戏，自然，也痛痛快快论争、学习和工作。这实在是一个超脱世俗框框、欢欢喜喜去做自己喜欢做的事的老顽童。这才真正是享受生活、享受自己，这才是真正的生命！

我不禁想起在北大课室里，我们就曾敬笑谢冕教授、乐黛云教授是老顽童。谢先生是极少师长威严的，常与我们激动欢笑，还不时与我们这些老大学生骑着自行车摇摇晃晃于郊外田埂上；乐先生则是整个精魂都极纯极真的女童样儿。听他俩的课，是绝对的轻松愉悦而不失获真知和深厚。读农妇的随笔，正是这种享受，令人亲切、放松、清纯而又余味无穷，绝无一丝学究气的酸气和迂腐。而且，这些热爱生活、永远年轻的师长们都是些绝无保留地疼爱青年人的导师。爱青年人，青年人也一定爱你的。这是事实也是真理。

让人着迷的还有农妇的散文语言。那是从从容容、平平淡淡的，极清纯，绝无呕笔濡墨、惨淡经营的痕迹。"车前一轮明月，这明月，在异族领域的上空。"干净省俭，思乡情却跃然；"这么好的瓜，应该大家尝，明年，我将多下瓜种，结很多瓜，给每个愣小子寄一篮，让他们连同感情一同吞下，也许更甜。"慈爱，简朴，却余韵绵长。

《农妇随笔选》二十余万字都是如此简单而有力量的。人深厚了是否就会归于简单？就如鸿蒙国里的纯真，幼童是最能感悟真理的，因为真理是最简单明白的。

于是，于血水赤婴般的农妇随笔中，我深深感受到了生命的本色、赤子之心。这就是她文章的魅力。

农妇人先奇，而后文才奇。这样的文章，只可阅读却不可以仿而作之的。

广西双桅船

——读杨映川与贺晓晴

二十世纪七十年代中后期，舒婷以《双桅船》《致橡树》成为了"朦胧诗"的代表诗人之一；她细腻而沉静、哀婉而坚忍的诗风所展示的一种新鲜的强烈的女性独立的意识，成为新时期女性文学的精神质地。今天，已浮出广西文坛水面的青年签约作家杨映川、贺晓晴正以自己女性化的写作在中国文坛悄然崛起，她们的文学之舟犹如"双桅船"具有同样强烈但更为鲜明的女性独立的意识，她们成为了开启广西 21 世纪女性文学船队中最为引人注目的双桅船。

近期，国内首家大型女性文学双月刊《百花洲》将新开《新锐版图》栏目，意在推介各省女性新锐作家，并首推广西女青年作家小辑，发表签约作家杨映川的短篇小说《干花》、贺晓晴的中篇小说《穿过你的黑发我的手》。

应该说，《干花》是一个有着寓言意味的故事。一位平凡的保卫干事，因忠于职守，在单位大院一连串的偷窃案中，循着一束犹如花朵般的栗色长发执着而愚笨地破案，却被一系列的外因牵制套牢而步步走向窘境并丧命的悲剧。灰色的生活境遇，小人物的无奈与绝望，在荒诞而夸张的故事中，在作者慧黠而谐趣的反讽中，给了读者一份真切而永远的伤痛。人类，你无法把握自己；生活的难题就是沼泽地，愈是挣扎愈会加速灭亡。丘一凌没有顺应世俗的圆滑，没有顺应领导给他爬出沼泽抵达陆地的捷径，他在洗刷自己的挣扎中沉没了。于是，又一个"多余人"的悲剧，不期而至。

对一位七十年代出生的女作家而言，杨映川的故事体会是独特的，她没有一般的女性写作中那种因对个人琐事的过多缠绕，而相对缺乏一种形而上的思考，缺乏对现实生活的批判力度和对未来生活的诗性憧憬。相反，杨映川的笔触犀利而灵动，她是在以一位女性特有的细腻及独具慧眼的灵魂，穿透故事时空，寻找并思索生命（尤其女人）的尊严。这种寻找由于现实社会、人类自身对生命尊严的藐视（犹如丘一凌所遭遇的），显得特别具有几分批判力度和悲剧意味。在她的另一部更显才气的中篇小说《只爱陌生人》（《钟山》2001.1）中更是穷形尽相地揭示了今天这个变动不居的时代里新的人际关系及其残酷的本质。女主人公兰心一腔纯情却无辜地一次次被恋人推入骗局推入虚幻，而退居的家庭同样紧张并充满伤害，父母间陌若路人却相守了一辈子，到死时，才了解彼此的爱意，而生命却已终结。兰心在绝望中只好进"陌生人俱乐部"，无所信任，无所依托，只能爱陌生人了。这是一个残酷的真实：爱只存在"陌生人"之间，而友人、亲人或爱人的打击才是最具毁灭性的。生活中太多的亲友总在互相的伤害和欺骗中伤痛并失去生活的信念。人在人前，尤其在亲人面前没有了依托更没有了尊严，人只有逃避，而逃避的结果又常常是悲剧，犹如《只爱陌生人》的结局。人类丧失了精神家园，又能到哪里去安放自己？如此重创剧痛又何以弥复呢？这是现代人的悲哀。在《干花》中丘一凌儿子的受伤和反抗也印证了这一点。这种带有哲思深度的寓言性故事，杨映川在《作家》《上海文学》《花城》等杂志上还给我们叙述了不少。她不仅引动你去分辨生活、反思人生、叩问人性，还给你一种人性尊严的凄清美感。

在这个意义上，杨映川对人生的叩问便显示了她形而上的思考，她有着较贺晓晴更多一些的终极关怀，虽然她对人物世事所叙述的都是些最基本的东西，却是她自己深长思之的东西，并且很见她叙述故事的功力和语言表现的敏感。杨映川的成长郁郁青青。

相形之下，贺晓晴的写作更为勤奋些，更为感性，也更为物质一些。她在一年中就发表了六部中篇。她常常独语于自己积累了不知多少时日的触疼内心深处的私人领域，回望过去，便演绎了许多微微妙妙、迤迤逦逦关于情感碰撞的故事，从半写实、半虚构的自述角度看待生活，长于见微知著，善于以细腻的笔触、微妙的感觉，传达内在情性。她的创作汇入了中国当下女性文学创作的共性之中，即"社会生活化——生活个人化——个人感觉化"。有所不同的是，贺晓晴的语言相当婉约，她叙述的故事又往往错综复杂，不时有变幻诡异、出人意表的情节，那是一种精致的颇具性情的创作。《心病》（《上海文学》2000.5）把生活中是否借钱给朋友的一个犹豫细节推到了庸常的极致，在一地鸡毛中，生活的伤痛不期而至。《时间小岛》(《清明》2001.1）描写了一段没有开始的感情，她简直就是放飞情感的风筝，阴阴柔柔地飞得远远的，而最终又落到原处。感觉已自由而炽烈地燃烧却什么都没有发生，一丝怅然若失的美好记忆留在了时间的小岛上。虽然故事有些冗长，作者的叙述同样兴致勃勃。《好大的风》(《电视·电影·文学》2000.6）写人情中较为隐秘的话题——同性之爱即"爱人同志"的小说，风格是美美的怪怪的。这种颇见诗性气质和长于故事的风格，还体现于她近日在《大家》《天涯》发表的两个中篇小说以及《穿过你的黑发我的手》里，她始终执着于自己对另一半世界的感知和呼唤，不由自主地追求个人生活、个人情感，但始终流淌着一股好强而又伤感的情怀。在此，她对宁的感官描写，对兰蕊的想象推演，对女主人公"她"抚摸式的精细抒情，有滋有味地使三人间演绎出一段不合理却合情的三角恋爱或说是不了情，并将故事叙述得颇为委曲生风，飘逸灵动，这也许缘于她的诗歌与散文创作的经验。当然，她的兴奋点不仅在于她编织故事本身，在于语言的节奏和美丽，还在于她那颗温湿而坚忍、敏感而忧伤的心灵。于是，她的小说温婉如水，如果能再多些形而上的精神意味，一定也会坚硬如水。

感知着杨映川、贺晓晴年轻而别样的人生体验，便感受到了文学的可能性和独创性。我想，这是一艘独特的文学之舟，当然这缘于双桅杆上别样的两张帆，也许船帆的色泽质地会各不相同，但是作为大致同时出道、收获相当、同样年轻的她们，以如此高的起点从广西驶向中国文坛，这已经了不起了。相信她们能够乘风破浪，一路前行。

《百花洲》2001.4
《广西日报》2001.6.1

玫瑰花开

——广西女作家札记

那天生日，门开处，是年年各异的惊喜，先生捧回满怀的玫瑰，40朵，大红超玫。门，轻轻合上，便关住了满室浮动的幽香，沐浴着迷蒙的温暖，微笑，动心动容，然后安详。

突然想起，许多年前的生日，在惊喜中自己的疯狂，怎么就宁和如今了？40年春风秋雨，树老了，人乏了，会少了疯劲儿少了奋争，更少了怨恨。想想吧，那个本该用于铺陈一个创造性画面的冲动，被抑制下来了，30岁以前那一个个赞赏就能带来的幻境遐思早已远去，回报热切目光和赞赏热语的唯有微笑，滚烫的血冷却了，不再作无边的奇想。庸常地守在明媚下午的花格子桌布旁，泡杯绿茶或煮上咖啡，品啜着家庭的日子，温馨无限，宽厚无边。你相信坦诚与谅解，相信人类能够彼此沟通彼此谅解。尽管其中有30岁时无法忍受的无奈和妥协，但你内心清明而坚强。直面现实，当然有惨淡，却护住了宁和安详。美丽和幸福由此开始了，宽容中，亮色和爱意弥漫生活，我越来越喜欢这样。

当然，我也会怀想30岁女小资们的情调，犹如案头这摞映川、黄咏梅、凌洁、纪尘的小说中蓬勃的情绪。该以怎样的眼光去解读这些艺术女性呢？她们是女人，她们是不一样的女人，因为她们是缪斯。她们喜欢独自一人就着午后的阳光，记下30岁女性的挣扎、渴慕、混乱和坚强。作品里30岁女人是她们，是你们，也是曾经的我们，是真实生活的女人们。她们记下了女人的成长。她们感性、忧伤、脆弱，而且坚忍；她们灵性智慧，为此她们美丽光彩。40岁以后，她们也会如我记下倦怠、宁和、安详，自然还会光彩照人。

女性的美丽早已不仅仅止于容貌，也不仅止于女性的权利，更在于怎样超越年龄，焕发青春。无论处于哪个年龄段，女性都应该光彩照人。

这是女性新的希望。

希望玫瑰永远盛开。

玫瑰花开了，这是广西文坛从未有过的美丽。我们把目光穿越广西几代作家，突然就发现从来没有像今天这样呼啦啦地就出来了这么一群有相似年龄、起点、成绩、潜力的女性写作者，她们便是"70后"的映川、黄咏梅、贺晓晴、凌洁、纪尘、蓝薇薇等等，而且大多为广西签约作家。这群30岁上下的女性有实力，对文学有着深长的理解和追求。她们具有良好的学养，都经过了高等学府的规范教育，其中黄咏梅、映川还是文学硕士。还有，这个群体艺术起点高，有写作天资，一写就写出来了。她们的处女作都分别发表在如《花城》《作家》《上海文学》《北京文学》《钟山》等国内名刊上，有的还被《小说选刊》选载。她们的创作既融汇中国当下女性写作的共性，又有各自的艺术特质。

两个家庭。一个热爱生命到可以不顾及工作和其他的家庭；另一个家庭两地分居却彼此思念，彼此控制，彼此折磨，那种不断爱恋不断伤害令人似曾相识，人世的爱情从来就是爱恋和伤害的混合体。两个家庭由两件物体"手机"和"宠物"相交结构成一种"非典型性的生活"。似乎毫不相关的事情就这样相互关联着，于是，映川的《非典型性生活》的故事就自然而然地铺陈过来了。

两个家庭，三个女人，三个年近30的女人。小水面对"非典"洪水大无畏地一丝不苟地抵御着，她的家用醋一天一熏，她是全城最早戴口罩的人，为此不惜丢掉了卖手机的生计。她敏感而率性，时尚而坚守自我。相形之下，波波自私世故多了，她一心只想不耽误自己国外的前程，又能占有和利用丈夫花族的感情，不尽地算计就是不尽的软刀子，温柔地切割着花族的时时刻刻，透着寒光和冷意。年轻的放风筝的护士，遵循着生命的感受，以为寻找到真爱，不管不顾爱着花族，殊不知她送给花族的同款手机可以丢失，风筝更是可以随时放飞，本来就稀罕的牵连从此断开，似乎一切从未发生，白茫茫一片，真干净。是什么东西致使爱情变态？是什么东西致使这两个家庭生活"非典"？又是什么东西致使作者写作的此刻——2003年春季中国的"非典"灾难？映川一路追问，映川引发我们与她一同思索。

映川的小说一直都是质地凌厉而富于骨感的，你看她的《只爱陌生人》《逃跑的鞋子》《爱情侏罗纪》《做只鸟吧》《干花》等，连小说的题

第三辑

233

目都透着冷峻，这在年轻女作家中难能可贵。这种可贵还在于她较少自恋的影子，较少私人化写作那种鲜明的自恋幽闭，也较少感伤与唯美，更没有迷失在个人的小世界中，而是直面现实，对世事的把握和描绘老到坚实，甚至还散发出一抹沧桑。小小年纪就开始显现如此的气象，令人惊喜。她的作品所塑造的新女性形象，大多是些血肉丰满并有深度的艺术形象：时尚但坚守自我，显示了作者对女性命运的深度关切和人文关怀，而且小说常常寓意深刻，直击现实。在她对生活描述的广阔性和对人性的揭示上，她原生态的富于节奏的语言以及新作中对结构艺术的新探索，都显示了她对传统小说现代性的张扬。

映川是不急不缓的，像一条河流沿着冷寂的青山，绕过无数的风雨如晦的弯道、险滩，还有风平浪静的树木、小溪，湍湍流向大川。

今年的春天，并非只有残酷的"非典"，对于广西女作家还是有喜事的。花城出版社将推出"拍拖"长篇小说书丛，六本中就有广西两本，映川的《女的江湖》和身在《羊城晚报》的黄咏梅的《一本正经》。黄咏梅这位广西文坛当年的少年诗人，当年最年轻的广西作协会员，十几岁就出版有《寻找青鸟》《少女的憧憬》两本诗集。如今，她抒情的诗笔已转换为有力量的都市叙事了，纯正的文学品质终成文学正果，她成功突围了"少年天才"的捧杀。因为我们的时代造就了太多少年作家、少年画家等等，他们几乎都因捧杀而难成正果。颇有意味的是，同为广西师范大学研究生出身的师姐妹，黄咏梅与杨映川的小说有着异曲同工的审美价值，甚至她们小说发表的刊物都相似。她们艺术个性各有不同，却有相近的起点和经历、相形的成果、相应的前景，这大约源于她俩艺术探索和追求的理性自觉，令人欣喜。

黄咏梅的创作也较少自恋的影子，多以客观而冷静的自我观察取胜，只是映川的笔力冷峻些，而咏梅内心还燃烧着热情，字里行间还多多少少散发着少女诗人的诗心，这是人性的暖意。直到近日的《对折》才趋于冷静和节制而且更为丰富与无奈，《对折》是 30 岁女人的叹息。咏梅写的女性总是在都市的压力下有所改变，有所失落，但追求不断，永远在路上。路上的女人，会有一些迷失，但她们从不放弃寻找。《路过春天》（《花城》2002.2）便想《将爱传出去》（《钟山》2002.4）可仍然梦碎，只能生活在传统与时尚的夹缝中，只能打个《对折》（《红豆》2003.4）。这是所有 30 岁知识女性的状态，她说这是"一种无力挽回的遗失和一种陌生拾到的惶惑"，无比惆怅。然而，她还要坚持。

"坚持不是'坚持就是胜利'的坚持，坚持是一种持续的重复的创新的受虐的享受"（黄咏梅《写作也不苦了》），这何尝不是广西青年女作家与文学的"经典关系"？

凌洁也是对文学艰苦卓绝"坚持"的"这一个"。为了文学，她放逐自己，从身体到灵魂，她流浪京城，她一直"在路上"。重返故里，她的灵魂已是千疮百孔了。还是一个午后，她觉得自己永远回不到家了，绝望中她只想不归，一任死亡的气息腐蚀她被掏空的躯壳。那天，我办公室的窗外，艳阳如血，血色黄昏瞬间就吞食了我的叹息，我真想劝她不要为了文学而文学，回到日常。我们渺小如草芥，何况又是女人，路上并不是女人的归宿，在路上的女人，没有家，也没有安全感呵。我一边唤来纪尘陪伴她，一边安排她的住宿。激情的凌洁自然有倔强的生命力，一如她的创作同样富于激情和活力，她不仅直击现实，还勇于对形象的撕毁和重建。她的短篇《幸福的嫁衣》（《北京文学》）、中篇《怀念父亲》（《小说界》）连续被《小说选刊》选载。本期的《生命花》则较之她有些作品如《我欲乘风归去》等，少了浮躁，而有些许婉约、些许倔强，还有些许平实。她细心地耐心地倾诉着老汉痛失老伴的一天心境，哀痛如地火隐隐焚烧着。一天里所有对生离死别的体味，连同人生的那份深情和对生命对家园的守望，一泻而来。它是故事的，又是内心的，她居然把故事浸透在对爱和生命宗教般的情绪之中，温情而母性（尽管小说的主人公是老头子和小男孩）。她如实记下她的生命体验和飞扬的想象，文字质朴而真切。可惜她没写那箫声，老头子以之为生为骄傲的勾人心魄的箫声，否则《生命花》会开得更为凄美动人。

路上对于30岁的女人，总是潜伏着想要或不想要的奇遇，尤其对于有着典型女小资模样的纪尘。婀娜的身姿，一头栗色长发烫得鬈曲飞扬，仪容、气质、衣着均具备出场的明星效果。

那天，在路上，几个少男少女热切地拦住她，要请"莫文蔚姐姐签名"。当然，她比莫文蔚更有才情，因而更可人。莫文蔚唱的是杜拉斯的《广岛之恋》，纪尘书写的是《爱情故事》。它们同样是抒写30岁女人的爱情，同样梦幻、倾诉和凄美。虽然纪尘远不如杜拉斯有力量，但她同样让人领略了她叙述的快感及其令人窒息的疯狂。这是一个不平等的爱情故事，这是一段致命的激情。27岁独自疗伤的女人"她"，自闭而且麻木着，而电话里男人的"声音"一天天唤醒了"她"，沉睡后醒来的力量，在30岁女人身上是惊人的，"她"内心再度燃烧起火焰般的爱情，爱得那么纯粹，那么专注，"她"不把世俗庸众放在眼里，不管不顾地走向自己的梦境。然而，男人却步步为营，从来只现"声音"而不现"形象"，一次次约"她"却一次次失约，并沉醉于自己设计圈套的快意中，一如既往地他把一个个纯净女孩诱入一个个迷圈中直至逼疯。男人老练阴鸷，残酷地折磨着被虚假的爱恋迷惑的"她"，直至大梦初醒。"她"没有成全男人一手制造女疯子的快感，她灵魂出窍，并与那个夜夜歌唱爱情的女疯子合为一体了，而后彻悟，于是，"她"逃离了男人，寻找回迷失的自我，也放逐了高高在上的男人；是的，人格上的不平等根本与爱无缘，孤独始终是人的本质。此时，"她"的灵魂已是伤痕累累，却终于刚强成熟自信了。然而，"她"的身后，还不断传来女疯子"好心人，快把月光射下来，我要你爱，好心人这样的爱也算是爱……"这样的爱真的算爱吗？

悲凉不期而至。

《爱情故事》技艺平平，却动人，我们由此听到一个女人内心的哭喊。在这里，我们终于触摸到纪尘小说绵软中的硬度。她过去的小说有些轻浅，有些自恋自闭，大多远离现实。还犹如流行的现代小说一样轻情节、轻人物。但文字婉约，唯美伤感。如今，还是那份敏感和凄美，却有了一种内在的力量和心灵的质量，她已经不止于沉迷单个的女性生命，而放笔去展示同代女性生活的深层景观，初步显示了她的理性自觉。今年，成长着的纪尘还有几个新作面世呢。

这真的是一群不一样的女性，她们挣扎在生活的深处，然后平静，再挣扎再平静，并以性灵记下这些生命的痛苦和快乐。"尽管绝望，仍然守望"，这是女性作家们的坚定姿态，超越年龄，超越种族，超越地域。

女性生命的玫瑰由此盛开。

《红豆》2003.5

《中华文学选刊》2003.6 转载

像夜莺一样歌唱

——关于阿毛的《变奏》

收录了阿毛新世纪写作的诗集《变奏》(长江文艺出版社 2010 年 6 月版），令人触摸到阿毛诗风从早期美丽温软的清浅到悲情忆父的"惊涛骇浪"，再到近期的"自然平实"的变奏轨迹，感受到她诗歌"白纸黑钻"般的光泽，还有她夜莺般的歌吟。

阿毛的写作努力立于人类情感与经验的广泛而细切的提炼上，其诗心不断向内向生活细节深掘，诗笔如刀直指俗世与心灵。阿毛在《变奏》中，以"口语"细腻地擦拭尘世中生活的纹理，让个人的可感细节充分绽放，于是，她对生与死、诗歌与生活的理解日渐敏锐，她不断转换视角角色、交替温柔与冷硬的心境，并由此变奏出一个自己的神奇而动情的艺术世界。一如温和的她，"并不拒绝偏执和激情"，一如夜莺只在夜间的绿林歌唱，阿毛也鲜明地确立了自己——做个像夜莺一样吟唱的诗人。用眼泪使诗歌开放，用爱心歌唱幸福与受难，用诗生活吟诵隐藏在生活里的善和恶。

是的，夜莺只在夜间的绿林歌唱。阿毛的《一间自己的屋子》便是她有形的夜间绿林，在此她用文字与自己的灵魂对话，孤独地吟唱逝去的父亲与友人，感叹疼痛的生活，遐想生死、绝望和理想。《伤口的歌声》中："所有的诗人都为水所伤 / 又是那个阿毛，她在 / 讲述无所不在的伤"，《爱情教育诗》中："现在还有人拿生命为脆弱的爱情打赌，/……你游过了湖，她还要你拿刀子掏出心。/ 这不怪她，现在的爱情太脆弱 / 太形迹可疑"。还有《黑色的石头落在平淡的生活中》《仿特德·贝里根〈死去的人们〉》《火车到站》《水中的波纹》，乃至她的长篇散文《怎样温柔地爱与死？》、长篇小说《在爱中永生》等都飘荡着爱与死的旋律，缠绕着爱与死的气息……那一滴滴眼泪化成一个个闪亮的文字，阿毛心房开放，时而哀怨，时而悠扬、清越，也有婉转、飞扬，更多是低沉、悲鸣与肃穆，变奏的旋律漫不经心地敲打着我们的心，或泣泪，或歌吟，或呼喊，如同我们的心弦，如同绿林里群鸟的歌吟同时绽放，而夜间，唯有一只夜莺在孤独鸣唱，惊心动魄，如哀如泣。忧伤的阿毛，在夜间的林里，安放了自己疼痛的身体与灵魂。

毕竟，阿毛有过太多的理想，有太多的情怀，其中有业已长大的对生活、对人生的深思，还有对生活的爱，"因为爱呀，无边无际地爱呀，爱音乐，爱绘画，爱舞蹈，爱电影，爱时装，……爱一切美好的艺术。我恨不能有无数个身体和灵魂来爱无数种艺术。用一个身体和灵魂来专一地爱音乐，用一个身体和灵魂来专一地爱绘画，用一个身体和灵魂来专一地爱舞蹈，用一个身体和灵魂来专一地爱电影，用一个身体和灵魂来专一地爱时装，……可是我只有一个身体和一个灵魂"，泛爱的小女人，却也是心底有岩浆有大情怀的诗人，她终归会把疼痛隐在心底，心结矛盾之下，她努力用爱心歌唱幸福与受难，一如海子"面朝大海，春暖花开"，一如海德格尔"回忆回过头来思已思过的东西"。

沉静下来的阿毛放慢了生活节奏，静气地体味生活，感受令她心动的每个细节，深思她曾思过的东西，并以此疗伤，以此描述细节并创造着自己的异质的写作。因为在快节奏的当下功利社会里，我们的生活缺乏细节，商业化娱乐化删除着我们生活的细节，"没有细节就没有记忆"（北岛），是的，只有与人的感官紧密相连的细节，才会构成历史的质感。阿毛也说《变奏》"是地上诗歌，有地气、有体温、有芳香、有血液；有我的、你的、我们大家的生活"。

对日常生活的关照，对个人的可感细节的注重，对口语化写作的倡导，使得她的诗歌可感素朴、敏锐有力，也更容易获得读者的应和，令人感知到她从意象繁复、节奏密集到单纯沉静的变奏，从个人清浅的吟唱，向生活向内心的挖掘与描述，并走向对生活的直面与反思。如《木头》从对"木头"二字的自语细节，渐变为对生活的质疑——我们成为木头，是因为生活先于我们成为了木头，是生活愚笨在先。《雪在哪里不哭》从细节描述年轻女孩虽然"穿得单薄寒酸 / 几乎就是贫穷的模样 / 可她一脸陶醉地 / 依在恋人的怀里 / 像玫瑰在阳光里笑"，但是，雪在女孩那是不哭的，在没有爱的怀旧女人那却是悲伤不已，因为"她的爱被人带走"。阿毛以两个女人的岁月雪天相生相应，以她对爱情与生活的绝望与反思，变奏出一个女人的昨天和今天，这是她的代表作《女人词典》的又一细节化。而历数《2月14日情人节中国之怪状》、摄下《懦夫（妇）的外遇症（史）掠影》，则是那个拿着刀的愤怒的妹妹对《当哥哥有了外遇》的细节化，是思已思过的东西，或者说是反思，而且颇具力量。这种力量，还来自阿毛如刃的文字。如"我的雪在文字里飘来飘去／文字却在雪里哭""我非但拥有一个作家的一支笔／还拥有一位母亲的十万根胸针""我会飞，一直飞／形销骨立，无枝可栖"等等落在白纸上的黑钻般的光芒。阿毛在一个个生活细节的忆与思中，渐渐地抵达精神深度、理想人性与担当精神，尽管她的诗始终流淌着女性的疼痛与决绝，尽管她向内的努力还免不了有一些浮于字面与简单化的诗歌，哪怕近期以爱歌吟的诗生活，但阿毛却始终向生活向心灵内里努力，始终于绝望中希望、希望中绝望，一如歌唱的夜莺，日复一日，年复一年。

孤独而悲伤的夜莺，只有在夜色的绿林里才唱得最好。

秋天深了，阿毛在斑斓的即将凋谢的林子里吟唱，充满忧患。

秋天深了，我们沉浸在阿毛夜莺般的歌鸣中，自言自语。

第
三
辑

独特的乡土少儿

——青年作家王勇英的南方写作

王勇英，广西签约作家，"美丽南方"广西签约作家。近十余年，以《弄泥小时候》《巴澎的城》《水边的孩子》《青碟》《小城》《木鼓花谣》《弄泥木瓦》《巫师的传人》《雾里青花泥》等几十部作品蜚声中国儿童文学界，其中《弄泥小时候》《青碟》分别荣获第 25 届、2015 年"陈伯吹国际儿童文学奖"，"弄泥的童年风景"系列和《巫师的传人》分别获得 2012、2015 年度"全国冰心图书奖"等，《雾里青花泥》入选 2016 年中宣部"优秀儿童作品工程"。这位广西唯一可以靠稿费生存的作家，2016 年年底在中国作协第九次全国代表大会上，以自由撰稿人的身份当选为中国作协第九届全国委员会委员。

我不间断读着王勇英的作品，不仅在于职业所为，更在于勇英的勤奋使之成为中国儿童文学一个不可忽视的存在，还在于勇英独特的文学态度与叙述视角。为此，《南方文坛》杂志分别于 2011 年、2016 年两次与广西作家协会联合召开王勇英创作研讨会，我们企望研讨不仅有益于勇英未来的创作之路，也有益于当下的中国儿童文学创作。

因为，王勇英近十年的创作之路，本身就是中国儿童文学创作的一个典型个案。她从最初写作校园文学时的跟风市场以及模仿，到近六七年的重新自我认识，重新寻找自己的南方的民族的文学根脉，将家乡民间神话传说和童年魔力重新注入自己的创作，回归儿童文学本质来审视自己的创作，最终回归到自己的内心，这种文学自觉与不断的艺术追求，弥足珍贵。

巫气横生的南方写作

批评家李东华在《〈巫师的传人〉序》中，对王勇英有一个准确的判断，即"从追求畅销到追求经典"。是的，王勇英以她"弄泥的童年风景系列"，实现了她审美风格的"华丽转身"（金波在研讨会所言），这朵南国的文学之花，历经风霜雪雨，终于开出别人难以模仿的形状与美丽。

这份独特性首先来自她瑰丽的想象力。无论她最初的校园文学和魔幻写作，还是近年"弄泥的童年风景"系列、《雾里青花泥》《巫师的传人》等作品，在客家文化、乡土民风、自我童年记忆和当下孩子之间，在勇英这个出生于中医世家的博白女孩笔下，满纸鲜活的客家乡音，满园生长的中药百草，满目南方独特的民间传奇，满耳聪慧少儿的欢声笑语，清澈唯美，想象瑰丽，巫气横生。

都说英雄的"复归"，是当下一个世界性的现象。幻想小说《巫师的传人》就生动塑造了一位成长中的少年英雄：巫师的传人。少年鸟麻（原名舞风）因家庭变故，返回故乡并被选为巫师的传人，从无忧无虑的城市孩子到面对自我，并在择善而生的成长中为仁为情为义，他的身上既有传统英雄的影子，渴望承接仗义豪侠、侠肝义胆的传统，更向往单枪匹马、拯救山寨的巫术，以及对抗幽暗的狂野力量，当然，更有童真、童心与胆怯。尤其这位巫术世界沟通人神的少年，他择善而生，他在现代社会初识的礼与仁，使之善于从惯常被视为恶妖或常理的恶中，发现善意或化为善灵。尽管第二部以幻境为结，仍然显示了作者出色瑰丽的艺术想象和虚构的能力，这样的文化想象虽是文学虚构的，更是时代的现实的。因此，从艺术层面上，王勇英作品不仅能获得中国的读者，也能契合世界儿童文学的期待视野。

广西亚热带的阳光雨露和繁茂生机，特有的喀斯特地貌弥漫着一种野性和神秘感，尤其地处山地的少数民族地区林海迷莽，奇崛苍劲，野气横生；民风淳朴，巫术通行，人神互为。南岭边地，偏安一隅，勇英以广西多民族文化绚烂的眼光和灵动，尤其富有分寸感的表达，当然会收获文学的独特性。因为一种偏僻眼光和表达就是一种孤绝和个性，而孤绝和个性离文学最近。巫气横生在现代社会也许是偏僻的表达，因地处相对封闭的少数民族山地，较少受到现代文明开化，人类意识起源"由巫入礼归仁"的演变对偏僻之处也较为缓慢，因而，山地的巫师，在民众心目中依然处于沟通神界与人世的统领地位。李泽厚先生曾说：巫术礼仪特征是动态、激情、人本和神本不分的一个世界。而王勇英笔下的少年巫师从被动到主动，他是由礼与仁再感知巫性：由于少年舞风的纯良仁义，他从抗拒、被吸引到奋身求巫术以解救危难，一步步渐渐进入神意与灵境。于是，由巫到礼，释礼归仁的"巫史传统"，在人与万物生灵你中有我、互存互为的世界里，族人利己避害，鸟麻逐渐进入了一个以巫师精神为民间统领的山地伦理。少年鸟麻学习着为大家解忧祈福，逐渐获得山寨乡亲的尊重，尤其第一部，语言清新灵动，行云流水般的叙事连疙瘩都不打一下，给文本带来了瑰丽独特的灵感和创意。全书简洁与明净、充满奇思与温情，向孩子传递着自我认识与成长。而叙述灵光闪烁的天马行空与悠游无拘，既是对传统童话叙事的突破性探索，也契合了世界童话的艺术本质，那种神秘烂漫而纯净明亮的童心、瑰丽唯美的画面与巫气横生的文字，构成了质朴而鬼魅、精灵而温暖的幻境风格。可惜第二部以梦醒为结尾，在跌落现实之时，我的审美期待也遭遇到从仙境到凡间的失落。其实，文学的想象真的可以天马行空，尤其儿童文学更可以不拘一格，更应该成为我们平凡生活的梦想与传奇，一如另一星球的《小王子》，自然也是人类世间的小王子。

上善若水的人生态度

还值得称道的是，王勇英的独特文学视角与独特发现，那些波澜不惊的题材，她总能在叙事与视角上别开洞天，显示了她目光的文学自觉。浪漫文学以情为主，满怀女性绵柔率真的王勇英上善若水，面对少儿世界，尤其家庭缺失的孩子，她动了情的笔尖，一往而深。因为，孩子是无辜的，他们的今天，便是社会的明天。当然，这一切皆建立在叙述的写实基础上，乃至《巴澎的城》过于写实古雅的客家方言，而与第九届全国优秀儿童文学奖失之交臂。也正因为作者的写实功夫，转型后更注重辅之民间文化的瑰丽想象。于是，面对现实的残酷性，勇英对爱对善对美的关注目光与发现表达，变得更宽更深了。

《小城》里犯人的孩子小城，被寄放在一个残障儿童聚集的地方。王勇英却艺术化地让这群残障儿童组成了一个魔法学校，饱含深情地叙述孩子们的成长。《木鼓花瑶》则是一个城市单亲家庭的少年木鼓，遇到山野中的留守女童花瑶，他们在青山绿水的苗寨里共同成长。这种上善若水的人生态度与独特的儿童文学视角，在《巫师的传人》里更为显见。

中学生鸟麻因为父母的离异，在自己选择何去何从时，才被告知自己的亲生父亲在远山的乡间。一个感伤世俗的故事，却被勇英写成一个灵性四溢、巫气横生、唯美超凡的魔幻与现实相映成趣的故事，而我们也看不到人物因身份错位之后的颓丧，而是对人间的无常充满同情的理解，丝毫不影响鸟麻上天入地、飞沙走石，逐渐成长为少年英雄。如此的同情之理解与理解之同情，使作者赋予笔下人物人性的暖色，诸如被拐的盲童青麦子、单亲少年木鼓、留守女童花瑶、服刑人员的孩子小城等等都在庸常的生活，走出阴影，快乐生长。这种独特的文学内容与文学形式，来自作者上善若水之心，以及如花之妙笔，使之作品不仅散发浓郁的南中国以南的独特气息，字里行间还不断闪烁着唯灵论的光泽。

于是，万物有灵。她善待人间万物，此时的物是勇英心目之物，是有了她想象和象征化了的物。是的，勇英关切钟爱她的南方，苍苍莽莽的山林，蛮烟瘴雨，巫气缭绕，对万物对神灵充满着深情与敬畏之心，包括虔敬爱惜。于是，鸟麻连爬老桂花树都于心不忍，怕弄伤了树皮；而不能违背生命自然生死的巫师，身体有病，依然相信医学等。于是，鸟麻及其他神灵都是在静心祈福时，生出神性或巫气，包括一次次民族的或宗教的仪式。我们早已不在乎它是否真实可信，我们完全被字里行间的郑重与诚意、爱心与善意感动，小小主人公鸟麻一再被族里长老告诫：对神灵的任何不敬，都会带来灾难；于是，在勇英的奇妙的文字、洁净的文意里自然灵气丰盈，万物成妖成仙成精。点树花开，呼风唤雨，腾云驾雾，披荆斩棘。在无边无际的幻境里，小搜妖人树鸡的情义、人性与巫术都飞扬迷人，连升月患病竟也是由其天然的植物灵性所致，她是来这个世界寻找自己的灵魂家园的。一如《红楼梦》里的绛珠仙草林黛玉，是到这个世界还泪的，包括生病。她与鸟麻一样，都是有慧根的人。当善良的鸟麻陪她到人间仙境（广西长寿乡巴马），升月对时光、青春、生命流逝的敏感，在向上向善的鸟麻的安抚中，莺声燕语，尽管有落花纷飞，却也有一种人间温暖如巴马暗河潺潺而流，令人感动。是的，敏感灵性的勇英，就是通过这样独特的视角爱惜世间美的事物，以善念面对世间红尘的各种困难，为此，勇英发现与造就自己，以及笔下少年的勇气、坚强，并共同走向成长。

于是，笔下的幻境中，人物与万物相识相知，能知百草药性，能闻其独特气味，能听它们在风中传送的语言、风声，还能与搜妖人、读骨人、狼妖、药灵王、幽灵王乃至飞禽走兽等万物的对话，当然写精写怪，写神写巫，最后都落到童真、童心以及人性人心的善意，落到自己的内心。

更为可贵的是作者不同于许多肤浅煽情的儿童文学写作者，她的个人发现里显示其不俗的思想与文学品质。能从幽暗与幽微中，辨析人性的微光，并给予理解之同情。如步步描述幽灵王的善意，使幽灵王有了众巫斥责之外的良善形象。而同为搜妖人，老搜妖人树巫视一切妖为孽，定要搜服；小搜妖人树鸡，则童心未泯，每当发现鸟麻拯救中蛊被迷惑的小妖时，处处相助。作者自自然然地写着情与理，行规与情义的冲突，以烂漫的手法，在巫气横生的内核里饱含着作者对人生人性与人心的理解。王勇英越来越沉静地观察人生，并对文学有着一种严肃的创作态度，作者借此丰富的儿童世界来关怀人性、喻世警人。为此，王勇英的创作，便不仅有自己的写实功夫，更显见了她直抵人心的写意追求和文学态度，可见她是位独特的有宽度与深度的作家。

关注现实，直面现实，但始终给孩子们一个美善温暖的世界，哪怕家庭与身体残缺不齐，也让笔下的少儿择善而生，精神家园充满人间温情。"家是明亮的灯塔，照亮成长之路"，饱含女性绵柔、母性温软的王勇英如是说。

少儿成长的中国故事

我曾经写道："王勇英笔下的少年生活，充满了桂东南丘陵地带的万物花开与灵性飞扬。她的'弄泥的童年风景'系列，以及新著《水边的孩子》以委婉的笔调，不动声色地叙写了依山傍水偏僻小山村里一群群孩子的现实生活和精神成长，以现代社会稀有的静气和精气赢得了中国儿童文学界的青睐。"

是的，王勇英笔下的少儿成长都置身南中国美丽的自然环境，以及敬畏万物的质朴的乡村民俗中，灿烂美善的民俗文化净化与催生了少儿的成长。他们无拘无束地生长在《巴澎的城》里，而"鸟麻之城"的男孩更是自由地穿行于喧嚣的都市和偏远的少数民族部落，穿行于当下的流行文化和遥远的神话传说之中。我们见证民间文化对孩子们的哺育，见证他们面对骆越文化"花山岩画"的心灵震撼，当然也见证他们在美如仙境与残酷现实之间的苗壮成长。

《雾里青花泥》以一只灵性的家狗青花泥的视角，描述盲女童青麦子成长的故事，同时也是一个感恩的故事。本来盲童青麦子，被人偷走拐卖的悲剧，很容易写成一部世俗化的社会问题小说，然而，在勇英细腻唯美的笔下，变成了另一番模样：一个在雾里村美丽的山水中，被拐卖盲童青麦子与收养者青巾老妈，以及人与狗之间，深情款款地演绎了一个美善至真的传奇。故事里，青麦子与青花泥同生共长，令人欢喜。当青麦子被生身父母找到并治好双眼后，她却执意要回到生养她的雾里村。因为她牢记青巾奶奶的话：自己就是一棵青青的麦子，"我只认我们这片坡地的泥土，只喝我们丙中洛的雪水"。"青麦子对着雪山笑起来。不管未来怎样，她都要作为一棵青青麦子，在这里好好生长。"尽管，我个人并不十分认同这个结局，因为刚刚见到光明、缺乏生活能力的青麦子，十来岁还是小姑娘，一个人如何生活?！但是青麦子的成长所表现出深切的感恩、反哺的价值理念和深厚的家园意识，以及全书水一样流畅优美、脉脉含情里有一种人性的暖意汩汩流淌，十分动人，便理解了作者为青麦子选择这个人与自然善美的所在。这种有水一样质地的乡土少年成长小说，还有《水边的孩子》《木鼓花瑶》《小城》以及"弄泥系列"等等，这些水边远山，壮村苗寨，红花绿树中，那些机智坚忍、生机勃勃的乡土少男少女，尤其是留守儿童、单亲孩子、智障少儿等等，都在勇英的明净清洁、瑰丽灵性的笔致下，演绎出一个个生气盎然的成长故事，它们细腻唯美，灵性神秘，聪明美好，令人难忘。

不幸中的万幸，也许在现实生活中是偶然，但对在真善美环境中锻炼成长的少儿，便有了内心强健的可能，便有了从偶然走向必然的可能。我想，这也许是勇英的上善，当然这也是人性的底色。

于是，灵性飞扬，万物花开。《青碟》《巴澎的城》里古音渺渺、雅言嘤嘤的客家方言，《花一样的村谣》《木鼓花瑶》里美丽的民族民俗风情图，《巫师的传人》多民族文化与现实魔幻相生相应，以及乡土少年们的精神成长，使绚丽多彩的民族民间文化更加飞扬，更加迷人。王勇英把南中国之南的独特大自然，以及少数民族的民俗元素演绎得风生水起，绚丽多彩，她以自己对中国传统文化的接续传承，成就了独特的乡土童年的中国故事，并以此成为了中国儿童文学的标志之一。

勇英的才华有目共睹，唯有期待她珍惜自己，放慢脚步，在打通畅销和经典之路上走得更加开阔，让南方少儿的灵性飞得更高更远，建构更为独特精彩的文学南方。

《中国艺术报》2017.3.22

《广西日报》2017.4.6

岭南都市的天然叙述者

在中国的都市文学版图中，广东的女作家刘西鸿、张欣、张梅、李兰妮、彭名燕以及新一代的魏微、黄咏梅、盛可以等以个性化的作品呈现出的时代感与丰富性，对当下中国的文学经验贡献了新的价值和新的经验。

张欣、张梅与黄咏梅。我以为三人在共同讲述岭南故事中同中见异，尤其张梅、黄咏梅更是岭南都市文学的天然叙述者，三人在岭南文学版块中个性鲜明，卓有成就。首先，来自文化的自觉。三人都生养于岭南都市，张梅、张欣是土生土长的广州人，黄咏梅一衣带水，生长在广州的上游城市梧州。她们以对岭南都市新的发现和新的表现为己任，有着真诚面对生活资源的根性自觉。

其次是文体自觉，三人都在小说中叙述好看的岭南故事，张欣比较长于中长篇，也更注重讲新颖的好看的故事；张梅以中篇为主，兼以长篇和散文，她长于讲述滚滚红尘中的淡定与风雅；而诗人出身的黄咏梅擅长中短篇，她的岭南故事颇具文人的气质和智性。她们都是致力于岭南城市生活体察、城市故事想象、城市人物表现的优秀作家，城市人的精神状态在她们的笔下得到淋漓尽致、各具形态的个性化呈现。

但是，张欣毕竟生长在广州的部队大院，不同于张梅、咏梅植根于岭南文化，张欣文化的根性更多来自中原文化，她的叙述也源于普通话。无论她的《城市爱情》《岁月无敌》《伴你到黎明》等作品，还是新作《对面是何人》。她好看故事的主角多是些灵魂无法落实的大公司的白领女性，但她常常不做虚妄的城市批判，却写出了现代人生命的质感和韧性。2008年的《用一生去忘记》，以城市好看的故事阐释自己对人性的爱、善与恶的发现，颇为悲凉。新作《对面是何人》也是一部充满人性人生追问的小说，也是一个好看的故事。小说以"让一个女人低头的，是爱情。能把男人折磨得死去活来的，是他们的梦想。"开启了城市倾轧的故事，是的，当今在都市，人们往往与亲友相坐却往往不知对面是何人，甚至只能爱陌生人。隔膜，孤独，两两相望却两两相残，人性的绝望和孤独淋漓尽致，颇具质感。

而张梅与黄咏梅。两人都多以市民社会为自己城市书写的支点，而且把笔下的岭南风情推到一个极致。很难见到有她们两人这么地道纯粹而出色的岭南叙述了，她们始终以一种根扎岭南的口语、俗语、方言描述一个个各具形态的鲜活、精妙与可感的细节，一种种生香活色、生动非常的岭南风情。两人都在一种平实市井甚至多少八卦的叙述中直指人物内心、生活本相乃至世道人心；不同的是，张梅叙述的散淡、闲适和无谓，更贴近都市日常生活本相，她的叙述疏朗甚至有些琐碎，却颇具风情。一如她的《口水》一样，生活化的小故事，散淡得就真像日常的口水，但你能感受到琐碎日常里的文心，包括她的多宝路、西关路，包括她笔下的米兰、圣德，以及圣德们一地《破碎的激情》，虽有物质精致生活的享受却常常陷入精神的尴尬和疲倦、孤独和寂寞。而她《酒后的爱情观》的新女性，则是一群多彩多姿的都市女性的众生相，她们在城市化、俗世化的汪洋中却不时有女王般的君临之态，从而散发着阵阵脱俗的风雅，包括张梅的多宝路，西关路。在这个意义上，张梅在国内的都市写作中可谓个性鲜明、独树一帜，极少人能像她那样把城市写得这么家常，这么世俗，又在俗世中眼角上挑，显出一种君临之态和风雅之韵，这相当不简单，只可意会不可学之，因为一个人的目光与心性，是难以复制的。

另一位岭南故事天然的叙述者黄咏梅，她的作品比张欣、张梅更具文人气质，她笔下着相更多的是小资群体，尤其女小资，她叙述表面平实，却处处机锋闪烁，有一种从内向外闪烁着的语言刀锋，与张欣、张梅一样对当下滚滚红尘解剖得相当精准，但在叙事上，她的叙述针脚更为细密，那是有劲道的白描功夫。她笔下的阿甘、女小资文艺青年杨念真们，挣扎在俗世中，却有人间温情或不屈的生命的尊严，颇具波西米亚风骨，有所坚守。因而她以更多的文化关怀、以思力实践着对城市的透视和批判，在这个意义上她超越着张欣、张梅们。

黄咏梅的都市市井，市井的人物、市井的风俗，八卦而平凡，却处处是人间的暖意，甚至是可以《把梦想喂肥》，这是多么气象万千的人间想象呵。这是简单的幸福生活，但简单却是以不屈的梦想支撑的。这是女性的坚忍与乐生。是的，黄咏梅的笔以岭南西江为墨，游走在岭南人灵魂与世俗生活间，在迷幻的城市、迷幻的生活中，敏感地捕捉和展现现代都市人的日常生活和精神流变，尤其遮蔽在日常生活中的人物特别是女性的心灵之光，颇具风骨。无论都市白领行走在《多宝路的风》中的陈乐宜、《勾肩搭背》的樊花，还是《文艺女青年杨念真》，还是只能出入豪华饭店《负一层》的女工阿甘，都在她的笔下活出人的心思与尊严，散发着人性向善的感染力，平凡却有傲骨。我想，大俗大雅，俗世日常、精细舒展的岭南故事和心灵书写，正是黄咏梅出类拔萃的地方。走下去，黄咏梅一定会赋予生她养她的岭南新的意义和新的可能。

第
三
辑

杂花满山，有海棠一株

——读旧海棠作品记感

多年前，看到诗人旧海棠的名字，便想，又一个李清照的红粉？如今，读到旧海棠的小说新作，竟真的就看到了绿肥红瘦，浓淡相宜了。小说以朴素天然的风姿，静静地掀开人性的裂口，幽微又有幽光，悲凉又有悲悯。

杂花满山，有海棠一株。

海棠静静的，于平缓如常的叙事中，绽放出小说的异质。她的故事简约通透，点点滴滴，散发出一种灵动而迷离的气息，既意味深长，又充满女性气质。我以为她是个对世界和人性的理解有深度和宽度的女作家，她以怀旧般舒缓的笔调写日常生活的故事，细致耐心，又沉静款款地发掘普通人的人性幽微和隐秘的深处，包括人性异变裂开的瞬间，向内撕裂与救赎，乃至阴阳相通的灵异。海棠自自然然地上天入地，让笔下的人物尤其女性，在人生失落后找回爱的能力和尊严，并在生活困难中自我救赎与成长。既充满宿命感和女性的悲情，又内蕴着决绝和上善，疼痛与隐忍。文本内外散发的沉静淡定，使之异于"80后"的同行，令人惊奇。

海棠的故事都是小处切入，慢慢扩大。深入人间日常，充满烟火气息，但世故的生活，笔尖却不世故，人物更不世故。哪怕不干净的低微的人物，也都是洁净、有尊严的，她让笔下人物换一种角度，人生便又重新开始，回归日常。一位文静妇人的一次旅游散心，竟六次《遇见穆先生》(《收获》2013 年第 6 期)，一位同样独自散心的儒雅先生，并最终回归如常。独特在于，有缘的遇见皆没有这类饮食男女的流俗和苟且，故事一唱三叹始终引而不发，一条若隐若现的灵魂相融的人性清流，贯穿始终。叙事通透灵性，纯净温暖，迷离唯美。假如说这个故事显见海棠的出世心境与诗人前身，到了《收获》2014 年的"青年作家专号"上的《刘琳》和《人民文学》2015 年第 10 期的《团结巷》，以及此时的《像没发生太多的记忆》《天黑以后》，便日益显示了作者较好的直面与还原现实生活的能力，尤其作为青年女作家难得的节制隐忍。当下许多从日常生活的角度切入现实的写作，很难有一种更宏大地把握历史的能力，以及思想上缺乏创造力，多注重个人感受。但海棠居然可以透过小日常关照大时代，比如《刘琳》的命运，便是市场经济大潮中普通女工的命运，而《团结巷》相邻的两家少年更是与时代共生共长，《像没发生太多的记忆》的犯错农家少女秀，只能在伦理秩序的乡村中国与现代化交战中隐忍，体验越来越痛的成长。而《天黑以后》则是城市化和物质化的当下，人们如何才可能从时代人性异变中找回家庭的幸福。《团结巷》里两家业已中年的邻居，一个个从少年失落的人生中找回爱的能力以及各自的人生，包括男女关系。相当世俗的故事，却在作者沉静款款、耐心节制的笔下有了脱俗的韵致，以及感伤与诗意（世俗不俗的诗意），充满人性的宽度和温度，一种相互理解和尊重基础上的凡人的高贵，十分难得。现今青年写作普遍缺乏对他人的关怀、对亲人、对社会更缺乏包容性，相当个人性，因而很难谈到人文担当与艺术担当。这份担当，并非要求宏大叙述，而是自身的修为与仁爱，就如海棠这种对所有凡人的心灵关照。如读女作家叶弥、魏微的小说，沉静款款，引而不发的通透感，欲说还休的迷人气息；乍看还以为作者人近中年，如此世事洞明，那份真切的细腻、隐忍和平静，仿佛在人间烟火中生出诗意，乃至虚空。令我惊讶，好奇追寻之下，方知这是海棠历经世事艰难后的凤凰涅槃，作为诗人的她华丽转身为小说家。海棠把已有的诗歌经验转化为小说形态，并映照时代的灵魂与人性，并不容易。

　　《像没发生太多的记忆》《天黑以后》，海棠以这份诗歌经验为契机，其对小说宽度与温度的掌控就更为内敛了。《像没发生太多的记忆》以充满理解的同情之笔，描述了少女秀在困难中成长的故事。初二学生秀与一群逃学少男少女，在懵懂与"玄妙"中恋爱并怀孕了，哥哥失手打死了男生，为此，在家人一次次的嫌弃与利用下，被赶出家门的秀只能躲在侏儒姑姑家，生养女儿欢欢。33 岁，在其似乎过完一辈子艰难人生之时，也一次次坚忍地完成了个人的内心成长，开始直面更艰难的未来。33 岁的秀已经明白亲情与人世的无常，她的落魄与委屈、挣扎与坚忍、期待与失望、失落与成长，在饱满的细节里，既凄婉荒凉，又楚楚动人。

女孩秀犯了如此大错，其人生自然要在风波里往来。几千年的乡村中国的伦理秩序，孝道与亲情的双重软性压迫，女儿的牺牲自然永远以保全父兄为目的。秀的哥哥在秀的报答与委屈中，浪子回头过上城市生活；社会可不会轻易让浪女回头，哪怕秀终身不嫁，哪怕为家里换取一次次利益，哪怕失去女儿，欢欢抽身离去扑向爷爷奶奶，即是年轻一代对物质生活的选择，诸如此类的代价。秀只得回到同样被亲人遗弃的老姑姑身边，凄婉却也有所依。因为身有缺陷的侏儒姑姑，是她悲剧人生的唯一守护者，以及幽暗生活里那抹温暖的微光，生命卑微却熠熠发光。秀说"怎么不过又过了十来年，这世界就天翻地覆了，大不一样了呢？"这当然不可能"像没发生太多的记忆"？一笔笔血泪早已镌刻在秀已长大的心里，这质的变化，正在静水下湍流。于是，在发生太多的记忆面前，秀让自己站了起来，守护姑姑，一如当年姑姑守护被赶出家门的自己。她必须重新开始没有了女儿的生活，因为日子还得过下去。海棠静静地开放，秀与姑姑也在静静发光，这束微光，足以动人。好作品能让生命发光，好小说意味深长。

《天黑以后》是个追问家庭幸福以及灵魂依托的故事。通明的万家灯火，演绎着各家不同的窘境和问题，也是大经济时代里人的问题。6岁的鹤舞喜欢天黑，因为她与天下孩童一样，习惯伴着童话入睡。"童话里的故事总在天黑以后展开。她今天已经是6岁的大姑娘了，她觉得她突然懂了什么是童话，就是天亮了有些人就没有了"，海棠却反转告诉我们，恰恰是天黑以后，童话消失，真相立现，人性凸显，人生困顿。因为，小鹤舞睡着后，她不知道她为之骄傲的爸爸，会悄悄驱车回到机场的飞行员公寓，包括小伙伴佳佳的爸爸也要离开佳佳，她们亲爱的爸妈早已离婚，众人面前的幸福家庭只是"童话"，他们全是演员。孩童世界的两小无猜，成人世界虚伪势利的做作，两两相映并互文出各自的人生荒凉，海棠借着鹤舞妈妈的口幽幽地说"生活的难度也就在这里"。因为，生活不仅仅有豪宅锦衣玉食，还有灵魂依托，父母的貌合神离，自然关涉鹤舞的来处与去路，因为成长不仅止于完善生存，更在于完善心灵，时代对于幼儿鹤舞们、青年秀是残酷的，但她们只能在生活中与时代同生共长，现代家庭不堪一击。

当看到秀"除了得到一个生病的姑妈什么也没有。她竟然一无所有……，像此刻打开门只见天下铺了一层白雪，世间万物全都消失了。"
我看到秀身后的作者海棠，一脸痛惜；当看到不知自己是试管婴儿的鹤
舞，执着地与小朋友争论"自己从哪里来"时，我隐隐看到鹤舞的头
顶，还是海棠痛惜的脸，充满女性的悲情。这种女性的气质，不仅来自
于血脉，还来自于作者对女性命运关注的自觉，对笔下女性充满理解的
同情，自然她笔下的女性就比男性更为坚忍。即便"淡妆"穆先生，也
是为"浓抹"小艾；写陈仲鸿，是为了衬托刘琳；团结巷的众兄弟姐妹
与发小，也是大姐王敏的背景与来路；而秀与姑姑、鹤舞妈就更是庞大
的社会的时代车轮辗轧下隐忍的女性，这与阶层地位无关。只是《天黑
以后》，海棠对人性的理解更为宽厚，她与笔下人物表现出和解互动与
同情之理解。在此她不止于对迫使王敏、刘琳、秀等沦陷困境的男权社
会的拷问，更多地对鹤舞及其小伙伴父母们各自的人性幽微、裂变的瞬
间精确地描述，并充满女性悲情和自省。是的，沉迷于炒房置业的鹤舞
妈，早已疏于与丈夫的灵魂沟通，而长期从事飞行员工作的丈夫，只想
扎在大地过实在平凡的家居生活，两两错位，自然两两疏远，孩子鹤舞
变成了"天黑以后"的孤儿。为此，向内的撕裂与救赎，既显示了小说
的宽度，也因笔触探寻到两性各自更隐秘的人性深处，而直抵了世界与
人性的本质，以及人性的深度。为此，秀、鹤舞妈妈们才可能完成治愈
性的心灵疗伤与自我救赎，并找回重新人生的能力。

  是的，日子依旧要过下去。为此，不能不说年轻的海棠有较好的
还原生活的能力，这当然来自生活的历练，十几年艰辛的流水线女工生
涯，尤其亦母亦师的姐姐的早逝，使之较同代人多了一份终极关怀，有
信有敬畏心，更有对生命的尊重。于是，她的小说独有一份打量生活空
洞的疼痛感，进而追问如何才能将其填补？于是，有了陈仲鸿（《刘琳》）
通过"我"证明死去刘琳的存在，并让"我"与其亡魂对话；有第六次
《遇见穆先生》时，幻化出穆先生家族的前史；有《万家灯火》（《山花》
2014年第9期）的老蔡，为唤回援非逾期不归的儿子的圆寂，世事洞明
的她以死融化儿子媳妇的隔膜，使其回归家庭并重新生活；有《团结巷》
结尾寰宇的冤情；有泽松复原小昭的记忆，以《最大的星星借着你的双
眼凝视着我》（《江南》2016年第1期），来还原"我"弟弟小昭死去的
真相，进而完成松泽的自我救赎；有透过《稠雾》（《上海文学》2015年
第7期）的火光，两位青年祭拜曾为他们植树的爷爷；还有暗线的秀的

哥哥的最终出场，揭示了残酷生活挤压下，秀哥哥如何从情义"暖男"变成自私"直男癌"的；还有鹤舞姑姑的背景等等。作者海棠感叹"一个人突然在这个世界上消失是一件残暴的事"，一如她亲爱的姐姐，所以，我们看到悲剧对作者海棠心灵的冲击：阴影，忆念，让死者回阳。于是，有终极情怀的海棠，热爱笔下所有人物，哪怕有不堪过往，她都给予理解的同情或同情的理解，如问题青年小妹玲玲、曾经的性工作者王敏、劳改释放人员寰宇、犯错的秀、疏于与丈夫灵肉沟通的鹤舞妈等等，都是有尊严、有与生活和解的努力，他们择善而生。一如秀三次面对父亲，父亲态度的冷与热，不也被秀从惶恐到从容化解了吗？因为秀明白，家人的态度都来自她是否有"利用价值"，还来自她道不明的维护男权重男轻女的乡村伦理，因而她只能"懂事"终生，还孤苦终生并无可奈何。于是，"她像从不曾离开过这个家一样，按住性子平平常常地跟母亲一起包了一顿饺子，吃完饭帮母亲洗了锅碗才走。"而鹤舞妈从激烈拒绝到君子协定和平离婚，这些生活中不可知的艰辛和自以为跨不过的坎，在生活重负下，作者海棠以人物的善意举重若轻一一化解了。是的，对于普通人，生活总得过下去，普通人自然有普通人释怀的智慧和善意，当然也有尊严，即生的尊严，哪怕卑微，却也是需要尊重的。海棠深信这一点，并明了小说也要为笔中绝望的小人物寻求反抗生路的。

于是，海棠在小说里不仅缓缓地解构着自己熟知的生活恶相与刻薄、生命无常与悲剧，打通阴阳两界，意念与回阳，让人间圆融散发一抹暖意，而且还耐心地掌控着叙述的节奏感。而当下太多密不透风的细节描写，既缺乏张力，又失却小说的节奏感。海棠多少悟到小说的虚实之道，时不时让笔下小人物停下脚步，看看风景。比如秀两次回家，乡村白天与夜晚不同的景色，衬托她不同的心境，等等。她以此重新填补和结构故事里的生活世相，并尽可能地不着痕迹，参透人生。于是，小说便有了些欲说还休的迷人气息，意味深长。

青年海棠已有些许惊艳，以其天然静好的风度，在杂花满山的文学林，估摸她不至于孤芳自赏，因为绿肥红瘦，海棠依旧。

第四辑

野气横生的南方写作

——关于近期广西长篇小说的一种描述

评论家王干在"广西后三剑客"作品研讨会上发言说："广西作家有个共同的特点，就是'野生'。'野生'与野心、野性、荒野相关联，也与生态、自然、乡村密切联系。"王干一语道破广西作家的文学共性与个性，就中国文学而言，这是广西作家的个性；就广西文学而言，这是广西作家的共性。弥足珍贵。

因为今天全球化的语境，同质化日益严重。大家读相同的书，接受相同的信息，传相同的段子，甚至年节假日发网络定制好的相似祝词。共性越来越多，个性越来越少，文学亦然，而文学从来以个性取胜。于是，今天对文学个性的呼唤，尤其新乡土写作，写故土家族以及成长记忆等等，对地域性、对自然、对乡民生存真实、对乡土本真的呼唤越来越迫切。因为所有的文学作品都是从作家足下的土地出发，自然便有他的地域性，所谓一方人文的水土，这是一种地理的文学自觉。同时，也是当下建构国际化视野与中国文学理想，提升国际视野下的本土化写作，乃至中国当代作家如何向世界讲述中国故事的前沿问题，也是文学的母题。

是的，今天的文学大家也都有各自的文学地域性，比如莫言的山东高密、贾平凹的商州清风街、王安忆的上海、韩少功的楚地、阎连科的娄耙山、格非的江南、周大新的湖光山色、毕飞宇的平原王庄、迟子建的漠河流域、林白的桂东南、东西的桂西北等等，一股股浓郁的原乡况味，开始弥漫中国文学的天空。

近期广西的长篇小说也显示了这种根扎原乡，心生情怀，通过各自的文本，凸显了"地方性"对于文学空间的整体建构价值，因为在破碎化、私人化和虚拟化的时代，文学需要通过一种"地方"认知来重新获得其动力，我想这也是广西近期讨论人文广西以"美丽南方"为切口，以对南方的"地域·自然"的重新挖掘发现，来强化对广西文化的认知、重新获得广西文化在今天的意义和价值，也许是切实的途径，也是有效的途径。

其实，当代广西文学的发轫之作，正源自陆地的《美丽的南方》。几年前，我曾约请民族文学研究名家李鸿然教授重读陆地与《美丽的南方》，杂志出来后，已在医院长住的陆地先生不断与我及友人肯定此文。几个月后，陆老先生便辞世了。李鸿然这样定位陆地："在区域文学坐标上，陆地作为广西现当代文学奠基人，全面地描绘了八桂大地近百年来翻天覆地的历史风云、淳厚善良的民族风情和美丽神奇的自然风光，给广西各民族作家提供了文学范本，对几代文学桂军攀登文学高峰产生了不容忽视的引领与支撑作用；在国家文学坐标上，陆地的地位和影响也是毋庸置疑的。他抗日战争时期奔赴延安，解放战争时期转战东北，新中国成立后重返广西，在不同地域不同时期都留下了光辉的文学业绩。陆地对 20 世纪南北中国诸多重要方面和重要人物都有真实生动地描绘。以今天的眼光看，某些作品虽然存在缺失和局限，但陆地在每一历史时期都给中国文坛提供了上乘之作，对于文学中国来说，这些作品属于昨天，也属于今天和明天。"（《南方文坛》2010 年第 2 期）

我以为这为《美丽的南方》提供了一种基本的文学表达，这里的地域与自然、民族与历史、描述与艺术，是陆地在 20 世纪的现实生活中，面对广西大自然心生的感知幻化的图景，并一一诉诸笔端。当然，不同的作家心生不同的感知，不同的感知便生出不同的艺术个性，所谓艺术的虚构。而今天，关于美丽南方的文学表达已经更为丰沛奇崛，也更有其自身的艺术影响力与生命力，尤其新一代广西作家，勇于直面时代的生存困境与精神困境，作品有更强烈的社会批判性，颇具时代担当和人文担当。他们以不俗的创作实绩，成长为以陆地、韦其麟等开创的广西现代文脉的传承者与创新者，广西相关部门顺势而为，如联合中国作家协会创研部等单位于 1997、2015 年先后召开"广西三剑客""广西后三剑客"作品研讨会，深得国内文坛好评，把广西作家深度融入中国当代文学的格局；如近年权威的年度文学排行榜，广西各文体不时榜上有名，显示了广西文学经历近十年的蓄势，正在勃发，尤以其野气横生的南方写作屹立于中国文学之林，这是"美丽南方"的一棵棵嘉木。本文试图辨析这奔流文脉中几部长篇不同的文学个性，尽管艰难，但描述也是一种眼光，仅此而已。

作家东西常说：自己是南方写作者，因为炎热，容易产生幻觉，想象力异常活跃。是的，亚热带充沛的阳光雨露，在人文地理上，北回归线横贯广西的生机与繁茂，同时，广西大石山区的奇峰林立，特有的喀斯特地貌弥漫着一种野性和神秘感，加之温润的气候、充足的阳光，使广西山水景物，时而山林迷莽、野气横生，奇崛苍劲；时而空蒙、灵动，丰润豁朗。由此而生的多样化广西文学尤其凸显了两种文风，即哥特式的陡峭奇崛与神似巴洛特的圆润朗阔。

直刺天空般的哥特式直面人生，当然充满着犀利诡异与力道十足，又相应着地理的野性，当代广西文学一直就活跃着这脉陡峭的剑走偏锋的文风，一如八十年代的"百越境界"，也如八桂大地遍地的野生植物，散发出生猛奇异、蓬蓬勃勃的活力。当下此文脉最有力道的当数东西、鬼子、田耳、李约热、朱山坡、光盘，以及更年轻的小昌、周末等。除鬼子的《伤痛三部曲》正在成型外，东西已出版的《耳光响亮》《后悔录》《篡改的命》三部长篇似乎可称为"命运三部曲"，坚定的执着关注民间苦难的平民立场，紧密的内在逻辑形成井然密实的结构，棱角分明的主人公构成个性鲜活的人物形象，命运的诡异坎坷赋予小说的狠毒绝望与野气横生，所幸洞晓一切的作者还给字里行间融入机智的幽默与凡间的快乐，使小说里这些野地里生、野地里长的南方小民们充满艺术的张力。东西始终立足桂西北的贫瘠，以特立独行的创作、对命运不懈的追问，以及不妥协的绝望反抗，来张扬现实批判意识。这种坚定的平民立场和决绝的批判精神，也是近 20 年中国作家对马尔克斯创作精神的张扬。

2015 年夏至，读东西的新长篇《篡改的命》，"貌似用传统写法，夹杂了先锋的、荒诞的、魔幻的、黑色幽默的元素"为读者讲述了汪家三代篡改命运的故事。"命"为何要篡改？篡改谁之"命"？如何篡改？谁篡改？又"是什么支配我们的命运？"东西以含泪的笑，更以命运的荒诞层层推进，步步追问，犀利尖锐，却又机智幽默，劲道十分。令人触摸到东西对社会、时代与人心的深度批判与深切绝望，掩卷之余，却有冷冬寒潮彻骨之感，绝望，虚无，不期而至。

虚无中，我抓起梁漱溟的《这个世界还会好吗》读起来，仿佛救命稻草。梁漱溟让我们脆弱而不绝望，但我与东西都没有梁老先生的思想资源和生命厚度，也难有力量从容而豁达地承受汪长尺般命运的捉弄和现实的冲刷。我想，要既对生命及其际遇充满怜悯，又能对特定的苦难抱有一种"天地不仁以万物为刍狗"的淡定态度，是需要有多么高深的生命厚度才可能抵达，一如梁漱溟等。但世间满地皆是汪长尺这样陷于生存困境的草根，渴望改变命运的精神追求，何其艰难？垂死地篡改只能陷入无边的绝望。有意味的是，故事的结尾。被篡改了命运的汪大志，尽管他把父亲汪长尺的案宗及自己的照片扔入父亲自杀的西江大桥下，但昨日的汪大志今天的林方生怎会知道，是否还有什么真相或魔掌等在命运的前方，一如林方生突然现身牙大山面前，牙大山正在享受冒名汪长尺而偷来的生活，命运充满偶然性和戏剧性。这一切似乎都掌控在结构高手东西的笔下，可见东西绝望之深、悲悯之切。我想这也是我读后不能释怀之故吧。

"东西本人把广西的文学性格表现得淋漓尽致，这就感染了同在这片土地上生长的同代作家和年轻一些的作家。那就是东西那种握住生活苦难本质，抓住人物性格的一个端点，将其略加歪拧，再让其尽情自我发挥，向着命运的极端处偏执地挺进……朱山坡，对生活、对人生和命运，从来都不手软，拿捏得狠，把它弄拧再折断。这里面无疑可以看到东西的那种力道。"（陈晓明《广西文坛的"后三剑客"》）是的，沿着东西文学之路执着前行的当数朱山坡，近年他以一部《懦夫传》为民间野生人物立传，通过荒诞不经的故事情节挖掘文本隐喻意义。众多论者对其凶猛野性的文学劲道称赞有加，也对其略有情绪化的灵魂叙述有所期许。我个人更为喜欢朱山坡的中短篇小说，无论《我的叔叔于力》《跟范宏大告别》《陪夜的女人》《喂饱两匹马》《鸟失踪》，还是近期的《灵魂课》《一个冒雪锯木的早晨》等，既能触摸到作者俯视人间、悲悯万物与灵魂救赎的情怀，还能感受到人物的不妥协精神，以及作者对小说的准确观念，一种撒野后的节制的精粹和魔力。

绝望的反抗与犀利的劲道，也贯穿在田耳与李约热的创作中，只是田李的叙事较之东西朱山坡更为舒缓绵实些。在他们耐心地缓缓的叙述中，一个无序的社会渐次打开，眼前一个个充满寓意与野草般的小说场域，同样洋溢着扎根田原市井的野性，田耳、李约热，还有潘红日都是广西难得的颇具民间品质的优秀作家。

在长篇《我是恶人》研讨会上，我说过：李约热是个辨识度很高的作家。他始终书写那些"屁民们"在生存困境的左冲右突，那些有着对抗性的隐忍的小人物，犹如一株株野生植物，芒棘横生，却生命力蓬勃。《我是恶人》塑造了一个发誓就是要当恶人的马万良，以此书写八十年代南方野马镇的生存、乡村底层的命运挣扎和根深蒂固的国民性。它不仅是李约热首部长篇，更因为它的粗野坚硬，一如他的优秀中短篇，一样以荒诞的表象，内蕴着一种潜在而犀利的文学力量。何谓恶？如何恶？到底因何而恶？最终明白马万良的"恶"是与众人关联的，是野马镇人身上的愚昧麻木、听命从众看客般的"平庸之恶"，一如美国思想家阿伦特所论。作者以尖锐的笔触直指时代、权势和世道人心，小说芒棘凌厉，野气横生，但气质忧郁。

这个既真实又荒诞的野性故事，承载了野马镇八十年代的历史。是的，长篇小说是承载历史的。李约热写过有全国影响的系列中短篇，他仅用具有横断面意义的故事，就告诉我们那些沉默的底层同胞，是如何像南方野生植物般卑贱而坚忍地"活着"的，因为哺育他们的村庄不再是"涂满油漆"就可以隐喻和象征的了。戈达尔、油漆、李壮、青牛、一团金子、墓道等等在善用寓言性意象的作者笔下，仅仅是一枚种子，它们在他心里发芽生长出这一个个意味深长的世情和人生片段，尖锐、内敛而自省，充满隐喻和文学劲道。但它们还不足以成为历史，中国乡村的历史在"野马镇"的日常平庸里，在《我是恶人》里。要挑战这种国民性的"平庸之恶"，犹如进入无物之阵，既热辣辣，更沉郁无奈。

同样书写失败者的田耳，则多了生之欢乐与人之尊严，脆弱而不绝望。评论家施战军说田耳"身上有一种不息的野生精神，他就要写生活、生存，一直到分裂感……最后写出精神的一重一重的魅力"（《南方文坛》2016年第1期）。是的，从《一个人张灯结彩》到长篇《天体悬浮》，这散发异质的令人耳目一新的作品，都是当下小说创作中与众不同的存在。在田耳设置的分裂的两极间，他耐心地抽丝剥茧般渐次打开的是一个无序的社会——一个从派出所到街道到酒馆到出租屋到妓院再到广场的无序社会。《天体悬浮》，一群无名无分的辅警，面对这些烂到泥潭里的生活，而悬挂于灰色不洁生活之上的是观星，是星空天体乃至广宇。小说便分出向下与向上的维度，而两极都活色生香，生气勃勃。亦正亦邪的警察符启明，日常的乃至尘埃芜杂的生活，在田耳笔下活力四射，人物的精神层层分裂却野气横生。同为失败者的故事，但田耳深得文学三昧，明了小说也是为笔中绝望的小人物寻求反抗生路的，落实到具体人物，哪怕野地里生野地里长的小人物一如符启明、丁一腾等无名无分的辅警等，也是有生的幸福感的，那便是何为人？何为生？即生的尊严，卑微的却是巍峨的。尤其到了《金刚四拿》的回乡农民工罗四拿身上尤为彰显。在这个进城与归来的故事中，野生植物般生气勃勃的四拿，令人忍俊不禁，更令人感动尊敬。到城里去，再回到乡村，四拿与路遥《人生》的高加林一样，历经了一次人生蜕变，生活的度量也发生了转变；历经城市底层的血泪挣扎，终于在家乡找到了存在感与生命尊严。尊严，乃至安全感、幸福感，超越城乡与阶层，超越世俗功利，是人之所以为人的本质所在。而四拿的尊严在于从小立下的渴望：即当一次抬棺的"八大金刚"之一。何其卑微！但那却是许多乡村少年渴望受人尊重的成长梦。有梦想，便有追求。在城里当过保安，也见过世面的四拿，"参加过三四千人的大会，那种激动人心的场面，我的妈，不管谁有资格站在中间讲话，只要不磕巴，都会得到热烈的响应，你想不自我感觉良好，想不要飘飘欲仙，都办不到！四拿说着说着，竟然进入回忆状态，忘了我们存在。"在一次无"八大金刚"劳力，却成功地如法炮制出"十六金刚"的轰动四乡的送葬后，四拿决定不走了，当村长助理，因为"这里需要我……出去十来年，我发现外面人不需要我，谁都不需要我。但这次回打狗坳，竟然还有人需要我。/需要你抬棺材。/那也是需要！需要我抬棺材，我才能变成金刚"。

田耳再次成功地在"垃圾堆里做道场"（评论家杨庆祥所言），也为此，田耳的文学世界会更为高远和阔大。四拿，乃至丁一滕，正是以对自我生命的尊重而超越生活与命运的际遇，从而免于受伤。田耳的大气象，正是在于他从丰富的思想和生活中吸取能量，尤其以满纸的人间烟火、市井气息、民间智慧抵御吞噬人的虚无，以依稀的人性之光透射现实与命运的幽暗之处，成就了他的"垃圾堆里做道场"的"这一个"。

评论家李敬泽说光盘的写作"有一种蓬勃的，不衫不履的这样一种气质的作家，是非常少的"。这自然是肯定光盘独特的创作个性。从《王痞子的欲望》到《英雄水雷》，光盘的文学世界既有分裂感，更多荒诞感，他"不衫不履"的野性散发着一抹随性与草莽之气，散发着直面现实的勇气与掌控人物命运的强悍，那一个个荒诞故事表达了光盘对英雄意识形态化的真相发现。在《王痞子的欲望》中，王痞子的事业是为了报恩，把女儿养大。《英雄水雷》的水皮与雷加武，在纵火者与救火英雄的身份错位中，一路致力于还原真相而狂奔。让"两个人追着同样的逻辑，两个人都是奔着自己不想要的命运去狂奔，然后走到自己不想要的结果，一定会逆行的方向，这就是（光盘）强悍的来源"（岳雯《他们的声音》）也是光盘的草莽野性，对命运不妥协的曲折表现。

记得评论家陈福民说过广西籍女作家林白："她看待世界的方式，在很内在的层面上与我们广西作家其实仍然保持着非常深刻的关联，比如说不妥协，比如说对观众趣味的冒犯，还比如说他们试图创造出一种不同于当下中国情景的审美风尚。"是的，林白作品的异质和魅力一直是中国当代文学的鲜明存在。在第九届茅盾文学奖评审过程中，亲历她的《北去来辞》一路过关斩将进入前十，令我惊喜十分，不仅真正体会到今日文学多元共生的良好生态，更在于我见证了林白对文学三十年如一日不顾一切的追求。林白撕裂自己的"一个人战争"，她的激情野性，她的丰沛妖娆，她不妥协的故意冒犯，仿佛她是为文学而生。那份对文学的忠诚与个性化创造，令我感佩并一直力挺到底。"作为中国当代文学私人化写作的代表，林白从《一个人的战争》《妇女闲聊录》到《北去来辞》，她创造性地把私生活写成了时代生活。《北去来辞》的北漂文青海红为寻找生活的意义，从一个人左冲右突的战争中走出，在厘清自身与史道良的相依关系后，也看清自己的梦想与疑难、可能与局限，回归生活，完成了治愈性的心灵疗伤与自我拯救。不仅为知识女性探索一条走出个人时空、寻找精神回归的自我救赎之路，而且描绘了一幅生动而繁复的现代社会生活图景。林白的创作充满女性的疼痛与悲情，文风尖锐奇崛，内蕴饱满，活力四射，为中国当代女性文学提供了持续而长久的阐析范本。"这是我为进入前十的《北去来辞》写的评语。

假如说前述的长篇以凌厉决绝的野性和批判性见长，那么黄佩华、凡一平、潘红日、潘大林、龚桂华、朱东、李小舰等人的长篇便是对现代传统的各自创造；如果前者似哥特式建筑，后者在各自创作个性外，或多或少以丰润朗健而颇领巴洛特神韵。

黄佩华是广西独有的专注以南方河流开掘民族与家国故事的作家，从《涉过红水》（1993年）《生生长流》（2002年）到2015年的《河之上》，三十九年如一日执着于自己的精神原乡：桂西这块红土地与母亲河找到了自己的生命体验、自己的独特的语法和语言，因而，他的创作是作者生命里带出来的，体现他的文学自觉。

杜兰特的《世界文明史》中说："文明就像是一条筑有河岸的河流。河流中流淌的鲜血是人们相互残杀、偷窃、争斗的结果，这些通常就是历史学家们所记录的内容。而他们没有注意的是，在河岸上，人们建立家园，相亲相爱，养育子女，歌唱，谱写诗歌，甚至创作雕塑。文明史就是对河岸上人们生活的记录。"真正的文学，却是见证了河流但并不同流，带着活力书写那些能够恒久留驻在岸上的、那些带着美善向往的事物，那些择善而生的人们。《河之上》当然是事物人类，人性人心，作者以其赤子之心书写着自己的母亲河右江，书写河岸上那些看似普通庸常的人们，他们这样或那样的欢喜与忧愁、高尚与卑微；黄佩华引导我们去挖掘探究其中蕴含的生命质地与形而上的追问和思索。作者笔下的河流从表象上看似乎没有波澜，水面之下却是惊涛骇浪，掀起了河之下的右江百年历史，熊家、梁家、龙家，还有陆家早已在历史大河中历经沧桑，历史与现实交汇处也早已物是人非，作者的敬畏与批判、厌恶与悲悯悄然浮现在河之上，作者说他要"捍卫历史和现实的真相"，包括对南方土匪的个性解读，给了我们一个重新认识历史的新视角。尽管后半部略显粗疏，但前半部显示了艺术功力：作者善于从虚构中触摸历史伤痕，并且不断反思乡土中国的政治和伦理的意义，其朗健机智的写实叙事，犹如那条条河流般缓湍畅扬，散发着南方蓬勃的生命力，显现了作者一以贯之的现实主义人文情怀。

2015 年出版的还有红日的长篇小说《述职报告》，及其"文联三部曲"，红日告诉我们：当荒诞成为日常工作、生活的本质，人的存在便遭遇巨大的挑战与质疑。他借此抒发了中国式的职场中别样的情怀，同时作为描摹日常的高手，那些新鲜如昨的细节、动人的人与事，诸如玖和平的乡村伦理之善，辐射出满纸桂西北质朴的乡村智慧与民间情怀，显示出作者有着较好的生活还原能力，尤其白描功夫，常常寥寥几笔，尽得精神。散发着南方泥土芬芳的新乡土写作还有《股份农民》，朱东、张越为我们塑造了桂东南新农村包家文这一新式农民的形象；《苦窑》桂北高尚坪黄、秦、令三大家族的沧海桑田，是龚桂华对人性幽微与裂变的深度表现。此外，凡一平的《上岭村的谋杀》，以"中国盒子式"的框架结构，环环相套，在建构完整封闭的叙事圈套中，为读者奉献了一个悬念迭出的好故事。潘大林的黑旗军的历史书写、李小舰的《西江风雨》、杨仕芳的《白天黑夜》等等都可圈可点。

长篇小说创作还有一个出色的文学存在，那便是广西女作家群，此当另文书写。比如王勇英的长篇创作不断，她以一贯的心性和文字，在中国儿童文学创作中，建筑了一座自己的南方艺术之城。是的，王勇英多以"城"的意象构建自己的作品空间，"弄泥的童年风景"系列中，南方客家孩子《巴澎的城》，以及最近推出的"鸟麻之城"系列中的"鸟麻之城"，城里童心四溢、本真纯净，巫性十足、野气横生。比如远在美国硅谷的广西籍女作家陈谦，其文学原乡皆根扎南宁，她的留学生生活精神困境系列、精神疗伤与自我救赎系列令人关注，近日的长篇《无穷镜》，出色描述了人生在蝇营狗苟、片片浮云之上还有物质的"无穷镜"与精神的无止境，"成功者"高处不胜寒的虚无与绝望，时代精神征候在陈谦洞若观火的透彻中，"人生何以如此？人何以如此？"的追问便得以淋漓呈现。比如一地苍凉的《淑女学堂》，映川以感性丰盈的笔触表现了新一代淑女是如何炼成的，女人也需要像男人一样奋斗。还有网络作家辛夷坞从《致我们终将腐朽的青春》到《应许之日》，成为国内网文都市言情的代表写手之一。辛夷坞的都市言情写作有生活、有记忆，干净、细腻。这也是"首届华语网络文学双年奖"我的部分评语。又比如远居德国、比利时的纪尘、凌洁，出版中的新长篇《冰之焰》《侨港春秋》，比如锦璐、陶丽群、林虹、潘小楼等等，杂花生树的她们，本身就是一棵棵挺立的南方嘉木。

嘉木当然是品性卓然，刚硬与柔软同在，锋芒与独到相应，野性与个性共生，唯此，南方才可能美丽，中国文学之林才可能蔚然成荫，生生不息。

《文艺报》2016.3.18

《广西日报》2016.4.13（有删节）

文学变局中的广西少数民族青年作家

60 年前的今天，18 岁的壮族青年韦其麟考上武汉大学的同时，在《新观察》发表了他的叙事诗《玫瑰花的故事》，大二又在《长江文艺》发表了载入文学史册的长篇叙事诗《百鸟衣》，并转载于《人民文学》《新华月报》，轰动一时，随即出单行本、翻译多国文字等等，盛况空前。这是共和国以来广西最早具有全国影响力乃至国际意义的作品，次年，21 岁的壮族诗人韦其麟成为中国作家协会年轻的会员，这个被苏联《文学报》誉为"居住中国境内的少数民族中的天才的代表人物"（奇施科夫《李准和韦其麟》），60 年来一直以其高洁的为人和烂漫的诗意成为广西文学的一个精神高度。

60 年后的今天，回望文学前辈，文脉清晰，文情却繁复。1990 年代以来经济、政治、文化乃至军事发生了世界性的种种变局，加上传媒技术与格局的结构性变化，不同的民族、地域、性别、阶层、认同，交错并置在一起，融合在全球化、地方性、族群性的环境中，又因作家各自个性特点、美学理想、写作追求、创作风格、文化趣味的不同，中国少数民族文学的书写日渐多样，广西的民族文学再也没有出现过胜景般的文学景观，但多样化的写作，也杂花生树。

这是一批钟情文学的青年民族作家，他们在文学变局中自觉追求不变的文学内核。他们明白文学是人类精神的最内在的本质反映，这个核心的含量、重量和质量是不可能改变的，无论社会形态如何改变或不同，文学的本质与品相不会改变。只有对文学内核的坚守，才可能有新鲜的发现、感知和表达。于是，他们关注写作本身，既注重各自的民族身份，更关注各自作为作家本身所达到的高度；他们在接续文脉与地气中，追求理想，追求穿透世道人心的艺术力量，追求地域性、民族性与现代性、艺术性的有效融合。虽然创作实绩未能翘楚于全国青年文学，但也佳作频频。广西壮族自治区有 12 个世居民族，广西少数民族文学也很难一言以蔽之，但我企望能从这幅少数民族文学版图辨识近三年那些令我动心的清新风貌并记录下来，以为小引利于更多同行的研究。

民族书写：现实与梦境

我常常行走于民族地区，也常常感叹那些充满民族个性的生活习俗在现代化的双刃剑下，渐行渐远，但生活深处民族暗语依然潜行，尤其那里的长者的虔诚守护，他们常常生活于梦境与现实中，视梦境与现实同样重要。这样的质地同样体现在民族文学的作品中，尽管文学已经发生很大的变化，我们会不时发现民族地区的文学新作中某些值得珍视的东西，那些与汉文化有差异性的东西，常常闪耀着我们梦想的星光。比如那部挥洒着红柯再造民族神话出色能力的《生命树》，长满了红柯的心性气质与小说精神，那首摄人心魄的蒙古长调奶歌"奶——奶——奶……"绵延不断，故乡、母亲、土地、自然、生命，几条故事线一一展开，舒展动人，如梦如幻。作者从多民族的神话传说出发，现实与幻觉交织，人与自然相生，异乡与故乡神契，充满着隐喻、神性与诗意，冲击着我们的心扉，也直抵世道人心。还有回族作家李进祥的《换水》，他居然以讲述性的语言和淡淡笔触把现实生活讲述成一个传说，一个由洁净到沾染了污秽，再到洁净的梦想过程，而现代生活所有的伤痛和挣扎，都隐在人物故事背后，隐在文字背后，支撑其中的是回族人的信仰、尊严与梦想，而梦想比现实更接近文学内核。

虽然广西还缺少这样独特而动人的小说，但我还是在壮族的李约热、黄土路、阿未、陶丽群、潘小楼、王勇英、梁志玲、蒙飞，瑶族的光盘、红日、纪尘、冯昱、林虹，侗族杨仕芳等人处，读到这种既冷静面对现实，又根扎脚下大地，接通那些包围自己的充满本民族暗语的精神原乡，书写现实的底层沉默与梦想的人性和善，是真是幻，荒诞又神秘、惨烈或隐忍或清新，直面严峻现实，却怀抱理想的小说。

李约热曾获过或入围过系列国内小说奖，小说集入编"21世纪文学之星丛书"，去年《作家》发表了他的首部长篇小说《欺男》，作品以平民化的视角，讲述发生在1980年代初南方野马镇既真实又荒诞的故事，或者说它承载了野马镇八十年代的历史。是的，长篇小说是承载历史的。李约热写过有全国影响的系列中短篇，描写梦想与现实冲突的

《戈达尔活在我们心中》，对乡村伦理追认和人性自我反省的《青牛》，《李壮回家》《巡逻记》追问社会转型期的我们以及我们的孩子——那群难以关怀和教养的时代孤儿，如何寻找与重建我们失落的家园？哪怕一块葬身之墓地（《墓道被灯光照亮》）等等，他仅用具有横断面意义的故事，就告诉我们那些沉默的底层同胞，是如何坚忍地"活着"的，因为哺育他们的村庄不再是"涂满油漆"就可以隐喻和象征的了，戈达尔、油漆、青牛、一团金子、墓道等等在善用意象的作者笔下，仅仅是一枚种子，它们在他心里发芽生长出这一个个意味深长的世情和人生片段，尖锐而内敛和内省，充满隐喻和文学力量。但它们还不足以成为历史、中国乡村"野马镇"八十年代的历史在《欺男》里。

是的，八十年代已经是"激情与理想"的代名词。然而李约热说"那只是硬币的一面"。而另一面是被命运放逐的他笔下的人物——野马镇的人们，那些在苦水里浸泡太久而发慌、发傻、发病的人们，就连孩子也是这样。这个令人疼痛和堵心的"屁民"的故事，那些没有一个叫李刚的权势爸爸的农家子弟，一如可以"慢刀割肉"的马万良及其三个儿子两个女儿，只能被村霸公安黄少烈凌辱欺负，只能野地里生野地里长。凶险与神秘，屁民们在这里不过是生活与利益与权势捉弄的脆弱存在，悄无声息地消散在相互围观与敌对中，散发出令人窒息的彻骨荒寒。尽管故事发生于八十年代，但作者告诉我们"就是把他们放在清朝，他们也是这么过"，"很多年前，我就是他们"。这是乡村少年的伤痛记忆，及其乡村底层的命运挣扎和根深蒂固的国民性。笔触尖锐，犀利惨烈，直指时代、权势和所有的人心。读之便有"生活大于故事"之感，有痛于生活之痛，痛于我们身上也有的看客围观心态，欺小凌弱的势利，恐惧懦弱的无骨，争当奴隶而不得的奴性等等国民性。叙述尖锐，但不失悲悯。这个应该得到更多关注的长篇，一如他笔下大多的病态人际关系，都不同程度地回归到良善，精神追求依然指向理想主义。最终，马万良的灵魂依然悬在野马镇的高处，指向家园，梦想着人间最后的一抹暖意，荒诞的表象下，内蕴着一种潜在的文学力量。我想，这得益于李约热叙述的内敛，得益于他谦和的外表下一颗如野马奔腾的心灵，得益于他日常沉静而散淡的脸庞上那双明亮的眼睛，他把这股热能化入了他的笔尖。这个素质全面的作家，一直深知文学的虚实之道，一如《李壮回家》他高妙留空的艺术空白和真实的幻觉，也许他已经意识到《欺男》叙述的"满"与"实"，正期待着自己加入梦想的新小说，让自己的创作呈现出更丰富、更自然也更自由的形态。

读光盘的小说，我们常常无须考究他笔下荒诞故事的可能性，却真切感受到命运无法把握的可能性，感受到人物极端性格的悲剧性，感受到故事里穿透的无奈和悲凉，以及命运顽强透示出的生活最后的质地。极度荒诞的故事背后是深潜着作者对人类生存困境和心灵伤痛的深度思考。这是我在第六届茅盾文学奖初评时对光盘《王瘸子的欲望》的推荐意见。令人佩服的是，光盘多年来继续保持着强盛的创作状态，继续用幽默荒诞的手法，书写人性的无望和疼痛。《搞好关系》一串令人啼笑皆非的荒诞故事，《美容》对瑶家文化的蒙昧之处的深刻审视与批判。值得一提的是他去年的中篇《慧深还俗》，慧深和尚为抚养捡到的女婴，还俗当父亲的故事。令人想起那个"一生的终极理想就是为了生一个女孩给恩人做妾"的王瘸子，可喜的是今天的慧深已经站立更高的人性层面，因为慧深不是报恩，他是从虚幻世界的洁净，走向了世俗社会的上善，实践了从神性到人性的完善，小说也在更深层的维度上，思考着关于人以及生存和灵魂的话题。如果说这是个温暖的有梦想的叙述，那么新近的《渐行渐远的阳光》内核却有股令人疼痛的狠劲，光盘为我们裸现了一幅令人心酸的人生百态图，当城乡接合部的棚户重病后，在求助无门之时，只能拖着病残之身心牺牲妻子，并依住在妻子再婚小楼的一层。荒诞的故事透视着人物心灵深处不可承受之伤，颇具宿命色彩和悲剧性。这些发生在瑶族故乡桂城、沱巴、玫瑰镇的故事，便是光盘小说叙事的起点与归宿。一方面他以直面现实的勇气，展示了人类在荒诞现实中的生存之痛与心灵之伤；另一方面他则以瑶家后人的身份，对瑶山沱巴人在转型期的生存境遇和瑶家文化进行了描述和现代思考。

近年，同样以荒诞手法探秘与拷问人性的还有"80后"杨仕芳，他的新作《没有脚的鸟》是逃难而至并成为"我"的婶婶和老师的"余老师"，婶婶美好得鹤立鸡群，而无法言说的身份却如无脚之鸟，无法在生活中飞翔，只能从落难到短暂幸福到暴露入狱，故事起伏跌宕，唯美感伤，颇具理想主义色彩，以致伤害了小说逻辑，直到小说结尾也没有交代婶婶入狱的原因。这种一厢情愿的勉强，同样出现在《谁遗忘了我们》中，荒诞人生中民办教师永被遗忘的故事，前半部很不错，有想法有耐心有追问。但后半部粗疏坍塌了，杨仕芳心急了，又一厢情愿地让一个个似曾相识的巧合追着另一个，给人一种带着粗疏的故事直奔主题之感。其实，我们感受到了他对现实与梦想的关注，但"故事大于生活"，太实太满了。便想，我们可否在作品的气质和文学品质上有更高更多样更俊逸的追求？可否在生活况味和小说意味上多些诗性？可否有些虚幻性的非现实的元素？一如《少年派》如此残酷的现实故事，却内涵着一个如此纯真唯美的形式与内核。

女性写作：向内与向外

在广西民族文学中有一批不可忽视的"70后"少数民族女作家，她们用女性的敏感探触广西红土地上血肉肌理的大美和柔软，留下一篇篇"身体中灵魂的书写"。是的，少数民族女作家置身多重边缘命运，她们的书写有着明晰的女性气质，身体、情感与社会始终占据了她们写作的主要部分，"她们较少用外在的意识形态规划约束自己的情感与思维，投射出具有女人个体对于历史、命运、爱情的体验、感悟、意绪和理解"（刘大先）。这种从身体内心向外部世界的开掘，是女性"身体中的灵魂写作"（何向阳）。

瑶族的纪尘是广西最具艺术天性并特立独行的女作家，她的女性成长和苦难的小说系列，持续地提供着对于女性历史与个人的经验思考，尤其女性的精神成长的探索，颇具先锋意义。如《缺口》《美丽的孤儿》等等，她注重女性身体性写作，追问选择与被选择的关系，质疑女性自我之下只有孤儿的出路，这种不盲目张扬女性背叛与反抗的写作，是一种富有女性自我精神的深度写作，充满了灰暗、紧蹙、憋闷、无力反抗的灵魂绝望，让人窥见当下生活在光鲜背后的暗角，女性灵魂深处的悲剧意识，以及女性成长所经历的疼痛和超越疼痛的能力。纪尘的文风颇似十年前的林白，一如没有止息的南中国的阴雨，反复地述说和倾诉，密度却很大。她女巫般敏锐感性的叙述，以散文诗般的语言和绚烂的意象见长，带着浓郁南方气息的本土化，它们在南方的神秘和残酷的外表下，掩藏着一颗渴望幸福和温情的柔弱心灵。

也许纪尘更多流淌着瑶族人善于迁移行走冒险的血性，近年，从来只听从远方呼唤的她依然巫气十足、灵勇逼人，一以贯之地不畏劳顿艰险，不畏不可知的下一秒，独自穿越欧亚大陆和中东，以身心独行远方，以细腻透彻的生命体验、热烈沉郁的精神思索，自内向外地实践着她的身体中的灵魂写作。笔尖下曾经围着火塘的瑶族婆婆，已经变成她的远方的《爱与寂寞》，《叙利亚篇》《约旦篇》《黎巴嫩篇》《俄罗斯篇》在 2012 年的《山花》展示了她自由的人生行走，女性的精神之花隐秘而蓬勃盛开。

壮族的女作家陶丽群、潘小楼、梁志玲、黄芳、徐雪萍、刘永娟、向红星、潘茜等等也有不俗的创作实绩。令人惊喜的莫过于百色的陶丽群，1979 年生人居然会沉潜一隅，远离热闹，居然呈现出同代人罕见的对乡土写作的倾心。她对女性、大地的深情厚谊，对乡间伦理、人间善意的精神探索，使她作品的人性与社会、人间与自然相生相应，遍地应答，满目暖阳，动心动人；她的笔触深入泥土和人心，那句出现于多部小说的"金子啊，土地"，是现代转型期农民对日渐稀少土地的千古呼唤，是她自内向外的灵魂书写。一如明丽暖阳般的《漫山遍野的秋天》，残疾貌丑的女子三彩为了生活最低的要求，独自守望自己的土地，并为之燃烧的辛酸故事。这个渴盼爱与孩子并虔诚几达宗教地步的丑女人，她还有没有追求爱的权利？她还有没有生育的能力？如果有，却一次次因外貌被抛弃；退次之只求一个孩子，却也九曲回肠。所幸，艰难的生活让没有生育能力，却热爱土地渴望安宁生活的黄天发走进三彩的寒荒生活，并让三彩尝到了生活的美意，外貌的宿命使三彩对此难以置信，并惶惶不得终日，生怕黄天发一如前任两位男子突然蒸发。一个失爱女人的心理精神，难免分裂。陶丽群没有让她再三被弃，也没有夺走她终于满意的生活。因为丑女人勤劳良善，实诚执着，出走的黄天发原谅并没有点破自己无能生育和三彩因怜悯智障儿而怀孕之过失，回来与她共同抚养即将出生的孩子，"土地给他粮食，也给他孩子"，颇具象征意义，天道终于酬谢勤善与母性了，故事散发着自内向外的深沉的悲剧色彩与浓郁的女性气质。这种典型的自内向外的女性视角，不仅写出失爱女性心理精神的宿命感，更表现了女性坚强与隐忍的生活态度，尤其女性灵魂散发的人性光辉与生之快乐，与陶丽群丰沛而细腻笔致下的满纸秋阳暖意、泥土芳香、万物生机相生，与母性与大地相应，饱满大气。而那块黄豆地及其三个坟茔的意象也把人与土地的血肉关系推到了精神高度，颇具寓言化和象征意义。

获《民族文学》2012 年度奖的中篇《一塘荷香》则是以女性视角

关注外部世界的乡村社会，生于斯长于斯，对乡村稔熟，她的外看自然是来自内心的体察。上门女婿李一锄与村霸赤脚医生廖秉德两代与土地的恩恩怨怨，故事深刻、伤感，风水轮流、人心变幻，同样有着深沉的悲剧色彩却上善若水，温良始终。"'噗'的一声，有一只青蛙跳到荷塘里，大概撞到一朵荷花上了，有淡淡的荷香弥漫过来，月光如水，往事远了，夜静了下来。"整个故事在温暖的结尾中，恩怨情仇也泯笑在这方清辉下的荷塘了。小说把自然与人性的温度和宽度，在善意与仁慈的笔调中，铺展得淋漓尽致，沉静感人。而贯穿小说荷塘的意象，是个不错的虚笔，既成为富有张力的隐喻与象征，又显示了陶丽群领略了文学的虚实之道。小说入选《新华文摘》《小说选刊》便在情理当中。此外，陶丽群还有一批颇具韵味的散文创作，如以窗口为视角的《庭院中的光景》，书写寻常人家的甜酸苦辣生老病死，让我们如读她的小说一样，通过女性视角看到了这个时代的缩影，看到容易被我们忽略的人生层面，看到时代与社会缺失却沉潜民间的人间善意。当然，丽群要获得更强大的叙述力量，避免叙述的些许琐碎，也许多读诗歌可以增强叙事的简洁干净与丰富诗性。

此外，个性飞扬的潘小楼系列中篇小说也散发着浓郁的女性气质，尤其《魁山》，故事奇崛而忧伤，叙述却清冽迷人。浓郁的壮族年节乡俗，如以包"拱背粽"的精细过程贯穿故事，包含着浓郁地域文化传统内核的日常生活——那些世代相传的宗教意识与民俗观念润化在一个个细节里，如壮乡的"巫师"、喊魂、招魂、壮医、偈语、预言以及壮族民居等等，平和散淡，日常稔熟，犹如一幅色彩清远的写意国画，意境细腻沉静，语汇鲜活个性，洋溢着浓郁的人间烟火气息，见心见性见情，灵性飞扬。它们衬托着鬼山（魁山）村落以及九伯一家鬼魅的命运，传递着壮族山寨心灵的暗语，神秘忧伤，却余味绵长。

《魁山》已经从她早几年的叙述迷宫脱胎而出，记得她那部书写充满迷幻和自恋色彩校园生活的《罂粟园》，极力渲染一个众女生深受其害也情愿深陷于迷幻和自恋的游戏，虽然悬念迭起，扑朔迷离，却有凌乱和自恋之感，也初显潘小楼讲故事的能力。还值得一提的是她去年年初的中篇《小满》，这个关于自我救赎的故事，虽然延续着她峰回路转的叙述迷宫，为追求故事性写得有些满，巧合太多，不如《魁山》疏密相间的内在张力和神性，但《小满》充满对复杂人性的体谅，对艰难时世中人物择善而生的书写，尤其塑造了一位隐忍坚忍、博大包容的母亲形象，魅力虽不如《魁山》那位仅寥寥数笔、一句"这是讳的"就栩栩如生的民族长者"奶奶"，但这位母亲面对儿子的过失与决绝、林姨的一再背叛、后勤主任和老黄的伤害与资助、儿子女友的死与病等所表现的宽容和善，使之散发出人性中坚忍恒久的光辉。她与儿女两代寄生城市的无根漂泊，一如被强奸的小满时节和私生女小满，永无成熟之日，惨烈而无助，深切而疼痛，却又和善而坦诚，充满宿命感。潘小楼文字干净感性，小说开首一个八岁男孩对小满时节蔷薇清气的细腻感受，不免着上女孩的颜色，也许小楼今后要注意如何贴紧笔下人物？

　　这种给人以人物错位感的还有梁志玲的小说《微尘》，这个与《小满》有些相似却略为单薄的故事，也一度令我误以为是女孩视角。志玲钟情文学，创作颇丰，一直关注与书写那些像微尘一样活着的小人物，书写他们无奈、纠结与沉默的存在，甚至无奈中的《自圆其说》，后者以精神胜利法来修复生活与人性，充满了生活况味和超越生活疼痛的能力，悲哀无奈。

　　而毛南族的梁露文却显示了别样的艺术追求，《民族文学》80后、90后专号发了微克、艾芥组诗和她的短篇《白鸟臆想》，小说展开意识流的翅膀，把时间让给空间，以数个生活空间和场景呈现为主，节与节、篇与篇互相独立又相互关联，人物剪影似的，冥想，空灵，感伤。被生活折翅后的同性温暖，隐隐透露出受伤后的别样意趣，飞扬着女性的诗意。当然写意的叙述难免粗疏。如此以女性故事体现情感的多样性，以及女作家的理想主义情怀与唯美情致的还有林虹（瑶族）的寓言性小说《梦婴宁》、刘永娟《丢丢的舞蹈》，黄芳诗歌中那些生命与情感相融的《是蓝，是一切》、是心灵的《仿佛疼痛》，徐雪萍诗歌的边地歌唱，在《迁徙》中追寻自我的向红星，以自己曾经候鸟般的生活与自然界候鸟互文，从而感知自然、人生与人性，笔致静好清雅。她们充满女性的自省，以及女性精神在现实中曲折婉转的表达，不同程度地体现了她们对身体中灵魂的书写。

多样写作：本土化与现代性

　　广西青年民族文学杂花生树的多样化书写，既呈现了当代民间社会如何在大时代中蜕变消融，又流溢出浓郁的民族韵味和民间文化的气息，初步建立了带有普适色彩的美学风格，他们以小说、诗歌、散文创作体现少数民族文学的地方性关怀，或关注同胞的底层挣扎和沉默，或亲近自然土地，或抒写遭遇现代经济时代冲击的民间社会残存的诗性。

其中刚迈过青年期的潘红日、严风华、蒙飞，近年却勃发出各自创作的青春，佳作频频，他们不约而同地书写民间那些活泼泼的生命，一任狂放的想象力脱缰而去。如曾经长于以喜剧性的语言，书写乡村看似荒诞事件来表达对民间现实深切体认的红日，三年前从鲁院学习归来便少了原来的油滑，多了叙述的真诚，他把原来的嬉戏化为含泪的笑。他新近的中篇小说"三报"（《报废》《报销》《报道》），是一幅幅栩栩如生的市井百态图，颇具讽刺意味。红日以他惯常的洒脱幽默的文笔，述说着社会边缘化的单位文联一系列被同化与异化的故事，无常无奈。他深入生活的洞见、自我戏谑的民间智慧，写出了一个时代的文化溃败、文人无奈与沧桑。《报废》书写文联一辆破旧公车艰难而复杂的报废故事，《报销》是市文联主席章富有为了报销拖欠的账单而疲于奔命的过程。《报道》则是宣传报道中的无谓无奈。都是日常生活片断，红日于寻常处发奇崛，把整个文联系统内的喜剧、闹剧、反转剧等等鲜活上演。人们在他含泪的笑里领略了《儒林外史》之遗风，更感受到他直指世道人心的绵里藏针，步步问心，尖锐而宽厚，以及以同情之理解的审视与批判，颇有善意与人性关怀。红日一直善写民间小人物，如几年前那位维持乡间伦理的《说事》刘叔等，我们能感受到他们从土地深处长出来的破土的声音，能感受他们随口的民间故事、歌谣、谚语的隐含魅力。

同脉文风的还有蒙飞，这位曾以壮文长篇小说《节日》获过全国少数民族文学"骏马奖"的壮人也在努力开掘人的精神困境，只是比李约热、红日圆润温暖一些。近作《塑像》也以戏谑笔调叙述一位有良心商人的精神困境，故事虽有些单薄，却浸透着感伤和无奈。老人去世要入土为安却无土可入的冲突，壮族丧葬习俗、拒绝建纸厂与短视村人的误解形成的矛盾张力，而蒙飞笔触却有难得的从容沉静，不疾不徐地开掘着生活的内在蕴含。故事开头平静而生活化，以真实的人生引人入胜，而不是靠故事的外在吸引读者，在真实与平静中藏一种紧张感，让人物纠结的心理和生活的无常复杂推进着故事，有想法也有章法。蒙飞以人物的内心打动我们，其中人性与良知始终是人物与故事的底色，圆润温暖；他用经济的笔墨写出了相对完整的人物与故事，可惜格局小了。此外，他颇具个性的叙事方式，也有着红日的自然流畅和民间文化的余韵，俗话俚语常常喷薄而出，似乎脱胎于山歌，又似三句半，不时闪烁着游戏精神和方言的魅力，语势犹如雨后江河浩浩荡荡一往无前，颇具节奏和质感。便想，蒙飞也许需要关注一下红日今天的文字控制力，因为运用自嘲戏谑反讽是需要天生的分寸感和掌控力的，多迈一步就容易油滑，就会伤害到文字的肌理。

近年追寻和状写广西民族文化的散文家严风华，常常一人行走于广西各世居民族的山山寨寨，如果说此时的严风华是以散文对各民族的族源、节庆、饮食、服饰、婚姻、家居等生活习俗进行了个性化描绘，如《民间记忆》《一座山，两个人》《壮行天下》等。近期他则多了对接传统和人心追问的理性自觉，如《万年目光》穿越壮族圣地——麒麟山，第一道目光来自中国社科院裴文中教授的发现，它与壮族先人的目光的对视，与壮族后人（我与同行者）对接，一句"车上谁是壮人？""壮人的目光又磁在一起了。那是穿越和延伸了万年的目光"。"目光"这道文眼贯通文气并传承和接续了民族的血脉与文脉。好视角好题材，可惜作者点到为止，放弃了开掘深挖的空间。而新近的《风掠过的时光》则更深沉灵动，满纸好风如水，<u>丝丝缕缕</u>，却静水深流，沟通历史时间和人文地理，其中世间烟火人气、书斋文气与名士风骨跃然纸上，文本也从一个壮乡山间接通了外部世界与现代人类文明。

黄土路《从一片枫叶上回家》也有着深沉的民族文化怀旧意识与现代反思，文章从马山甲篆山村儿时的记忆启笔，"那几天"大人很忙，"原来壮族地区最重要的一个节日就要到来了"，（三月三）家家忙做五色糯米饭，乌黑的是枫叶水。"多年以后"枫叶少见了（山林也建了新房马路），五色糯米饭常常五色不全；山歌还在，那是某个赛歌会录下刻成粗制滥造的 VCD，也只有老父亲与村里几位老人围着火塘，静静地听，然后沉默。一个民族重要的"节日最初的意义消失了。只剩下节日本身"。看枫叶成了文化活动，却失望而归。为了从一片枫叶上回家，他再次独自踏上寻找枫叶之旅。这份心灵的挣扎与眷念，既是民族的执着与忧郁，也是一首余味绵长的挽歌。流淌着浓郁的民族韵味和民间文化气息的，还有壮族钟日胜行走笔记式的报告文学，仫佬族何述强的智性散文，那些与白天活跃热闹的何述强大相径庭的散文，沉静唯美，颇具灵性。值得关注的还有女作家王勇英笔下的少数民族少年生活，充满了桂东南丘陵地带的万物花开与灵性飞扬。她的"弄泥的童年风景"系列，以及新著《水边的孩子》以委婉的笔调，不动声色地叙写了依山傍水偏僻小山村里一群群孩子的现实生活和精神成长，它们以现代社会稀有的静气和精气赢得了中国儿童文学界的青睐。

　　置身于全国少数民族文学队伍中，尽管广西的青年作家整体上未能凸显优势，20岁就登上中国民族文学之峰的韦其麟胜景，虽不能至，但更年轻的"80后""90后"作家已经崛起，他们真年轻，壮族作家就有陶丽群、潘小楼、阿未、微克、艾芥、李冰、牛依河，毛南族莫景春、梁露文，瑶族刘静、甘丘等等，虽然这些年轻的面孔，我大多未曾谋面，但他们作品所传达的灵性才情感动着我。1986年生人阿未有些像广西民族文学的野生植物，其小说气质野气横生，小说《弟弟黄虎》便生于乡土深处，那里有令我们无言的现代中国乡村深处的忧郁。而生于1989的微克的组诗《声音》如此感性敏锐，丰富的想象力如此细微，《又想起母亲》从每天楼道的清洁工起笔，在节制的干净的文字后，却分明潜流着一条奔腾的情感之河。这是个对生命有真情有理解有爱心，当然也具备诗人素质的青年诗人。还有艾芥的组诗《收割后的田野》，地气与心气、聪慧与沉静扑面而来，令人动心。面对当下满目玩弄小灵感小聪明的平面的诗歌，再读到这些清新深沉与独特入心的诗歌，感觉真好。这些被文学照亮了的青春和生命，他们明白面对文学变局，许多东西正在发生变化，不变的是作家对文学的忠诚，是对专业精神的坚持，是对现代文脉和民族精神的接续，他们是广西文学的未来。

《文艺报》2013.7.5

（发表时编辑更名为：值得期待的广西少数民族青年作家）

文学桂军的一种释读

走进当下文学桂军的小说世界，扑面而来的是一束南方的阳光以及阳光背后的阴影：强烈而迷离、尖锐而朴拙、神奇而魅惑，充满着冲突的力量和创造的气息。鬼子、东西对苦难以及荒芜灵魂的极致写作，李冯、海力洪的自由姿态，凡一平的世俗情怀，黄佩华的民族忧思，映川的女性尊严和智性写作等等无不着上广西这方水土浓密的阳光和水汽。此次推出的是另一组由广西籍林白以及沈东子率领的几位广西文坛颇具新气象的新人新作。

魅惑的幽暗之域

林白的创作总是散发着令人屏息的魅惑。

二十世纪八十年代初，林白还是个灵气魅人、意气飞扬的年轻诗人。"她就是为写作而生的！"与林白交往了近20年，这话也说了近20年。那时，她和几位诗人时常聚在我那间临街小屋谈诗，当时他们正在结集出版《含羞草》诗丛——那是广西那个时代的文坛盛事。同样写南方初春的树叶，那时绚丽轻盈的林白"立在每一片新绿上舞蹈"，她发出的是阳光的声音："三月真年轻！"九十年代，小说家林白避开每一片绿叶，她在窗帘后面撕开女性意识深处的焦虑、创伤和隐痛，让它们痛快地尖叫、呼喊、挣扎与倾诉，那是令中国文坛瞩目的《一个人的战争》；世纪之初，林白的春天来了，《万物花开》，她走出逼仄，一扫惊恐而变得母性十足，她的视线穿越了曾经严实的窗帘，透过藏着隐蔽物里的人与事，落在实实在在的日子里了，《万物花开》的寓言化构思里，色彩明亮，"明亮光线尽头落下苍凉的阴影"（林宋瑜语）。这个阴影的衍生物，便是她新创造的幽暗之域，下层女性生活的镜像之地——银角。

《去往银角》开头仍然是南方初春的树叶"旧得发黑，湿淋淋地闪着阴沉的光。它们像石头一样挂在树上，好像随时都会掉下来，但从来不掉。天气一天比一天冷，好像不是要顺时进入春天，而是相反"。林白变得冷峻有力的笔头营造了一个倒春寒的人生境遇，下岗女工崔红的人生厄运就此展开。为了生活，为了病重的父亲，离婚了的下岗女工崔红走投无路中要去银角做妓女。《去往银角》一个与我们现实经验颇为吻合的开头，诱惑我们开始去假设故事的走向，以为林白小说只是转向现实中下层女性的苦痛与挣扎，然而，读到姊妹篇《红艳见闻录》，你才发现前者只是一个过渡性的平台，真正的不断的魅惑与新奇在后者。林白创造了一个极富寓言色彩和荒诞性的极恶之地银角。银角是个小城，银角只有享乐欲望，灯红酒绿，纸醉金迷，罪恶欺诈；处处盛开的肥厚的腥甜的鸡冠花，便是一朵朵疯长的欲望之花。于是，似乎脱离日常生活状态的银角，变得怪异、魅惑，崔红的历险记也变得犹如炼狱般神奇恐怖九死一生了。这朵长在幽暗之域的恶之花，由于林白把恶写到极致的笔力，而变得令人恐惧并熠熠生辉了。于是，我们记住了银角。

　　林白总是擅长把庸常化为神奇，那种深入骨髓的林白式诡秘奇异并不在表层，而是把表层日常故事内化为梦魇和魂魄的话语，并亦梦亦幻地展开，流畅舒展，一泻千里。林白真的是生来就是为写作的，她的叙述充满智慧和力量，她穿透了潜藏于日常生活的表象，在亦梦亦幻中挖掘出生命存在的幽暗之域，并把它推到了极致。林白说："极致就是力量、冲击和震撼。"于是，我们被这个幽暗之域冲击着，因为它不仅是空间银角，还是时间概念下我们欲望化的时代，更是那种潜存于人们（包括我们自身）内心深处阴暗面的可能性，它们的外化正是存在于银角的堕落。小说的力量由此而生，小说世界的无限意味由此而生。

　　在这两篇新作里，林白的言语方式一如既往地飞天入地，天马行空。生动，怪异，诗性而酣畅淋漓；依然是优雅的粗俗，寓言化的构思，自由恣意的想象。尤其她那旺盛的想象力还会不时唤醒我们的记忆，她说银角的妓女都是番薯变的，那在深坑里长得古灵精怪硕大无比的嫩白番薯，瞬间掠过我的记忆，那是初中时代农业课关于科学种植的记忆，这种番薯种植好像是一个范姓农学家的成果。那是一代人的记忆。于是，我肯定林白直抵我们一代人记忆深处的缝隙；于是，我们也随着林白的想象飞翔。

而她小说的意义指向却是一个新突破。林白突破了那个心气很高的窗帘后面的女人。从《万物花开》出发，曾被她忽略的芸芸众生全部如花盛开，长出各自的形态。从王榨村的大头一干民众，到去银角的下岗女工，林白的人物变得丰富多样、卑微现实了。尽管她依然向着她从来迷恋的关于人的梦魇和魂魄努力，依然在流畅的故事表层中潜入世界少为人知的、幽暗的背面和生存不可更改的宿命，但是她的质疑和悲悯已经落在崔红的身上，一个下岗的离了婚的无助的女工，那是下岗女工的宿命；王榨村的大头的悲剧同样是现代农民的悲剧，是对乡土中国的书写。女巫林白双脚已经着陆，她善良的双眼开始面对民众苦难、社会生存，面对乡镇下层女性的命运。这是林白的一个自我颠覆，坚实而决绝。于是，她一如既往的神秘诡异的笔调，就给我们挖掘出最绝望悲惨的生活世相，哪怕小说结尾，红艳（崔红）死里逃生那"纵身一跃"，未必挣脱梦魇，兴许梦魇还在继续，命运意识浮出水面。于是，林白纯粹的写作新增了更为广阔的精神内容和更为丰富的表现形式。林白也变得更为深刻而坚强、厚实而亲近了。林白走向更为广泛的读者。

《205路无人售票车》虽然小说格局逼仄于林白，叙述也缺乏林白式的自由恣意和酣畅淋漓，但它同样是对一种非经验性的内心生活的叙述，即对黑暗的叙述；它同样开进了生存的幽暗之域。

在这里，年轻的纪尘一如既往地讲述着一个疯狂的爱情故事。小说由四个不同身份的叙述者"我""流浪汉""失去丈夫的女人""S"以不同角度叙述发生在205路无人售票车上的故事，结构颇具匠心，四个部分：引擎、方向盘、油门和四个轮子起承转合着人物内心在夜晚黑暗的孤独、混沌和虚无。故事尖锐、感伤、粗糙，还有些隐晦迷离，呈现出一种生活自身的无奈与无助，我们感知到了盛开在夜间的这朵朦胧的黑暗之花，感知到潜流之下无人知晓的另一种生活，另一种命运。但是纪尘太沉迷于故事结构的起承转合了，同样是黑夜的叙述，林白那些燃烧着的文字不仅照亮了人性的幽暗，使人物生动起来，而且她对这种幽暗的背后有着更深更远更为丰富的思索，她对叙述进行了必要而独到的提升，从而抵达了生存的幽暗之域。于是，我想，对叙事技巧与审美思考之间如何巧妙地融会贯通，兴许是年轻灵动的纪尘所面临的。

冲突的理想之境

有着一双明亮眼睛的李约热，写起小说同样有着里约热内卢足球的热力。

虽然这是小说一个恒常的主题——小知识分子的理想幻灭，然而，李约热却有着令人心动的叙述。小学教师李壮出走家乡，去寻找自己的理想王国，包括梦中情人王小菊，以抗争小镇生活的挤压以及镇长的无德丑女杨美的逼婚。理想遭遇现实，感情遭遇时空，李约热把这种遭遇推到了极致，他让他的人物一面在虚幻的理想天空上飞翔——不断成功的北京来信；一面遭遇大地引力的拷打——现实根本性的冲突。极致的残酷逼迫人物崩溃，当李壮历经沧桑回家时，面对的已是故乡迁移后的废墟，最后疗伤的家园李壮也失去了。此刻，小说的进展已经出人意料了，因为前面三分之二的叙事，作者极为细致耐心，不惊不乍，而到结尾突锋急转，节奏急促，渐渐揪起了人心。简洁来了，突然衣衫褴褛的李壮朝着他曾经极度厌恶的镇长家空空荡荡的房子大喊：杨美，我爱你啊！故事的叙述者，瞎了一只眼的李壮的哥哥叹道："那个有狐臭的杨美，那个一只腿长一只腿短的杨美，那个已经和 12 个男人睡过觉的杨美，现在被我的弟弟呼喊。"紧紧牵动我们心底的悲伤不期而至，小说的悲剧性产生了，小说的力量在简洁的结尾中凸现了，同时，作者将自己内心冲突的理想之境也赋予了他的人物。

小说选取的是李壮瞎眼哥哥的独眼视角，因为一只眼看东西总是成倍放大。这是一种智性的叙述，一种放大的视角，当所有事物放大之后，我们就能直逼内里，进入事物的真相。这种智性叙述还表现在小说对李壮出走后的漂泊，始终不着一字，我们已经读了太多民工在城市的挣扎以及城乡文化冲突的沧桑。李约热却抽空了李壮在理想王国左冲右突的过程，而极尽渲染他一封封所谓来自北京报成功报平安的家信，给我们留下了无限的空白和模糊。偶然、空白以及必不可少的"真实的幻觉"是小说的生命线，李约热深知并张扬着。于是，小说呈现出更丰富、更自然也更自由的形态，令我们尽可能想象李壮的出走；而故事本身的逻辑却自由自在，一往无前，势不可当，犹如里约热内卢的足球。于是，我们看到了一个小知识分子的成长史，曲折且历尽沧桑，这是怎样冷峻的现实，以及这种现实对人的生活的极度挤压和剥夺，对人性的强力扭曲。李壮只想过自己的日子、爱自己想爱的人，可最终理想在冲突中妥协了，他的抗争失败，凝结着多么沉重的社会变迁内涵。作者没有回避弱势群体无法挣脱的宿命和社会问题，尽管残酷，但人性的暖意并没有被问题消散，李壮还有他哥哥那只痛惜的眼睛抚摸他的创伤。作者的精神追求依然指向理想主义，指向家园，这是人间最后的一抹暖意。

李约热给我们最初的惊喜是《戈达尔生活在我们中间》(《小说选刊》2004 年第 3 期下半月号头条)，这篇佳作给了我一次不可多得的愉快的阅读经验。收放自如的故事叙述，回环往复的叙述节奏，智性灵动的叙事语言，小说意义的丰富性和厚实的精神资源呈现出一种比较开阔的艺术视野和小说格局。

李约热的乡党潘莹宇同样也构造了自己充满冲突的理想之境。如果说《李壮回家》散发着悲凉，那么《光荣弹属于谁》的紧张压迫就透着惨烈和悲壮。潘莹宇给我们讲述了陷入亚热带丛林的远征军散兵突围的故事。故事开头呈现给我们的还是一群有理想憧憬的军人，随着潮湿闷热、虫蝎暗桩、干渴饥饿、恐惧伤亡……想活也活不了，死也死不了，生命意义跌落到求生的最底线，人性的善恶也惨然地一一裸露。潘莹宇把人类困兽般的绝望的境遇推向了极端，并在极端中拷问人性，悲剧的力量油然而生，尤其结尾一声爆炸，更是把小说推向惨烈。于是，我们随着潘莹宇的想象进入到历史那幽长的精神隧道，看到了一个个震撼人心的墓志铭。

《永远的礼拜四》依然是沈东子式自我反思的现代主义小说。小说通过一个男人对一个离婚女人的眷恋，表现着繁华时代背后的孤独和激情。是呵，所有的激情都在理想中归于孤独，而由激情化作的孤独，要比通常意义上的孤独丰富得多，也强大得多。沈东子一如既往地在故事层面上强化着生存的特别景象和人物的独特个性，以探测着人的生命存在，使读者既感受到作者的理想主义色彩又触摸到他形而上的理性自觉。

极端的命运之后

光盘在长篇小说《王瘊子的欲望》中，叙述了一个叫王瘊子的男子，"他一生的终极理想就是为了生一个女孩给恩人做妾"。小说的荒诞性和富于想象的语言，以及光盘在解构人的生存意义时所显示的命运意识，给第六届茅盾文学奖初评委们（读书班）留下了较深的印象。而《把他送回家》中，光盘的荒诞性叙述以及对故事和人物的把握更具深度和力度了。

同样是一个超出日常走向极端的有着宿命色彩的荒诞故事。故事开始主人公阿德就处于一个极端奇特的困境，陌生人把一个黑布包（实则骨灰盒）给了阿德，并让阿德"把他送回家"。在命运的三岔路口，是阿德自身的性格把自己的命运推向绝境，这也是光盘的高明之处，他层层揭示出命运真正难以抗拒的是个人的内在性。本来中国传统对死者从来是"入土为安"，阿德只要把黑骨灰盒埋了也就完事了。可是，善良而认真的阿德对"家"的概念却有自己的理解，他只认死者有形的"家"——上有老下有小生他养他也只能葬他的家，而绝非青山处处埋忠骨。于是，阿德和自己较上劲了，他处处寻找"他"的家，却无处寻找。一次一次似乎抵达了目的，却一次又一次回到起点，他承受并努力摆脱着命运的追踪，直到最后他按老婆说的去做了，将骨灰盒抛入江中。然而三天后"阿德惊诧不已，抛出去的骨灰盒又被人送回来了"，故事戛然而止。阿德没有退路，命运捉住了阿德，是阿德自己及其家人乡邻把他的命运推到了极端。我们无需考究这个荒诞故事的可能性，但我们却真切感受到命运无法把握的可能性，感受到人物极端性格的悲剧性，感受到故事里穿透的无奈和悲凉，以及命运顽强透示出的生活最后的品质。光盘开掘出了生活的内在蕴含，颇具质地，令人回味。于是，寓言性的《把他送回家》较《王痞子的欲望》有了自己更深透的思考和追求。

这种追求体现在光盘的话语方式和文体追求上。光盘在这篇仅有三千来字的小说中，依顺着语言自身的逻辑和想象，紧扣故事和人物展开叙事，自然而然地流动着一种向前推进的力量，这种力量穿透阿德奇诡而极端的命运，直抵深处的绝望。叙述顺势而为，层层推进，内敛、清晰，富有节奏，善于控制，文字干净、简朴生动，人物奇特，故事诡秘而朴素，却好读耐读。在愉快的阅读中，我们感觉到光盘建构寓言的叙事力量，一种如何把小说叙述得既好看又耐读、既通俗又纯粹的努力，而其对隐喻之表现力的把握也正日趋自如。无疑，这是一份对当下创作有意义的创作经验。

其实，这组短篇小说，无论林白笔下崔红的宿命，纪尘、沈东子叙述的现代都市繁华时代在黑暗中流向命运的普通人，还是李壮要改变命运的执着、远征军陷入丛林困境的突围，都无一例外地走向各自的绝境，那都是关于个人的故事，也是个人一生的故事。个人命运也许并不都是折射和隐喻集体的命运，因为在他们的叙述中，我们看到悲剧性绝境的个人因素，是人物性格的奇特韧性（如崔红、阿德、李壮、女司机等等），使他们一一执拗地走向极端并把自己的生活推向绝境，令我们看到极端的命运之后生活内在性的方式，从而凸显了作家们各自的命运意识。

还值得一提的是，这组短篇都有各自的文体自觉，他们的艺术探索如林白的自我突破和自由姿势、沈东子的现代叙述、光盘的荒诞和俗雅、李约热的叙述节奏、纪尘的用心结构、潘莹宇的历史叙事等等都是颇具意义的探索，这不仅呈现了各自的叙事质地，而且在一定程度上体现了文学桂军永不懈怠的探索精神。

读完这组短篇，便有了"凯风自南"的感受，一如窗外，春光正好。

有我之境

海南文学的三个关键词

岭南版块的海南诗歌

2007 年年底，在珠海的广东国际诗歌节上，吴思敬教授有这样的表述：中国诗歌从地理上大致可以分为四川、齐鲁、江浙和岭南等板块，二十世纪九十年代后，海南和广东合成的诗歌岭南版块在崛起，其中，海南有中国为数不多的越写越好的几位资深诗人中的王小妮、多多，有诗评家耿占春、徐敬亚、李少君等。我以为，这个评述是准确中肯的，海南已经在一大批诗人关乎时代、关乎生活的创作觉醒下成为一个诗歌大省。据不完全统计，近年来活跃在海南诗坛的诗人和诗歌评论家有将近一百人。

这个版块中有大量来自诗歌中心区域的诗人，所谓异乡人或说移民诗人，他们成为新的海南诗歌创作的中坚力量，这对海南诗歌史具有深远意义。海南大学教授刘复生说，"移民诗人将主流诗歌写作的文学资源、观念、技巧带进了海南，改变了此前海南相对滞后的诗歌空气，虽然诗歌史不能以进化论的尺度来衡量高下，但新的思潮、观念的确也有瓦解陈旧模式对诗歌写作的束缚，重新发现生活的功能。"而本土成长起来的诗人创作个性突出，比如海南原生诗人曾德英的诗歌，为我们打开了一片海南诗歌的独特语境，他近乎白描的诗歌创作，有一种动人的朴素、简约的艺术之美，为此我们抚摸到了诗人一颗宁静、淡泊、渴望、珍爱与敏感的心，或说"海南的心"。海南师范大学教授毕光明说，曾德英的诗歌才是真正的"海南写作"，他的诗歌体现了海南人的情怀，也说出了海南人的生活和品格。他简朴的诗风，暗示了诗歌发生学中那一直以来最有意义的部分。毕光明诚言，如今以曾德英为代表，大多数海南本土诗人如林琳、纪少飞、卢炜、符力、唐煜然、王广俊、王凡、翟见前、陈亚冰、林森、瑛之、王鸿章等等，这些具有本土性格的诗人正是以这样的立场、心态，表现了他们对海南深刻的理解，对这片土地和自己身边乡亲的一种缱绻的深情，他们的诗作大多源自心灵的呼唤，呈现了对生活有一种大爱。

这个版块，主要是异乡人写作。海南和广东都是，赴琼赴粤的移民诗人实际上代表中国大部分漂泊诗人的生存现状：在明处活着，在暗处写诗。他们是一棵棵向下生长的诗歌之树，这是一种所有漂泊的异乡人的诗歌追求和生活态度，他们的根性写作与赤子之心。即在异乡漂泊成长，但没有失去自己的赤子之心。比如刚刚来到海南不久的"70后"诗人江非，无论漂泊何处，始终扎根在他的故乡"平墩湖"或说他的精神原乡，年轻的他诗中竟呈现少有的敏感、明净与沉实，其中许多诗歌，以有智有趣的方式、尖锐的批判精神、节制的诗歌语言，写出了异乡人和现代人的沧桑疼痛、欲哭无泪的存在，尤其他诗行里的"我思故我在"的精神性，使江非的诗歌创作颇具质感、颇具诗性。尽管，异乡人的诗歌个性各异，但他们大多数诗歌都着上了异乡人写作的共性：呈现出一种向下的生活姿态，而在文学品质上却是自我超越、人性向善，蓬蓬勃勃，充满生机。

今天岭南诗人对诗歌经验贡献了新的价值。这种被称为底层写作的诗歌，表面看来是社会问题，但实质是诗歌从农业题材范畴转化为城市题材写作。在诗歌经验转型的过程中，广东海南诗歌走在前面，其格局和作用特别的大。

如认真分析这个版块的诗歌现状，会发现其是研究改革开放30年的绝好文本。海南诗歌有不可替代的立场和文化身份，首先源自海南的人文传统。这里有中国最优秀的诗人，如土生土长的白玉蟾、丘浚、海瑞以及流放至此的李德裕、苏东坡等，他们在这片土地上留下的星星一样闪烁的诗篇，更重要的是他们为海岛植入了深切伟大的人文传统，并足以令今天的海岛文人骄傲与传承的文脉。而当代，在1980年代末到1990年代初，"朦胧诗""第三代诗歌"等诗歌观念、技艺，尤其大量移民诗人全面进入，也带动了海南本土诗人的成长，创造了海南诗歌发展的新时期。其次，这里有相对优势的地理环境，对此王小妮曾这样告诉《南国都市报》记者：在海南，就是一种清净的感觉，在海南写诗，有一种想一吐为快的感觉，是一种个人的幸福。在海南茂密的丛林里，谁都是一棵桉树，充实而独自地活着；海南，必然会让每一位诗人都把诗歌视为是灵魂上升时，对世界那一瞬间的简单尊敬。海岛的孤独对文学是一种幸事。此外，这里也有许多广东那样坚固的民间写作堡垒、民刊网站以及政府办内刊，还有很多保持探索、实验的诗人和立于前沿的诗评家，如耿占春，除了他注重隐喻的诗歌创作之外，他和张清华等是中国诗坛仅有的几位、以自己犀利的文风，只眼独具的敏锐和诗意的批评质地赢得中国诗人尊重的诗评家，他总能较好地将学院精神与新锐热情融为一体，令人尊敬。还有李少君的诗歌散文小说诗论多面手的创作，他的诗作有着高远的古典情怀和达观心性，一如他那首著名的《神降临的小站》般追求神性与诗性，这也是一种屏弃"豪语"，向大众和生活回归的文学追求，他所倡导的诗歌"草根性"理论，在诗歌界引起广泛的关注，颇具建设意义。此外，毕光明、刘复生等诗歌评论也颇有力量，毕光明不仅以自己的诗论关注着海南的诗歌，还以主编的《海南师范大学学报》为平台，为催生海南的文学尤其诗歌的成熟做出了可贵的努力，而且《海南师范大学学报》也成了仅次于《天涯》的海南的学术磁场，其辐射力不容忽视。年轻学者刘复生的评论则颇具新锐气象，如他对海南诗歌发展的历史性的学术评论，对源远流长的海南诗史细致的梳理和缜密的分析，不仅显示了其认真求实和严谨治学的学术品质，而且持守学术客观，不回避不同见解。如对王小妮夫妇与多多定居海南的积极历史性意义的评说，也提到海南的负面意见，颇具才情与独立的批评精神，难能可贵。此外，海南的文学批评还活跃着在思想界、学界颇有影响的单正平，在中国少数民族文学研究领域硕果累累的李鸿然。

岭南诗歌版块最为活跃的广东诗歌群中，缺乏具有全国意义的标志性的诗人，或说领军人物。而海南的诗人，不仅其数量与人口之比例是全国最高的，而且还有自由游走的在当下中国为数不多的越写越好的几位资深的一流诗人，也有一流的评论家。对于王小妮和徐敬亚夫妇、多多在海南的定居，刘复生认为这个事件得到海南"主流诗界和民间阅读的双重肯定，从某种意义上他们的定居终结了海南在诗歌地图上孤悬海上的时代"。我一直是王小妮的粉丝，也很喜欢王小妮的诗歌，她总能把她个体空间和日常生活写得非常大气，格局大，还能自由飞翔。应该说在平淡生活中王小妮的诗歌却活到了隐秘的深处而难以穷尽，难以解读，无论她的诗意还是她的身心，都是和生活水乳交融并悲悯暖人的。犹如《在海岛上》3月13日看满天的风，"这成群的流窜中，有没有夹带一两个英雄"。"到白沙门去"看风劈大海。惊悸与悲悯于"杀一颗火龙果"的血色和杀气。感念在雨中讨生活的"卖木瓜"的女人。在山坡上、火车旁,闪电之夜,我看到一个游走于生活深处的宁静的思想者,跟着她游走我们可以看到很多所谓的风口浪尖的人都看不到的更辽阔更深邃也更悲凉的一个世界,因此她对身边的庸常的、琐碎的生活的这种反思,如刃的锋利,便显出深度、宽度与温度。真正的我在我思、我思我在了。

前几年王小妮和徐敬亚夫妇在中国腹地的身心游走及其组诗,尤其王小妮的《安放》里对今天乡村生存和精神危机的深切忧虑,给我带来阅读的冲击、震动和思考。她的诗笔下有感同身受的实实在在的人生、痛痛切切的个人体验,是朴素和优雅、是粗粝的见血见肉、是锋利如刃,那份穿透着她的关切和疼痛乃至绝望的怆然,逼人警觉。是的,失血的村庄早就难以安放我们父老乡亲的身躯与灵魂了,难以关怀和教养一群群时代的留守孤儿了。为此,我也游走了一些乡村。那份被透支了的乡村的土地和精神的荒原化和野生化,是我们难以回避,并令人怆然泪下的。

听说海南要打造"诗歌岛",这于诗歌发展、于海南诗歌史是幸事,有这么多关于建立诗歌网站、出版诗歌刊物、举办诗歌朗诵活动、进行全省范围内诗歌比赛等计划,还有众多在生活深处为自己的心灵抚慰的诗人,尤其地理环境的相对独立与兼容性,海南"诗歌岛"的设想应该会有所意义,诗人们会使岭南诗块最大值地呈现出诗歌自由、开放、包容、飞扬的自由精神,呈现出中国多元共生的诗歌现场。当然,一个问题也随之而来了,就是当诗歌进入群体创作或"打包"状态是否会使诗歌的难度降低,甚至消失。也许这是应该引起警觉的。

韩少功的意义

我以为韩少功是中国为数不多的令这个时代骄傲的文学大家。他三十年的写作本身就是中国新时期文学最生动的注解。

他的理论和创作的意义远比我们认识到的还要重要。从《文学的根》到他翻译的《不能承受的生命之轻》;从《月兰》到《爸爸爸》,从《马桥词典》到《暗示》《山南水北》,韩少功的创作一直深深扎根于乡土，寻找中国人的根、中国文化的根，实际上他一直在不断发展与丰富"寻根文学"，也一直在寻找乡土重建之路。作为一个怀疑主义者，他一直怀疑书本的知识，并以个人的实践验证求真，他的努力是为了独自对历史与文明的死结，对文体的边界与语词的丰富性进行最大可能性和最为有效的探索与实验，只要深入他的创作，我们就很容易被他所感染。在社会行走并记录自己一路的心灵感悟和追问，有思想，有感情，有脾气，有一种沉甸甸的思想质感，可以是小说也可以是行动散文。比如《气死屈原》《准制服》，又比如《各种抗税的理由》等等，他理解包容，也质疑批判，这是智者的思辨。

他以行动与社会与写作息息关联，并以此开拓了散文的文体边界，在这个意义上《山南水北》是一部行动散文。不由得想起苏东坡，这个文化全能与生活全能的中国最伟大的文人。虽然韩少功与他还有比较远的距离，但他身上有东坡的影子，从生活态度和姿态及其写作。

今天韩少功的生活态度和姿态及其写作，走在时代、文学、作家的前沿，代表着这个时代所达到的高度。我们有向往淡泊和归隐的心境，却常常作秀般只能住在郊外不超过十天，便耐不住寂寞，如此想来，我们大多数人生活在这个虚假的社会太久了，浸透之下，我们从里到外都多出了许多虚假。韩少功却是真实的，从寻根文学开始，或许还可追更早，到了对《隐者之城》的反叛，而后回乡，而后自称"小农经济爱好者"，而后便有《扑进画框》的欣然，有《非法法也》的悲凉与种种忧虑。于是，他身心抵达，并为乡土中国的重建尽心尽力。

不仅为他的才情思力，更为他自觉的文体意识。与《马桥词典》和《暗示》一样，《山南水北》的文体界限非常模糊，可以当作小说来读，也可以当作故事来看，也可以当作散文来品尝。对中国的文体遗产，了然于胸却勇于挑战，探索语言可能抵达的最远处。他的每一部作品，都会给读者一种新的阅读体验。读《山南水北》，我即刻就想到1985年还年轻的韩少功在他那著名的《文学的根》劈头问来："我以前常常想一个问题：绚丽的楚文化到哪里去了？"近20年后，他再次把自己的身心匍匐故乡，继续寻觅绚丽的楚文化，寻觅中国文化的传统，寻找自己的根。于是接近土地和五谷的生活，上天入地，不拘一格，肆意地书写自己感性和理性的感知与狂想。对《窗前一轴山水》般的村庄日常、农事的白描宛如民谣，宛如一首首南方民间叙事诗或说农事诗。在他笔下万物家禽一种种、一茬茬，都呼啦啦地按捺不住地发芽变绿金黄，《遍地应答》，相生相长，喜气洋洋，蓬蓬勃勃；对山下的《疑似脚印》和《残碑》、山上的《庙婆婆》《天上的爱情》，自有乡村的伦理与《哲学》，明丽宽阔，灵动丰饶，精微犀利。林白的新作《致一九七五》也有这种飞扬的文心。更为珍贵的是，韩少功以自己对土地对中国农民忠直的体察、宽阔的思考，深深地挖掘和重建了乡土生活的丰沛意义。狂想遍地却隽永而深邃，充满诗性与批判。比如《残碑》不仅是历史事件的残碑，也是中国将军与中国母亲的残碑，这段记录共和国第一代将军成长史的短文颇具隐喻性，韩少功是善用隐喻的高手，他的大多作品都有象征性和隐喻作用，他常常通过一个虚构空间来影射或者批判国民性，以及当下社会行进的难度。全书处处有"我"，貌似小事，却直指中国许多本质问题。读完这部记录山野自然与底层生活的心灵报告，我们知道：没有小题材，只有小眼光；知道何谓散文杂文？何谓运思用事的能力？何谓虚实相生，计白当黑？是的，以阔大的人类视野，方能细致地回望和打量周遭，无限地贴近身边事，方能委曲生风，心宇浩大。

《山南水北》引发如此遍地应答的悦读，散发着自然界与人类的精神气韵，融合了感性描写和理性思辨，抵达世道人心，为今天的创作提供了许多新的艺术元素。这部亲历者的书，令我们在这个乡村凋零与社会腐败、精神焦虑与困顿的时代，依稀看到了一条家园的路。近日又读到他的中短篇小说《第四十三页》《赶马的老三》《怒目金刚》《生气》等，韩少功继续着他对国人与国民性的洞见，犀利而宽厚、智性而喜乐，但我们在字里行间分明还触摸到韩少功的忧虑与痛切。

土耳其作家帕慕克2006年获诺贝尔文学奖，瑞典皇家学院授奖词如是说："在追求他故乡忧郁的灵魂时，发现了文明之间的冲突和交错的新象征。"我们每年有数千部长篇小说面世，再有无以计数的各种作品出版，那么，又有谁能把中国的忧郁描绘出来呢？在许多人放弃难度写作的今天，我们期待着韩少功。

《天涯》

《天涯》是中国稀少的在文坛、学界与思想界最具前沿性和影响力的重要期刊之一。

读它是为了倾听一种质疑的声音，使自己多一点清醒。

读它是为了追寻《文学的根》，这是韩少功的风格、李少君的传承。

封面牛皮纸装裱，图案多为毛笔勾勒出的汉字和字母，逼人的中国风；朴素的外表，朴素的文字，表达着思想的锐度。

作为同行，常常感到有邻同行，便能找到回家的路。

《海南师范大学学报》2010.1

第
四
辑

充满时代感与丰富性的新的文学版块

九十年代以来，随着中国社会的转型，城市现代化建设的全面展开，可耕土地越来越少，涌入城市的过剩劳动力越来越多，城与乡、城市与城市间流动的人口也越来越多。2008 上海双年展就把这种典型的发展中国家的特性命名为"快城快客"，并以之为主题，探讨当下这种外乡人／城里人的空间迁移，移民／市民的身份转移，过客／主人的家园融入三大现状，这三者的同时实现难度很大，甚至会遭遇屏蔽，但其中城市里的积极移民对当地文化的融入有相当的渴望，于是，这种空间迁移、身份转移以及家园融入过程的欢欣与苦痛、奋斗与挣扎、卑微与自尊等等千滋万味，变成了他们心灵的倾诉，文学成了他们的精神家园。于是，出现了一个庞大的文学群体，即新移民文学，这是一个新的被忽略了的文学版块，全国各地都有，而以广东为甚。

这种情形在发展中国家比比皆是，它与我们惯常通指的移居国外的作家作品的"移民文学"所不同，故称之为"新移民文学"。拉什迪曾一针见血地指出，"在许多方面，鉴于都市文化的国际本质和越来越同源的本质，从一个地方到另一个地方，例如从美国农村到纽约市，是一种远比从孟买迁往纽约更极端的移民行为"。（布罗茨基等著：《见证与愉悦》，黄灿然译，百花文艺出版社，1999 年，第 341 页）在拉什迪看来，要判断一个人是否属于"移民"，关键要看"根、语言和社会规范"这三个核心元素是否出现了根本性的变化。

这种变化在我们通指的"移民文学"身上是明显的，传统意义上的"移民文学"，大多指二十世纪七八十年代以来，因各种目的从中国大陆移居国外的人士以华文创作的反映移居国外生活的作品。这些移民从正处于改革开放初始的国内出去，面对全新的异质文化和社会规范，难以融合及浮萍般的无根状态显而易见。而今天，我们也发现从美国农村移居纽约市，这种被拉什迪称之更极端的移民行为正在许多国家尤其我国上演，我们还发现这种典型的中国社会转型期（工业化城市化）的产物，在北京、上海并不明显，虽然这些中心城市的移民人口也众多，但正因为它们是政治文化中心，是国人的语言和社会规范的风范之地，异乡人的感觉远没有在广东、海南强烈，在中心城市融合是趋势。此外，"新移民文学"崛起于广东，还源于近30年深圳、珠海、东莞等现代城市的崛起，来自全国各地的新移民数以千万计。而广东作为岭南文化的中心，从语言到社会的习俗规范，都迥异于内地。如著名评论家洪治纲从杭州刚到广州时就很不习惯，尤其被一句也听不懂的粤语包围的他说，广州"到处都是鸟语"。广东的内地移民大多都有这种难以认同、难以融合的感觉，他们强烈地感受到自身的"移民身份"，"乡愁"也成了其中主要的写作主题。即使积极移民者，如移居于海南的东北诗人王小妮，也深感到异乡人的孤独，尽管她喜欢海南，比如她对《南方都市报》记者说："在海南，就是一种清净的感觉，在海南写诗，有一种想一吐为快的感觉，是一种个人的幸福。在海南茂密的丛林里，谁都是一棵桉树，充实而独自地活着；海南，必然会让每一位诗人都把诗歌视为是灵魂上升时，对世界那一瞬间的简单尊敬。海岛的孤独对文学是一种幸事。"这是一种身体与灵魂深处的矛盾，一如诗人里尔克所说，诗人都是些没有故乡的人。诗人黄礼孩为此编了《出生地》《异乡人》两本诗集，以此表明移民群体的双重身份，即远方的故乡出生地、身在此地的异乡人。

近十年，我们真的难以在国内其他地方看到有广东如此庞大的文学队伍，他们悄然地改写着中国的文学版图。尤其近十几年来，全国各地涌到广东的新移民，在"经济至上"的生活氛围里，居然就出现了一批又一批以人生作文、以心性写作的人们，而且以青年人居多，以新移民居多。写作队伍的庞大、写作激情的高扬、写作形态的多样，构成广东文学的突出景观，也令中国文学的版图发生了变化，毕竟文学的未来在于青年。当下的广东青年文学有几个令人瞩目的移民文学群体，一是"青年女作家群"，包括魏微、盛可以、黄咏梅、盛琼、郑小琼、塞壬、宋唯唯等，她们全是广东新移民，而且大多有两副笔，或写小说诗歌或诗歌散文，显示了富于才情与个性的文学天赋，在国内文坛负有盛名。二是活跃异常的"青年诗人群"，尤其以卢卫平、黄礼孩、老刀、世宾、方舟、郑小琼、东荡子、谢湘南、莱耳等等为代表的难以计数的青年诗群的诗作。它们既受到传统文学名刊的青睐，也散见于各类诗歌民刊和网站，凸显了中国诗歌现场的多元化艺术风貌。三是以曹征路、李兰妮、杨黎光、彭名燕、南翔、慕容雪村、戴斌、央歌儿、吴君、丁力、缪永、谢宏、孙向学、毕亮等人为代表的"深圳作家群"，他们富有个性的都市文学、青春文学、打工文学（尽管我一再不认同"打工文学"命名，但已被公共化的这个概念，姑且用之）与网络文学都为当下的文学创作提供了新的素质和可能性。广东文艺评论家协会会长蒋述卓教授有过一个统计，即以广东作协编辑的《2005—2006广东小说精选》（花城出版社2008年版）和《2007—2008广东小说精选》（花城出版社2009年版），两书共收录了七十多篇中短篇，百分之九十五以上的作者均为外地迁入广东的中青年作家。像曹征路、南翔、曾维浩、魏微、盛可以、黄咏梅、熊育群、于怀岸、王十月、鲍十、盛琼、央歌儿、王棵、盛慧、吴君、黄金明、谢宏……这些活跃于当前全国文坛的作家，无一例外地打上了"移民"的印痕。

　　以移民诗人为例。诗人叶延滨在广东的各种会议上不止一次说："广东的移民诗人，令广东的诗歌版图发生了变化。"这是广东文学中最庞大的群体，移民诗人们的诗作，最早面世得益于广东有最坚固的民间写作堡垒，难以数计的民刊、内刊、行业刊群体及其网站，写出来后又受到传统文学名刊的青睐，并受益于杨克主编的《中国诗歌年鉴》、黄礼孩的《诗歌与人》、莱耳主持的有海量点击率的"诗生活"诗歌网站。这种数百余种民刊和文学网站的精彩，构成了最典型的广东诗歌的文学景观，充分地呈现出广东乃至中国多元共生的文学现场，就是开放、自由、飞扬和包容。

　　这个版块，主要是新移民（广东称之为"异乡人"）写作。广东和海南都是，从地理上，中国诗歌大致可以分为四川、齐鲁、江浙和岭南等版块，九十年代后，广东、海南以及广西合成的诗歌岭南版块在崛起。而这种崛起是以广东海南的移民诗人为标志的，两地的诗歌形态惊人相似，首先，他们大多"出生"于无数的民刊与诗歌网站，小有影响后，"成长"于主流报刊。其次，对异乡人身份的敏感，无论诗歌创作还是其他文体的创作。再次，赴琼赴粤的移民诗人实际上代表中国大部分漂泊诗人的生存现状：在明处活着，在暗处写诗。他们是一棵棵向下生长的诗歌之树，一如卢卫平《向下生长的枝条》。这种卢卫平式的成长，代表了大多数漂泊的异乡人的诗歌追求和生活态度，满纸的沧桑与疼痛，却欲哭无泪。他们的写作无一例外地显示一种根性写作与赤子之心，即在异乡漂泊成长，但没有失去自己的赤子之心和血脉之根，他们的根扎在远方的故乡，即使不断漂泊着，精神的原乡始终是他的根，犹如《树叶曾经在高处》（东荡子），当然要回到地上。远在珠海的湖北红安人卢卫平，写着一首首怀想逝去的母亲的诗；刘大程从凤凰出发一路《南方行吟》，在东莞写的《秋风辞》，一句"饮尽这一杯。转眼，人千里"发出了多少新移民的怀乡之痛；而移居海南不久的山东诗人江非，无论漂泊何处，始终扎根在他的故乡"平墩湖"。无论身在何方，诗人们是通过诗歌写作来寻找回家的路。尽管，异乡人的诗歌个性各异，但他们的大多数诗歌都着上了异乡人写作的共性：呈现出一种向下的生活姿态，而在文学品质上却是自我超越、积极向上，蓬蓬勃勃，充满生机。这是今天岭南诗人对诗歌经验贡献的新的价值。这种被称为底层写作的诗歌，表面看来是社会问题，但实质是诗歌从农业题材范畴转化为城市题材写作。在诗歌经验转型的过程中，广东海南诗歌走在前面，其格局和作用特别的大。

　　而深圳这个在中国改革开放中生长壮大的新兴城市与革新前沿，这个以新移民"异乡人"为中坚建设者的城市，自然其文学的兴起也颇有个性。无论如何定位，深圳异乡人对新都市人的情感、人在现代都市对乡土的回望，以及青春写作甚至富有想象力的网络玄幻小说写作，都对当下中国的文学经验贡献了新的价值。如其中的安徽人曹征路教授血性而富于精神担当的写作，被许多人誉为"底层写作"的杰出代表，从他的《那儿》到《问苍茫》一路书写着与他血肉相连的被时代忽略了的芸芸众生的生命挣扎，引发了一轮又一轮的讨论。这种与"打工文学"一起被称为"底层写作"的文学，表面看来是社会问题，但实质是文学从农业题材范畴转化为城市题材的写作。他与"打工文学"的青年人写作同样也是一种根性写作，无论他们的笔触是伸向城市历史深处，还是一座座火柴盒般的加工厂；无论是病理的生命与精神挣扎，还是以直面现实的精神展开并隐喻充满浪漫幻想与现实反叛的现代爱情传奇，或回望故乡伤怀大地，他们的生活姿态也是始终向下，紧贴地面，在异乡以心一直向下探索与生长，呼吸大地之气。也唯此，身体远游的他们，才可能进行精神上的现实追问与灵魂书写；也唯此，他们作品呈示的精神姿态，才可能散发出人性光辉和向上品质。无论是杨黎光的《园青坊老宅》的城市变革，还是曹征路上下求索《问苍茫》的仰天长叹，还是李兰妮《旷野无人》犀利尖锐的自我剖析，还是诗人谢宏简洁叙述的离我们很近的《深圳往事》里的凡人生活，还是王十月那被李敬泽称之为"当代的《林家铺子》"的《国家订单》，以及《成都，今夜将我遗忘》之后，慕容雪村《天堂向左，深圳向右》的坦诚与敏感等等，他们在"异乡"挥洒和演绎着"出生地"赋予他们的精神记忆，并呈现出多元共长、杂花生树的喜人景象，也解构了深圳无文学的论断。这新的文学版块呈现的时代感与丰富性，便是深圳移民作家群的文学的姿态。

这种新的文学版块，还有不容忽视的但已引起各方关注的网络文学。

《文艺报》2009.8.8

有
我
之
境

294

用双眼还原活的现实

——以深圳网络文学大赛非虚构文本为例

　　法国作家萨特曾预言非虚构文学"不久将来成为文学最重要的形式"。几十年过去，虽未实现，但谁都毋庸置疑世界范围内的非虚构文本发展的速度惊人，尤其在当下中国。主要原因不仅在于非虚构文本满足了人们在空前的变动不居的社会变革与转型面前，了解世界、了解自身的迫切需要；还在于置身全媒时代的"虚构"世界中，我们赖以形成对世界与自我印象的信息，大多来自于媒体，来自于间接的经验，而文学唤起读者共鸣的影响力日益低落，于是，读者便退而次之变为对"真实"的渴求，"非虚构"作品便进入公共空间自由传播并成了当下的一个文学热点。

　　也许是应运而生，深圳第三届网络文学大赛便开宗明义分设长篇小说与非虚构文本（散文、杂文、纪实性文学类）两大类。读完进入终评的作品，深为深圳作者对文学的执着与不俗的表现力而感动，尤其非虚构文本对现实的直击能力，以及颇具叙述品格和独特的文体探索给了我很深的印象，这种从视角结构、叙述方式到语言修辞的新颖的文体探索，体现着深圳作家的文体自觉。进入终评的14部非虚构文本或以词典、访问记、日记，或以叙事散文、大时论、断想随笔呈现，写人写物写景写时代，家族史、个人成长史等等，14部作品便是14堆个人化的生活碎片，碎片上都不同程度地建立着深圳新的活的现实。是的，作者们尽量去保持原生态的东西，还原生活的本真，他们坚持用自己的眼睛去观察现实、分析现实、反映现实，以大量生活化的细节，重建起一种文学"真实"。阅读它们，我深刻体会到这些丰富的细节对理念的拯救、现实对语词的拯救、实践对学术产生的拯救，在阐释当下深圳的意义上，有力地还原了转型期的中国现状，体现了深圳作家的文学自觉。

获得非虚构类金奖的萧相风《词典：南方工业生活》（原名《南方辞典》）是一部具有特殊价值的作品，作者以自己的心灵沉淀着岁月淘洗过的一个个南方语词，这些语词的主人公为曾是农民的工人，在此，他们不是作为"社会问题"出现，而是作为活生生的人存在，并成就了一个个条目，以拼音为顺序，呈现给我们一个人的南方词典。"南方从多个方向映照着每个角落、每个人，它是我的南方，也是你的南方，将指南针旋转最后定位的方向——这就是最简单的南方，最无争议最准确的南方，但是我们心灵上的南方，它位于何处呢？"（《〈南方辞典〉序》）在寻找中，作者发现了日新月异的渐渐变化着的日常用语——随着时代更替却已深深揳入南方人日常生活的语词，推动语词变化的是汹涌的狂热的市场经济浪潮与世道人心，他发现每个词语千丝万缕牵连并吸附着现实，吸附包括作者在内的每一个普通人，尤其农民工。于是，他选择词典进入南方，"我笔下的南方是一个小小的切片，是坚实具体的南方和情感虚拟的南方冲突构建下的个人词典"（《〈南方辞典〉跋》）。随着语词或辛酸或欢欣的更新，词典便成为了一个人的深圳进化史，并贯穿着作者的批判与反省意识。作者通过对一个个条目的写实性或者说非虚构性叙事，而非现实生活照相式的呈示，因为作者"反对它仅仅是社会史、血泪史或统计数据"，而投入并表达了作家对转型期南方的现实社会文明进程与状态的观察、情感、反思甚至批判。比如，对自冕称王"打工皇帝"要"戳一戳"这个"伪名词"的泡沫，此类颇具思辨色彩与批判性的条目比比皆是。在这个意义上，它是个人性的。这种个人性来自作者的个人经验与情感体验，来自以此为依据的对这个时代工业生活的大规模表现，来自作者始终的独立思考、独立的立场与社会的担当、独立的人格和进取的精神。尽管有的条目议论多于描述、粗粝近于简陋，但作者明晰纯正的文学观念、深刻宽厚的悲悯情怀与独立的批判反省意识，尤其词典的独特文体，包括其中民间语文的大量运用等等，都使文本独具文学力度与审美魅力，并翘楚于本届网络大赛，还从网络进入纸媒发表在《人民文学》获得更大范围的读者认同。

秦锦屏的《女儿河系列散文——水项链》获银奖在于作者独具风格的写作样貌，善于描绘秦风的秦锦屏一如既往地呈现一系列性格各异的女性形象，她试图去表达当下生活中社会问题和当下女性生存状况在普遍经验感知中的真实，一种生的坚忍与乐观的女性精神。在这样的意义上，她的写作打破了那种虚构文学的封闭状态，而通过自己对系列女性的查访、倾听、思索和整理，"女菩萨"我婆、"女能人"族房五婆、"女星"妈妈（因她在花甲年实现了少年时代萌发的"写作梦"，成为一颗锃亮的老年文学之星）、"女魁"妹妹等等，重新认知女性和重新进入女性社会。有别于其他写作的是，秦锦屏的写作有一种抒情，或说调子在隐隐打动我，在许多写作回避抒情、回避浪漫的当下，独具个性。我以为回避抒情，其实就是回避你的生命经验与生命体验。为此，《水项链》深情，委婉，率性，丰盈。一幅幅秦地风情画，一曲曲乡村女儿谣，以信天游式的野性和苍凉唱出笔下女性生之困难与生之坚忍，以温润之线串起了一条条素朴忧乐的女性生命之链，上善若水。人性之丰，语言之魅，扑面而来。

小说家王顺健则别开生面，日记体形式的《驻所调解员日记》，既是发生在深圳派出所里的社会众生相的记录，也是对社会人生的精细观察，对人性复杂的体悟，更是一种对社会问题的关切方式和准确呈现，作品因此而具备了独特的意义和价值。这种站在生命的视角来看待问题还原现实，而不是站在评判者的角度叙事的还有陈康太等人《鹏城·印象——"民间视野下的深圳三十年"系列访谈录》，访谈的方式，口述的历史。挖掘了深圳改革开放以来的民间记忆与细节，走进深圳民间的生活，倾听长者或同辈的声音，倾听他们在深圳的经历、他们的生存状态、他们的悲喜哀乐，乃至他们的梦想与挣扎……这些声音的记录，就是唤醒历史记忆、保存历史细节的一个重要方式。新颖的"民间视野"角度，系统谨严的访谈体例，绵实生动的文本叙述，不失为深圳三十年的一部野史。

与秦锦屏一样还原女性的活的现实的，还有夏子的《深圳单身女人白皮书》十章皆以人物档案、婚姻状态、性情特质、单身宣言、情感走向、采访手记、口述实录、爱情点评八个角度实录，夹叙夹议，表现知识女性的爱情现状，痛楚与理性、希望与绝望相生相应，敏感，思辨，犀利。此外蔡东《草木记》的风雅、黎月嫦农事诗式的《我那远去的山村》、金学舜在《深圳某个出租屋的掩卷遐想》的精神独白、邬霞《等待阳光的珍珠》、一天《意外事件》的高考、游利华《浮潮》的漂泊与梦想、罗金海《深圳——梦想围城》的政论、郭建勋《张三李四》的生动细节、陆承陇上往事《被腐蚀的生活》等都以各自的眼睛还原活得现实，以各自的叙述还原心灵的本真，努力把更多更生动更真实的中国问题用文学的方式表现出来，这当然是深圳文学的自觉。

《深圳特区报》2011.5.27

有
我
之
境

以精神穿越写作

——关于广西的青年作家

作为广西的文学评论工作者，我首先是一位读者，在对广西作家作品的大量阅读中，寻找那些让我心灵为之一热、一动或一亮的作品时，我发现了许多热爱文学的年轻作家的笔，从人出发，穿越心灵，又以人为归宿，以精神穿越写作，真切地书写着发自他们生命深处的感受和发现。在这个出生于 1970 年代前后的年轻群体中，有两个文学现象令我感动和惊喜，一是青年小说家群体，包括映川、李约热、朱山坡、黄土路、纪尘、锦璐、潘莹宇、橙子等青年作家；二是活跃异常的"青年诗歌群"："自行车""扬子鳄""漆"诗沙龙、"相思湖"诗歌群以及"南楼丹霞"诗群等，刘春、非亚、盘妙彬、谭延桐、黄芳、吉小吉、陈琦、琬琦、许雪萍、伍迁、罗池、谢夷珊、大雁、董常跑、侯珏、卜安、牛依河、乌丫、费城、李冰、斯如等人的诗作，凸显了中国诗歌现场多元共生的艺术风貌，既受到传统文学名刊的青睐，也散见于各类诗歌民刊和网站，尽管诗质不一，尽管还缺乏翘楚国内诗坛的大家，但他们对诗与现实、诗与艺术的理解，以及对汉语诗性的把握日渐自觉和成熟，广西青年诗人与诗歌群体精神上相互取暖，创作上莺飞草长、杂花生树，他们在多元共生中建构广西诗人不可替代的立场与文化身份，并逐渐在全国诗歌语境中获得认同，更为可喜的是"广西 80 后诗歌创作群"已闪烁其中。对于诗歌，我无力作出更为精确诗化的评论。本文企望从小说个案出发，抵达广西青年作家穿越现实的精神叙述。

新世纪以来，广西的青年小说家中涌现了以映川、纪尘、锦璐、凌洁、蓝薇薇、杨丽达、冷月、紫音、梁志玲等人为代表的一批青年女作家，她们以自己出类拔萃的创作改变了广西文学女作家稀少的格局，以个性化的女性写作丰富了中国的女性文学。中国当下的女性文学中，女权主义写作始终强调女性对男权社会的反抗，启蒙主义写作则强调两性的平等，而映川却以自己创造性的写作婉拒这两条惯常之路。在她的一批中短篇和长篇创作中，尤其 2004 年的三部小说《宋响的玫瑰》(《作家》2004.11)，以及《人民文学》第 6、8 期推出的两个中篇《我困了，我醒了》《不能掉头》，表述的是现代女性新的精神取向——拯救男性。从《宋响的玫瑰》中那个裸体而优雅的女人对宋响的拯救，到《我困了，我醒了》宽厚美好的卢兰对以沉睡逃避责任的张钉的唤醒，再到《不能掉头》宋春衣对黄羊的拯救。只是《我困了，我醒了》把拯救男性的故事叙述得更为开阔生动，拯救的问题也少了些刻意，多了人性向善的感染力，因而在三部同题作品中更具文学力量。作品不仅以极大的热情抒写了上善若水的卢兰，也以犀利的笔触揭示了与张钉同样犯冬眠症以逃避责任的男性世界和社会潮流。而对女性自我的拯救，新作《三公里》(《上海文学》2007.6)冷静迷人地告诉我们：只能来自女性自身、来自女性间生死与共的友谊。这种悲观与理想同在、尖锐与温情共生的诗性叙述，质地凌厉而富于骨感，文字从容并直指内心，充满智性，尤其反讽的大量使用，精妙可感的细节、精辟的开头和寓意凸显的精彩结尾，都给读者意外的惊喜，也体现了作者出色的文学表现力。

映川以生活的鲜活感和心灵的抒写，呼唤着男性世界的血性和精神力量，体现了她对中国女性写作的独特发现、独特表现及其不懈的艺术追求，她为今天的女性主义文学注入新血液的努力，引起了国内文坛的关注，入围颇具盛名的华语文学传媒大奖 2004 年度"最具潜力新人"奖，作品被众多的选刊和年度选本转载，《不能掉头》荣获 2004 年度《人民文学》优秀中篇小说奖。著名评论家李建军认为，映川和葛水平、晓航是 2004 年度中国文坛最值得关注的文学新人。

如果说映川的女性书写因阔丽沉静、尖锐温暖而智性丰饶的话，纪尘笔下的两性世界则显得巫气十足，灵气逼人。她秉承林白"私人性写作"的文气，执着于追问两性关系的层层冲突，开掘女性的内心世界，反思女性的成长之路，探索女性潜在意识的深处，包括身体的尖叫与撕裂，以及对温情哪怕是片刻温暖的渴望。其中中篇《九月》(《芙蓉》2004.2)、《并蒂榴》(《钟山》2005.6) 和长篇《缺口》(《大家》2003.3)、《美丽世界的孤儿》(《钟山》2005 年长篇 B 卷) 最为典型。两性关系为她的想象轴心，纪尘着力思索男人和女人，尤其在女性的爱与恨、生与死间，看到女性创世与灭世的原初力量，生生不息却以暴易暴；看到原罪的源头，根于男性私欲，根于原始生命的欲望。纪尘叙述的质地纯粹清晰、妖娆苍凉，富有寓意却暧昧深长，那抹亦正亦邪亦喜亦忧的复杂，那源源不断的意象和精神感悟，那来自生命深处的女性书写，契合着纪尘永远独处的静默的生活状态。她把自己当作美丽世界的孤儿，总是把自己迁移到人群的远处，偶尔见面，一副不知油盐不知汉魏执迷不悟的懵懂样，常常令人捧腹大笑。她简单地独处，又不简单地独自流浪，身体与精神的不断流浪，新疆、西藏、内蒙古、云南乃至广西边地，转身便是一部部岁月的光影和生命的碎片，真切而疼痛，优雅而锐利。读着她的小说，我好像感觉到她在穿刺自己一颗滴血的心灵，感觉到内心的灼痛，自虐又自恋，历经沧桑又远离浊世。然而，纪尘毕竟在尘世生存，拔毛离地而飞，当然无力解决两性的层层冲突，无力与个人经验保持更大的距离，也无力思辨个人岁月与社会与女性宿命的关联，进而拓开更广阔的书写视野，进入一个更为广大的人心世界。她的新中篇《花街七十号》(《作家》2006.7) 就有所突破，也为此，纪尘的书写值得我们期待。

　　同样也执着书写两性关系冲突的锦璐，以中篇《双人床》(《当代》2004.2)、《漏水浴缸》(《钟山》2004.1) 和长篇《男人的尾巴》(百花文艺出版社 2004 年版) 等作品，描述了迷幻城市里迷幻的心灵，以及迷失在欲望中的俗男雅女，描述了系列的准成功的都市男人——身体与精神大多猥琐困顿、失血苍白，道貌岸然的外表还时不时露出卑劣的尾巴。锦璐与笔下的现代都市新女性们极尽嘲讽之能事，并以各自的理想，挣扎于一地《城市困兽》(《上海文学》2002.6) 的物欲与性欲中，找寻着身心的突围之路。锦璐的故事机巧不断、细节精彩纷呈，时而还不免身陷故事而缺失主体。这些作品连连被转载，《双人床》还获《中篇小说选刊》年度奖，但随着生活阅历和对小说的理解加深，锦璐对自我有了一次重新发现，写作面越写越宽广，叙述也越发讲究越见质地。她新近发表的中篇《美丽嘉年华》(《花城》2006.1)、《弟弟》(《钟山》2006.2)、《补丁》(《广西文学》2006.5—6) 一反最初对城市欲望和男性的简单化描述和嘲讽，而是沉潜入现实的内核，敏感捕捉和展现现代都市人的日常生活和精神流变，尤其遮蔽在日常生活中的人物特别是普通女性的心灵之光、坚执之气。她的笔触绕开她惯常的准成功的俗男雅女，从晦暗的身体和狂欢的欲望走出，走向民间，走向人群里的小人物小故事，天地宽广，却贴近心灵，根植人性。《美丽嘉年华》以女性的关怀述说了一位下岗离婚的家务钟点女工卑微的生活愿望——也想拥有女雇主一样的口红，一生朴实的女工毁于一念之差，在公交车上把手伸向他人的坤包。小说的结局，止于派出所电视正播放的城市嘉年华会上，那份迷幻的拜物狂欢连同女工一直被物质挤压的无助，形成了鲜明的反差和辛辣的讽刺，于是，小说由此延伸了它锐利而绵长的寓意。锦璐书写着自己对这些日常生活、人之常情、生命碎片的种种发现，书写着自己对人物理解和细节描述的真切，书写着自己对女性柔弱而坚执心灵的独特想象和同情。锦璐以一种朴素复杂的现实情怀不断挑战自我，实现了向新的写作领域的开拓，实现了以情感穿透故事的新突围，相信她还会以更为精妙独特的精神书写，寻求叙述新的可能性。

尽管，广西青年作家两度与"华语文学传媒大奖·最具潜力新人奖"擦肩而过，但继映川2004年入围之后，2005年度李约热再次成为角逐该奖项的最后三位青年作家之一，而且，他们的师长东西还荣获该年度小说家奖。近日，李约热的小说集《涂满油漆的村庄》入选中国作协、中华文学基金会启动于1996年，旨在扶持中国青年作家的"21世纪文学之星丛书·2007年卷"，成为广西进入此项目的第一位青年作家。在为李约热赢得最初文学声誉的《戈达尔活在我们中间》（《广西文学》2004.1）之后，从《李壮回家》（《上海文学》2004.6）、《涂满油漆的村庄》（《作家》2005.5），到《巡逻记》（《广西文学》2006.5—6）、《青牛》（《上海文学》2006.8），从容写作的李约热完成了一个从以隐喻虚拟自己精神世界的聪明的写作者，到渗透着自己现实经验与生命体验思考的尖锐而朴素的精神叙事者。这条成长之路，凸显在李约热对那些留在土地上的父老乡亲的人生的深切关注之中，凸显在他对这片正在凋敝的乡村故土中丰厚复杂的乡村伦理和人性的独特发现中，而其中最具人性深度和宽度的是短篇小说《青牛》。《青牛》入选多种2006年度小说选本，获2003—2006年度《小说选刊》优秀短篇小说奖。

作为乡村计划生育工作队队员的"我"，为了拔掉全乡的超生"钉子户"蓝月娇，雪几任工作队员之"耻"，在几次夜袭抓蓝月娇未果之时，强行牵走了蓝家唯一的家产——一头青牛。蓝月娇为牵回青牛，满脸悲伤地主动去乡卫生院进行计生手续。几天后，当看到蓝月娇的丈夫在菜场卖那头几经折腾而病倒的青牛肉时，才醒悟到牵牛时同事借故离去的原因——谁也不忍牵走蓝家生存的命根子，才醒悟到"我不是一个好人"，"我"的少不更事把一个贫困家庭推到生存的悬崖，而这个家的主人——那个在乡卫生院抱着"我"痛哭的、正在卖牛肉的蓝月娇的丈夫，却只是对"我"笑笑。这便是乡村生存的忠厚伦理，这便是无奈中生命的宽度，悲凉而又乐生，尖锐而又宽厚。由此，我们真切触摸到一位渗透着自己现实经验与生命体验思考的尖锐而朴素的精神叙事者的疼痛，这是李约热的疼痛，更是现代乡村的疼痛。作者在深厚的乡村伦理中，发现和体验到生命的宽度和深度。故事始终没有失于表象的叙述，没有止于对乡村权力粗暴的质疑，也没有对"计生"姑妄肤浅的评判，作者用心的是把笔触顽强地掘入人物的心灵，掘入乡村深厚的伦理，更掘入人性的自我反省，更为可贵的是，这种深度和宽度的叙述是以一种根扎泥土的乡俚俗语般的白描实现的，那一个个富于个性化的朴素而精致的细节，活泼泼展示的却是乡村最普通也是最怆然的生存图景，它们抽丝般拉长"我"对蓝月娇一家深深的歉意，那歉意已深植中国广袤的乡村，挥之不去。

挥之不去的还有深根的乡村伦理，以及乡村伦理得以维持的灵魂人物，如他笔下的覃乃贵（《巡逻记》）、李约热的都安同乡潘红日《说事》（《广西文学》2006.5—6）的刘叔等，他们不仅是乡村繁复关系的平衡者，更是寻找自我向善之心的鞭策者，《说事》的层层设悬、步步问心，尖锐而宽厚、淡定从容犹如刘叔，中和却绵里藏针，散发着丰富的民间文化和人性光辉。此外，都安人潘莹宇、吕成品、周龙等人的小说同样富有才情，他们正以各自的文学品性丰富着令人注目的都安作家群。

在全球化背景下，呼唤本土化叙述成为中国文坛 2006 年的热点话题，"漆"诗歌沙龙"五君子"之一的朱山坡却在两年间，一手写诗，一手在报刊发表的十余部中短篇小说中，书写着他的乡土经验，并引起文坛关注。朱山坡的精神原乡——米庄，是一个农耕文明向工业文明过渡的城乡接合部，他站在这群与他血肉相连的质朴善良、浮躁功利而又充满活力的乡民内部，抚摸着他们残损的乡土世界、麻木而乐生的灵魂，朱山坡疼痛难已，他以漫画般生动粗粝的叙述，书写着今天乡村的精神困境和希望。尽管他的创作还有不稳定因素，但他的"米庄"系列鲜明的粤桂地域的文化色彩，充满原乡况味和野性隐忍的小说气质，无疑显示了作者对本土化叙述的自觉。其中最具代表性的是《我的叔叔于力》(《花城》2005.6) 和《跟范宏大告别》(《天涯》2007.3)。

娶不起媳妇的叔叔于力，天天勤于地头，梦想以满地的芭蕉换媳妇，在蕉贱伤农的绝望中，于力领回一个他巧遇的来自大城市的疯女人，他无比珍惜并竭尽心力呵护女人，治疗女人，为筹集医疗费，甚至不惜为人抬棺材，到医院抬尸体，他只想有个家，这是乡村最基本的伦理。女人一天天好起来了，并恢复了记忆，城里的丈夫也终于找到失踪多年的女人并把她接走，然而，女人根本不记得自己与于力做过夫妻，并生了个孩子。于是，悲凉不期而至，这个怨天尤人的卑微蕉农，经历用自己血汗钱体贴入微关爱疯女人为其治病的生存挣扎，作为一个父亲，于力再也回不到起点；然而，于力在生活的挣扎中散发的人性光辉，于力的故事弥生出从米庄而升的水土气息、人性之根和生命的温情，自然也温暖催化着年少的叙述者"我"的成长。可惜，朱山坡没能把在此小说刚刚开始弥漫的悲惨绝望适度把握，他以惊人的速度，一年内又发了近十个中短篇，年轻的他对人性与世界充满怀疑和悲观，他期望站在乡民的内部，写出乡民灵魂的真实性，"写出他们像牲口一样活"的生存困境，然而，在戏拟与反讽中，有欠沉静的朱山坡没有把握好荒诞美学这一审美尺度，他"将正常的世界扭曲给人看"的自白，以及在变形中走向极致的愿望，却因变形用力过度，让扭曲变态和冷漠削弱了人性与情感的力量，削弱了此前"于力"的生命暖意和作者对苦难的疼痛。真正的现实主义是对现实的关注精神，是从人道主义的角度对现实的怀疑和批判。书写苦难并非目的，而在于人在苦难中的尊严，在绝望中对温暖的怀想和渴望。《山东马》(《青年文学》2006.2)、《空中的眼睛》(《山花》2006.3) 等等，都不同程度地留下朱山坡技术削弱情感的遗憾。所幸的是，对文学虔敬的朱山坡终于放慢了过于急切的脚步，读书思考、与良师益友对话，直到近日的《跟范宏大告别》，同样的民风淳朴，同样野性气质的"米庄"，同样注重建构小说的寓言，一个面对死亡拷问人性与世事的寓言，但他以诚实的笔，向历史和现实的内核、向人物心灵的深处开掘，而且饱含感情、从容干净，细节精彩可感。阚天津、黑寡妇、范宏大尤其丰满动人，他们在阴差阳错的命运挣扎中，却始终维系着深厚的乡村伦理和人性的宽容，他们遮蔽在日常生活里的情义拯救了朱山坡此前小说对善的绝望。曲折前行的朱山坡终于在残损的乡土世界中，发现和表现了生命的温度、宽度和深度。至此，故事与人物择善而生，坚忍而长。至此，朱山坡在根扎精神原乡的探索中，不断超越并发出了自己日渐独特成熟的声音，相当不易。

如果说诗人出身没有给朱山坡的小说创作刻下明显标志，诗歌却赋予诗人黄土路的小说一抹诗性。土路尽管写了很长时间的诗歌和小说，却属于那种比较讲究和追求极致的作家，因而作品都有所追求（尤其形式的实验）而数量有限。他的创作大抵关注的是城市里不同角落的外乡人的境遇和心态，以及乡村生存和精神的荒芜。无论是流落在城里的乞丐，无从着落的"年夜饭"（《年夜饭》，《广西文学》2006.5—6），还是从神话走出来的被颠覆了的"田螺姑娘"（《桂村的田螺姑娘》，见《长城》2007.1），甚至城里熟视无睹的"垃圾桶"（《垃圾桶》，《天涯》2004.4），渴望被二手"洗衣机"（《洗衣机》，《青年文学》2005.4）不断洗脑的处于精神崩溃边缘的城里人，都在土路的笔下活出各自的焦虑、精神困境和出路。土路看到了人的困难，困难到令人产生"信"与"不信"危机，因为连神话中因美善而幸福的田螺姑娘，在现世也不幸沧桑。人类的福地何在？强烈的怀疑精神使他上下求索，因而他的小说里，人和环境充满张力，故事与结构与语言不断陌生化，尽管有时生涩，尽管作者熟人的名字时而登场，我个人认为这对他小说的丰富性是一种消解，甚至还想到土路对文本间性和实验的兴趣是否在损伤其精神维度。但土路对人性的处理宽容而节制，诗意的触丝尖锐却有温情，文笔从容沉静，字里行间充满着他对底层人群命运的悲悯和思考，颇为独特还见精神和诗性，难能可贵。

同样与黄土路长于写小人物的，还有橙子（陈大明）。近年橙子在《花城》《山花》《青年文学》等刊发了不少书写那些卑微的生命以及他们在城与乡被挤压的生存。在生活的困境中，处于底层的小人物像热锅上的蚂蚁，不停地下岗寻求再就业，不停地进城做淘金梦，不停地找城里姑娘结婚以改变乡下人身份，不停地挣扎。表面上，他们只是生活中最平凡普通的现实。然而，橙子的笔并不止于画出系列的小人物，并不止于写出小人物们的困境与追求、挣扎与梦想，我们从程齐（《麻将》，见《青年文学》2007.5）想以赌博来改善下岗境遇的妄想中，从田鸡（《田鸡的爱情》，同上）宁可牺牲自己的爱情委身城里悍妇的投机等等，看到橙子是想描述出生存背后国民性格的劣根性，哀其不幸，怒其不争。相信橙子让他的人物走向心灵的努力，会使他的叙述也走向节制、从容和丰富。此外，写诗写散文写小说且时有佳作的庞白、出版了多部儿童文学作品的王勇英，等等，都从各自的文学土壤出发，以精神穿越写作，艰难地以各自独特的声音对时代发言。

以年轻小说家看广西青年文学，不仅仅便于评论，更在于他们不断的自我发现和骄人的创作，使我真切感受到他们内心日益明晰的文学理想；感受到他们在接续来自陆地、韦其麟，来自东西、鬼子等广西文脉的努力；感受到广西文学新一代拔节生长的声音，这正是广西文学的活力和希望所在。

《南方文坛》2007.4

《广西日报》2007.6.12

有
我
之
境

新的文学版图

——崛起的广东青年作家群

曾几何时，呼唤青年文学崛起的广东文学界，悄然地改写着中国的文学版图。蓦然回首，我们就发现近十几年来，全国各地涌到改革开放前沿广东的新移民，在"经济至上"的生活氛围里，居然就出现了一批又一批以人生作文、以心性写诗的人们，而且以青年人居多。写作队伍的庞大、写作激情的高扬、写作形态的多样，构成广东青年文学的突出景观，也令中国文学的版图发生了变化，毕竟文学的未来在于青年。当下的广东青年文学有几个令人瞩目的群体，一是"青年女作家群"，包括魏微、盛可以、黄咏梅、盛琼、郑小琼、塞壬等。二是活跃异常的"青年诗人群"，尤其以卢卫平、黄礼孩、老刀、世宾、方舟、郑小琼、谢湘南、莱耳等为代表的青年诗群，其诗作，尤其移民诗歌"令广东的诗歌版图发生了变化"。它们既受到传统文学名刊的青睐，也散见于各类诗歌民刊和网站，凸显了中国诗歌现场的多元化艺术风貌。三是"深圳作家群"，以及"80后"作家蒲荔子（李傻傻）等。其中最具影响力的当属青年女作家群，她们在岭南以自己风格各异的文学奇葩，为中国文坛吹送阵阵远香。

青年女作家群

花城的女作家一直颇具艺术追求，我们在张欣、张梅那里，在陈志红那里，在早期深圳的刘西鸿、李兰妮、彭名燕那里，早就感受到花城绕梁的文气、花的枝影异香。新一代的女作家喜于岭南沃土，一个个闻香而来，移居广东。江苏才女魏微长袖善舞，温柔婉约的触须不断坚忍地挑战世俗的边界，令人感动的是这种挑战是从小故事小人物小事件出发，从农民工大老郑兄弟与其雇佣女人组合的其乐融融的临时家庭出发，从不那么合法、却合情温暖的人性生活出发（《大老郑的女人》），从自己的生活体验出发，以女性的方式书写这些日常生活、人之常情、家长里短与生命碎片，那种种对人物理解和细节描述的诚实善意，真切朴素的感受流动着私情绵意，散发着细微的情愫，尤其她在法理临界点挖掘的人心与人性，精微而温情，真切地体现着生命的宽度和深度。在魏微淡然的笔墨中，我们看到她的精神和热情，看到她的为生计《越走越遥远》的小人物《回家》的小故事，看到新作《家道》《姊妹》的透彻与老到，看到在她绵细、安然和自在的叙述中，弥生出从生活过程而升的人性之根、生命之根。魏微心灵叙述的能力，丰饶的人性视野，令人温暖，令人叹然。

如果说魏微的写作散发着一缕温馨而清远的香气，盛可以的写作则因凌厉尖锐、不拘一格、自由酣畅而凛冽浓烈，不时依靠非常鲜明的文字风格，冲击我们的期待视野。因别于传统的女性写作，而在"70 后"女作家中独具异香。她的书写，穿越心灵，尤其两性心灵的微妙关系，冷静、阔丽、尖锐和泼辣不羁，"呈现血丝纹理的想象与真实"，直抵小说的内核。两性关系为她的想象轴心，演义真切而疼痛，下笔激烈前卫。钟情行走、周游四方的盛可以专注写作，专注挑战人性幽暗和情欲败德，新长篇《道德颂》何曾颂？一地的爱欲征逐，一地的生机与杀机，她以另类和叛逆的嗓子哀唱的分明是"道德送"，旨邑集怨女与烈女、魔鬼与天使于一身，历经沧桑，明知不可爱却爱之的执着，难得善终，废墟一片。盛可以着力思索男人和女人，尤其在女性的生与死间，看到女性创世与灭世的原初力量，生生不息却以暴易暴；看到败德的真正源头，根于男性私欲。盛可以无力解决两性的层层冲突，一任他们离经叛道。在惊心动魄和颓丧绝望之余，不免心生对人性温暖之强烈向往。

岭南才女黄咏梅的写作则如梅，清高冷香，尤其新近出版的小说集《把梦想喂肥》，催生了这位 14 岁出诗集的"少年作家"走向成熟。黄咏梅的笔以岭南西江为墨，游走在岭南人的灵魂与世俗生活间，在迷幻的城市、迷幻的生活中，敏感捕捉和展现现代都市人的日常生活和精神流变，尤其遮蔽在日常生活中的人物特别是女性的心灵之光，颇具风骨。无论都市白领行走在《多宝路的风》中的陈乐宜、《勾肩搭背》的樊花，还是《文艺女青年杨念真》，还是只能出入豪华饭店《负一层》的女工阿甘，都在她的笔下活出人的心思与尊严，散发着人性向善的感染力，一如梅花，平凡却有傲骨。还有，黄咏梅的叙述始终以一种根扎岭南的口语、俗语描述一个个富于个性化的朴素活泼、精妙可感的细节，描述的岭南风情生香活色、生动非常。我想，大俗大雅，俗世日常、精细舒展的岭南故事和心灵书写，正是黄咏梅出类拔萃的地方。走下去，黄咏梅一定会赋予生她养她的岭南新的意义。

还有已被符号化的"打工文学"代言人郑小琼，所谓郑小琼现象。读过她的诗文，我更愿意把她当成一个女诗人，而不是简单地归为打工诗人。郑小琼的写作之所以令我们感动，不仅因为她代表一个群体，还因为她在困难中满怀诗心，更因为她诗文的内质：在于字里行间粗粝的见血见肉，锋利如刀，直抵人心，直刺生存的黑暗和困难；还在于她诗文的疼痛和苍凉中，却时有人性的照亮，时有对人性温暖的向往，令人心生感动。我想，她对诗歌和生活孤身独往，不仅是为她这个群体，更多是为了她个人的心灵飞翔得更高更远。这是诗歌的精神。在她被符号化的今天，孤身独往弥为珍贵。当然作为一个生活在流水线上的女工的业余写作，难以有充分的条件进行写作的学习与提高，也难以避免诗歌写作时自我重复的现象，难以避免散文创作与她的诗歌创作出现不同质的同质化，也许有她认为诗歌表现过的题材与思想还不够充分，她想以散文再尽心表现的思虑。尽管如此，我想无论如何新世纪的中国文学都会为郑小琼的《黄麻岭》《生活》《出租屋》与《铁·印刷厂》等等诗文记下一笔。令人心仪的还有林宋瑜、盛琼、塞壬、央歌儿、申霞艳等青年女作家的创作与评论，她们无论艺术的探索、创作的风格、写作的发展趋势都呈现出迥然相异的面貌，值得期待。

青年诗人群

这是一个庞大的群体。

卢卫平、黄礼孩、老刀、陈计会、宋晓贤、王顺健、阿斐、黄金明、凌越、世宾、阿樱、熊育群、方舟、郑小琼、谢湘南、莱耳、刘大程、池沫树等等难以计数的诗人群体，诗人们大多从内地移民至珠江三角洲，然后一边工作，一边写诗。可以说，流动、行走和不断地移居，是这批青年诗人的生活方式之一。由此，这种文学现象被称为"新移民文学""新移民诗歌"。认识文学群体，应该从他们相互之间的差异入手。他们绝大部分是从外地来到此地的，而且，他们笔下大多是足下的生存与远方的故乡，他们每个人心中多有两个家——《出生地》《异乡人》，这是诗人黄礼孩的命名，他也以此编了这两部诗集。是啊，里尔克早就说过"诗人有两个故乡"。他们每个人都携带着自己的"故乡"，在路上，在异乡。

"异乡人写作"群体，或说"移民作家群"，广东和海南都有，而且大部分异乡人写作都是从诗歌起步的，赴琼赴粤的诗人实际上代表中国大部分漂泊诗人的生存现状：在明处活着，在暗处写诗。他们对浮华和功利性的警觉，使得他们的诗的内质有向上的东西。他们是一棵棵向下生长的诗歌之树，一如卢卫平《向下生长的枝条》，这种卢卫平式的成长，代表了大多数漂泊的异乡人的诗歌追求和生活态度。他的许多诗歌亦庄亦谐，平和中调侃反讽，却蕴藉着独立的判断和嘲讽批判，比如他的《老鼠家史》以轻松隐喻沉重生活与困难层面，叙述节制，满目沧桑与疼痛，却欲哭无泪。卢卫平还有大量怀想逝去母亲的诗歌，我不知道在黑夜中遥想母亲的卢卫平，是否曾泪光闪烁，但他的思绪一定曾在他故土（出生地）上游走，这一首首游子吟在一定意义上，是广东异乡人诗歌的怀乡曲，是乡愁。他们在异乡漂泊成长，但没有失去自己的根性写作与赤子之心，许多人的理性自觉使得他们成为敢于向难度挑战的诗人，既像卢卫平一样使用反讽对世道人心进行批判，也始终平和却坚执如一，呈现的是诗歌和诗人的力量。这是异乡人和现代人的沧桑疼痛。方舟、东荡子、郑小琼、于怀岸、叶耳、卫鸦的诗歌都以个性化的创作体现了这一文学特质。

令人感动的，还在于他们中不少人以个人奉献的方式表达自己对文学的赤诚和心灵的渴望，那数百种的民刊就出自这些被称为"打工者"的自费所为，这种纯粹的文学行为源于异乡人心灵的呼唤与倾诉，源于文学园地的稀少和门槛高，于是，全国异乡人最多的广东便成了诗歌民刊最为壮大和精彩之地。无以计数的民刊和网站成了主要的载体，诗歌的交流与传播变得迅速简便，其中历史最长、影响最大的是《中国诗歌年鉴》《诗歌与人》和"诗生活"网站。移居广州近20年的广西青年诗人杨克，作为八十年代南方诗人代表之一，始终传承着八十年代的诗歌精神以及文学资源、观念、技巧，并一如既往以诗表达他的敏感与沉思，并把诗歌变成行动。在世纪之交发现中国体制内有如此繁多的文学机构和出版社，竟已多年没有一本公开出版的年度诗选。于是，天性浪漫的杨克依靠个人的绵薄之力，依仗民间资本，独立支撑起汉语诗歌艺术的一个平台，便有了《1998 中国新诗年鉴》，之后，每年一本，至今这份诗性与档案性并存的年鉴已坚持 11 年之久。而同样做民刊的黄礼孩是一个传奇，他谦逊执着地做着感动中国诗歌界的《诗歌与人》，从 1999 年年底在广州创办至今已出版 12 期。他说："任何事情想象的时候总是美好的，做起来就不那么容易。办民刊碰到的是经费问题，我不想要用诗人你掏一百、我掏两百的方式来办一本民刊。在内心深处，我要办成一个人的民刊，要把办《诗歌与人》当自己出版的著作来做。"为此，他除在广州歌舞团上班外，还给别人做策划，写晚会串词，拍舞台剧照，或编书，就这样把挣来的钱凑起来坚持了十年，尤其珍贵的是，黄礼孩一直敬重那些在漫长岁月中坚持写作并越写越好的诗人，他为此开设"诗歌与人·诗人奖"，作为独立编者做一个人的评委，依据自己对世界、对艺术、对审美和生活的阅读经验所形成的美学品质，来评判获奖诗人及其作品。莱耳主持了近十年的有海量点击率的"诗生活"诗歌网站。很多诗人在问：今天，谁来捍卫诗歌？只要我们回望诗歌现场，回望诗歌获得更广大影响力的这三个平台，回望平台得以生长并坚守的精神内质，是他们三人那样的无数苦吟诗人让诗歌变成行动，又把诗歌行动或者说诗意融入他们的日常生活，真真切切，实实在在地打动我们的心灵，不仅使广东成为中国的一个诗歌现场，也凸显了中国诗歌现场多元化的艺术风貌和自由独立的诗歌精神。为此，我们还需要忧虑诗歌的生命力吗？一个人坚持十年做一件事，本身就是一首诗，一种精神。

当然，这个广东的诗歌群体还在呼唤领军人物的诞生，广东众多的无门槛的诗歌民刊走到今天，也开始有所警觉：一是民刊和文学网站如何坚持有文学难度的主持，防止难度降低，甚至消失。二是如何在标签化、同质化和主流化中，追求和坚守在本土资源上自由行走的个性化写作之路。

深圳作家群

深圳文学是与改革开放 30 年共生共长起来的。

这是"宏大叙事"，尽管我们一再避免以"政治"和"文学"关联的"时间单位"来概括和描述文学现象，但是我们又难以忽视近30年的文学与近30年中国政治经济变化的密切关联，尤其深圳这个在中国改革开放中生长壮大的新兴城市与革新前沿，这个以移民"异乡人"为中坚建设者的城市，这是历史的也是现实的。

在这样的背景下，产生了一个多元共生的文学现场，以及一批多样化的文学作品，颇具全国意义的是新时期初叶的"都市文学"写作，当下的网络文学与"打工文学"现象。

应该说深圳文学创作为中国当代都市文学做出宝贵的实验与贡献，都市文学创作实践，无论早期的刘西鸿、李兰妮、彭名燕等的移民文学，还是林坚、王十月的"打工文学"，还是曹征路、杨黎光、宋唯唯、戴斌、央歌儿、缪永、谢宏、巫国明、丁力、梅毅、吴君等人富有个性的都市文学创作，以及郁秀的"青春文学"、慕容雪村为代表的网络文学等等。评论家李敬泽尤为称道深圳的青年作家群，认为他们"改写了中国文学的版图"。

致力于"打工文学"这个群体培植的是兼具文学组织者和评论家双重身份杨宏海等。杨宏海主编的《打工文学系列》、东莞的柳冬妩的《从乡村到城市的精神胎记——中国"打工诗歌"研究》等，他们作为"打工文学"的重要阐释者，以学术性、档案性与亲历性共存的文学批评著述和活动，对"打工文学"作家群体和现象，做了感性与深入的呼吁和阐释，并使之成为当下的一种文学现象，尽管争议不断，但在一定程度上对当代文学具有建设意义。此外，还有活跃于中国文学批评界的深圳大学的南翔教授，他的批评文字颇具热力与理性。

我个人一直对"打工文学"这种表征化、捆绑式或说打包式的概括和描述心存疑虑，因为移民文化这种典型的中国社会转型期（工业化城市化）的产物，不仅深圳乃至广东各个移民城市存在，北京、上海等也有大量的农民工新移民，"打工"的临时身份并不能与其创作的文学作品简单等同，他们融入居住地是趋势。其次，这个现象已在中国的文学版图中重彩浓抹在深圳的区域，令人疑虑"打工文学"作家随着影响扩大而被标签化、同质化、主流化，这有悖于青年写作者的成长。因为这个以青年人为主体的文学群体是生存的现场、身体的现场、创作的现场三位一体的，他们从内地移民至深圳，一边工作，一边从事文学创作，满身沧桑又满怀精神追求。他们的创作令人可感可触：我们在字里行间听得见他们的呼吸、心跳与尖叫，看得见他们的举手投足，一哭一笑，鲜活却沉重，但又极具个人性与成长性，尤其成长中的蜕变与提升。被称为"打工文学"代表作者之一的郑小琼、王十月与塞壬的成长之路说明了这个问题。比如王十月从早期对生存过程的表面书写，到走向真正的文学创作式的心灵写作，尤其他的被称为"我们时代的《林家铺子》"的中篇小说《国家订单》，更是从早期倾诉性的叙述，到把笔深掘入所有人物的心灵，并充满同情、理解和善意，包括对小老板的同情、理解和善意，《国家订单》的偶然性与人物与生存的必然性相生相应出一场令人无奈与疼痛的人生悲剧，悲情而温情，走出了大部分"打工文学"作者的表面化书写。王十月的成长道路也说明我们难以给这个群体"打包"。

无论如何定位，深圳异乡人对新都市人的情感，人在现代都市对乡土的回望，以及青春写作甚至富有想象力的网络玄幻小说写作对当下中国的文学经验贡献了新的价值。再比如安徽人曹征路教授血性而富于精神担当的写作，被许多人誉为"底层写作"的杰出代表，从他的《那儿》到《问苍茫》一路书写着与他血肉相连的被时代忽略了的芸芸众生的生命挣扎，引发了一轮又一轮的讨论。这种与"打工文学"一起被称为"底层写作"的文学，表面看来是反映社会问题，但实质是文学写作从农业题材范畴转化为城市题材。深圳还有些立于历史与现实，个人与生命的厚重抒写，如杨黎光的长篇《园青坊老宅》及其报告文学，彭名燕的长篇与影视写作，更令人难忘的还有近年李兰妮在《上海文学》的系列长篇散文，据说要收集成册以《旷野无人》为书名出版，这部长篇纪实类超文本写作是一个纯净极致令人动心动容的精神档案，在这个文本中，李兰妮是一个奇迹，《旷野无人》也是一个奇迹，因为在生的艰难与死的困难方面，无论是对真实的生命，还是文本的书写上，都是难以企及的，而李兰妮做到了，而且书写得动人心魄，催人泪下，令人不忍卒读。此外，年轻作家央歌儿《鼠惑》触及人心的那场虚构的瘟疫，以及戴斌的《零售爱情》、谢宏的《深圳往事》也引起了人们的关注。

以慕容雪村为代表的网络文学《成都，今夜请将我遗忘》曾掀起一个网络文学的高潮，近期，他的新作《天堂向左，深圳向右》又一次在全国范围内引起关注。

如此多元共生的创作景象，也同样体现在东莞文学中，比如从新疆踏歌而来的曾明了，邻省湖南湖北四川贵州来的柳冬妩、王十月、郑小琼、塞壬、却却、卢奇文、曾小春、刘大程、池沫树等都以各自的文学创作成就东莞满城的文学繁花。

还值得一提的是，这些移民作家的写作同样也是一种根性写作，无论他们笔触是伸向城市历史深处，还是一座座火柴盒般的加工厂；无论是病理的生命与精神挣扎，还是以直面现实的精神展开并隐喻充满浪漫幻想与现实反叛的现代爱情传奇，或回望故乡伤怀大地，他们的生活姿态始终向下，紧贴地面，在异乡以心一直向下探索与生长，呼吸大地之气。也唯此，精神远游的他们才可能进行现实追问与灵魂书写；也唯此，他们作品呈示的精神姿态同样散发出人性光辉和向上品质，无论是《园青坊老宅》的城市变革，还是《问苍茫》的仰天长叹，还是《旷野无人》犀利尖锐的自我剖析，还是《子弹与花》里曾明了的浪漫情怀，慕容雪村《天堂向左，深圳向右》的坦诚与敏感等等，他们在"异乡"挥洒和演绎着"出生地"赋予他们的精神记忆，并呈现出多元共长、杂花生树的喜人景象，也解构了深圳无文学的论断，重构了中国的文学版图。这便是深圳移民作家群的文学的姿态。

有如此强劲的文学队伍，有如此富有魅力的文学力量，可以说在文学经验转型的过程中，深圳走在广东前面。而且在一定程度上，曹征路、李兰妮的创作与王十月们、慕容雪村的网络文学创作，各自为中国文学版图增添了新的一笔，因为他们的创作为中国同类文学提供了新的文本和新的文学可能性，而且其格局和呈现的文学力量不可忽视。认真分析深圳这个文学版块的得失，就是研究中国改革开放 30 年的绝好文本。

"青年女作家群"见《文学报》2007.5.31；

"青年诗人群"为 2007.11.25 在广东第二届国际诗歌节上的发言；

"深圳作家群"为 2008.12.23 在全国名刊名社名编深圳笔会上的发言

平实的收获

——2004 年广西青年文学扫描

　　2004 年是广西文坛除却喧闹、潜心创作的一年。文坛桂军经过数年自上而下的整合奋发，以其恣肆的文学气势已经在中国文坛崛起，"广西三剑客"（东西、鬼子、李冯）的现代和后现代叙述中涌动的本土经验，为中国文坛提供了新的质素，尤其中短篇小说的实绩令人瞩目。然而，广西还缺失具有全国影响的长篇小说，新一代文学新人尚未胜出国内文坛。这是文坛桂军近年的新忧。于是，有了 2004 年 5 月桂林的"榕湖会议"，会上，区党委宣传部与东西、鬼子、凡一平、黄佩华、常弼宇、映川、龚桂华、光盘、伍稻洋 9 位实力派作家签约创作长篇小说；同时，一批文学新人李约热、伍维平、冷月、庞华坚等 10 人还签约成为广西第六届签约青年作家。至此，集合于 1996 年"花山会议"的文学桂军经过 8 年的艰苦跋涉，走到"榕湖会议"，实现了初步抢滩中国文坛的伟业，实现了向长篇小说冲击的创作战略转移。这只是外因，关键还在于作家个体扎实的创作，文学毕竟是寂寞者的事业，只有远离热闹才能创作出触及灵魂具有品性的作品，这才是平实的真正意义的文学收获。契合于文学规律的文坛桂军进入了相对平静、潜心创作的 2004 年，并有了平实的收获：充满活力的广西文坛又催生了一群较"广西三剑客"更年轻的"70 年代生"作家群，他们的创作流动着文坛桂军的血脉，充满着文化的可能性；他们富于才情，他们勤于探索，他们以自己的实力再次将广西的作品推到了中国文坛的前沿。他们是映川、刘春、光盘、李约热、黄土路、谭延桐、凌洁、纪尘、锦璐、何述强、徐歌、庞华坚、潘莹宇、潘红日等等。

　　年初，映川摘取了第六届广西"独秀文学奖"，年底，她的中篇小说《不能掉头》又获有"国刊"之称的《人民文学》2004 年度最佳中篇小说奖（名列第一）；4 月，徐歌的报告文学《来自南非的报告》被列入

"中国当代文学最新排行榜"。6月,《上海文学》（2004.6）开了"广西青年作家专辑"，推出沈东子、李约热、光盘、纪尘、潘莹宇的新作以及张燕玲的推介评论；映川、李约热的小说频频入选各种选刊和年度选本，刘春的诗歌、何述强和庞华坚的散文、纪尘和锦璐的小说纷纷出现在国内各种文学期刊……这是广西山之阿、水之湄的造化，使他们得以把根扎入中国的文学之林，这是最初的成长，长势喜人；这喜人的收获，平和扎实。

　　评论家李建军在《南方文坛》著文说：葛水平、映川和晓航三位青年小说家的出现，是中国文坛2004年一个值得关注的亮点和令人欣喜的收获。是的，映川今年的长篇《女的江湖》（花城出版社）、短篇《宋响的玫瑰》（《作家》2004.11），《人民文学》先后隆重推出的两个中篇《我困了，我醒了》和《不能掉头》，被众多的选刊和年度选本转载，引起众多媒体和读者的关注。她的这些新作表述的是现代女性新的精神取向——拯救男性，这不能不说是对中国女性主义文学对抗男性世界主题的一个反拨。从《宋响的玫瑰》中那个裸体而优雅的好女人对宋响的拯救，到《我困了，我醒了》卢兰唤醒了以沉睡逃避责任的张钉，再到《不能掉头》的宋春衣让"逃避罪错"的黄羊掉头回家等等，无一例外地为她小说中一个个性格鲜明的"问题男人"或说是灵魂有所缺陷的男性，塑造了相生相应的美好女性，使一个个拯救灵魂的故事得以诞生。获奖作品《不能掉头》描述了幻想自己杀了人而奔上15年漫漫逃途的黄羊，在灵魂的痛苦和挣扎中，一路狂奔，不能掉头，日益健全了自己的男儿身心，包括性特征、道义、责任、勇气等等。小说结尾时，黄羊掉头回家了，拯救者宋春衣、母亲以及未知的自己的孩子与"仇人"胡金水的孩子同时降临，宋春衣告诉黄羊：15年前他并没有杀掉胡金水，他只是做了一个杀人梦，他根本不必为此逃亡。黄羊崩溃了，掉头回家的黄羊无法面对残酷的真相——他没有成为他期望的那种男人。黄羊已无法顺应宋春衣回到现实，黄羊不能掉头。至此，拯救的主题并未完全实现，这也正是映川小说深刻之处：女性的拯救也只是局部的，任何的两性世界都有各自的轨迹。映川为今天的女性主义文学注入了新的血液。而且，映川的叙述始终是质地凌厉而富于骨感的，她较少女性私人化写作的自恋幽闭，叙述直面现实，充满智性。她愈来愈自觉地寻求到故事逻辑与语言节奏的同向进境，尤其反讽的大量使用、精致的开头和寓意凸现的精彩结尾，都给读者意外的惊喜。

纪尘继去年以中篇小说《九月》获得"华夏网杯"《中华文学选刊》文学大赛一等奖之后，今年除发表在《上海文学》《作品》等的中短篇小说外，还在《大家》发表了她的长篇处女作《缺口》，并获好评。2004 年还引人注目的女作家是锦璐，她以自己在《钟山》《当代》的两个中篇证明了自己聪敏而充满活力的艺术创作才华和执着的文学追求，可喜可贺。她们和映川、凌洁、蓝薇薇等新近崛起的"70 年代生"女作家，以不俗的文学品质和创作实绩，打破了此前文学桂军男性作家一统文坛的格局。

诗人刘春今年刚满 30 岁，而他已经是十年如一日，在诗坛一路踏歌而行，他的诗歌简隽智性，关注自身与当下，它们追寻精神事实，颇具现代性；它们大多发表在《诗刊》《人民文学》《星星》以及数不清的各种诗歌权威选本中。去年，他是"首届华文青年诗人奖"两位获奖诗人之一，首次把广西的诗人推向了中国诗坛的前沿。今年，他不仅入选国内所有 2004 年度"最佳"诗歌选本，还第三次入选《诗选刊》2004 年度"年代诗人大展"，是全国诗人进入这个大展次数最多的诗人之一。出版了诗集《幸福像花儿开放》、随笔集《或明或暗的关系》等，还完成了论著《1984—2004 中国诗歌地图》，该书分别从刊物、选本、关键词、诗人作品等方面对近 20 年中国诗歌状况进行了全面梳理，显示了诗人刘春难能可贵的理性自觉，这也是中国"70 年代生"诗人们的创作特征。他的《桂林晚报》同事小说家光盘，继去年长篇小说《王痞子的欲望》进入第六届茅盾文学奖初评前 40 名之后，今年年底完稿了新长篇《眼睛里的声音》，他的短篇《把他送回家》（《上海文学》）受到诸多好评，光盘的小说充满宿命色彩，他把命运的偶然性、荒诞性、神秘性及其带来的不可把握推到了极致，颇有个性。

李约热（原名吴小刚）是 2004 年广西文坛的一匹黑马。他的中篇小说《戈达尔活在我们中间》（原发《广西文学》）被《小说选刊》（2004.3 下半月号）以及多种年选转载。评论家贺绍俊称这是他当时读到的最精彩的小说之一，发表于《上海文学》《羊城晚报》的 3 个短篇也引人关注。他的小说有一种精神硬度和智性叙述。那些他钟爱的颇具感染力的笔下人物都是一个个坚忍的理想主义者，理想遭遇现实，感情遭遇时空，李约热把这种遭遇后的变化推到了极致，他把自己的内心理想与现实根本性的冲突之境和可能性赋予了他的人物，在一个个理想幻灭的故事背后凸现着一个时代的命题：在物欲横流的当下，我们用什么来承载我们的理想？而且，他的叙述收放自如，回环往复，视觉独特，形态自由，颇具智性。

　　智性写作已经成为新一代文坛桂军的艺术自觉。还值得一提的是，广西作协主编的《21世纪广西作家丛书》（广西人民出版社2004年版）又推出了一批文学新人，而以推介文学新人为己任的广西文学期刊呈现出少有的生机。"榕湖会议"上，被誉为"中国文坛的批评重镇"的《南方文坛》走过百期生日，影响力益增。《广西文学》《红豆》改版后更是异彩纷呈，精彩不断。河池学院的《南楼丹霞》文学质地不断提升，继《南丹文学》之后，各市县文学期刊纷纷面世，如《北流文学》《都安文艺》《宜州文学》《麒麟山》（来宾市）、《金伦》（马山）、《独石滩》（平果）、《大明山花》（上林）等等，它们将孕育和萌生更年轻的文学新芽。这便是文坛桂军代有才人出的文学土壤。

《广西日报》2004.12.23

南方的果实

　　我不知道，许多年以后，鬼子是否还会记得羊年正月里那个阳光灿烂的下午，在"仫佬族文学研讨会上"，他面对他家乡的仫佬族同胞，面对广西文坛的同行们，动情地谈着他的故乡、他的过去、他的创作。那声声倾诉仿佛蜘蛛，在会场的每一个角落结着丝丝情网，它牵连着大家的心，一时仿佛大家都是亲人。那感觉至今还温暖着我，我还记得他最后说："我觉得，每一个作家，犹如一条船，不同的船它都会靠拢不同的码头，码头给你许多庇护，你心存感激，感谢你的家乡，感谢很多很多的人，有时，你甚至都不知道该感谢谁……"他低着头喃喃不停。我不知道别人眼角是否也会像我一样潮湿，我明白这是绿叶对根的情意，这是鬼子对家乡另一种形式的抵达。我还明白，这便是文学，文学使我们有了家乡，文学使来自四面八方的我们成了亲人。

　　这便是鬼子。尽管鬼子这名字曾招来不少人的误读，但人们也许不知道在仫佬语中"鬼子"就是聪明人的意思，仫佬族的聪明人廖润柏便是鬼子。鬼子以自己的聪明和刻苦为中国文坛奉献了一批坚硬的果实，读者感激他，而他却以赤子之心感谢一切。东西说过，有感恩意识的作家的写作"是有良知、有情感的写作，也是一种低姿态高境界的写作"。为此，东西、鬼子和毕飞宇共同出了一套《回报者文丛》，他们以中国前沿作家的身份，回望自己的来路以回报一切关注过他们的人们和社会，赤子之心历历在目。

　　同时，命运意识浮出水面。

　　"命运意识"是陈晓明为东西、鬼子、熊正良、毕飞宇等人定义的。的确，鬼子、东西近 10 年的创作大多触及当代底层民众的生活，并揭示出生活的困境和无法更改的境遇。鬼子写了如野草般长在苦难深处的晓雷（《被雨淋湿的河》）、寒露（《上午打瞌睡的女孩》）们的荒芜生命；东西则机智地挖掘着许多悲哀犹如一聋一瞎一哑三口之家（《没有语言的生活》）那样无望的生存处境和内心世界。记得初读它们时，只觉得小说的分子、原子全是那种叫苦难的东西。我竟有些害怕，尤其鬼子的作品，常常令我在无望中无路可逃。那份疼痛，令人不得不鼓起勇气面对生活中被我们忽略了的那些如草芥般的苦难生命和弱势群体。记得，初次见到东西时，有些文弱的东西正跟人谈笑，但我分明看到他明朗笑容后面的一抹忧伤。而那时的鬼子可不是如今的满脸圆润，他一脸冷硬，那些生活的皱痕一圈又一圈，密密实实，无数、无数。我真切感受到东西、鬼子那深入骨髓的悲剧意识和绝望。

而真正灼痛我内心的，是我读到《回报者文丛》中鬼子的《艰难的行走》、东西的《时代的孤儿》。贫困的生活让鬼子十几岁还光着脚，甚至还不会说一句汉语，青年时期为讨生活，当年小学民办老师鬼子开始给地摊写武侠小说，"那是一段近乎卖血的日子"。我明白了他为什么在书中放了这么多幅今天舒适新居的照片，他在呵护今天。而少时的东西挨饿受冻是常事，刚成年生活开始有了起色，却一次次朝那至今未通公路未通水电的家乡"谷里"飞奔，张罗哺育他长大的同样磨难的亲人们接踵而来的一个个催人泪下的葬礼。许多年后的今天，孝子东西36岁，已经过了多少山多少水，经过了多少生多少死。然而，苦难的命运成为聪明的东西、鬼子无穷的动力，激励他们刻苦，激励他们走向梦想。于是，关于个人命运的叙述使他们获得了思想深度，并找到了文学叙述的力量感，这使得他们沿着这条路得以前行。这些孤儿般凄苦和执着的艰难行走，终于使他们成为中国新生代作家的代表，1998年后他们先后获得了鲁迅文学奖。在潮汐般涌来的表现现实生活的中国当代小说中，东西的《没有语言的生活》、鬼子的《被雨淋湿的河》将是两块留在岸上的坚硬的石头。它们是苦难的果实，它们是艺术的果实。

从前种种，譬如昨日死；以后种种，譬如今日生。

记得1997年夏天，在北京的"中日学者对话会"上，我和白烨、王干、谢泳晚饭后散步，大家聊起《南方文坛》以及广西的青年作家。那时，《南方文坛·南方百家》已经以专辑的形式推介过东西、李冯的创作，我正在请王干写鬼子的评论以便做鬼子专辑。王干提醒我说，你怎么不把他们三个合起来开个研讨会，把他们整体推向中国文坛，我们《钟山》就是这么做的。的确，江苏的创作氛围和文学大省的风范全国闻名。回来后，刚好鬼子从桂林来南宁到我的办公室。我告诉他做他的专辑和开研讨会的创意，他挺高兴的。我马上给李敬泽打电话，既向他约评论，也向他讨主意如何命名。那时，河北"三驾马车"刚刚热起来。于是"三套车""三驾车""三个火枪手""三剑客"等几个名称，就在我的长途电话中，与李敬泽、马相武、陈晓明、王干、朱小如等评论家之间推过来敲过去，最终定格在"三剑客"上，主要是三人艺术（剑术）风格各异。操办会议，我力不从心，便联合作协冯艺，那时他刚调到作协。于是，他联络了陈建功，又行文报告潘琦部长。东西、鬼子、李冯都是广西首届签约作家，潘部长欣然支持，拨款并参加了后来的研讨会。于是，1997 年年底，融融的冬日里，《南方文坛》与中国作协创研部、广西作协、广西理协、《花城》杂志、广西师大中文系等单位联合在南宁南鹰宾馆召开东西、鬼子、李冯创作研讨会。陈建功、雷达、陈晓明、李敬泽、王干、马相武、郦国义、朱小如、张陵、田瑛、钟红明、张梅、尹汉胤、林宋瑜等等著名评论家、作家、名编来了，这是中国文坛一批响亮的名字。于是，"广西三剑客"的称号开始流播中国文坛，这串青果茁壮成长为广西文化的成熟果实。

　　从此，与"三剑客"的友谊在渐行渐近中精进了许多，他们的才华给我留下深刻的印象，尤其东西。他实在太聪明了，他总是思维敏捷，谈锋雄健，而且他还有几把"利剑"，诗歌、散文，近日听说他戏也写得好。去年曾在《作家》杂志读到他的组诗，令人动心，似乎诗名为"只一次"。我一直以为，不读东西的散文，你不会知道他的真实情怀；不读他的诗，你真不知道他有多大的才气。

　　黄佩华也是个才子，而且少年得志。二十几岁发表小说的同时，就在家乡当着县委宣传部长。春风中，他竟自己卸下花翎去了《三月三》杂志，他只想做一个纯粹的作家。1993 年年初，在长江"白帝号"轮上，他向我们几个文友说起这些时，我正习惯性地坐在边上不吱声，我真想告诉他，我对此一直心怀敬意。我总以为，一个人一辈子能做好一件事就很不容易了，何况当官与写作实在是两条道上的事。黄佩华二十大几就能不惑，就能明白自己要什么不要什么，真是大气得很。日常的黄佩华也是颇具名士性格的。他一般不做自己不喜欢做的事，自由自在，朴素坦诚，棱角分明，嫉恶如仇。他尤其厌恶那些溜须势利的风派人物或损人利己者，如果饭桌偶遇，他不是视而不见，便是极尽嘲讽之能事。要命的是，他不动声色，平平常常地说着，常常弄得一针见血地针砭这个"他者"，却赢得满桌人会心一笑。他说话实在是风趣、冷峻，令人难以复述。如果你以为这似乎有伤忠厚，可饭后谁路远他会很潇洒地用车送谁到家门，又让人体会到他另一面的朴素真挚。

早几年，我曾邀请他上《南方百家》栏目做专辑，开始他答应了，可过了十来天，我收到他一封言辞诚恳的来信，他觉得自己那两年几乎没有新作品，实在愧得慌，更不敢上《南方文坛》丢脸，甚至都不好意思在电话里谢绝，所以写信。至今我还记得他说的"衡量作家成就的唯一标准是他的作品"。感动之下，我当即给他回电话表达自己的敬意。可见，他不仅实事求是待人，也实事求是待己，这便是他的理性和清醒，也是我做《南方文坛》以来唯一谢绝专辑评论的作家。今天提起更富意义，因为不少青年写作者不明白作品是作家立身之本，而去热衷作品之外的功夫。近日读到他的新长篇《生生长流》再次触摸到他重重叠叠的乡土情结，触摸到他在家族、乡土、文体之间寻找自己艺术世界的努力，触摸到乡土上家族蓬勃旺盛的生命力和脉脉相袭的亲缘，此时我们感受到的又是一个智慧而温情的黄佩华了。

"故乡是作家永远的家园"（黄佩华语录），其实乡愁对他以及东西、鬼子、凡一平早不是一枚车票，乡愁更多的时候是果实，是事业和生活的果实，他们是以自己不断的新的要求和新的创作果实回报故乡的。

相对黄佩华的成熟，同一个单位的凡一平则显得天真多了。记得我第一次见他，他就是这个童心未泯的大孩子模样，哪怕头发斑白了，他剃成光头；胖了，倒越缘佛了或说缘福了。你几乎见不到他苦笑过，从来嘻嘻哈哈的，整个邻家大男孩的样子。最可爱的莫过于在饭桌上，一上酒他就露出少年儿童的笑脸，举起酒杯就直截了当地往胃里倒，那真的是胃好呀。喝到几成，他就看谁都是亲人了，搂肩搭背的，掏心掏肺的，还时不时落到女性话题上，并且充满向往。你心里骂他，还骂酒是色媒人，可你一看他一脸无邪的样子，你还不得不承认他的天真和多情。似乎这就是人体艺术与黄色画报的区别了，也是凡一平的可爱和人缘。

写了许多年的都市化小说，凡一平也曾获得一些荣誉，但起色不大。可是，这阵子他的人气指数直线攀升。关于他的影视新闻一桩又一桩。有的真是夸他的，有的则是扯红薯藤似带上他的。什么《寻枪》电影拍摄、公映过程一波三折，折折都夹着他；《理发师》还在筹拍，啰唉的好事就一筐又一筐，筐筐都装着他。他是这些电影的小说原创兼编剧呢。一个作家最关心的莫过两件事，写出来的作品一是专家认可，一是社会认可，至于历史的认可，那是后世之事，管不着了。凡一平占了第二条。于是，他的笑容更阳光了，看上去真的是气象万千呵，说他福相说他缘佛说他急功近利什么都有，春风着呢，得意感仿佛短大褂里的长内衣，想掩藏都掩藏不住。这家伙是有影视缘，听说近日他又谋好一新剧本。恐怕四个朋友中，他最甘于"触电"了。他明白自己要什么。作为文友，我高兴朋友们任何一种选择，可高兴之余，我更愿他写作不止于影视，希望再看到他的《随风咏叹》式的好小说，本期的《爱情海》还是一副为影视而作的版本。我总以为，"触电"给作家带来了满足，显然也带来了遗憾，那就是日益渐离文学品质。

因为是朋友，所以率性而说，尽管他们比我都写得好；因为我们都是以文学为事业为生命的人，创作是第一位的。为此，黄佩华早早离开政坛；鬼子老想着什么时候不用坐班打卡，拉长自己的写作时间；东西干脆弃去《广西日报》副刊部副主任，到专事写作的艺术创作中心了；凡一平更是自由自在。他们真的是人精呵，他们明白自己长在文学大树上，要结成怎样的南方的果实。

第
四
辑

323

散文创作中的仫佬三杰

对九十年代以来的"散文时代",文坛学界颇有争议。诚如陈剑晖教授所言"作家散文观念的现代化,散文艺术形式的多样化,散文表达上的自由化"是这个时代散文繁荣的标志之一,确是中肯的论述。这个认知在我近日对仫佬族散文群体的阅读中,再次得到印证。仫佬族这个仅有11万人口的小民族,却神奇地产生了包玉堂、潘琦、常剑钧、鬼子、包晓泉、何述强等知名作家,而散文家潘琦、包晓泉、何述强的创作,不仅成为仫佬族文学和广西散文最出色的代表之一,而且体现了中国当下散文创作三种文风的三种文脉,体现了散文文无定法、题材无所不包、笔法自由的文体特征,体现了散文无论笔触伸向何方,写作都必须复归鲜活的生活实感和人的性灵,都必须与心灵与现实相对应,并充满着普世关怀和人文情怀的散文精神。他们正以这样的散文创作,以仫佬人的赤子之心,倾诉赤子之衷肠,这种倾诉都不同程度地抒发了他们各自的生活实感和性灵,并表现着各自的文体自觉,颇见心智和个性,成为民族文学的散文三杰。

潘琦的诗化散文。九卷本的《潘琦文集》涉及散文、诗歌、小说、报告文学和文论创作,以散文影响为最,《琴心集》曾获第五届全国少数民族文学奖。与许多始于七十年代创作的散文作家相似,潘琦散文早期大多秉承杨朔提出的以"诗"的方式从事散文创作这一文脉,无论山水风貌、社会习俗、个人抒情述志,常以一事一议,咏物抒情,结尾升华,文以载道;文笔热烈开阔,铺陈如泼墨般浓酽。20世纪末以来,潘琦散文开始打破"物—情—理"的惯性写作,对现实与历史在保持热诚关照的同时,更多地叙谈人生某一刻骨感受,文笔趋于朴素而富有才情,略领宋朝散文平易流畅、重于议论抒情的文风。如《难忘侗乡情》《怀念张老师》,在鲜活的生活实感中,长于写人性之美;《解读黄姚古镇》《谢鲁山庄写意》《西林园赋》等,在他遍写广西名山秀水的篇章中,因透切着作者独特的人文的解读，而有物有智有情有诗，尤其后者辞章工整、文采飞扬；最令人动心的是他念怀亲友的篇章，如《母亲的生命》《祖母有颗善良的心》《怀念父亲》，以白描细节，真切描述一处处人性的柔软、温暖以及粗疏，贫困的父母为抽烟喝酒吵得心痛，作者在父母平凡、良善而辛苦的人生中，发现和体验到生命的宽度和深度，发现了自己的个性乃至愧疚："既然阻拦不了，为何不买点好烟给他抽，买点好酒给他喝呢？"质朴瓷实，那种穿透骨子血脉的痛彻，只有深切的父子情母子情才能抵达，而且在这里不单纯是一种亲情，作者所描述的独特体验及其缝隙之中还透射出一种普遍性——我们总是面对现实无能为力时才痛悔愧疚。令人心动之时，同样牵动读者怀想各自父母及其愧疚：我又欠了父母什么呢？我们感受到作者火一般燃烧的赤子之情，感受到文章抒情因叙述而充实，叙述也因抒情而深切，这是一首抒写人间至情的诗。

包晓泉的性灵散文。与潘琦泼墨的文风相形，包晓泉惜墨如金的创作吸纳着明清小品的精气，多少神领了周作人、梁实秋、林语堂和木心的以个性为核心的现代品格。他在获第六届全国少数民族文学奖的《青色风铃》序中说："散文，是在生命的绿地上耸立起来的美丽建筑，充满灵性和思想，我们没有任何理由去敷衍和亵渎。"包晓泉的写作呈现着生命的本真、性灵的本色，是一种快乐的写作。快乐时写，不想写就止笔。因而，他的作品不多，却大多发在大刊上，且篇篇率性有心。行祭、情祭、心祭、魂祭，都源于他的爱心，爱智爱美爱人爱自由，并以此为叙事态度，他把往事、亲友、童年、故土、民族全身心赋予爱的目光，使它们散发清纯与意蕴融合的诗性，因而有智有情有趣，颇具名士风范。当然，他也有仫佬人的血性和精神，在《自己的天空》《仫佬族，原始的日记》里舒缓拉开的是本民族原生态的生活幕布，他不仅演绎仫佬族神性的创世纪古歌、世代传承的古风、生活方式，还以美的笔触探入博大精深的仫佬族的文化生存，一一展现了全球化下依然鲜活、独具魅力的仫佬古老的文化传统。是的，原生态的文化就像深藏的地下水，滋养着一方水土一方人，这种集体无意识的潜移默化犹如遗传基因一样，塑造、养育了中华各民族民众的独特气质。那礼仪之醇、民风之厚，在包晓泉笔下更是千般风情万般魅力。新生代作家包晓泉还秉承了他的父亲——诗人包玉堂对文字的敏感，对汉语诗性的钟情近于苛严，因而他写作讲究义理辞章、破承起落、精妙韵律，文字干净省俭，元气淋漓，颇具诗性。这种诗性因描述而丰实，描述因诗性而灵动。甚而他的新著南宁文化书丛《山水沉香》，文字也汪曾祺般简约干净，宛如水一样脉动。

以浓墨精心写作的青年作家何述强，以他的智性散文成为仫佬族70后作家的代表。他笔力透纸，自由酣畅，文字圆润简洁，有一丝先秦的恣肆，又有一分唐文的纵横，还立着一种鲁迅的直面传统。无论感时写物绘人，直面一切，追问一切，尤其追问自我，在人与事与物中寄予爱和温情，在现实与历史的忧患中抒写心灵的疼痛、困惑和质疑。这位苦吟诗人，在生活中修身，在读书中养文，在写作中成性。他每年都有数篇散文入选国内各种选本，每文都重意象有象征，《细雨和记忆中的黄栀子》的黄栀子、《江流无声》的飞蛾、《青砖物语》的青砖、《石龟行走在记忆的洪荒旷野中》的石龟、《夜访铁城》的铁城、《白鸟》的白鸟等等，睹物究事，究事思人，思人问心。《细雨和记忆中的黄栀子》在雨夜读一位女作家的作品，从向往黎明的起名到照片的明眸，引发了同代作者关于生及其混乱时代的痛切追问，黄栀子不仅挽救了作者婴儿时的双眼，也明亮了一位文学同道的心灵。这种对历史创痛的关注和对遗忘的拒绝，在追问一切中立人立心，始终贯穿于何述强的写作，这份颇具普世关怀的叙述因思想而温暖，思想因叙述而透彻，那些富有质感的文字像木一样清正。此外，以物入文，事事入文，作者是希望找到一种没有形式的形式，摸索到自我心灵的密码，构造一种自己的贴近心灵的松散的新形式。在呼唤散文文体创新的今天，何述强的探索有一定的文体价值。

《文艺报》2007.1.27

有我之境

从瑶乡出发

　　瑶族源于古代的九黎、三苗，远在尧舜时，瑶人被强人驱赶便开始了迁徙的历史，从中原出发，寻找青山，向着蛮荒，远离官府，一路前行，一路游耕。选择大山为陌生的驿站，开荒依翠构筑自己的家园。于是，千年的动荡，不断与自然挑战和谐之后，"南岭无山不有瑶"了，充满血泪与奋斗，这个坚忍而乐生的族群的四十多个支系，如今主要分布与活动在广西河池、贺州乃至十万大山等区域。

　　走到哪里，就刀耕火种哪里；走到哪里，就把人的梦想镌刻哪里，而梦想从来就离文学最近。比如在广西文坛被誉为"瑶王"的布努瑶作家蓝怀昌，一生喜爱大山，豪迈潇洒的他竟深情款款地采撷山野古老的歌谣融汇现实生活，成就了瑶族文学长篇小说的开山之作《波努河》，常年常往大瑶山的他，及至晚年探望爱女小住英国，也在游走中重译了勃朗特姐妹故居的中文解说词。蓝怀昌一如瑶族创世史诗《密洛陀》的牧羊人，赶着自己的精神羊群，沿着母亲河走向人类文明的大河。人类文明史从来就是如此这般记录河岸人家美好生活，并生生不息。贺州瑶族作家纪尘、林虹和冯昱也禀赋着瑶人的文脉，不约而同地偏居一隅，却向往远方；从瑶乡贺州出发，又都有着鲁迅文学院学习后的脱胎换骨，近期他们的创作实绩不仅显明，也异于其他贺州籍作家，比如喜静的我就少了他们远行的天性和梦幻的灵气。

　　瑶人的血液中向来流淌着善于游走冒险的血液，而纪尘则是其中这一特征最为鲜明的一位，她也是广西颇具艺术天性的女作家。十几年里，纪尘永远偏居一隅，哪怕身居闹市也远离人群，不断游走。似乎只听从远方呼唤的她巫气十足、灵勇逼人，一以贯之地不畏劳顿艰险，不畏不可知的下一秒，独自穿越欧亚大陆20余个国度与地区，以身心独行远方，最终牵手到她的金发王子，向西向西，脚落在夫君慕尼黑边上站满树木的农场，热爱自然的纪尘心满意足到《请闭上你的眼睛》（2015

第 1 期《民族文学》），这便是她动人的当下描述。其身体的灵魂写作，也从早期的《九月》《缺口》《美丽世界的孤儿》，那颗渴望幸福和温情的柔弱心灵，乘上颇具象征意义的《马》，挥就了她的远方《爱与寂寞·俄罗斯 & 中东三国》，2012 年的《山花》专栏展示了她自由的人生行走，以及去年《钟山》杂志上那富有东南亚风情的《蔗糖沙滩》，纪尘的精神之花始终自由而蓬勃地盛开着。

　　林虹也常常独自远行，瑶乡贺州昭平，不仅被诉诸笔端，更成了她远方的参照系。不同于纪尘的出世，林虹世事洞明、冰雪聪明于她的诗歌、散文和小说创作中，文集《两片静默的叶子》满是亦真亦幻的女性情感多样化的故事，庸常生活的无奈，以及在梦与现实夹缝中的挣扎与疼痛。直至去年，她获"2014 年度华文最佳散文奖"的《江山交付的下午》，不仅少了她以往略显单薄的唯美，而以真诚深切的写实精神、鲜活的生活细节，将家事与心事，仅以一个庸常的午后便在娓娓道来中，写出大动静。尤其关于前姐夫的淡然描述，独特优雅、内敛宽容，人性的柔美和幽微跃然纸上，直抵人心。于是，林虹便有了文学上的惊鸿一瞥。

　　冯昱从瑶寨怀揣着传奇出发到了小城，小城的故事无法抹去大瑶乡的传奇，心灵羁绊生出的梦幻常常遭遇现实的冲突，亦真亦幻中，他渐渐成就着他魔幻而现实的瑶乡，一如马尔克斯"对预兆和迷信的信仰和不计其数的'神奇的'说法，存在于每天的生活中……现实生活远比我们想象的神奇得多。"于是，巫性横生的《长在树上的女孩》《生长在古树上的亚先》和《还愿》等，一个个现代性冲击下的瑶乡巨变，使冯昱也从魔幻走向现实，并呈现出与"寻根文学"深层关联的小说气质。虽然，冯昱的故事情节一个追赶一个，太实太满的叙述，还有待他文学的不断重生。

　　但是，我还是有感于瑶族作家那如血液般潜行在作品里的原乡况味与远方意识，犹如民族的暗语，如此动人。从前辈蓝怀昌，到今天的光盘、红日，再到年轻的纪尘、林虹、冯昱。文学的河流漫上瑶乡两岸，他们沿着河走，纪尘、林虹、冯昱的潇贺古道，光盘的漓江，蓝怀昌和红日的布努河与红水河，山里小溪大川一同汇入珠江，流向南海乃至太平洋，流向远方。

　　此时，他们依然身居偏僻之隅（包括远居慕尼黑郊外的纪尘），却将文学理想与个性表达进行到底。因为一种偏僻的眼光和偏僻的表达就是一种孤绝和个性，比如蓝怀昌瑶人的豪迈，比如纪尘浪迹天涯的孤绝，他们从不同的偏僻流向理想的远方，既是地理的，也是心理的，更是文学意义的。每每想到这个如梦幻如磐石的族群，心中便响起这首不灭的瑶歌："是谁种下满天的星子？是谁种下遍山的森林？"

《文艺报》2015.7.1

山里山外

——《都安作家群作品选》札记

在广西文学版图上，正生长出一片神奇的丰饶之地：以蓝怀昌、蓝汉东、凡一平、黄伟林为领军人物，以韦俊海、潘红日、李约热、潘莹宇、吕成品、周龙、蓝薇薇、韦翰翔、蓝启渲、韦优、潘泉脉、蒙冠雄、韦明波、蓝书京、韦显珍、陆佑迎等人为代表的都安作家群，正以各自的文学果实压弯了都安的文化之林，并为广西乃至中国的文学版图抹上一片鲜活的色彩。这是一个神奇的童话。都安是桂西北的大石山区，"这里的云朵/是拄着拐棍登山的/太阳星星月亮/是瑶胞的邻居"（潘泉脉《山寨人家》），山里恶劣的生存环境让都安人梦想满怀：走出山外，走向远方。于是，做文学梦的都安人一路跋涉，一路艰苦，一路辉煌。蓝怀昌以等身的作品和荣誉成为广西文学近十年的领军人物，凡一平则领着新生代都安人把作品广发于中国的各大报刊乃至影视荧屏，在广西历时八年签约的近四十位青年作家中，都安籍作家就占了凡一平、韦俊海、潘红日、潘莹宇、李约热、周龙、蓝薇薇七位，这是广西市县绝无仅有的文学景观，都安无疑是广西的文学强县。因为他们根在山里，心在山外；山里播下的文学种子，便在山外蔚然成林了。都安文学终于从偏僻的山里，走到山外一个浩瀚的世界。

这是一种根性的写作，他们的根扎在都安大山里。因为他们的笔下都不同程度地充满了对都安各民族和土地的敬畏、对故土和亲友的温情、对生存困难的疼痛、对城市感觉和乡土经验的把握、对人性复杂性的开掘、对精神灵地的探索。我们知道他们抒写的人文地理中的情绪从何而来，又到哪里而去。这个根是都安的山里魂也是都安多彩地域的民族文化。这种精神上的根性写作不仅是蓝怀昌们笔下如《波努河》般为中国当代瑶族文学奠基，以盘绕心里深处的根意识礼赞母体文化礼赞民族血脉，更是凡一平、李约热们个人化叙述中对生存的质疑和追问，对精神家园的依恋和求索。于是，家园意识成了新生代作家们的主题之一。李约热深受好评的小说《李壮回家》(《上海文学》2004.6）以及新发表在《作家》（2005.5）的《涂满油漆的村庄》便是代表，在一个个理想幻灭一无所有之后"回家"的故事里凸现着一个时代的命题：在当下复杂的社会转型期中，我们用什么来承载我们的身体和心灵？潘莹宇的《光荣弹属于谁》潜行在惨烈的故事底层的正是远征军军人们几乎绝望的回家的渴念，《别叫我傻瓜》不也是一个边缘人破碎的"家园"梦吗？只是李约热的叙述更懂收发之道、疏密之理，这使他的小说有一种自在、智性和精神硬度，近期这位广西文坛的黑马还会以两个新中篇给我们惊喜。而潘莹宇则将笔转向"'文革'与成长"，《1967年的像章》展现的是绝望而脆弱地活着的一代人，他唱响的是特殊年代的乡村挽歌。潘莹宇在当下中国文坛对"文革"中成长记忆的叙述里发出了自己的声音，以此发出自己独特声音的还有吕成品，与中国名家苏童、余华、毕飞宇、东西们的"文革"时代的挽歌不同，吕成品的《向阳生产队》以撒野般的笔调，无拘无束地描述了"文革"时代，向阳生产队把上级下达的批斗会任务如何认真完成的故事，把乡村权力结构中人性的复杂性、草根世界的困苦愚钝及荒诞的命运，以民间的社会生态的悲喜剧来展现——批斗会演变成了全队社员的游戏了。吕成品复活了乡村的历史记忆，那是一个时代的集体记忆呵，尤其他把"重大"政治任务——批斗会游戏化，无疑是对当时主流话语与仪式的一个反讽，犀利而深刻。吕成品叙述的声音充满撒野的快意和悲悯的辛酸，颇具力量；而且，他瓷实的叙事，犹如他笔下那些"声情并茂"的冷风，同样声情并茂，那是根扎大地根扎山里的素朴而鲜活的结实的叙述。我们期待着吕成品的坚持，期待他气象无限的文学未来。

如果说上述新生代作家更执着于扎根自己内心故乡的话，凡一平、韦俊海、潘红日、周龙等人的写作则更多的是对山外世界社会转型期中感同身受的生存困惑、道德困惑、文化冲突、人性尺度乃至精神家园的追问。凡一平的都市叙事重故事、重对话，并着意于社会批评与人性揭示，他的平和写实无论在文学创作还是影视写作都颇有读者缘。韦俊海近日的城市感觉也多了些精神追问，他俩在山外世界都已获得自己的一席之地。而同样重写实的潘红日、周龙则在他们描述的一幅幅小人物的众生相中，努力于对人性的开掘和呼唤，如果说潘红日的城市感觉和乡土经验的叙述有一种对生存压力和困难的无奈和叹息，那么周龙散发的土地气息里更多的是苦涩。如果他俩讲究些叙事的虚实之道，继续循着他们的心灵写作，继续根扎山里放眼山外，他们一定会达到更高境界。

为此，我想写实的小说都面临一个是写出事实层面还是存在层面的问题，面临如何抵达自己小说世界的精神深度，如何使自己小说人物飞扬起来的问题，因为小说展现现实生活，需要精神照亮，需要在叙述的故事表层之下有穷追不舍的思想潜伏，从而使自己的小说从小层面进入大格局。我以为这实际是个关于我们的思想资源和叙事经验的问题，或者说是精神叙述的问题，也是都安文学赋予我的思考。

都安是红水河文明发祥地之一，亦是中国布努瑶族创世祖先密洛陀的故乡，是民间文艺的发达之地。在蓝怀昌、蓝汉东、韦优、凡一平、李约热、吕成品、潘莹宇、潘红日、周龙等人的作品里，我们感受到神话、传说、说书段子、山歌、方言土语等民族文化的叙事资源在他们的创作中，程度不同地起到了开拓空间的作用，并在文化肌理的交融中展示了叙事的审美效果。可惜，这种使文学生生不息的源头活水在都安文学的诗歌散文创作中缺乏更多更大的精神承接，这种缺乏是指如何把大量的民族文化融入审美主体，化为血肉的问题，因而它们的实绩远弱于小说成就。潘泉脉、韦显达、黄华菊的诗歌，黄启先、唐爱田的散文都可圈可点。还值得一提的是蓝怀昌、蓝薇薇父女的散文诗歌，蓝怀昌的作品中我个人更偏爱他的诗歌散文，偏爱他以纯纯民风令人成仙变魂后的双脚落地，偏爱他诗文前面的叙事就像飞机起飞前的助跑，等待结尾诗意刹那的飞腾，那真是一颗赤子之心。而长于白描的蓝薇薇，她的写意简洁而有韵致，她的抒情纯净而唯美，令人感受到她的文字活力与她的慧心学养的因缘，《情翅》可见一斑。还有都安籍的著名文艺评论家黄伟林教授，二十年如一日立于广西文坛前沿，以其敏锐而宽厚、学理而富于才情的批评文字为广西文学的新崛起作出了突出的贡献。

至此，我们已经感受到都安这个国务院重点扶持的特困县有着何等丰饶的精神财富了，感受到"文章憎命达"的讪意，感受到他们智性创作的山里山外的鲜活世界。于是，他们的收获是山外的，也是山里的，更是个人的。

《广西日报》2005.12.19

风生水起

——广西环北部湾作家群作品札记

中国南海海域北部湾广西境内的北海市、钦州市、防城港三角地带的平原和滨海地区（广西北部湾），在世纪之交以来，正前所未有地集合了一群在文学心海里，虔诚探索的文学弄潮儿，他们是邱灼明、顾文、廖德全、沈祖连、韦照斌、贺晓晴、凌洁、阮直、林宝、伍稻洋、庞华坚、杨斌凯、徐锡维等数十人，他们以自己的作品从中国最南端的边域远海不断问鼎《人民文学》《小说选刊》《诗刊》《作家》《北京文学》《上海文学》《中华文学选刊》《中篇小说选刊》《大家》《随笔》《散文》《散文选刊》《杂文报》等国内名刊以及全国性和广西的文学奖项。他们以自己不俗的文学存在，承接和发展了他们的前辈李英敏、徐汝钊、黄河清、何家英、何津等人开创的当代北部湾文学传统；并自觉以出生于北部湾、成名并活跃于中国文坛的"乡党"陈建功、白原、杜渐坤、卢祖品、杨光治、陈志红等名家为文学范式，主动与他们保持着常态的文学学习与交融；从而，创造出一个个充满"海味"的文学世界和富于现代精神的北部湾，以回报生养他们成长的这片土地，彰显着他们对这块土地血脉相连的深情和文学自觉，正是这种活力创造了现代北部湾的文化节拍。我想，这便是今天北部湾的精神脊梁。

地域性文学群体的出现往往为这一地区带来时代的文明高度和文化影响力，尤其经济欠发达地区更为令人瞩目。如陕西的商洛作家群、宁夏的"三棵树"、云南的昭通作家群、广西的桂西北作家群，还有湖南的湘西、河南的南阳等等，这些地域不仅是作家们各自的起点，更是他们的"文学故乡"。尽管广西北部湾作家群的创作实绩不同于桂西北作家群，但他们常态的团队精神和对地域文化的敏感，在广西乃至中国文坛都显得弥足珍贵；尽管这个群体许多人是来自全国各地的新移民，但北部湾海洋文化的包容性，使落地生根的他们对地域文化有着特别的敏感，他们明白，关注和创造地域文化实际就是关注和创造自己的生存发展，建设自己的"文学故乡"，文人骚客们注重自己的精神诉求和文学理想，坚持纯粹，充满活力。尤其北海文坛出现了一个多元并存的文学格局：一是业余作家、专业作家、自由撰稿人等，汇成创作个体的多元化；二是创作风格的多样化为北海文学带来了多元化的景观，老中青三代作家（其中不少北海新移民）构成了传统与现代写作并存的复杂多元的情景，这也是北海文坛罕见的文化景观。他们常有不定期的文学沙龙，年度市作家大会，读书会，名家笔会，国内名编指导的改稿会，出版作品（包括本书的创意），还有历时四届的"古里美"北海文学奖、市青年作家签约制等活动，集合和催化了这个群体的形成，更温暖了他们的文心。这是来自他们自身的内在原因，也是广西各地绝无仅有的一种文学自觉。这个文学版图显示了他们以团队精神对北部湾地域文化和文学群体创造的理性自觉。这是内因，这个文学群体的生成还受惠于海洋文明的外因。一方面是大海的赋予。他们领受着历史的滋养和大自然的恩泽，北部湾自秦汉以来就一直在开放和开拓的海洋文明波涛的拍击中，身心泡养在这方海域的文学逐浪者们，自然会在动静有度的北部湾海水间，风生水起出这仪态万方的文学果实。另一方面是八面临风的造就。文学弄潮儿们乘着时代之风，带着各自的历史记忆和各自的母体文化，在变动不居人气空前鼎盛的滨海地区，体验人生风云，感怀时事，点亮心宇，必然生产出一波又一波的文学产品。可谓风生水起。这是一种状态，一种正在生长的文学状态。

当代北部湾文学最初的成果和声誉，是李英敏多方面的文学创作，1950年代他的电影文学剧本《南岛风云》（上海电影制片厂摄制）和《椰林曲》（与陈残云合作，上海电影制片厂摄制）获文化部新中国成立以来优秀影片奖，还有小说集《椰风蕉雨》等为他赢得了全国性的文学影响。此外，他还出版了一批小说、散文、报告文学、革命回忆录和创作谈等。作为广西的革命前辈，他与白原同样写战争年代生活的革命历史题材，同样描述城镇进步青年学生在投奔革命的征途中，对人生道路的思考。但两人的视角、艺术体裁和风格却各显风流。李英敏的创作更多地着上时代痕迹，他以写实手法、散文化的笔调叙述故事和塑造人物，他更注重笔下人物与社会环境的关系，他的政治视角多于文学视角，因而他的作品在真实反映了时代风云之余少了些文学韵味，过于写实而少了些文学张力。从他的小说代表作《夜走红泥岭》可见一斑。白原也有几副文笔，而最有文学力量的我以为是他的诗歌。他与李英敏同时抒写追求革命的进步青年学生的成长之路，却满纸热力和沉郁。这份热力是莘莘学子神往革命的坚执和义无反顾；那份沉郁则是他们奔赴延安途中，对日本铁蹄下灾难中国所见所闻的悲愤交加。此外，他的情感小诗也写得相当动人，颇为灵性。

　　而代表北部湾小说最高成就的当数陈建功。把陈建功拉入这个群体实在勉强，但少年离开北海的陈建功却实实在在是这个群体最大的扶持者和帮助者之一，他时常不忘同道的乡党们，在北海市作协主席邱灼明等人的邀请下，他一次次回家乡为他们开组稿会、审读会，还为他们从市领导处争取到不少的支持等等，他们深深的敬意便化成坚决举他为旗的这种执意了。陈建功的创作是中国当代小说格局中京味小说的代表之一，有着海洋文化背景的陈建功8岁离开祖母，到了北京父母家，知识分子家庭生成了他最初的学养，我们也以此寻音到北大中文系77级学生陈建功那方令无数纯净的青春激荡摇曳的《飘逝的红头巾》《丹凤眼》，它们作为中国新时期文学开山作之一，将长久飘扬在所有心怀浪漫与温情的心底里，永不消逝。"文革"的劫难，陈建功经历了十余载最底层的矿工生活。他说，丑小鸭变成了白天鹅，但他将永远怀着一颗平常心对待自己的同类，因为他曾经是个丑小鸭。如此宅心仁厚、冲淡沉实使他长久拥有平民的视角，家学、博学与心性，使他能透过中西文化背景的距离审视时代与生活，包括北京胡同里的日常，关注世俗生活，关注现实人生，如此独特的生活经历培育了陈建功独特的审美态度和审美习惯，造化了他的《鬈毛》《辘轳把胡同九号》《前科》《北京滋味》《皇城根》等系列质胜文朴、灵动智性并深得笔记之妙的京味儿小说。

　　在北部湾本土的小说家中，徐汝钊的创作有着他同代作家们少见的机智，他的创作还涉及剧本和传记文学，但以中短篇小说最具慧心。他的小说有着与陈建功相似的平民意识，笔墨蘸满了生活的汁液，尤善写人物和细节，精当细致，鲜活生动。本书没有入选他获首届广西文艺创作铜鼓奖的短篇《这个阿乙，这个阿乙》，而入选他后期创作的《永远的河流》。我似乎对这幅有着悠远意绪、一抹苍凉、见思想见人物见灵魂见韵味的北部湾浮世绘更为动心，结尾一唱三叹的短简勾勒出的人事情感的沧桑，余音袅袅，令人伤感不已。而同样有着浓郁地域风情的小说创作，还有较徐汝钊晚些的石山浩、龚知敏、容本镇等人。1985 年作为中国寻根文学余波的广西"百越境界"的提出，是广西新时期文学最重要的一次美学觉醒和文学自觉，石山浩的"野性系列"是其中的创作实践之一，石山浩的创作尽管有对"百越境界"简单化图解的现象，但他紧贴大地的写作姿态，以桂林方言的原生态叙事，使他的作品借着野地山风吹来一股泥土芳香的同时，也留下了"寻根文学"的余音。同样抒写北部湾现实生活和历史题材，并有一定影响力的，还有龚知敏的《边地女人系列》和容本镇的《古海角血祭》。

北部湾的小说创作作为一个群体引起广西文坛关注的是世纪之交新一代小说家们的创作。他们是凌洁、贺晓晴、伍稻洋、杨斌凯、冷月等，他们还以自己的创作实绩和潜力成为广西签约作家，使北海成为广西拥有签约作家最多的城市，其中凌洁、贺晓晴还是 21 世纪文学桂军中，正在崛起的广西女作家群的代表作家。自由撰稿人贺晓晴相当勤勉和富于才情，她在短短几年，就以一个长篇、数个中短篇为北海文学和文学桂军注入新活力的同时，也提供了宝贵的艺术思考，即我们的现实主义创作中对新的思想资源和叙事经验借鉴不够。贺晓晴的小说最有文学质地的当数短篇《心病》，她把是否借钱给朋友这么一个患得患失的细节推到庸常的极致，穿透着对现代人精神征候的质疑和自省。之后，她的小说少了这份精神追问，而是大多以写实主义的手法，近距离地描述了一个个女性的成长之路。女主人公不满足于日常的家居生活，出门并睁大眼睛寻找"经济机会"，在离家圆"梦"的同时，体验男人透视男人批判男人，而且颇为锐利。然而，《当你把梦做完》之后，世俗化生活取向的女主人公（女打工族们）却早已失却家园（物质的和精神的），冬子还在不断对大伟进行道德评判时，噩梦还在继续。贺晓晴以一群转型期社会的世俗女性形象和变幻诡异、出人意料的现代故事，为中国女性文学提供了一份可圈可点的文学经验。同时她叙述的近距离，显露了她文本缺失的现代文明指衡下的主体精神姿态和价值理念，也警醒着此类单一视角的女性文学创作还待完善之处。这种文学得失在她的长篇代表作《花瓣糖果流浪年》最为显著。评论家葛红兵认为她塑造的韩日晴是"一个中国式的女于连"（见《大家》2001.3），评论家黄伟林在肯定她为广西文坛提供了"一部不可多得的现实主义小说"的同时，指出她的创作"拘囿于自我的道德立场"（见《南方文坛》2004.2），认为站在韩日晴的角度她可以看出龙正的"道德是非",而反之同理,这样的境界很"容易混同于通俗作品"。相对于贺晓晴单一的叙述角度,同样审视男性的凌洁,她的多视角叙述就多了份对各种存在合理性的理解,从而写出了当下社会深刻的本质的矛盾,并穿透这种矛盾对人性进行拷问。《怀念父亲》开篇,凌洁为我们树立了一个温情的富有英雄主义色彩的男性形象——父亲,而随着故事的层层推进,父亲形象也层层坍塌,"怀念"也被人性的自私与残忍层层撕碎,亲情变为冷酷,人心变成荒芜,人生也就变得尖锐。可贵的是凌洁的叙述节制、含而不怒,处处给予"父亲"尽可能的理解,同时我们又处处可以触摸到作者追问的犀利,凌洁创作的内核是富于激情的。在审父(其实是审视男性)的同时,凌洁唱起了另一曲母爱之歌。《幸福嫁衣》塑造了一位深藏苦难却为儿女营造幸福的慈母形象,这与《怀念父亲》那位掠夺式的父亲形象形成了人性的界的两面:上善与卑下。凌洁是个追求极致的作家,尽管这个目标对她有些遥远,但她一直喜欢把人类的歌哭悲欢推向极端,甚至常常把她心仪的温情也推向另一极端——残酷。她带着疼痛的感觉写作,往往在温情的标题下讲述着一个个残酷的故事,温情的氛围里潜流着种种人生的伤痛,尽管这份伤痛常常隐而不发。比如写母爱的博大,她为小说留下许多空白,对母亲的身心伤痛不着一字,却无限放大母亲为女儿准备嫁衣的一针一线,温情下残酷的真相步步逼近时,疼痛不期而至。《怀念父亲》亦如此。凌洁知道叙述如何用力,她的理想主义的覆灭,是主人公的一次次摧毁,她少了贺晓晴式的自我的道德评判,而是让故事穿透情感,在含泪的叙述下,有一种疼痛感,而且痛而不伤。这两篇富有艺术张力的小说一面世,就被《小说选刊》转载了。可惜追求完美主义的凌洁写得太省俭了,她的产量比贺晓晴小多了,写不满意就常常搁在抽屉里。我们期待她俩互为学习,成长成熟。伍稻洋的创作产量却比她们都丰富,他以自己数个中短篇和《市委书记双规的日子》《绝对不说受不了》两部畅销国内的社会问题长篇小说,不仅两度成为广西签约作家,而且建构了自己的富有现实主义文学精神和北部湾"海味"的文学世界,成为文学桂军的一种力量。伍稻洋长于发挥自己的描摹能力来极尽现实的物质形态,以写实的笔调把时代、生活赋予他的丰盛经验,尤其社会转型期的官场一一展现出来,并形象地告诉读者现实背后的本质,有一定的文学深度和力度,这是广西文坛不可多得的文学收获。在 2004 年春伍稻洋独获北海第四届"古里美"文学奖时,我曾以四季比喻他的创作,说他只进入他文学季节的六月,他的文学稻谷金黄成洋的收获季节还未到来,因为"六月禾未秀",因为他还面临如何抵达自己小说世界的精神深度,如何使自己小说人物飞扬起来的问题。因为小说展现现实生活,需要精神照亮,需要在叙述的故事表层之下有穷追不舍的思想潜伏,从而使自己的小说从小层面进入大格局。这实际是个关于我们的思想资源和叙事经验的问题,也是凌洁、贺晓晴、杨斌凯、徐锡维、冷月、刘德光等新一代北部湾小说家程度不同地面临的共同问题。

北部湾小说创作还有一位不可忽视的作家,那就是早年写短篇小说的沈祖连,他自从 1980 年代初改写微型小说之后,20 年矢志不渝着力描写现实生活小人物的辛酸,"以微见著",有着杂文式的犀利和对现实的质疑精神。《小说选刊》曾刊载过"沈祖连小小说专辑",使之跻身国内小小说名家之列,也是广西最具代表性的小小说作家。此外,还有一位颇具潜质而一直以自由姿态创作的作家徐锡维,他近期小说呈现出一种复杂的精神碎片,揭示着一代人成长的精神状态。他发表了多部影视文学剧本,与卢凌的创作一道为北部湾影视文学贡献了一分可贵的努力。

如果说北部湾作家的小说创作为北部湾文学奠定了厚实的现实主义的文学力量,那么,他们的散文、诗歌贡献的是不可或缺的现实主义与理想主义交融的富于神性的深刻而灵动的精神品质和力量。

北部湾的散文创作力道强劲,阵势慑人,翘楚于广西各地,也是广西散文创作不容忽视的文学力量,顾文、廖德全、林宝、阮直、庞华坚等等都颇具影响,他们的作品扫遍了《散文》《随笔》《中华散文》《散文·海外版》《散文选刊》《杂文报》等散文名刊,并频频为著名报刊及年度散文、杂文选本选载。最具代表性的当数北部湾资深作家顾文,说其资深在于七十年代就开始写作的他,在同时代同道们大多息笔的今天,却愈发精到多产,他纯粹的散文作品常常访问名刊之时,还不断摘取国内散文奖,而不太"纯正"的散文作品又不断问道于人生,出版了好几部"心灵鸡汤"类的励志书籍。可见顾文是一个得道的慧心人,他可以以纯净的文学创作养心,却同时可以以文学旁枝的绿意养性,这是一种人生高境。顾文早年写了不少寓言、散文诗,近年还有小说,而最具文学品质的数他近些年的散文，它们成为新世纪北海文学的主体部分。他以颇有意趣和质感的语言，建构了一个朴素而充满智性的散文世界，从中我们可以触摸到他的心性他的精神。因为，顾文在静观曲笔世事之中，笔调中和机智，洞见迭出，并且他的洞见都带着自己的体温，那是些直抵人的心灵的文字。廖德全虽近几年才闯入文坛，但是他智勇双修、文字锋利的系列历史文化散文却为广西散文创作注入了一种新的活力。他以自己身处地方权力中心的非常经历练就的锐利目光，穿透现实与历史的时空，在深邃的洞察和复杂的忧思中传达出自己力透纸背的人文情怀。他天风海雨似的文化体悟使他的散文集雄辩、低吟、忧思与质疑于一炉，富于才情，颇具现代品格。他凭借自己洞察的目光而写作，这份追问历史和现实的浩然和透彻，对一个官员而言，需要智慧，更需要勇气，这是廖德全目光下的文脉和话语气场，只可意会不可学之，因为一个人的目光，是难以复制的。北部湾散文创作群体还涌现了不少女作者的文字，但她们的作品无论文笔还是品质都远落于坚守散文园地 20 年的林宝。林宝的散文大多是心性之作，20 余年游弋于文坛之外，为自己的精神家园从不辍笔，而且文笔愈益开阔弥坚，在以往的个人世界的切切真情中，多了许多智性和思想火光。她是北部湾真正的海的女儿，她的创作大多从海出发，阐述自己对世事世态的体悟乃至质疑。《大海·女人·我》的思辨、《永远的蔚蓝》对海洋生态的呼唤、《门轻轻地敲》的诉说，颇有品性，结句的那抹寂寥和痛楚令人心动。

在广西文坛独具品格和影响力的还有北部湾的杂文创作，其中阮直独树一帜。阮直的杂文写作已"日臻炉火纯青，到处作秀，花开全国"（廖德全语），他的笔力老辣，充满平民意识和文人风骨，穿透社会和精神的围城，关注弱势群体的生存艰难与精神存在，针砭时弊，见思想见性情，有锋芒也有志趣，颇具力度和深度。有影响的杂文作家还有杨光治和彭景宏。

此外，客居广州的杜渐坤、杨光治、陈志红的散文也为北部湾文学增添了丰厚的情思。杜渐坤的随笔与他主编的《随笔》在中国知识界广具影响力。作为性情中人，他至真至思至情的文笔，直面人生，直面自己，独特的思想风骨里蕴含着悠远而浓郁的人文韵致。

诗评家杨光治则是以激扬文字对历史和现实一一追问，锋芒中透着冷静。陈志红对"知青"生活的反思，颇具精神浓度，她以一颗滴血的心灵质疑时代的内在迷乱，更质疑自我，是的，"青春永远无悔，但自己不能无悔"，民族个体的反思是为了民族走向人性的文明和进步。学者陈志红在此呈现的是一个清丽而浓酽的陈志红，我更喜欢散文家的陈志红。

北部湾的诗美，主要来自黄河清、卢祖品、何津、邱灼明、韦照斌、庞华坚、赵红雁、姚泽桐、庞兴强、韩鹏初、龙俊、段扬和蔡小玲等。广西文坛的前辈黄河清、何津都是率性而歌的诗人。黄河清的诗歌真切、素朴、清新、自然，善写细节，《月夜笛声》便是代表，诗人只写一对苗族青年男女别致的示爱细节，两人不着一面，却情意绵绵，是一幅流动着天籁般洁净的民族风情画。我曾在《成长中的北海文学》中，对黄河清有的诗歌缺失现代意识的现象有过妄论，但此次读他的这批诗歌，惊喜地发现他后期的作品颇具人文关怀和现代品格。他的《另一种感觉》对社会转型期弱势群体，尤其是下岗工人的关切，直抵人心，那一个个透着悲凉和悲悯的细节，穿越着诗人对人生和人性的拷问以及挺立着的一根诗人风骨，颇有力量，颇具诗性和品质。黄河清新近诗歌的这种可贵的质地，我们从旅居北京的"乡党"卢祖品的诗歌中有更深刻的体验，一样地直面人类的现实和历史存在，一样地直面人类的精神困境，卢祖品却对世界和人性多了一分温情的理解和艺术的承担，并素描在他的诗歌创作中，这种理解和承担力透世界风云人世纷扰直抵澄明，一个只有星星而不是救星的境地，熠熠生辉的颗颗星星便是有着星空般心灵的"雅顿"们，无论他游走在世界的什么角落，"星星与灯火一同闪烁"，颇具批判意识和象征意义。他的诗歌意象简洁而意蕴丰富，节奏明快却余韵绵绵，尤其注重结句戛然而止的写意，那往往是诗人对心灵细节的深切敏感和痛苦体认的神来之笔，有着灿亮的语言和思想，令人顿生敬意。何津也长于捕捉生活的瞬间印象，他的诗歌大多植根于北部湾海域，写眼中景之美，更写心感之美和心动之情，激情饱满而浓烈。邱灼明曾经也是一位应和海潮律动吟唱心音的海的儿子，而今的邱诗人却多了些行吟诗人的放达和玄思，在路上的点点星光和步步履痕给了他无边的遐思和思辨，于是他留下了一组组富有语感的隽永哲理诗。而诗龄较长的韦照斌，他的创作大多沉静、辽远，常常在敏感世事物象中又有几分淡定。年轻的庞华坚是新世纪广西散文诗的代表作家，他在国内名刊发表了近百篇散文诗，蔚然成一体，他以自己纯粹的诗性的笔调为北部湾文学乃至整个文学桂军坚守了一块难能可贵的散文诗园地。此外，还有谈庆麟、余毅忠、陈丽虹的童话寓言和科普作品，尽管他们的作品在当代儿童文学中还显得有些轻浅和简单化，但是他们的努力还是为北部湾文学和广西文学提供了另一种文学经验。

是的，北部湾作家群正处在生长着的风生水起状态，尽管他们本土作家创作的艺术品质和艺术功力都还待提高，但这已经是他们空前收获的阶段，同时也是我们之所以汇聚这一区域文学成果的契机，这不仅总结了他们多种的新鲜的文学经验，为广西的文学注入新的活力，而且也为呼唤他们本土出现文学桂军领军人物式的文学大家，呼唤他们真正的文学高峰的到来。我们期待着。

《南方文坛》2006.3
《风生水起——广西环北部湾作家群作品选》跋，
作家出版社 2005 年 12 月版

第四辑

从"鬼门关"出发

——成长中的玉林作家群

在玉林市玉州区与北流市的交界处，千百年来赫然耸立着一道由泥盆纪灰岩嶂林对峙而成、高 170 余米宽 10 余米的天然关谷，这就是名扬天下的历史遗址"鬼门关"，又称天门关。以"其南尤多瘴疠，去者罕得生还"（《太平寰宇记》）而著称。我不知道，当年落难而高贵的苏东坡在赦免返乡途中，重度"鬼门关"时，一句"养奋应知天理数，鬼门出后即为人"，在庆贺自己重生之外，是否隐喻那一轮轮奇冤大屈远比"鬼门关"严酷？是否还有跨越生命极限后知天命的澄明呢？这位中国最伟大的文人早已感知到"鬼门关"是重生幻化之地了。于是，这片鬼魅出没、灵魂穿行、巫气十足的灵地，幻化出一代又一代独领风气的文人骚客。先不提东坡后涌现的明清文人、都峤诗社和王力父子，及近30 年的作家队伍就够蔚然成林，尤其以北流籍女作家林白为标志的新一代作家群在中国文坛的崛起。

于是，"鬼门关"，这个桂东南民间巫文化的象征，也成为了玉林作家群的文学原乡，他们被称为"鬼门关（或天门关）作家群"。在广西诗歌界享有很高声誉的"漆"诗沙龙，就发出如此宣言："漆诗歌写作是构筑在'鬼门关'之上的写作，是一种偏远的地方写作。在此偏远写作中，诗人从个人出发，最终达到无个人的目的，达到用来表现这个世界、最偏僻而又最富有生命力的独特路径和独特形式。"于是，这群立誓"为生活上漆"的诗人，始终以人生作文，以心性写诗，以文学立心。自 1999 年成立"漆沙龙"，先后牵头主办了广西第一、第二届青年诗会、中国华南青年诗歌研讨会；先后自费编印民间刊物《漆》诗刊 10 余期和《漆·诗人代表作》，编辑出版了《漆五人诗选》；建立了自己的诗歌创作阵地，创建了漆诗歌沙龙网站（http://www.7poem.com/bbs/）。他们常常以沙龙形式开诗会、创作会、朗诵会，以对诗歌的深切情感抒写人生，也常常为自己或诗友觅得一句好诗而喝酒，流泪。"漆沙龙"滚雪球般地不断壮大，终于从"鬼门关"出发的青年诗人们，一批又一批通过诗歌走向远方。他们是：吉小吉（虫儿）、陈琦、朱山坡、谢夷珊、琬琦、陈前总、方为、伍迁、高作苦、刘军海、邱烜、七仙女、黄尚宁等。他们的诗作不断在《诗刊》《星星》《诗选刊》《绿风》等诗歌刊物和《人民文学》《青年文学》《广西文学》等综合性文学刊物上亮相，不少诗作被收入年度最佳诗歌等权威选本。"漆"诗沙龙也由此与"自行车""扬子鳄"齐名成为广西三大诗歌社团，并引领着广西青年诗歌的精神成长，这是玉林文艺创作中一个生动的文学关键词。玉林青年批评家梁冬华的《守着"鬼门关"的写作——论广西漆诗歌沙龙》对此有热情而学理的评述。

诗人们沙龙式的精神取暖很快延伸到长篇小说、中短篇小说和影视剧本创作领域。尽管，文学是个体的创造，但团队精神的鼓励与支撑是磁场、是良性生态，他们深知一荣俱荣、一衰俱衰之道。为此，他们也时常为一个灵感、一个故事，甚至一个细节、一个人物讨论，并相互丰富着。近年便收获有长篇小说：《梦萦碎琴楼》（何每、李参天）、《爱你真的不容易》（李传亮）、《闯三关》（王荣华）、《绝代美女绿珠》（陈健）、《发现比熊猫更珍贵的东西》（陈荣裕、王耀前、叶浣溪）等。中短篇小说方面，朱山坡的《跟范宏大告别》《陪夜的女人》等十余部作品已在《新华文摘》《小说选刊》《花城》《天涯》《山花》《青年文学》等刊物发表或选载，《最后的媚眼》（李芳新）、《把关》（韦延才）、《木头说话》（琬琦）、《冲动的惩罚》（陈予启）等也颇具文学品质，尤其女诗人琬琦近年创作了不少与她平实诗风一脉相承的小说，那些有诗意的小说，令人回味。宾炜的《升旗，升旗》娓娓述说的是一个内涵凄婉却美善动人的故事，可惜叙述有些简单化了。此外，令人关注的还有韦延才的小小说创作，何每、李参天、吴翠琼、陈荣裕的《郁林廉石魂》被改编为40集古装电视连续剧《廉石传奇》并正式签约摄制等等喜人的收获。

中国语言学的一代宗师王力先生，早年从"鬼门关"出发，居然以自己开创性的精深的研究，推动了中国传统语言学向现代语言学的拓展，他在开创中国语言学新的历史阶段的间隙留下的散文随笔，与他儿子、著名杂文家秦似，给"鬼门关作家群"的散文写作刻留了深切丰沛的文人写作的文脉。自然受惠于此的散文家群体如覃富鑫、李芳新、张向明、李洪波、梁晓阳、李一军、潘静新、李忠健、何浩深、梁智华、林波、李旭文、黎仲祛、钟坚、陈锦绵、黎宇航等也以各自的生活体验或承接这一文脉，或以点滴人生细微万物为题，他们以心灵书写着各自的文学经验，也在不同程度上浸润着浓厚的桂东南文化气息。穿行于覃富鑫《谁在那边仰望星空》的感性文字，扑面而来的是游走其间的思想锋芒和浓郁的书斋气，其赤子之心、文人之思在李一军的《游泳问圭江》的三问中令人一一感知。而明静隽永、古意文心一如林波《水街写意》的，还有李芳新的《北京老胡同》，平实素淡却绵细温暖，尤其结尾的别有洞天，顿时打开了这篇散文的情境。与潘大林、李芳新一样，拥有小说散文两副笔的张向明的《萍踪丝语》，描述了自己游走大地入世入心的情思，还有李洪波《像鬼一样"迷人"》、梁晓阳的《清凉的台地》等也委曲生风，别有滋味。

值得一提的还有在文学桂军颇具影响的潘大林的小说、何培嵩的报告文学、李建平的文学评论、黄祖松的文化批评、范浩鸣的散文小说两副笔、张萍关于文学评论的编与著等等，都与他们的故乡玉林息息相通，犹如圭江、南流江之于林白，米庄及其米河之于朱山坡。玉林是他们的家乡、是他们的精神家园、是他们创作的源泉，这些玉林籍作家的创作丰富和提升了"鬼门关作家群"的精神含量与文学高度。

作家的世界有多大，就决定他能够走多远，作为女性写作的佼佼者，出生于北流的著名作家林白，是"鬼门关作家群"的领军人物。她的长篇小说《一个人的战争》成为中国女性写作的经典作品，而2004年的《妇女闲聊录》摘取该年度"华语文学传媒大奖"，今天，林白业已成长为中国文坛最富个性最具创造力的作家之一。回望来路，林白近30年的文学探索，何尝不是一次次重生之路。从诗集《三月真年轻》到小说《北流往事》《一个人的战争》《守望空心岁月》《说吧，房间》《玻璃虫》等到《妇女闲聊录》《万物花开》《致一九七五》；从北流到武汉到南宁到北京，林白在飞翔与下坠的重生中完成了从幽闭的"一个人的战争"，走向了广阔的大千世界，并以《妇女闲聊录》《万物花开》最早关注中国现代文明冲击下人存在的内在精神困境，而新作《致一九七五》这部以狂想遍地、万物应答来直面现实的亲历者的书，更令林白成功地打开了自己，打开作品的深度与宽度。顿时，沾着桂东南浓密而温湿的地气水雾，钟情浓烈而肥硕的亚热带作物，穿越了"鬼门关"

的林白，拉开了与当年齐名的女性写作代表人物陈染、海男们的距离，真正成为中国当代文学一位重要的作家。令人瞩目。我始终认为，像林白这样对文字与万物天生敏感、对文学坚执一根筋的虔敬者，在我们这个时代是稀少的，无论她在文学场历经多少次重生，她始终因其作品的文学品质而高贵。

近年引起国内文坛关注的朱山坡，也是一位有清醒文学原乡意识的慧心者。本名龙琨，却以生他养他的村庄"朱山坡"为笔名，这个农耕文明向工业文明过渡的城乡接合部的家乡，在他笔下成了"米庄"，一个可以永远供养作者的精神原乡。于是，朱山坡在短短几年间发表了二十余部中短篇小说，以此书写着他的乡土经验，他的"米庄"系列有着浓郁鲜明的粤桂地域的文化色彩，充满了原乡况味和野性隐忍的小说气质，其中最具代表性的是《我的叔叔于力》(《花城》2005.6)、《跟范宏大告别》(《天涯》2007.3)、《陪夜的女人》(《天涯》2008.5)，三篇都入选各种选刊及优秀年度小说选本，尤其《陪夜的女人》在《小说选刊》(2008.10)、《小说月报》(2008.11)、《新华文摘》(2009.2)转载后，还入选"2008年中国当代文学最新作品排行榜"，成为了年度最受关注的短篇小说之一。

朱山坡的成长经历也说明：推动作家向前进步的，不断获得重生的，永远是作家个人的智慧与创造力。在诗人朱山坡转身写小说的探索阶段，不仅发奋高产，两年间便发表近十篇中短篇小说，还深受当时暴力美学的影响，年轻的朱山坡对人性与世界充满怀疑和悲观，他期望站在乡民的内部，写出乡民灵魂的真实性，"写出他们像牲口一样活"的生存困境，无论《米河水面挂灯笼》(《小说界》2006.2)，还是《山东马》(《青年文学》2006.2)、《空中的眼睛》(《山花》2006.3)都因剑走偏锋用力过猛，而让扭曲变态和冷漠削弱了人性与情感的力量，直至遭遇批评。智慧的朱山坡热爱文学也清醒批评的意义，为此他选择与他的文学同道、诗人吉小吉一起考进了南京大学中文系作家班，如同当年他们创办"漆"诗歌沙龙。放慢急切的脚步，甘于寂寞，勇于探索，读书思考以及与良师益友对话赋予了朱山坡沉潜的力量与文学的翅膀，便有了他的重生之作：面对死亡而灵魂绝地重生，面对死亡拷问人性与世事的寓言《跟范宏大告别》，其中的临终自我救赎一直延续到《陪夜的女人》，幻化成颇具人性的临终关怀，故事主要讲述一个专门陪伴临终者走完弥留之际的中年女人，来陪夜的女人身兼了帮工和牧师的角色，老人迟迟不肯离去的撕裂的灵魂，在女人细心的陪护与倾听中得以烫熨并最终安息逝去。——体现了作者以往欠缺的、对笔下人物的理解、同情与善意，尤其对给临终老人守夜并有过败德史的"陪夜女人"复杂人生的理解、同情与善意，而且通过表达人性、表达人的复杂性、表达乡村新的伦理、表达时代的存在，包括自己内心的感动，显示了作品里的智慧、力量和温暖。同样出色的还有他最新的短篇小说《鸟失踪》（《天涯》2009.3），这个发生在中越边境丛林的寓言般的故事，以生活细节异常的敏感度、带着一股狠劲的野性而隐忍的叙述以及隐喻的复杂性，融汇而成小说对生活与历史追寻的难以名指的丰富性，"鸟"的来路与去路，"鸟"的归属与父亲的生活与乡村的现世相生相应，生命一步步回归丛林直至两两失踪的伤痛与自由，细节真切、背景苍茫与隐喻虚幻，颇为智性，余味绵长。至此，文学信徒朱山坡，穿越了"鬼门关"，终于拥有了自己的独特的对世界对艺术的审美习惯与审美态度。当然，"米庄"的水汽不时也会迷蒙朱山坡的双眼，让他还有偶尔露一下小聪明的习惯，玩点叙述策略。比如《陪夜的女人》的题目就是一把双刃剑，既满足了一些读者好奇心，是否也在某种程度上损伤了作品的善意和温情？成长着的朱山坡，正在沉潜中不断精进，不断重生。

地处桂东南中腹，以"鬼门关"为象征的桂东南巫文化，由于其草根性，天生与大众文化通俗文学结缘。在"鬼门关作家群"拥有林白、潘大林、朱山坡以及"漆"沙龙诗歌这样的纯雅文学，还有广西当代乡土文学标志性的代表黄飞卿、莫之棪、钟扬莆三位"农民作家"，还共生着《梦萦碎琴楼》《绝代美女绿珠》《郁林廉石魂》等等可读性较强的通俗文学，这种脚踏桂东南热土，背靠"鬼门关"的本土化写作，真正体现了桂东南原生态色彩的巫文化的包容性，真正体现了多元共生的文化现场感，颇具根性。

是的，文学故乡是每一个作家精神之河的发祥地，对它从不自觉到自觉地感悟，关系到一个作家艺术生命力的长短高低，林白、朱山坡等"鬼门关作家群"的写作，令我们感受到桂东南文化的力量，这种力量犹如安泰的力量，安泰离开了大地，就无法生存。这不仅是生他养他的故乡，更是心灵的故乡。今天，"鬼门关"已经被演绎为具有生死之险的中国文化一个沉重的象征，然而，只要穿越"鬼门关作家群"雅俗的写作，我们都能感受神秘鬼魅、蓬勃飞扬的生命意识，感受到为生活而歌而获得的文学重生。"鬼门关"地理位置偏僻，曾是朝廷流放贬谪官员至南海、岭南的必经地，然而这对于作为寂寞者事业的文学未必不是幸事，因为一种偏僻的眼光和偏僻的表达就是一种孤绝和个性，比如林白的独一无二。诚如著名评论家李敬泽在玉林所言：地狱都是通往天堂的后门。我们要想入天堂，恐怕还真的要经过"鬼门关"。玉林能够守着"鬼门关"来写作的作家，在某种程度上抓住了我们现在中国文学的某些根本要害。

　　我不知道当年葛洪在玉林勾漏洞里是如何炼丹的，但我知道《西游记》里太上老君炼丹靠的是"煎"和"熬"。深信玉林作家会借着"鬼门关"的鬼魅和灵气，以艺术真功夫，加之时日的"煎"和"熬"炼就我们自己的"文学真丹"，在不断的重生中成就"鬼门关作家群"。

第
四
辑

寻找绚丽多彩的八桂文化

看到 11 位广西作家挥就的 12 卷《广西世居民族文化丛书》（广西民族出版社 2010 年 10 月版），我即刻就想到作家韩少功的名篇《文学的根》，1985 年热血沸腾的韩少功劈头问来："绚丽的楚文化到哪里去了？"并以此引领了中国的寻根文学大潮。彼时，广西的文学界也在寻根"绚丽的百越文化到哪里去了？"作家们以文学作品实践着"百越境界"，却没有在学术上对各民族进行文化寻根。25 年后的今天，广西作家完成了这个历史使命。因而丛书的出版，是广西文化的一种寻根之举、复兴之举，也是理性自觉之举。

首先，在全球化的语境下，中国文化如何表达自己的价值观？如何发出自己的声音？如何让世界认识我们的文化？这一文化的复兴已经成为当下有意义且迫切的任务。过去我们对西方文化的认同，过于积极；而西方却对我们的文化知之甚少。同时由于历史的原因，我们的精神谱系不明晰。于是，向传统文化的挖掘、传承与张扬成了今天知识界、文化界复兴中国文化的文化自觉，从而树立我们自己的文化价值和文化自信心，把我们的文化传播给世界。因此，在这个意义上，丛书的出版体现了复兴广西文化的理性自觉，出版者明白当代传承不能文化失忆，明白必须真诚对待广西拥有的文化资源，挖掘整理并传播，这是对广西文化储存量的发现和释放，是广西当下迫切的文化自觉。于是，11 位广西作家系统而深入地寻觅绚丽多彩的八桂文化，寻觅中国文化的传统，寻觅自己的民族之根，并表现与传播出去，希望在更广大的范围获得更多的文化认同。我以为，文化的认同就是最大的文化产业；丛书寻根之举的文化自觉，正是丛书最大的文化价值。

其次，丛书的学术性。12 本世居民族长卷，11 位广西著名作家，汇成了 12 幅绚丽多彩的国画：《壮行天下·壮族卷》（严风华）、《岭外汉风·汉族卷》（容本镇）、《瑶风鸣翠·瑶族卷》（冯艺）、《风起苗舞·苗族卷》（严风华）、《侗情如歌·侗族卷》（蒙飞）、《南国回风·回族卷》（海力洪）、《京色海岸·京族卷》（包晓泉）、《彝风异俗·彝族卷》（黄佩华）、《水秀南方·水族卷》（包晓泉）、《风兮仫佬·仫佬族卷》（何述强）、《本色毛南·毛南族卷》（李甜芬）、《仡佬风存·仡佬族卷》（郭亮、李金兰），绚丽多彩，却立足于各民族的特殊性与民族传统。我们知道世居民族是指世代居住在某一区域内并形成村庄、街道等居民聚落的民族。广西是壮族自治区，但同时，广西还世居着另外 11 个民族。每个民族对世界的认识各有不同的集体记忆，这种认识渗透到他们文化的各个领域，世代相传，并成为坚不可破的传统，成为精神维系和凝聚的元素。本丛书便是在忠实于 12 个世居民族的传统，忠实于他们的地理分布、自然环境、历史来源、传统经济生活、语言、文化艺术、生活习俗、民间宗教信仰等民族生存要素的基础上，挖掘其文化内涵与生生不息的精神内核，以及当下全球化语境中民族文化的发展乃至变异，信而有征，并具现代意识。同时，广西的文化多样性在丛书里得到了清晰的呈现。壮族、瑶族、仫佬族、毛南族、京族的最主要居住地就是广西。而京族则是我国为数不多的濒海而居的跨境民族之一。因而山地文化、江河文化、海洋文化、陆地文化等，广西的多民族文化形象得以完整地呈现在读者眼前，可见丛书颇具学术含量、档案性与文化价值。

349

　　最后，丛书的文学性。作家的身份决定了丛书的文学视角与审美价值，决定了他们在透视各民族生存与发展中，注入更多的人文情怀与感性笔墨，更多关注原生态民族文化。原生态的民族文化就像深藏的地下水，滋养着一方水土一方人，这种集体无意识的潜移默化一如民族基因，塑造养育了那方水土上民族的独特气质与风土人情。因为人的根系是与风土人情相连的，"南方风土劳君问"，丛书 12 卷岂不知？于是，作家们把笔触深入绚丽多彩的各民族文化生存，展现了各个民族依然鲜活的特殊存在、文化传统与民族精神。比如广西的苗、瑶、水民族是在千年的迁徙中与山为伴，《风起苗舞》，生生不息；都说南岭无山没有瑶，那些迁徙中分化出来的众多支系，文化生机依然蓬蓬勃勃，真所谓《瑶风鸣翠》；而住在山峰轮廓里的水族，《水秀南方》倾诉了他们从未忘记来自水之滨的先祖；《侗情如歌》不仅在于侗族依山傍水而居，还在于盛产能工巧匠，在于吊脚楼、风雨桥、鼓楼，还有大歌，一一吟唱着这个诗意栖居的民族之风；《风兮仫佬》则以顶礼凤凰来展现这个智慧民族的坚强个性；同样坚强，还有停住南行脚步成为中国大陆最南端的广西回民，《南国回风》沉静地描述了这个静穆民族形成与发展的秘密等等，作家们潜入民族内里，一一表现了各个民族生生不息的文化活力。

而且，文学的感性语言更赋予了丛书丰赡敏感的美学意义，12个扣紧民族特色又文美意丰的书名，便是绚丽多彩的12幅风情画：或豪迈沉雄或雅正清远或妖娆灵秀，壮丽旖旎中一一显现了作家们的文思彩笔，以及不可复制的民族文化所散发的生命之魂，有精美与丰富的文化内涵。而与文相应的图片则相生出绚丽多彩与丰富可感的人文意蕴，值得一提的是，这些图片是出版社专门向社会的摄影专家及摄影爱好者征集挑选而来的，大多图片是首次面世。要知道，举目人文地理或民族丛书，太多似曾相识的图片了，在这个意义上，本书图片有着可贵的原创性、档案型与民俗意义。美文美图便使本丛书既是文化著作，又是生动可读、耐人寻味的文化散文。

作家们如此深情的现代演绎，谁能不与之共鸣？这种情感的共鸣，是民族文化的共鸣，也是人类文化的共鸣。于是，《广西世居民族文化丛书》就在某种意义上获得了认同，这是一种对广西文化的认同。而在今天，文化认同就是最大的文化产业。

《广西日报》2011.6.29

《文艺报》2011.8.3

理性的自觉

——从茅盾文学奖看广西近年长篇小说创作

记者: 经过数年自上而下的整合奋发，以"广西三剑客"为领军人物的文学桂军，以其恣肆的文学气势已经在中国文坛崛起，中短篇小说的实绩令人瞩目。然而，广西还缺失具有全国影响的长篇小说，这是文坛桂军近年的新忧。时逢第六届茅盾文学奖评选揭晓，作为中国文坛最高的文学大奖，其关注度与影响力成为一段时期文坛内外的重音。近日，记者专访了刚从北京评奖回来的第六届茅盾文学奖评委、文艺评论家张燕玲。张燕玲现任被誉为"中国文坛批评重镇"的《南方文坛》杂志社主编，是当下中国文坛诸多重要活动和奖项的参与者，为广西作家走向全国起到了重要的推介作用。张燕玲与记者的话题从茅盾文学奖谈起，涉及了具体作品的分析，广西作家的得失，显示了一种清醒的反思与理性的自觉。作为本届唯一的女性评论家评委，张燕玲关注的目光也一直紧扣当代女性作家和女性主义文学创作。

获奖作品是合力结果

记者: 4月9日至11日，您和其他20名评委在北京评选出第六届茅盾文学奖的获奖作品，分别是熊召政的《张居正》、张洁的《无字》、徐贵祥的《历史的天空》、柳建伟的《英雄时代》以及宗璞的《东藏记》。然而，自2003年10月20日初评审读工作开始，两年来，社会上围绕着本届评奖引发的种种议论一直不绝于耳。您参加了初评，又是终审评委，参与了本届评奖的全过程。您怎么看待这个评选结果？

张燕玲: 从23位专家为时半个月的初评，到21位终评委长达8个月、先后进行了3次集合评议的终评，整个评选过程是严格依照有关程序进行的。此次终评投票也是进行了三轮热烈而严肃的评议后无记名投票的。第一轮是从 26 部入围作品中投票评出前 13 部，第二轮是投票评出前 7 部，第三轮这 7 部作品在投票中要获得三分之二的评委票数，才成为最后的获奖者。正如评委会主任张炯所说，这五部作品基本反映了评奖年度内中国长篇小说的总体水平，体现了"茅盾文学奖"始终彰显的文学要反映现实、反映时代精神、思想性和艺术性结合的宗旨，同时兼顾到了题材多样化的标准。

记者：一度呼声很高的莫言的《檀香刑》落选，成为了外界议论的焦点。在您看来，您认为《檀香刑》的落选意味着什么？

张燕玲：我个人对《檀香刑》比较看好，也始终投他的票。但这部作品从面世就一直有争议，比如有论者说它是暴力叙事，比如说它对行刑的叙述不够节制等等。但是，我们同时也应肯定莫言狂放的才华和高超的叙事能力，以及莫言的作品对中国当代小说的影响，尤其他对人性中恶的一面所持的深刻的批判精神，承接了鲁迅揭示封建社会的"吃人"本质这一文学主题。但也有评委认为《檀香刑》对酷刑的描写缺乏节制，如仅是剥人皮就长达 15 页之多，精细惨烈至极，令人难以卒读；而也有评委反驳，认为这正说明作者描述手法的精到。可见，喜欢的就是喜欢，不喜欢的就是不喜欢，结果真的不是哪一个人可以想象和左右的，所有的获奖作品必须获得三分之二的选票。这里的确存在着个人审美艺术观的差异。《檀香刑》通过了第一二轮的投票，在最终投票是位居第六，亦未获得三分之二的票数，故而落选。此外，有不少报道说评委否定初评结果，让初评第一名《檀香刑》落选。初评终评我都有幸参加了，初评全票通过，并不代表初评委（随媒体称呼，实际应该称之为读书班成员）一致认为《檀香刑》是第一部该获奖作品，而是一致认为《檀香刑》应该进入前 20 部入围作品，一致认为它是年度内无法绕过的作品，而且毫无疑义。因而说评委否定读书班之说，难以成立。尽管我对这个结果也有遗憾，但我作为评委，经历了整个严格认真的评选过程，既然参加了评选，那么我就必须尊重评选过程，尊重大多数评委的意见，尊重最后的结果。相对而言，任何一个奖项都是有缺陷的有争议的，遗珠肯定有，而且争议也包括作品本身。获奖作品在一定程度上代表年度作品水准和创作状态，代表评委的审美趣味和审美层次，不同的评委可能结果会有所不同，但文学总有些素质和准则是共同的，文学的伦理是有底线的。我参加了第五、第六届初评和第六届终评，看到评委们都相当

有
我
之
境

严格认真，读这么多入围长篇很辛苦，他们对文学都怀着虔敬之心，大多都有独立的立场和艺术良知，直言不讳，甚至论争，颇具专业精神。

获奖之作各具文学价值

记者：最终获奖的作品是您心目中有资格获得茅盾文学奖的作品吗？

张燕玲：我心仪那些内涵丰富、艺术精湛或极富艺术新质的有创造性的好长篇。在获奖作品中，我个人认为最具文学品质的当数《无字》和《东藏记》，这也许与我是女性评论家有关。这两部作品代表了两种美学价值。《无字》是一部以血代笔之作，浓烈、饱满、冷峻、犀利；《东藏记》则冲淡、纯正、雅致，宛如温润的美玉，散发着柔性的书卷气，有着渐入人心的艺术感染力，它的获奖是对回归中国文学传统的一种呼唤。四卷本150万字的《张居正》在三轮投票中一直是高票通过。这部作品在当今历史小说中以二月河为代表的通俗化戏说和以唐浩明为代表的重史实的两种创作类型之中，走出了一种新的可能性，即熊召政他不仅写历史更是写小说。开阔的格局、文史交融的文化含量和均衡的审美，使其成为目前中国文坛颇具文学品格的历史小说。《历史的天空》在战争中写人的成长的曲折性，尤其不回避偶然性在军史、党史的作用，颇具力量和深刻意蕴。

女作家作品显示竞争实力

记者：您作为广西的文艺批评家，又是本届唯一的女性和最年轻的评委，这真是我们广西文艺界的光荣。我知道，您对中国女性作家和女性文学一直非常关注。本届获奖榜上，女作家作品占据两席，张洁更是第一位两度摘取茅盾文学奖的作家，非常难得。这是否说明女作家和女作家的作品正显示出一种打破格局的强势竞争力？

张燕玲：你过奖了。我赞同你的看法，此届有8部女作家的作品入围，我为她们感到欣喜和骄傲，并推崇她们的作品。张洁的获奖当之无愧，她的《无字》催人泪下，作品充分显示了文学的力量和品质。张洁从早期作品《爱，是不能忘记的》《沉重的翅膀》到今天的《无字》，她完成了一个从"情者"到"智者"的转变。三卷本《无字》一唱三叹，令饱满的情绪达到了难以言说、孤绝犀利、风格豪放的状态。作品对男性世界的揭示有剥皮削骨之力，而且更为可贵的是，她对女性命运和女性世界同样满含血泪和悲痛的深刻反思，这迥异于一般的女性文学的自恋，这需要大智大勇。张洁对两性世界的酷问直逼本质，读来有体无完肤的疼痛感。而且，作品写情、写爱、写性，并未囿于男女私情，而是将人物置身于广阔的社会大背景下展示，从而也写出了那个一言难尽的时代。的确，太饱满的感情难以言说，太深重的苦难难以表达，在三卷本的"无言"中，我还真切触摸到张洁在绝望中却还在希望的一抹温情。她的二度获奖，说明任何一位作家只要不断创作出好作品，不断超越自我，都有不断获奖的可能性。在整个评奖过程中，女作家的作品都有一种不可忽视的艺术个性和品质。《东藏记》在艺术上是高雅文学或者传统文学的典范，还有叶广芩的《采桑子》有着魅人的浓郁的文化氛围，孙惠芬的《歇马山庄》前半部叙述相当有耐心，显示了作者的叙事功力；马晓丽的《楚河汉界》的大气，其强悍的笔力令人难以看出它出自女性之手，而且是作者的第一部长篇；还有铁凝、潘婧、张懿翎的小说都颇具艺术品质和竞争力。

记者：您曾用"玫瑰花开"形容广西女作家的成长，她们正在成为文学桂军不容忽视的一股力量。您认为广西女作家将如何成长为成熟的、有文学力量的作家？

张燕玲：是的，这是广西文坛的一个新景观，仅几年工夫呼啦啦地崛起了这么一群富有活力的青年女作家，她们以不俗的文学品质和创作实绩，打破了此前文学桂军男性作家一统文坛的格局。但是这个群体要进入上述的中国女性文学前沿，还需要相当程度的自我操练。我曾经在评论中提到"'女巫'林白已经双脚着陆"，意思是说我们广西籍女作家林白已经打破了私人化写作的小格局，写作正在变得越来越广阔和健硕，林白从《一个人的战争》到《万物花开》再到《妇女闲聊录》，她走出幽闭，一路前行，一路自我突破，终于她在普通人中，在民间和地域风情里获得灵动和语感、参玄悟道，并写出苍生的悲苦和乐生，素朴有力，令人真切触摸到以各种方式活着的普通人的心灵。林白的转向给广西女作家（包括我自己）一个很大的启示：要将自己的心灵化入最日常的生活中去，关注一般人的生存状态和精神事实；任何文体的写作都需要过硬的写实功夫，需要有灵魂的叙事，精神是体现在事实之上的。

广西女作家大多对文学虔敬，且各有自己的追求。映川小说"拯救男性"的主题为今天的女性主义文学注入了新的血液。锦璐小说初步关注到了社会背景下两性关系的实质与深层原因。纪尘小说中梦幻与现实的对接、凌洁的激情和叛逆、蓝薇薇的清明绵细、王勇英的直面现实与儿童文学写作等等都颇有艺术个性。但她们的创作在艺术格局上大多还比较小，叙事能力还待进一步提高，有的写作还比较幽闭。

广西作家可望收获长篇

记者：广西作家在历届茅盾文学奖上鲜有亮相，距离茅盾文学奖最近的一次是上一届（第五届）东西的《耳光响亮》，成为进入终评的25部作品之一。参加第六届的广西作家作品有黄佩华的《生生长流》和光盘的《王痞子的欲望》，在全国各地推荐的156部长篇小说中，这两部虽然没有入围但都进入了前60名。据我所知，您是阅读广西作家作品最多的人，包括长篇和中短篇以及散文诗歌，您认为广西作家离茅盾文学奖到底有多远呢？

张燕玲：还有相当大的距离，广西一直缺乏有分量的长篇。不仅广西是这样，全国都这样。尤其是近几年，大多数长篇小说创作处在浮躁状态，可能是市场化诱惑太多太大了吧。作家的写作难度越来越大，这种难度是指创造性的写作，是对文学品质的追寻、对叙述与结构能力的高水准的要求、对文学精神持之以恒的坚守。长篇写作是一个复杂的创作工程，现在难有作家能以几年工夫作案头准备，难有作家去进行有难度的长篇小说写作了。目前，广西作家继中短篇小说在全国初步占领文坛的前沿后，正进行着一次新的理性自觉，大家正潜心创作，广西作家渴望收获长篇小说。今年广西作家已有好几部长篇发表和脱稿，如凡一平的《博士彰文联的道德情操》、黄佩华的《红水谣》、光盘的《眼睛里的声音》、女作家映川的《女的江湖》、纪尘的《缺口》、锦璐的《一个男人的尾巴》、蓝薇薇的《嘿啦啦》、冷月的《岸》等。东西打磨四年的长篇小说《后悔录》即将在《收获》第三期发表，这是一部始终在痛苦边缘中对现代人的精神征候进行剥皮削骨的力作，肯定会给文坛一个惊喜。我以为，广西作家是有实力的，尤其以映川、刘春、李约热、黄土路、锦璐、纪尘等"70后"作家的崛起，广西新一代文学新人开始胜出国内文坛。当然，要实现在长篇小说上的冲破，首先要在文体上解决清楚什么是长篇小说？弄清这个复杂的创作过程。我们太多信马由缰，不懂长篇对艺术结构的高要求。其次才是作家个人的准备以及对生活的积累、挖掘、把握、发现和表现能力，对文学的虔敬和理性的文体自觉。优秀的作品都源自作家身上长出的原创的生命力，优秀的作品都应该生长着作家生活中根性的东西。文学毕竟是寂寞者的事业，只有远离热闹才能创作出触及灵魂具有品性和创造力的作品，这才是平实的真正意义的文学收获，也是理性的文学自觉。

《广西日报》2005.4.27

有
我
之
境

《南方文坛》与前沿批评

——"广西文化舟"在北大百年讲堂

这个题目是想向北大讲述:《南方文坛》是如何在中国文坛的前沿批评家（其中很多是北大人）的坚实帮助下成长的。

我们知道，对一个时代的文学批评领域和实践来说，文学评论期刊的重要性是有目共睹的。如果有幸成为文学的前沿阵地，那么它对整个时代的文艺创作和批评的介入与推动作用，会随着它的影响力而增减。具有影响力的文论杂志，一定会映现这个时代文学创作及批评的历史进程。《南方文坛》以近十年脚踏实地、充满生机的理论建设和批评实践，映现着这个时代文艺的生长状态。这在地处边缘的广西崛起并立于中国文学批评的前沿，实在不易。

首先得感谢北大，是立于批评前沿的北大人最早帮助《南方文坛》设置了改版的前沿理念。我曾有幸于1985、1986年在北大进修学习过。因此，1996年我接手《南方文坛》，并着手在全国同类期刊中率先改版时，立即就得到了我的老师谢冕、洪子诚、钱理群、曹文轩以及王岳川等教授的鼎力相助，并不断延伸到整个中国文坛一大批的专家学者，包括在座的北大人陈建功老师。有了他们，《南方文坛》改版第一年就引起了国内文坛的关注；更为可贵的是，他们把一种开阔的胸襟和非凡的学术勇气，把表达真知的批评锋芒、独立的学科意识和学术理性植根于《南方文坛》。于是，我们决心既立足广西，又要有中国当代文学整体性胸怀；坚持吸纳不同创作风格不同批评个性的创作和理论，以显示丰繁而多元的个性；在近十年文学坚守和刊物艰守的情境中，向读者展示了杂志自身的信念、智识、品质和活力，包括关注和推介广西文学，都是以对中国当代文学整体性的关怀和在宏观的全国背景上进行的。终于，《南方文坛》改变了中国南方的文学批评格局。

其次，我想讲述《南方文坛》是怎样在这些前沿批评家支持下，"成长为最具影响力的文论园地之一"（见《新闻出版报》1999.6.3），和"中国文坛的批评重镇"（《文艺报》2000.10.31）的，当然，其中也有众多的北大人。北大人、著名评论家贺绍俊称赞《南方文坛》：能够从当代文学热闹的表面挖掘出理论深度，能够在史与识的时空坐标中发现亮点并进行前沿批评，从《中国前沿》《今日批评家》《理论新见》《个人锋芒》《最新文本》《批评论坛》《绿色批评》《打捞历史》《当代文学关键词》等栏目的设置上就可见一斑。说到《当代文学关键词》栏目，主持者就是北大人洪子诚教授、孟繁华教授，我们立意通过"关键词"这个角度来梳理和总结当代文学的历史，栏目持续近三年，我把它结集出版，这批文章为深化中国当代文学研究提供了颇具前沿意义的参照。这些栏目所体现的自觉的"问题意识"，尤为读者所称道。如近一年关于"文学呼唤什么""重写文学史""80后讨论""呼唤文学人物""暴力叙事与叙事暴力""消费时代的大众文化"等话题讨论。而其中《个人锋芒》栏目，著名评论家李建军称赞它"为个人的思想和激情提供飞翔的空间，为尖锐的质疑和坦率的批评添培生长的沃土"，中国一批富有批评精神的代表性评论就发表在这个栏目。

　　如果说栏目的设置和以刊出书，体现了我们自觉的"问题意识"和经营理念，那么，作者队伍的建设更是我们的责任。我们知道，形成今天文学批评多元化局面的过程中，九十年代崛起的中青年学者型批评家起到了了不可替代的作用。比如，有谁可以否认"陈后主""张后主"的称谓，不是对在座的陈晓明教授、张颐武教授的高度肯定？《今日批评家》栏目用近十年时间推介了这些新进的青年批评家：南帆、陈晓明、郜元宝、王干、孟繁华、李洁非、张新颖、旷新年、李敬泽、洪治纲、谢有顺、吴俊、王彬彬、戴锦华、张柠、吴义勤、程文超、罗岗、施战军、杨扬、葛红兵、何向阳、汪政、晓华、黄伟林、王光东、李建军、张闳、张清华、王宏图、林舟、臧棣、黄发有、贺桂梅、张念、李美皆、邵燕君、刘志荣、赵勇等等。批评界赞誉这个栏目"催生了一代青年批评家的成熟"（《文艺报》2000.10.31）。尤为重要的是，这些前沿批评家的批评文字大多灵动而富于学理，由此形成了一种深刻犀利而富有生气才情的批评文风，这便是文坛盛誉的《南方文坛》的"绿色批评"，也由此"集结起一支有生气的批评力量"。这40余人的"豪华"名单里，就有10位北大人。还有，已历时五届的《南方文坛》优秀论文年度奖

30 位获得者中，就有洪子诚、陈晓明、孟繁华、李扬、程光炜、臧棣、邵燕君等 8 位北大人。可见，在《南方文坛》的主要作者中，北大人占了三分之一强。

同时，《南方文坛》还是近十年中国文坛一系列重要文学活动的策划者、参与者和见证者（见《世纪末中国文坛》，上海文艺出版社 2003 年版），并不断持续地扩大着品牌影响力。如其中已历时四届的与《人民文学》联合举办的"中国青年作家批评家论坛"，每年 10 月举行，四年来已经成为中国青年作家和批评家的重要对话交流活动和品牌论坛，被认为是一年一度的"华山论剑"，在文坛声誉日隆。这个论坛便是著名评论家、北大人李敬泽发起并与我策划而成的，等等。系列的批评活动既把《南方文坛》推向批评前沿，又提升了杂志的学术品质和影响力；而且，《南方文坛》在包括北大人在内的前沿批评家的坚实支持下，尽了它在这个时代应该作出的努力。

最后，再次感谢北大，因为在我们改版并以学术实践，不断提升"人文理想、前沿批评"的编辑理念上，北大人给了我们巨大的影响力；而且，在做人的精神和情感上也影响着我们。在此，我想说说北大人、著名文学评论家程文超先生。许多北大人都知道文超教授与癌症抗争 12 年的事迹。2004 年夏天，弥留之际的文超先生，要把《欲望的重新叙述——20 世纪中国文学叙事与文艺精神》这部他最后日子里与学生一起完成的书稿托付给我，"希望成为《南方批评书系》之一"。秋天，49 岁的文超离去了，这部遗著也成为一种生命的见证，见证他的学术精神，见证他的师者精神，见证中国文学评论家的精神。记得 2000 年年底，我曾与陈思和教授、陈晓明教授到他家探望，我忘不了我们四人轻拥，无语凝噎的那一刻。那时我真的无法面对坚忍的形销骨立的文超的笑脸。想起 2001 年年底，我正在设法为另一位早逝的同是青年评论家的文学殉道者张钧，出版他的遗著《小说的立场》，这是第一本中国新生代作家访谈录，它与《当代文学关键词》是我主编的《南方批评书系》最早的两本书。当时，程文超与中国文坛 30 余位前沿批评家到北海赴《南方文坛》之约。大家说到即将面世的张钧遗著，正处于病情有所稳定的文超望着无极的蓝天碧水还对我笑呵呵："我不会这么快麻烦你的！"可是……为此李敬泽说："张燕玲，你干脆活到 130 岁，帮我们这一代批评家出完最后一本书吧。"我知道，这是诳语。

我想，一棵树生长十二年会有多粗壮？一个人十二年如一日与癌症抗争，却同样斯文有传，学者有师，以百余篇论文、八部学术专著为干，以无数亲友的情缘为叶，以33位他带出的硕士、博士为果，程文超用生命植下了一棵精神之树。与张钧一样，树上都生长着一种文学和人类赖以生存的精神。文超十二年与生命的每一分抗争为文为师为人，是因为有一种精神长在文超的心灵深处，我想，每一位立于中国文学前沿的北大人心灵深处都长着一种精神，而精神之树长绿。

　　攀缘着这样一棵棵的精神之树，《南方文坛》怎么能不充满活力？怎么能不立于批评前沿？

　　我不时问自己：为什么我眼里常常含着泪水，因为我爱这一棵棵的精神之树，爱《南方文坛》。谢谢北大，祝福北大。

《文学报》2006.6.15

《南方文坛》与九十年代以来的文学批评

对一个时代的文学批评的领域和实践来说，文艺理论和批评期刊的重要性是有目共睹的。作为文艺批评领域的前沿阵地，它对整个时代的文艺创作和批评的介入与推动作用会随着它的影响而增减，颇具影响力的文论杂志，一定会映现整个时代文艺创作及批评的历史进程。广西的《南方文坛》在 1990 年代中期迅速崛起，成为"中国文坛的批评重镇"（《文艺报》2000.10.31），她脚踏实地充满生机的文化建构，正映现着中国 1990 年代以来的文艺批评的生长状态。

1980 年代中期是中国文艺空前繁荣的时代，《南方文坛》是在广西区党委宣传部的直接创意和领导下创刊于那个火红年代的，并初领了风气。《南方文坛》作为国内外公开发行的文艺理论和批评期刊，1987 年创刊时，刊物为 16 开 64 页双月刊，铅印。《南方文坛》最初由广西文联和广西人民出版社合办，两年后由广西文联单独主办。《南方文坛》重视对当前文艺理论、文艺思潮、文艺创作和广西文艺的研究和探讨，在改版前以刊登广西文学和广西评论家的文章为主。1996 年第 6 期改版后，《南方文坛》打破了封闭的"地方性"办刊视野，坚持"立足广西，走向全国"的办刊路线，并迅速在中国文坛崛起，被誉为"中国文坛的批评重镇"。2001 年始《南方文坛》由广西文联与广西师大出版社联合主办。历任主编有李超鸿、陈运祐、郑继馨、彭洋、张燕玲。几任主编筚路蓝缕、艰苦创业，他们不仅为把广西文艺创作和批评推向全国作出了突出的贡献，也为中国文艺理论和批评建设作出了可贵的努力。

作为文艺理论与批评的杂志，它学术的高品位特性使它不可能像文学期刊，更不可能像大众文化期刊那样拥有众多读者。"阳春白雪，和者盖寡"，其发行量小的困境与生俱来。其次，文论期刊与中国其他学术期刊一样，都是计划经济的产物，中央到各省（区）都拥有一大批同类期刊，尤其是大学学报。于是，低水平重复出版，缺乏自我淘汰机制，特别是缺乏社会强制淘汰机制的真正介入，难以实现学术期刊结构的优化。1990年代，市场化的巨鞭第一次抽打中国的文论期刊，中国文艺正在摆脱旧有的体制和轨道，产生了前所未有的生机与混乱同生、追寻与退却相杂的局面。文艺期刊尤其文论期刊纷纷转向或落马，生存于边远省区广西的《南方文坛》已经濒临停刊。面对市场化第一轮淘汰风波，1996年新上任的社长彭洋（1998年1月后，社长先后为陈运祐、蓝怀昌、黄德昌）、主编张燕玲接手的《南方文坛》，不仅在中国文坛默默无闻，而且经济极其困窘。但是，他们知道，中国文艺界对优秀理论刊物的渴求比任何时候都强烈。于是，他们决心背水一战，四处化缘寻求经济支持，而办刊打破地域界限，刷新编辑理念，即摒弃学术刊物惯常的"论文集"化，把"前沿理念、精品意识、批评精神、学术形象"熔为一炉，追求高品位、大视野，于开放创新中使《南方文坛》立足广西，走向全国。就这样，他们在中国文论期刊中率先以国际流行的开本、良好的纸质、新颖的排印、前沿的选题、新颖的栏目、强劲的作者队伍令人耳目一新，显示了学术上的理性自觉和经营策略上的优化卓越。在获得广西区党委宣传部的坚实支持和一些文化企业的鼎力相助后，改版初始的《南方文坛》犹如黑马闯入了1990年代中期文学批评的前沿。改版十三年来，《南方文坛》一直致力于充满活力的高品位的学术形象和批评形象的建设，高品位、大视野的学术风范以及特立独行的批评个性备受瞩目，成为近十多年来中国文坛一些重要文学活动的策划者、参与者和见证者，改变了中国南方的文学批评格局。它不仅推介了广西的文艺家（尤其青年文艺家），"催生了中国新生代批评家的成长与成熟"（《文艺报》2000.10.31），而且"集结起中国一支有生气的批评力量"（《人民日报》2000.6.17），使《南方文坛》"业已成长为中国文坛最具影响力的文论园地之一"（《新闻出版报》1999.6.3）。"团结和吸引了全国一批实力派批评家，成为我国文学评论界的权威性阵地。"（陈建功《文艺报》2006.6.11）

　　《南方文坛》改版十三年来的文章转载率一直位于中国语言文字、文学艺术类期刊的前十名，被中国新闻出版总署评为"中国期刊方阵·双效期刊"，第四、第五、第六届"广西十佳社科期刊"，获第五届全国当代少数民族文学研究"园丁奖"、广西人事厅颁发的文联系统集体二等功，2007年主编出版的《南方批评书系·无边的挑战》荣获第四届鲁迅文学奖。2004年始，为"全国中文核心期刊"、《中文社会科学引文索引》（CSSCI）来源期刊、《中国期刊网》全文收录期刊、《中国学术期刊（光盘版）》全文收录期刊、《中国学术期刊综合评价数据库》来源期刊、《中国核心期刊（遴选）数据库》全文收录期刊、《中文科技期刊数据库》收录期刊。《人民日报》《光明日报》《新闻出版报》《科学时报》《文艺报》《文学报》《中华读书报》《文汇读书周报》《羊城晚报》、中央电视台、新浪网、广西电视台等几十家著名媒体网络对《南方文坛》有高度评价，在海外学界也有一定影响，据2008年"中国知网"报告，《南方文坛》读者已分布30个国家和地区。

如果说《南方文坛》在市场化挑战中，第一轮以1996年改版来"以刊养刊"创立品牌并获得生存，第二轮则以2001年与广西师大出版社合作来"以业养刊，以书养刊"，并使品牌在高位上获得不断发展，那它在经营自身、扩大品牌影响力与中国文学批评生态建设上的努力，惟其艰难，也弥足珍贵。

一、以品质提升品牌影响力

首先，坚持文论期刊的专业精神和纯正的办刊理念。文论期刊是文艺性、学术性、专业性的阵地。办刊人要有高尚的学术情怀和艺术良知，才能把一个刊物、一个栏目办好。文论期刊的主编编辑趣味是极其重要的因素。一个文论刊物的审美趣味，容易造成一种文学史事实，所以编辑的趣味有一种潜在的文艺引领的职责，甚至是文艺史经典化的运作。文论期刊可能会成为未来的文艺史在形成期的良种库，因此，提倡编辑专业化与敬业精神相当重要。再说，刊物是文艺批评生产的一个重要载体和平台，只有文论期刊不断地推动文艺批评，文艺批评才能够保持纯粹的学术性和批评精神。《南方文坛》创刊以来就一直以专业化和敬业精神要求每个编辑，并以此经营杂志自身的生存与发展走向。既要把好关，又要站在中国的学术前沿不断研究探索文艺规律、文艺现象、文艺作品及其作者，致力于前沿的高品位的学术形象和批评形象的建设。这就为《南方文坛》提出了一个高水准的政治敏感度和学术深广度的问题。为此，创刊22年来，编辑部的工作始终保持着一种团结求实、求学与求新的氛围，一种精神状态的生机勃勃，一种勤勉的颇具创造性的敬业乐业精神，并把高素质的"专家型编辑"作为本刊编辑们的职业与事业追求，历任主编以及编辑都是广西著名的文艺评论家、作家和文艺界老领导。也唯此，《南方文坛》的编辑理念从"前沿理念，精品意识，批评精神，学术形象"到"人文理想，前沿批评"，才成为该刊遵循始终的理性追求；也唯此，《南方文坛》才可能为了文艺批评的建设，虔敬奔波，四处化缘，谋求生存发展，直至争取到与广西师大出版社的合作，显示了可贵的创业精神；也唯此，才可能团结一致为刊物要形象、要品位、要生存、要发展而艰苦奋斗。

其次，《南方文坛》一直致力于独特的高品位的学术形象和批评形象的建设，继续敏锐关注当下文艺及文化现象，倡导率真、精辟而富有良知才情的"绿色批评"。每期设置具有前沿性的话题批评。如改版初期的《本期焦点》（"本期特稿"）、《品牌论坛》到近年的《批评论坛》《个人锋芒》《现象解读》《对话笔记》《打捞历史》《文坛评述》等栏目，体现了自觉的"问题意识"和批评精神，获得广泛的关注；《理论新见》《新潮学界》《当代前沿》《最新文本》《当代文学关键词》《绿色批评》《当代艺术视角》则体现了杂志的学术品质；而作为批评刊物，既要关注创作、推出文艺理论新著，还要关注批评家，尤其青年批评家。从1998年开始，《今日批评家》栏目用近十年时间推介了这些新进的青年批评家：南帆、陈晓明、郜元宝、王干、孟繁华、李洁非、张新颖、旷新年、李敬泽、洪治纲、谢有顺、吴俊、王彬彬、戴锦华、张柠、吴义勤、程文超、罗岗、施战军、杨扬、葛红兵、何向阳、汪政、晓华、黄伟林、王光东、李建军、张闳、张清华、王宏图、林舟、臧棣、黄发有、贺桂梅、张念、李美皆、邵燕君、刘志荣、赵勇等等。通过不同个性的批评家对自己批评观的言说及其他批评家对他的再批评，1990年代文坛的批评家不仅有了展示自己的机会，同时通过再批评，形成批评家相互之间文学观念的交流、文化精神的对话，真正体现了文学批评的精神。批评界赞誉《今日批评家》栏目"催生了1990年代青年批评家的成熟"（《文艺报》2000.10.31）。更有意义的是，推介青年批评家的《今日批评家》与1990年代推介青年作家的《南方百家》两栏目的文字大多是些敏锐犀利而灵动理性的文章，几年的积累便形成了一种敏感、鲜活而富有生气、才情的批评文风，这便是文坛盛誉的《南方文坛》的"绿色批评"，由此"集结起一支有生气的批评力量"。2005年，休整了两年的《今日批评家》再次开栏，以推介更为年轻的"70后"批评家为己任，富有活力的新一代批评家又成为21世纪中国文坛一道绿色景观；旨在向批评前辈致敬的《评论家素描》，则以随笔方式为读者留存下评论大家的风骨风范风格和风情。从栏目设置到装帧设计始终实践"人文理想，前沿批评"的编辑理念，不断提升杂志的品质，使之汇入中国文艺的建设中。又如《个人锋芒》栏目，著名评论家李建军称赞它"为个人的思想和激情提供飞翔的空间，为尖锐的质疑和坦率的批评添培生长的沃土"，它与《批评论坛》栏目的转载率尤其高。总之《南方文坛》每期都策划两三个文艺热门话题进行问题批评，并获得广泛的关注，其中大部分被《新华文摘》、中国人民大学书报资料中心《复印报刊资料》以及《光明日报》《文艺报》《文学报》《文汇读书周报》等报刊转载和报道，还成为网络上的热门话题。改版十三年，《南方文坛》一直以一种学术的或者文艺批评的方式介入中国文坛，以此作为杂志的学术生长点，从而达到建设的目的。

最后，在装帧与版式设计上始终追求前沿性，在规范前提下，力求鲜活、典雅和大气，力显大家风范，并获得业内称赞，曾获首届广西装帧设计优秀期刊奖。《南方文坛》十三年如一日在封底推出前卫美术的创作和评点，其中不乏广西画家，尤其"漓江画派"，使刊物坚持显现多元并存和先锋性的姿态，以及坚持为不同艺术门类、不同学科的人文留出必要的空间，力求形成人文学科、文学艺术互动互补的大格局。艺术批评栏目《艺术时代》《文艺状态》，也是基于这种识见。

二、以活动扩大品牌影响力

作为"中国文坛的批评重镇"，《南方文坛》已以自身的影响力汇入中国文坛的重要文学活动中，是近十年中国文坛一些重要文学活动的策划者、参与者和见证者，并以此持续不断地扩大着杂志的品牌影响力。1998和1999两年在《文艺报》头版协办《先擒王——我看头条小说》，组织评论家对全国文学期刊的头条小说进行批评论说。1998年至今，开设《中国当代文学研究会专栏·文坛评述》栏目，点击当下文坛的动态和最新研究，其信息性深受读者欢迎。2001年11月，30余位《今日批评家》栏目推介的青年批评家会聚广西北海，与前辈批评家谢冕、陈思和、鲁枢元、夏中义、白烨、贺绍俊等对话，共同检讨和反省自己，从而总结中国新一代的文学批评，这是世纪之交青年批评家一次重要的群体亮相和群体反省。会上，谢冕教授、陈思和教授等名家提出："中国当代文学最有影响的两家杂志，辽宁的《当代作家评论》和广西的《南方文坛》，一北一南，承担着对中国文学理论的责任，它们不仅是地方的，更是中国的，是中国文学理论家之家。"（《文艺报》2001.12.4，《广西日报》2001.11.30）与中国当代文学研究会、《中华文学选刊》、南方都市报、新浪网等五家机构负责人联合策划组织评选的"年度中华文学人物"，持续了3年，引起国内文坛的瞩目。2001年始每年举办的《南方文坛》年度优秀论文奖已被专家认为"是中国文学批评的一项重要奖项"。2002年始与《人民文学》杂志联合举办的"中国青年作家批评家论坛"，评选年度青年作家批评家，每年10月举行，7年来已经成为中国青年作家和批评家的重要对话交流活动和品牌论坛，被认为是一年一度的"华山论剑"，已历时七届，在文坛声誉日隆。在"2006北京·广西文化舟"活动中，自治区党委和自治区政府使《南方文坛》作为广西的文化品牌之一，走进北京大学百年讲堂，向北大师生展示和研讨《南方文坛》与文艺桂军共生共长的历程。引起国内诸多媒体关注。2008年年底，《南方文坛》与国内20余家名刊共同启动"中国网络文学十年盘点"活动，网络反响热烈，《南方文坛》是唯一一家参与此项活动的理论刊物。值得一提的是，这些区内外的学术活动的经费，大多都来自杂志的自筹。这系列的批评活动既提高了《南方文坛》的知名度，也提升了杂志的学术品质，扩大了广西文艺评论的影响力；更为重要的是，作为"中国文坛的批评重镇"，《南方文坛》尽了它在这个时代应该作出的努力。

三、以经营再生品牌影响力

2001年始，《南方文坛》通过与强势的广西师大出版社合作，开创了优势互补、品牌共享、资源兼用、无形资产和有形资产相济的社刊双赢之路。世纪之交，中国各行各业正为加入"WTO"而加速市场化的步伐，期刊界面临第二轮淘汰。《南方文坛》的第二次选择是以品牌资源与广西师大出版社合作办刊，并于2000年签约，实现了"以业养刊"。

于是，《南方文坛》便在两个空间（自治区文联和出版社）中获得了更多发展的可能性，它以自己的行业品牌资源（品牌与强大的作者资源）为以出版精良的人文学科图书闻名的广西师大出版社提供支持，他们也以强大的经济实体和规范的经营坚实地支持《南方文坛》。尽管，合作尚未实现最大值，但是这条"以业养刊，以书养刊"的路子毕竟使《南方文坛》在前沿批评的高位上获得持续平稳的发展；这种强强联合，实现双赢的合作之路，是良性的发展。签约时，引起了广泛关注，不仅学者、评论家与作家钱中文、南帆、陈晓明、王彬彬、王宁、王干、苏童、毕飞宇、吴俊、费振中、董之林、吴炫、邵建等出席，新闻出版总署及广西主管部门的领导也来了。媒体称其意义不仅止于合作双方，也不仅止于对中国文艺批评的建设，而且为中国文艺体制的革新提供了一种参照系。双方进行了六年有效的书刊互动。《南方文坛》策划出版图书，协助出版社组到一些颇有质量的学术书稿，还主编出版了在学术界颇具影响的《南方批评书系》三辑八部：《当代文学关键词》（洪子诚、孟繁华主编）、《小说的立场》（张钧）、《无边的挑战》（陈晓明）、《无名时代的文学批评》（陈思和）、《学人本色》（夏中义）、《欲望的重新叙事》（程文超等）、《文学的变局》（吴俊）、《守望先锋》（洪治纲），获得了较好的社会效益和经济效益。其中的《当代文学关键词》成为中国高校文学教育和研究必备的工具书；《小说的立场》，作为青年批评家张钧的遗作，是国内第一部新生代访谈录，不仅畅销，还曾入围第三届鲁迅文学奖；《文学的变局》《无边的挑战》入围了第四届鲁迅文学奖，最终陈晓明的《无边的挑战》荣获第四届鲁迅文学奖·优秀文学理论奖，该书是国内最早系统分析当代先锋派文学的著作，最早探讨了中国当代文学的后现代性问题，是当代文学研究领域引用率最高的著作之一。多年来，《无边的挑战》的敏感与精辟，锐气与生动，始终令人振奋。

　　有论者如此评论这六年的合作：使《南方文坛》在"出版社良好运作的机制下，保证了刊物实现自己的编辑主张和编辑方向"，使之"不仅在办一份具有特色的评论刊物，而且也是在为当代文学史创造一个新的'关键词'——南方文坛"。（《〈南方文坛〉：为当代文学创造新的关键词》，《光明日报》2006.6.9）

四、与广西文学一同成长壮大

可以说，《南方文坛》和广西文学是在互动中共同成长、共同发展的。一方面，《南方文坛》的崛起为广西文学的发展提供了评论平台和理论支持，使广西文学迅速走向全国；另一方面，广西文学的崛起和创作实绩也为《南方文坛》提供了持续评介的对象和话题资源。正如王干所说："从广西的文学发展来看：不仅有八位富有生命力的青年作家，而且崛起了一种好的文学评论刊物——《南方文坛》。一个好的刊物对一个地区的创作关系非常大，其影响力可以改良文学的环境，有磁场，就有人气。"（《东西、鬼子、李冯作品研讨会纪要》，《南方文坛》1998年第1期）曹文轩也说道："很难想象，没有《南方文坛》和本土批评家对广西作家的大力发掘与扶持，广西文学会有今天的辉煌。"（曹文轩：《"先锋"与"艺术"的广西文学》，《北京日报》2006.6.13）可见，广西文学之所以能在全国迅速崛起，除了广西壮族自治区宣传部领导的重视和支持，除了振兴广西文艺人才的"213工程"和广西签约作家制，除了几代作家的共同努力之外，《南方文坛》的大力推举功不可没。

作为广西的文艺理论和文艺批评期刊，《南方文坛》自创刊以来始终把推介广西文艺作为办刊宗旨之一，特别是改版后突破以前单纯的地域性界限，它以对中国当代文学整体性的关怀和在宏观的全国背景上来关注广西文学、推介广西文学，把广西的创作让一些本身就在思考当代文学整体性、具备整体性把握能力的著名批评家去研究和推介。正如著名评论家贺绍俊在《南方文坛》创刊百期座谈会上的发言所说：《南方文坛》的崛起"首先在于它是一本立足于广西，却有着中国当代文学整体性胸怀的学术刊物。它不仅仅属于广西，而且也是属于全国的、属于当代文学的"。它改版伊始就站在当下的高度对中国当代文学进行审视，坚持吸纳不同创作风格不同批评个性的创作和理论，显示了丰繁而多元的个性。这种兼容性使它真正成为一份杂志，而有别于1990年代论文集化的文学批评期刊。《南方文坛》努力在批评和创作间、在广西与全国间架起一座沟通的桥梁。尽可能把广西文艺纳入所有栏目中推介，如《南方百家》栏目，五年里几乎囊括了长江以南成长于中国1990年代文坛的有代表性的新锐作家：韩东、东西、邓一光、李冯、林白、王彪、海男、鬼子、张梅、何顿、瞿永明、曾维浩、海力洪、张生、熊正良、荆歌、陈家桥、王静怡、艾伟、叶玉琳、刘继明、沈东子、西飏、潘军、凡一平等等。不仅让青年作家言说，还组织批评家进行评说。尤其把广西实力派作家与外省知名作家并置参照，共同处于中国文坛的大背景之下，境界阔大。1998年、1999年，还联合《广州文艺》更名栏目为《南方百家·两张帆》同期声式地由对方发青年作家新作，《南方文坛》发评论。这不仅取意于创作和批评是文学之舟的"两张帆"，也许还有些许对两刊主编同性别同姓氏之戏称（当时《广州文艺》主编是作家张梅）。同样的创意在2003、2004两年，《南方文坛》为帮助和提升南宁市的文学期刊《红豆》，又作出了同样的努力。这些密切关注文学创作的栏目，影响颇大，一时文坛传诵，媒体竞相报道，而且大部分评论都被中国人民大学书报资料中心《复印报刊资料》转载。

　　《南方文坛》对广西的文艺现象特别是对广西青年作家的推介是全方位的，在改版十多年中几乎所有实力、有影响的青年作家作品，以话题批评的集束方式，一直特约国内名家进行有点有面的研究和评论，组发文章，或以专辑，或以作家群，或以单篇论文形式刊载在刊物上推向全国，或策划开文学研讨会，即系列的活动、推介与每期设置广西话题并举。例如对于涌现于广西本土的"新生代"作家东西、鬼子、李冯，1997年年底《南方文坛》不仅联合中国作协创研部等单位策划邀请一批著名批评家来广西联合召开研讨会，还在刊物上专题研讨他们的创作得失，从此"广西三剑客"便成了中国文坛的一个名词，媒体称这是中国文坛对"新生代"作家首次召开的大型研讨会。又如主办或联合主办的"杨映川、贺晓晴作品讨论会""桂西北作家群研讨会""相思湖作家群研讨会""仫佬族作家群研讨会""天门关作家群研讨会""广西青年小说家讲习班""广西第二届青年诗会""广西长篇小说创作座谈会""广西文艺理论与批评高级讲习班""桂林文化城""广西诗群""北部湾画风""八桂书风""广西青年诗歌""北部湾作家群""广西文艺三十年""广西文艺六十年"等研讨会和系列活动，并持续十多年在封底推介广西画家，在国内文坛颇有影响。活动采取"请进来，走出去"的方式，请国内名家来广西与广西作者面对面，同时让广西的作家批评家参与到全国性的文学活动中，推出了人才也推出了作品，从而整体提升和推动广西文艺创作走向全国，扩大了广西文艺的影响力。

其中一些活动，《南方文坛》联动了广西文艺理论家协会共同举办。如与理协共同创立了广西文艺评论奖，办理协会员报，还推出了广西文艺评论最新成果，把广西文艺评论奖获奖论文结集为《南方批评话语》出版，还主编了《南方论丛》（广西人民出版社2004年版）一套8部文艺评论著作，包括陈祖君的《两岸诗人论》、顾凤威的《美的解放》、黄伟林的《文学三维》、江建文的《美的解读》、徐治平的《散文春秋》、吕嘉健的《兼美的文化批评》、朱慧珍的《民族文化审美论》以及张燕玲、张萍选编的《南方批评话语》等，这是继1996年《接力评论家丛书》之后最大规模的一套显示广西批评家阵容的文艺批评丛书。为推介广西文艺理论与批评成果与队伍建设作出了努力。

著名学者陈晓明说"广西的文学，不得不提到《南方文坛》。这份刊物已经成为当今中国文坛最有活力的批评和理论建构的重要阵地，不管是在文坛，还是在高校的文学教育中，它都扮演着举足轻重的角色。其面向当代文学前沿的那种鲜活的气派，时刻点燃着当代创作和批评前进的欲望"（《文艺报》2006.6.15）。这是过去改版十三年的《南方文坛》，也是未来在新的文化格局中寻求新发展的《南方文坛》，也唯此继续努力，才可能一直向前。

《广西文学艺术六十年》，广西人民出版社2009年10月版

与《今日批评家》结缘

——关于《我的批评观》

一代的文学，有一代的作家，必然也有一代的批评家。

"今日"不仅仅是年龄概念，更是时态，现在进行时，当下的。1998 年起，《南方文坛》以《今日批评家》为头条栏目，一期一人，至今 94 名青年批评家曾经从此栏目走过。推介彼时中国最年轻的批评新锐，即"凝聚批评新力量，互启文学新思想"这一编辑理念是在十几年的工作中不断形成的理性自觉，而且还在完善中。

这个过程历经 18 年，脚步蹒跚却屐履声声。

1998 年第 1 期开栏，我写道：

> 新年里，本栏将陆续把中国当下年轻的、活跃的、富有思想和学术品质的青年批评家以专辑形式推介给读者。此辑包括批评家的批评观（以卷首方式）、最新论文、对批评家的评介、个人学术小档案、近照等，以期汇集并学术地表现中国今日的批评家，他们是中国文坛批评界的希望和未来。

如此五年，好评如潮。而建议声也鹊起：前沿批评家差不多了，下去是否会滥竽充数？的确，批评家本来就比作家晚熟，于是，停了两年。而要求读此栏目的呼声此起彼伏，一浪高过一浪。2005 年第 2 期便续上，我在编者按中如是说：

> 《今日批评家》栏目从 1998 年开始，五年里以头条推介了实力派青年批评家：南帆、陈晓明、郜元宝、王干、孟繁华、李洁非、张新颖、旷新年、李敬泽、洪治纲、谢有顺、王彬彬、张柠、吴义勤、程文超、吴俊、戴锦华、罗岗、施战军、

杨扬、葛红兵、何向阳、汪政、晓华、黄伟林、王光东、李建军、张闳、张清华、王宏图、林舟等。通过批评家对自己批评观的言说及其他批评家对他的再批评，批评家不仅展示了自己的最新成果，同时通过再批评，形成批评家相互间文学观念的交流，文化精神的对话，从而体现文学精神。《文艺报》曾赞誉《今日批评家栏目》催生了九十年代青年批评家的成熟。在栏目暂停两年后的今天，我们将一如既往，以推介更年轻的批评家为己任。

于是，推介彼时更年轻的新一代批评家成为自觉；60后、70后乃至80后，意气风发，敏锐丰盈；才情思力，深长弥坚。他们以学术新知支撑了《南方文坛》。

我们知道，一个文论刊物有一种潜在的文艺领衔的职责，它会成为未来的文艺史在形成期的良种库。那么，全媒时代，进行文学经典化工作的文论期刊，如何为文学史的良种库提供文学良种，为当代文坛提供学术而鲜活的文学现场，催生一代又一代的作家与批评家，为学术生态和社会文化生态做出有效的建设，成了今日文论期刊面临的难度。而《南方文坛》身处岭南边陲，要想使这个中国文学批评版图，少些遗珠之憾，是艰难而永无止境的。我们唯有尽可能以多种渠道发掘新锐，寻找那些活跃在文学现场、颇具潜质的才俊文章，哪怕泼辣新鲜的批评文字出自在读博士，只要他面对文学现场有足够的真诚和个性、足够的敏感和活力，即使修为和学理有所欠缺；而栏目的包容性也须有足够的宽度与敏锐度，并因真切的爱心与支持而散发温度。那么我们所进行的经典化工作，就有了一份相对系统的关于文学批评的当下描述，并留给文学的未来。这份当下描述尽管不那么有力，毕竟也为文学批评这棵灰色之树，添生了几分绿意。也许可以说，在这个时代尽了自己的努力。

可见，编辑的过程便是编者与作者与读者相互成就的过程，任何创意在实践中都有一个不断完善、不断成熟的进境，最重要的当然是坚持，尤其当下的全媒时代，坚持更显珍贵。断了两年，终又续上；而且面向当下的、全国意义的、相对年轻的批评家，我们不敢言说"培养""推出"之类，只能说是在作"催生"的努力而已。因为这个群体，大多都是呼之即出的人物，浩浩荡荡，生气勃勃。是他们赋予了《南方文坛》"中国文坛批评重镇"的美誉，更激活了《南方文坛》创造力。18年来，我们共同成长，共同记忆，不仅仅批评文字，还有诸如与《人民文学》历时十余年的中国青年作家批评家论坛与峰会、与中国现代文学馆历经五届的《今日批评家论坛》、以《今日批评家》为蓝本和命名的中国作家网·批评栏目与网页等等，还有难以忘却的一次次相会。会上会下，个性与个性相汇，才情与义气相照，针尖与麦芒相对，对话与锋芒相应，感性与理性相生，思想与友谊相映，以及那些如血液般流动其中并充满淋漓生气的朗声欢笑和歌唱，乃至开心游戏般的深夜来电……许多时候，许多批评家来到南宁，不约而同说得最多的便是:《南方文坛》是我的娘家，我是探亲来的。是的，文学批评使我们结缘，并成为了亲人，一种志同道合的文学亲人。

于是，批评界赞誉《今日批评家》"催生了九十年代青年批评家的成熟"，"集结起中国一支有生气的批评力量"。2001年年底，近30名批评家相聚广西。会上，著名学者陈思和教授如此解读:"《今日批评家》年龄从南帆到李洁非往下挪，已经挪到年纪比较轻的一批批评家，他们正是我们九十年代——一个正值文坛变动时期涌现出来的很优秀的年轻批评家。《今日批评家》实际上是九十年代文学批评的一个道路、一个规则的清楚展现。它集结起一支如此有生气的批评力量，这不是一个一般栏目的问题。"

"这个栏目体现了《南方文坛》的爱心，这个爱心非常重要，现在作家层出不穷地出现，可批评家的出现非常难，需要我们的爱护。"谢冕教授深情款款。

中国当代文学研究会会长白烨的解读则重于当下性:"《今日批评家》栏目推出的批评家有朝气又有实力，他们已经成为当代文学批评领域的中坚力量。他们的出现与成长至少有两个显见的意义:第一，它表明随着文学创作的不断发展，批评新人正在健康成长;第二，新一代批评家更能适应多元格局的文化时代，更能理解层出不穷的文化现象，在解读市场经济下的文化，多元文化下的文学，可能发挥更为有利的作用。"

从1998至2014，已有90名优秀批评家从这里走过，并留下一篇篇华章，尤其不同个性的批评家以其敏锐犀利、才情思力、灵动丰盈地言说着"我的批评观"，近百篇文章累积形成了一种敏感鲜活、富有生气才情的批评文风，颇具1986年海南文学批评会议结集《我的批评观》的精神质地，令人爱不释手。

于是，便想把这些当期的千字文，以《我的批评观》为名编辑成书，一人一文一新简历，附上同期声，此乃当期其他同道再批评的标题，照片一旧一新，企望美文美图；试图还原历史，更在于描述和激励当下，还期待能通、续、连、接中国文学批评的文脉，以及对海南会议和所有前辈的致敬。

感谢广西师范大学出版社多年来的精神契合。

是为记。

《文学报》2015.6.4

《我的批评观》后记，广西师大出版社2016年1月版

有
我
之
境

八十年代的文学果实

——张燕玲访谈录

时间：2009 年 12 月 16 日

地点：南宁，广西文联

人物：张燕玲、黄伟林、张园园、花靖超

文字整理：花靖超、张俊显

黄伟林（广西师范大学教授）：我先给你预热一下，就是独秀作家群系列访谈的一些情况。我们学校王枬书记说与你说过了，你也很支持。我们广西师大是 1932 年就已创办了，如果要上溯的话，新中国成立前学校就有一大批名家，像陈望道、夏征农、穆木天、欧阳予倩等等。而且当时，夏征农他们还办了个杂志，叫《月牙》。独秀作家群可以说是一个谱系，它的历史接近 80 年，这里面的不少作家都是很著名的文艺作家。我们学校经历了广西师专、桂林师院、广西大学等阶段，新中国成立前的这批文艺作家在教书的时候也培养了广西本土的作家，比方说陈迩冬、蓝少成、林志仪啊；1949 年后"文革"前的有韦一凡、潘荣才他们这批人。我看到的中国作家协会会员里面，你是广西"文革"后毕业的第一个，在你之前，79、78 级好像就没有很明显从事文学创作的人；后面还有杨映川、黄咏梅。很奇怪的是，女性作家居多，"文革"后的独秀作家群是女性居多。

张燕玲：之前一直是男性作家居多。

黄伟林：嗯，对。独秀作家群是这样一个三代的、庞大的谱系，我们学校想做"独秀作家群"这样一个概念，出一本独秀作家群的访谈录，再出一本独秀作家群的评论集，可能还要开一个研讨会。这个访谈录的名字，可能会叫作《大学里的作家梦》。那么今天我们来采访你，就是想请你谈谈你是带着一种什么样的文学感觉进入广西师大的，最初你对广西师大是什么样的印象？刚进学校后对它产生了什么样的感觉？在这里学习生活的时候，师兄师姐、同学，以及师弟师妹们是怎么样的一种状态？还有一点是我特别关心的，比如说像林焕平、冯振他们这些在新中国成立之前受教育的老师给你们上课的情形。

张燕玲：其实进广西师大有一定的偶然性，因为从1980年，师大（那时还叫广西师院）开始进入第一批次的录取，师大我是后填的一个志愿。我原来比较想去中山大学，因为我哥哥当时读理工科进了中大。刚进师大时还有一点勉强，对学校的感情是逐渐深厚的。一是，满校的桂花。9月中旬报到，我就被满城的桂花吸引了。我是贺州人，贺州也有桂花，但是没有这么多，以前的老中文系——那时候三里店很陈旧嘛，据说前身为越南学校，现在已经面目全非——路的两边全部是老桂花。桂花路一直伸到宿舍门口，正是桂花盛开的时候。我从小就喜欢花，一下子就被迷住了。二是，大龄同学的帮助和激励。接我进校门的是老乡77级的谭伟，他敦实的个头，大眼睛亮亮的很聪明的样子，记得他是拿着名单叫我的名字，我一面小声应着一面不好意思叫了声"老师"。他哈哈大笑说他也是学生是77级的，是从新生名单看到我这个小老乡的，不过叫老师也行，他指着身旁那位貌似农民的人说："我们俩老乡都是中学老师考上学的，他是78级姓李，快三十啦。"天啊，年长我十多岁，还是老师。开学后集合才知我们班也是，从我等17岁到27岁覃小曼（也是中学老师）济济一堂相当不易，这是今天学子难以想象的，他们都有各自的时代伤口上的青春。而且一开学，这些老大哥老大姐的刻苦，尤其78级李学长农忙时还得把年幼的孩子带上，以便让乡下妻子夏收夏种。他说他当中学教师时就这样。学校也相当人性，尽可能为他提供便利。如此情形，在我们大四时，还见过一位单亲母亲领着读小学的女儿在师大读研究生。读书的空气真的很浓，大学生们真的是惜时如金，拼命读书。就是谭、李二位这样的老乡学长们的不时引领和点拨，我日益喜欢学校。

黄伟林：当年我们北师大也有这种年龄差异，你当时考大学成绩考得蛮好吧。

张燕玲：不太理想，但肯定不止上师大，我们班不少这样的情况：都是可以上外省的重点大学的。我们宿舍都有三个，有一个特别想上武汉大学，是柳州的，结果也就是最后一个志愿，就进来了。

黄伟林：那年师大是优先招录的。

张燕玲：对，就是1980年，我们是第一年。我和你们黄老师（"你们"是指张园园和花靖超，"黄老师"是指黄伟林。下同。）有一点是同样的，他也是80级，身上都有这种1980年代情结，我们都是八十年代的文学果实。我觉得从他做人作文都呈现这种情结，我不知道他承不承认。但是在我的认同里，尽管很多人也是成长于那个年代，但是很多人身上的这种1980年代的东西却不多。那1980年代是一个什么样的时代呢？回望过去，回望来路，我想，还是个很浪漫的文化复兴时代。从文化主题上来说有三个方面：一是理想主义。我觉得你们这本书的名字取得很好，就是"作家梦"。尽管开学典礼，系领导训话就明确培养教师，不鼓励创作。然而读中文系的大多有些文学细胞，文学不仅是我们的专业，更多时候是梦想。我们这一代人，早前的学养是有缺失的。我们和你们黄伟林老师不一样，黄老师是有家学，他父母就是我们师大历史系的老师，他比我强。当年我们是疯疯癫癫，嘻嘻哈哈，玩着长大的，虽然也喜欢读书，喜欢文学，包括作家梦。心怀各自的梦想，在学校里激情，纯粹，热血澎湃，办文学社团，油印作品，散发演讲宣言，竞争学生会主席，朗诵演戏，此消彼长。这份理想主义潮流涌动在整个时代。二是大环境的"拨乱反正"。就是说把过去我们"左"的、"十七年"的、"文革"的东西进行反拨，这是很社会学、政治化的概念。也正是在这样的概念下，全民，包括我们这些学生，每个人都反省自我，批判自我，批判传统，批判历史，批判社会，就是这样一个氛围，这是时代的第二个主题。第三个主题呢，就是改革开放，向西方学习。当时整个社会大家都觉得自己知识准备不够，封闭已久的国门打开，什么都新奇，什么都拿来，不管看不看得懂，明不明白。今天回头看，真是疯狂死了。比如1985年是方法论，谈什么都是这论那论的。包括整个八十年代，一个接一个文学思潮过来，都是深受这三个方面的影响，才导致了这一个个文学思潮的推进，大家都很积极地向西方学习。我想说说因和果了，其实万事万物都是有因果的，由于当时这么积极甚至盲目地去吸收西方文化，所以导致我们现在，我们这一代人对西方的这种学习到了一种极端，就是全盘搬进来，食而不化。当时我们的老师大多都是刚"解放"归位不久，他们对西方文化的了解并不比学生知道的多很多，便出现教学相长的现象，尤其一些老大哥跟老师兄弟般的交流与友情，在今天是很难见到的。

黄伟林：当时哪些老师教外国文学？

张燕玲：那时候，外国文学老师们也一知半解的。有趣的是，同学和老师的教学相长，所以就导致了前面说的因果，就是接受是过于盲目和食而不化，导致我们的知识谱系不是很明晰，我们自己对自己的传统文化比较模糊。我最近在广西电视台做了个读书节目，评说《溯源系列丛书》时，我就提到这个问题。溯广西文化之源，这套书，我觉得做得特别好，广西人民出版社出版的。过去我们向西方文化的认同，过于积极；而西方却对我们的文化知之甚少。同时由于历史的原因，我们的精神谱系不明晰。于是，向传统文化的挖掘、传承与张扬成了今天知识界、文化界复兴中国文化的文化自觉，从而树立我们自己的文化价值和文化自信心，把我们的文化传播给世界。丛书寻广西文化之根，颇具文化价值。这也是广西知识界文化界弥补八十年代留下的历史任务。这是历史也是现实，因为那时不搞改革开放，就不可能有八十年代积极的浪漫的理想主义，不可能有文化的复兴，也更不可能有今天中国的发展。因此，不管怎么样，整个的八十年代末都是一个青春、狂热、激情的时代。我觉得现在已经没有了这种近乎信仰的东西了。我们都很怀念这个激情遍地的时代。这种对文学的信仰，对理想的追寻和坚持，一直在影响我，也在影响我们一代人，近乎 30 年了。我想，这也是今天"士林"里，那些远离功利、理想不灭、坚守立场、沉潜志业的人们，能挺立一身"士林精神"的因由，他们包括微小的我们，都是八十年代的文学果实。

至于林焕平先生，他很少在系里，也不太上课，偶尔来上一堂讲座。当时给我们上文艺理论的是蓝少成先生。那时候我们先办中文系的诗社，然后再去办全校的诗社和文学社。无论是系诗社，还是文学社，我都荣幸为首任社长。77 级、78 级有很多优秀的学生，像许杰、许定国、王丹娅啊，当时很活跃，许杰是中文系的学生会主席，常写剧本演话剧。我们 79、80 级以后的人喜欢写东西，77、78 级的师兄师姐们喜欢演戏。学校每个学期有一两次的联欢，系里更多些，许杰他们都要演话剧，除了创作的还演经典剧目，易卜生《玩偶之家》啊，鲁迅的《过客》，一次还把我们宿舍漂亮的唐林拉去演《过客》的女孩。当然 77、78 级还有一拨是埋头读书的，如王小云、蒋述卓等，后来都成了著名学者。当时就处在这么一个状态，他们为什么没有成立系诗社、文学社什么的，我也说不出所以然。我是二年级的时候就开始做系诗社了，三年级做校诗社的。

黄伟林：当时是怎么成立的，来龙去脉谈一下嘛！因为我们都不清楚，就给我们讲讲故事吧。

张燕玲：具体我都不太记得了。当时有一批文学细胞活跃的同学，私下里写一些小诗啊。那时候我也是胡乱写，还喜欢朗诵。其实今天回头看，那哪是诗啊，不过是青春而已。我们就一帮人，当时有几个人诗写得都比我好，他们也都发表了，像唐建国、罗贵昌、刘频、张谦、龙子仲啊。还有个历史系龚永辉，现在是广西民族大学的民族研究所的所长。他的功课不是太好，但是他真的无比热爱文学，最为疯狂。大家有时候就碰在一起，后来几个人说成立个诗社，系里也觉得可以。那时候和其他大学都有交流的，我现在觉得很可惜，装那些信件的箱子，在九十年代初被白蚁咬成灰烬了。当时很多人给我写信，什么信都有，真是疯狂，还有校园诗人，从全国各地跑来学校找我们。我们的诗社叫芦笛诗社，为什么呢？就是受艾青的影响，"艾青从欧罗巴带回的芦笛"，我在创刊卷首如是说；还有一个，是因为芦笛岩。我们当时很笨也很浅，其实就应该叫"独秀"。我刚一离开学校就意识到的，"独秀"，多好。这确实说明我们那一代人是很感性而却乏理性学养的，眼光瞄着西方的影响，向西方一边倒，深深着上了这个时代的痕迹。很多诗社以后还长期通信，当时王小妮她们那个辽宁大学诗社，有个叫吕贵品的，还有安徽师大的等等都来找过我们。我们经常搞一些联欢，特别跟桂林市"新诗社"，就是刘桂阳他们啊，曾有云、吴昌民、毛荣生、李超英啊。我们经常周末在一起野炊谈诗。那时候我太年轻了，根本不懂事，而像龙子仲、张谦，当时在学校是比较傲气的，他们那一拨人都很有性格，但是他们都叫我学姐。我们的封面设计是 81 级的卢建忠，内秀、沉静、喜欢美术，课余负责分部广播站并住在那里，做社刊就在广播站小屋里，小屋对面是食堂，很方便。当时就是这样子，大家一边玩一边搞起来的，是带有玩的性质。后来系里团总书记王建周老师就找我说，哎呀，你先发动起来看看自愿报名，先是中文系各个年级报名，成立系诗社。随后王老师兼任校团委副书记，建议我们在中文系基础上成立校诗社，也是先各系报名，成立校诗社。其实，我还真不是因写诗好而当的社长，一半是系里定的，一半是有些人缘。我们几乎一个月里头搞一到两次活动，到七星公园去，还有谁写了诗便拿来大家讨论，稀里哗啦地提意见，激动起来还会莫名其妙地就又吵又哭又笑的，照样不误友情。这便是青春了。

黄伟林：就是等于说这个诗社成立王建周老师起了作用，那有没有专业课的老师介入？

张燕玲：王建周老师起了关键的作用，他建议我们成立诗社，他是以团组织的名义提出。那时还很少什么民间啊自发啦，师生是一体的，就是前面提到的教学相长。专业课的老师呢，就是冯振了，我们是请他当顾问。我现在找不到他给我题写的信和题词，我当时没有这个意识。还有几个具体直接指导的老师，像蓝少成、黄绍清、姚代亮，还有写作课的几位老师，也是顾问。桂林市里就是曾有云、樊平、秦国明，秦国明写古诗的。

黄伟林：秦国明是那个山歌王？

张燕玲：对，是那个山歌王。搞活动时，他与那些来自农村的同学，说着说着就唱起山歌，在当时是很新奇的。我当时不懂，只觉得好土哦，但很有味道，真的，当时我们确实受时代西风的影响。记得是在尧山，他就咿呀呀唱起来，我就觉得不那么好听。但是他那么投入，那么动情，又很感动。我们那个年代的年轻人对什么东西都好奇，都想了解，但是也都只知道一点点，不像现在的学生有那么多的理性自觉。我们那些老师，因为才刚刚解放不久，他们自己也在一个重新学习的阶段。后来我们联络了桂林市高校的诗社，就在王城大礼堂搞了一个活动，朗诵诗，都"疯"掉了。那是大学四年级了，当时桂林市的几所高校诗社都来了。

黄伟林：当时朗诵的诗歌你还记得吗？有几首？

张燕玲：时代色彩太重了，比如说朗诵张海迪之类，也有一些自然的诗，像"大海的落日像英雄一样悲壮"，类似种种。当时朗诵的都是我们自己的诗歌，个个意气风发，每人都误以为自己写的是诗。当时还真是有这么一个磁场，那时我还是学校团委的宣传部长，在系里也做过团总支的组织委员，一进校时我们一班班长是沈明——就是现在的区党委宣传部的副部长，团支书是邓义昌。二班，陆卓宁和张卫他们是搭档，一个是书记，另一个是班长。每班60人。当时师兄们给我印象深的，写诗方面是 79 级的刘频、刁其龙。我们年级是罗贵昌、唐建国，唐建国在《诗刊》和《青春》都发过诗歌。刘频现在还写，他已是广西著名诗人了。唐建国现在在保险公司工作，出了诗集，不久还在《广西文学》发诗歌。81 级的张谦、龙子仲、韦桂萍，还有骆丽。还有就是数学系的蒋菁渠、历史系的龚永辉了。我很佩服龚永辉，率性热烈执着，很有个性。经常就是不上课，找到一点钱就去做民俗调查。有时候经常缺课一两个月的。他年纪比我们都大，五十年代出生的。他一"发烧"起来，激情之下可以三天三夜不睡觉，我们每个人困得都低下骄傲的头了，他依然激情澎湃在那里挥着手很有感染力地说。

黄伟林：那历史系是在王城校区，你们其实都还在王城这边。

张燕玲：对啊，很好玩。以前中文系女生宿舍围墙与七星公园隔着条马路，我们女同学都学会爬墙了。爬过去就进了七星公园，穿过公园过解放桥就进了王城。深夜刚从分部回本部的龚永辉，激动之下睡不着他又原路跑回分部，去敲龙子仲的宿舍，把他们给掀起来，不管他人是否睁开眼，又海聊一通，真的是激情燃烧的岁月。其实，那时学校的纪律比较严，不许这不许那的，不许谈恋爱啦，女生不许戴耳环，男生不许留长发诸如，等等。我们年级有位很有灵气的男生，留了过耳长发（今天看实在不算长），年级主任要他剪，他就是不肯剪，成了系里的大难。突然有一天，他出现课堂则是把头发连同眉毛一起剃光了，一片愕然。这在当时算是很反叛的了。这便是那个时代。什么东西都是半生不熟的，回望当年，自己天真也肤浅得很，要是那时学养再深厚一点我们就会把诗社叫"独秀"，真的遗憾啦！后来广西的青年文学奖，就叫"独秀"文学奖，每两年奖励一位青年作家，我是第二届（1994 年）得主。

黄伟林：文联蓝怀昌主席就是因为这个叫你"张独秀"的吧？

张燕玲：是呵，叫了十几年啦哈。回到那个时代，我还珍惜其中一个很可贵的东西，那就是纯洁的友谊。无论老师还是诗友们，都有特别珍贵的友谊，现在这点就不如当年。那时任何问题都可以讨论乃至争论，面红耳赤的也不会伤及友情。这个说你写得真臭，你不同意可以辩，最后大家七嘴八舌动手改，或者你不认同也就不改，相当率真。师生之谊除了教学相长，还包括周末的郊游（以讨论和谈读书居多），乃至在食堂打了饭路过老师家，进去遇到吃饭便上桌。我也不时有这种疑似蹭饭的经历，蹭得最多者王建周老师也。这个境界，多少有些孔子"友直、友谅、友多闻"的意味。朋友间应是直率，说真话；是朋友，无论你说什么总会互相谅解的；朋友越有见识，我越与他为友，就是向他学习，谦虚谦卑，有一颗相互学习之心。我觉得现在这个时代，跟1980年代比，在这方面是相差很远的。所以有时候我跟你们黄伟林老师说，我们做批评的非常难，真得很困难，很难讲真话。尽管我努力保存这种精神，却还是很容易得罪人，但是我认为这是批评的本色，一定要坚持。我坚持的这种理念和信仰，包括这种情结就是那个时代给我的，所以我非常感激在师大的四年。前段时间《桂林日报》做了我的专版，其中有一段致桂林读者的话，我表达了这种感激。

黄伟林：哦，《桂林日报》？（接过报纸）我记下时间：《桂林日报》9月2号，2009年的。

张燕玲：对对。就是想表达我的这种情感，那是我的来路、我的起点，我是受惠于桂林与师大而展开自己那份写作人生的。这是我的背景，我也一直心怀着这种感恩之心。而且，临出校门，老师们还扶我上马，送上一程。分配到自治区干部业余大学，还推荐到广西文联首届青年文艺评论讲习班，这个班以培养青年文艺评论家为己任，15人，来自全区各地工作岗位并已有所成绩，其中广西各高校推荐一名，我便是师大黄绍清老师推荐的，别校都是老师，就我是最年轻刚毕业，还没有报到，更没有成绩。学长们像彭洋、蒙海宽、李建平、樊克宁、银建军等，后来都是广西的批评界的中坚力量。我当时不过搞了诗社写了点如今看来不算诗的诗，写过一篇关于陈雨帆的小说《冰棕榈》的评论（后来发在《三月三》，很稚嫩的），是黄绍清老师让我写的。他们就觉得这个评论有点基础和潜力，黄绍清老师推荐，区文联便通知我来了。

班上有三位女生，一是艺术学院的丁小伦老师，另一位便是《广西日报》理论版的编辑樊克宁，现在是《羊城晚报》的首席记者。

黄伟林：那你们等于就是广西文艺批评班的一期。

张燕玲：对，"黄埔一期"哈，而且后面也没有了。当时是广西文联主办，地点设在自治区党校，住宿，半个月还是20天记不清了，结束后每个人写一篇文章，《广西日报》也发，《广西文艺评论》（当时的内刊，就是《南方文坛》的前身）用了半期给我们这15个人每个人发一篇东西。所以说，1984年就是我评论生涯的起点。我这辈子都会记得黄绍清老师，是他给了我这个起点。这个班之后不久，1986年，我就去了北大进修，北大的学习更是影响至今，包括真正地向西方学习。

回到诗社。1980年代是中国当代文艺的理想时代，也是桂林当代文艺复兴的时代，市里不少热爱文学的年轻人，他们很多都是新老三界，插过队啊，在工厂、机关、报社的，他们都业余写作。

黄伟林：你们是怎么走到一起，完全就是因为文学？

张燕玲：诗社活动。当时人真的很好，浪漫重友情。比如说你写诗哦，你今天说我明天要去哪里，你一说，这个消息就传遍了你的相关链，别的学校的人就会来找你的。像桂林诗社，就是姚代亮老师带过来的。当时考大学很难的，这些人都没考上大学，他们就上函授，上职工大学。姚老师也是他们的老师，中文系大多老师都是。他们喜欢写，姚老师就说师大有一大批哦，他们就自己找上门来了。要知道，他们都比我们大十岁左右，有家有口的。

黄伟林：姚代亮老师就是一个中介，一个桥梁。

张燕玲：就是。他们说我们的老师也是他们的老师。后来与这批文友保持了近十年纯洁的友谊，1985年"新诗社"社长刘桂阳，到南宁改诗稿，即《含羞草》丛书之一《爱之歌》，就常常在我南宁的宿舍讨论的，还有林白、黄琼柳等等。我有一次回家路过桂林，还在他家住过一夜，他太太也与我很好。不单是他们，陆军学院也有一大批，1983年，有一次他们就找上门了。整个桂林市全都联合在一起。

383

黄伟林：陆军学院也有诗社？

张燕玲：对，陆军学院有诗社，那正好是1983年，是中国第一批大学毕业生上军官学校。他们这两个班来自中南高校（即广州军区辖管地的高校），像广东、湖南、海南、广西的高校啊。像这些人来到陆军学院，也是闻风来找我们的。就是这样，当时的文学风气真的是很奇妙。前三年就这样一边学习一边玩。后来我突然间自己就醒过来了，与刻苦学习的大龄同学相比，实在太贪玩了。当然这种文学交流和学习，后来对我的影响很大，但是我突然觉得还是多了，读书的时间少了。我就从四年级以后，就不太做这些事，交给了张谦、龚永辉他们了。我就用一年的时间钻图书馆、资料室什么的，我那年看的书比前三年读的书还多。

黄伟林：就等于是前面三年更多的是从事文学活动，然后四年级开始文学创作。

张燕玲：嗯，前面就是做一些文学活动，后来好好地读书。

黄伟林：那你觉得，在大学期间，看的哪些书对你影响特别大？

张燕玲：我当时主要是恶补课堂讲过的经典。另外当时有几套书是令人开眼界的。比如说当时，那个叫什么啦，四川出的？

黄伟林：《走向世界，走向未来》。

张燕玲："走向未来丛书"。还有"五角丛书"。那时我买了很多，五毛钱一本嘛。

黄伟林：那在那些丛书里面，你觉得哪本影响最大，哪两三本？

张燕玲：好像有几本，主编是包遵信吧？

黄伟林：包遵信写过，还有金观涛写的那个。

张燕玲：对，金观涛的《在历史的表象背后》，还有一本《现代物理学与东方神秘主义》也很著名。他们这批人影响了一代人。但是我们当时在桂林读书，跟在北京读书的黄老师读肯定不一样的。这是我1986、1987年在北大深刻体会到的。

黄伟林：这套书其实差不多已经是我们要毕业的时候才出来的，"五角丛书"更加晚。

张燕玲：还有一套小小的《中国古典文学基本知识丛书》《中国古典文学作品选读》，我是在学校就买了，比如说屈原一本，唐诗宋词各一本，普及型的，薄薄的一本，对无知的我们很实用。

黄伟林：我知道，我知道，就是张葆全他们都喜欢的，上海古籍出版社出版的。

张燕玲：对啊，这套书对我影响不小。现在回头想，那时候，学生很穷，这些小册子大都是饿肚子买来的，而且常常是排长队买的。刚才说到学校与学校之间的区别还是大的。因为才相隔一年，我去北大一年多学到的东西肯定就多许了，当然这种学习是建立在师大打下的基础上的。那年，还有什么《理想的冲突》《外国现代文学批评方法论》《20世纪的中国文学》《梦的解析》等等，之后的《性格组合论》《美的历程》……

黄伟林：《理想的冲突》，宾克莱写的嘛，我也好喜欢那本书的。这本书，实际上我也是大学毕业以后才看的，是我在桂林无意中读到的，完全是无意中读到的。

张燕玲：所以我们这代人呢，还是有些标志性的东西的。

黄伟林：对。我想问问贺祥麟给你们上过课吗？那平时你们跟他有交流吗？

张燕玲：贺老师没给我们上过课，因为他当时刚调外语系去做系主任。贺祥麟老师对我的影响主要在《南方文坛》时期，我请他给我们杂志翻译英文目录，一直到今年才停止这个工作。其实他不愿意停止，为什么呢？他说他是想通过翻译学习新知。英文目录也就一页，这么微小的工作，他坚持了近十年。他说每次一拿到新一期杂志目录，都有些生词，每期我们都要通电话讨论，包括一些新的好的书，推荐给他看。他活动多，要出门前总给我来个电话说：燕玲我要跟你请假了，我最近要去哪里，什么时间在，到时好把目录给他。师大出版社时任社长肖启明听到我还让贺老"干活"，善意劝阻我婉谢贺老了吧。我说，即使住在医院里，贺老也是乐呵呵地不肯放弃这份"一页纸"工作，他要以此方式保持不断学习的姿态，以此为一种压力和动力。如此对知识的敬畏心和不懈的学习精神，令我们这些后生心生敬意并羞愧有加，我在别的文章说："贺老令我明白学习与工作是如此美丽。"而且，他的乐生心态与旺盛精力很具感染力，无论工作，还是出门吃饭聊天，甚至住院病房，只要跟他在一起都是很愉快的，他不时聊发少年狂的言论与行动，常常令我们大家开怀大笑，迟迟不散。记得有一次，他来电话说想跟我谈点什么事，我说行，我们一起吃顿饭吧。然后我叫上我师姐作家冯志奇（"文革"前他的学生）一起吃饭。吃完饭在饭店门口，我俩说打个的送他，他说了声"不用"，就从旁边推出一辆自行车来，"锵"就跳上去，飞快骑走了，把打的来的我们姐俩惭愧得要死。那时他已经80来岁了呀。贺老师就是这样一个充满活力、开阔朗健的人，不仅睿智博学，还浪漫多情、率真风趣，知道什么是学习、什么是生活、什么情感要珍惜。当然有时还天真得可爱，我有时也调侃他居高位久了，影响了他本来的质量。我还记得，他儿子黄河，也喜欢诗。我们八十年代诗社时，住在系传达室的黄河偶尔会加入我们的诗歌讨论，黄河现在在智利。

黄伟林：那你当时上学的时候，比如说你刚才讲的蓝少成老师、黄绍清老师呢？还有啊，像冯振啊，林焕平啊，你跟他们有交往吗？

张燕玲：我跟林焕平老师有些交往，就是去看看他，跟他说说诗社。但是更多交往呢，是做《南方文坛》后。记得九十年代初，我与当时的主编李超鸿、编辑部主任蒙海宽到桂林他家里，刚坐下，他便问李主编准备好笔记本没有，李老师说好了，他才开口说话。他总有一些想法也常要求我们必须发他的文章，无论是否适宜。他1991年出版《林焕平文集》时，正遇广西开文代会，我那时在会务简报组，他要求我帮他卖书，尽管为难，会余我还是在南宁饭店饭厅与大堂间放张桌子帮他卖了一部分。嗯，老人家挺有意思的。

黄伟林：那比如说像你们在读书的这时候，比如说课堂上，给你印象深的老师呢？

张燕玲：我们都喜欢胡光舟，当时没见过这么有才气、风流倜傥样子的，还有上《诗经》的黄素芬老师，特别温婉感性。才子型的还有姚代亮、沈华岱夫妇。学者型的，比如说张葆全、张明非等。那时候张明非刚刚调来，她首先上的第一节课就是我们班的课。

黄伟林：那第一节课你们感觉怎么样啊？

张燕玲：很好啊，因为她普通话纯正嘛，广西人都觉得好听啊，她一副女学者的样子，刚从北京过来，皮肤特别白。大家都觉得真的幸运，第一节就上我们的课，呵呵。才华方面，我比较认同姚代亮老师。沈老师也上过我们的课，沈华岱。

黄伟林：那姚代亮老师上你们的课，你们有什么感受？

张燕玲：挺好的，我们蛮喜欢她的，她也属于懂学问、能工作、会生活、有才情的那一类知识女性，我喜欢并敬重这类女性。现当代文学呢，苏关鑫也上得不错。也有一些老师是被我们轰过的，那时的我们真是任性，也说明当时的教育有一定的民主。期末我们都要给教师打分，好或者不好，不好为什么不好。有不少同学尤其男生给上《文论》的赵老师打不及格。其实赵老师相当敬业，上课很投入、很激动，他不时上下舞动手足，自语不断。一些男同学就说他像在捞鱼，像是摸虾。还有一位第一次上讲台的助教，因为文艺理论的蓝少成老师病了，顶替的助教口音很重，还很害羞，紧张得手发抖满脸是汗，老是开不了口，男同学们便起哄，以致助教老师没讲什么便匆匆离去。当时候我们真的是少不更事或说是无知无畏，特别能起哄。当时就这样一种状态。复兴又还没走上轨道，有幸也有不幸，不幸就是我们的根太浅，还不知如何学习。你看像我们的先贤，比如夏征农这一批人，我们跟他们差得太远太远了。但是我们的"有幸"在哪儿呢？就是我们又比"文革"中成长的一代幸运，我们赶上一个文化复兴的时代，并上了大学。最重要的是，领受到这个时代的精神，并从此深深地种在我们的骨子里头，特别是你能有所感应、有所共鸣，你就能在精神上获得成长。很多人感应不到，可能也就错过了流失了。但我们喜欢文学的人，感应到最内核的那种理想主义精神，然后影响我们一辈子。所以到现在，无论我遇到什么，无论我做什么，我都觉得有一些东西就在心底，第一支撑着我，第二约束着我；令我有所敬畏，并向前走下去。所以我是很感谢这个时代的。八十年代是个不平凡的时代，包括做人作文的品格，尤其个人的品格、心性和立场，根就在这里，就在这个时代，就在诗社里，就在师大里，就在桂花香里。是的，真是这样。所以我说，我是广西师大的文学果实，是八十年代的文学果实，尽管青涩，但我心怀感激。

张园园（广西师范大学研究生）：张老师您提到，师大的桂花香，那你对师大的那个建筑啊或者哪条路啊，印象比较深刻，或者说是非常喜欢？

张燕玲：当时喜欢，还是王城。我们当时很愤怒的，这么有感觉灵气悟性的中文系没能在王城里。我当时还不知道这个王城与石涛的关系，只知道与清末科举与孙中山演讲过有关系，尤其这么漂亮的古建筑，这种中国风格、传统气派和人文意味。还有独秀峰，我们诗社经常去爬独秀峰。当时怎么就没想到我们应该叫"独秀"？我们去爬过啊。去得最多的，还是七星公园。为什么呢？因为七星公园里，骆驼山旁边那片草地很好，有野趣。旁边不是有一株日本熊本市种的"友谊树"樱花树嘛，树旁有亭台，有很多石板凳石桌子，可坐可写呀，感觉很好。分部呢，就比较破败，听说前身是越南学校吧，后来到越南，这种建筑真的很多很常见，当然越南建筑不如柬埔寨，柬埔寨的建筑是很有味道的。分部最喜欢的还是桂花树，连吃饭走的路，两边都是。现在还有那么多吗？

黄伟林：没有那么多啦。因为房子挡了。比如说以前我们那个时候，它当时那个桂花树，甚至比如说你从你住的宿舍一直走到吃饭的那个饭堂。

张燕玲：到处都是，两边全部都是。

黄伟林：以前路旁边两边都是桂花树，然后那个路很窄，下雨天基本上就可以走。

张燕玲：可以走，不要雨伞就可以。那是小路。树叶在天上全部相握着，美呵。

黄伟林：当时住的那个楼，与留学生住在一起的啊？

张燕玲：没有，留学生是在我们隔壁楼，原来连着，后来找他们学口语的人太多，学校便砌了个墙，开个门什么的。我曾被挑去陪学，很短时的，就是傍晚陪留学生散步相互学习语言，后因我的英语太次（属于刚及格那种）自己放弃啦。对面就是单身老师住的。中文系都堆在一起，包括中文系资料室、图书馆，在前面一栋。我们住二楼，我们年级是与77级一层，然后79级跟78级在一楼，中文系女生楼啊。大家就处得很好，而且呢，当时跟高年级的友谊，有的到现在还保持着，比如说79级的秦敬德，一直以大姐方式关注我，我们同是系团干时结下的友谊，一直可谓藕断丝连的，平时也没什么联系，但是偶尔一见面，相视咧嘴一笑，就贴心贴肺、知根知底、彼此信任的样子，很温暖的。这是八十年代的馈赠。现在你很难说，人人都很深的样子。

黄伟林：对，那是一个没有提防的时代。而且那时大学生少，大学生可以说，都是同志，志同道合。

张燕玲：然后呢，就是随便到谁的宿舍里头，尤其到本部女老乡处，聊着突然间不能回去了，就马上钻到床上，大家就可以挤一挤。没有任何计较，有什么吃什么，口渴了，见到你喝水，马上抓起来就喝。现在谁这样做的话，人家肯定说你二百五、十三点啊什么的。所以有时候现代性是双刃剑。

黄伟林：那你们这个刊物《芦笛》当时办了几期？

张燕玲：就是一期，就没有了。当时我们都是自己筹钱的噢。捐的，我们诗社社员自己捐。而且我跟你说，当时没日没夜，我跟卢建忠，两个人，就是一点点校，一点点去刻，当时就是刻钢板的，然后滚筒印的这种。《芦笛》很单薄吧。张一雄老师当时还与学校印刷厂很熟，他就帮我们联系印刷厂印，这在当时已经很好，很豪华了。我自己那时候也学会刻钢板，平时诗社作品、资料等交流都是社员们刻的，卢建忠刻得最多。对了，书法家伍纯道也很支持我们，他为我们题的刊名，出校门后，他也关心和支持我。

黄伟林：但是这两个字已经很不清楚了，你看这个"芦笛"。

张燕玲：我家里那本可能好点，当时套色原始，再说刊名的浅黄色不醒目也轻浅了，可是，我们兴奋极了，极少有诗社能印集子的呀。现在我只有两本。你看当时还有一个错字，我写的刊首寄语中"弧光"误为"孤光"了。

张园园：张老师，您不仅是一个作家，还是一个评论家，您能不能谈谈对独秀作家群的整体印象。

张燕玲：在你们黄老师描述群体之前，我还没有这么明晰的概念，我就只看到了近三四十年。关于作家群，我本来想就算了吧，每个学校都会有一群热爱写作的人，特别是名校，我觉得我们的分量还不够，尤其是我们的上一代在广西很有名，但在国内影响不太大。但是你们黄老师一提到民国时期，我就觉得心生敬仰，需要我做什么，我会尽心尽力。但是，我还认为作为一个作家群，还是有点勉强的，一是现在太多人提什么群体了，二是从地域概括群体也勉强，因为每个人的创作风格是不一样的。比如，刚才承蒙黄老师夸奖，说到映川、咏梅我们三位女作家，我有时候想想真替她们骄傲。我觉得起码在中国文坛尤其女性文学我们毕竟还是有些影响。黄咏梅，我认为就是整个岭南板块，也没有像她那么自在那么鲜活那么深透地去写岭南故事的，本月10日的《文艺报》，我以《岭南都市天然的叙事者》为题，评述了她的创作。从小在梧州长大，又写诗，她非常敏感，用一种很地道的岭南粤语写作，梧州的西江与珠江，上下游，从梧州去广州是说"下广州"，一衣带水，他们的语言，包括生活习俗，风情都很相似，所以根扎岭南的她自然写的岭南非常地道，尽管关于她的评论有很多，我认为都有不到位的地方，我都老笑她，包括她的先生、著名评论家洪治纲，因为他们不懂粤语嘛，治纲刚到了广州很痛苦的，觉得广州讲的都是鸟语。所以稍微懂得粤语的人读她的作品，会更能品出个中滋味和劲道的。我觉得，这几位女作家对作家群是起了充实与丰富作用的。杨映川也是优秀的，《人民文学》第一期将有她的新小说，这两年，结婚生小孩，是耽误些时间。我跟她说，不着急。的确，她最佳时期是2003、2004、2005年，当时她和晓航、葛水平被著名评论家李建军称为"2004年中国文坛的三匹黑马"。结婚生子，她就觉得她自己停顿了，时机瞬间流逝，他们两个一下子就跑到前面了，晓航、葛水平都得了鲁迅文学奖。但是映川收获了生活，这很重要的。对于一个女人，但愿园园、靖超你们两个女孩子也能明白这一点，就是说成家生子，对作家，特别是女作家，心理和生理都是一场革命，生活终究一因一果，它会回报你的，创作还是要回报她的，我跟映川说，只要你是个好作家，你的敏感与感受力与表现力不退化，你就会感应与捕捉到你心里的所有，别急，我深信她会有好收成的。至于我自己，虽然一直也在坚持写，我说过，作评论写散文做杂志，似乎没有多少成色，唯一可以欣慰的是自己认真做了些切实的事情，我企望能从中清理出一条自己的明晰而可靠的道路，把文学带回语言和心灵的身旁。尤其，地处广西，能走到今天，虽然只是一枚青涩的文学之果，但我心存感念：感激上苍给了我这许许多多，太多了！

张园园：我觉得您说的那种八十年代的情结，一直坚守的情结，能受到您说的那种文学情结精神的感染，我觉得这种和咱们师大的那种整个的环境都是分不开的嘛，然后我就想这个问题可能有些浅嘛，然后您能不能对我们这样的后来者、后辈们有一些好的建议？

张燕玲：我不能说要求什么，我认为现在的孩子啊，因为我也是一个母亲，也是这个年龄段孩子的母亲，我对我的孩子有个要求，就是一定要读书，无论什么风格、什么类型的书都可以。现在的年轻人不爱读书，其实谁书读得多，这辈子他就是最大的受益者，所谓因果。受益，指的是能够按照自己的心愿并活出生活质量的益，我说的生活质量不一定指物质，更多指内心，指人的尊严。人活着必须活出尊严，别小看这一点，这很难的。我时时感恩上苍给我东西太多了，无论得失，我正是这样想的，内心静好清远。当然刚开始读书，毕竟不知道你要什么，所以你还是要找一些情感上、心理上和你共鸣的那些书，这点对年轻人很重要。玩还是要玩，青春是没有理由的，玩性大，但在玩的同时还是要多读书。其他都不用多说，大家都懂，我就觉得读书太重要了。尤其对你们这代人是很重要的，因为像王城，像桂林，它有这么大的人文背景，我为什么老强调背景，因为这绝对是一个变数，如果你能珍惜这个背景，扎根其中，你就能够发芽生长；如果你不扎根进去，你肯定就是如风过耳，两手空空。八十年代的张承志，黄伟林老师也喜欢张承志，我也喜欢，他的"清洁精神"一直影响着我，精神上作文做人上，于公于私都要清洁，精神洁癖，方方面面的洁癖，绝对要坚守，清洁的精神，这也是八十年代的馈赠，而中国的"士林"精神则是我们的传统，我们的精神谱系，精神的通道很大程度是通过书籍并影响一个人的品格。一个人还是要有格，有调，有情，后者就是我们说的情调，要不然生活实在太无趣了，因为这个时代有时候看看哦，红尘滚滚、功利堕落、鸡零狗碎的，能洁身自好已难能可贵了。真的要读书，包括向社会向生活学习，但你离开学校，失去了这个学习的环境，就再也回不来了。到了社会，生存还有许多事包括各种诱惑逼着你往前走，不断地向前走，不断地赶路，像投胎一样地赶，就没有时间坐下来读书。我现在读书一如古人读书的三大方式，马上书、枕边书、如厕书、路上、睡前、如厕哈。而且现在是回头读书，读经典，以期让自己的内心更阔大强健些，否则难以面对这个充满诱惑的社会。读得多，想得多，理得清，内心也才可能澄明，就是佛教的澄明之境，才可能清晰你要什么，不要什么。所以这个时候你就可以顶住很多诱惑，也可以顶住很多的磨难，包括很多你不想要的东西，或者争取你想要的东西，你必须要有阔大强健的内心才有可能面对。两个月前在武汉，参加湖北省的"屈原文学论坛"，要求每个与会的作家批评家当场写句寄语，并发在《楚天都市报》（2009.10.13）上，我留下的是："2000 多年来，屈原始终如皎皎明月活在民间的记忆里，他不仅是一种精神源流的开创者，更为文人树立了一种人格榜样。在当今浮躁的功利社会里，凡俗的我们学不了他，但我们不可以放弃他，不可以放弃他立下的心灵的原则。唯此，我们的内心才有强健的可能！"

访谈可以了吧？不知道你们是否满意了？

张园园：很满意。张老师我还想问一下，您的第一篇作品是在大学？

张燕玲：我大学的时候，好像是在《漓江》嘛，就是现在的《南方文学》，当时是樊平主编的嘛。樊平对我们也很好的，桂林市有文学活动，他会让人通知我们参加。这些东西与信件包括日记等放的箱子，全被白蚁咬成了灰，灰飞烟灭，了无痕迹，很遗憾，也有些宿命。但是评论，还是 1984 年开始正式发评论的。

黄伟林：就等于说你在大学的时候就已经在《漓江》杂志上发表作品，没有其他刊物？

张燕玲：没有，其实我才智平平的，我的今天，除了个人努力，更多的是得到许多人的帮助。当年也就是发几首不成样的小诗，包括《桂林日报》上的散文和散文诗。那时候很难发表的，有两三篇这样子。我现在除了工作写作，就是看书、学习，包括我自己与同事，都在不断学习中。我常讲成长的问题，精神成长真是一辈子的事情，它是不断的、阶段性的，终身学习呵。所以我也是要求我自己一定要读书，做杂志写作，是照妖镜啊，你有多少东西，你的文章映照得一清二楚。多读书，多思考，哪怕你白痴一样呆坐静默，也是好的，我很喜欢这种独处的时光。好啦，你们还有什么未尽兴的，过后打电话吧，好吗？

《大学里的作家梦》，广西师大出版社 2011 年版

后记

几年前，评论家黄伟林曾以《有难度的批评》为题如是论说我的评论写作：张燕玲的文学批评是"有人之境"的批评，她不仅"自我加入"、"眼里有他"，更重要的是，她能将批评对象所蕴含的人生境界和人格修养与她自身的人生阅历沟通融合，她拥有与其批评对象同样甚至更高的精神高度。（见《文艺争鸣》2010 年第 4 期）"更高"实在不敢当，但"有人之境"说，却深得我心。

伟林兄的评价谱系，源自王国维《人间词话》的"有我之境"；反观自己从业三十几年的文学批评，的确是在感觉中立论，所观所读常常无意识地将自己的感情色彩融入其中，似物物皆着我之色。其实"有我之境"，于我也是双刃剑和照妖镜，作者的成色一目了然，既隐含着我的心性及所思所感，当然也表明自己还缺乏一份理性节制、一种悠远恬然，对批评对象的过于自我加人，不时显出与批评对象欠自然契合、欠理性逻辑，似有修炼不足之嫌。

当然，有我之境，并非止于我愉悦即万物皆欣欣向荣，我忧伤即万物皆倾颓百态。面对文学批评对象，当然得遵循文学的规律性。置身今天复杂的文化空间，文学经受着各种文化观念的碰撞、冲突，如何对不同文化形态中的文学进行研究与批评，在文学变局中多些自我叩问：该坚持时自己是否坚持？我们如此执着追求变化，是否思考过哪些东西是"不变"的？我想，不变的是对文学本身的认定，是对专业精神的坚持。批评也是一种创作，便企望自己在批评写作中以更丰厚的修为把"我"与境，尽可能巧然天成。

此为自省，更是自我期许。

感谢评论家、作家出版社吴义勤社长的宽厚，以及本书责编向尚的帮助。容我从三十几年评论生涯里自由选取些许篇章，旨在检点自己前半生的评论生活。尽管从"有我之境"到"无我之境"于我已是遥不可及，但这些散发我情感个性的肤浅文字毕竟发自我的内心，至少是一种真诚的声音，至少言为心声。

今日小暑，南宁已入蒸笼，热风暴雨，心气浮躁，凡俗如我终不能入"无我之境"，哪怕春秋吉日，在下也明白自己的成色，并心怀感恩；再者，夏已至，万物至此皆长大，当然，颓败也随之而来，生命力与创造力皆有盛极而衰，否极泰来之说。人生亦然，写作如是。

是为记。

张燕玲

丁酉年·小暑于百花岭

有
我
之
境

图书在版编目（CIP）数据

有我之境 / 张燕玲 著 . -- 北京：作家出版社，2018.1
（2020.2 重印）

ISBN 978-7-5063-9899-2

Ⅰ. ①有… Ⅱ. ①张… Ⅲ. ①中国文学 – 当代文学 –
文学评论 – 文集 Ⅳ. ①I206.7-53

中国版本图书馆CIP数据核字（2018）第028545号

有我之境

作　　者：张燕玲
责任编辑：向　尚
装帧设计：王汉军
出版发行：作家出版社有限公司
社　　址：北京农展馆南里10号　　邮　　编：100125
电话传真：86 – 10 – 65067186　（发行中心及邮购部　）
　　　　　　86 – 10 – 65004079　（总编室）
E-mail:zuojia@zuojia.net.cn
http://www.zuojiachubanshe.com
印　　刷：三河市北燕印装有限公司
成品尺寸：152×230
字　　数：399千
印　　张：25.25
版　　次：2018年6月第1版
印　　次：2020年2月第2次印刷
ISBN 978-7-5063-9899-2
定　　价：49.00元